Juif = Sid (Raïs ("chef")

63 égalité en prison

75 lying together: it comes back as truth

95 belief in djinns & colonialists

99 revolution & peasant life

124 Algerians w/ Parisian accent
- "l'accent algérois"

139 à Alger on avait la fierté de sa propre réussite et le dédain des héritiers

151 Jews & Arabs
- Algerians

152 Jew chased from schl under Pétain

307 "le vent de l'histoire"

384 je vous ai compris de G

avoir le besoin (67)

Murad & Thomas

LES CRÉPUSCULES D'ALGER

DU MÊME AUTEUR

Les Rives du Potomac (Mazarine)
Vincent à double tour (Stock)
Ils croyaient à l'éternité (Flammarion)

EN POCHE

Ils croyaient à l'éternité (J'ai lu)

NORBERT RÉGINA

LES CRÉPUSCULES D'ALGER

roman

FLAMMARION

ISBN : 2-08-066429-8
Imprimé en France

Pour Anita Prescott

Le peuple crie : « Veilleur, où en est la nuit? » Le veilleur répond : « Vient le matin, et puis de nouveau la nuit. »

Isaïe, XXI, 11-12.

L'absurde se nomme. Le désespoir se chante. Tout vient se perdre dans les mots et y ressusciter.

Brice Parain.

1

LE JEU DE LA FAMILLE

Il habitait une grande et belle maison, dans une ville qui s'appelait Oran, dans un pays qui s'appelait l'Algérie, mais il n'en savait rien. Bien sûr, il connaissait les noms de ces lieux, mais, en vérité, ils auraient pu en porter d'autres, cela n'aurait pas fait de différence pour lui. Il était français, voilà ce qu'il savait à coup sûr. Il n'avait pas de religion, il n'était pas conscient de son milieu social. Il est vrai qu'il n'avait que sept ans. Ce qui lui appartenait en propre, et qui suffisait à le situer dans l'univers, c'étaient son papa et sa maman, et, un peu moins, sa petite sœur, Agnès.

Bien qu'il n'eût reçu aucun baptême, il portait un nom : il s'appelait Sébastien Régnier. À sept ans, il était en cours élémentaire deuxième année ; il était très en avance et travaillait très bien, ce qui, à la réflexion, offrait beaucoup d'avantages et certains inconvénients. Depuis qu'il allait à l'école, il n'avait occupé d'autre place que la première, et cette primauté l'isolait quelque peu de ses camarades. C'était un enfant fluet, ni grand ni petit, aux traits fins, pâles, avec de fragiles cheveux châtains et de grands yeux verts qui, comme disait sa grand-mère, lui mangeaient la moitié de la figure.

Ah, bien sûr, dans l'énumération de ses propriétés, il ne faudrait pas oublier Miriam, sa grand-mère maternelle, qui l'adorait et qu'il adorait ; avec elle seule il ressentait une confiance absolue et permanente. Il l'appelait « mamie », et l'amour qu'ils se portaient mutuellement faisait sourire toute la famille.

Comme tous les enfants solitaires et timides, il aimait

beaucoup sa chambre. Il avait fermé la porte pour faire ses devoirs. Il travaillait vite et sans efforts. Il savait que certains de ses camarades travaillaient peu, mal et péniblement; c'était l'un des mystères de la vie de Sébastien, l'un des plus petits à vrai dire, et qui ne méritait guère son attention.

La fenêtre était ouverte. Il faisait presque chaud, en tout cas très beau, avec à peine quelques nuages joufflus qui se déplaçaient vivement dans le ciel très bleu. On était en décembre 1954, un jeudi matin.

Ayant terminé sa rédaction, il s'autorisa un instant de répit avant de prendre son livre de géographie. Il n'était pas fatigué; il rêva, simplement.

La maison se trouvait au cinquième étage, en haut de l'immeuble qui appartenait à son père. De l'autre côté du vide de la cour, sur la terrasse des locataires, Sébastien voyait des draps qui séchaient au soleil, comme les pages blanches d'un livre que le vent feuilletait, et une bourrasque les faisait claquer et s'enrouler autour des fils tendus parallèlement; une autre rafale fit sauter des pinces et des pièces de linge plus légères, une chemise, des chaussettes, planèrent avant de retomber sur le carrelage érodé couvert de poussière rouge. Une Mauresque surgit en poussant un cri, ramassa en hâte le linge de nouveau sali. Sébastien vit la colère de la bonne, ne s'en amusa pas. Il rêvait. Distraitement, il lui adressa un signe de la main. La Mauresque poussa un cri plus perçant et se dissimula derrière une nappe à carreaux.

« Tourne la tête, tourne! » lança-t-elle à Sébastien.

Elle sortait de la buanderie, où il faisait si chaud, dans la vapeur que le vent éparpillait comme une pluie d'été, qu'elle avait retroussé ses jupons dans la ceinture de sa jupe mauve et ôté son corsage. Sébastien voyait le soutien-gorge blanc et les chaussettes bleues de la Mauresque. Il la connaissait bien, c'était la bonne des locataires du troisième. Mais un petit garçon ne regarde pas une femme déshabillée, ça il le savait. Il tourna la tête. La Mauresque, entortillée dans la nappe, s'enfuit vers la buanderie.

À quoi rêvait Sébastien? Il n'aurait su le dire. C'était une vague confuse d'appréhension, et la Mauresque en soutien-gorge rendait cette appréhension plus précise, bien que difficile à formuler. Bien des choses effrayaient Sébastien. « Trop de choses », avait dit une fois sa maman

– Sébastien avait surpris la conversation malgré lui – et son papa avait répondu : « Qu'est-ce que tu racontes? »

Par exemple, Sébastien ne comprenait pas pourquoi il avait le droit de réciter ses leçons allongé sur le lit, dans la chambre de ses parents, tandis que sa mère, en culotte et en soutien-gorge, se maquillait devant la coiffeuse, le livre de Sébastien posé en équilibre contre le miroir, ni pourquoi, dès qu'on entendait son père rentrer, il devait se lever du lit, ni pourquoi sa maman enfilait précipitamment un peignoir. Parfois, elle tardait, et papa grondait : « Tu pourrais t'habiller devant ton fils! »

Ce qui effrayait le plus Sébastien, c'étaient leurs disputes : il ne les reconnaissait plus ni l'un ni l'autre, surtout sa maman, dont la bouche se pinçait et les yeux se mettaient à briller; elle tendait la main vers un vase ou vers un livre, et, chaque fois, Sébastien se persuadait qu'elle allait le lancer contre la grande glace du salon. Elle ne le faisait pas.

Papa restait sans bouger, avec un drôle de sourire, et tout d'un coup lâchait des mots que Sébastien ne comprenait pas, mais pas fort, pas en criant comme maman, juste quatre ou cinq mots entre ses dents. Maman sursautait comme si un chat lui était passé entre les jambes – elle détestait les chats. Elle devenait très pâle, presque blanche malgré son maquillage et disait : « Tu me le paieras! »

Ils ne se querellaient pas tout le temps. Mais c'était pire : Sébastien ne savait jamais quand la dispute allait éclater.

Le samedi soir, on recevait des gens, et tout le monde souriait. D'autres jours, ils étaient invités et laissaient Sébastien et Agnès avec mamie. Il se consolait, sur les genoux de sa grand-mère, qui lui racontait des histoires de son enfance à elle, avec plein de mots arabes, qu'elle traduisait. Ils riaient tous les deux, c'était si bon, et mamie le couvrait de baisers, avec encore d'autres mots arabes, des mots de tendresse qui voulaient dire « mon chéri, ma vie, mes yeux ». Il savait que c'était lui que sa mamie aimait le plus au monde. Il savait qu'elle était vieille et qu'elle mourrait un jour. Quand il y pensait, ses larmes se mettaient à couler sans qu'il puisse s'en empêcher.

Ce n'était pas un vent froid, mais il redoublait. Sébastien entendit des portes claquer un peu partout dans l'immeuble. Il se leva de sa chaise pour « fermer le courant d'air », comme disait mamie et comme disait tout le monde à Oran. « Ne reste pas dans le courant d'air, disait aussi mamie, tu vas prendre froid », et Sébastien, qui n'aimait pourtant pas recevoir des ordres, suivait toujours les conseils de sa grand-mère.

En se penchant, il sentit toutes les odeurs qui montaient des cuisines. Elles donnaient sur la cour, presque toutes protégées des mouches par un filet tendu à travers le balcon. C'étaient des odeurs appétissantes de tomates, d'oignons, de poivrons, d'ail. Ces bonnes choses, Sébastien n'en mangeait pas souvent, sinon chez ses oncles et tantes ; le papa de Sébastien avait en horreur la cuisine à l'huile d'olive et à l'ail. Il mangeait « français », lui. Et les voisins alors, ils mangent quoi ? se demandait Sébastien. Juste pour Sébastien, mamie cuisinait des plats qu'il aimait, des omelettes aux légumes ou des gâteaux au miel. Et papa faisait la grimace. Sébastien les mangeait en cachette. C'était difficile de deviner qui avait raison, son père ou lui. Comment était-il possible que papa n'aime pas l'omelette compacte comme un pâté, si onctueuse, avec tous les légumes, avec la cervelle et leurs couleurs, verte, rouge, rose, blanche, quand on la coupait en tranches, et les gâteaux tendres et croquants à la fois, avec ce goût délicieux de datte fondante, et la douceur du miel pour enrober l'âcreté de la friture.

En bas, au fond du puits de cinq étages, la concierge, Mme Esclapez, lavait la cour à grande eau. Sébastien l'entendait chanter : « Quand tu me prends dans tes bras, je sens mon cœur qui bat. » Comme elle était gaie ! Pourtant, Sébastien n'aurait pas aimé vivre dans la loge de deux pièces. Les enfants de Mme Esclapez n'avaient pas de chambre à eux. Tout était si propre qu'on aurait pu « manger par terre », disait mamie. D'après elle, c'étaient des gens « très comme il faut ». Mme Esclapez pinçait la joue de Sébastien en disant : « Aïe, *qué bonito !* » Ça voulait dire : « Comme il est beau ! » et Sébastien aimait bien la concierge. Ce n'était pas comme M. Valigan, l'associé de papa, qui lui embrouillait les cheveux pour lui dire bonjour, mais Sébastien voyait bien qu'il pensait à autre chose. Les grandes personnes faisaient souvent des choses sans y penser. A quoi ça sert, se demandait Sébastien, de dire : « Alors, tu travailles bien ? » si on n'écoutait pas la réponse ? Et, même entre elles, les grandes personnes ne s'écoutaient pas. Les amies de mémé Agathe, l'autre grand-mère de Sébastien, lui demandaient : « Cette santé ? » Mémé Agathe détaillait toutes ses douleurs, au dos, à la nuque, aux jambes, mais ses amies regardaient ailleurs, la bouche à demi ouverte, et vite elles se dépêchaient de couper la parole à mémé pour parler de leurs douleurs à elles. Cette fois, c'était mémé qui n'écoutait plus. Sébastien lui lançait un regard, même un petit sourire, il était timide avec elle, il n'était pas certain d'en avoir le droit. Après, quand ils se retrouvaient seuls, mémé Agathe disait : « Il comprend tout, ce garçon ! » Sébastien se sentait très flatté. Parfois, il se demandait pourquoi il n'aimait pas vraiment mémé Agathe. C'était une gentille grand-mère elle aussi, mais elle l'embrassait rarement, ne le prenait pas sur ses genoux, ne lui racontait pas d'histoires. Sébastien se disait : elle m'aime parce que je suis son petit-fils, parce que je suis intelligent, et c'est tout. Il aurait voulu qu'elle l'aime pour rien, sans raison. Mémé Agathe habitait seule au quatrième ; elle faisait le ménage elle-même ; pourtant, comme le papa de Sébastien, elle était riche.

« Ces filles, dans mes jambes, disait mémé Agathe, je ne les supporterais pas ! »

Sébastien entendait aussi, montant de chaque appartement de l'immeuble, le concert des radios, branchées à fond, comme on les faisait marcher dans ce pays où la solitude n'existait pas, ou, du moins, qui tenait l'isolement volontaire pour un manque de savoir-vivre ; elles diffusaient le même cha-cha-cha dont le refrain répétait à l'infini *corazón, corazón*. Les cœurs de la ville entière, à cet instant, battaient la même chamade, à l'écoute de Radio-Alger.

Sébastien ferma la fenêtre ; les bruits et les odeurs disparurent. À peine, dans le silence, s'élevait-il, de la chambre d'à côté, le gazouillis d'Agnès, qui murmurait un mélange de syllabes et de musique, sans doute en suçant son pouce, pour se bercer. Sébastien imaginait sa petite sœur, sur le dos, les jambes repliées, agitant lentement les poings comme des marionnettes au bout de ses bras tendus.

Il n'était pas temps d'aller la retrouver ; il devait apprendre ses leçons. Cet après-midi, comme chaque jeudi, mamie les emmènerait au jardin du Petit-Vichy, et Sébastien avait décidé d'en finir avec son travail scolaire avant l'heure du déjeuner.

Il appréciait le silence matinal. Papa était au garage, maman chez le coiffeur et mamie dans sa chambre en train de lire. Aïcha épluchait peut-être des légumes : il ne l'entendait pas.

La chambre de Sébastien était comme la cabine insonorisée d'un sous-marin en plongée, et lui, seul à bord, commandait le vaisseau. Il avait souvent l'impression, malgré les ordres et les contrordres des grandes personnes, de n'en faire qu'à sa tête. Mais il s'opposait rarement de front à leurs directives ; il laissait dire et agissait à sa guise. Il avait remarqué que les grandes personnes n'avaient pas beaucoup de suite dans les idées.

C'était une vaste chambre, avec, sur les murs, un tissu beige clair et des images d'Épinal, que son papa avait lui-même accrochées ; elles représentaient, dans l'ordre chronologique, presque toute l'épopée napoléonienne : le siège de Toulon, le pont d'Arcole, le 18-Brumaire, le sacre, Austerlitz, les adieux de Fontainebleau, etc. Il y avait un lit en noyer monté sur des roulettes – c'était plus facile à déplacer –, un bureau clair de facture Louis XVI (disait papa), dont le plateau amovible dissimulait un vrai billard miniature, avec son tapis vert, ses queues à l'embout bleuté, ses billes rouge et blanches, et, devant le bureau, un large fauteuil de même style dont le cuir avait dû être jaune abricot mais que la patine avait foncé jusqu'au brun orangé ; le fauteuil était très confortable, même si les pieds de Sébastien ne touchaient pas le sol. Le meuble où il rangeait ses livres et ses affaires de classe était un meuble chinois laqué, posé haut sur quatre pattes de girafe, dont le décor en incrustations montrait un Chinois à la tunique droite, debout dans une barque qui voguait vers la berge, où une jeune fille, la tête enfouie au creux de son bras, feignait de dormir sur l'herbe ; elle avait un œil ouvert, que le mandarin, de la barque, ne pouvait apercevoir. À l'intérieur de la commode, Sébastien avait épinglé une affiche : « Interdiction de toucher à mes affaires. » Il savait que ses parents respectaient la consigne.

Le sol était recouvert d'un beau carrelage à losanges jaunes et noirs et de tapis de laine orange unie. Les visiteurs le disaient régulièrement : ce n'était pas une chambre d'enfant, mais c'est ainsi qu'elle plaisait à Sébastien, justement parce que ce n'était pas une chambre d'enfant.

Dans la chambre d'Agnès, il y avait un papier aux motifs de ballons et de manèges, une armoire et un lit blancs, un grand cheval à bascule et des poupées, des dizaines de peluches, une ferme miniature, un vrai magasin de jouets, disait mamie.

Sébastien relut sa rédaction. Il n'y trouva qu'une faute d'orthographe, mais, tout en la corrigeant, ne put s'empêcher de lever la tête, comme si son père railleur pouvait être penché sur son épaule. C'était l'histoire d'un petit garçon qui, à la plage, alors que la nuit tombait, s'aventurait au-delà de la dune et s'égarait. D'abord, malgré les ombres menaçantes et les aboiements des chiens, il s'efforçait de garder son sang-froid; bientôt, il courait, s'écorchait dans le noir aux figuiers de Barbarie et aux buissons de tamaris. Il se ruait à toutes jambes vers des lueurs lointaines; pour le punir de son imprudence, la lune se cachait derrière un nuage en forme de dragon. Il parvenait enfin à la villa familiale. Mais, alors qu'il s'attendait à y trouver ses parents affolés, le cherchant depuis une heure, aux alentours, dans le faisceau des torches électriques, il y avait tant de monde à la maison, tant d'enfants, que personne ne s'était rendu compte de sa disparition, même pas sa mère!

Sébastien frissonna. Il se jugeait plus intrépide d'avoir forgé ce récit que de l'avoir vécu. Voilà le plaisir que lui donnaient les rédactions : imaginer sans risques une tempête, un naufrage, un tremblement de terre; tous sombraient, lui restait à l'abri dans son fauteuil en cuir, et même, s'il le voulait, il en épargnait quelques-uns.

Il ouvrit son livre de géographie, apprit que la Loire avait sa source au mont Gerbier-de-Jonc. Quand ils iraient en France, l'été prochain, il demanderait à son papa de l'y conduire. Et Oran? se dit Sébastien. Il tourna les pages en vain. Le livre n'évoquait nulle part Oran. C'était pourtant une grande ville. Sébastien pensa que les enfants des autres villes n'entendraient jamais parler de la sienne. Il en était vexé, comme quand son père lui lançait avec dédain : « Tu ne sais pas quelle est la capitale de l'Allemagne? Je te l'ai dit la semaine dernière! » Et, justement, le nom de la capitale de l'Allemagne, il l'avait encore oublié. Son papa était si exigeant. Il fallait que Sébastien se souvienne de tout. Heureusement que maman était plus facile à satisfaire. Peut-être parce qu'elle savait moins de choses que papa, Sébastien s'en était bien aperçu en les entendant discuter tous les deux. Dans ces moments, il voulait connaître la réponse lui-même et la souffler à maman ; il n'aimait pas la voir rougir sans répliquer, elle qui se mettait si vite en colère. Mais, d'après ce que Sébastien avait observé, sa maman ne s'emportait que quand elle avait raison, pas quand elle avait tort. Seulement, se demandait Sébastien, est-ce qu'on a tort d'ignorer quelque chose ? C'est ce que son papa semblait croire.

Sébastien rangea ses livres et ses cahiers. Il ouvrit sans bruit la porte de sa chambre, prit dans le placard un drap blanc, s'en revêtit et, poussant des « hou » lugubres, s'approcha de la chambre d'Agnès. La petite gigotait dans son lit, dressant tantôt les bras, tantôt les jambes au-dessus d'elle, comme si elle voulait les découvrir sous un autre angle, tel un oiseau qui, déployant les ailes, paraît s'admirer et s'offrir à l'admiration. À quatre ans, Agnès était très consciente de son charme. Aussi brune de peau, de cheveux et d'yeux que Sébastien était clair, Agnès souriait à tout le monde et s'attirait mille baisers qui ne l'agaçaient pas : elle en redemandait. Elle était fine et pourtant toute ronde, lisse, chaude, comme un petit agneau, ou plutôt comme l'idée que Sébastien se faisait d'un agneau, car il n'en avait jamais vu. Si on la cherchait, on ne se risquait guère à parier qu'elle se trouvait dans la salle de bains, devant la glace, à s'adresser les sourires qu'elle destinait à quiconque, ou des grimaces qui ne l'enlaidissaient pas, ou encore à essayer une jupe, un chemisier, des chaussures de sa maman. « Elle a de qui tenir », disait papa. Et c'est vrai que maman aussi passait beaucoup de temps devant le miroir. « Comment te trouves-tu, Agnès ? » demandait papa. Sébastien imaginait sa honte si papa l'avait surpris en train de s'admirer – d'ailleurs ça ne lui serait pas venu à l'esprit. Agnès tournait lentement sur elle-même, sur la pointe des pieds, pliait les genoux en écartant les bras et répondait : « Très jolie. » Papa s'emparait d'elle en un éclair. Sébastien était jaloux de les entendre rire, de voir la petite à califourchon sur le dos ou sur les épaules de son père, lui qui la balançait, elle qui criait à tue-tête, c'était exaspérant, on ne la grondait jamais, et leurs baisers, leurs cajoleries n'en finissaient pas.

Pour le reste, Sébastien aimait beaucoup sa petite sœur. Sauf bien sûr quand elle venait l'interrompre au milieu d'une récitation et que maman se laissait distraire. « Et ma leçon, maman ? » se plaignait Sébastien. « Oui, tu as raison. Attends un peu, Agnès » disait maman, mais elle repoussait la petite à regret.

Quand ils étaient seuls, Sébastien aimait autant qu'eux caresser Agnès. Il jouait volontiers avec elle, même à des jeux de fille. Il faisait le papa, elle la maman, de ses innombrables poupées. Il partageait ses cadeaux avec elle, lui laissait finir son dessert quand elle en réclamait encore ; même, s'ils avaient fait une bêtise ensemble, il s'accusait seul. « Quand je serai grande, je me marierai avec toi », lui disait Agnès. Il y croyait presque.

Elle vit le fantôme avancer d'une démarche chancelante, trébucher sur la maison des poupées ; elle l'entendit dire « merde » au lieu de « hou » ; elle avait commencé à feindre la frayeur, mais éclata de rire. C'était un rire aigu, cascadant, frais comme l'eau qui ruisselait des fontaines sur les places brûlantes de soleil où les ficus taillés en brosse ne jetaient aucune ombre. « Tu as dit un gros mot, tu as dit un gros mot, chantonna-t-elle.

– Ah, non, c'est pas de jeu, répliqua Sébastien, tu devrais avoir peur. »

Il agita les bras, en faisant cette fois « cling, cling » pour imiter le bruit des chaînes. Agnès ne respectait pas les conventions. Elle riait de plus belle, « comme une gargoulette », d'après l'expression de mamie, et c'est quoi une gargoulette ? se demandait Sébastien.

« Pourquoi j'aurais peur ? dit Agnès. Puisque je sais que c'est toi.

– C'est comme ça, c'est le jeu. Allez, on recommence. Je me cache.

– J'ai pas envie de jouer au fantôme. À la famille, si tu veux. »

C'était leur jeu favori, celui auquel ils jouaient le plus fréquemment, chaque jeudi et chaque dimanche. Il avait le lit d'Agnès pour théâtre et pour accessoire unique une longue branche nue qu'ils avaient ramassée un jour de pique-nique au bois des Planteurs. Sébastien planta le bâton au milieu du lit et tendit le drap par-dessus. Le lit devint chapiteau, sous lequel prirent place les deux enfants, assis en tailleur. Agnès la paresseuse était encore en chemise de nuit. Sébastien avait ôté ses chaussures. Le « jeu de la famille » pouvait commencer. Agnès projeta les lèvres en avant, en une sorte de bec de canard, et le premier personnage entra en scène. Il dit d'une voix grave –

la voix enfantine d'Agnès à son diapason le plus bas : « Ourson, tu seras puni », et Ourson, c'est-à-dire Sébastien, baissa la tête. Sébastien laissait à sa petite sœur le rôle de l'adulte qui réprimande et menace, comme s'il savait que les enfants ne prennent plaisir aux jeux qu'ils inventent que si ces jeux leur offrent l'occasion d'inverser ou d'altérer la réalité. Lui, Sébastien, le bon élève toujours louangé, composait un rôle d'ourson stupide sans cesse houspillé. Et pourquoi Ourson devait-il être puni cette fois-ci ? Eh bien, comme d'habitude, il avait dévoré tout le miel, dont il empilait les pots vides sur sa tête. Agnès et Sébastien voyaient parfaitement cet échafaudage branlant de pots en verre qui finissaient par s'écrouler et se fracasser. Les deux enfants voyaient aussi nettement tous les acteurs et tout le décor de ce jeu sans accessoire. Sur le lit-chapiteau ils créaient une maison, avec son salon et sa cuisine, sa salle de bains et sa terrasse. Ils préparaient le repas dans des casseroles imaginaires, dînaient dans des assiettes fantômes qui surgissaient du mouvement de leurs mains, et ces simples gestes établissaient par convention une réalité tangible. Pourtant, dans la chambre d'Agnès, ne manquaient ni les poupées, ni leurs maisons, ni leurs dînettes miniaturisées, mais le frère et la sœur ne s'en servaient pas. L'imagination se sent libre et débridée quand elle n'est pas bornée par les objets palpables. Une poupée a une couleur de cheveux qui ne peut se changer, une robe de telle matière, son destin est joué d'avance, il s'impose aux enfants. C'est seulement par paresse ou lorsqu'ils sont fatigués, en panne de création, que les enfants inventifs tolèrent dans leurs jeux ces poupées, ces accessoires trop impérieux. Et donc, dans la chambre d'Agnès, aux murs ondulant de ballons et de manèges, les peluches, accotées sur les étagères, vivaient leur vie à part, rarement dérangées par leur maman de quatre ans, qui préférait composer, d'une mimique, dix personnages sans astreinte.

Agnès avait la bouche extraordinairement mobile ; elle allongeait les lèvres, les étirait, les plissait, les pinçait, en hauteur ou en largeur ; à chaque mimique correspondait un personnage immédiatement identifiable. C'étaient les membres de la « famille », presque tous des animaux, chats, chiens, souris, canards, chacun avec son nom et son histoire, dont ils suivaient le fil de jeudi en dimanche.

Trente-sept ans plus tard, Sébastien croit se souvenir

que le canard grondeur aux lèvres projetées en avant s'appelait Yaboi; il ignore l'origine de ce nom. En revanche, il suppose que la maman de la famille, car il y en avait une, également jouée par Agnès, tenait le sien de la radio, où les enfants l'avaient dérobé : elle s'appelait l'Agence Tass. C'était une maman humaine – le seul protagoniste qui ne fût pas un animal – et conventionnelle. Elle disait : « Range ta chambre, lave-toi les mains, fais tes devoirs », et rien d'autre. Elle n'avait pas un rôle très important dans le jeu, mais il fallait bien une maman à cette famille. Il lui fallait un papa aussi, seul rôle tenu par Sébastien en dehors de celui d'Ourson, un papa peu attentif, presque indifférent, dont la seule sévérité était le dédain, en somme un papa semblable à Luc Régnier, le propre père des enfants.

En revanche, la mère, conventionnelle et plate, de la « famille » ne ressemblait en rien à Nina, leur véritable mère, tant aimée, si changeante, si émotive, si volumineuse, non par son corps, qui était alors et resta toujours d'une élégance et d'une grâce parfaites, mais par la place qu'elle occupait dans les esprits et dans les actions de chacun. C'est déjà trop dire, Nina n'est pas encore apparue, elle est chez son coiffeur. À l'instant où Agnès et Sébastien, dans l'appartement silencieux, jouent sous le drap qui les isole du monde parce que, comme tous les enfants, ils pressentent que le monde est indigne de percer le secret de leurs jeux et incapable d'en goûter la saveur, à cet instant Nina sort de chez Antoine, son coiffeur, et descend la rue El-Moungar, en admirant sa permanente dans les miroirs, à la devanture de chaque magasin. Elle va bientôt arriver.

Dans le théâtre dont la branche de pin est le pilier central, Agnès, d'une autre grimace, lèvres resserrées, avalées, dessinant la plus étroite de ses bouches multiples et faisant pointer le menton, était en train de mettre au monde le chat Horace. Il était drapé d'une cape rouge, coiffé d'un turban rouge orné d'une aigrette; Horace gambadait dans le lit – Agnès ne bougeait pas, mais les enfants voyaient le chat sauter et trépigner autour des animaux apeurés, les chiens et les souris, qui se réfugiaient sous les grosses pattes malhabiles d'Ourson. Et, d'une voix suraiguë, qui n'était pas sa vraie voix non plus, Agnès prêtait à Horace des incantations terrifiantes : « Je suis le diable, je suis le démon », en ce mois de décembre 1954 où la guerre venait d'éclater à l'insu de tous.

L'Agence Tass saisit Horace par la peau du cou et le jeta dehors. Les chiens, les souris, les canards pataugèrent ensemble dans la baignoire, pendant qu'Ourson volait un nouveau pot de miel, puis le jeu s'usa comme une flamme privée d'oxygène, s'asphyxia; Agnès, d'un coup de pied, abattit le pilier du théâtre, le drap retomba sur le lit défait. Haletant, le jeu faillit reprendre son souffle; les enfants s'enroulèrent dans le chapiteau qui venait de s'effondrer, mais, décidément, ce n'était pas le jour des fantômes. Sébastien tira les cheveux à Agnès, elle le mordit, ils se boudèrent. Leur mère absente, ils ne jugèrent pas utile de se chamailler davantage, ni de se plaindre, ni de pleurer. Mamie était bien à la maison, mais elle ne prenait jamais parti dans leurs querelles, elle se contentait de les apaiser d'une voix douce. Et puis ils n'aimaient pas donner du souci à leur mamie.

Sébastien alla faire du vélo tout seul sur la grande terrasse. Carrelée de petites tommettes, elle longeait sur trente mètres la façade de l'immeuble. Elle paraissait immense, tout comme le reste de l'appartement, à Sébastien, qui le voyait avec ses yeux d'enfant. Il l'a revu longtemps après et admet que c'était un vaste appartement de six pièces superbement éclairé par de larges baies. Il y avait même une seconde terrasse, carrée, où l'on étendait le linge, qui communiquait avec le reste de la maison par une sorte de passerelle en encorbellement au-dessus de la cour. En pédalant à toutes jambes, Sébastien apercevait, sans y prêter attention, la colline vert sombre de Santa-Cruz, que les Oranais, ces méridionaux, appelaient montagne. Elle se dressait dans le lointain, au-dessus du ravin qui séparait la ville basse, la plus ancienne, de la ville haute. Au sommet de la montagne, un fort espagnol en ruine se découpait depuis quatre siècles comme une énorme molaire ébréchée. Mais qu'on n'imagine pas un noir château des Carpates noyé de brume; sa pierre ocre sous le soleil le rendait tutélaire et bienveillant. Si Sébastien avait laissé courir son regard vers le nord, ce qu'il ne songeait nullement à faire, tout occupé qu'il était à pédaler, il n'aurait deviné, même de la terrasse, au cinquième étage, qu'un petit coin de mer qui se confondait avec le ciel. L'essentiel de la ville tournait le dos à la Méditerranée. On ne l'apercevait nettement que si l'on avait, pour ainsi dire, le nez sur elle, du haut des falaises qui bordaient le plateau à l'est ou de la promenade qui dominait le port.

La chambre de mamie donnait sur la grande terrasse. Chaque fois que, dans sa course, Sébastien passait devant elle, qui lisait devant la porte-fenêtre ouverte, il lui faisait un signe. Chaque fois, elle le lui rendait avec un sourire. Sébastien la voyait aussi qui semblait murmurer, peut-être parce qu'elle remuait les lèvres en lisant, plus vraisemblablement parce que, à chaque passage de son petit-fils, elle le bénissait. Sans doute ces bénédictions multipliées protégèrent-elles Sébastien de la chute, malgré l'intrépidité de ses virages aux extrémités de la terrasse.

Soudain, la maison si paisible se remplit de bruit. Nina, la maman de Sébastien, venait de rentrer. Il sauta de son vélo, qui continua de rouler sur quelques mètres avant de se coucher, et se précipita dans ses bras. Si l'on avait demandé à Sébastien ce qu'il préférait chez sa mère, il aurait répondu : son odeur. Non pas seulement son parfum – et, ce jour-là, elle était comme nimbée de cette pellicule de parfum sec qui voile les femmes sortant de chez le coiffeur –, mais bien son odeur, l'odeur de sa peau souple et moelleuse sur laquelle il aimait tant poser la joue. Nina prit à deux mains la tête de son petit garçon, et lui, les yeux fermés, roula le front et le nez et la bouche contre la poitrine de sa mère. Il retenait sa respiration, emporté par le flux lent et ample des seins qui se levaient sans bruit, retombaient et remontaient encore, comme le fait la vague profonde au crépuscule. Nina creusait de ses doigts les cheveux de Sébastien, peut-être murmurait-elle : « Mon fi-fils », il n'entendait rien, il n'était nulle part, dans un monde opaque où n'existaient que lui et sa mère, lui et l'odeur de sa mère, un monde improbable et fugace qui trop vite se dissoudrait lorsqu'il rouvrirait les yeux et qu'elle l'éloignerait doucement. Pourquoi fallait-il se séparer d'elle chaque matin pour aller à l'école et chaque soir pour aller au lit? Il retarda l'instant cruel de la séparation en l'entourant de ses bras, pour qu'elle devine combien – et elle le devinait! – il serait injuste de le repousser. Car il se sentait étranger à lui-même dès qu'il ne la touchait plus; il se sentait un autre corps qui bougeait et agissait comme à son insu, par nécessité; son vrai corps, il le retrouvait, chaud, mobile, compact, unifié, plus petit que dans la fausse réalité, entre les bras de sa mère. Alors, il n'avait plus des jambes et des bras, des mains et des pieds qui remuaient séparément, chacun de son côté, mais un seul corps qui réagissait d'une seule façon, dans une harmonie douce et pacifiée. Dans les bras de sa mère, il ne pensait plus, il se laissait penser par elle. Chacune des vibrations du corps de sa maman, et donc chacune de ses pensées, il la percevait profondément en lui, comme s'ils n'avaient plus qu'un seul cerveau, un seul cœur. Dans ses bras, il savait tout d'elle, si elle était émue ou joyeuse, effrayée ou sereine, attentive ou distraite, en colère ou agacée. Quand il était hors de ses bras, il savait tout aussi, mais c'était différent : il ne faisait que le deviner. Toujours, il savait qu'elle l'aimait autant qu'il l'aimait.

Nina Régnier était une très belle femme ; ses photos en témoignent. Pour Sébastien, comme pour son père, Nina était incomparable. Peut-être les yeux du cœur voient-ils plus juste que ceux de la raison. Qui dira qu'une femme est laide s'il l'aime ? Qui peut dire qu'elle est belle s'il ne l'aime pas ? Sébastien n'aurait su dire ce qui rendait sa mère si éclatante. Était-ce sa chevelure blonde qui retombait en lourdes anglaises sur les épaules ? Ses yeux marron aux reflets orangés semblaient en permanence agrandis par la passion, car Nina riait ou pleurait, elle n'était jamais, Sébastien ne l'avait jamais vue, indifférente, tout au plus distraite, lointaine, mais même alors son regard brillait, où une goutte irisée affleurait, comme sur une fleur qui ne se fanerait jamais. Sous ce regard Sébastien ne pouvait mentir. Quand il la voyait dormir, il s'étonnait qu'elle eût les yeux fermés. Même dans son sommeil, pensait-il, Nina le regardait. Ce regard ne s'éteignit jamais ; dans la maladie, qui fut longue et atroce, il ne perdit rien de sa flamme, comme si Nina, paralysée, continuait de diriger la vie de tous, et elle le faisait. Sébastien ne vit les yeux de sa mère ouverts et opaques à la fois qu'une seule seconde, et c'était sur son lit de mort. Il n'eut pas le courage d'affronter plus longtemps cette absence. Car ces yeux détisés, et bientôt fermés par la main de son mari, disaient brutalement que Nina était morte, alors qu'ils savaient tous depuis des mois qu'elle allait mourir.

À sept ans, Sébastien ne s'en doutait pas. Il ne voyait de sa mère que les cheveux, les yeux ; il ne la détaillait pas, comme il détaillait sa tante Isabelle, qu'il trouvait si jolie. Il n'aurait pu dire que sa mère était jolie. Elle ne ressemblait à personne. Ce sont les photographies qui disent aujourd'hui la perfection de Nina, ses seins hauts et ronds, sa taille souple, son élégance hautaine où demeurait un fond de timidité, comme on le voit sur certaines photos où elle a la tête rejetée en arrière, mais les épaules imperceptiblement ployées. Elle avait fait beaucoup de danse, et ses jambes musclées et longues assuraient à sa démarche une ondulation aérienne qui ne déplaçait pas la ligne, pareille à celle d'un cygne qui semble immobile à la surface de l'eau où il glisse.

Comment était-elle vêtue ce jour de décembre où, rentrant de chez le coiffeur, elle retenait la tête de Sébastien contre sa poitrine? L'enfant l'ignore; il ne s'intéressait pas à la toilette de sa mère. On peut supposer, d'après ces photos, qu'elle portait une robe évasée, aux épaules arrondies et tombantes, au buste moulé et froncé, et une petite cape palatine boutonnée sur les épaules. C'est le raffinement discret d'une femme sûre de sa beauté qui dédaigne les ornements excentriques. Tout à l'heure, tandis qu'elle descendait la rue El-Moungar, des hommes se sont sans doute retournés sur son passage. Aucun n'a osé la suivre longtemps des yeux.

Très doucement, parce qu'elle savait la douleur qu'il en éprouvait, Nina repoussa Sébastien.

« Tu as fini tes devoirs? »

Et, tout de suite, elle se mit à courir dans l'appartement, d'abord cajolant Agnès, qui gigotait encore dans son lit, se laissait faire avec indolence, s'attirant bien sûr un supplément de baisers, ces baisers dont tout le monde adorait couvrir Agnès. « Quel amour de bébé! » disait Nina, et Sébastien s'impatientait. Il voulait réciter sa leçon de géographie à sa mère avant le déjeuner.

Nina était déjà dans la cuisine, houspillant Aïcha, soulevant le couvercle de la marmite.

« Aïcha, et les huîtres, elles sont ouvertes?

– Madame, je sais pas les ouvrir.

– Mon Dieu! »

Nina courait vers la chambre de mamie, tout au bout du « couloir du fond ». Au passage, elle effleurait du doigt les commodes; il n'y avait pas de poussière.

Mamie se reposait dans son fauteuil. Le livre avait glissé entre ses mains; elle avait la bouche entrouverte.

« C'est épouvantable, dit Nina, rien n'est prêt.

– Hou! ma fille, tu m'as fait peur. Il t'a bien coiffée. Tu es belle comme un cœur!

– Maman, rien n'est prêt. Et Thomas qui vient déjeuner! »

Miriam Partouche, la grand-mère de Sébastien et d'Agnès, était une toute petite femme d'une soixantaine d'années, les cheveux d'un gris bleuté soigneusement mis en plis, très blanche de peau, sans une ride, avec des yeux noirs narquois derrière des lunettes ou plutôt qui semblaient narquois tant ils étaient vifs. D'un seul geste elle apaisa sa fille.

« Tout est prêt. On mangera les huîtres ce soir, j'ai fait de la *frita* pour commencer.

– De la *frita* ! s'exclama Nina, comme si c'était un plat indigne d'un déjeuner convenable.

– Il adore ça, ton Thomas. Arrête, ma fille, tu me donnes le mal de mer ! »

Miriam aimait beaucoup Thomas, le chirurgien qui avait soigné son mari avec tant de dévouement. C'était un homme généreux et intrépide. Elle savait que Nina l'admirait.

« Tu crois que Thomas aime les poivrons après tout ? » dit-elle à sa fille pour la taquiner.

Sébastien, qui avait suivi sa mère, lança un clin d'œil à Miriam, et ils éclatèrent de rire tous les deux. Ils se demandèrent, une seconde inquiets, si Nina n'allait pas exploser.

« Oh ! vous deux, toujours complices ! »

Sébastien s'assit sur les genoux de sa grand-mère.

« Que Dieu te protège ! » dit Miriam en arabe.

Il y eut encore une conversation animée à propos du poisson, du dessert, du service de table, du vin. Miriam était un peu sourde d'une oreille, ce qui l'autorisait à écarter les questions incongrues. Sébastien, pas dupe, servait d'interprète.

« Tu en fais des cérémonies, ma fille ! On dirait que Thomas n'est pas ton beau-frère.

– Ah ! maman, tu ne comprends pas ! »

Miriam comprenait très bien. Nina n'avait pas toujours été riche. Autrefois, rue Lamoricière, quand son mari Abraham vivait, avec les cinq enfants dans le petit appartement, rien n'était facile. Nina avait dû travailler dur, apprendre beaucoup pour s'en sortir. En épousant Luc Régnier, elle avait atteint son but.

« Et la table qui n'est pas mise ! » reprit-elle.

Elle s'élança vers la cuisine, en criant : « Aïcha ! »

Miriam la retint par le bras.

« Aïcha, elle n'a pas arrêté de la matinée, avec cette lessive. Et moi, je me suis assoupie. Excuse-nous, ma fille !

– Ah ! maman, je t'en prie ! Mon Dieu, les voilà ! »

On venait de sonner à la porte.

« J'ai oublié ma clef », dit Luc, en poussant devant lui son frère Thomas, qui le dépassait d'une tête.

Tout le monde s'embrassa. Agnès se mit à hurler. À force de gesticuler dans son lit en admirant ses bras et ses jambes tendus au-dessus de sa tête, elle avait fini par tomber sur le carrelage. Tous se précipitèrent, c'est Thomas qui s'empara le premier de la fillette, visiblement ravi de serrer contre lui le petit corps potelé.

« Tonton Thomas, il est docteur, dit Agnès. Alors, il va me soigner. »

Et voilà qu'elle fait du charme, pensa Sébastien. Agnès reniflait, en les examinant tous du coin de l'œil. Elle semblait choisir dans son lot de soupirants. Elle tendit les bras à son père, qui n'hésita pas une seconde à l'arracher à Thomas.

« Tu permets ? » dit Luc, comme s'il écartait un cavalier dansant effrontément avec l'élue de son cœur.

Nina accueillit avec une légère rougeur les compliments de son beau-frère. Elle l'aime beaucoup, se dit Sébastien sans jalousie. La maison était pleine de mouvement, Luc avait allumé la radio pour écouter les informations, mamie cassa des verres en mettant la table, Agnès consolée chantait à tue-tête sur son cheval à bascule, le vent fit claquer la porte de la cuisine, Aïcha qui s'était penchée pour ramasser les débris de verre la prit dans le derrière et poussa un cri de surprise, Nina porta la main à son cœur en disant : « Elle me fera mourir, celle-là ! », Thomas dit grivoisement : « Je la soigne aussi si elle veut », Aïcha répliqua : « Qu'est-ce que tu racontes, monsieur Thomas ? » mais avec un petit air de coquetterie qui amusa tout le monde, et Aïcha se rengorgea, on but l'anisette sur la terrasse. Le soleil de décembre, à la verticale du fort de Santa-Cruz, quittait sa cachette de nuages, comme s'il avait honte de se dissimuler dans ce ciel. C'était la famille de Sébastien. Il était heureux. Rien ne la menaçait, ni cette guerre dont il ignorait tout, ni la maladie de sa mère. Dans huit ans – comment s'en serait-il douté ? – tout serait bouleversé.

« C'est superbe ! » dit Thomas en examinant la longue table rectangulaire dressée au milieu de la salle à manger. Il ne regardait pas Nina ; elle hésita à le remercier, préféra garder le silence. Elle ne savait jamais sur quel pied danser avec son beau-frère. Thomas était parfait avec les enfants, fort affectueux avec elle, mais Nina redoutait l'ironie aussi bien que toutes les subtilités qu'elle ne savait pas manier. Et il lui semblait, sans certitude, que Thomas ironisait souvent. Bien qu'il l'eût maintenant adoptée, elle n'ignorait pas les réserves qu'avait formulées Thomas quand Luc lui avait annoncé son mariage. Thomas avait montré, dans le combat politique, sa tolérance et son amour de la justice, mais un riche, pensait Nina, reste un riche, avec ses préjugés. Riche, elle l'était de fraîche date. Juive et fille d'artisan, c'était un lourd handicap, même aux yeux d'un homme éclairé comme Thomas. Ne soyons pas injuste, pensa-t-elle, Thomas n'est pas antisémite, peu lui importe que je sois juive, mais de famille modeste, c'est une autre affaire. Elle secoua ses cheveux, qui balayèrent ses épaules, et ce geste plein de grâce lui attira un regard admiratif de Thomas, l'un de ces regards où une femme décèle, sous la convention du savoir-vivre, le désir le plus cru.

Nina aimait bien surnommer les gens et qualifier les choses, ça lui venait naturellement ; elle pensait aussi que c'était une marque d'originalité, et ne s'en privait pas. La longue table rectangulaire, habituellement placée dans un angle de la salle à manger, elle l'avait baptisée « comptoir ». Ce qui, pour quiconque, n'aurait pas tiré à conséquence, était pour Nina un sujet d'irritation. Cette table l'exaspérait, elle le répétait pratiquement tous les jours à Luc, qui haussait les épaules. C'est qu'elle n'était pas maîtresse chez elle, Nina, pas sur ce point du moins. L'aménagement de la maison, le choix des meubles et des tableaux étaient l'affaire de Luc ; il ne la consultait même pas. On livrait une commode, des fauteuils, de fort bon goût elle en convenait, elle n'en avait pas été avertie. « C'était une surprise », disait Luc diplomatiquement. Elle enrageait ; à croire qu'il aimait la tourmenter ; Isabelle, la jeune sœur de Nina, le pensait. La première surprise vous ravit ; la deuxième vous étonne ; à la troisième, on commence à se demander si l'on n'est pas tenu pour quantité négligeable. Complexée, moi ? se disait Nina, en jetant un coup d'œil furieux sur cette table que Thomas trouvait superbe. On s'asseyait. Aïcha apportait la salade de tomates et de poivrons cuits.

« Ah ! de la *frita* ! » s'exclama Thomas.

Miriam fit un petit geste à sa fille.

Passe encore pour les tableaux, se disait Nina. Luc s'y connaissait mieux qu'elle. Tout Oran lui prêtait cette réputation : « Ah ! votre mari, quel esthète ! », d'autant plus volontiers qu'à Oran les amateurs d'art ne fourmillaient pas. Les Oranais ajoutaient en douce : « Ce Régnier, quel original ! » Pensez donc : un avocat devenu garagiste, on en perdait son latin. Sans compter ce mariage, enfin il faut vivre avec son temps, on n'en est plus aux mariages de raison et d'intérêt, et il est fou d'elle : Nina croyait les entendre.

« Mamie, je me régale, dit gentiment Thomas.

– Mangez, mangez, mon fils, servez-vous encore ! »

Comme elle est simple, ma mère, pensait Nina, et comme tout le monde l'aime !

C'était quand même un paradoxe, cette histoire de tableaux. Luc ne savait pas dessiner et Nina peignait. Elle avait même achevé deux ou trois choses dont elle n'était pas mécontente. Je devrais m'y remettre, se dit-elle, en se demandant pourquoi elle avait pratiquement abandonné sa peinture depuis la naissance d'Agnès. Et pourtant, l'esthète, c'était Luc, et non pas elle : l'art, elle se battait avec lui devant la toile, Luc l'avait appris dans les livres et dans les musées. Chez moi, se disait Nina, il n'y avait pas de livres, et pas de voyages, pas de musées. Bien, c'était une injustice qu'il fallait avaler parmi d'autres. Mais la table, cette affreuse table rectangulaire ! Elle voulait une table ronde, ce n'était pas trop exiger sans doute ? Eh bien, monsieur avait décidé une fois pour toutes qu'une table ronde ne s'harmoniserait pas avec la forme de la salle à manger, elle-même rectangulaire. « La pièce serait carrée, tu comprends... » expliquait-il. Elle ne comprenait pas, justement.

Elle regarda Thomas en dessous. C'était vrai qu'il se régalait. Je suis un peu folle, se dit-elle. Elle n'écoutait pas. Ils parlaient de cette révolte dans l'Aurès, comme d'habitude, et de quoi d'autre pouvait parler Thomas, sinon de politique ? À son ton, elle comprit qu'il engueulait Luc. Elle regarda son mari ; il mangeait placidement, un peu trop bruyamment. Il répondait à son frère par politesse, elle devinait qu'il se retenait de hausser les épaules, ce geste qu'elle détestait. Rien ne peut donc l'émouvoir ? se dit-elle. Si, moi ! dut-elle se répondre. Thomas bouillonnait, son discours rageur était presque incompréhensible. Il avait un air de Mussolini, avec son torse massif, son visage large aux fortes mâchoires, son crâne entièrement rasé, coquetterie d'un homme de trente-cinq ans qui perdait ses cheveux. Il est beau pourtant, se disait Nina ; la beauté d'un homme, c'est son intelligence. Et cette voix profonde, ce roulement de tambour même quand il s'essayait à murmurer. Le regard de Nina se porta sur son calme mari, mince, à peine plus grand qu'elle, aux traits fins, avec ces magnifiques yeux bleus qui l'avaient séduite à la première rencontre. Et c'étaient deux frères, aussi dissemblables que l'eau et le feu ! Elle se demanda si elle aurait épousé Thomas, elle ne le connaissait pas à l'époque. Bien sûr qu'elle l'aurait épousé ! À quoi tient une vie ! Elle tenta d'imaginer la sienne auprès de Thomas. Il devait être impossible, toujours enflammé pour une cause ou une autre, abattu par ses échecs – et Dieu sait s'il avait traversé des épreuves ; elle pensait à son inculpation pour avortement, lui qui n'avait agi que par compassion et générosité ; la ville entière l'avait rejeté ! – abattu mais jamais vaincu ; elle le surnommait le phénix, ce qui le faisait sourire. « Nina, un jour le phénix n'a plus assez de feu en lui, il reste cendres. » Elle savait qu'il avait passionnément aimé une jeune fille, à Alger, et qu'elle était morte dans de terribles souffrances. Oui, il fallait la carrure de Thomas pour paraître si jeune, si insolent, si passionné, inébranlable. Au fond, se dit Nina, c'est pourquoi nous l'admirons tous. Mais impossible à vivre, ça oui, et puis trop coureur, conclut-elle plus légèrement ; elle sourit.

« Tiens, dit Thomas, tu es avec nous, Nina ? »

Il n'avait rien perdu de sa rêverie. Lisait-il en elle ? Elle rougit encore, c'était agaçant.

Aïcha servit le poisson, un mérou gigantesque avec une sauce très relevée.

« Mamie, vous me gâtez ! » dit Thomas.

Il disait « mamie » et non pas « Nina », ce qui aurait été plus poli ; elle n'arrivait pas à lui en vouloir.

Aïcha était une jolie fille, très foncée, aux lèvres charnues, avec une tresse qui descendait jusqu'aux reins, à la poitrine orgueilleuse.

« Tu l'examines quand ? dit Nina gaiement.

– À mon cabinet seulement », répliqua Thomas, en se léchant les babines.

Luc leur fit les gros yeux à tous les deux, en montrant de la tête Agnès et Sébastien.

« Et toi? demanda Nina à son mari, qui haussa les épaules. Oh! l'hypocrite. Vois, Thomas, ton tartufe de frère.

– Ma chère, répliqua Thomas, quand on a une femme comme toi, on ne remarque personne.

– Qu'est-ce que c'est *tratufe*? » dit Agnès.

Luc balaya d'un geste la question de la petite fille.

« Explique-lui, tu aimes bien expliquer, dit Nina avec un brin d'agressivité qui fit lever le nez à Thomas par-dessus son mérou. On ne laisse pas un enfant sans explication », reprit Nina.

Ni une femme, pensa Thomas.

« Tu me vois lui expliquer tartufe, elle a quatre ans! » dit Luc. Il devina à temps le sarcasme de sa femme, le devança :

« Je ne suis qu'un garagiste. »

Ils vont recommencer, pensa Sébastien, et il devint tout pâle. Il chercha désespérément quelque chose à dire pour faire diversion, demanda à son père s'il pourrait voir la source de la Loire aux prochaines vacances.

« Quoi, qu'est-ce que tu dis? répliqua Luc. Oui, on verra », et il marmonna : « La source de la Loire! »

Affreusement vexé, Sébastien repoussa son assiette. Mamie posa la main sur la sienne. Sébastien était très intrigué par la remarque de sa maman. Pourquoi tonton Thomas devrait-il examiner Aïcha? Ce qui l'étonnait le plus, c'était le rire de Nina, comme si elle se forçait pour plaire à Thomas. Ce n'était pas naturel, comme quand elle déclamait devant les invités, d'une voix qu'il ne reconnaissait pas, trop aiguë, trop chantante, avec des pleins et des déliés et des petits rires secs qui venaient de la gorge; dans sa chambre à la porte fermée, Sébastien entendait sa mère, il se bouchait les oreilles; ce qu'il détestait, c'étaient les applaudissements, et parfois il criait à tue-tête : « Maman! » Elle courait vers lui. Il hoquetait entre ses bras. « Tu as eu un cauchemar? Comme il est sensible, mon fils! » Il n'osait pas avouer qu'il détestait les invités, les déclamations, et quelles raisons aurait-il fournies? Il les ignorait lui-même. Il savait seulement que s'il hoquetait, elle ne repartirait pas. Sa crise de larmes simulée finissait dans des sanglots réels, qu'elle apaisait en lui mordillant l'oreille. Alors, courageusement, il abandonnait la partie, fermait les yeux, pour feindre cette fois le sommeil. Elle s'éloignait sur la pointe des pieds; bientôt, d'autres applaudissements éclataient. Il aurait voulu que ses parents ne reçoivent jamais personne.

« Eh bien, qui connaît la source de la Loire ? » demanda gentiment tonton Thomas.

Sébastien put donner la réponse. Il lança fugitivement à son oncle un regard de gratitude.

« Je n'aime pas trop tes plaisanteries avec Thomas devant les enfants », chuchota Luc à l'oreille de sa femme, dès qu'ils se furent levés de table. Il essayait sans y parvenir de prendre un ton badin. Une fois encore, Nina devina qu'il était empoigné par cette étrange jalousie que le moindre prétexte éveillait. Était-elle jalouse, elle ? Quel sentiment mystérieux !

« Les enfants ! répliqua-t-elle. Tu te soucies des enfants !

– Oui, je n'aime pas l'indécence. »

Il était presque comique, se dandinant sur les jambes, les mains derrière le dos, affectant une pudibonderie qu'il n'avait guère en privé. Et puis ses reproches traduisaient si faussement sa pensée. Elle faillit lui rire au nez, esquissa un « oh » qui ne l'engageait pas et alla servir le café sur la terrasse.

Le soleil les aveuglait ; ils baissèrent le store. Mamie disposa une chaise longue pour avoir les jambes au soleil.

« Vous allez cuire, mamie, dit Thomas.

– Merci, mon fils », répondit-elle machinalement.

Sébastien regarda tendrement sa grand-mère.

Nina, qui ne buvait jamais de café après le repas, commença à se polir les ongles.

« C'est quoi, ces événements, Thomas ? dit-elle sans lever les yeux.

– La guerre, répondit-il sur le même ton d'insouciance.

– La guerre ! dit Luc. Contre qui ? La guerre de qui ? L'armée française contre une poignée de rebelles, et qui la gagnera, cette guerre, docteur, explique-nous ?

– Je ne sais pas.

– Il ne sait pas ! Tu veux faire peur aux enfants, c'est ça ?

– Non, à toi. »

Thomas n'élevait toujours pas le ton. Il regarda son frère avec perplexité. C'était l'éternel Luc, aveugle et indifférent, oh ! pas Luc seulement ; la plupart lui ressemblaient. Il s'était assez battu, lui, Thomas, pour leur ouvrir les yeux. Ça n'avait pas empêché l'insurrection. Et maintenant, toujours obtus, ils y voyaient la main du Caire ou un soulèvement tribal, comme disaient les militaires. L'Aurès, c'était si loin, ces montagnes du bout de la civilisation, inaccessibles, traditionnellement agitées de troubles, qui s'en souciait? Une opération de police suffirait. Voilà comment raisonnait Luc, et tous. Thomas, patiemment, fit la leçon à son frère, comme à un élève borné. En pure perte, pensait-il. Là, sur cette terrasse ensoleillée, dans cette ville paisible, rieuse, aux cinémas et aux restaurants bondés, aux plaisirs simples et innocents, que pouvait savoir Luc des Arabes? Il ne les côtoyait pas. Avait-il même mis les pieds dans leur quartier, qu'on appelait le « village nègre »? Luc s'était-il jamais enfoncé dans l'intérieur du pays? Avait-il vu une mechta? Comment aurait-il compris que les Arabes – une poignée pour l'instant, une armée demain – ne renonceraient pas à leur combat en échange de bonnes paroles?

Thomas examina son frère. Luc, sa tasse de café à la main, tournant sans fin sa cuillère, portait un regard songeur, peut-être inquiet, sur Nina, qui se vernissait les ongles. Comme il l'aime! se dit Thomas. Et il l'aime comme je n'ai jamais aimé aucune femme : sans cesse ses pensées sont tournées vers elle. Pourquoi croirait-il à ma parole plus qu'à celle du gouvernement français? Et que dit le gouvernement? L'Algérie, c'est la France, on ne transige pas lorsqu'il s'agit de défendre la paix intérieure de la nation. Pourquoi Luc serait-il plus lucide que le gouvernement français? Qui l'informait? Qui informait les Français d'Algérie? Thomas pressentait que cette guerre, encore épisodique, ferait d'innombrables victimes dans les deux camps.

Luc leva brusquement la tête. Il paraissait troublé. Thomas se méprit. Il croyait à quelque brouille avec Nina.

« Laisse-moi te dire une chose, Thomas : tu ne détiens pas la vérité. Que doit faire un État comme la France devant une rébellion? Rendre les armes sur-le-champ? Tu parles de répression, faut-il se laisser égorger?

– Tu as raison, dit Thomas avec lassitude. Rien de bon ne peut sortir de la guerre. »

Il avait été mêlé, à Batna, presque malgré lui, à l'insurrection du 1er novembre, et, avec toute son énergie, avait organisé la défense de la population. Il avait recueilli, dans les gorges de Tighanimine, la petite institutrice de vingt ans, blessée, meurtrie, souillée, gisant près du cadavre de son mari. C'est lui, Thomas, qui avait opéré la jeune femme. Depuis la mort de sa fiancée, autrefois, à Alger, depuis la mort de cette autre petite jeune femme sur sa table d'opération, il s'était juré de lutter partout et toujours pour la vie. Deux jeunes femmes étaient mortes entre ses bras impuissants. Mais il avait sauvé la troisième. De ce jour du 2 novembre 1954, il y avait à peine un mois, datait sa régénérescence. Depuis ce jour seulement, il méritait le surnom de « phénix ».

Surpris par la capitulation de son frère, Luc s'enhardit. Il redoutait les jugements à l'emporte-pièce de son aîné. Thomas lui en imposait.

« Regarde Aïcha, dit-il, elle a un travail, elle fait partie de la famille, on lui confie les enfants. Est-ce qu'elle veut la guerre ?

– Ah, non ! explosa Thomas, et le pinceau de Nina dérapa sur sa phalange. Ah, non, ce n'est pas si simple ! Voilà tes Arabes ! Aïcha, les Arabes des villes, ceux qui sont bien traités, avec qui on vit en bonne intelligence. Mais combien d'Arabes au chômage dans tout le pays, dis un chiffre ! Un million ! Les trois quarts de la population illettrée !

– Tant que ça ? dit Nina. Tu crois, Thomas ? »

Sébastien suivait sur les visages la conversation, dont le sens lui échappait. Il rougit pour sa mère en captant l'éclair qui traversa le regard de Thomas.

« Eh bien, donne-leur l'indépendance ! dit Luc.

– Très spirituel ! »

Thomas n'était pas pour l'indépendance ; il appartenait à cette minorité dite libérale qui réclamait la justice pour les Arabes. C'était se mettre en porte à faux dans son milieu. Au mieux, on le traitait d'utopiste, au pire, de traître. En 1948, il avait été élu délégué à l'Assemblée algérienne, l'un des quatre représentants de la S.F.I.O. Dans ce théâtre, la tragédie, encore larvée, se jouait sur un air d'opérette. Aux mains d'une poignée de puissants, l'Assemblée algérienne bloquait toute réforme. Et le peuple des Français d'Algérie, petit peuple de paysans, de dockers, de fonctionnaires, d'artisans, dupé par tous, victime désignée du destin, empruntait la voie tortueuse de ces puissants en croyant prendre le chemin du salut. Ce n'était cependant pas si simple, et Thomas le savait, car nombre de ces grands propriétaires mettaient le pays en valeur, et tous le faisaient avec une passion charnelle pour la terre d'Algérie. Un jour, peut-être, la richesse du pays profiterait à chacun ; il y faudrait du temps. Seulement les Arabes n'avaient plus le temps. Qui, alors, les imaginait capables de se révolter ? Thomas l'imaginait.

Ils étaient sur la terrasse de la belle maison de la rue de la Paix, en ce jeudi de décembre. C'était l'heure de la sieste ; pas un bruit ne montait de la ville ; à peine le sifflement d'un trolley déchirait-il le silence tranquille de la cité assoupie, et la litanie d'un marchand de vieilleries qui s'obstinait à le troubler en pure perte. Une apostrophe s'éleva bien loin, on n'en saisissait pas le sens, elle disait : « Va, va te coucher, toi aussi, Perico ! »

Mamie s'était endormie ; elle ronflait légèrement sur la chaise longue, un bras pendant jusqû'au sol ; elle tenait encore le journal d'une main, et le vent faisait frétiller les pages, comme de petits poissons dans la friture. À quoi rêvait mamie ? Au mariage de Sébastien avec une belle princesse. L'enfant la vit sourire ; il prit doucement le journal et reposa le bras de sa grand-mère sur son ventre.

Nina ne se peignait plus les ongles. Elle écoutait Thomas, la bouche entrouverte. Luc les regardait alternativement, suivant l'exaltation de Thomas sur le visage de sa femme. Elle ouvrait grands les yeux, fronçait les sourcils, esquissait un sourire, portait la main à sa bouche, au gré du récit de Thomas. Moi, pensait Luc, je n'ai rien à raconter. Que raconte un garagiste ? Mais, plus Nina lui reprochait sa fantaisie, plus il s'entêtait. Avocat, inscrit au barreau d'Oran, Luc avait réalisé assez vite que ce métier l'ennuyait profondément. Il n'avait de goût ni pour l'étude des dossiers, ni pour les plaidoiries. Bien sûr, il y avait la veuve et l'orphelin. Oh ! ils pouvaient très bien se passer de lui, les avocats ne manquaient pas. Dans son cabinet, au bout d'une minute d'entretien avec ses clients, Luc se mettait à leur en vouloir farouchement. Quel salmigondis d'histoires lamentables, ces divorces, ces escroqueries ! Il rêvait d'un criminel intelligent, qui ne se présentait jamais. Luc n'aimait que Nina et l'art, essentiellement la peinture, dont il dissertait avec beaucoup de compétence. Il pouvait aussi parler d'architecture ou d'histoire ; Napoléon et les Habsbourg, entre autres, n'avaient aucun secret pour lui, pas plus que les villes d'Europe, dont il avait visité tous les pays. Il vous recommandait un restaurant de Leopoldstadt à Vienne, une église jésuite à Palerme, un musée en plein air à

Stockholm. Thomas trouvait cette érudition très intimidante.

Luc quitta le barreau, acheta un garage. Un garage! s'écria Nina au désespoir. Il ne l'avait pas consultée. Nina aimait son mari, elle aimait aussi l'avocat. Elle avait eu une enfance sinon pauvre, du moins médiocre. Si cette profession indigne l'exaspérait, elle se rendit compte que, curieusement, les amis de Luc ne lui en tenaient pas rigueur. La société oranaise le voyait définitivement comme un original, avec lequel il fallait s'attendre à tout, aussi bien épouser une israélite que devenir garagiste. Nina ne savait si elle devait s'en réjouir ou le déplorer. Luc Régnier restait Luc Régnier, en dépit ou au bénéfice de ses bizarreries.

Elle le harcelait pour qu'il vende; il haussait sempiternellement les épaules. Il était associé dans l'affaire, qui lui réclamait peu d'efforts et lui laissait beaucoup de liberté, avec son cousin, Jacques Valigan, trop riche pour avoir jamais travaillé. Ses immeubles aux mains de gérants, ses terres aux mains de régisseurs, Valigan s'ennuyait avec bonne humeur. Dans son bureau, au garage, il s'enfermait en compagnie de Luc, et tous les deux blaguaient interminablement. Ils s'en remettaient sans vergogne à leur chef d'atelier, qui, lui, arrivait à sept heures du matin et repartait à huit heures du soir. Grâce à lui, le garage était devenu l'un des premiers d'Oran et rapportait beaucoup d'argent, argent dont Valigan n'avait pas réellement besoin, mais que Luc ne dédaignait pas : sa fortune, uniquement immobilière, qu'il partageait de surcroît avec sa mère, Agathe, et avec Thomas, allait en s'écornant, érodée par l'inflation et par le blocage des loyers.

Que raconte un garagiste? se demandait Luc. Eh bien, mille choses qui les amusaient, la vieille Juvaquatre soi-disant remise à neuf qui rendait l'âme au coin de la rue, les œillades d'une grosse rentière avare dont ils ignoraient toujours si elle avait le béguin pour Luc ou si elle espérait un allégement de sa facture, les explications ahurissantes que Valigan fournissait imperturbablement à un client soupçonneux et qu'Ali, le plus jeune des mécanos, rapportait à tous au moment de la pause, pour la plus grande joie de l'atelier. Aucune de toutes ces bêtises ne pouvait arracher à Nina la moindre complaisance. Elle restait de marbre.

À présent, son visage, tourné vers Thomas, était presque impudique. Jamais elle ne me regarde de cette façon, pensa Luc. Thomas était un héros, il fallait s'y résigner.

« Tu ne tues personne aujourd'hui ? » demanda Luc brutalement à son frère, qui demeura la bouche ouverte au milieu d'une phrase. Nina, son pinceau à la main, chercha le flacon de vernis sur la table de jardin alors qu'elle le tenait de l'autre main. Elle souffla sur ses ongles, depuis longtemps secs. Thomas se passa la main sur son crâne rasé, en prenant une longue inspiration. Bien qu'il ne fût pas très observateur, Luc connaissait ce geste de son frère, qui manifestait une vive irritation et précédait généralement un éclat. Il ajouta :

« Oui, tu n'opères pas ?

– Si, si, je m'en vais », répliqua Thomas.

Sébastien le dévisageait, il était terrible, ce gosse, avec ses yeux verts ! Entre autres paris hasardeux qu'il se proposait à lui-même, Thomas s'était juré une fois pour toutes d'offrir une image parfaite à son neveu. Jamais il ne se serait emporté devant lui.

« Je t'accompagne à l'école, Sébastien ? dit-il d'un ton égal.

– C'est jeudi, tonton.

– Jeudi ? Alors, au revoir, mon fils. »

Il l'embrassa sur les deux joues sans insister, comme on fait avec un grand garçon.

Son pari, Thomas l'avait gagné : dès que Sébastien l'apercevait, un élan le poussait vers son oncle, qu'il refrénait par timidité. Avec mamie, tonton Thomas était le seul adulte qui trouvait grâce aux yeux de Sébastien. Mais mamie n'était que bonté et générosité. Elle n'avait pas le prestige de Thomas. Même de sa mère adorée, Sébastien devinait les faiblesses. Il était trop proche d'elle, trop désireux de le rester toujours pour s'imaginer « grand ». C'est Nina et Miriam qui rêvaient pour lui. Mais, quand il s'y efforçait, il se voyait fort, massif, sans cheveux, avec une voix profonde, captant l'attention de tous, dominant ses colères – ce qu'il ne savait pas encore faire à son âge, et son papa disait qu'il était capricieux. Sébastien sentait bien – il n'aurait pu l'exprimer clairement – que les manières affables de Thomas recouvraient un bouillonnement de désirs, comme s'il était toujours en quête de quelque chose ; pourquoi n'avait-il pas de femme, en tout cas pas toujours la même, se demandait par exemple

Sébastien, ni d'enfants ? Pourquoi parlait-il de son métier en plaisantant, comme si ce n'était pas sérieux – et docteur, c'était pourtant un métier très sérieux. Sébastien avait un oncle bijoutier et un oncle cafetier. Ils plaisantaient de tout, sauf de leur métier justement. Ils se moquaient de tout le monde, sauf d'eux-mêmes ; ils se moquaient même de lui, Sébastien. Avec tonton Thomas, c'était l'inverse. Parfois, il regardait les gens d'un drôle d'air, et Sébastien croyait deviner ce qu'il pensait. Mais, quand papa disait : « Alors, tu as tué combien de malades aujourd'hui ? » Thomas riait le premier sans se vexer. Voilà en quoi Sébastien aurait aimé ressembler à son oncle : ne se sentir jamais vexé. Il n'y arrivait pas encore.

Il aurait voulu se pendre au cou de Thomas ; c'est à peine s'il lui rendit ses baisers.

Soudain, les trams et les voitures se mirent en branle, les coups de klaxon et les pétarades de pot d'échappement éclatèrent comme des incongruités ; du marché proche, ils auraient pu entendre, en prêtant l'oreille, les invectives des marchands : « Il est pas frais mon rouget ? Plus frais que votre figure en tout cas ! » Et les ménagères répliquaient, sans prendre la mouche, parce que, dans ce pays, l'injure faisait partie de la comédie quotidienne, parce que les mots, sous ce ciel, n'avaient pas la rigueur définitive et tranchante qu'ils ont ailleurs : « Ma figure, elle est plus propre que ton derrière ! »

La ville se réveillait. Un orage se déversa en trombes, puis laissa le ciel plus lumineux, d'un éclat qui obligeait à cligner les yeux. Parfois, il pleuvait des journées entières, et, chaque fois, les Oranais accueillaient la pluie comme une intruse ; ils ne connaissaient qu'une saison, l'été ; pendant les trois autres, ils prenaient leur mal en patience, de même qu'un père soupire en voyant son fils devenir idiot : « C'est l'âge ingrat ! »

La ville se réveilla et chacun vaqua à ses affaires. Thomas opéra d'urgence un petit garçon en pleine crise d'appendicite ; il détestait « ouvrir » les enfants. Luc passa deux heures au garage, signa des papiers, puis, en compagnie de son cousin Valigan, alla se faire cirer les chaussures place de la Bastille. Mamie emmena les enfants au jardin du Petit-Vichy ; ils se balancèrent dans des nacelles en bois rouge et jaune, le corps renversé, la tête au-dessus des nuages. Nina recopia dans son carnet secret des pensées de Montaigne et de La Rochefoucauld, puis les apprit par cœur. Aïcha lava à grande eau les deux terrasses. Vers six heures, elle quitta le centre-ville pour gagner en tram la maison, au village nègre, où elle vivait avec ses parents, ses grands-parents et ses sept frères et sœurs.

Ce soir-là, ils ne sortirent pas ; ils étaient allés au théâtre la veille, et Nina avait ri délicieusement. Elle aimait Guitry et Marcel Achard. Luc adorait le rire de sa femme, un rire spontané, mais plein de coquetterie, qu'elle modulait avec précision, toujours sur le même ton, de l'aigu vers le grave, la tête jetée en arrière, les doigts sur la gorge, comme si elle contrôlait, au toucher, ses vocalises. Puis elle tournait à peine le visage vers son mari, certaine de trouver ses yeux admiratifs posés sur elle. Il lui prenait la main, et, dans la pénombre de la salle, cherchait autour d'eux les regards des hommes fixés sur Nina ; il en découvrait ou croyait en découvrir, partagé entre la vanité et le soupçon.

Ils restèrent à la maison. Luc éplucha *Le Figaro* de la première à la dernière page ; il le faisait depuis l'âge de dix-huit ans ; c'était un rite dont il tirait le même plaisir que de jouer au bridge une fois par semaine ou d'acheter, à l'Épi d'or, le gâteau du dimanche, le plaisir de l'immuabilité de l'ordre des choses. Nina écouta une pièce à la radio ; elle fut déçue : ce n'était ni drôle ni utile, il n'y avait aucune formule qu'elle pût retenir pour la replacer à une réception. Luc se coucha. Il entendit sa femme chantonner interminablement dans la chambre d'Agnès. Il finit par dire, comme presque chaque soir : « Tu viens ? » Il entendit l'eau couler dans la salle de bains ; il ferma les yeux pour se représenter le corps de Nina, ses seins, ses hanches. Elle lui appartenait, c'était miraculeux. Il sentait pleinement son bonheur. Il avait de l'argent, une femme incomparable, que pouvait-on attendre de plus de la vie ? Il gémit d'impatience. Pourtant, quand les pas de Nina s'approchèrent, il reprit le journal, qu'il avait posé.

« Elle est chaude », dit-elle.

Il grogna derrière les pages.

« Qui ? Agnès ?

– Évidemment, Agnès ! Elle a de la fièvre !

– Beaucoup ?

– 37° 7. »

Il s'empêcha de hausser les épaules.

Elle examina la chambre, le lit Arts déco, avec ses lampes de chevet inclinables, la commode Louis XVI, les tapis chinois. À chaque instant, elle mesurait le privilège d'être Mme Luc Régnier. Elle laissait habituellement le plus grand désordre dans les pièces qu'elle habitait. À l'heure de se coucher, elle voulait que tout fût relativement rangé, vêtements et objets, comme pour clore la journée et recommencer le lendemain sous une enseigne neuve, bien que sans surprise. Elle portait une chemise de nuit en soie. Tout en lisant, Luc, du coin de l'œil, contemplait la nudité à peine voilée de sa femme. Elle brossa longuement de la main le drap de son côté.

« Le lit était fait », dit-il.

Elle ne répondit pas. Agnès toussa, et elle retourna au chevet de la fillette. Posant la main sur son front humide, elle sentit le bonheur couler en elle comme de la lumière. « Je donnerais ma vie pour toi », pensa-t-elle. Puis, dans la chambre de Sébastien, le même sentiment l'embrasa, doublé d'un désir ambitieux. Oh! les songes merveilleux qu'elle faisait pour Sébastien, l'auréole de gloire dont elle voyait ceint le front pâle de son fils. Elle étendit sa main ouverte sur ce front; elle éloignait le mauvais esprit. Le dernier baiser qu'elle lui donna fit soupirer Sébastien endormi.

Elle revint enfin, se coucha, regarda interrogativement son mari.

« Oui », dit-il.

Elle enleva sa chemise de nuit, s'allongea sur le dos; il la contempla comme s'il voulait s'approprier du regard ce corps qu'il connaissait par cœur, des cheveux blonds cuivrés à l'extrémité des orteils aux ongles peints. Un sentiment de puissance l'envahissait. Il envisageait parfois que Thomas eût éprouvé cette ivresse dans ses combats, mais c'était impossible.

Luc ne touchait pas encore sa femme. Elle souriait, les lèvres légèrement incurvées sans découvrir les dents.

« Ton corps, chérie, dit-il d'une voix brisée, c'est la perfection.

– Oh, non! dit-elle, et instinctivement elle porta les mains à ses cuisses, trop musclées par des années de danse.

– Si, ne me contredis pas, je t'aime! »

Il avait connu d'autres femmes. Elle ne connaissait que lui. Il appréciait la réserve de Nina, c'était la mère de ses enfants. Elle sourit plus largement, émue par cette dévotion.

Il commença à la caresser, à l'embrasser, il ne s'en lassait pas. Il était fou du velours de sa peau, du parfum qui baignait ses cheveux et semblait se concentrer dans la vasque précieuse du nombril. Il la respirait abondamment, comme une serre. Un désir vertigineux l'envahit, où il plongea les yeux clos, avec cette terrible sensation, mais grisante, d'être sur une barque dansant dans la vague et près de chavirer.

« Tu entends? dit-elle, elle pleure. »

Mais ce n'était qu'une fausse alerte. Le désir gagna Nina. Elle posa les mains sur les épaules de Luc. Elle avait un plaisir bref, presque imperceptible. Luc avait connu des femmes voluptueuses; il savait la différence. Elle ignorait qu'une femme pouvait être submergée par le bonheur, secouée par des rafales électriques, irradiée au plus profond de sa chair et de son cœur par une lumière qui lui fait serrer les dents, plisser le front, crisper les mains et agiter la tête en tous sens, comme sous l'effet d'une douleur aiguë, et c'est la douleur de penser que ce bonheur est irréel, d'un autre monde, et que, si elle en est dépossédée, elle en mourra. Luc le savait; il ne le lui disait pas. Il souffrait de ne pouvoir éveiller le corps de sa bien-aimée à cette attente au-delà de laquelle elle aurait découvert elle-même le secret. Mais d'aucune de ces femmes voluptueuses il n'avait aimé toucher la peau avec tant d'impatience; avec aucune il n'avait désiré demeurer enlacé si longtemps, indéfiniment, sans se séparer d'elle tant qu'il en avait la force, et cette force en lui, pour Nina, était inépuisable. Il pensait avoir vingt ans; il en avait trente-trois. Mais, à vingt ans, il ne savait rien de ce désir caressant, avide de douceur et de soupirs, avide de nommer, de dire les sentiments pour leur donner plus de réalité, de les fixer comme des papillons épinglés pour qu'ils ne risquent pas de s'envoler. Il souriait de tout son visage, de sa bouche, de ses beaux yeux bleus.

Il dit : « Nina, ma chérie, mon amour, Nina, je t'aime, Nina. »

Il le redit encore et encore.

Elle murmurait simplement : « Luc. »

Il eut un plaisir brûlant qui le convulsa entièrement; son cœur s'envola; il tremblait. Baigné d'émerveillement et de gratitude, il resta longtemps sur le corps de sa femme, épousant chacune des parcelles de sa chair.

« Je t'écrase, dit-il.

– Non, non.

– Je t'aime. »

C'est elle qui l'écarta doucement. Il était incapable de réunir ses pensées, et qu'avait-il à faire de penser? Elle revint, splendidement nue. Il vit que ses pensées à elle étaient ailleurs. Il en souffrit, se dit : « Pourquoi, bon sang, comment faire? » et chassa aussitôt ce nuage.

« Elle dort, dit Nina. Elle est chaude, mais pas trop. »

Elle s'apprêta à dormir, brossa encore le drap de son côté, tira la couverture, embrassa son mari, se pelotonna, lui tournant le dos. Il l'enlaça, enfouit le visage dans sa nuque, posa les mains sur ses seins. Il la désira de nouveau. Elle le laissa faire sans changer de position. Elle se disait : « J'appellerai le docteur demain. » Luc soufflait dans son dos; elle jeta le bras en arrière, lui toucha les cheveux. « Allez », pensa-t-elle.

Il voulut fumer, elle le lui interdit.

« Pas dans la chambre. »

Il passa son peignoir, fuma les premières bouffées sur la terrasse, rentra au salon. Après cette journée ensoleillée, il faisait froid maintenant. Le vent redoublait, courbant la tête des palmiers du boulevard Gallieni, qu'il apercevait dans une trouée entre deux immeubles. Il se souvint de la guerre, qu'il avait faite en Europe, avec les Français d'Algérie, remobilisés.

Au cantonnement de Luxeuil, ils avaient mesuré le froid à – 25°. Fitoussi jurait en arabe, l'adjudant le traitait de mauviette, et Fitoussi répliquait dignement : « Je suis de Colomb-Béchar, moi! » L'intendance suivait les troupes à deux jours de marche. Ils en avaient vu, des cadavres abandonnés par la guerre, des cadavres d'enfants allemands en uniforme, les entrailles béantes, les cheveux et les cils poudrés de neige, les uns calcinés dans leurs véhicules blindés, les autres au bord du chemin, statufiés par le gel. Thomas avait-il raison? Une autre guerre allait-elle éclater entre Arabes et Français, entre soldats qui s'étaient battus sous le même drapeau?

Nina avait éteint sa lampe de chevet; elle s'endormait. Et lui, au lieu de se coucher discrètement, se mouchait, bâillait bruyamment, remodelait ses oreillers à grands coups. Elle se tourna vivement vers lui.

« Tu ne dors pas? dit-il.

– J'essaie!

– Mais Agnès n'a rien du tout, ajouta-t-il, insensible à l'ironie.

– Écoute, commença-t-elle timidement, tu sais que ça me tourmente.

– Chérie, 37° 7, ce n'est rien. Les enfants ont souvent un peu de fièvre le soir. »

Que connaît-il aux enfants ? pensa-t-elle.

« Non, je parle d'autre chose. Tu t'entêtes, je ne sais pas pourquoi. Je voudrais que tu vendes, s'il te plaît ! »

Oh, non, elle n'allait pas recommencer, avec le garage ! Alors qu'il se sentait si bien ! Il s'apprêtait à lire une biographie de Nelson, le livre était sur la table de nuit. Il y jeta un regard désolé. Les discussions sur le garage pouvaient durer une heure. Il se coucha, rehaussa les oreillers, ouvrit le bouquin, un peu inquiet toutefois.

« Tu pourrais me répondre ! Je ne suis pas la bonne ! » dit Nina.

Et, honteuse de cette vulgarité qu'elle n'avait pas préméditée, elle s'abandonna à la colère, avec l'habituel sentiment d'amour-propre mortifié : ce n'était pas digne d'elle, pas digne de Mme Luc Régnier, mais elle n'y résistait pas. En un éclair, elle aperçut les progrès qu'il lui restait à faire, car elle croyait pouvoir viser la perfection. Plus il se taisait, plus elle enrageait. Elle connaissait sa tactique, depuis tant d'années ; jamais elle n'avait trouvé la parade. Elle refusait parfois de faire l'amour ; ce soir, c'était trop tard. Et puis c'était une riposte inélégante, inadéquate, sans rapport avec l'objet du conflit. Elle aurait voulu trouver des mots blessants, mieux : un ton de voix, juste une inflexion de la voix qui le dompterait. Mais rien n'humiliait Luc, il était né riche, ainsi se l'expliquait-elle. L'humiliation, ça s'apprend, pensait-elle, et c'est indélébile. Lui n'avait jamais compté sou par sou, jamais usé les vêtements de son aîné, jamais souffert de la promiscuité, des bruits et des odeurs dans une maison trop petite, jamais pleuré la nuit de fatigue et de découragement, jamais convoité l'impossible en pensant qu'il demeurerait inaccessible. Il avait tout depuis toujours ; la seule chose qu'il ait convoitée, pensait Nina, c'est moi, et il l'a eue sans peine.

Elle était secrétaire au palais de justice. Lui, jeune avocat, l'avait voulue non pas dès la première seconde – cela n'existe pas – mais dès la seconde. Ils n'appartenaient ni à la même religion (bien qu'il fût agnostique) ni au même milieu social. Il ne s'en souciait pas ; la beauté de Nina l'éblouissait. C'était la plus belle femme qu'il eût jamais approchée.

Le père de Nina, Abraham Partouche, bijoutier dans le quartier juif d'Oran, un homme pieux et tolérant, n'avait qu'une exigence : ses enfants devaient épouser des juifs. Il s'opposa au mariage de Nina, la mort dans l'âme cependant, car il n'avait jamais fait acte d'autorité. Il finit par céder à la pression de sa famille. Comment, lui disait-on, priver Nina d'un si beau mariage? Il était déjà malade. Thomas, le frère de Luc, l'opéra en vain d'un cancer du poumon, puis le soigna jusqu'à la fin. Miriam, depuis, aimait Thomas comme un autre de ses fils.

Pendant presque deux ans, jusqu'au premier anniversaire de Sébastien, Luc cacha son mariage à sa mère. Nina lui en voulait encore sourdement. Elle ruminait chaque jour cette humiliation : il avait eu honte d'elle. Honte, non! Luc ne cachait pas Nina à son frère ni à ses amis, bien au contraire. Mais il n'osait pas heurter les préjugés d'Agathe. Tout Oran connaissait sa liaison, puis son mariage avec Nina, sauf sa propre mère. Et, quand enfin il lui présenta sa jeune femme, eut-il un mot de repentir? Pas du tout! Il fit comme s'il s'était marié la veille. Au demeurant, au lieu de la vieille femme revêche et arrogante qu'elle s'attendait à rencontrer, elle découvrit une petite dame au teint jaunâtre, aux cheveux secs, qui ne s'intéressait à rien, sinon à la carrière et au bonheur de Thomas, son fils aîné, qu'elle idolâtrait. Agathe lui déclara d'emblée : « On m'avait dit que vous étiez jolie, laissez-moi vous dire que vous êtes ravissante. »

Nina entretenait les meilleures relations avec sa belle-mère, froides et courtoises.

Une pensée mauvaise la traversa : comment, quand Luc paierait-il ses privilèges? Elle ne se doutait pas que, dans huit ans, lui, qui n'avait jamais rien eu à gagner, perdrait tout, sa femme et son pays. Elle ne lui voulait pas réellement du mal; aussi ne conjura-t-elle pas cette malédiction; pour l'annuler, il aurait fallu ajouter mentalement : « Que Dieu le protège! » Elle ne le fit pas.

Elle savait qu'il redoutait les scènes, mais seulement parce qu'elles le dérangeaient. Elle voyait qu'il ne parvenait pas à lire : il ne tournait pas la page.

« Tu es la risée d'Oran. Garagiste! C'est bien la peine d'être si intelligent », lança-t-elle naïvement.

Il sourit malgré lui. Elle le détesta.

« Tu n'as donc pas d'ambition! » dit-elle.

Cette fois, il haussa franchement les épaules.

« Eh bien, moi, j'en ai!

– Que désires-tu de plus? Tu es belle, assez riche, moins que tu ne le crois, tu as de beaux enfants et un mari qui t'adore! »

Il lui effleura la cuisse. Elle était si belle, assise dans le lit, les seins dénudés. Elle retira vivement la jambe.

« On t'a encore monté la tête, se résigna-t-il à dire.

– Je peux penser toute seule.

– Tu appelles ça penser! La pensée de la remarquable Isabelle!

– Laisse ma sœur en dehors de tout ça!

– Explique-moi pourquoi, dit-il de son ton le plus sarcastique, Isabelle ne supporte pas que tu sois la femme d'un garagiste, alors que son mari est cafetier.

– Parce que tu n'es pas garagiste! Tu es avocat!

– Avocat sans cause.

– C'est pour moi qu'elle a de la peine, pas pour toi.

– Nina, faut-il que je t'aime! Tu es d'une bêtise parfois! »

Elle arracha la couverture, prit son oreiller et alla se coucher sur le canapé du salon.

Oh, bon sang! dit-il entre ses dents, et plus haut: « Reviens, voyons! » Il ne commencerait jamais le *Nelson*.

Il avait connu Nina si douce, si timide; il l'appelait « mon petit mouton », autrefois, pendant la guerre, au temps de leurs amours naissantes, avant les enfants. Il ne concevait pas qu'elle ait changé à ce point. Il continuait à agir à sa guise, mais elle se rebellait. C'est la faute d'Isabelle! pensait-il obsessionnellement. Isabelle, la sœur cadette de Nina, la jolie Isabelle aux yeux bleus, la très séduisante et désirable Isabelle, que le diable l'emporte! Elle se mêlait de tout, jetait la discorde entre eux – et pourquoi? Par pure jalousie. Isabelle était jalouse du bonheur et de la position sociale de Nina. Elle voulait détruire leur ménage et récupérer sa sœur: voilà comment Luc, aveuglé par le ressentiment, justifiait l'insoumission de Nina.

« Reviens! » cria-t-il.

Sébastien se réveilla. Voyant de la lumière, il appela faiblement: « Maman! » Il avait fait pipi au lit.

L'autre maintenant, pensa Luc.

« Dors, Sébastien! » ordonna-t-il.

L'enfant fut pris de panique. C'était une grande humiliation pour lui de faire pipi au lit. Son père ne devait pas le savoir, maman avait juré.

« Je dors, papa, c'est la lumière... »

Déjà Nina était auprès de lui. Elle toucha le drap mouillé. « J'arrive », dit-elle à Luc, et elle ferma la porte de leur chambre.

« Pourquoi tu fermes ? cria Luc.

– J'arrive », répéta-t-elle.

En toute hâte, elle changea les draps de Sébastien, sans un mot.

« Reste, maman !

– Pas ce soir, chéri. Rendors-toi vite. Papa est réveillé. »

Elle l'embrassa, regagna la chambre conjugale et se glissa auprès de son mari.

2

SÉPARATION

Il y avait des caisses partout, dans les chambres, le couloir, la cuisine, des caisses béantes où les enfants grimpaient. Ils imitaient le bruit d'un moteur et faisaient la course à bord de leurs caisses ; ou bien c'étaient des abris, des fortins, des chars d'assaut, et ils se tiraient dessus. Les interjections fusaient et les balles sifflaient. Les deux sœurs ne s'entendaient plus.

« Mais quels gangsters ! dit Isabelle. Arrêtez une minute, non !

– Ils me font tourner en bourrique ! » dit plaintivement Louisette.

Entre les vêtements, la vaisselle, les bibelots, elles ne savaient plus où donner de la tête.

« Pourquoi tu déménages aussi ? » lança rageusement Isabelle.

Un petit bonhomme de trois ans, un brun aux cheveux ondulés, aux yeux bleus pleins de fureur, se jeta en pleurnichant dans les bras d'Isabelle.

« Maman, ils disent que je suis mort, mais c'est pas vrai !

– Joue avec la petite, Daniel, les autres ils sont grands, tu vas te faire mal.

– Il faut qu'il apprenne, Isa », dit Louisette.

Elle trouvait qu'Isabelle protégeait trop son fils.

« Maman, ils m'ont pas tué ! Dis-leur, toi ! » continua Daniel.

Il tirait sa mère par le bras en trépignant. Elle lui donna une petite claque sur la joue ; il hurla et se mit à lui cogner les cuisses à coups de poing. Étienne Pujalte, son père, surgit comme une flèche. C'était un bel homme solide qui attirait les regards des femmes. Il saisit brutalement Daniel par l'épaule et le secoua en silence. Les yeux de l'enfant s'emplirent de crainte; il s'enfuit en reniflant.

« Étienne, je t'interdis! s'écria Isabelle.

– Ah, tu l'élèves bien, ton fils! Une fille, tu vas en faire! »

Il alla rejoindre Sam dans la cuisine.

« Sale Espagnol! » murmura Isabelle.

Elle aussi, comme Nina, avait épousé un catholique, peu avant la mort d'Abraham, et, cette fois encore, le père s'était résigné.

« Qu'est-ce que tu veux! disait Isabelle à Nina – mais pas à Louisette, ce n'étaient pas des mots pour elle – qu'est-ce que tu veux, je l'ai dans la peau! »

Les trois enfants de Louisette, deux garçons et une fille entre trois et sept ans, tous avec les petits yeux vifs de Sam, leur père, firent irruption en hurlant qu'ils avaient faim.

« Folle, je deviens folle! » gémit Louisette.

Elle distribua des tartines de pain mouillées d'huile et saupoudrées de sucre.

Louisette passait généralement inaperçue, tant elle était effacée, bien que ce fût une femme grande et bien charpentée, aux cheveux noirs frisés – elle n'avait jamais imaginé de les teindre, comme le faisaient Nina et Isabelle. Presque personne n'osait la regarder en face; elle louchait terriblement de l'œil gauche.

« Pourquoi tu parles comme ça de ton mari? demanda-t-elle.

– Parce que c'est un salaud, répondit Isabelle.

– Il a le cœur sur la main.

– Oui, même quand il me tape dessus, c'est de tout son cœur! »

Elle ouvrit son corsage sur une poitrine magnifique et montra des meurtrissures violacées sur ses épaules.

« Et tu te laisses faire! » s'écria Louisette après un long silence. Elle sentait les larmes lui monter aux yeux.

« Mais, quoi, ça arrive souvent?

– Tu ne peux pas comprendre », répliqua Isabelle, en hochant la tête avec un drôle de sourire qui lui gonflait les lèvres.

Qu'elle est attirante! pensa Louisette. Est-ce que Sam me battrait si je lui ressemblais?

Seule de toute la famille, Isabelle avait les yeux bleus;

elle en jouait sans cesse; peu sûre de son vocabulaire, elle ne parlait qu'avec les yeux; elle leur donnait d'une seconde à l'autre un éclat langoureux, farouche ou tendre, elle battait des paupières ou fixait de longs regards apparemment perplexes dans le vide, ou d'autres regards brillants et passionnés, surtout quand elle avait affaire à un homme. Avec ses joues rondes, son teint clair, ses longs cheveux cuivrés, ses ongles écarlates, elle imitait non sans brio les stars du cinéma américain. Elle fumait même avec un fume-cigarette.

« Moi, je croyais que tu avais un bon mari, dit Louisette.

– Oui, un bon mari, tu ne peux pas savoir! »

Il y avait tant de volupté dans le regard d'Isabelle que sa sœur baissa la tête.

« Je t'en prie, Isabelle, dit-elle cependant.

– Et pourquoi pas? Vous ne connaissez rien, vous autres! »

C'est vrai, pensa Louisette. Ces choses-là lui demeuraient mystérieuses, aussi mystérieuses que Paris, en dépit des descriptions de Nina. Elle aurait tant voulu aller en France! Est-ce que c'est pour moi, la France? Moi, j'ai trois enfants, un mari qui gagne bien sa vie, et voilà.

Peu à peu, les caisses et les cartons se remplissaient. Le lendemain, les déménageurs emporteraient tout. Louisette regarda la chambre, presque vide; elle lui parut plus grande. Ici, elle avait vécu des jours heureux et des jours malheureux. Tout était impeccable; pourtant elle eut honte d'une tache sur le mur que masquait l'armoire, d'un coin de carrelage ébréché. Était-il temps de remplacer le carreau?

Elle se demanda si elle avait vécu plus de jours heureux ou de jours malheureux? Qui pourrait faire cette comptabilité? On oublie, et grâce à Dieu! Les jours malheureux, c'est une brûlure; les jours heureux, un songe. La brûlure laisse une cicatrice, le malheur peut se toucher, même des années après. Le bonheur, lui, laissait un souvenir brumeux, des sensations amorties, peut-être parce qu'elles avaient été trop fortes sur le moment, et absorbées par un cœur qui battait trop vite et se refermait sur elles, de même qu'un parfum imprègne une étoffe, mais à la longue se volatilise.

Comme elle avait peur de partir pour Alger! Saurait-elle s'y faire des amies? Elle n'avait jamais quitté Oran. Même depuis qu'ils étaient à l'aise, ils passaient leurs vacances au cabanon du cap Falcon, tout près d'Oran. Elle s'imaginait Alger comme une ville énorme, pleine de voitures et de bruit, peuplée de gens riches et maniérés, presque des Français de France.

Isabelle la saisit par la taille et blottit la tête sur sa poitrine. Louisette caressa la nuque de sa sœur sous la lourde chevelure parfumée. C'était un égal plaisir depuis que la petite était un minuscule bébé, maintenant femme et toujours enfantine, délicieuse à regarder, à toucher et à respirer.

« Ma sœur », pensa Louisette tendrement.

« Je vais rester toute seule, dit Isabelle, au bord des larmes.

– Tu viendras à Alger, et puis Nina est là.

– Oh, Nina! Elle n'est plus comme avant.

– Non? dit Louisette, réellement surprise. C'est toi qu'elle aime, tu sais bien. C'est toi que tout le monde aime.

– Pas Luc, en tout cas! Tu te rends compte! Ils ne nous invitent jamais! Et pourtant ils en reçoivent, des gens! Ce Luc, je lui arracherais les yeux! Je sais ce qu'il pense de nous. Des sourires par-devant, mon cher Étienne! Mais alors par-derrière! Et Nina, Nina – elle hésita –, et Nina, elle est d'accord avec lui. »

Louisette soupira. Elle non plus ne voyait pas souvent Nina. Elle tapota l'épaule d'Isabelle. Celle-ci se secoua : « Ne me console pas! »

« Nina n'est plus comme nous! reprit-elle violemment. Tu as vu, elle lit des livres sans arrêt. Et tu sais ce qui me fait le plus de peine, c'est qu'elle ne me dise jamais : " Tiens, Isa, lis ce livre. "

– Elle n'y pense pas.

– Eh, c'est ça! Elle n'y pense pas! Oh, je n'aurais jamais dû épouser Étienne! Un cafetier, tu penses!

– On n'entend plus les enfants », dit Louisette.

Elle se pencha à la fenêtre. Ils jouaient à saute-mouton sur le trottoir.

« José, cria-t-elle à son aîné, fais bien attention aux petits! Qu'ils ne traversent pas la route! » (Elle voulait dire : la rue.)

« Ne vous en faites pas, Louisette, dit Mme Paez, la voisine accoudée à son balcon, je les surveille.

– Vous êtes un ange, Mireille. Avec ce déménagement, je ne sais plus où j'ai la tête.

– Aïe, ma fille, dit Mme Paez, les déménagements, c'est comme les enterrements : on sait où on était, on sait pas où on arrive!

– Dieu préserve! s'écria Isabelle, en tirant sa sœur par le bras. Elle est folle, celle-là! »

Le fil de son ressentiment ne s'était pas rompu.

« Et il est avare! reprit-elle, tout en empilant des vêtements. Tiens, c'est joli, cette barboteuse!

– Prends-la pour Daniel. Qui est avare?

– Qui? Luc! Qui d'autre? Elle doit lui arracher sou par sou. Si j'étais à sa place, je saurais comment faire, moi! Tintin!

– Tais-toi, ma fille! intervint Miriam. Tu devrais avoir honte. Louisette, reprit-elle, j'ai emballé toute la penderie.

– Merci, maman. »

Miriam sortit en hochant la tête.

« Et maman, de quel côté elle est? chuchota Isabelle. Du côté de Nina, bien sûr. Elle pourrait venir habiter chez nous. Étienne est d'accord. Il y a de la place, tu sais! »

Étienne n'était pas du tout d'accord, et Louisette le savait.

« Elle a une si belle chambre chez Nina », dit-elle.

Soudain, Isabelle éclata en sanglots.

Dans la cuisine, Sam et Étienne s'offraient une anisette. Étienne avait son mouchoir noué autour du cou. La sueur lui coulait abondamment sur les joues. Il était satisfait : la cuisine était presque vide. Il n'y restait que les ustensiles et les couverts nécessaires au repas du soir.

« Allez, santé! dit Sam. Tu m'as donné un sacré coup de main, je ne sais pas comment j'aurais fait sans toi.

– Tu rigoles ou quoi! Eh, au fait, tu aurais dû demander à Luc! »

Ils s'étranglèrent de rire.

« Punaise, tu le vois dans les caisses! » s'écria Étienne entre deux hoquets.

Ils tendirent leur paume droite ouverte, les claquèrent l'une contre l'autre, puis s'embrassèrent l'index : geste de complicité joyeuse ou rusée, qu'on appelait en Algérie « tape-cinq ».

« Eh! les femmes! lança Étienne, venez boire un coup.

– Pourquoi vous riez comme des baleines? demanda Louisette.

– Pas d'anisette, dit Miriam. Du coco pour moi, mon fils!

– Voilà, mémé! dit Étienne en prenant une voix de baryton. Du coco! Coco bel œil! »

Luc et ses enfants appelaient Miriam « mamie ». Le reste de la famille l'appelait « mémé ».

Elle remercia son gendre. Elle n'aimait pas trop sa faconde, mais quel bel homme, elle le reconnaissait sans peine, bien bâti, avec une chevelure noire et drue, des yeux bleu-gris plutôt ronds dans un visage ovale aux traits réguliers, quelque chose de Jean Gabin, à la fois dans la placidité et dans la colère, l'une et l'autre sans détour.

« On riait, expliqua Sam, à cause de Luc. Il doit aimer faire les paquets, cet homme. À savoir s'il a jamais fait sa valise! Je sais, mémé, je parle à tort et à travers!

– Je n'ai rien dit, Sami!

– J'ai vu vos yeux, mémé! J'espère que vous me défendez pareil quand il dit du mal de moi.

– Si tu crois qu'il a du temps à perdre avec nous, le garagiste! lança Isabelle.

– Quoi, garagiste! dit Étienne. Un métier en vaut un autre.

– Je ne l'ai pas été, moi, garagiste? renchérit Sam.

– Trois mois! dit Étienne. Tellement tu étais mauvais que le patron, il t'a viré!

– Quel menteur! le meilleur vendeur de Bône, j'étais!

– On ne parle pas de corde dans la maison d'un pendu! » dit Étienne sans aucun tact.

Louisette regarda fixement son mari, mais c'est elle qui baissa les yeux la première. Huit ans auparavant, Sam s'était brièvement installé à Bône pour y rejoindre une femme. Louisette lui avait pardonné cette trahison. Pardonné? Non, elle s'était résignée, comment faire autrement? Le pardon, c'était bon pour les autres, celles qui pouvaient se venger. Elles pardonnaient parce qu'elles avaient à se faire pardonner.

« Enfin, bref, dit Étienne, si je travaillais autant à mon café que Luc à son garage, je n'aurais pas beaucoup de clients! »

Et il claqua de nouveau sa paume contre celle de Sam.

« Quelles mauvaises langues! dit Louisette.

– Au fait, reprit Étienne, elle n'aurait pas pu venir nous aider, votre sœur?

– La pauvre! Ils étaient invités, dit tout de suite Louisette.

– Ah, invités, excusez-moi! dit Étienne en lançant un clin d'œil à Sam.

– Et pourquoi elle ne serait pas invitée ! lança Isabelle. Déjà, si Nina te regarde, tu peux t'estimer heureux !

– Aïe, quelle tigresse si on touche à sa sœur ! »

Étienne rit de plus belle. Sam demeurait silencieux. Les histoires de famille, il s'en méfiait. A la différence d'Étienne, il ne faisait pas d'efforts pour s'intégrer. Si l'on venait vers lui, tant mieux. Sinon, il ne bougeait pas. Il avait de la camaraderie pour Étienne. Ils s'entendaient sur tout : sur les Arabes et sur le football. Quant au reste, ils n'échangeaient pas de confidences, surtout pas à propos des relations des trois sœurs. Pas si bête ! pensait Sam, qui avait une très bonne opinion de lui-même. N'avait-il pas brillamment réussi dans les affaires ? Son métier de bijoutier, il l'avait appris avec Abraham, le père de Louisette, dont il continuait de vénérer la mémoire. Mais quelle ascension depuis ! Il avait transformé la petite échoppe du quartier juif en un beau magasin. Du coup, il avait pu le vendre un bon prix pour s'établir dans le centre d'Oran. Et maintenant on lui proposait une affaire superbe à Alger. Il n'avait pas hésité une seconde, malgré les appréhensions de Louisette. Son chiffre d'affaires allait tripler. De quoi faire oublier à Louisette Oran, sa mère et ses sœurs !

« En plein centre d'Alger, dit-il, à la fois pour détourner la conversation et pour se griser de son récit mille fois répété. Rue Bab-Azoun ! Juste à côté de la place du Gouvernement. Vous verriez ce monde, ça grouille ! »

Il se frotta les mains, releva la mèche brune qui lui tombait sur le front ; il avait trente-sept ans, mais paraissait plus jeune qu'Étienne, qui était de six ans son cadet. Il portait une chemise de coton et un pantalon de velours ; Sam aimait les gilets, les vestes cintrées, les cravates anglaises, les chaussures bicolores ; il dépensait beaucoup d'argent pour sa toilette, en guise de compensation à son infirmité : il claudiquait légèrement de la jambe gauche. Tout était vif en lui, ses yeux, son pas, dont la hâte masquait le boitillement, sa parole, ses gestes – ses mains volaient sans cesse autour de son visage mince et affûté – et son esprit de décision. Il avait les dents de devant écartées ; il semblait être le jeune frère, plutôt que le mari, de la lourde Louisette.

Il sourit encore, comme il le faisait mécaniquement, toujours affable. Il vit du respect dans les yeux d'Étienne et de la considération dans ceux de Miriam. Il en fut très satisfait : c'était le but qu'il visait en permanence.

« Je serai un jour aussi riche que les Régnier, pensa-t-il, plus riche même. »

Il craignit de se trahir.

« Mémé, dès qu'on aura aménagé, il y a une chambre pour vous.

– Merci, mon fils. Je ne sais pas si je pourrai laisser Sébastien.

– Pas pour toujours, dit naïvement Louisette. Juste en visite.

– Sébastien ! coupa Étienne. On va être jaloux, nous autres !

– Que le mal s'éloigne de lui ! » murmura Miriam en arabe.

Ils s'étaient assis sur les caisses. Le bas d'Isabelle avait filé. Elle passa son index humecté sur la maille. Sam la regarda furtivement. C'était une pensée absurde ; il la chassa en soupirant intérieurement, mais résolument. Il était loin, le temps de Fifine, la Bônoise. Quelle folie ! Comment avait-il pu tout risquer ? Et abandonner la bijouterie en plein après-midi pour la rejoindre dans le petit hôtel de la Calère, il n'en revenait pas ! Il travaillait maintenant douze, quatorze heures par jour, avec un seul objectif ; elle n'était pas née, la fille qui l'en détournerait !

« Aïe, qu'elle est belle ! s'écria Étienne en claquant le haut de la cuisse de sa femme.

– Belle à croquer ! » ajouta fièrement Louisette.

La nuit tombait. Les voisins, rentrant de leur promenade dominicale, défilèrent dans l'appartement de Louisette et de Sam : chacun venait prendre des nouvelles du déménagement.

« Alors, c'est demain ? dit l'une, le mouchoir à la main. Ah, Louisette, tant d'années ! »

Elles s'embrassèrent. Une autre lui offrit des gâteaux qu'elle avait faits elle-même. Une troisième, un napperon brodé, « en souvenir ». Isabelle sanglota sur elle-même. Sam servait l'apéritif. Ils se retrouvèrent entre eux, un peu déboussolés, n'osant s'apitoyer sur leur proche séparation. Étienne donna plusieurs coups de poing dans l'épaule de Sam, sans mot dire, les lèvres serrées. Des éclats de voix et de rires résonnèrent dans la cage d'escalier, des radios s'allumèrent, des enfants galopèrent au-dessus de leurs têtes. Ils se troublèrent davantage.

« Tu as des œufs, Louisette ? » demanda Sam.

Miriam se leva.

« Ah, non, mémé ! Vous ne faites rien !

– Un pique-nique, quelle bonne idée ! » s'exclama Isabelle, empruntant l'une des intonations de Nina. Elle rapprocha trois caisses pour assembler une table.

« Oh, Nina, ma chère ! » dit moqueusement Étienne.

Et tous, même Miriam, se mirent à rire.

« Il manque les couverts d'argent, excusez ! dit Sam.

– Mais j'en ai, des couverts d'argent, répliqua Louisette. Seulement ils sont emballés.

– Ça ne fait rien, va ! dit Étienne. À la fortune du pot ! Laisse, Louisette, l'omelette, c'est moi qui la fais. »

Il se noua un tablier à la taille, commença à chanter avec la voix de Luis Mariano : « La bielle de Cadix a l'essieu de velours. »

Miriam chaussa ses lunettes, déplia le journal, commença par les avis de décès.

« Oh, quel malheur ! »

Étienne sursauta avec emphase.

« Bensoussan, le pauvre, il est mort ! dit Miriam.

– Quel Bensoussan ?

– L'ébéniste de la rue de la Révolution. Juste à côté du magasin de papa, tu te souviens, Louisette ?

– Le pauvre ! »

Étienne soupira.

« Oh, mémé, vous m'avez fait une peur ! Voilà l'omelette.

– Il a un cœur de pierre, commenta Isabelle.

– C'est calme, à ce qu'ils disent, ajouta Miriam en tournant la page. La rébellion est matée.

– Quelle rébellion ? demanda Isabelle, en essayant de manger du bout des dents, comme le faisait Nina.

– Elle n'est au courant de rien, celle-là ! lâcha Étienne.

– Si, je suis au courant, je n'y pensais plus. Les Arabes ont tué des gens, là-bas, c'est ça ? »

Sam gardait le visage fermé. Il mangeait sans regarder personne. Il se servit du vin, oubliant d'en proposer aux autres. Les enfants, qui dînaient dans leur chambre en menant grand tapage, vinrent réclamer un supplément d'omelette. Étienne se remit au fourneau.

« Vous arrêtez le bruit maintenant, dit sévèrement Sam à son fils aîné. Autrement, je tape !

– Qu'est-ce qu'il y a, Sami ? » dit plaintivement Louisette.

Sam s'impatientait. Il ne pouvait les abandonner dans leur ignorance.

« Mémé, commença-t-il d'une voix trop aiguë. (Il se reprit.) Mémé, c'est loin d'être fini, cette histoire. Ce n'est pas seulement là-bas, dans l'Aurès, dit-il en regardant Isabelle, que les Arabes ont massacré des Français. Le 1er novembre, ils ont essayé partout, dans toute l'Algérie. Ça a raté, mais ils recommenceront. Ils ont l'Égypte derrière eux, la Ligue arabe, et peut-être la Russie.

– Tu connais la politique, toi, dit Étienne.

– Je lis le journal. »

Sam lisait même des journaux de France et des livres d'histoire. Il ne s'en vanta pas. Il savait que, depuis la conquête, les Arabes s'étaient plusieurs fois révoltés.

« C'est une guerre, mémé, reprit-il, comme s'il ne s'adressait qu'à sa belle-mère.

– Quelle guerre ils peuvent faire, les Arabes? dit Étienne. Trois pelés et deux tondus! Il y a la guerre ici, à Oran?

– Mais qu'est-ce qu'ils veulent, à la fin? s'écria Isabelle. Ils sont malheureux avec nous, peut-être! Regarde Zohra si elle nous quitterait. »

C'était la bonne de la famille Partouche depuis toujours. Elle avait vu naître les cinq enfants. À la mort d'Abraham, Sam et Louisette l'avaient gardée. Miriam la considérait comme sa sœur. Et, pour chaque enfant, elle avait été une confidente qui consolait les chagrins.

« Elle travaille pour gagner sa vie, dit Miriam.

– Alors, vous aussi, mémé! dit vivement Sam.

– Qu'est-ce que j'ai dit, mon fils?

– Rien, rien. Seulement, si Zohra ne vous avait pas pour rédiger ses papiers, comment elle ferait? Et quand elle a été malade! L'hôpital, qui l'a construit, les Arabes ou les Français? Et quand elle va dans sa famille à Temouchent, quel car elle prend, et quelle route?

– Elle apprendrait peut-être à lire et à écrire », répondit Miriam avec retard. Sam parlait tellement vite.

Isabelle regarda sa mère sans comprendre. Elle dévora son fromage, en oubliant les belles manières.

Les enfants surgirent, maquillés comme des Indiens, des traits noirs et rouges sur le front, les joues et le cou, poussant des cris qui ressemblaient plus aux youyous des femmes arabes qu'aux chants guerriers des Sioux.

« Qu'ils sont beaux! » s'écria Isabelle, en regardant amoureusement son fils, et elle prit sur ses genoux sa nièce Marie pour la cajoler.

« Avec quoi ils ont fait ça ? » demanda Miriam.

Louisette bondit dans la salle de bains. Ils l'entendirent qui gémissait : « Oh, les bandits ! »

José se mit à chanter sur le même air guerrier : « Zohra, elle sait pas lire !

– Toi, tu sais peut-être ? » fit gaiement Étienne.

Le ton de Sam l'embarrassait. Il profitait de la diversion.

« Comme je l'aime, ta fille, dit Isabelle, une vraie poupée !

– Elle a les cheveux trop longs, non ? » dit Louisette.

Sam tapa dans ses mains.

« Bon, tout le monde au lit !

– On vous laisse, dit Étienne.

– Je disais ça pour les enfants, ajouta Sam. Va les coucher, Louisette. (Elle se leva docilement.) Si on leur donne le petit doigt, reprit Sam sans transition, ils nous prennent toute la main.

– Qui ? demanda Isabelle.

– Tais-toi ! fit Étienne.

– Alors, pas de sentiment ! Les Arabes, ils ne comprennent que la force. Regardez, après Sétif, on a vécu neuf ans tranquilles ! Ce putain de Mendès, excusez-moi, mémé, il promet l'autonomie à la Tunisie, voilà le résultat. C'est contagieux !

– Sami, Sami... », dit Louisette.

L'exaltation de son mari l'effrayait. Il avait perdu la tête pour la Bônoise, et maintenant il allait la perdre pour la politique ! Elle avait peur pour lui, pour les enfants. Louisette ne pensait jamais directement à elle-même.

Étienne, vite convaincu, hocha la tête :

« Il a raison, Sami. Mon serveur, Zine, quand je suis gentil, il me mange sur la tête. Mais si je montre le poing, il file doux, on dirait un mouton ! »

Miriam ignorait où se tenait la vérité. Son père, le rabbin, lui avait enseigné la tolérance, la compassion et la justice. Elle avait tenté de les enseigner à ses enfants. Lucien en avait tiré profit, son fils aîné, sa « vie », comme elle disait. Ses yeux se mouillèrent : la pensée de Lucien avait entraîné celle de Richard, son autre fils, incarcéré dans un pénitencier, oh ! Richard ! pauvre petit ! Chacun comprit et se tut. L'ombre de Richard plana dans la cuisine. Miriam ravala ses larmes. N'y avait-il pas eu assez de malheurs ? Le ton de Sam lui déplaisait ; il annonçait d'autres souffrances. Mais ce n'était plus l'apprenti de son mari, à qui elle pouvait faire la leçon. C'était le mari de sa fille aînée, elle devait lui montrer de la considération. Elle se tut. Elle pria le bon Dieu d'apporter à Sam la sagesse et à tous le bonheur et la paix.

Lucien sonna et entra sans attendre. Il n'ouvrait pas la porte en grand, comme le faisait Étienne; il l'entrebâillait à peine et se faufilait, puis la refermait sans bruit.

« C'est Lucien! » dit Miriam, les yeux brillants.

Il l'embrassa sur le front en lui tenant la tête. Il posa brièvement ses lèvres minces sur la joue de ses sœurs. Seul de la famille, Lucien n'embrassait pas Isabelle avec gourmandise. Elle en concluait qu'il ne l'aimait pas, qu'il n'aimait personne, excepté Miriam.

« J'ai senti une odeur de *caldero*, une merveille! La vérité, je suis monté en courant! C'est chez vous? »

Miriam vit tout de suite que son fils se forçait à la gaieté. Elle tapota la place à côté d'elle sur la caisse, sans oser lui demander de s'y asseoir; il le fit pourtant.

« Non, malheureusement! » dit Louisette.

Le *caldero* embaumait. Sous la porte passait le fumet des rascasses et des daurades, de l'ail, du safran et des piments, avec, ténu et sinuant entre les parfums puissants, celui de la cuillerée d'anisette qu'on ajoutait au bouillon.

« Ils font la fête ou quoi?

– Non, c'est Mme Herrera, juste pour elle et son mari. Qu'est-ce qu'elle le soigne, celui-là!

– Si on s'invitait? » proposa Étienne.

Miriam posa brièvement la main sur celle de son fils. Il se leva. Ils entendirent la grosse voix d'enfant de José : « Chut! C'est tonton Lucien! » Et ils se présentèrent bien rangés pour recevoir le baiser de leur oncle. Pendant trois ou quatre minutes, ils s'abstinrent de chahuter, puis le vacarme reprit. Un ténor à banjo lança ses roucoulades : « Le plus beau de tous les tangos du monde, c'est celui que j'ai dansé dans tes bras. »

Plusieurs voix, d'une fenêtre à l'autre, reprirent le refrain.

« Voilà! » dit Louisette avec un mouvement des mains qui signifiait : voilà ce qu'on perd et on ne sait pas ce qu'on va trouver. À Oran, l'Espagnole, la nocturne, Alger passait pour une ville froide et compassée.

« Alors, on ne peut pas dormir ici? dit un rabat-joie.

– Viens, viens danser, Paquito, c'est pas l'heure de dormir, répliqua le ténor.

– Va danser, va! » reprit toute la cour.

Sur le plateau, les immeubles étaient exposés au vent de la mer. Une rafale s'engouffra, tourbillonna dans le puits de la cour, souffla partout un air glacial. Des fenêtres se fermèrent bruyamment. Sur la terrasse, le linge claquait comme des feuilles de métal.

« Que c'est grand ici! » dit Lucien, surpris par le vide des pièces. Il n'était pas venu souvent. Il n'avait pas proposé d'aider au déménagement, et personne n'aurait eu l'idée de le solliciter. Comme si le vide de l'appartement trouvait en lui un écho, Lucien quitta vite son air enjoué.

« Tu veux un café? » suggéra timidement Louisette.

Il hocha la tête. Elle ne savait pas si ça voulait dire oui ou non et regarda Sam, qui fit non de la tête. Miriam lava la vaisselle; Isabelle réexamina son bas à la maille filée. Étienne se racla la gorge.

« Le Calo (c'était leur club de foot favori), qu'est-ce qu'il a pris! Ce Moktar, la putain de sa mère, une vraie passoire!

– Un melon, qu'est-ce que tu veux! dit Lucien, qui se permettait rarement l'ironie.

– Non, il est bon d'habitude », répliqua Sam, en feignant de ne pas la saisir. La provocation de Lucien était un peu grossière.

Sam n'ignorait rien des opinions de son beau-frère. Ils étaient allés à l'école ensemble. Très jeune, Lucien avait pris la carte du parti communiste. C'est lui qui avait fait embaucher Sam par son père, à la bijouterie. En somme, Sam lui devait sa réussite. Lucien ne s'en prévalait jamais.

Leurs relations avaient mal tourné. Lucien jugeait Sam superficiel, dépensier. Surtout, il détestait ses idées politiques. Il s'était opposé au mariage de Louisette, qui avait eu la candeur de le révéler à son prétendant.

« Il est dans le coup, Yacef? » demanda Sam, malgré son désir de ne pas jeter d'huile sur le feu.

Yacef Radaoui, l'un des chefs de la rébellion, avait été le meilleur ami de Lucien. Ils militaient dans la même cellule. Mais le parti ne voulait pas prendre les armes contre la France, et Yacef l'avait quitté. Lucien ne l'avait pas revu depuis des années.

« Je suppose », répondit-il franchement.

Sa bouche étroite n'était qu'un trait dans un visage triste en forme de poire, au teint jaune. Lucien était bedonnant, il avait les jambes courtes et un long nez. Il avait été grièvement blessé pendant la guerre, en Italie, et il lui restait une raideur dans le dos qui l'obligeait à se tenir droit « comme un piquet », disait Isabelle, qui le craignait. Écœuré par les événements de Tchécoslovaquie, en 1948, Lucien avait, lui aussi, déserté le parti communiste. Mais la maison vide qu'était devenue sa vie, il ne l'avait pas remeublée. À quoi bon s'inscrire à la S.F.I.O., qui ne prenait aucune mesure pour mettre en œuvre les réformes qu'elle annonçait?

« Et alors, tu l'approuves, Yacef? dit Sam.

– Il est arabe, non?

– Tu le soutiens, peut-être?

– Je n'ai rien à dire.

– Ah! mais c'est trop facile! »

Miriam tendit les mains entre les deux hommes et les ramena aussitôt sur sa poitrine.

« Maman, je m'en vais, dit Lucien.

– Comme tu veux, mon fils. »

Elle pensait que c'était préférable. Elle voyait combien Lucien se tourmentait, et son cœur se brisait. Son adoration pour son fils aîné ne l'aveuglait pas. Lucien n'était pas fait pour le bonheur. L'injustice du monde le révoltait, et il semblait se punir, comme s'il en était seul responsable. Il avait épousé une petite femme effarouchée, que la famille ne fréquentait guère. Les trois sœurs surtout ne l'appréciaient pas : elles la jugeaient indigne de Lucien. Il le savait, en souffrait, de cela comme de toutes les misères. « Oh! mon fils! » pensa Miriam. Elle s'irrita contre lui, comme une mère peut s'y autoriser, en se le reprochant. Lucien était libre, et il ne savourait pas sa liberté. Avait-il même une pensée pour le pauvre Richard, dans sa prison, Richard, si beau, qui aimait tant la vie, quelle injustice! – la seule qui obsédait Miriam et la privait de sommeil. « Mes deux fils! » se dit Miriam. Le visage pâle aux grands yeux verts de Sébastien lui sourit, et elle sourit.

« Ça va, maman? demanda Louisette.

– Mange un *mekroud*, maman, dit Isabelle, en tirant d'une boîte en fer-blanc la friandise au parfum de datte et de miel.

– Oui, mange », répéta Lucien.

Il se rassit; Louisette lui lança un bref regard de gratitude.

Et tous tendirent le buste vers Miriam, qui n'osait pas

leur désobéir. Chacun soupira quand elle avala une première bouchée de gâteau.

« Excuse-moi », dit Sam. Il venait de se souvenir que Lucien était sous son toit.

« Allez, on trinque ! dit Étienne. Tu as bien une bouteille de liqueur qui traîne, ma belle ! »

Louisette se précipita. Étienne avait déjà les verres à la main.

« Merci, mon fils, que Dieu vous protège ! » dit Miriam. Étienne lui décocha un séduisant sourire. Il se demandait toujours ce que sa belle-mère pensait de lui.

« Ne t'excuse pas, dit Lucien. Je dois te répondre. Devant ce qui se passe, personne ne peut rester dans son coin. »

Il retrouvait son ton de militant, qui avait passé des années de sa vie à expliquer et à convaincre. Il dit qu'il désapprouvait l'insurrection violente et meurtrière, que ce n'était pas ainsi qu'il envisageait l'évolution vers plus de justice et de dignité. Mais, pour ce qu'il savait de Yacef, il respectait le combat des Arabes. Une violence égale de la France envenimerait le conflit jusqu'à une guerre fratricide.

« Fratricide ! Oh ! s'écria Étienne.

– On est nés sur la même terre.

– Même fratricide, c'est eux ou nous ! dit sourdement Sam.

– On ne peut pas se laisser massacrer, ajouta Étienne.

– Il faut négocier.

– Mais sur quoi ? Ils veulent l'indépendance !

– Franchement, dit Lucien, vous voulez que je vous dise la vérité, je ne sais pas. À votre santé ! À Alger !

– Mais pas aux Algérois ! » lança Étienne.

Ils se mirent à déblatérer contre les clubs de la capitale. Lucien s'éclipsa. Le lendemain, il était derrière son guichet de caissier, à la banque, incapable de s'intéresser à sa routine. Il ruminait ce pressentiment : l'Algérie ne m'apportera rien de bon. Il ne voulait pas que ses deux enfants y grandissent.

3

LE PIANISTE AUX MAINS CREVASSÉES

Les cafards couraient sur le corps de Richard. Rêvait-il ? Les cafards et les punaises grimpaient le long de la natte de rafia, puis de la planche de bois, puis du matelas de crin. Il entendait le crissement de leurs pattes, le concassement de leurs mâchoires, qui le grignotaient morceau par morceau. C'était un cauchemar, n'est-ce pas ? Toute la vermine du monde l'assaillait ; il la chassait à grandes tapes. Elle lui rongeait le ventre, lui suçait les yeux. Il la regardait de ses orbites vides ; ses entrailles faisaient un gros tas liquide entre ses jambes. L'image de sa mère se dessina, là-haut, sous les ampoules qui ne s'éteignaient jamais.

Les cafards couraient en tous sens, comme une noire procession déboussolée, d'énormes cancrelats aux longues antennes, aux pattes épineuses et agiles. Cette fois, Richard ne rêvait plus. Il resta agenouillé sur la paillasse, palpant son corps intact, bien que faible et amaigri. Il se gratta jusqu'au sang en soupirant de bien-être. L'odeur âcre des punaises l'enveloppa. Bien qu'il fît très froid, il était inondé de sueur. Les relents des bouches et des corps de ses trente camarades fiévreux et mal nourris se mêlaient et montaient comme la fumée d'un bûcher humain ; tous condamnés ! Aucune espérance ne les habitait. Tous étaient voués au bûcher des réprouvés, corps meurtris et torturés, âmes broyées par l'égoïsme et la soumission. Dans le crâne décervelé de Richard le pianiste grondaient des requiem.

Ce n'était pas sa vermine ! Chaque jour il arrosait sa paillasse de poudre de pyrèthre. C'était la vermine des autres, des miséreux, des Arabes, ceux qui n'avaient pas les moyens de se procurer l'insecticide. Leur vermine à eux rampait jusqu'à lui pour l'asservir. Vous êtes tous semblables, disait la vermine, tous parcourus du même sang, disaient les puces, tous, les Français et les Arabes, les courageux et les lâches, les pédés et les sans femme. Et Richard vomissait cette égalité. Il fit mine de cracher vers la paillasse voisine, où un vieil Arabe malodorant ronflait la bouche ouverte; il poussait de petits cris d'angoisse entre deux ronflements. « Que tu crèves ! » pensa Richard. Il lui en voulait d'exister, de se trouver là, si près, au corps à corps, de partager ses odeurs, sa faim et ses tourments. Je ne suis pas comme eux, pas comme eux, mon Dieu ! Est-ce qu'ils savent jouer Satie et Fats Waller, Brahms et Duke Ellington, ces pauvres types? Suis-je un égorgeur, un violeur, moi, Richard Partouche? Est-ce que je n'ai pas une mère et des sœurs belles à les faire tomber raides?

Il s'arrachait la peau à coups de griffes. Mon Dieu, rendez-moi mon visage ! Il rit comme un désespéré : je ne crois pas en Dieu, que peut-il me donner? Tous les ronflements, tous les gémissements, les étouffements, les prières, les halètements d'angoisse, les expirations insomniaques lui martelèrent le cerveau en un seul orage. Assez ! Il se boucha les oreilles. Le tonnerre gondait toujours. Par les étroites fenêtres, perchées très loin du sol, il aperçut des éclairs.

Et ces affreux petits râles du bout de la salle n° 13 – oh ! maman, ne me regarde pas –, ces affreux soupirs, ils étaient mille fois plus obsédants que tous les grincements de dents des réprouvés. Au bout de la salle n° 13, dans ses draps, sur son matelas propre, le prévôt soupirait en enfilant le jeune détenu. Ce prévôt-là était la brute la plus féroce que Richard eût connue en trois ans de pénitencier. Comme tous les prévôts – tous français –, il était chargé de la discipline. Pour cette collaboration, et parce qu'il était en fin de peine, le prévôt bénéficiait d'un régime plus humain : mieux nourri, mieux logé, exempté des durs travaux, décemment vêtu, il portait un volumineux estomac et un double menton. Il ressemblait au respectable quincaillier dont le magasin jouxtait autrefois la bijouterie du père de Richard. Dans sa jeunesse, il avait étranglé une vieille avec sa propre ceinture, crime de voleur affolé qui lui valait de se trouver à Berrouaghia depuis vingt-trois ans. À peine savait-il qu'une guerre avait ravagé le monde. Italien de Constantine, il s'appelait Fidanza, dit « Gros-Œil » – il était affligé d'une remarquable exophtalmie.

Non, il n'enfilait pas sa proie. C'était un jeune Arabe, un nouveau, qui se débattait. Richard voyait les grosses jambes de Fidanza, la mince poitrine de l'Arabe passer sous les draps blancs qui dansaient au fond de la salle nº 13. Pourquoi fait-il tant de manières ? pensa-t-il. Après, il sera mieux traité, le temps que Gros-Œil se lasse de lui. Et moi, j'accepterais ? se demanda-t-il. Moi, Partouche, le mac, plutôt crever ! Fidanza cogna du poing le jeune Arabe, qui ne bougea plus. Enfin, on va dormir, se dit Richard. Lui, il faisait partie des « sans femme ». Comme Angèle lui manquait ! Angèle, sa protégée, la petite Espagnole, il était accroché, c'était pour elle qu'il avait tué le boxeur.

Eh ! qu'est-ce qu'il lui prenait à l'Arabe ? Le voilà qui se mettait à gueuler et à appeler au secours. Quel secours, tu parles ! L'orage cessa. Toute la salle était réveillée.

Les trente, réveillés en sursaut, au milieu de leurs mauvais rêves, et ça toussait, ça crachait, raclements et expectorations de tubards, Richard enfouit la tête sous le coussin de paille qu'il s'était confectionné au bout d'un an seulement, pas osé avant !

« Ça va, Gros-Œil, protestaient les trente dans toutes les langues de la Méditerranée, fous-lui la paix ! Tu vois bien qu'il veut pas !

– Bande de pédés ! rétorquait Fidanza d'une voix étranglée, du bout de la salle. Je vous prends un par un.

– Je t'en supplie ! braillait le jeune Arabe, nullement assommé. Je t'en supplie ! Mon père, s'il le sait !

– Ton père, c'est un pédé comme toi !

– Gros-Œil, tu déconnes ! dit une voix calme à l'accent espagnol. Laisse son père. »

Jusque-là le jeune Arabe n'avait pas appelé ses camarades à l'aide. Mais Gros-Œil le maintenait à plat ventre d'une lourde poigne. Oui, à cet instant, c'était la honte de son père qu'il redoutait le plus. Il cria à tue-tête sans s'arrêter, déchirant les tympans de tous, et c'était comme une supplication indirecte. D'autres proies, de Gros-Œil et d'autres prévôts, avaient crié au fil des années, avant de se laisser faire. Aucun détenu n'avait gardé le cœur assez tendre pour s'en émouvoir. Chacun n'avait qu'un corps, corps vulnérable qui craignait les coups. Chacun pour soi comptait ses plaies.

La nouvelle victime de Gros-Œil était-elle plus jeune, plus innocente ? C'était un frêle garçon de dix-neuf ou vingt ans qui avait poignardé un rival dans une rixe de village. Aux yeux des détenus recrus d'injustice, c'est le jeune Slimane que frappait le sort le plus injuste : sa place n'était pas au pénitencier.

L'Espagnol à la voix calme quitta sa paillasse le premier. Il avait appartenu à la Résistance, et, même si la plupart des détenus jugeaient ridicule tout engagement politique, ils respectaient l'Espagnol, prenaient souvent son avis. Sans se presser l'Espagnol s'avança vers le lit du prévôt. Il réprima une grimace de dégoût et tapa, comme poliment, sur l'épaule de Gros-Œil, qui se trémoussait infructueusement pour atteindre son objectif.

« Camarade, dit l'Espagnol, sans une ombre d'ironie, il veut pas, il veut pas, hein ? Ça marche pas à tous les coups. »

L'Espagnol songea que ce serait dommage que Gros-Œil capitule sans combattre. Il sentait monter en lui une envie de l'étriper. Le prévôt ne tourna même pas la tête. Il injuria grossièrement l'Espagnol. Slimane braillait toujours. « Ça va durer longtemps ? » pensait Richard, la tête sous son coussin de paille.

« Oh ! dit l'Espagnol, comme s'il était gravement offensé. Vous avez entendu ce qu'il me dit à moi ? »

Il siffla dans ses doigts. Une dizaine de prisonniers bondirent. Avec quel plaisir ils rossèrent Gros-Œil, lui rendant au centuple les coups qu'il leur avait donnés ou qu'il leur avait fait infliger. Des poings, des pieds, ils s'acharnaient sur le prévôt, qui maintenant gigotait sur le sol carrelé et glacé. Le jeune Arabe délivré s'était réfugié au fond de la salle. Richard entendait ses dents claquer. Il pensait : « C'est pas cette nuit qu'on dormira. »

Gros-Œil hurlait comme un cochon, et plus il hurlait, plus les détenus se déchaînaient, voluptueusement grisés par la souffrance du kapo, qui payait en bloc des années de brimades et de délations. Mais, plus encore, sur le corps tuméfié du prévôt, ces meurtriers se vengeaient des crimes qu'ils avaient eux-mêmes commis.

Leur plaisir s'assouvissait à peine quand au moins vingt gardiens firent irruption dans la salle n° 13. Eux ne braillaient pas. C'est le piétinement des bottes qui attira l'attention de Richard, et le silence soudain. Il ouvrit les yeux. La première chose qui le frappa, ce fut la satisfaction des gardiens quand ils virent Gros-Œil, qui gisait ensanglanté. Le prévôt ne geignait pas; il continuait de hurler et d'injurier, malgré sa mâchoire fracassée. Les gardiens s'alignèrent en carré, contre les murs. Ils tenaient des cravaches d'alfa tressé, des tuyaux de caoutchouc ou une branche noueuse.

« Ta gueule, Gros-Œil ! » dit le gardien-chef.

Il se passa ensuite plusieurs minutes dans un silence absolu. Les détenus se retenaient de respirer; ils dansaient d'un pied sur l'autre. Seul l'Espagnol s'assit au centre de la salle, mais le regard à terre, sans braver quiconque.

Enfin, le chef dit brièvement : « À poil ! »

Les prisonniers ôtèrent leurs vêtements, montrant des poitrines creuses ou des ventres bourrelés de mauvaise graisse, des bras et des jambes cousus de cicatrices, livides comme des cierges sans dieu, de pauvres corps humiliés qu'aucune femme ne désirait plus. Le froid les faisait trembler; maintenant leur ivresse était retombée; ils avaient dévoré trop goulûment leur vengeance; il leur restait la nausée. Ils la sentirent qui leur tordait l'estomac, comme ces ragoûts de mouton avarié qui constituaient leur ordinaire. Machinalement ils se tassèrent sur eux-mêmes, et ils ressemblèrent à un troupeau voué à l'holocauste. Ils entendirent enfin l'ordre qu'ils attendaient.

« La haie d'honneur », dit le chef, toujours indifférent.

Ils passèrent dans le couloir que formaient les gardiens, et les coups se mirent à pleuvoir sur leurs épaules, leurs dos, leurs reins. Au bout du couloir, ils firent demi-tour pour le parcourir de nouveau, et encore demi-tour, cinq aller et retour au total. Leur peau se déchirait sous les matraques, le sang faisait une rigole au milieu de la salle. Richard suivit son chemin de croix sans protester, alors qu'il était innocent. Intérieurement, ce ne sont pas les gardiens qu'il maudissait, c'était l'Arabe vertueux. Dans un demi-tour, il croisa le regard indompté de l'Espagnol, qui disait clairement : « Tous égaux, Partouche, tous dans le même sac ! » et il redressa les épaules. Mais, sous la violence du coup suivant, porté d'estoc en pleine poitrine, il vacilla. L'Arabe qui le suivait tendit les mains pour empêcher sa chute. « Crève, pourri ! » souffla Richard. Il ne s'adressait pas à son bourreau, mais à son défenseur. Puis un voile lui recouvrit les yeux, la douleur l'envahit; il ne fut plus qu'un misérable tas de chair brûlant dans la flamme du bûcher. Au fond du gouffre où il tomba le boxeur l'accueillit.

Quand il reprit connaissance, il était couché dans son sang et dans celui des autres, dans leur urine. Une file de prisonniers nus, le crâne rasé, déchiquetés, quittaient la salle n° 13, prenaient le chemin des cachots. Le gardien se penchait sur Richard pour l'entraîner à leur suite. Il le tira par les poignets : Richard entendit sous terre, en enfer, le hurlement faible et syncopé d'un damné, comme une expiration sifflante ; puis il comprit que le cri s'arrachait du fond de son ventre.

« Chef, pas celui-là ! dit Gros-Œil assez distinctement de sa bouche meurtrie et sanglante. Il était pas dans le coup ! »

Le chef haussa les épaules et lâcha les poignets de Richard. Il devina les raisons de la mansuétude du prévôt.

« Gros-Œil, dit-il, tiens-toi à carreau, va ! »

« Merci, maman », murmura Richard. Pendant tout son calvaire, c'est sa mère qu'il avait invoquée. Il connaissait le cachot, la cellule punitive en langage administratif, deux mètres sur deux, sans paillasse ni robinet, où l'on n'avait ni le droit de s'asseoir ni celui de dormir. Sur le mur, il y avait un point blanc, qu'il fallait regarder en permanence. Richard, au bout de quinze jours, en était sorti à demi fou.

Depuis trois ans il était incarcéré à la maison centrale de Berrouaghia. Il lui restait sept ans à croupir dans ce bagne. Il n'en avait que vingt-neuf. Sept ans, cela représentait presque un quart de la vie qu'il avait déjà vécue, une éternité. Quelle vie ? Il se raccrochait à ses souvenirs et, parfois, la nuit, au milieu d'un rêve, on l'aurait surpris à sourire. Une vie heureuse, en somme, mauvais élève, un peu voyou, mais choyé par sa mère et ses sœurs, une vie sans contrainte, éclairée par la musique, par le piano, dont il jouait en virtuose, disait sa mère, avec assez de talent, pensait-il lui-même. Mais la carrière qu'il espérait ne s'était jamais offerte. Il jouait dans les dancings, dans les bars américains, pour de maigres contrats. Dieu sait comment il était devenu maquereau ! Depuis quelque temps il jouait régulièrement, à partir de dix heures du soir, au *Coq d'or*, une boîte de nuit du boulevard Gallieni. Il avait le béguin pour Angèle, l'une des entraîneuses, une jolie Espagnole avec de grands yeux noirs dans un petit visage enfantin ; elle avait accepté sa protection ; ils vivaient ensemble. Aux termes de la loi, il était proxénète. Lui, tout en rêvant à la fortune qui ne manquerait pas de lui sourire, se contentait d'être amoureux. Il était très séduisant, Richard, assez grand, le teint brun, avec une belle bouche et de souples cheveux noirs. Un soir, un boxeur hideux vint faire la bringue au *Coq d'or*. C'était la veille d'un combat. Il était accompagné de son manager et de deux filles. Il repéra Angèle, commença à l'importuner. Elle le laissa faire jusqu'au moment où il porta la main sur elle. Le manager, le barman essayèrent d'éloigner le boxeur, qui gardait les pattes sur les cuisses de l'entraîneuse. Elle lança un regard à Richard, qui se trouvait au piano. Il se leva, le cœur battant. Le boxeur était effrayant, un poids moyen ! « Lâche-la ! » dit Richard. Le boxeur éclata de rire, sans bouger du tabouret sur lequel il était juché. Richard secoua le tabouret. Le boxeur lui envoya une gifle qui le jeta à terre, une gifle, la pire des humiliations. Ensuite, tout se passa très vite – trois ans après, Richard n'en gardait pas un clair souvenir. Il avait sur lui, par exception, un revolver, cadeau de ses amis. Jamais il ne s'en était servi. Il le brandit sous le nez du boxeur, qui, ignorant la menace, lui envoya son poing dans la figure. Richard sentit son nez éclater. Il tira. Le boxeur mourut sur le coup.

Il neigeait. Sans même voir la neige – les fenêtres de la salle n° 13 étaient trop hautes – Richard savait qu'elle tombait. Il se réveilla juste avant la cloche. Il était glacé, il pensait que c'était ça être mort, être un cadavre, rongé d'humidité, pourrissant, verdâtre – les doigts laissaient sur la peau une marque livide. En passant ses vêtements de jour, il évita de se regarder. L'un après l'autre, les corps de ceux qui n'avaient pas été traînés au cachot reprenaient vie en toussant et crachant. La salle puait. Ils firent la queue devant les trois chiottes à la turque que dissimulait un muret de soixante-quinze centimètres de haut et que surmontaient trois robinets. Aujourd'hui, l'eau avait gelé dans les conduites. De toute façon ils auraient eu trop froid pour se laver.

Tous leurs gestes étaient mécaniques ; dans la salle n° 13, pas un des détenus n'avait moins de trois ans d'ancienneté ; ils connaissaient les lieux et les êtres, les combines pour avoir moins froid et pour bouffer moins mal, les vices des gardiens et les façons de les amadouer –

un peu, les féroces ! Comme dans chaque groupe humain, les anciens se sentaient privilégiés, non parce que leur sort était réellement meilleur, mais parce qu'il savaient à chaque instant ce qui les attendait. Ce qui terrifiait les nouveaux, c'était l'inconnu.

Richard rangea ses affaires de nuit et son lit : une planche de bois qui isolait tant bien que mal la natte de rafia du sol glacé. Sur la natte était posé un matelas de crin un peu moins répugnant que les autres : Richard s'était privé de cigarettes pendant six mois pour l'acquérir. Les prisonniers arabes n'avaient même pas droit au matelas. Enfin, il y avait deux couvertures qu'on lavait comme on pouvait, si râpées qu'elles en étaient transparentes.

Ils sortirent dans la cour en file indienne et on leur distribua le jus avec une tranche de pain. Richard se réchauffa les mains autour du bol. Malgré la neige, c'était l'un des rares moments de paix ; il fallait le prolonger. Il avala son café gorgée par gorgée, comme un vin de Mascara. C'était une jolie cour, vaste, fermée de bâtiments à un étage avec des toits pentus. Comme à l'école, il y avait une grosse cloche près de la porte. Au centre, huit mûriers formaient, l'été, une oasis d'ombre ; aujourd'hui, ils semblaient aussi chétifs et maladifs que les détenus. Pourtant, Richard les aimait, les mûriers ; ils ne mouraient jamais ; ils traversaient les épreuves de l'hiver pour renaître au printemps. Il leur parlait : « Alors, petit, ça va, tu tiendras le coup ? »

Qui aurait imaginé en pénétrant dans la cour des anciennes écuries qu'il franchissait les portes d'un pénitencier ? Il aurait vu les hommes dépenaillés et soumis, les gardiens sifflotant (car on s'habitue à tout, même à priver ses semblables de liberté), et le visiteur, d'un coup d'œil, aurait compris. Même en plein hiver, quand le découragement est à son comble, il monte d'une cour de prison une tension qui ne prête pas à confusion. Chacun a l'œil aux aguets, le détenu pour échapper aux brimades, le gardien pour éviter les ennuis. C'est un jeu codifié que mène l'humiliation. Il n'y a pas de vainqueur.

Par chance, après le café, le surveillant les autorisa à tourner en rond deux par deux dans la cour. Ils avaient froid, dans leur uniforme marron, une veste, un pantalon de toile grossière pour les nouveaux, de laine pour les anciens, un bonnet en forme de chéchia. Leur chemise était taillée dans un sac de sucre, vestige du débarquement allié de 1942 ; malgré les lavages et les rapiéçages, on lisait encore sur certaines le mot « *sugar* ». Toutes ces défroques provenaient aussi de stocks de vêtements de prisonniers allemands et italiens : l'Administration française ne gaspillait pas. Ils grelottaient, mais ils étaient heureux et fiers de marcher, presque libres ; ici au moins l'air qu'ils respiraient était pur. Ils appréhendaient de retourner dans les salles. Dans la cour, ils pouvaient lever le nez, voir le ciel blanc, tendre les mains et recueillir la neige comme une manne inutile, qui les nourrissait cependant d'espérance, car elle venait de loin, et eux, un jour, s'envoleraient par-dessus les murs, là-haut, vers les nuages.

On avait volé ses chaussures à Richard, et pourtant personne ne les portait, il l'avait vérifié. Un vicieux sans doute, qui volait par plaisir, non par besoin. En attendant la paire qu'il avait réclamée à Nina, il s'était confectionné des espadrilles en alfa à l'atelier de sparterie. Lui, le pianiste, était dépourvu de toute habileté manuelle ; ses espadrilles étaient de vraies passoires. Les pieds trempés, il demanda la permission d'aller chercher des chiffons pour les envelopper. Le gardien la lui accorda d'un geste négligent. C'était un brave type, une originalité à Berrouaghia. La plupart des gardiens rivalisaient de férocité. Bon nombre d'entre eux avaient été condamnés à la Libération pour avoir infligé des sévices aux détenus antifascistes et communistes incarcérés pendant la guerre. Leur peine purgée, ils avaient repris leurs fonctions au pénitencier. L'Administration manquait de personnel qualifié. Les rares rapports des commissions d'enquête qui dénonçaient ces tortionnaires confirmés finissaient au panier.

Berrouaghia, sur les hauts plateaux algérois, à une centaine de kilomètres de la capitale, avait été, jusqu'en 1914, l'un des postes fortifiés sur la route du sud. Désaffecté, il avait été transformé en pénitencier, puis en maison centrale. Hormis la prison, c'était une bourgade ordinaire, qui ne s'animait que les jours de marché, une simple voie de passage vers le sud, desservie par les autocars de Blida et le tortillard de Djelfa. Richard ne l'avait traversée qu'une fois, le jour de son arrivée, le temps d'apercevoir à sa fenêtre une femme encore belle, aux cheveux blonds et à la poitrine opulente. Lui, le « sans-femme », voilà trois ans qu'il en rêvait. Il s'était juré de la retrouver, une fois libéré. Il lui dirait qu'elle l'avait accompagné pendant toutes ces années, que, souvent, tout comme Angèle, elle l'avait aidé à s'endormir. De la blonde à sa fenêtre, il ne s'était pas souvenu tout de suite. Les premiers temps, il ne voyait que Miriam, sa mère, minuscule et pleine de vaillance; elle ne le méprisait pas, elle le consolait. Et Richard se sentait écrasé plus encore par sa générosité que par la honte. Il aurait voulu payer plus cher encore le chagrin qu'il leur infligeait à tous. Il ne méritait pas l'indulgence de Miriam.

Ils virent arriver Antona et ils surent que c'en était fini de lever le nez au ciel. Le gardien-chef Antona avait une tête de boucanier borgne; l'œil qui lui restait vous photographiait. Il était petit, tiré à quatre épingles dans son uniforme. Il avait des mains carrées, courtes, des mains d'assassin.

Il gueula tout de suite : « Vous vous croyez en vacances, ou quoi? »

Il tira de sa poche un mouchoir immaculé et épousseta sur sa veste les miettes de son petit déjeuner.

Il les fit tous asseoir dans la neige, avec l'interdiction de parler et de bouger. Lui-même s'assit sur un pliant à l'abri d'un auvent et se mit à dévisager les prisonniers l'un après l'autre. Quand il avait fini son inspection, il la reprenait en sens inverse. La neige leur couvrait les épaules, s'amoncelait entre leurs jambes croisées en tailleur. Ils ne remuaient pas, comme s'ils étaient des modèles sous l'œil unique du peintre Antona. Un vieil Arabe à tête de mort, déjà cireux, aux yeux éteints, infiniment tristes, aux membres décharnés qui semblaient des branches mortes enveloppées de haillons, se mit à tousser en longues quintes irrépressibles et à cracher du sang noirâtre.

L'Espagnol leva le doigt. Antona avança le menton.

« Chef, faut pas le laisser dehors, Hocine. Il est tubard. »

Antona se moucha élégamment, en les fixant du regard, comme s'il leur donnait une leçon de maintien. D'autres voix se joignirent à celle de l'Espagnol : « Chef, il est tubard, il va crever ! » Hocine tomba soudain d'un bloc, le nez dans la neige, les yeux ouverts, qui ne cillaient pas. Ils poussèrent un cri et se levèrent tous en même temps. Antona comprit le danger.

« Emmenez-le! Pas tous à la fois. L'Espagnol et Partouche. »

Pourquoi moi? pensa Richard. Il saisit néanmoins le vieil Arabe par les pieds, tandis que l'Espagnol le soulevait par les aisselles. Ils prirent le chemin de l'infirmerie.

« Il pue, dit Richard.

– Il est vieux », répliqua l'Espagnol.

Le médecin était absent, comme les trois quarts du temps. Il soignait tous les maux, de la dysenterie au scorbut, avec de l'aspirine. Il était vénal. Richard, qui recevait de l'argent de Nina, en avait parfois profité pour gagner trois jours d'infirmerie.

Des hurlements les accueillirent.

« Même ici! » dit l'Espagnol avec irritation.

Ils entrèrent dans le dortoir. Une dizaine d'hommes étaient allongés. Les hurlements provenaient de la salle de soins. Un détenu, dans sa blouse d'infirmier, se tenait debout auprès d'un autre prisonnier assis sur une chaise, la bouche béante. Et le pseudo-infirmier, faute de dentiste, s'escrimait à tirer avec une pince sur la molaire du malheureux. Et la molaire résistait. Et l'infirmier jurait. Et le prisonnier hurlait. Il n'avait pas reçu d'anesthésie. Richard voyait le boucher penché au-dessus du gouffre qui tirait à deux mains, ébréchait la dent pourrie avec un air de triomphe : « Ça vient, camarade! Laisse-toi faire, nom de Dieu! » Richard sentait la douleur de l'autre le vriller jusqu'au cerveau.

Au bout de la pince, le chicot apparut presque entier dans un flot de sang. « La putain de sa mère! dit l'infirmier. Je l'ai eu! » « Ah, oh! » gémissait le patient, la tête renversée, et le sang gargouillait au fond de sa gorge.

Richard et l'Espagnol couchèrent le vieil Arabe dans un lit.

« Il revient quand, le toubib?

– Sais pas, dit l'infirmier. Il fouille. »

La région de Berrouaghia recelait des vestiges romains, et le médecin se piquait d'être archéologue.

« Il est mal, celui-là, dit Richard.

– Et les autres, qu'est-ce que tu crois? »

L'infirmier débita une liste de maladies : scorbut fruste, avitaminose, hémorragies, troubles nerveux, anémies, insomnies.

« Moi, je fais ce que je peux », dit-il en baissant les yeux.

Le petit Saïd était là aussi, dans son lit souillé. Richard lui toucha la main, en évitant de regarder les draps. Saïd souffrait de dysenterie. Vidé, il n'avait plus la force de se lever. Il sourit à Richard.

« Ça va, mon frère? »

Richard l'aimait bien, ce fou de Saïd à la tignasse rousse de Kabyle aux yeux bleus. Ils avaient fait le voyage en train ensemble, le premier jour, enchaînés l'un à l'autre par les menottes. S'il ne crevait pas avant, Saïd sortirait dans deux ans. C'était un voleur de talent. Il disait, à Richard seulement, car il ne se vantait pas, qu'il était tombé à son seizième coup, parce qu'il avait commis la bêtise de prendre pour la première fois un complice. Et le complice avait échappé aux flics! Il riait, Saïd, en contant sa mésaventure. « C'est la volonté de Dieu! » Peut-être de tous les détenus était-il le seul à n'avoir jamais été envoyé au cachot.

Richard ne pouvait rester plus longtemps auprès du lit infect. Il pinçait le nez, comme l'avait fait sa sœur Nina, si élégante et si raffinée, quand elle était venue le visiter à la prison d'Oran. Richard lui en voulait encore de n'avoir pas su cacher son dégoût.

Comment pouvait-il aider Saïd? Lui tapoter la main, lui ébouriffer les cheveux, c'était insuffisant. Il aurait fallu rester à son chevet, lui parler, lui raconter les événements de la journée. Il puait trop.

Richard se revit, lui, le « mac », dans son costume d'alpaga, avec sa cravate imprimée et sa chevalière en or (il l'avait laissée à Miriam), au bras d'Angèle, sur le boulevard. Ils s'asseyaient à une terrasse pour se taper une *agua-limon*. Et elle le regardait avec des yeux de merlan frit. Moi, Richard Partouche, le bourreau des cœurs! Il disait à Angèle : « Tu as vu celle-là comme elle me regarde! Laisse, va, qu'elle t'arrive pas à la cheville. Même pour te cirer les souliers elle est pas digne! » Et Angèle riait en lui serrant très fort le bras.

Et mes sœurs? Qui avait des sœurs comme Richard? Belles à tomber à la renverse! Et comme elles l'aimaient! Toujours à le cajoler. « Tu es trop beau, Richard, disait Isabelle. Laisses-en un peu pour les autres! »

Il se vit à présent, dans son uniforme dépareillé, ses pieds enveloppés de chiffons, ses mains, ses longues mains de pianiste, rouges et crevassées, aux ongles cassés, ses dents noires dévitaminées, qu'est-ce qu'il aurait donné pour manger un bon couscous de sa mère!

Il retourna dans la salle n° 13, la cloche du repas venait de sonner. Il s'assit sur son lit, son écuelle sur les genoux. Le ragoût de mouton sentait encore plus mauvais que d'habitude. Il laissa sa part à un affamé et mangea les biscuits qu'il avait achetés à la cantine. Les autres, sans ressources, la majorité des Arabes, n'avaient pas le choix. Ils bouffaient et tombaient malades.

Il neigeait toujours. C'était l'heure de la sieste pour les gardiens. Les pas des surveillants de garde ne s'entendaient pas dans la cour ouatée. C'était l'heure du silence, une heure terrible, parce qu'elle obligeait à penser. L'hiver, on ne travaillait pas dehors. Il y avait alentour des vignes, des champs de tabac et d'alfa; le travail était si dur sous le soleil de plomb que Richard voyait revenir les beaux jours avec appréhension. L'atelier de sparterie était fermé depuis que le toit s'était effondré; personne ne le réparait. Pas de crédits, avait expliqué Antona. Il ne restait qu'à attendre, un jour de plus, un jour parmi trois mille six cent cinquante, tous pareils, demain n'existait pas, puisqu'il était semblable à aujourd'hui, voilà l'enfer, la monotonie et la certitude.

À quoi pouvait rêver Richard, que pouvait-il espérer? Une carrière de pianiste? Mais, au bout de dix ans, les doigts sont morts, ils ont tout oublié. La liberté aussi l'effrayait. Il se vit, sortant du pénitencier, vieux bonhomme de trente-six ans, sans métier, sans amour, sans but. Sa tête tomba sur sa poitrine. Il aurait voulu pleurer. Plus de larmes.

« Partouche! l'appela l'Espagnol avec son fort accent. Tu connais l'histoire de la danseuse à qui on avait coupé les jambes?

– Et alors?

– Alors, elle a appris à danser sur les mains. Putain de numéro que ça faisait! Millionnaire, elle est devenue!

– Merci », dit Richard.

Il n'avait pas vu sa mère depuis six mois. Elle était venue en train avec Nina. Il sentait maintenant leur parfum, qui flottait miraculeusement au milieu des odeurs de corps malades, comme un navire insubmersible au milieu des épaves dans la tempête. Il s'accrochait à ces parfums de femme, la verveine de Miriam, le vétiver de Nina; sa mémoire les respirait et il avait l'impression de les serrer toutes les deux dans ses bras. Maintenant, il connaissait leur parfum, maintenant qu'il en était privé, car, autrefois, l'enfant insouciant, qui n'envisage pas de perdre ce qu'il possède, n'identifiait pas ces délices; il ne connaissait de sa mère et de ses sœurs que leur odeur, odeur familière et douce qui ne méritait pas qu'on s'y attarde. Maintenant, leur parfum était l'ancrage de sa mémoire. Il le ressuscitait à volonté, de même que leurs voix, leurs baisers, leurs visages. Il lui suffisait de fermer les yeux pour qu'elles apparaissent, sa petite maman aux cheveux gris bleutés et sa sœur hautaine et frémissante. Elles ne l'abandonnaient pas, elles étaient près de lui.

Il commença une lettre. À cause de la censure, il ne pouvait rien dire de la vérité du pénitencier. Au début, novice, il avait osé se plaindre de la nourriture. La lettre n'était jamais parvenue à Miriam, mais il avait écopé de quinze jours de cachot. C'était sans importance à présent, il n'avait pas l'intention de se plaindre, elles souffraient bien assez comme ça. Une nouvelle fois, pourtant, emporté par le terrible besoin de garder leur estime – et, en vérité, de se la conserver à lui-même –, il expliqua qu'il n'était ni un souteneur ni un assassin, qu'il avait tué le boxeur accidentellement, que le coup était parti tout seul; il le croyait presque, au bout de tant de plaidoyers. Rien n'est plus facile que de se mentir à soi-même : il suffit de mentir aux autres. On leur donne de soi une image fausse; ils vous la renvoient vraie.

Comparé à celui des criminels chevronnés qu'il coudoyait, son sort paraissait à Richard terriblement injuste. Eux avaient étranglé, égorgé, violé, quel châtiment pouvait être assez cruel? Mais lui avait pris la défense d'Angèle. Quoi? il n'y aurait eu personne pour protéger la petite Angèle? Et c'est pour ça qu'on le punissait! Se doutaient-ils, les juges, qu'il tremblait devant le boxeur qui allait l'écrabouiller? Eux, les juges, auraient-ils eu le courage de le défier, même pour sauver leur femme ou leur fille?

Son regard s'arrêta sur Azzedine, qui occupait la paillasse voisine de la sienne. Azzedine était agenouillé et priait. Il priait cinq fois par jour, comme le lui prescrivait le Coran. Même les plus bornés des forçats avaient renoncé à se payer sa tête. Il secourait les plus démunis, lui qui l'était totalement, et n'en tirait aucune vanité. Il ne se bagarrait jamais, n'injuriait jamais, n'avait peur de personne.

Son sort est aussi injuste que le mien, se disait Richard. Azzedine avait tué sa fillette de quatre ans, mais il le regrettait tous les jours, et il était impossible de ne pas le croire. Il était sans travail, l'enfant pleurait la nuit, il ne trouvait pas le repos. Cent fois, Richard avait entendu le récit d'Azzedine, jamais il n'avait réussi à imaginer parfaitement le désespoir que l'Arabe décrivait : le bidonville sans électricité, sans eau, les incendies qui détruisaient tout lorsqu'une lampe à pétrole se renversait, la famille entassée dans la même pièce, la grand-mère gâteuse et les bébés sous-alimentés, les rats encore plus affamés, le vent qui arrachait le toit et le soleil qui le chauffait à blanc, l'inondation quand il pleuvait. Et lui, Azzedine, toute la journée se rongeait les sangs, errait à travers la ville à la recherche d'un emploi, puis, la nuit, au moment où il aurait eu besoin de reprendre des forces, sa fille se mettait à gémir en se plaignant de la tête. Azzedine devenait fou. Alors, il l'avait secouée, la fillette, secouée et secouée pour qu'elle se taise. Il la serrait, il serrait peut-être trop fort, comment savoir? Il lui serrait le cou pour empêcher les pleurs de sortir, et elle était morte. Il l'avait emportée sur son dos jusqu'à l'hôpital, au moins à cinq kilomètres, c'était une nuit noire avec un vent terrible. Azzedine parlait à sa fille, dont la tête pendait sur son épaule, elle ne répondait pas, même pas un gémissement. L'infirmière avait dit : « Qui l'a étranglée? » Azzedine avait répondu : « Moi. » Il ne se rendait pas compte.

Azzedine avait fini sa prière, il rangea la natte sur laquelle il s'agenouillait.

« Messaoud, dit-il (c'était l'équivalent de Richard), tu as une cigarette?

– Tu fumes maintenant?

– C'est pas pour moi, c'est pour un copain qui est à l'infirmerie.

– Et moi quoi? répliqua Richard. Mes cigarettes, je me les garde.

– Tu as raison, dit calmement Azzedine. C'est précieux, une cigarette. »

Antona entra dans la salle. Il avait les traits bouffis de celui qui vient de s'offrir une bonne sieste. Il portait un bandeau sur son œil crevé. Les détenus connaissaient le langage du bandeau d'Antona. Il ne le mettait que quand il était d'humeur à plaisanter. Ça n'annonçait rien de bon.

« Alors, les enfants, la soupe était bonne?

– La soupe, il était dégueulasse, chef », dit Azzedine. Il avait un fort accent, mais trop de dignité naturelle pour que les prisonniers aient l'idée d'en rire. Stupéfaits, ils le regardèrent. Il était assis sur sa paillasse, les mains à plat sur ses genoux, parfaitement immobile. Par la suite, Richard chercha à comprendre la folie d'Azzedine, mais peut-être étaient-ils tous fous, les détenus comme les gardiens. Il pensa plutôt qu'il en était responsable. Il avait refusé une cigarette à Azzedine, et Azzedine s'était soumis sans broncher. Alors l'ironie du chef, il n'avait pu la supporter; c'était comme lui, Richard, avec le boxeur; la gifle, il aurait mis son mouchoir par-dessus, mais les ricanements de ses amis, et le boxeur qui s'en allait tranquillement en lui tournant le dos! ça, non! il avait sorti le revolver.

« Il est dégueulasse, la soupe, chef!

– Eh! vous l'entendez, vous autres! Et les rats que tu bouffais à Alger, ils étaient comment, putain de raton!

– Ne m'appelle pas raton, chef.

– Pourquoi, tu es pas un putain de raton?

– Je suis Belamri Azzedine. »

Tout à coup, Antona cingla le visage d'Azzedine d'un coup de cravache. L'Arabe ne porta pas la main à sa pommette, qui venait d'éclater. Il laissait le sang couler et s'élargir sur le U et le G du mot « *sugar* » qui barrait sa poitrine. Richard vit le regard d'Azzedine et se tassa sur lui-même. Les pires ennuis allaient leur arriver à tous.

« C'est le regard d'un Français, ça! dit Antona. Pas celui d'un raton, d'un melon, d'un bougnoule, d'un bicot, d'un tronc de figuier! »

Avec chaque injure, il distribuait un coup de cravache, sur l'épaule, sur la nuque, sur les tibias. L'immobilité d'Azzedine était effrayante. Richard recula au bout de sa paillasse.

D'abord froid et indifférent, le ton du gardien-chef montait. Et il cognait de plus en plus fort, comme pour répondre aux murmures qui s'élevaient.

« Je vais te crever, Belamri! Vous, vous pouvez massacrer les Français, et moi je vais te laisser vivre! »

Le bruit courait d'une révolte dans les montagnes. Richard n'en savait pas plus; ils n'avaient ni journaux ni radio. Richard en avait parlé avec les prisonniers européens. Ils étaient tous d'accord : si on ne les matait pas tout de suite, attention! L'Arabe, ça a le couteau facile!

Antona injuriait maintenant collectivement les détenus arabes, et Richard les vit qui serraient les poings tous en même temps. Pas un ne baissait les yeux, comme ils en avaient l'habitude. Azzedine était en sang, il n'avait paré aucun coup. Richard eut même l'impression qu'il souriait. Il regarda les Arabes à la dérobée. Ordinairement, il y avait dans leurs yeux de la haine et de la peur. Cette fois, il y vit de la colère.

« Ça va maintenant, chef, dirent plusieurs prisonniers, même des Français. Ça suffit, vous allez l'amocher. »

Antona remit la cravache dans sa ceinture, noua les poignets d'Azzedine avec une corde et le tira sans brutalité. Azzedine marchait la tête haute, traversa la salle dans toute sa longueur laissant une traînée de sang dans son sillage. Les Arabes murmuraient sur son passage, en se touchant la poitrine.

La cloche sonna pour la soupe du soir, puis celle de l'extinction des feux. Au plafond, une ampoule resta allumée; des ombres peuplèrent les murs suintant d'humidité. Un lacis de lézardes dessinait particulièrement bien celle du boxeur.

Richard craignait de perdre la notion du temps; chaque nuit, il se remémorait les événements de la journée. Aujourd'hui, il n'avait pas ri une seule fois; ça lui arrivait souvent, de rire, Nina n'avait pas voulu le croire. La vie du pénitencier, c'était celle d'un village, avec ses pitres et ses idiots, ses notables et ses rebelles. L'homme rit partout et de tout. Il suffit qu'un autre trébuche. Il rit parfois de sa propre chute.

J'ai rechigné, pensa Richard, à conduire le vieil Arabe à l'infirmerie; au lieu de raconter des blagues à Saïd, je me suis enfui; j'ai refusé une cigarette à Azzedine et je n'ai pas bronché quand Antona l'a massacré.

Est-ce qu'Azzedine m'a jamais fait du tort? Est-ce que je vaux mieux que lui? C'est quoi, une cigarette, avec l'argent que m'envoie Nina?

Il pensa qu'il n'avait jamais essayé de s'en tirer par ses propres moyens, qu'il avait toujours compté sur les autres, d'abord sur son père et sur Nina, ensuite sur Angèle. Et il avait été fier de faire le mac! Pas fier, non, mais content de lui, comme un coq dans la basse-cour, qui ignore qu'on va lui tordre le cou. Maintenant, il était dans la trappe, de quoi se plaignait-il? Il l'avait cherché. Lui, le chéri, les yeux, la vie de sa mère (il entendait les mots tendres en arabe – « tu es la prunelle de mes yeux »), lui qui se mettait au piano et les faisait danser, lui que toutes les femmes cajolaient, caressaient – jusqu'à quel âge s'était-il assis sur les genoux de Miriam? – lui qu'elle attendait le soir sans dormir jusqu'au moment où il rentrait, lui qu'elle servait le premier à table, et il en était gêné pour son père, lui qui croyait la vie si belle et facile, ici il n'avait pas un ami, mis à part ce fou de Saïd, mais Saïd ne comptait pas. Même l'Espagnol, Richard s'en rendait bien compte, le traitait avec indulgence, pas avec amitié. Et puis l'Espagnol était l'ami de tout le monde.

L'ombre du boxeur s'agita sur le mur. « Tu n'as pas de revolver, hein, Partouche? Montre ce que tu sais faire avec tes poings! »

Le boxeur le méprisait. Et Nina aussi le méprisait, et Luc, son mari, et la terre entière. Le pianiste, regardez le pianiste sur sa paillasse! Écoutez son concert, comme il joue bien avec ses mains crevassées de maçon! Il avait dit : « Papa, tu viendras au premier rang! » parce que son père mourait d'un cancer et qu'il ne savait pas quoi lui dire; on ne parle jamais à temps à son père.

L'orchestre de ronflements, de respirations sifflantes et anxieuses jouait à pleine puissance. Même les ombres prenaient la fuite. Il chercha à fuir lui aussi, à dormir, à rêver peut-être. Mais, dans la solitude surpeuplée de la salle n° 13, il n'y avait aucune issue. Il resta sur le dos, avec ce poids énorme qui l'ensevelissait au fond du gouffre où le boxeur l'attendait.

Oui, il y avait une issue, la seule sortie digne non pas de ce qu'il était, mais de ce qu'il avait feint d'être. Toute sa vie il avait truqué. Il pouvait maintenant choisir la mort rapide plutôt que d'accepter cette mort interminable. Il pouvait rejoindre le boxeur. Et à lui il dirait la vérité.

4

LE CLAN DES BÉNI-TAZIRT

Quand Yacef aperçut le hameau, ses jambes tremblèrent. Jusque-là, il avait dominé son épuisement. Une dizaine de combattants le suivaient, eux aussi vacillants. Yacef, leur chef, serrait les dents, et aucun, dans son sillage, ne se permettait de gémir. Mais, maintenant, à l'approche de la mechta, la fatigue pesait sur leurs reins, et Yacef s'y abandonnait; ses genoux le torturaient tant qu'à chaque nouveau pas la douleur remontait, le long de la colonne vertébrale, jusqu'à la nuque. Ses yeux n'étaient plus que deux fentes recevant des halos orangés et pourpres; la faim le tenaillait. Dans ses poches, il trouva les débris d'un morceau de galette, les tendit au plus jeune de ses compagnons.

Yacef Radaoui était lui-même un homme dans la force de l'âge, il avait quarante-quatre ans; plus de la moitié de sa vie, il l'avait passée à militer et à lutter. Il était l'un des chefs de la Révolution naissante.

Du sentier de chèvres, à flanc de sierra couverte de diss, la mechta jouait à cache-cache. Elle se dissimulait, puis réapparaissait comme un mirage à ces hommes épuisés et affamés; silencieuse et pâle au creux du vallon, elle semblait inhabitée, et tous craignirent qu'on ne leur ait indiqué une fausse piste. Les roches qui bordaient le sentier se découpaient en masses énormes et tranchantes, sculptées de rides par les siècles. Le vent soufflait très fort et mêlait ses cris aux jappements des chacals et à la harpe des cascades invisibles. La nuit tombait, d'un bleu d'ardoise; il y avait une multitude d'étoiles dans le ciel sans nuages.

Ils s'assirent sous un auvent que dressaient les éboulis. Une gourde passa de main en main. Ils s'essuyèrent le visage et les mains, couverts de sueur et de poussière, remirent de l'ordre dans leur chevelure. Tous étaient très jeunes, entre vingt et trente ans. Ils avaient quitté leur famille, leur village pour accompagner Yacef sur les chemins incertains. S'ils avaient peur, ils ne le montraient pas. Après avoir brossé de la main leur cachabia – un manteau en laine à capuchon que les pères leur avaient remis au moment de partir, avec des bénédictions –, après s'être encore époussetés les uns les autres, ils se regardèrent, les yeux moqueurs, comme des garçons qui s'apprêtent à rejoindre leurs belles et qui s'encouragent avec plus de timidité que de grivoiserie. Ils avaient meilleure allure. Il fallait d'emblée en imposer aux villageois. Yacef les inspecta, redressa un ceinturon, ajusta un col. Sur les dix, trois seulement avaient un pistolet. Yacef portait à la ceinture un revolver parabellum. Il s'élança le premier dans la descente raide qui menait au hameau.

On l'appelait le hameau de l'Eau blanche, parce que le vallon où il s'étirait était arrosé de sources, dont ils entendaient le murmure sans les voir. La plus importante, la source du papyrus, dévalait, dansante et rieuse comme une jeune fille le jour de ses noces, de la montagne du Faucon, dont la lune pleine éclairait le pelage de chênes-lièges, de frênes et de zens. Au sommet l'arête, fine et dentelée, leur apparut comme le fil de l'épée du sirate, ce fil aiguisé sur lequel, au jugement dernier, le musulman passe pour traverser l'enfer; et cette épreuve, seules les âmes pures la surmontent. Avons-nous l'âme pure? se demanda Yacef. Une étoile filante traversa le ciel; sa queue bleutée se consuma et s'éteignit. Yacef fit le vœu de mener ces garçons jusqu'à la victoire. L'incertitude lui arracha un grognement; il feignit de tousser. Il savait que de ces garçons bien peu verraient le pays libéré. Presque tous y laisseraient la vie, c'était écrit, non pas dans le destin, qui au contraire leur enseignait la soumission, mais bien dans leur révolte folle, dans la logique d'un combat inégal dont ils ne connaissaient pour l'instant que l'objectif et nullement les moyens. Ils n'avaient pour armes que l'espérance et la ruse, face à des canons, à des avions, à des chars. Les premiers seraient sacrifiés, mais, pensait Yacef, la France serait vaincue, comme elle avait été vaincue en Indochine. La France était trop lourde, trop rigide, trop égoïste pour se dépêtrer du filet que jetterait sur elle un peuple entier. Encore fallait-il convaincre ce peuple, par le raisonnement et, au besoin, par la force, de suivre la *taoura*, la révolution. C'était la mission, pour le Constantinois, que l'Organisation avait assignée à Yacef. D'autres chefs s'y employaient dans les autres régions de l'Algérie.

La pente était très abrupte. Leurs gandouras s'accrochaient aux ronciers; ils trébuchaient sur des racines et des branches enchevêtrées. Ils tombaient et se relevaient. « Oulala! » disait Madani, le plus corpulent d'entre eux, un coiffeur de Philippeville qui n'avait jamais quitté la ville. L'odeur âcre de la sarriette desséchée les faisait suffoquer.

Maintenant, ils étaient tout près des maisons. Les lueurs de deux ou trois lampes les réconfortèrent; ils ne s'étaient pas trompés de chemin. Ils pensèrent si fort à la soupe que l'eau leur vint à la bouche. Les chiens se mirent à aboyer comme des démons, et tout de suite ils furent cernés par une meute grondante, qui déchirait le bas de leur manteau; ils la repoussèrent à coups de pieds. Yacef, d'un coup de bâton, envoya une bête écumante voltiger par-dessus la clôture. Une voix s'éleva.

« Homme, lança-t-il impérieusement, retiens tes maudits fauves! C'est moi, Yacef. »

Le paysan calma les chiens, qui filèrent avec un dernier grognement de regret.

« Tu laisserais dévorer ton ami? » dit Yacef en souriant.

Le paysan tendit à bout de bras sa lampe à carbure.

« Yacef, frère, *ahlene*, *ahlene*, bienvenue! La paix soit avec toi!

– Tu trouveras la paix! » répliqua Yacef.

Ils s'embrassèrent, entrèrent dans la maison. Yacef vit un jupon qui s'enfuyait par l'autre porte.

Halim était un paysan de petite taille, au visage plat, avec des yeux de Mongol, une grande bouche. Il avait de longues moustaches qui lui donnaient un air jovial et sensuel. Au temps des grandes conquêtes arabes, de nombreuses tribus anatoliennes étaient venues faire souche en Afrique du Nord. Halim, qui pouvait avoir la soixantaine, était le maître du clan des Béni-Tazirt. Chacun des habitants du hameau était son parent. Depuis toujours la famille s'était rangée dans le camp des nationalistes. Yacef connaissait Halim de longue date. C'est chez lui qu'il s'était réfugié après l'attaque de la poste d'Oran, qu'il avait organisée, en 1949, puis, l'année suivante, après le démantèlement par la police de l'Organisation spéciale.

Dès son adolescence, Yacef s'était rebellé contre le fatalisme musulman, qui assignait aux hommes une place pour l'éternité. Au sein du parti communiste algérien, il avait milité à Oran, sa ville natale, au côté de Lucien Partouche, son ami juif aujourd'hui éloigné et qu'il ne parvenait pas à oublier. Le parti les avait dégoûtés l'un et l'autre par ses tergiversations et ses revirements. Mais, tandis que Lucien l'abandonnait et renonçait à la lutte pour la justice, sinon dans son cœur, du moins dans ses actes, Yacef cherchait sa voie auprès des nationalistes. Ferhat Abbas lui parut un réformiste stérile ; il rallia enfin le parti de Messali Hadj. Il réprouvait cependant le mysticisme religieux, le culte de la personnalité de celui qu'on appelait l' « Unique ». D'ailleurs, Messali, lui non plus, ne voulait pas faire la révolution ; il ne voulait que son pouvoir personnel, et la révolution le menaçait. Aussi Yacef, avec cinq autres réfractaires, jeta-t-il les bases d'une nouvelle organisation, le F.L.N., déterminée à se battre jusqu'à la victoire. Ils n'étaient que six en tout et pour tout à prétendre triompher de la France. Ils n'avaient ni argent, ni armes, ni troupes, ni appuis étrangers. Ils fixèrent le début de l'insurrection au 1er novembre 1954. Responsable de la région d'Oran, Yacef y subit un échec humiliant. Hormis dans l'Aurès, le mouvement ne mena que des coups de main, des sabotages sans efficacité ni prestige. À peine naissante, la révolution semblait condamnée. Yacef lut les journaux, vit l'optimisme des Européens, leur certitude que cette révolte de montagnards serait matée. Il comprit leur insouciance, et en même temps leur erreur. À certains moments, pourtant, il désespérait. À Oran, vingt-huit de ses combattants avaient été arrêtés, en même temps qu'une foule d'hommes totalement étrangers à l'insurrection. À Alger, toute l'organisation F.L.N. avait été démantelée. Furieux, en apprenant la nouvelle – il avait été mis à l'écart –, Messali laissa croire qu'il était l'instigateur de la rébellion. Son parti, jusque-là contrecarré mais autorisé, fut dissous. Deux mille militants furent arrêtés. L'ampleur de la répression redonna courage à Yacef. Il savait qu'elle rallierait beaucoup de tièdes. Il se réjouissait aussi de l'intransigeance du président du Conseil français, qui refusait la discussion. Yacef craignait l'habileté de Mendès France, négociateur en Indochine et en Tunisie. Décidément, l'Algérie aveuglait les plus clairvoyants.

Le F.L.N. était peu et mal implanté en Oranie. Les dirigeants décidèrent de négliger la région pour l'instant et chargèrent Yacef de développer l'organisation dans le Constantinois, traditionnellement ouvert aux idées nationalistes. Il voyagea habillé en paysan, toujours assis à l'arrière des cars, le turban mal ajusté, la main serrée sur son revolver au fond de la poche. Dans chaque village visité, il semait un embryon d'organisation, laissant derrière lui au moins deux hommes sur qui compter. Il forma un petit groupe d'une dizaine de combattants. Dorénavant, ils se déplacèrent à pied.

Ils ne dormirent jamais trois nuits de suite au même endroit.

Ici, chez les Béni-Tazirt, un clan jaloux de son indépendance, rétif aux directives, la mission s'annonçait ardue. C'était une chose de fournir un refuge aux combattants, une autre de s'armer contre la France.

Les dix hommes de Yacef restaient timidement dans la cour, où bêlaient chèvres et brebis, où l'âne brayait, où coqs et poules s'égosillaient, agacés par l'irruption des étrangers.

« Entrez, entrez tous », dit Halim.

Une voix de vieille femme descendit de la soupente.

« Qui est-ce?

– Ce sont des hôtes, mère. Dieu nous les envoie. »

La lampe à carbure s'éteignit subitement. Amar, le fils benjamin de Halim, apporta une bougie. Reconnaissant Yacef, il le salua en lui baisant l'épaule.

« Oncle, dit-il, que la paix soit avec toi! »

Yacef apprécia la marque de respect et s'en irrita quelque peu. Ce titre d'oncle et ce baiser à l'épaule étaient réservés aux vieux. Il sourit malicieusement.

« Ton fils devrait porter des lunettes! » dit-il à Halim.

Le jeune homme avait l'esprit vif.

« Oh, oncle, enfin sidi, je ne voulais pas... Je sais qu'il y a beaucoup de *baraka*, beaucoup de bénédiction en toi.

– Répare plutôt la lampe, coupa Halim. Quel moulin à paroles! Il est allé à l'école, ajouta-t-il avec un soupir.

– Pas assez longtemps! » murmura le jeune homme.

Yacef se promit aussitôt de le recruter. Le père laisserait-il partir ce garçon vigoureux, qui devait abattre aux champs la tâche de deux paysans?

Un autre fils de Halim vint aider son frère. L'un prétendit que la lampe manquait d'eau, l'autre qu'elle manquait de carbure. En réalité, l'eau avait tellement imbibé la pierre que la lampe s'était éteinte. Elle fut réparée et la lumière revint. Dans le foyer creusé à même le sol brûlaient faiblement quelques morceaux de bois, avec un parfum de résine. Sous la soupente, il y avait un lit à étage fait de branchages tressés. Sur le dekkan, la partie surélevée, étaient rangés un coffre en chêne-zen peint de plumes de paon et des ustensiles de cuisine. Le silo à blé jouxtait le dekkan ; son orifice d'écoulement était bouché par des chiffons. Deux niches creusaient les murs parallèles. Un plat rond d'argile cuite ornait le pilier central en briques romaines, où les hommes de Yacef accrochèrent leurs sacoches. Le métier à tisser occupait le fond de la pièce.

Tous s'assirent sur les tapis de laine rase qui couvraient le sol de terre battue.

« Femme ! » appela Halim.

Une paysanne au long visage marqué par la petite vérole, aux lèvres épaisses, entra, les yeux baissés. Elle posa la galette, le petit-lait, un plat de blé grillé et de pois chiches sur de petites tables rondes. Elle portait une robe noire parsemée de fleurettes blanches et nouée d'un cordon tressé aux couleurs vives. Plusieurs foulards lui couvraient la tête, un beau fichu noir lui ceignait les épaules. Yacef l'admira, elle lui rappelait sa mère, une femme de tête grâce à laquelle il avait pu devenir instituteur, et non pas commis dans l'épicerie de son père, qui jugeait que le certificat d'études, c'était bien suffisant.

La femme de Halim découpa le gâteau de semoule, dans la longueur, puis dans la largeur, en petites parts faciles à saisir entre le pouce et l'index. Ses lourdes boucles d'oreilles en argent étaient maintenues par une lanière de cuir passée au-dessus de la tête pour éviter que les lobes ne se déchirent. Elle se retira sans avoir jeté un regard aux hommes, les épaules droites ; elle n'ignorait rien de l'impression qu'elle faisait, malgré le peu d'attrait de son visage.

Halim se levait sans cesse pour servir ses hôtes, qu'il encourageait à manger. Il apporta le café. Et tous rotèrent et s'écrièrent :

« Quel repas de roi ! Que Dieu augmente ton bien ! »

C'était un café fort, fait dans une gésoie, à la turque.

Versé dans des bols épais, il formait d'abord une grande nappe d'écume. Halim prit sa corne à tabac, plaça la chique dans sa bouche puis la fit rouler du fond du palais jusqu'aux lèvres. Sa bouche se déformait comme le goitre d'un crapaud. Il cracha dans le feu un jet de salive brune. Il ajouta dans l'âtre de grosses racines de myrtier, et de légères flammes bleues et pourpres s'élevèrent; des braises grésillantes voletèrent comme des lucioles. Les hommes de Yacef soupirèrent; Madani croisa les mains sur son gros ventre en fermant les yeux. Ils reculèrent tant la chaleur était devenue vive.

« La chaleur nous a repoussés jusqu'au mur, comme l'ennemi », dit le jeune Sedik, qui, la semaine dernière encore, suivait les cours de terminale au lycée de Constantine.

« L'ennemi, lui, refroidit les cœurs », répliqua le vieux Halim.

Il fit passer la chique dans sa joue droite et sembla souffrir d'un abcès dentaire. Il suivit des yeux son fils benjamin, qui s'esquivait sur la pointe des pieds. Amar allait fumer une cigarette dehors, parce qu'un garçon manquerait de respect à son père s'il fumait devant lui.

« Le bandit », murmura Halim, mais il était trop bien, au chaud et digérant, pour lui courir après. Du gourbi venaient des rires clairs d'enfants, que les femmes accompagnaient de rires étouffés. On les imaginait pouffant dans leurs mains. Puis la voix rauque de la grand-mère leur ordonna de se taire. On n'entendit plus que le ronflement du feu, de loin en loin un jappement de chacal auquel répondait le grondement féroce et effrayé des chiens.

Yacef se racla la gorge. Halim se tourna vers lui, prêt à l'écouter – il résistait à grand-peine au sommeil. Ses fils étaient revenus s'asseoir près de lui. Ils avaient mâchonné une feuille d'eucalyptus pour chasser de leur bouche l'odeur du tabac. Eux étaient parfaitement éveillés et attentifs.

Yacef commença à parler lentement en regardant dans les yeux chacun de ses interlocuteurs. D'autres membres du clan, convoqués par Halim, s'étaient joints à l'assemblée. Dans la petite salle, se pressaient maintenant, épaule contre épaule, une vingtaine d'hommes. À simplement les dévisager, Yacef savait qui serait enthousiaste et qui serait sceptique, qui téméraire et qui prudent, qui ardent au combat et qui lâche. Il employa des mots simples. Il dit que le mouvement pouvait déjà être fier de ce qu'il avait accompli en si peu de temps. Bien sûr, ils n'étaient qu'une poignée d'hommes sans armes ni ressources, mais demain ils seraient des milliers et, après-demain, tout le peuple s'unirait derrière ses combattants. Car le peuple restait fidèle à ses traditions. Il détestait les colons qui l'opprimaient, il méprisait et haïssait les collaborateurs. D'ici, des montagnes de l'Algérie, un cri de révolte jaillirait, qui ferait trembler la France et le monde entier.

Un vieux hocha la tête, et son turban déroulé laissa apparaître le crâne rasé : « Crois-tu que je verrai la liberté, moi ?

– Tu la verras, oncle ! » répliqua Yacef fortement.

Les yeux des fils de Halim brillèrent.

« Je voudrais voir la liberté, même un seul jour », reprit le vieux.

Yacef expliqua que le combat serait rude et long jusqu'à la libération.

« Celui qui mourra mourra, dit un autre vieux. Mais il ira au paradis. Et celui qui survivra sera enfin libre. Personne ne lui dira plus : " Où vas-tu, que fais-tu ? " Il ira et agira librement. Du moins, je l'espère.

– Il ne saurait en être autrement, répondit Yacef. Dans un pays libre, il y a du travail et de la nourriture pour tous.

– Mais qui sera le maître dans notre pays du futur ? demanda un homme qui, depuis le début du discours de Yacef, gonflait les joues comme s'il refusait d'avaler des couleuvres.

– Nous sommes des révolutionnaires, dit Yacef, en évitant de regarder le sceptique. Nous ne visons aucun but personnel. Après la victoire, nous remettrons le pouvoir au peuple.

– Combien êtes-vous ici ? Une dizaine ? C'est peu pour combattre la France entière !

– Dix aujourd'hui, des milliers demain...

– On dit que vous êtes des *fellaghas*, des coupeurs de routes », lança un homme entre deux âges dont la gandoura neuve et les chaussures européennes marquaient l'aisance. C'était un meunier de passage ; ses yeux plissés, sa bouche mince le rendaient indéchiffrable.

Celui-ci, pensa Yacef, pouvait nuire à la cause ; il aurait de l'influence sur les villageois. Il s'adressa à lui d'une voix coupante, presque brutale. Devant l'injure, il devait vite montrer son autorité.

« Le brigand est un asocial, un criminel. Nous, nous sommes des militants de la justice. C'est pour le bien du peuple que nous agissons, pas pour notre bien. Nous aussi sommes des paysans. Comme les Vietnamiens, nous construirons notre armée et chasserons l'ennemi. Sommes-nous plus démunis que les Vietnamiens ? Ils n'avaient que des arcs et des flèches, ils marchaient nu-pieds. Mais le peuple tout entier s'est uni derrière eux, et ils ont vaincu la grande armée française. Si les Algériens restent divisés, ils demeureront des esclaves. Sachez toutefois que le mouvement ne permettra pas aux traîtres de répandre le fiel de leur bouche. Il leur coupera la langue et les mains. »

Yacef promena sur l'assemblée domptée son regard brûlant. Ses yeux noirs largement ouverts éclairaient un long visage osseux, au nez recourbé vers le menton saillant, à la moustache épaisse. Il ressemblait à l'un de ces roseaux des oueds, filiforme, maigre et souple, dont la tête ployait au bout d'un interminable cou.

Le jeune Amar rompit le silence. Il ne sentit pas ce qu'il y avait d'incongru, presque d'irrespectueux, à prendre la parole le premier devant ces hommes mûrs qui baissaient les yeux.

« Je te crois, oncle, dit-il à Yacef avec un accent de sincérité admirative. Je crois qu'un monde nouveau naîtra, un monde sans haine, sans injustice et sans vengeance. Un monde où les hommes seront égaux et frères, où chacun aura ce dont il a besoin sans le prendre à son voisin. »

Yacef sourit au jeune homme, et Halim se rengorgea de la noblesse de son fils. Il avait tout à fait renoncé à somnoler.

Une chouette fit entendre son cri : « Taaaaal ! » Tous les hommes, impressionnés par la froide détermination de Yacef, frémirent, comme si le cri sinistre de la chouette faisait écho aux menaces du chef. On racontait que Taal – ainsi s'appelle la chouette en arabe – avait tué son frère pour une fève. Et, depuis, répétait sans trêve la même plainte : « Mon frère a tardé, les fèves sont mûres et lui n'est pas encore venu. »

C'était au vieux Halim, leur hôte, qu'il appartenait d'apaiser les hommes humiliés. Il tendit le poing vers la fenêtre et lança à la chouette : « Tu peux toujours attendre. Les morts ne reviennent jamais ! »

L'orage s'éloigna aussitôt. Chacun tapa sur l'épaule de son voisin; les jeunes gens échangèrent des bourrades. Yacef, le regard maintenant innocent tourné vers la soupente, faisait mine de n'avoir pas aperçu la foudre ni entendu le tonnerre. Il laissa les villageois reprendre leur souffle.

Les plus simples d'entre eux, qui travaillaient dur toute l'année sur un bout de terre ingrate, ceux qui n'avaient jamais vu de ville, dont le plus long voyage ne les avait conduits qu'au hameau voisin, de l'autre côté de la colline, pour le mariage ou l'enterrement d'un parent, ceux-là rêvaient à mi-voix, fiers comme peut-être ils ne l'avaient jamais été, eux à qui le destin n'avait dévolu que la lourde peine de survivre.

« Si Dieu les a choisis, disaient-ils en parlant des combattants, c'est parce qu'ils sont purs; c'est pour ça qu'ils sont si jeunes.

– Ils ont des avions cachés qui viendront déverser le feu sur l'ennemi », lança Djilali, un petit Hercule seul au monde qui prêtait la main à tous les travaux du village et qui dormait chez qui voulait l'héberger. Djilali avait le regard écarquillé et le geste lent. On l'aimait beaucoup. Tous les hommes éclatèrent de rire.

« Ce ne sont pas les avions qui détruiront l'ennemi, répliqua Yacef sérieusement. C'est l'union de tous les Algériens. Et la miséricorde divine », ajouta-t-il, lui, l'incroyant.

Sciemment, il tira à moitié son parabellum pour en exhiber la crosse luisante. Il était sanglé dans un manteau militaire vert de la Première Guerre, mais toujours impeccable. Les villageois agitèrent les mains en murmurant « Oulala ». Partout les hommes ont aimé l'exhibition de la force, du moins la respectent-ils parce qu'ils la craignent.

De son air naïf, les yeux tournés vers un au-delà que lui seul discernait, l'air des prophètes qu'on vénère et qu'on maudit à la fois, Djilali dit encore : « Aucun traître ne leur échappera. Ils lisent dans les cœurs. C'est Dieu qui les inspire. »

Cette fois, personne ne rit.

Yacef ne fit rien pour dissiper la crainte des villageois. Il aurait préféré leur expliquer, lui, l'ancien instituteur, les fondements idéologiques de leur combat. Comment l'auraient-ils compris? Et qui, même parmi les chefs, voyait plus loin que son fusil, plus loin que la guerre de libération ? Qui réfléchissait à l'Algérie de demain, à son organisation politique et sociale ? Combien étaient-ils à savoir, ou seulement à pressentir, ce qu'il adviendrait du pays après la victoire ? Yacef n'ignorait pas que les révolutions engendrent des Robespierre et des Staline. Un jour, il faudrait bien y songer. Pour l'instant, les Algériens manquaient cruellement d'intellectuels. Combien y avait-il d'étudiants arabes à Alger, en 1954 ? À peine cinq cents. Et moins de deux cents médecins, moins de quatre cents avocats, une trentaine d'ingénieurs. Et ceux-là ne prendraient pas volontiers le maquis. Il fallait compter d'abord sur les paysans.

Non seulement ces paysans ne pouvaient entendre de tels raisonnements, mais ils s'en seraient méfiés. Aussi Yacef invoquait-il la miséricorde divine, brandissait-il la menace, faisait-il miroiter l'espérance d'une vie meilleure. Seul le concret pouvait les convaincre. Aux esprits simples l'abstraction sonne comme une vantardise, refuge des faibles, claque aussi comme une injure.

Le feu baissait. Le vieux Halim ajouta dans l'âtre des branches d'eucalyptus. Les feuilles vertes se rétractèrent, prirent une teinte grisâtre, puis s'embrasèrent.

Les amis de Halim se retirèrent, les uns la tête droite, les autres les épaules ployées. Yacef devina qu'il n'avait convaincu que ceux qui adhéraient déjà dans leur cœur à la révolution ; quant aux sceptiques, ils le demeuraient. « Les mots sont comme des enfants ; ils peuvent charmer, mais n'ont aucune force », pensa-t-il.

Ses hommes s'apprêtèrent à dormir, serrés les uns contre les autres, sur des nattes apportées par Halim. Ils gardaient leurs vêtements, leurs pataugas et leur fusil entre les jambes. Halim éteignit la lampe à carbure.

Un moment, les combattants prêtèrent attention au vent, qui s'engouffrait dans le défilé et sifflait comme un démon, crachait des blasphèmes, puis se dispersait au fond du vallon, conservant assez de vigueur pour tournoyer au-dessus des maisons et faire craquer les toits. Bientôt, ils s'endormirent. Leurs premiers rêves les transportèrent, à cheval sur ce vent, vers un paradis où des femmes leur tendaient les bras. Comme ces rêves étaient douloureux ! Pour le jeune Sedik, hier encore lycéen, la femme aux bras ouverts avait le visage de sa mère. « Je n'ai pas peur, mère », lui dit-il, tandis qu'elle le prenait sur sa poitrine. Dans son sommeil, il grinça des dents.

Mais ce n'est pas cette plainte qui les réveilla tous. Ce fut un bref cri de femme, strident et sauvage, qui ne semblait pas sortir d'un corps humain. La longue guirlande de hurlements qui suivit leur glaça le sang. Yacef se leva le premier. Il vit surgir, une lampe à la main, le vieux Halim; son plat visage de Mongol ressemblait à une pomme rétrécie. L'inquiétude, la honte aussi l'écrasaient, le tassaient, comme s'il eût porté sur les épaules de lourdes bûches.

« Sid Raïs, dit-il à Yacef, avec un accent nouveau d'humilité, c'est ma fille aînée, Baroucha.

– Elle est malade?

– Le démon l'a prise. Il se trouve bien en elle. Il ne veut plus sortir. Je le connais, ce djinn, il aime la chair et l'odeur des filles. »

Yacef eut un geste d'impatience, mais ne répliqua rien.

« Il dort le jour, reprit Halim. Ma fille est alors comme une fleur, toute blanche et pure, comme une source. Elle reste auprès de sa mère, à tisser. La nuit, le djinn se réveille. La pauvre fille, tu l'entends!

– Je t'accompagne, dit vivement Yacef.

– Mais, Sid Raïs, bredouilla Halim, elle est avec les femmes.

– Eh bien, fais sortir les femmes! » coupa Yacef avec impatience.

Halim crut comprendre. Sa figure s'éclaira.

« Ah! tu sais guérir, Sid Raïs! »

Le gourbi jouxtait la maison principale. Yacef attendit sur le seuil. Quand les femmes eurent disparu, il entra. Le gourbi était sombre et bas. On ne pouvait s'y tenir debout qu'en son milieu. Halim raviva le feu dans l'âtre. Certaines branches étaient humides; elles se mirent à cracher leur eau, et une fumée grise enveloppa d'ombre le gourbi. Dans cette brume, Yacef distinguait mal la couche de feuilles enveloppées dans une toile à matelas où gisait Baroucha. Il s'approcha. Au chevet se tenait déjà un oncle barbu, sec et décharné, dont le turban était fort sale et la gandoura impeccable. Il avait de longues mains aux doigts jaunis par le tabac.

« Si Brahim l'a entendue crier », expliqua Halim.

Il omit de présenter Yacef.

Si Brahim se recueillait devant la couche. Il avait les yeux clos et les mains ouvertes vers le haut. Il tourna imperceptiblement la tête, et Yacef comprit que le guérisseur l'avait aperçu.

« Aucun djinn ne peut me résister longtemps », dit Si Brahim.

Il avait une voix basse, presque inaudible, qui se perchait parfois dans les aigus. C'était une voix prenante et exaspérante à laquelle l'oreille ne s'habituait pas. On eût dit le mélange d'un violoncelle et d'une crécelle. De ses doigts jaunis il traça des cercles au-dessus du front de la jeune fille.

Yacef ne voyait pas le visage de Baroucha, caché par le flot des longs cheveux noirs dénoués. Dans les mouvements spasmodiques qui l'agitaient, elle rejeta la couverture ; Yacef entrevit une poitrine menue et de larges hanches. Les poignets et les chevilles cependant étaient épais. Baroucha gémissait sans discontinuer ; soudain, un cri rauque sortait du fond de son être, un long cri de lutte, comme si une douleur ardente lui tordait le ventre. La sueur l'inondait et coulait comme de l'eau sur ses épaules et ses bras.

« J'ai affronté tous les djinns, du plus sournois au plus jeune bouc. Sais-tu, ô Halim, que les jeunes sont les plus rebelles ? Ils ignorent ma force et se permettent de me défier plus longtemps Que penses-tu de celui-ci, Sid Raïs ? ajouta-t-il en s'adressant à Yacef.

– Je ne le connais pas », répondit prudemment Yacef.

Il était non seulement agacé, mais inquiet. Les charlatans lui paraissaient des ennemis de la révolution : ils maintenaient le peuple dans la croyance au fatalisme et donc dans l'immobilisme. Comme il serait difficile d'arracher des racines séculaires !

« Apprends à le connaître », dit le vieux thaumaturge, avec un geste d'invitation – il arrondissait le bras.

Yacef toucha le front de Baroucha ; il était brûlant.

« Elle a la fièvre depuis longtemps ?

– Quinze jours, répondit Halim. Depuis que le djinn s'est emparé d'elle. Il l'a saisie dans la rivière où elle se baignait. »

Un refroidissement qui a tourné à la pneumonie, pensa Yacef.

Barouche toussait en se redressant sur les coudes ; des expectorations coulaient sur son menton.

« Il sort, il sort ! criait Si Brahim. Oh, ce djinn est un malin, mais il ne me trompe pas. Je vais l'expulser tout entier. »

Halim regardait Yacef sans comprendre. Pourquoi

était-il venu au gourbi s'il ne guérissait pas? Vivement, il tira la couverture sur sa fille. Yacef se retira au fond de la salle obscure.

Si Brahim approcha de la couche un kanoun rempli de braises. Il y jeta du benjoin et d'autres encens.

« C'est une catastrophe ! murmura Halim à l'oreille de Yacef. Une fille en âge de se marier. Qui voudra d'elle à présent? »

Le guérisseur s'était assis en tailleur. Il retenait son livre avec les pieds. Il saisit Baroucha par les épaules, la secoua, lui appuya sur les joues pour l'obliger à ouvrir la bouche. Il regarda dans le fond de la gorge.

« Je le vois. Tremble, ô djinn. Je vais te donner le compte », dit-il avec dignité, en utilisant l'une des expressions belliqueuses les plus familières des Européens d'Algérie, qu'il traduisait littéralement.

Il réclama une lampe à pétrole, s'agenouilla devant la lumière et marmotta des incantations que personne ne comprenait, tout en continuant de menacer le démon.

Soudain, à la grande surprise de Yacef, Baroucha se mit à crier d'une voix aiguë, sa voix d'enfant, devait dire plus tard sa mère, mais avec un accent affreux à entendre, quelque chose comme le couinement d'une porte, qui les fit tous grincer des dents. Elle disait : « C'est moi Zineb, le démon qui habite Baroucha. Autrefois, j'étais dans le corps d'une chèvre et je ne veux pas y retourner. Tu as beau me tourmenter, ô Si Brahim, je ne quitterai pas la douce poitrine de cette vierge. »

De l'autre côté de la porte, les femmes se griffèrent le visage. Elles se lamentaient en implorant la protection divine. La grand-mère tapa de sa canne sur le sol pour mettre un terme à ses jérémiades. Et, après tout, la suite était si passionnante à écouter que le silence se fit immédiatement.

Dans le gourbi, l'exorciste ordonna à Halim de placer une cruche d'eau aux pieds de Baroucha. Il continuait de défier le djinn : « Ô djinn, tu connaîtras ton maître ! »

La fille, épuisée par son accès de délire, s'abandonnait en travers de sa couche, les bras en croix. Le démon résistait. Si Brahim perdit patience. Il arracha son turban; son crâne rasé, à la faible lueur de la lampe, jeta des reflets de lune. Il réactiva les braises du kanoun, y laissa tomber une poignée d'encens. C'est à peine si, à travers la noire fumée, Yacef, au comble de l'exaspération et cependant captivé, voyait les gesticulations du magicien. Si Brahim agita encore la lampe à pétrole sous le nez de Baroucha. On sentit une odeur de brûlé. La fille cria de douleur et revint à elle. Dans un mouvement convulsif, elle renversa la cruche, mais ni Halim ni Yacef ne s'en rendirent compte. Si Brahim avait atteint son but. Le djinn s'en allait vaincu, avec l'eau qui se répandait sur la terre battue.

« Va te noyer et ne reviens plus », dit-il.

« Merci, mon Dieu », psalmodièrent les femmes. Alors, elles n'y tinrent plus, et, malgré la présence de Yacef, se précipitèrent dans le gourbi.

« Est-il vraiment parti, ô cheikh? »

Halim faisait de grands gestes pour les chasser. Mortifié, il se tourna vers Yacef, mais celui-ci s'était éclipsé.

« La cruche s'est renversée, dit le guérisseur avec beaucoup de conviction, et un brin de dédain pour ces incrédules ignorantes.

– La cruche s'est renversée », répétèrent les femmes.

Si Brahim prit dans sa poche un encrier et un bout de roseau taillé en pointe. Sur une feuille posée sur ses genoux, il rédigea un charme. Après chaque mot, il trempait la plume dans l'encrier. C'était une encre qu'il avait préparée lui-même, avec des morceaux de laine brûlée et des pierres noires pilées puis dissoutes dans l'eau. Il replia en triangle la feuille magique. Il expliqua à Halim que sa fille devrait diluer le charme elle-même dans de l'eau, attendre trois jours, et boire de cette eau juste au coucher du soleil, pendant un mois d'affilée. Il rédigea un second charme, que Baroucha devrait porter autour du cou, dans une pochette de cuir, avec un ergot de coq et de la peau de crapaud. Si Brahim remit ces ingrédients à Halim, qui les prit avec crainte. Alors, dit-il, le djinn ne reviendrait plus.

Les deux hommes sortirent du gourbi, et, bien qu'il fût au moins deux heures du matin, la grand-mère leur apporta des crêpes chaudes beurrées, qu'ils dégustèrent assis sur le tapis de la maison principale. Yacef partagea la friandise avec eux. Ils parlèrent très bas pour ne pas réveiller les combattants, qui dormaient les uns contre les autres, le long du mur que surplombait la soupente. Halim mit de l'argent dans la poche de Si Brahim, qui feignit de ne pas s'en apercevoir. La grand-mère lui offrit un poulet. « C'est ma petite-fille qui te l'offre. Elle l'élevait pour le donner en offrande à celui qui la délivrerait du démon. »

Quand le guérisseur fut parti, Yacef demanda à son hôte :

« Qui est Zineb ?

– Zineb ? Je ne sais pas.

– Quand ta fille a parlé tout à l'heure, elle a dit : " C'est moi, Zineb, le démon. " C'est un prénom de femme, Zineb. Vraiment, ça ne te rappelle rien ? »

Halim leva les mains devant son visage. La crainte voilait son regard.

« Tu devines tout, Sid Raïs. J'ignore comment tu fais.

– Je raisonne, c'est tout. Il n'y a pas de magie là-dedans. Réponds-moi.

– Zineb, c'était une de mes belles-sœurs, la maudite ! Mon frère l'avait prise pour troisième femme, mais il l'a renvoyée à sa famille de maquereaux !

– Une femme de mauvaise vie, je m'en doutais. Baroucha se croyait habitée par elle parce qu'elle... Non, ne te révolte pas, Halim, je n'en dirai pas plus.

– Tu manques de charité, Sid Raïs. »

Halim hocha la tête ; ses yeux s'embuaient. Je suis vieux, pensait-il, et voilà ce que je dois entendre dans ma propre maison.

« Et toi, tu manques de bon sens, répliqua vivement Yacef. Écoute-moi bien, maintenant. Ta fille était tourmentée par certaines pensées, oui, oui, j'ose le dire. Tu dois m'écouter. Les djinns n'existent pas ; les guérisseurs sont des charlatans, qui vivent de la crédulité du peuple ; ce sont des exploiteurs, comme les colons. Ils prennent votre argent et vous maintiennent dans l'ignorance, comme les colonialistes, ni plus ni moins.

– Mais ma fille est guérie, protesta faiblement Halim.

– Je le souhaite et je le crois.

– Si les guérisseurs sont des charlatans, dit Halim, comme un enfant désolé, qui nous soulagera de nos maux ? »

Yacef ne trouva rien à répondre. Il souhaita le bonsoir à son hôte, s'enroula dans une couverture et se coucha dans le recoin qu'on lui avait préparé.

Le lendemain, il se leva de bonne heure. Le vent s'était calmé. Un beau soleil brillait déjà à l'est, au-dessus de la montagne du Ciel. Yacef alla dans le verger pour boire son café et manger sa galette. Il imagina les arbres chargés de fruits, les grenadiers, les figuiers, les pruniers, tous ployant sous leurs richesses. Un mûrier avait poussé à l'horizontale ; les enfants pouvaient y grimper comme sur un pont étroit. Il y avait aussi des jujubiers et des ormes géants enlacés par la vigne. Yacef imagina l'Algérie pacifiée et libre, nourrissant et éduquant tous ses enfants, avec la générosité du verger. C'était un rêve. Pour l'instant, l'Algérie était nue et dépouillée comme ces arbres d'hiver. C'était partout et toujours l'hiver. Le printemps mettrait longtemps à venir, et l'été plus encore. Bien des hommes mourraient, bien des rivalités se déchaîneraient. Mais, un jour, ses enfants – Yacef en avait quatre, qu'il n'avait pas vus depuis des mois – cueilleraient les fruits de la liberté.

L'un après l'autre, ses hommes s'éveillèrent et vinrent s'asseoir au soleil, le long du mur de la maison, un bol de café à la main. Il n'y avait que deux bols, qu'ils se passaient en les remplissant du contenu bouillant d'une cafetière.

La maison se composait de trois corps d'habitation. Au fur et à mesure que sa famille s'agrandissait, Halim ajoutait une pièce. Les trois maisons, reliées par des cours, étaient couvertes de tuiles arabes. Contre le mur de pierre du logis central, courait un escalier sur lequel étaient peintes une main et une étoile à cinq branches. Ainsi le démon était-il interdit d'accès. Au bout de l'escalier, un petit balcon menaçait de s'effondrer. Les guêpes avaient rongé l'une des poutres en bois qui le soutenaient.

Halim vint rejoindre Yacef. Il avait donné ses ordres aux paysans, qui travaillaient aux champs depuis le lever du jour. Sa femme lui servit un plat odorant de pois chiches, de fèves et de blé.

« Tu as un beau toit, dit Yacef.

– Il en a fallu, des années de labeur », répliqua Halim.

Mais rien ne le rendait plus fier que d'avoir remplacé le chaume par des tuiles. Il pensait que seul le mariage de Baroucha le rendrait plus heureux. Le chaume, c'était la misère qui recouvrait la pauvreté, comme les haillons recouvrent le mendiant. Halim n'avait jamais mendié. Le peu qu'il possédait, c'était à sa peine qu'il le devait.

Un ravin à sec coupait le hameau en deux. Plus loin, un canal d'irrigation luisait comme un serpent sous le soleil qui le frappait obliquement. Un grand figuier s'y penchait. Plus loin encore, des terres rouges s'allongeaient, au pied des coteaux marqués de terre noire, en parcelles qui grimpaient jusqu'à la ligne des crêtes. À l'ouest, les terres escarpées, grises et bleues, se montraient dans les trouées du maquis.

« Sur qui puis-je compter par ici ? » demanda Yacef.

Il nota sur son calepin les noms que Halim lui donnait. C'était bien risqué de conserver cette liste, mais comment faire autrement ? Il lui était impossible d'apprendre par cœur les noms des militants qu'il recrutait de village en village. Il devait aussi transmettre ses rapports à ceux d'Alger, de sorte que, si lui venait à périr, tout le travail ne soit pas à recommencer. Lorsque son heure viendrait, aurait-il le temps de faire disparaître les documents qu'il transportait dans le fond d'une sacoche, dissimulés sous des vêtements ? Yacef était convaincu qu'il ne verrait pas la libération. Il espérait que les livres d'histoire du futur retiendraient son nom.

Il chemina avec Halim sur un sentier bordé de myrtes. Les fellahs délimitaient les parcelles à labourer dans la journée. Ils les marquaient de branches de laurier-rose repérables aux morceaux de tissu qui les couronnaient. Une fois les sillons tracés, c'est avec les pieds que les laboureurs retournaient les mottes rebelles ou bien ils les disloquaient avec leurs épieux. Ils avançaient dans la noire terre meuble, parlant aux bœufs comme à des hommes : « Eh, toi, le Gros, ralentis. Attends ton frère. » Le soc en fer grinçait sur des pierres ; la charrue s'immobilisait parfois, malgré l'effort des bœufs. Quand un araire se brisait, c'était une lourde perte pour le paysan.

À chacun, Halim prodiguait ses conseils et ses encouragements. Le travail était trop dur pour que les paysans aient le temps de lui répondre, mais ils lui faisaient un petit signe. Sur le chemin, ils croisèrent un charbonnier, qui creusait dans la terre des sortes d'entonnoirs. Il les remplissait de grosses racines qu'il déterrait à la pioche. Une fois les entonnoirs garnis de bois, il les recouvrait, en prenant soin de dégager une cheminée. Puis il allumait les feux. La combustion était lente et produisait beaucoup de fumée. Quand la cheminée cessait de fumer, le charbonnier la bouchait pour laisser le feu s'éteindre lentement. Plus tard, il récupérerait le charbon et le mettrait en sacs.

Yacef s'étonna de constater que Halim ne saluait pas le charbonnier.

« Il parle trop, cet homme noir, expliqua le vieux. Il a l'âme aussi sale que sa figure.

– Tu le dis seulement maintenant? dit Yacef avec colère. Mes hommes sont en danger, le vieux. Qui d'autre, qui est un traître?

– Personne, Sid Raïs, personne », bredouilla Halim.

Comment leur faire comprendre que c'est la guerre? pensa Yacef. Il rejoignit rapidement ses compagnons et leur ordonna de quitter le hameau sur-le-champ.

« Séparez-vous par groupes de deux. Ne vous faites pas remarquer, mais ouvrez les oreilles. On apprend beaucoup en écoutant parler les gens. Ne revenez qu'à la nuit.

– Et toi, Sid Raïs? demanda le jeune Sedik.

– Moi, je reste, lui répondit Yacef en souriant. Ne t'inquiète pas, mon fils. »

Au bord du ruisseau, les femmes faisaient la lessive. Des peupliers se dressaient comme des sentinelles inattentives. Les femmes allumaient un feu de racines sèches sous de vastes baquets, jetaient dans l'eau des petits morceaux de savon. Elles frottèrent le linge; leurs mains étaient rouges et crevassées. Elles bavardaient, se querellaient, riaient, se lamentaient. Elles allaient rincer leur lessive dans le bassin qu'avait formé un petit barrage en pierre. L'eau leur arrivait aux mollets. Elles se baissaient, se relevaient. Leurs robes finissaient par être trempées et leur collaient au corps. Elles accrochèrent enfin le linge à des buissons. La matinée s'achevait; elles s'employaient depuis l'aube à balayer, ramasser et pétrir la bouse de vache, laver et essorer. Il leur restait à préparer le repas. Ensuite, elles iraient aider aux champs. Puis de nouveau il faudrait cuisiner et ranger et nettoyer et coudre. Et, au comble de la fatigue, il leur faudrait accepter les étreintes de leurs maris. Bien peu y trouvaient du plaisir.

Yacef grimpa dans la soupente. Seul, à l'abri des regards, il rédigea sur un cahier d'écolier son rapport pour l'Organisation. Il n'insista pas sur le manque d'armes et d'argent; c'était une évidence inutile à rappeler. Il dressa le bilan de ses contacts, village par village, hameau par hameau. Il établit la liste de ceux qui pouvaient offrir un refuge aux combattants, de ceux qui mettraient une voiture à la disposition du mouvement pour le transport du courrier et des rares armes, de ceux qui savaient écrire, de ceux qui travaillaient au sein ou dans l'orbite de l'Administration française, de ceux qui paraissaient aptes à exercer un commandement et de ceux qui feraient de bons soldats. Il évoqua longuement le scepticisme des paysans, pour qui une espérance lointaine ne signifie rien, car c'est chaque jour qu'il faut survivre.

Lorsqu'il redescendit dans la salle commune, le vieux Halim l'attendait. « Ta sagesse est grande, ô Sid Raïs, bien que tu sois si jeune. »

Yacef sourit; il avait quarante-quatre ans.

« J'ai interrogé Baroucha, reprit Halim. Je lui ai demandé qui était Zineb, son démon. Elle a éclaté en sanglots. Je lui ai encore demandé : " Est-ce ta tante, la troisième femme de mon frère ? " Elle a hoché la tête et s'est enfuie en se cachant le visage.

– J'ai besoin de toi, oncle, dit Yacef, sans répondre directement au vieil homme. La révolution doit être (il pensa : " rationnelle " et chercha une image simple). La révolution est semblable au travail du paysan : il laboure, il sème et il récolte. Il ne récolte que ce qu'il a semé. S'il reste assis sur ses talons, rien ne tombera du ciel pour le nourrir. Il n'y a pas de miracles et ceux qui vous disent le contraire sont de mauvais prophètes. Il faudra semer la révolte pour cueillir la liberté. L'ennemi ne nous laissera pas faire; il faudra le chasser, comme tu écartes les pierres du sillon. Écoute-moi, oncle, les seuls miracles sont ceux que nous accomplirons nous-mêmes. »

Halim hocha la tête pendant tout le discours de Yacef. Le raïs parlait vrai, mais, pensait Halim, je suis bien vieux, et la tête me tourne. Mes fils porteront l'étendard de l'honneur à ma place. Il tira de sa poche une poignée de jujubes.

« Veux-tu jouer aux dames, Sid Raïs? Moi, j'ai mes pions. »

Yacef sourit. Son visage s'éclaira d'une telle juvénilité qu'un instant Halim ne le reconnut plus. Yacef était né à Oran, il avait été élevé au village nègre, le quartier indigène de la ville. C'était un citadin. Il ne connaissait ni les paysans ni leur univers. Mais il comprenait que là se trouvaient la véritable Algérie et les Algériens, depuis des siècles et des siècles. Pour ceux-là, rien n'avait changé depuis le commencement des temps. Ils n'avaient connu que des maîtres. Yacef comprenait mieux leur méfiance. Ils avaient du mal à imaginer qu'on voulût leur octroyer une liberté qu'ils n'avaient jamais possédée. Pour eux, les combattants étaient, au mieux, des saints envoyés par

Dieu, au pire, de nouveaux maîtres. Ils ne se jetteraient pas en aveugles dans une guerre qui risquait de saccager le peu qu'ils possédaient. À la fois par intérêt et par soumission à la volonté divine, ils se rangeraient dans le camp de ceux qui sauraient faire triompher leurs armes. Le F.L.N., conclut Yacef, devait montrer sa force, et vite. Il ne doutait pas de la sincérité ni de la foi militantes de tous les paysans. La plupart rêvaient d'un avenir de justice. Mais ils ne se contenteraient pas de promesses. Yacef avait sous les yeux leur dure peine; elle les inclinait à la prudence, selon l'adage, qui avait son équivalent en arabe : « Un tiens vaut mieux que deux tu l'auras. »

D'abord dépaysé, comme un poisson sorti de son eau, Yacef s'était pris de passion pour ces montagnes dont l'aridité, la dureté, la beauté farouche avaient, au fil des âges, façonné le cœur de leurs habitants. Ici, générosité ne signifiait pas prodigalité, solidarité ne s'accompagnait pas de sentimentalité. On donnait, on partageait parce que l'honneur et le Coran l'exigeaient, mais aussi parce que celui qui offre aujourd'hui recevra demain. Qu'est-ce que le F.L.N. avait de tangible à offrir? C'était la question de fond; à la tête du mouvement, bien peu se la posaient.

Derrière eux, qui s'installaient pour jouer aux dames, la montagne dressait sa sombre masse. Les sommets paraissaient tirés au cordeau. Vers le nord, ils se brisaient pour plonger dans l'oued El-Kébir, qu'on appelait aussi le Rummel. Au sud, les monts se hérissaient de pics déchiquetés. La cuvette où s'étendait le hameau, comme un enfant endormi et veillé par des géants, était si encaissée que d'innombrables ravins la découpaient en tous sens. Au pied des noires falaises, la terre ocre ou rouge sang était très pauvre. Ici, la France était lointaine, comme si elle n'avait jamais existé; nul ne pouvait en soupçonner la présence, triomphante dans les villes et dans les plaines policées, couvertes de vigne et d'arbres fruitiers à perte de vue. Pour ces paysans, jamais sortis de leur hameau, la France n'était ni une ennemie ni une bienfaitrice. Elle n'était qu'un mot.

Yacef prit la moitié des jujubes.

« Tu as de l'astuce, oncle. Après le jeu, tu peux manger tes pions. »

Halim rit de bon cœur. Pour la première fois, il ne se sentait pas saisi de crainte et de respect devant Yacef.

Il traça sur le sol un damier avec son bâton et dit, en

montrant les jujubes : « Si tu me bats, on partage ; sinon, tu n'auras rien.

– Très bien », répondit Yacef.

Par la porte ouverte, il voyait la femme de Halim s'activer comme une fourmi, sans perdre rien de son impassibilité ni de son élégance. Elle gardait le front serein tandis que, accroupie devant l'âtre, elle ventilait, avec le bas de sa robe, le feu, qui toussait et crachait l'eau de ses branches humides. Enfin la flamme fut assez vive pour que la femme y pose la marmite en terre cuite, sur trois supports de fer. Son front se couvrait de sueur, qu'elle essuyait avec sa manche. Il y avait sur ses lèvres un sourire, ou plutôt un plissement d'indifférence qu'on pouvait prendre de loin pour un sourire. C'était le fatalisme de toutes les femmes de ce pays, qui se savaient enchaînées à une terre, à un homme, à des corvées, à une place, à un rôle enfin, définis pour l'éternité. Elle pensait qu'aucun rêve, aucune vantardise, aucune agitation des hommes ne la libérerait jamais du fardeau que, étant née femme, elle était vouée à porter. Et pourtant, ce fardeau ne lui ployait pas les épaules. Ses lourdes boucles d'oreilles se balançaient et faisaient à ses joues deux torrents dévalant un sommet. Elle les enleva pour se pencher sur le grand plat de bois où elle rinça le couscous. Puis elle coupa en gros morceaux des oignons.

Les bergers rentraient avec les chèvres, qui s'éparpillèrent dans la cour en criant stupidement. Les enfants revinrent aussi, des chapelets de grives et d'étourneaux noués au cou. Ils les avaient piégés en tendant des nœuds coulants dans les sous-bois. Les oiseaux, alléchés par l'olive placée au centre du piège, se laissaient capturer sans peine, tout comme un homme, pensa Yacef, qui, ne considérant que son profit immédiat, se retrouve la corde au cou, et cette corde ligotera du même coup les générations suivantes. Lui, Yacef, devait trancher ce nœud.

Mais les enfants ne mangèrent pas les oiseaux. Ils les accrochèrent aux deux clous plantés dans le pilier central. Demain, ils les vendraient, sur la route, aux Européens.

La femme de Halim vida le couscoussier dans le grand plat de bois, où elle ajouta une louche de beurre. Elle mélangea le couscous avec les mains. Il était si chaud qu'elle soufflait sur ses doigts à intervalles réguliers.

Yacef prit son repas avec Halim et ses fils. Pour honorer

leur hôte, la femme avait préparé un plat de tripes. Dans son va-et-vient au service des hommes, elle marchait en biais, par respect, pour ne pas leur tourner le dos.

Après le déjeuner, Yacef explora longuement les environs, à la recherche d'abris pour les combattants et de caches pour les armes. Une vaste caverne, au flanc de la colline, point trop humide et dissimulée par un enchevêtrement de massifs de câpriers aux piquants acérés, lui parut le refuge idéal. Il n'en souffla mot à personne, même pas à Halim, qui maintenant somnolait sur un banc de pierre, au seuil de la maison. Il avait la bouche entrouverte et chassait machinalement les mouches qui s'aventuraient sur sa moustache, où demeuraient collés des grains de couscous. Yacef revint en longeant le ruisseau. Un orme évidé tendait ses rares branches; quelques feuilles dentelées se froissaient dans la brise, pareilles aux derniers cheveux sur le crâne d'un teigneux. Yacef dérangea un chacal, qui abandonna sa proie, un âne blanchi par l'âge, incapable de s'enfuir, que le carnassier avait dépecé vivant. Un oiseau au corps blanc et aux ailes noires se mit à suivre Yacef, moitié voletant, moitié sautillant sur la route ravinée. Il pépiait, paradait, s'élevait à la verticale jusqu'au-dessus de la tête de Yacef, puis tombait en planant jusqu'au sol. La beauté et la fragilité de l'oiseau troublèrent Yacef; c'était comme si l'oiseau lisait en lui et tentait de l'attendrir : « Ne sois pas impitoyable. Regarde, ce sont de pauvres gens. Ne leur apporte pas la guerre. » Mais sa mission avait endurci le cœur de Yacef. Il n'y avait pas de présages, la parade d'un oiseau ne signifiait rien, sinon que l'esprit de superstition l'avait contaminé. Il haussa les épaules et poursuivit son chemin, sans oser toutefois écarter l'oiseau, qui continua de l'escorter. Le cimetière était caché par des genévriers rabougris. Au centre, réservées aux familles de souche, les tombes blanches s'alignaient comme des dominos sans points. Les hommes de passage, qui louaient leurs bras de hameau en hameau, étaient enterrés le long du cimetière.

En contrebas, une source puissante jaillissait au milieu des rochers. Un vaste bassin, barré par de longues pierres en forme de tables, était envahi par des enfants rieurs. Yacef se rafraîchit le visage et les pieds. Les enfants ramassaient des crevettes d'eau douce. Ils étaient vêtus de haillons, pantalons trop courts et vestes en lambeaux, noircies, qu'ils portaient sur la peau. Nu-pieds, ils pataugeaient dans le bassin, donnant de grandes claques dans l'eau, qui s'élevait en panache et les inondait. Ils ne pensaient même pas à se dévêtir. Beaucoup étaient défigurés par des boutons infectés et leurs cheveux luisants grouillaient de lentes.

Yacef les regardait avec indifférence, ou plutôt il sentait son cœur s'endurcir encore et sa détermination redoubler : il fallait mettre un terme à cette misère, quels que soient les moyens à employer. On ne chasse pas les poux par la négociation ; on les écrase.

Devant le moulin, qui ronflait et grognait sous la poussée de l'eau vive, le meunier, assis sous un orme, salua Yacef d'un bref signe de tête. Grand et noir de peau, il ressemblait à l'un de ces ogres des contes pour enfants que le démon envoie pour punir les insolents qui manquent de respect à leurs parents. Le meunier examinait sous toutes les coutures une vieille gandoura effilochée. Il saisit une pierre et tapa sur le vêtement à coups hargneux pour broyer les poux, qu'il injuriait : « Tiens, saloperie, prends ça ! » Devant la porte du moulin, des rats couverts de farine se donnaient la chasse.

Le meunier se dénuda entièrement et entra dans l'eau. Il ne prêtait aucune attention à Yacef : l'étranger n'a ni yeux ni oreilles. Le corps du meunier était criblé de piqûres de puces et de poux. L'eau ramollit les croûtes de ses plaies ; du pus s'en échappa. Le meunier pressa chacune des pustules, puis sortit du ruisseau. Il écrasa des feuilles de bagramen et badigeonna ses blessures avec leur jus. Le baume lui cuisait, mais demain les plaies seraient sèches.

Des femmes allaient et venaient, de leur maison au ruisseau, ployant sous des jarres qu'une corde arrimait dans leur dos. Elles tiraient fermement sur cette corde et leur buste se cassait presque à angle droit. Au voisinage de Yacef, elles baissaient les yeux. Les jeunes filles portaient gracieusement la jarre sur la tête.

En regagnant la maison de Halim, Yacef vit un attroupement de femmes autour de Si Brahim, qui était juché sur une caisse. Il agitait ses mains aux longs doigts jaunis, comme des flammes dans le soleil couchant ; la brise lui relevait la barbe. Il avait l'air à la fois d'un satyre aux yeux enfoncés dans les orbites et d'un prophète immémorial annonçant la ruine des peuples impies. Yacef lui trouvait de l'allure, mélange savamment dosé de familiarité et de dédain, dont il jouait, comme des inflexions de sa voix, qui passait du criaillement de mégère au bronze du magistrat délivrant sa sentence.

Les femmes le harcelaient de suppliques, pour un enfant malade, un âne estropié, ou contre une rivale. Si Brahim, debout, rédigeait des amulettes illisibles sur un carnet dont il détachait les feuillets l'un après l'autre pour les distribuer, tels des messages divins. « Porte-la toujours sur toi », recommandait-il à chacune des solliciteuses. En échange, il empochait quelques pièces, rarement un billet, plus fréquemment un demi-poulet ou un paquet de farine. Enfin, il descendit de la caisse, l'air hagard, roulant des yeux éteints, comme si l'inspiration venait de l'abandonner et le rejetait, vide, telle une épave, sur le rivage. Les femmes s'éloignèrent.

Yacef aurait, lui aussi, passé son chemin si un sourire d'une seconde n'avait relevé la lèvre du guérisseur, un fugitif mais terrible sourire, non plus la lumière de Dieu, mais les ricanantes ténèbres de Satan. Yacef prit Si Brahim par le bras, dans un geste apparemment amical, et l'entraîna vers le ruisseau.

« La révolution est en marche », dit-il d'abord, sans emphase, comme il aurait annoncé que la Terre tourne autour du Soleil. Puis sa voix, toujours froide et sereine, se durcit. « Tu t'es déclaré hier membre du mouvement. Alors sache qu'il n'y a pas de place pour les charlatans dans l'Algérie nouvelle. Prends bien garde à ce que je te dis, Si Brahim. Je n'avertis qu'une fois. »

Le vieil homme regarda Yacef, comme s'il ne comprenait pas un mot de cette diatribe. Il ne semblait pas humilié, triste plutôt. Yacef faillit regretter sa dureté. Il se reprit très vite ; il ne pouvait avoir tort. Si Brahim ouvrit les mains, ses grandes mains qui paraissaient maintenant vides, puisque dépossédées de leur pouvoir.

« Que me reste-t-il ? »

Yacef haussa les épaules.

« Tu sais, Sid Raïs, ajouta le magicien (c'était toujours Satan, mais en ange déchu), je soulage ceux qui souffrent. C'est eux qui m'ont engendré en quelque sorte. Là où le mal n'existe pas, il n'y a pas de guérisseur. Je poursuis la tradition des prophètes et des sages. En quoi me juges-tu coupable ? Je lis le Coran pour ces malades, je touche une plaie, et certains guérissent.

– Les seuls miracles sont ceux que nous réalisons nous-mêmes, répliqua Yacef, avec un geste agacé.

– Tu n'as pas la foi, homme, dit sèchement Si Brahim, mais tu es le maître. »

Un chant de femmes s'éleva du côté de la source. Elles passèrent les bras chargés de linge. Elles disaient :

« Ô, Ahmed, mon frère, c'est ta femme que l'on ramène,
Sois fier, ses yeux sont des yeux de gazelle. »

Le repas du soir fut pris dans la grande pièce de la maison de Halim. Les hommes de Yacef revinrent séparément. La nuit était très noire ; une hyène hurla et l'ignominie de son cri, pareil aux plaintes d'un damné, leur glaça à tous le sang. Massés derrière la porte, les chiens lançaient des grondements rauques et terrifiés. Le fils aîné de Halim arma son fusil de cartouches de chevrotine. Au bout d'un quart d'heure, il rentra dépité :

« Je ne l'ai pas vue. » Il avait réussi à calmer les chiens.

Ils mangèrent de la chorba au fric, avec du piment et des cuisses de poulet. Le piment vert était très fort ; il relevait la soupe grasse et rouge. Puis la femme de Halim leur apporta des figues de Barbarie et du café.

Les combattants de Yacef firent tour à tour le récit de leur journée. Ils étaient plutôt optimistes. Les villageois des hameaux voisins les avaient bien accueillis. Ils parlaient en termes élogieux de la révolution, dont ils ne savaient pourtant presque rien, sinon qu'une armée impressionnante s'attaquait à l'occupant.

« Étaient-ils sincères ? demanda Yacef.

– Oui, répondirent les jeunes militants, avec d'autant plus de conviction qu'aucun d'entre eux n'avait osé se découvrir.

– Vous n'y avez vu que du feu », grommela Yacef.

Il savait ses recrues trop enthousiastes pour discerner le specticisme ou même la trahison. Mais il n'ajouta rien. La leçon, ce serait pour une autre fois, lorsqu'il serait seul avec eux.

L'ancien coiffeur n'avait pu y tenir. Il avait poussé jusqu'à la ville la plus proche, impatient de retrouver le grouillement humain, les odeurs du souk, épices et cuir mêlés, à vous tourner la tête, le chatoiement des étoffes roulées sur les tréteaux. « C'est beau la ville », dit-il, avec un soupir qui les fit tous éclater de rire. Il se moqua gentiment des paysans qui s'agglutinaient au pied du car jaune, brinquebalant, crachotant de l'eau, dans un capharnaüm de paniers d'œufs, d'outres d'huile, de sacs de charbon, de couffins par où passait la tête des poulets et des dindes. Et tout le monde rit de plus belle quand il imita l'accent du chauffeur, qui hurlait, dans le vacarme de son moteur, qu'il ne se risquait pas à arrêter : « Ne vous écrasez pas. Je ramasse tout le monde, même les *bégages*. S'il y en a qui veulent vomir, ils ont qu'à le dire, je m'arrête. »

Yacef toléra les rires pendant le repas, puis, au moment du café, ramena le silence d'un regard.

L'union, dit-il encore (il le disait inlassablement de village en village) était la condition indispensable du succès. L'ennemi était uni, pas les Algériens. Les clans épuisaient leurs forces à se battre entre eux, et non contre l'occupant. Le sang coulait dans des vendettas stériles, vieilles parfois de dizaines d'années et dont on avait oublié le grief.

« L'Arabe, dit Halim, préfère vivre un jour en coq que toute une vie en poule.

– Oui, répliqua Yacef, mais c'est le Français qui possède le poulailler. Les Arabes passent leur temps à s'occuper de celui qui bat sa femme, de celui qui ne travaille pas, de celui qui vole et de celui qui manque de respect aux vieux. Je vais vous dire ce qu'ils sont : ni coqs ni poules, mais pies bavardes. »

Il se retira le premier. Dans son logement à l'écart, il écrivit, éclairé par une lampe à pétrole, un nouveau rapport pour les dirigeants d'Alger, puis une lettre à sa femme et à ses enfants, qui cheminerait longtemps entre des mains sûres avant de leur parvenir. Les combattants jouèrent aux dames et aux dominos, avant de se coucher, comme la veille, serrés les uns contre les autres, chaussures aux pieds. Seule une sentinelle resta éveillée.

Vers trois heures du matin, elle entendit ce qui lui sembla être des moteurs sur la route lointaine. La sentinelle courut prévenir Yacef. Il se leva en hâte et prêta l'oreille à son tour. « On dirait des motos », dit-il. Mais le bruit s'éteignit brusquement, en même temps qu'une pluie furieuse crépitait. En une minute, ils se retrouvèrent trempés et glacés. « Ce devait être le tonnerre », dit Yacef. Il posta deux autres sentinelles dans les chemins d'accès et retourna se coucher. Des mois durant, il se reprocha son excès de confiance. Des mois durant, il se maudit d'avoir fui devant une averse.

Quand le bruit des moteurs reprit, une heure plus tard, il envoya un éclaireur sur la colline qui dominait la route du Beylek, ainsi nommée parce que, autrefois, la région était soumise à l'autorité d'un bey.

C'étaient bien des gendarmes motocyclistes. Et, ajouta l'éclaireur, il y avait un Arabe avec eux, le visage caché par le capuchon de sa cachabia.

« Un traître », hurla Yacef, qui sentit son cœur s'arrêter. « Un traître chez toi », hurla-t-il en secouant Halim, qui tendait les bras, paumes ouvertes, en signe d'ignorance ou de soumission. Le vieil homme tremblait.

« Prends ma vie, Sid Raïs, mais épargne les miens.

– Je n'épargnerai personne », rugit Yacef.

Il se rendit compte qu'il perdait du temps. Il ordonna à ses hommes de fuir sur-le-champ.

« Faut-il fuir devant quelques gendarmes, Sid Raïs? demanda le jeune Sedik. Battons-nous comme des hommes. »

Yacef hésita. En fuyant, il laisserait aux villageois une image de faiblesse, ruinant les efforts de deux jours.

Il était de toute façon trop tard. Les gendarmes encerclaient le hameau, bloquant toutes les issues. Le tir de grenades commença avant même que tous les villageois fussent tirés du sommeil. Entre le moment où l'éclaireur avait aperçu les gendarmes sur la route et celui, maintenant, où ils passaient à l'offensive, à peine s'était-il écoulé dix minutes. Les combattants se replièrent vers la grotte que Yacef avait repérée la veille. Les gendarmes avaient pris position au pied du bassin. Yacef les vit nettement dans un éclair de fusillade, la visière du casque baissée. Ils portaient de lourds manteaux de cuir et des bottes. La grotte était inaccessible. Il fallait donc se battre. Leur peu de munitions, les combattants de Yacef les dilapidèrent en tirs mal ajustés. C'était leur premier combat; ils tremblaient. Les dernières cartouches, gonflées par l'eau du déluge, ne purent entrer dans les fusils. Ils tombèrent l'un après l'autre, le jeune Sedik le premier, puis Madani le coiffeur qui rêvait de sa ville perdue, et dont la mère au même instant était arrachée au sommeil par un cauchemar où les ciseaux de coiffeur s'enfonçaient dans la poitrine de son fils. Une grenade fracassa la jambe de Mahfoud, qui était autrefois apprenti cordonnier chez un Français qui l'aimait bien et n'embaucha pas d'ouvrier pour le remplacer avant un mois, tant il espérait son retour. Yacef vit la jambe de Mahfoud s'envoler vers la lune, qui daignait apparaître pour éclairer le sacrifice humain dont elle se croyait la divinité. La jambe retomba dans le bassin comme une pierre molle. L'eau était rouge de sang. Les cris des victimes se noyaient dans les lamentations des femmes. Yacef n'entendit plus qu'un seul hurlement infernal, ne vit plus qu'un seul brasier bouillonnant de supplices et, à toutes jambes, courut mettre à l'abri sa vie de chef de la naissante et vulnérable révolution. Il s'enfonça dans le ruisseau, respirant par un tuyau de jonc. Un quart d'heure d'épouvante et de honte passa sur lui comme un siècle. Quand il risqua la tête hors de l'eau, il vit des camions silencieusement surgis de nulle part, postés devant les maisons. Les villageois y montaient, poussés par des gendarmes pressés et peu rassurés. Le hameau se vida. Les camions partis, il ne resta que le silence ; la fumée n'était pas encore retombée. Yacef, qui avait eu peur de la pluie, gisait, solitaire et trempé, humilié, devant le moulin où le meunier, lui aussi embarqué, avait épouillé ses vêtements sans lui jeter un regard, comme s'il savait déjà que le raïs n'était qu'un chef sans prudence et à présent sans troupes.

Les gendarmes retinrent une dizaine d'hommes pour les déférer devant un juge et relâchèrent les autres villageois. Le hameau retrouva ses paysans laborieux, ses femmes écrasées sous les fardeaux. La terre requérait tous leurs soins. Mais ils étaient rongés par ce poison : qui était le traître ?

Dans le mois qui suivit, Yacef voyagea beaucoup. À Alger, il fit le compte rendu de sa désastreuse mission. Il avait perdu huit hommes au combat. Un seul en avait réchappé, un garçon d'Oran qu'il connaissait depuis toujours, le petit Aïssa, qui autrefois vendait des beignets au coin de la rue de la Bastille. La tuerie avait tant effrayé Aïssa qu'il regagna en car sa paisible ville et reprit son paisible métier. Yacef en fut informé, mais laissa aller le jeune homme. Il se contenta de lui recommander le silence. « Tu sais quel sort est réservé aux traîtres. »

Aïssa, rouge et bégayant, s'excusa de sa lâcheté. « Je ne pourrai jamais, Sid Raïs. Je ne me rendais pas compte. » Il était mortifié de décevoir Yacef, qui lui donna une tape amicale derrière la tête. « Chacun peut être utile, mon fils. Ne t'en fais pas. J'aurai encore besoin de toi. »

À Alger, les autres chefs s'abstinrent de tout reproche. Partout, dans chaque région, des embuscades avaient échoué, des traîtres avaient parlé ; beaucoup d'hommes déjà étaient tombés. Mostefa Ben Boulaïd, l'homme aux yeux orangés, regagna l'Aurès, pour ragaillardir ses troupes éprouvées. Il serra la main de Yacef.

« Dieu sait quand nous nous reverrons...

– Au paradis d'Allah.

– Blasphémateur! » dit Ben Boulaïd, avec une sorte d'amusement admiratif. Il aimait beaucoup la froideur caustique de Yacef. Au fond de lui-même, il se demandait si cette indépendance d'esprit ne finirait pas par coûter cher à l'ancien instituteur. Le Nidam, le mouvement, se défiait des ambitieux, bien que, à sa tête, il ne comptât que des ambitieux, mais qui avançaient masqués.

« Tu vas épargner ce traître? demanda négligemment Ben Boulaïd.

– J'ignore qui c'est.

– Oh, tu sauras. J'aimais bien le petit Sedik.

– Moi aussi », répliqua sombrement Yacef.

Une nouvelle année commença. La guerre de huit ans n'en était qu'à ses premiers soubresauts. Pour l'instant, elle n'ensanglantait que de lointaines montagnes. Dans les grandes villes, rien n'avait changé. À Oran, Luc et Nina Régnier reçurent leurs amis pour le réveillon. Ils s'embrassèrent tous à minuit. « Bonne année, bonne santé! » Que pouvaient-ils demander d'autre? Mis à part le cancer, qui venait de frapper ce pauvre bâtonnier, rien ne les menaçait.

Vers le 25 janvier, Yacef, après une tournée de propagande et de recrutement, rallia le village de Halim. Cette fois, il était seul. Vêtu en paysan, la gandoura sale et les pieds mal chaussés, il se composait un visage de demeuré, en laissant pendre légèrement la mâchoire inférieure. Il fixait ses voisins de car d'un regard doux et stupide. Il riait avec retard aux nombreuses plaisanteries qui s'échangeaient pendant le trajet. On lui tapait sur le bras en disant gentiment: « Le pauvre! »

À un arrêt, il se promena au milieu des boutiques et des étals qui exposaient tissus et volailles, quincaillerie et bijoux. Un arracheur de dents vissait son instrument en argent sur la dent douloureuse que lui désignait son patient. Le malheureux beuglait quand son bourreau, actionnant le levier, arrachait l'os et la chair. La foule s'étouffait de rire, en portant néanmoins la main à la mâchoire avec une grimace. Chacun se disait: « Un jour ce sera mon tour. » Yacef, comme les autres, mimait les souffrances de l'édenté: « Ouille, ouille! » En même temps, du coin de l'œil, il désignait le café maure à un militant, qu'il avait reconnu parmi les badauds.

L'arracheur de dents, médecin unique et universel de la bourgade, prenait son couteau et ses ventouses. Une petite incision sur la nuque, puis la ventouse aspirait le sang malade du patient. Il crachait sur la plaie; sa salive cautérisait; c'était une salive miraculeuse, ainsi que Dieu l'avait voulu. Tout le monde le louait et le remerciait, même ceux qui avaient embouché son terrible levier d'argent.

Yacef arriva chez Halim en pleine nuit. Les chiens se mirent à hurler. « Il faudra trouver une solution, pensa Yacef. Ces chiens donnent l'alerte. Tu parles d'une clandestinité ! »

Mais Halim avait été prévenu dans la journée par un épicier ambulant; il ouvrit aussitôt la porte. Yacef accepta la collation déjà préparée de crêpes en sauce. Halim était seul. Le reste de la famille s'était retiré au gourbi.

Yacef rota par politesse, puis dit :

« Je t'écoute.

– Il n'est pas de chez nous, je te le jure, Sid Raïs, lança précipitamment le vieil homme.

– Cela vaudrait mieux, dit Yacef, en laissant filer les mots, la bouche à peine entrouverte. Le nom ?

– Zidane.

– Le meunier de passage ? Alors, il n'est plus là ?

– Si, si, figure-toi, Sid Raïs, dit Halim avec un large sourire réjoui. Il s'est mis en tête d'épouser l'une de mes petites-nièces. Il la courtise », ajouta-t-il, en portant un doigt à sa tempe, comme pour dire que l'amour perdait les hommes.

« Tu as raison, oncle, dit Yacef. Il est vraiment fou. Es-tu sûr, au moins ? »

Halim fournit les explications à toute allure; il semblait craindre d'être interrompu avant d'avoir convaincu le chef. Doutait-il de la culpabilité du meunier ? C'était possible, l'idée effleura Yacef. Une nouvelle fois, il haussa les épaules. L'important, c'était la démonstration du châtiment, plus encore que le châtiment du vrai coupable. Halim raconta son enquête. Avec ses fils, que le déshonneur écrasait de honte comme lui, il avait interrogé chaque villageois : aucun ne semblait embarrassé. À vrai dire, tous dormaient au moment de l'assaut des gendarmes. Ils essayèrent de faire parler les femmes. Même les plus médisantes durent en convenir : aucun homme n'avait quitté sa maison cette nuit-là. Même pas Djilali, le fou, qui avait l'habitude de marcher solitaire sous les étoiles, et qui était d'ailleurs insoupçonnable. Un premier indice vint éclairer Halim : Zidane le meunier l'évitait, alors que, prétendant à la main d'une fille du clan, il aurait dû s'empresser auprès du patriarche. Enfin, la preuve décisive arriva. L'éclaireur qui avait aperçu un Arabe parmi les gendarmes avait décrit son étrange cachabia, dont le capuchon n'était pas de la même couleur que le vêtement. Le capuchon précédent était-il usé, l'avait-on remplacé par une pièce neuve, toujours est-il qu'il était rouge, alors que la cachabia était beige. Et Zidane, oublieux ou amoureux, se sentant adopté par le hameau, distribuant des colifichets aux filles et des bonbons aux enfants (« il gaspille le prix de sa traîtrise », disait Halim), Zidane, un jour de grand froid, arbora son étrange manteau. Dès lors, Halim l'invita tous les jours à sa table, attendant patiemment le retour, qu'il savait inéluctable, du raïs. Zidane crut ses affaires en bonne voie : la ténébreuse Malika serait à lui.

« Tu es certain, oncle ? demanda Yacef. Ce serait un grave péché que de punir un innocent.

– Si Brahim a vu en songe le sang de ce traître ruisseler.

– Tu t'es confié au charlatan ? répliqua Yacef en levant les yeux au ciel. Vous n'apprendrez donc jamais ! Je t'en supplie, oncle, tiens ta langue.

– Si Brahim est inspiré par Dieu, dit Halim en se redressant.

– Ô, oncle, ta naïveté me confond. »

Halim fit réchauffer du café. Il traînait la jambe et se raclait la gorge bruyamment, jouant à la fois l'accablement et l'irritation. Il espérait de vifs compliments.

« Le Nidam t'en tiendra compte », dit enfin Yacef, attribuant la gratitude au mouvement tout entier.

« Tes fils ? reprit-il.

– Ils attendent tes ordres.

– Envoie-les-moi. »

Labed, le fils aîné, était beaucoup plus réservé que l'enthousiaste Amar, son cadet. Il portait une fine moustache qui traçait heureusement une horizontale sur son long visage compassé. Le jeune Amar, jetant de fréquents regards à son frère, se modelait sur lui et s'efforçait à l'immobilité. Mais, comme le vit Yacef, il bouillonnait d'impatience.

« Ce sera pour demain soir, à onze heures, dit Yacef.

– Où ? demanda Labed, qui ouvrait la bouche pour la première fois.

– L'interrogatoire, ici. Après...

– Après, dit vivement Amar, dans le ravin des Asphodèles.

– Tais-toi, dit Labed.

– Après, reprit Yacef, c'est votre affaire. Moi, je l'ignore.

– Oui, Sid Raïs », dit Labed, et il quitta la pièce.

Le lendemain, Yacef ne quitta pas la maison de Halim. Il faisait grand froid et il se mit à neiger. « Le ciel se couche sur la terre », dit Halim, qui lui tenait compagnie. Ils jouèrent distraitement aux dominos. Le temps ne s'écoulait pas. Le vent hurlait, puis ce furent de gros grêlons, qui cascadèrent sur le toit de tuiles. Dans l'après-midi, Halim envoya un enfant inviter Zidane à dîner et chargea sa femme de préparer un festin.

Yacef mettait des bûches dans l'âtre. Sans cesse, le visage du jeune Sedik, dont la tête avait été arrachée par une grenade, lui apparaissait, non pas sanguinolent, mais charmant et rieur, visage d'enfant qu'il trouvait parfois sur son épaule, au terme de leurs nuits de militants clandestins, où ils se serraient les uns contre les autres, partageant l'espoir et la crainte. Sedik souriait dans les flammes de la cheminée. A son chef respecté, il ne reprochait pas sa négligence. Tout au plus lui reprochait-il de l'avoir abandonné. Moi non plus, je ne verrai pas la victoire, répliquait silencieusement Yacef, qui, depuis longtemps, avait le pressentiment d'une fin prématurée.

Il reçut une seule visite pendant cette interminable journée, celle du militant rencontré parmi les patients de l'arracheur de dents. C'était un homme trapu, au front bas, à la figure taillée au coutelas, tout en creux, avec des yeux tristes de bovidé. Il était sanglé comme un gros polochon dans un costume européen. Il pouvait être un fonctionnaire, ce que Halim s'empressa de faire entendre, en se plaignant de cette maudite administration des impôts qui lui tondait la laine sur le dos.

« Tu les suivras, après, dit Yacef au militant. Il faut que le travail soit fait. Ils sont jeunes, ils peuvent flancher. »

Le faux agent du fisc se retira sans un mot et monta la garde, qui s'annonçait longue, sous la neige, dans une cabane où l'on rangeait les charrues, derrière le verger dénudé. Halim lui avait donné une galette et des olives.

Lorsque Zidane le meunier pénétra chez le patriarche, découvrit les plateaux de cuivre, sur des tables rondes et basses, chargés de chorba au fric, de viande hachée en sauce, de cailles aux pruneaux et de couscous, sentit le parfum qui montait des plats fumants, il se vit bientôt dans le lit de Malika. Il portait sous sa cachabia beige au capuchon rouge des vêtements impeccables. Yacef s'était retiré dans la soupente.

Zidane remercia, mangea, remercia encore, rota à satiété, souhaita mille bénédictions au vieil homme et à sa famille.

Yacef le laissa boire son café.

« Eh bien », commença Halim. Le meunier crut qu'on allait commencer à parler du mariage. Il ouvrit la bouche pour rappeler ce qu'il possédait et ce qu'il s'apprêtait à payer en échange de la jeune fille. Il se recueillit un instant. Quand il rouvrit les yeux, Yacef se trouvait devant lui. Le fils aîné de Halim, Labed, gardait la porte. Amar se tenait près de la cheminée, son fusil à la main.

Zidane ne perdit pas contenance. Il lança à Yacef un regard arrogant et se mit à siffler.

« Tu nous as trahis, dit Yacef d'une voix blanche. Huit de mes hommes sont morts par ta faute, dix autres de ce village ont été arrêtés et personne n'a de leurs nouvelles. Il faut payer l'addition maintenant », ajouta Yacef, aussitôt furieux de sa propre trivialité. Il se tut. Ce procès manquait de solennité, avec le vieux Halim bouche bée, le petit Amar, l'air féroce comme un dogue. Seul Labed faisait bonne figure.

« Je connais vos méthodes, dit Zidane. Je ne me défendrai pas. »

Il les dévisagea dédaigneusement.

« Regardez-vous! Vous êtes des pouilleux. »

Il fit un bruit obscène avec la bouche.

Amar s'approcha vivement et, avant que Yacef ait pu l'en empêcher, porta un coup de crosse en travers du visage de Zidane. Celui-ci, sans broncher, essuya le sang sur son menton. Puis il secoua la main et les gouttelettes giclèrent en parabole, jusque sur la barbe du vieux Halim.

« Tu me paieras ça, dit Labed, de la porte.

– Que peux-tu me faire de plus que m'assassiner? » rétorqua Zidane. Il se mit à provoquer Amar, maintenant retenu par le regard de Yacef. « C'est avec cette escopette que tu comptes chasser la France? Avec ce jouet? La guerre n'est pas un jeu. Vous avez allumé la mèche et vous sauterez avec le baril de poudre. Vous finirez au bagne. »

Yacef, troublé par le courage du traître, resta longtemps muet. Enfin, il dit : « Le Front t'accuse de trahison, mais il t'autorise à te défendre. »

Soudain, Zidane se décomposa : « Frères, j'ai eu tort, je le reconnais, épargnez-moi ! J'ai des enfants. Ne les privez pas de père. Je me suis laissé entraîner par des impies. J'avais des dettes ! » Il débitait sa plaidoirie sans y croire. Amar lui cracha au visage.

« Tu ne nies pas ? dit Yacef.

– J'avoue, j'avoue !

– Ainsi c'est toi-même qui te condamnes à mort. »

Labed et Amar prirent Zidane par les bras, et le meunier retrouva aussitôt son sang-froid. Il vociféra de nouvelles injures. Labed voulut le réduire au silence. Il levait son arme, mais Yacef le retint. Il fallait que tout le village entende. Plus Zidane délirait, plus les paysans prendraient peur. Aucun ne se risquerait plus à trahir.

Les deux fils de Halim entraînèrent le traître au-delà de la source. En contrebas, se découpait le ravin des Asphodèles, taillé dans la montagne comme une blessure. La neige ne s'accrochait pas à ses parois abruptes ; seul le fond était blanc. Le militant déguisé en fonctionnaire les suivait sans bruit. Il n'eut pas à intervenir. Labed dit au meunier : « Tu nous as accusés d'être des coupeurs de routes. Apprends que nous sommes aussi des coupeurs de vies. » Dans l'ombre, le militant haussa les épaules. Les jeunes gens sont si grandiloquents !

« Nous n'allons pas gaspiller des cartouches pour un traître ! » dit Labed. Son frère cadet empoigna Zidane en un éclair, lui serra la gorge d'une main, tout en lui relevant le menton, et de l'autre l'égorgea. Le sang gicla avec une odeur si répugnante que le bourreau faillit vomir. Zidane se tordait et râlait sur la neige, que raclaient ses beaux souliers. Il s'étonna lui-même de penser à Malika et mourut.

Conformément aux ordres de Yacef, les deux frères ramenèrent le cadavre au hameau. Ils le cachèrent dans la cabane aux charrues et rentrèrent se coucher. Ils avaient l'ordre de ne plus s'occuper de rien. Le militant les suivit sans se faire voir. Quand les garçons eurent quitté la cabane, cet homme qui ressemblait à un pansu fonctionnaire bonasse se retrouva seul avec le corps du meunier, qui refroidissait. Il avait lui aussi un couteau à la main.

C'était une matinée grise et pluvieuse. Les blancs contreforts de la montagne qui enserraient le village encaissé se dressaient comme des falaises de craie. Plus haut, une forêt de chênes verts apparaissait comme une touffe de cheveux clairsemés sur un visage osseux et glabre.

Les premiers villageois qui passèrent à proximité du grenier collectif étouffèrent un cri de terreur. Bientôt, la rumeur enfla, la foule afflua. Elle restait maintenant muette, puis une vague de murmures déferlait sur ces paysans crédules, puis elle refluait pour laisser une plage de silence. Ils ouvraient des yeux immenses, puis les refermaient en secouant la tête, de même qu'un dormeur s'agite, sans parvenir à se réveiller, pour chasser un cauchemar fascinant.

Soudain, toutes les langues se délièrent en même temps; ce fut un tumulte d'interjections, de malédictions, un délire de joie macabre; la peur nouait les ventres, et les bouches criaient une feinte approbation. La foule savait ce qu'on attendait d'elle. Elle cracha sur le cadavre.

Attaché au pilier de l'auvent, le corps de Zidane le meunier se tenait debout. La mise en scène était parfaite. Le militant, pensa Yacef, avait travaillé avec art. Il ne prit pas la peine de le chercher : il savait qu'il avait pris le large une fois sa besogne accomplie. La gorge de Zidane béait comme une seconde bouche. Elle était noire de caillots figés; de noires traînées s'écoulaient sur le devant de sa belle chemise, jusqu'au pantalon européen, comme un fleuve séché. Au premier regard, Malika, la coquette petite-nièce de Halim, perdit connaissance. Elle délira pendant plusieurs jours. Dès que Yacef serait parti, Si Brahim, le guérisseur, s'emploierait à chasser le démon qui l'avait investie en s'échappant du corps mutilé de son prétendant.

Zidane avait les yeux crevés; sur ses joues se figeaient des larmes noires qui semblaient creuser des sillons de boue sur la glace de sa figure gelée. Le militant avait habilement fixé le bras droit du cadavre, qui saluait militairement à la française. Il avait le chef orné d'un chapeau mou cavalièrement penché sur le côté. Sur son nez une épingle piquait une étiquette où l'on pouvait lire, en s'approchant : « Le F.L.N. punit les traîtres. » La sentence était rédigée en français d'abord, puis en arabe.

Yacef s'avança au milieu de la foule. Un couloir s'élargit devant lui. Aucun des villageois ne voulait seulement l'effleurer; chacun baissa les yeux; des femmes marmottèrent silencieusement des formules incantatoires, où le bourreau et la victime étaient voués au même enfer. Yacef se planta devant le cadavre attaché, qui était plus grand que lui. Il leva la main. Les villageois crurent qu'il allait frapper le mort; ils reculèrent d'un pas, mais ne quittèrent pas le théâtre. Le sinistre spectacle nourrirait pendant des mois les conversations, jusqu'au jour où sa représentation deviendrait assez routinière pour lasser les moins blasés. Combien de vengeances personnelles seraient maquillées en exécutions, combien de clans assouviraient de vieilles haines sous le couvert d'une sentence du Nidam. Les villageois en seraient écœurés.

Pour l'heure, au spectacle du châtiment les villageois étaient novices. Ils virent Yacef enfoncer le chapeau mou et dissimuler le visage sacrifié de Zidane le meunier, qui avait trahi son peuple et envoyé à la mort plusieurs de ses frères.

Une fois le visage du traître masqué à leur vue, les paysans estimèrent la sentence plus juste. Ils crachèrent par terre et, au premier geste de Yacef, s'éloignèrent, le cœur partagé entre le dégoût et le soulagement.

Ils virent encore les deux fils de Halim détacher le cadavre et l'emporter dans une bâche. Les deux garçons devinrent des figures de la puissance du mouvement. Malgré leur jeune âge, on les appela « monsieur ».

Ils descendirent le corps dans le ravin des Asphodèles, le recouvrirent de branchages et l'abandonnèrent sans autre sépulture. La nuit même, les chacals le dévorèrent. Au matin, il ne restait du meunier que ses os, ses beaux habits en lambeaux et ses chaussures, que la neige avait ternies.

La perte de ses combattants avait été cruelle pour Yacef. Il en avait éprouvé du chagrin : la mort du jeune Sedik, le lycéen, lui semblait non seulement injuste, mais regrettable. La révolution n'avait pas tant d'intellectuels qu'il faille les sacrifier en herbe. Il aurait mieux valu laisser Sedik poursuivre ses études. Mais, surtout, le coup avait été rude pour le prestige du Nidam. En exécutant promptement le traître, Yacef reconquit sinon la confiance, du moins le respect des villageois.

Il ne ressentait aucune amertume d'avoir mis en œuvre des moyens barbares. Ces moyens étaient la tactique d'une stratégie. Ils avaient trois fonctions : susciter la crainte, impressionner les paysans et déprécier la victime. Ils visaient trois buts : montrer la puissance et l'audace du F.L.N., imposer le silence et ridiculiser les collaborateurs. En outre, ils enchaînaient indéfectiblement les exécuteurs à la cause, comme Faust à Méphisto. Toute recrue traversait ce rite d'initiation : tuer un mouchard, un bachaga, un caïd, un garde-champêtre, un gendarme, un colon. La recrue était suivie d'une « ombre », qui devait l'abattre à la première hésitation. La terreur était l'arme des révolutionnaires sans armes. Le crime était le pacte qu'ils signaient avec la population.

L'un des ordres officiels que Yacef lui-même avait signés disait : « Tuez les caïds, tuez tous ceux qui paient des impôts et ceux qui les perçoivent. Brûlez les maisons des sous-officiers musulmans absents. » Une autre directive, plus essentielle, prescrivait : « Liquidez toutes les personnalités qui voudraient jouer le rôle d'interlocuteur valable. » Quant à l'assassinat des colons français, il était également indispensable : il fallait que les Français fuient le bled pour réduire les contacts entre les communautés. L'anonymat des exécuteurs jetait une profitable suspicion sur toute la population musulmane, aux yeux des Européens terrifiés. Ainsi le disaient les dirigeants du F.L.N. : « Creuser le fossé pour le rendre infranchissable. » Du moment que la révolution était lancée, il fallait, par tous les moyens, la mettre à l'abri d'un retour en arrière.

Quel chemin avait parcouru Yacef depuis le temps où, instituteur, il éduquait les enfants algériens dans la langue française, où il croyait à l'intégration, à la raison, au bon droit. La France n'avait jamais tenu ses promesses. Se souvenant de son amitié fraternelle pour Lucien Partouche, il n'avait pas de haine pour les Européens d'Algérie. Il savait pourtant que, comme son propre peuple, eux aussi seraient les victimes d'une guerre menée contre un État, contre le système colonial.

Yacef avait donné des ordres plus rigoureux, en apparence plus cruels encore, comme de couper le nez ou les lèvres des Arabes qui enfreignaient l'interdiction de boire de l'alcool et de fumer. Cette sauvagerie aussi lui paraissait nécessaire. Il fallait à tout prix éloigner les musulmans des mœurs européennes. La révolution exigeait l'unité non seulement au combat, mais dans la vie ordinaire. La France serait vaincue, Yacef le pressentait, parce qu'elle se diviserait.

Son autorité raffermie, Yacef convoqua dans la maison de Halim les chefs de famille. Il interdit au patriarche de servir la moindre collation, sinon du café. Et Halim, le cœur ulcéré, accepta de bafouer les règles de l'hospitalité. C'étaient des vieux au regard las et sceptique : s'ils attendaient quelque chose de la révolution, c'était qu'elle leur donne du travail et du pain, qu'elle réduise leur peine. Pour l'instant, elle ne leur avait offert que du sang et du chagrin. Les fils de ces hommes incrédules se trouvaient en prison depuis l'assaut des gendarmes. Leurs bras manquaient aux travaux des jours.

Le temps s'était radouci. Aux branches des noisetiers perçaient des bourgeons prématurés. Une brise nocturne soufflait pacifiquement. Dans le regard des patriarches, Yacef lisait la nostalgie du temps où l'on se battait rudement, mais contre la terre, mais pour soi. Ils tenaient Yacef, tout comme les militants, pour un étranger, et le Nidam pour une autorité de plus, qui les méconnaissait. Les étoiles filantes se hâtaient dans un ciel clair. La queue bleue d'une comète se consuma jusqu'à extinction. Les chiens aboyaient sans colère, plutôt pour dire qu'ils étaient là et qu'ils veillaient. Un poulain naissait et son propriétaire s'était fait excuser. Il avait prodigué à la jument autant de soins, et peut-être plus, qu'il n'en avait jamais prodigués à sa femme. Il lui avait bandé le ventre, il la pansait, lui nettoyait sa couche, ne la quittait plus. Il dormait avec elle à l'écurie. Il ressentait même ses douleurs. Et, en cette nuit de délivrance, il était aussi heureux que si un fils lui venait. C'était comme si sa famille, son domaine s'agrandissaient. Au moment où Yacef commença son discours, le propriétaire de la jument vit le poulain, tremblant sur ses pattes, tendre le cou vers les mamelles de sa mère. Il en éprouva plus de fierté, infiniment plus, que si le Nidam l'avait proclamé chef de région.

Yacef parla fermement, mais sans brutalité. Il expliqua que les combattants étaient d'abord des justiciers au service du peuple, qu'ils ne voulaient pas semer la discorde et la violence, mais, bien au contraire, châtier les puissants – français ou algériens – qui exploitaient et humiliaient les pauvres gens. Y croyait-il ? Oui et non. Au fond de son cœur demeurait l'espérance d'autrefois, celle qui le poussait, jeune militant communiste, à braver la police de Vichy pour mener son combat clandestin. Mais, sur l'idéaliste instituteur, s'était greffé, au point de l'étouffer, un chef de guerre propagandiste, de cette guerre qu'après l'Indochine on qualifiait de psychologique. Celui-là savait que les mots ont autant de pouvoir que les actes, qu'il s'agissait moins de tenir les promesses que de les faire miroiter. Il savait aussi que nul ne commandait à l'avenir. Quelle liberté, quelle justice surgiraient de la révolution victorieuse ? Il l'ignorait. Pour l'instant, la fin justifiait les moyens.

Les jours suivants, il organisa la base d'appui que devait constituer le village de Halim. Il s'assura que le blé était stocké dans des silos enterrés. Il ordonna aux villageois de se rendre à la ville séparément. Chez des grossistes chacun devait acheter soit un carton de savon, soit du sucre, du lait en boîte, des biscuits. D'autres se procureraient des pataugas, des chaussettes, des cache-nez. Vêtements et ravitaillement seraient cachés, à l'abri de l'humidité, dans la grotte aménagée.

« Les pataugas sont interdits à la vente, dit Labed.

– Je connais un marchand de chaussures qui nous en fournira quand même », dit Amar.

Lui avait hâte de passer à l'action. Yacef nomma le jeune homme chef de l'intendance, avec le grade de lieutenant. Il confia le commandement militaire à son frère aîné, Labed, qu'il fit sur-le-champ capitaine. Le militant qui ressemblait à un fonctionnaire et avait mutilé le traître était arrivé avec un ballot. Le paquet intriguait Halim. Yacef l'ouvrit enfin et commença à en distribuer le contenu. C'étaient des uniformes de la Première Guerre mondiale volés à la caserne de Constantine. L'armée les conservait pour habiller les supplétifs en cas de trouble. Ils étaient fort disparates : uniformes d'officier vert olive avec des boutons dorés et de multiples poches, étroits aux épaules et larges en bas ; costumes de velours côtelé très épais, passe-montagne et même chapeaux de brousse et guêtres. Amar enfila un passe-montagne et une capote. Il était grand et roux ; les villageois se moquèrent de lui en le comparant à un légionnaire. Labed s'empara d'une veste et d'un pantalon sombres ; il se noua une cartouchière à la taille et se planta un peu à l'écart du groupe, son fusil de chasse à la main. Yacef leur recommanda à tous de veiller à la propreté de leur tenue.

« L'ennemi doit savoir qu'il affronte un mouvement structuré. »

Il demanda si le village possédait des armes.

« Eh, eh! » répondit Halim.

Plusieurs des paysans, mobilisés en 1943, avaient participé à la campagne d'Italie, puis à celle du Rhin. Ils s'étaient battus comme des lions, même la France le reconnaissait. Alors, elle ne leur avait refusé ni médailles ni citations. Mais il y eut l'émeute sanglante de Sétif, le 8 mai 1945, et la terrible répression. Ils cachèrent leurs armes, dans les murs des maisons, dans la terre, au fond des silos à blé. Au début des années 50, Halim, qui avait toujours soutenu le mouvement nationaliste, tenta de les recenser. Ce ne fut pas facile : certains des villageois avaient oublié leur cachette. Des autres on retira des fusils rouillés, des cartouches pourries. Le peu qui demeurait utilisable fut nettoyé, graissé. Mais on ne s'en était pas servi et on ignorait si elles n'exploseraient pas entre les mains du tireur. Enfin, ces armes furent entreposées en un lieu unique, le silo de la maison d'une vieille femme. Ainsi, pensa Yacef, ils ont des armes et ne s'en sont pas servi pendant l'assaut des gendarmes. Il comprit leur prudence et ne fit aucun commentaire.

Le ballot de vêtements contenait également quatre mitraillettes Thomson en assez bon état, achetées à prix d'or à un trafiquant libyen. Yacef les confia à Labed, qui les répartirait, le moment venu, entre des hommes sûrs. Les yeux du jeune Amar brillaient. Il manipula l'une des mitraillettes avec une sorte de ferveur. Il n'aurait pas touché plus dévotement la pierre noire de La Mecque. Il pensait que la guerre sainte contre l'occupant lui ouvrirait les portes du paradis, autant et plus que le pèlerinage en Terre sainte. Son frère lui retira la mitraillette des mains et lui effleura l'épaule, comme pour se faire pardonner.

« Qui sait s'en servir? » demanda Yacef.

Un long type, avec des bras de singe dont il semblait embarrassé, leva le doigt. Il s'appelait Diab, avait été sergent en Indochine; il venait de regagner son village.

« Montre-leur », ordonna Yacef.

Le bonhomme dégingandé et d'allure pataude se mit à démonter la Thomson. Il y parvint en un éclair et la remonta aussi vite. Personne n'avait rien vu. Satisfait de sa démonstration, Diab recommença posément, en décomposant ses gestes.

« C'est mon neveu », murmura fièrement Halim à l'oreille de Yacef. Mais ils étaient tous ses neveux.

Quand le raïs partit, les jeunes gens du hameau l'escortèrent en chantant *Hizb Taoura*. Yacef écoutait les paroles fières et se sentait plein d'émotion ; une certitude ancienne surgissait de sa mémoire endurcie, la foi en l'avenir qui l'habitait lui-même jadis, il y avait si longtemps, quand il chantait *L'Internationale* avec les grévistes de 1936. Il se jura de ne pas décevoir ces garçons, de leur épargner l'amertume, faite de chagrin et de dégoût, qu'à lui le parti communiste avait infligée. Il se souvenait avec acuité du moment où il avait avoué à son ami Lucien Partouche qu'il abandonnait le parti. Il se souvenait du sentiment de trahison qu'il éprouvait, alors que c'était bien le parti, fluctuant et renégat, qui l'avait dupé. Son combat s'était brisé une fois, avec ce bruit mou, dont l'écho se prolonge longtemps, des espérances saccagées.

Hier encore, les jeunes gens lui avaient demandé : « Sid Raïs, quel genre de gouvernement aurons-nous ? Est-ce qu'on votera pour quelqu'un ? » Il avait répondu : « Quand nous serons assez forts, nous organiserons des élections libres. »

Pouvait-il s'en porter garant ? Il aurait voulu leur signer un contrat. Mais les contrats ne sont que des chiffons de papier pour ceux qui détiennent le pouvoir. La France n'avait pas respecté sa parole. L'Algérie nouvelle tiendrait-elle la sienne ? Yacef serra la main de chacun des jeunes gens, qui se mettaient au garde-à-vous, novices au cœur dilaté par la mission dont ils se chargeaient au nom de leurs pères trop longtemps humiliés. Eux ne courberaient plus la tête, et ils tendaient, bien raides, leurs doigts réunis pour le salut militaire. Qui doute avant d'agir, pensa Yacef, se condamne à l'échec.

Les vieux ne connaissaient pas l'hymne ; ils ne chantaient pas, mais accompagnaient du geste les accents guerriers. Les uns battaient le vide en cadence, d'autres la marquaient sur leurs cuisses. Le chant emportait leur scepticisme, de même que le bain dans la source les nettoyait de leurs impuretés. Ils étaient tous plongés dans la même eau, et aucun ne songea, dans cet instant d'unité, à rester sur la berge. Les femmes tendaient l'oreille, la tête penchée en avant, pour déchiffrer le sens des mots qui mettaient tant de lumière sur le visage de leurs fils.

« Qu'il est beau! » se dirent-elles l'une à l'autre. Et elles ajoutèrent : « Que Dieu le protège! » car le Seigneur parfois s'irrite des louanges qu'on adresse à l'une de ses créatures et lui envoie une infirmité qui le rabaisse à sa place. Toutes les mères, en s'émerveillant, touchèrent la main qu'elles portaient au cou.

L'escorte quitta Yacef à la sortie du hameau. Seul Amar le guida jusqu'au ravin des Asphodèles, qu'il contourna pour rejoindre l'antique voie romaine. Il effaçait les traces de leurs pas en traînant une épaisse branche de myrte. Taillée dans le roc, la figure couronnée de Septime Sévère, que les Arabes appelaient l'empereur noir, avec sa pomme d'Adam proéminente et ses lèvres épaisses, marquait, au flanc bleu de la sierra, l'infinité du temps. Yacef trouva, dans les yeux mi-clos de l'empereur, la réponse à ses questions. Septime Sévère n'avait cessé de se battre pour défendre l'intégrité de Rome contre les Barbares. Certes, l'Empire avait fini par s'effondrer dans la corruption; du moins l'empereur n'avait-il pas failli à sa tâche. Yacef lutterait comme il avait toujours lutté, se souciant plus du but à atteindre que de lui-même ou des autres. En contemplant l'effigie de l'empereur noir, tandis qu'Amar se tenait respectueusement à l'écart, Yacef fut caressé par ce rêve absurde qui le visitait presque chaque nuit : pourquoi ne serait-il pas le maître de l'Algérie nouvelle? Le président Yacef Radaoui! Mais ce qu'il ne pouvait faire endormi, chasser ces enfantillages, le bon sens exigeait qu'il le fît alors qu'il était maître de son esprit. Il se rappela avoir lu ce mot de Septime Sévère : « J'ai été tout, et tout n'est rien. » Amar ne comprit pas pourquoi son raïs adressait un bruit obscène à la figure de pierre.

Ils traversèrent le cratère de la météorite, où les blocs de pierre se chevauchaient comme si une gigantesque cité avait été soufflée par un séisme. Dans la nuit noire, ils tombèrent plusieurs fois, et Yacef sut combien de chutes il faudrait compter avant de voir le drapeau vert sur Alger. À la lueur de la lampe d'Amar, des figures animales, taillées par les légionnaires romains, se dessinaient dans la roche qui bordait le chemin. De ces chacals ou de ces hyènes, le temps n'avait laissé subsister que des silhouettes, de même que de l'empire de Septime Sévère il ne restait qu'un témoignage dans les livres. Le sentier s'éleva vers un col où l'on distinguait encore des chemins de ronde. Yacef eut hâte de quitter ces lieux hantés par les morts : son combat se menait dans le présent, et il n'aimait pas que la pierre lui rappelle qu'il serait, comme toutes choses, voué à l'oubli. Enfin, ils entendirent le fracas de la source du Papyrus, qui tombait en cascade. Ils y burent longuement.

« Tu es tranquille maintenant, oncle », dit Amar.

Yacef le remercia et ne le quitta pas des yeux, jusqu'à ce que le jeune homme eût disparu derrière le promontoire. Amar marchait d'un pas souple de montagnard, et Yacef sentit une étrange fierté l'envahir, comme si Amar était son propre fils. Les lumières d'une ville scintillèrent dans la nuit. Yacef soupira et se laissa tomber au pied d'un orme où s'enroulait la vigne sauvage. Les lumières lui avaient donné la nostalgie de sa famille, d'Oran et, plus loin encore enfouie, la nostalgie de son école du village nègre et de ses élèves, à qui il enseignait l'orthographe française. Il s'endormit, pourtant, par un brutal effort de sa volonté. Le lendemain, il passa inaperçu au milieu de la foule qui se pressait au souk.

Il prit le car. Les passagers regardèrent avec amusement ce naïf paysan qui semblait à moitié fou.

5

UN LOUP OU UN MOUTON?

Louisette Stora, la femme de Sam, n'avait jamais quitté Oran ; au premier abord, Alger l'effraya. C'était une ville si grande, si agitée, si chic ; les gens avaient un accent si différent, les riches surtout ; Louisette avait du mal à les comprendre ; ils parlaient avec « l'accent parisien », du moins ce que Louisette imaginait être l'accent parisien. Les gens simples parlaient plus normalement, aux oreilles de Louisette, mais avec des intonations inconnues à Oran. Elle, avec sa modulation traînante, où les « on » se transformaient en « an », redoutait d'ouvrir la bouche. Tous les yeux lui paraissaient se fixer sur elle. Louisette n'aimait pas se faire remarquer. Pour cette raison, on avait toujours dit qu'elle était la plus sage des trois filles d'Abraham Partouche. Elle n'avait ni l'allure hautaine de sa sœur cadette Nina, ni la coquetterie provocante de la petite Isabelle – Isabelle était mariée, avait un fils de quatre ans, mais c'était toujours, pour la famille, « la petite ».

Louisette manquait de beauté – ainsi pourrait-on dire par indulgence pour une femme généreuse dont le sourire rachetait un visage un peu bouffi, des cheveux frisés impossibles à mettre en forme et un œil qui divaguait. Elle essaya de modifier son accent. Comme tous les enfants Partouche, elle avait l'oreille musicale. Habituée depuis l'enfance à lire les fables de La Fontaine – dont la récitation par cœur servait à apaiser ses appréhensions –, elle les lisait maintenant à voix haute en imitant l'accent algérois. Cela se passait tard le soir, quand les trois enfants étaient couchés, en l'absence de Sam. Le bijoutier rentrait rarement avant onze heures. Il disait que ses affaires le retenaient; Louisette pensait plutôt qu'il s'occupait de politique. Elle s'en tourmentait. Qu'on imagine une Oranaise, dont l'oreille a été imbibée d'intonations espagnoles chantantes et lymphatiques, tentant de reproduire, sur les vers du *Loup et l'Agneau*, la vivacité saccadée et gouailleuse des Algérois. Elle crut y parvenir. Mais, au marché, alors qu'elle se félicitait de passer inaperçue, il se trouvait toujours un marchand ou une cliente pour lui dire : « Vous n'êtes pas d'Alger, vous? »

Elle était trop aimable pour ne pas susciter la sympathie. Les voisines du Télemly prirent l'habitude de s'arrêter chez elle à toute heure pour boire un *el-borjo*, cette sorte de porto produit par le domaine de la Trappe, pour lui confier des enfants à garder, ou pour échanger des recettes. Elles l'appelaient non pas Louisette, mais « madame Stora ». Louisette comprit qu'elle était devenue une « bourgeoise », mutation qui, à Oran, malgré la réussite de Sam, ne se serait jamais produite. Alger l'effraya moins.

L'hiver avait été froid et maussade, avec un ciel gris que le soleil perçait vers midi, brièvement, comme pour se donner à désirer en disant : « Attendez le printemps! » Le soir, à l'heure de la promenade sur le collier de boulevards qui longeaient la mer, tachetés des ombres blanches des mosquées, des maisons de la Casbah et des immeubles festonnés d'arcades, les Algéroises mettaient leur manteau, que la température n'exigeait pas vraiment, mais qu'il fallait montrer. Certaines portaient une fourrure; Louisette en avait une maintenant : Sam la lui avait offerte pour son anniversaire. Elle hésita à la mettre; c'est presque en cachette qu'elle la porta la première fois. Elle voyait dans le miroir une femme lourde, bien qu'encore jeune, déguisée en riche commerçante, ce qu'elle était – comment l'admettre? Avec le temps, elle l'admit, et elle passait devant le miroir sans même s'y voir. Elle ne s'était jamais attardée sur son image. Le bon Dieu lui avait refusé la beauté; elle ne s'autorisait pas à lui en faire grief.

L'hiver recula. À Alger, on le détestait, et il ne s'incrustait pas. Le printemps fit de brèves apparitions, étala des échantillons des splendeurs qu'il allait bientôt offrir à profusion. Des bourgeons vernissés gonflaient sur les ficus du square Bresson. Les mimosas exhibaient gaiement leurs minuscules pompons safranés; sur les collines, ils rehaussaient d'or l'émeraude des cyprès endeuillés par l'hiver. Au souffle du vent s'entrelaçaient les parfums des narcisses, des giroflées et des genêts d'Espagne. Dans le parc de Galland, les couleurs, hier éteintes, s'avivaient, rouge d'un sang encore anémié, vert d'un jade laiteux, jaune d'une cire délavée. Le soir, un petit peuple de nuages rouges fuyait jusqu'à se résorber dans l'air, et la première étoile apparaissait.

Un de ces matins à la timidité aguicheuse, Louisette, à peine sortie du lit, ouvrit la fenêtre. Tout était blanc et bleu. Elle but sur le balcon son premier café. La maison dormait. Elle entendit le grognement paisible de Sam, qui s'étirait en s'éveillant, et s'empressa de lui porter son petit déjeuner. Elle entendait aussi le souffle un peu saccadé de José, son aîné, qui n'aimait pas l'école, et les grincements de dents des petits, Albert et Marie, qui, malgré leurs deux années d'écart, faisaient tout comme des jumeaux. Elle se pencha d'abord sur la fillette, pour lui caresser sa blonde et fragile chevelure – il y avait toujours un enfant à la peau claire et aux yeux bleus chez les Partouche, hier, tata Isabelle, aujourd'hui, Marie, sans doute pour prolonger la lignée de l'oncle Mardochée, qui était mort en Argentine, on n'avait jamais voulu savoir dans quelles circonstances.

L'enfant noua les bras autour de la taille de sa mère, allongea le cou pour la caresse, d'abord esquissée du bout des doigts, puis la main largement posée à plat.

« Maman !

– Bonjour, ma fille, tu as bien dormi ? »

Louisette soupira ; c'était sa façon à elle de dire l'heure, et Marie se leva aussitôt ; elle était très bonne élève. Le bruit éclata soudain, chez Louisette et chez les voisins. On aurait dit qu'une seule main avait branché d'un coup une vaste usine : les radios et les oiseaux se mirent à chanter, les salles de bains à cascader, les enfants à se hâter.

C'était le 6 février 1955.

Quand ils furent tous partis, les enfants à l'école et Sam à la bijouterie, Louisette s'assit devant le balcon et prit enfin son café, avec des tartines. Elle examina ce qu'elle avait à faire dans la journée. Sa sœur Isabelle se moquait des listes que Louisette dressait à propos de tout. Et Louisette pensait qu'Isabelle était une femme – ou plutôt une gamine – sans cervelle. Mais elle ne répliquait rien, souriait aux sarcasmes. Isabelle lui manquait, et Nina, et Miriam, leur mèRre. C'est le destin, pensait-elle. Une femme suit son mari. Ce qui lui manquait le plus, c'était le café de quatre heures, toutes les quatre réunies chez l'une ou chez l'autre, en général chez Nina, dont la maison était si belle. Et comment s'y prend-on pour avoir une belle maison? pensait Louisette. Ici, à Alger, son appartement du boulevard du Télemly était grand et lumineux; avec Sam, elle avait acheté des meubles coûteux, mais quelque chose faisait défaut; ce n'était pas « beau », pas comme chez Nina en tout cas, elle n'aurait su dire pourquoi. Ça brille trop, ça fait mal aux yeux, se dit-elle. Sam, lui, s'émerveillait de sa réussite. « Tu te rends compte, répétait-il, moi, le petit commis d'Abraham Partouche, moi, dans ce palais! » Il se recueillait une seconde, pour appeler la bénédiction de l'Éternel sur le père de Louisette, son premier patron. « Je lui dois tout », disait-il avec gravité. Il ne parlait jamais de ses propres parents, pourtant encore en vie.

Il y avait trois chambres plus un grand salon, avec de grandes portes-fenêtres qui ouvraient sur un balcon fleuri circulaire. Et, en effet, les lits, les commodes, les fauteuils, flambant neufs, dorés et chantournés, étincelaient dans le soleil qu'aucun obstacle n'arrêtait. La vue, du balcon, était, elle, sans reproche. Alger s'arrondissait autour de sa baie, comme un immense théâtre antique dont les cubes blancs des maisons escaladant les collines figuraient les gradins. Au-dessous d'elle, Louisette voyait les escarpements colorés du parc de Galland, où elle emmenait jouer ses enfants – et son cœur battait quand ils dévalaient les pentes raides, mais jamais elle n'aurait osé se donner en spectacle et les rappeler à coups de sifflet, comme le faisait par exemple Isabelle, quand son fils, à la plage, nageait trop loin du bord. Quelle drôle de fille, Isa, pensa encore Louisette : à la fois femme amoureuse et mère poule. Parfois, Sam – et d'ailleurs Luc aussi, le mari de Nina – la regardait d'un drôle d'air. Que s'imaginaient-ils au juste? se demandait Louisette. Que font-elles, ces femmes qui tournent la tête aux hommes? Il serait facile d'interroger Isabelle, mais elle en rougissait d'avance. En admettant qu'elle eût cette audace, elle connaissait la réponse d'Isabelle : « Tu ne comprendrais pas, Louisou! »

Sur la droite, Louisette voyait les grands immeubles comme une seule tour de Babel grimpant vers El-Biar. Il n'existait rien de comparable, à Oran. Les premiers temps, elle s'était sentie écrasée, comme si elle n'était pas à sa place ; elle imagina Nina sur ce balcon, avec Alger à ses pieds. Après tout, Nina était sa sœur, malgré ses grands airs, elle ne sortait pas de la cuisse de Jupiter – Louisette aimait beaucoup cette expression dont elle ne comprenait pas le sens. En face d'elle, le drapeau bleu, blanc, rouge du palais d'Été jaillissait d'une masse de verdure ; au bout du boulevard, elle apercevait le mur du jardin ; le palais demeurait caché. Là, à l'abri des regards, des hommes décidaient du sort de l'Algérie. Et Sam s'était mis en tête de s'introduire sinon dans ce palais, du moins dans la politique ; Louisette tremblait pour lui.

Enfin, en tournant son regard vers la gauche, elle découvrait la baie, ouverte comme une bouche ou comme une blessure qui avalait les grands bateaux, et les derniers immeubles de la rue Michelet, qui appartenait aux vrais riches, aux riches de naissance, comme Luc. Des hommes de la famille, Luc était le plus énigmatique. Louisette comprenait l'amertume de son frère Lucien, un homme que la vie avait déçu ; elle comprenait l'ambition naïve de Sam, son mari, que rien ne freinerait, pas même le danger ; elle comprenait le simple goût de vivre d'Étienne, le mari d'Isabelle ; elle croyait même comprendre – et là elle se trompait – la faiblesse de Richard, le prisonnier, qui était né sous une mauvaise étoile ; c'est à Richard qu'elle pensait ressembler. Mais elle se reprocha cette comparaison ; son frère souffrait chaque jour dans un pénitencier, tandis qu'elle avait tout pour être heureuse ; elle soupira, demanda hâtivement au bon Dieu de lui pardonner son ingratitude.

Quant à Luc, c'était un mystère. Qui aimait-il en dehors de Nina ? Comment pouvait-on traverser la vie avec tant d'indifférence ? Était-il possible que la passion d'une femme étouffe tout autre sentiment chez un homme ? Elle avait cru longtemps que Luc les méprisait ; elle s'était rendu compte qu'à ses yeux ils n'existaient pas, et c'était pire.

Elle s'habilla. De la rue montaient jusqu'à son quatrième étage les mélodies des marchands ambulants. « Quelque chose à vendre ! » criait sur quatre notes (*la, sol, la, la*) le marchand de vieilleries, à la carriole chargée de vêtements, de vaisselle, d'outils usagés, qu'il tirait péniblement, harnaché par une large ceinture, le long du boulevard en pente. Son cri, que les Algérois identifiaient par habitude, était devenu avec le temps une imprécation caoutchouteuse et indistincte, destinée plus à effrayer les enfants qu'à attirer le client. Il braillait – c'est difficile à rendre – « Nekchonnaouande ! » Le vitrier, lui, la tête levée vers les balcons, s'annonçait par trois notes ; la première très aiguë s'étirait à l'infini, les deux autres plus graves retombaient brièvement : « Viiiiiii-trier ! »

Le beuglement des sirènes du port engloutissait soudain le tumulte des maisons et des rues dans un sourd fracas. Louisette, depuis quelque temps, ne sursautait plus. Au-delà des bateaux, il y avait la France et le monde, qu'elle ne connaîtrait jamais. Elle rêvait d'aller en Israël. Mais Sam disait : « Pour voir des juifs communistes, merci bien ! » Au lieu de passer les vacances en France, comme Luc et Nina, il préférait le cabanon qu'il avait conservé au cap Falcon, sur la corniche oranaise. Il disait aussi : « Qu'est-ce que j'irais faire en France ? Pour qu'on me regarde de travers ! Allez, Louisette, reste tranquille, va ! » C'est mon destin, pensait Louisette ; rester tranquille, jamais un événement, jamais une surprise.

Alger s'éveillait tôt. Les concierges et les commerçants inondaient les trottoirs à grande eau. Louisette prit un car qui la conduisit dans le bas de la ville. Elle s'arrêta rue Michelet. Elle aimait cette grande artère pleine de magasins, de brasseries, de librairies, de galeries de tableaux. C'est ainsi qu'elle se représentait Paris.

Des Mauresques tout de blanc vêtues, le visage presque entièrement caché par le voile qu'elles serraient d'une main, ou avec les dents, arrivaient de la Casbah pour rejoindre leur travail dans la ville européenne. Elles marchaient vivement et discrètement, comme des fantômes pressés et borgnes : le voile ne laissait apparaître qu'un œil noir.

Une femme européenne se tenait au balcon. Du plus loin qu'elle aperçut sa bonne, elle cria d'une voix perçante qui, Dieu sait comment, perça le fracas des tramways.

« Salima ! Va me chercher du café, avant de monter, ma fille, sois gentille, que j'ai oublié !

– Où ti as la tête, toi ? répliquait la bonne.

– Attends, je te jette de l'argent. »

Et un porte-monnaie descendit, le long de la façade, dans un cabas attaché à une corde.

Ou bien c'était le fils de l'épicier qui livrait ses clientes. Et un autre cabas, retenu par une corde semblable, remontait, chargé de provisions, comme si les maisons n'avaient plus d'escalier dans une ville assiégée.

Debout devant ses manettes, le conducteur du tramway klaxonnait sans relâche en pesant du pied sur une pédale ronde. Il klaxonnait avant de démarrer pour avertir les passants, il klaxonnait pour se frayer un chemin, pour écarter une voiture indisciplinée. Il klaxonnait impatiemment à l'arrêt pour presser les passagers. Un petit Arabe, sa boîte à cirage ballottant autour du cou, courait derrière le tram et montait en marche. Un autre, à peine juché sur la plate-forme, tirait le fil pour décrocher la perche. Une gerbe d'étincelles jaillissait là-haut; le tram s'immobilisait. Le conducteur trépignait de colère, le petit yaouled avait déjà filé. Une foule se rassemblait autour du gros véhicule infirme, se payait la tête du conducteur.

« Qu'est-ce que vous voulez, le pauvre, il est pas au courant! »

Louisette s'assit à une terrasse. Dès neuf heures du matin, tous les sièges étaient occupés et ne se libéreraient pas avant minuit. Ça sentait le café, la bière, le pain frais. Louisette commanda un petit crème, qui se servait en réalité avec du lait. Des Algérois passaient, le journal à la main, le chapeau sur la tête, gagnant sans hâte leur bureau. Tous les dix mètres, ils portaient un doigt à leur feutre pour saluer une connaissance. Aux terrasses, sous les parasols, des hommes oisifs, qui tuaient le temps d'un café à l'autre, les interpellaient.

« Eh, Sauveur, bois quelque chose!

– Tu es fou, je suis déjà en retard!

– Tu en mourras pas, va! »

L'attention de Louisette était attirée d'un bout à l'autre de ce théâtre. Elle observait tout, la bouche entrouverte. Cette comédie se jouait aussi à Oran, mais avec moins d'effronterie. À Oran, si l'on avait la malchance – ou la chance – de ne pas travailler, on ne s'exhibait pas en public. À Alger, ce qui semblait primordial, c'était l'opportunité de faire un bon mot. On disait, à Oran : « Tu as vu, Sanchez, il est tombé de l'échafaudage! – Quel Sanchez? – Le peintre. » À Alger, on ajoutait : « Le pauvre! Remarque, je pouvais pas le voir en peinture! »

Des jeunes gens faisaient pétarader leurs Vespa. Des filles, autour du kiosque, un cornet de glace à la main, feignaient de ne pas les regarder. Les garçons cabrèrent leurs motocyclettes.

« Si tu m'attends pas, je te tue », cria une fille en chemisier à carreaux et jupe ample, les cheveux noués en queue de cheval par un ruban assorti.

Elle monta derrière le garçon, posa la joue contre son dos. Sa jupe se retroussa; Louisette vit des genoux d'enfant. Elle se souvint du jour où Isabelle, encore un bébé, avait fait l'amour pour la première fois. Louisette ne s'était aperçue de rien. Mais, tout de suite, Nina avait dit : « Elle l'a fait! » Louisette s'était enfermée dans la cuisine sans rien vouloir entendre des confidences d'Isabelle. Elle se souvint aussi qu'elle se répétait : « La mauvaise fille! Papa va en mourir! » Mais leur père, Abraham, lui non plus, ne s'était aperçu de rien. Et Louisette avait ressenti une frayeur supplémentaire, comme si Isabelle, qui continuait à jouer les petites filles, cachait sous un masque un visage de vieille sorcière.

Les Vespa disparurent dans une odeur de gaz que chassa bientôt une bouffée d'air marin. Au-dessus des palmiers de la rue Monge la mer bougeait en silence.

Louisette se dirigea vers le marché Randon, qui s'étirait au pied de la Casbah. C'était le plus riche, le plus lointain, le plus oriental. Elle avait pris l'habitude de s'y rendre une fois par semaine. Il portait, comme tous les marchés d'Alger, le nom d'un général : Clauzel, Meissonnier, Randon, Nelson – on prononçait « Nelson », comme « Léon ».

Louisette descendit le petit escalier tordu et déboucha sur des pyramides de limes, de citrons, d'oranges, de mandarines. Des grappes de dattes blondes ruisselaient d'un miel épais.

Les parfums se mêlaient, entêtants, assourdissants comme un opéra à mille voix d'où montait une étrange harmonie; le fessour, le benjoin, l'encens brûlaient sur de petits fourneaux à charbon; leurs fumées circulaient à travers les étals où le piment et le poivre rouge heurtaient comme des cymbales la flûte veloutée du paprika, tandis que le hautbois du cumin concertait avec la harpe de la cannelle.

Une femme belle, à la poitrine gonflée sous un corsage noir, aux lourds cheveux parfumés à l'amande, palpait des tomates.

« Elles sont toutes *tchafées* », dit-elle avec un fort accent, inattendu chez une pareille élégante.

Le marchand choisit un légume énorme, d'un rouge luisant, et, prenant les clientes à témoin, répliqua :

« Pas belles, mes tomates ? Plus que ta figure, madame !
– Tu veux une gifle, toi ? »

Mais c'était dit avec le sourire distrait qui accompagne le comique de répétition. Diab, le marchand, et la belle cliente étaient des complices de longue date. Diab sélectionna les tomates les plus fermes, celles qui servaient pour la salade, les mit d'autorité dans le cabas qu'on lui tendait, y ajouta un bouquet de feuilles de menthe, rafraîchissantes : encore humides, elles évoquaient la baignade par une journée pas trop chaude, ou la sieste sur une terrasse abritée par un store vert et blanc.

« Allez, madame, donne-moi un baiser, dit avec une tendresse enfantine le vieux marchand à la moustache et aux cheveux laineux.

– Quel culot, *çuilà* ! » répliqua la belle acheteuse, en lui effleurant cependant la joue du bout des doigts.

« Aïe, quelle belle journée ! » s'exclama Diab, qui commença à chanter : « Li zamoureux qui s'bicotent sur li bancs piblics... »

Ces parfums mirent Louisette en appétit. Elle se fit servir dans un morceau de pain l'une des brochettes de cœur qui grésillaient sur un fourneau à charbon. Le vendeur enfilait prestement les abats sur des tiges de fer, attisait le foyer avec un éventail de carton ; une odeur chaude et poivrée, légèrement brûlée, creusait les estomacs. « Je suis trop grosse », pensa Louisette, en mangeant lentement son sandwich. Elle n'avait que trente-quatre ans et déjà une silhouette alourdie, un peu voûtée, avec une sorte de bosse entre les omoplates. Elle ajusta sa jupe, qui glissait vers le côté. Chez le poissonnier, rougets, dorades, pageots, sardines, thons, soles, mulets, rascasses vous aguichaient de leur œil frais ; on croyait entendre la mer rouler paresseusement dans des criques ombragées de pinèdes. Louisette choisit du mérou à la chair ferme et délicieuse, qu'un message tracé à la craie sur une ardoise, avec au moins une faute d'orthographe, proclamait « le roi de la Méditerranée ». Elle marchanda, comme tout le monde, bien que le prix fût affiché.

Le *moutchou*, l'épicier mozabite, se tenait à la porte de sa boutique, les mains croisées sur son ventre replet soutenu par un sarouel gris bouffant, pendant que ses fils et ses neveux servaient à l'intérieur. Louisette entra ; le *moutchou* la suivit, la laissa jeter un coup d'œil, avant de l'influencer.

Le carrelage était saupoudré de farine et de semoule, dont les sacs s'adossaient au comptoir de bois sombre recouvert d'une plaque de zinc ; un énorme garde-manger à l'armature de fer était accroché au mur; un fin grillage protégeait des mouches et de la poussière la charcuterie, le fromage. Sur le comptoir trônait, comme une puissance d'argent et de justice, une balance aux plateaux en cuivre bosselé et une rangée de poids de toute taille, jusqu'aux plus minuscules. Sur les étagères hautes s'alignaient des bocaux de berlingots et de pralines; par terre, des caisses ouvertes de figues, de dattes, dispersaient leurs senteurs sucrées au milieu des sacs de légumes secs et de cacahuètes, des caisses rondes où se pressaient les sardines salées. Un rideau en petites baguettes de bois, roulées comme celles des balcons andalous, séparait la boutique du logement. Louisette acheta des lupins bouillis et poivrés – qu'on appelait *tramousses* – et des olives cassées, parsemées de thym, que l'épicier prit à la louche dans un baril et versa dans un cornet de papier gris granuleux. Des margaillons la tentèrent aussi, et elle croqua aussitôt l'une de ces racines de palmier nain dont l'extrémité de la tige tendre et verte se plissait comme un éventail fermé.

Chez un autre Mozabite, elle choisit un foulard d'indienne au milieu d'une rivière de cotonnade à l'odeur fade. « Tu peux tout acheter, lui dit le Mozabite, c'est la mode de Paris. »

Mais il ne haussait pas le ton, n'arrondissait pas le geste. Raide derrière le comptoir, il préservait sa dignité. Habile vendeur cependant, il usait d'une persuasion insinueuse plus que grandiloquente. Il convainquit Louisette d'acheter aussi dix mètres de velours pour faire des rideaux. Elle dépensait avec un petit frisson de culpabilité : elle n'en avait pas toujours eu les moyens.

Ces odeurs antagonistes, les brochettes, les épices, la laine, les teintures, les fleurs, la plongeaient dans un tourbillon qui soulevait des pans entiers de sa mémoire. Elle se retrouvait, petite fille, dans le quartier juif d'Oran, où Abraham tenait son atelier de bijouterie. C'est là aussi qu'ils vivaient à sept dans l'arrière-boutique, les parents, les deux frères et les trois sœurs. Alors, comme aujourd'hui au marché Randon, elle aurait pu identifier les yeux fermés, non seulement les lieux, mais aussi les gens, qui étaient imprégnés de l'odeur de leur métier. Il y avait l'odeur froide, fade, sanguine, du boucher et de la boucherie. Un bandeau sur les yeux, elle aurait pu dire : « Tiens, c'est M. Abécassis qui passe. » Il y avait l'odeur chaude et âpre de M. Benguigui, le cordonnier. La porte à côté, c'étaient les effluves aigres des aisselles de Mme Attali, la pâtissière, qui combattaient, heureusement sans les vaincre, les essences fruitées des gâteaux au miel. Là, Louisette s'attardait dans le parfum tiède et jaune de M. Smadja, l'ébéniste, qui lui donnait toujours des bonbons. Malgré le bruit des scies et des marteaux, c'était son échoppe préférée : le fumet piquant des vernis aromatisait le bouquet doré de l'acajou et du pin. Elle y faisait même ses devoirs, sur un coin d'établi, parce que, à la maison, la table de la cuisine était réservée à Lucien et à Nina. M. Smadja disait à Abraham : « C'est une perle, votre fille! » Comme si elle ne louchait pas, comme si elle n'avait pas ces cheveux frisés rebelles à tout lissage... Encore aujourd'hui, Louisette avait une pensée pour l'ébéniste sans femme ni enfants, qui était mort dans un accident d'auto; sa voiture avait manqué un virage sur la corniche et s'était écrasée au pied de la falaise. On n'avait jamais compris pourquoi M. Smadja, qui menait une vie si ponctuelle que le voisinage réglait les montres sur ses horaires, avait pris sa voiture en pleine nuit – pour aller où, pour rejoindre qui? et dans quel état de nervosité? Grandi par le mystère de sa mort, l'ébéniste devint une figure du quartier, comme si ces gens simples amplifiaient leur destin en prêtant au plus sage d'entre eux des dévoiements qu'ils n'auraient pu se permettre. Des années après la mort de M. Smadja, on put entendre chez le coiffeur, où flottait l'odeur pimpante de la mousse à raser, des aveux tardifs et imaginaires : « Les femmes, elles l'ont tué; je le savais, mais la discrétion, tu comprends. » De la gargote mitoyenne s'échappaient les lourdes senteurs de l'huile et du mouton, l'arôme insolent de l'ail, qui l'emportait sur tous les autres. Les boutiques et les maisons n'avaient pas besoin de numéros – d'ailleurs elles n'en portaient pas, ou à peine visibles sur les plaques bleues –, leurs odeurs suffisaient à faire savoir qui y vivait et qui y travaillait.

Anesthésiée par ce flot de souvenirs, Louisette marcha encore longtemps, presque au hasard, guidée par la haute figure de son père. Tout avait changé depuis sa mort, comme si la famille s'abandonnait à des passions que lui,

Abraham, canalisait. Lucien, le frère aîné, ne voyait pratiquement plus personne ; il remâchait son amertume. Richard avait tué un homme. Et Sam était devenu riche ; il fréquentait des gens excités pour qui Louisette n'avait aucune sympathie, des gens qui prétendaient régler les problèmes par la force. Louisette pensait qu'un seul regard d'Abraham aurait retenu Sami, son ancien apprenti. Elle pensait aussi que Sam ne respectait plus personne. Elle croyait entendre la voix mesurée de son père, qui cherchait parfois vainement le mot français et le remplaçait par un mot arabe. Il aurait dit : « Sami, mon fils, aucun peuple n'accepte éternellement de se soumettre. Regarde les Juifs ; ils ont créé Israël. Ne méprise pas les Arabes, Sami. »

Louisette déboucha sur l'immense place du Gouvernement. En contrebas se balançait la mer, dont elle respira les mystérieux parfums qui toujours l'avaient emportée vers des rêves irréalisables, même quand elle n'était qu'une fillette effarouchée, à l'ombre de ses jolies sœurs. Un jour, pensait-elle, je prendrai le bateau. Elle ne l'avait jamais pris.

De la pêcherie, au pied du grand escalier, montaient des odeurs qui vous prenaient à la gorge, et les cris ininterrompus des marchands : « La sardine ! La sardine ! Deux kilos pour mille francs ! Maquereaux ! Maquereaux plus frais que vous ! Voilà les belles fèves ! *Calentita* toute chaude ! » Au centre de la place, que les Algérois appelaient irrespectueusement la « place du Cheval », se dressait la fringante statue équestre du duc d'Orléans. Des Arabes dormeurs se serraient les uns contre les autres, de plus en plus proches du piédestal pour maintenir leur tête à l'ombre, au fur et à mesure que le soleil s'élevait. Louisette prit la rue Bab-Azoun, qui alignait, dans la fraîche opacité de ses arcades, des boutiques aux noms aussi « français » que *les Deux Magots, le Bambin parisien, Au bon laboureur* ou *le Chapon fin*. Elle arriva au square Bresson. Dans les ficus, les étourneaux piaillaient à tue-tête, donnant un concert si assourdissant qu'il étouffait presque le bruit des voitures. Des vendeurs de citronnade parfumée à la fleur d'oranger circulaient parmi les passants en criant : « Fraîche ! Fraîche ! » Mais le temps était encore trop hivernal pour qu'ils aient beaucoup de clients. Des petits enfants « faisaient un tour », juchés sur des bourricots à la selle de peluche rouge, que des Arabes sans âge tenaient par la bride. À la brasserie Tantonville, Louisette s'arrêta pour boire un café. C'était une brasserie fréquentée par les Algérois de vieille souche, qui se croyaient à Paris en s'asseyant sur les banquettes en moleskine ou sur les fauteuils en rotin, devant des guéridons à trois pieds, au milieu des plantes vertes et des globes Belle Époque.

Louisette attendit longtemps, mais patiemment, qu'on vienne la servir. D'un coup d'œil, les garçons avaient jugé qu'elle n'était pas du sérail. Non loin d'elle, des femmes en fourrure, les jambes croisées – comme j'aimerais savoir croiser les jambes, pensa Louisette –, bavardaient bruyamment, et sans accent, en lui jetant des regards non pas hostiles mais étonnés. Elle se sentit une intruse et se dépêcha d'avaler son café. En quittant la brasserie, elle entendit presque à toutes les tables le nom de Mendès France, prononcé avec une vive excitation. À cette heure de la journée, le kiosque, où se donnaient les concerts tonitruants de flonflons, était occupé par des gamins qui le transformaient en navire ou en fortin. Pendant qu'à des centaines de kilomètres se livrait une vraie guerre dont ils ignoraient tout, eux jouaient à la bataille et se laissaient tomber avec des cris de douleur simulée ; ils expiraient brièvement puis éclataient de rire : la mort, pour eux, n'était pas éternelle. Sur les bancs du square, des Arabes méditatifs regardaient en direction de la mer, qu'on devinait seulement. Ils y restaient des heures, presque sans parler, figés dans une contemplation qui imprimait à leurs traits la rigidité de masques mortuaires. Vivants, ils l'étaient pourtant, et de loin en loin un sourire s'esquissait sous leur moustache.

Le vent du large se mit à souffler ; toutes les odeurs du port s'engouffrèrent dans le square, non pas distinctes, mais mélangées et touillées comme le fumet d'un banquet de géants omnivores qui auraient cuisiné dans un chaudron aussi vaste qu'un cratère goudron et vins, bois et épices, poissons et pétrole.

Dans le car qui la ramenait chez elle, Louisette lut cette affichette : « Interdit de parler au conducteur. » Elle avait envie de parler à tout le monde, de dire combien elle se sentait légère et heureuse de vivre dans cette ville que les étudiants rendaient si jeune, les femmes, si élégante et les hommes, si truculente. Puis il fallut préparer le déjeuner, aller chercher les enfants à l'école. La petite Marie s'était fait punir. Louisette ne comprit pas très bien pourquoi. La fillette retenait de gros sanglots. Mais sa mère l'apaisa sans donner tort à l'institutrice. Elle avait en mémoire l'indignation de sa sœur Nina, qui était allée protester – et sur quel ton! s'imaginait Louisette – auprès du maître de Sébastien. Le seul résultat qu'elle avait obtenu, c'était le doublement de la punition pour le pauvre Sébastien. Louisette aimait beaucoup son neveu, dont les yeux verts et la pâleur la faisaient « fondre », comme elle disait à Nina. Cependant, aucun enfant de la famille n'était élevé comme lui, entouré de tant d'admiration, et Louisette pensait que ce n'était pas sain, pour le garçon bien sûr, qui, pensait-elle, aurait du mal à surmonter les épreuves qu'un jour ou l'autre la vie lui infligerait.

Sam rentra fort excité de la bijouterie. Louisette adressa muettement au bon Dieu une prière pour son mari. Il mangea beaucoup, parlait la bouche pleine, en agitant les bras, au risque de renverser la bouteille de vin. Depuis qu'il était à Alger, Sam ne boitait presque plus, du moins en apparence, comme s'il était pris dans le mouvement rapide d'Alger.

Il était si occupé, Sam, plus question de traîner la jambe. Le seul moment où il voyait ses enfants, c'était à midi. Il rentrait dans la nuit, alors que tout le monde dormait. Il ne réveillait pas sa femme; elle ne s'en plaignait pas. Louisette ne ressemblait pas à Isabelle : certes, elle aimait se blottir dans les bras de son mari; mais « le reste », comme elle le disait à Nina, la mettait profondément mal à l'aise. Quand Sam soufflait sur elle, le visage convulsé, elle ne reconnaissait plus le petit homme à la mèche juvénile, aux manières si courtoises (la clé de sa réussite dans les affaires, d'ailleurs), toujours tiré à quatre épingles. Malgré la rareté de leurs étreintes, elle ne craignait pas d'être trompée, comme elle l'avait été autrefois. Sam était dévoré d'ambition. Et Louisette, qui n'en avait aucune, sentait pourtant qu'un homme habité par une passion exclusive ne trouve aucun moment à consacrer à ce qui pourrait l'en distraire. Louisette, au demeurant, se leurrait : Sam fréquentait des prostituées, non sans confusion, car il était demeuré croyant et pratiquant; l'Éternel, s'il était forcément compréhensif, n'appréciait pas l'adultère. Parfois lorsque ces femmes impures lui donnaient du plaisir, il entrevoyait un inéluctable châtiment. « Frappe-moi, disait-il à l'Éternel, mais épargne mes enfants! »

« Tu es au courant? demanda-t-il en avalant ses rougets frits. Mendès a été renversé.

– Je sais. »

Sam la regarda, étonné : « Tu sais? »

Elle lui raconta l'agitation des clients, au Tantonville.

« Tout le monde jubile, dit Sam. C'est un grand jour. Tu aurais vu le quartier ce matin! »

Il possédait une belle bijouterie près du marché de la Lyre, derrière l'Opéra. Pour une fois, les commerçants avaient négligé leurs affaires. Ils s'étaient retrouvés dans la rue, se donnaient de grandes tapes dans le dos. Mendès chassé, on allait pouvoir mater les Arabes.

« Gaston a même payé le champagne.

– Où? demanda Louisette.

– Où, où? Qu'est-ce que ça peut faire, où? » répliqua Sam, comme toujours déçu par le côté terre à terre de sa femme.

Il répondit quand même : « Chez Riri. »

C'était leur fief, ce café très fréquenté du boulevard Gambetta. Ils se réunissaient dans l'arrière-salle. Dès son arrivée à Alger, en janvier 1955, Sam avait été sollicité par un groupe de commerçants qui créaient une « association » pour protéger la population contre le terrorisme du F.L.N., puisque le gouvernement « ne faisait rien ». C'était d'ailleurs inexact : le parti de Messali, qui n'était pour rien dans l'insurrection, avait été dissous dès le 5 novembre, puis six bataillons de parachutistes avaient été dépêchés en Algérie pour renforcer les cinquante mille hommes déjà sur place.

Sam accepta la proposition avec enthousiasme. Il se lia vite d'amitié avec Gaston Rico, un quincaillier de la rue Bab-Azoun. Devenus inséparables, ils s'étaient fait surnommer « Laurel et Hardy ». Autant Sam était fluet, élégant, autant Gaston était grand, massif, truculent, débraillé.

« Il y a des nouvelles de Richard, dit Louisette.

– Il a écrit?

– Oui, à Nina. Il a été malade, il fait très froid à Berrouaghia.

– Ah, le pauvre! Envoie-lui de l'argent, hein! »

Sam embrassa distraitement ses enfants, écarta doucement la petite Marie, qui se pendait à son cou.

« Je rentrerai tard.

– J'ai l'habitude, répliqua Louisette.

– Quoi, j'ai l'habitude? C'est pas important le sort de l'Algérie, peut-être? dit Sam en jetant la tête en arrière.

– Ta famille aussi », murmura-t-elle, mais il ne l'entendit pas. Il était déjà dans l'escalier.

Il monta dans sa Simca. Il avait beau être à l'aise, maintenant, il se contentait d'une voiture modeste, « pas tape-à-l'œil, tu comprends », disait-il à Gaston, qui fanfaronnait au volant d'une Cadillac d'occasion.

« Tu es né au bas de l'échelle, disait l'Espagnol avec une moue apitoyée.

– Parce que toi, ton père, il était évêque!

– Mon père? Magasinier chez Blachette, attention! »

Ils éclataient de rire, en tapant l'une contre l'autre leurs paumes ouvertes. À Alger, on avait la fierté de sa propre réussite et le dédain des héritiers.

Cet après-midi, Sam laissa la bijouterie aux mains de ses employés. La réunion du groupe se tenait chez Gaston, à Bab-el-Oued. Allez vous garer dans ce quartier! Sam manqua d'écraser au moins dix passants, qui déboulaient devant son capot comme si la rue leur appartenait. Et comment qu'elle leur appartenait! À se demander pourquoi on avait posé des clous sur la chaussée. Qui traversait dans les clous? Sam se gara sur le trottoir, et déjà l'agent marchait vers lui sans se presser, mais Sam s'esquiva dans la foule. Il remonta vers la rue Duc-des-Cars. Aux balcons des immeubles fin XIXe, soutenus par des consoles ioniques, pendaient, devant les balustrades en fer forgé, de grandes pièces d'étoffe de toutes les couleurs qui maintenaient les appartements dans la pénombre. Sur un square d'où l'on apercevait la mer, entre les palmiers à la peau de pachyderme, jouaient des enfants européens et arabes. Il y avait des rues qui ressemblaient à celles de la basse Casbah, uniquement peuplées de musulmans. Il y avait aussi des juifs, des Espagnols, des Italiens. C'était Bab-el-Oued.

Sam s'arrêta devant le tréteau d'un marchand de *calentita*. « À moi, quand les Mendès France se font renverser, ça me creuse l'appétit! » Sur le tréteau était posée une grande plaque de tôle rectangulaire encore toute chaude sortie du four. La plaque était recouverte d'un morceau de drap qui l'empêchait de refroidir. Une nuée de gamins se pressait autour du marchand. À ses préférés, à ses clients réguliers, il offrait une petite portion. Il la salait d'une main et, de l'autre, l'enveloppait prestement dans une feuille de papier gris et rêche. Sam dévora en soufflant dessus sa part brûlante de flan à la farine de pois chiches. Sous la pellicule dorée, la consistance était moelleuse, puis de plus en plus compacte jusqu'à la croûte.

Gaston Rico habitait au quatrième étage d'un immeuble bourgeois qui semblait colonisé par les enfants. On était jeudi après-midi ; il en sortait de partout : des grands qui galopaient, plumes sur la tête ou pistolet à la ceinture, dans les escaliers, dans les cours, sur les trottoirs ; ils étaient les rois de Bab-el-Oued ; ils bousculaient tout dans leur course, mais ramassaient le parapluie ou le cabas des vieilles commères en robe noire, qui, en une seconde, passaient de la colère maudissante à l'attendrissement. « Aïe, quels démons ! Mon Dieu, qu'il est joli ! » Les plus petits, accroupis dans l'encoignure d'un couloir, lisaient un album illustré ou suçaient leur pouce, en attendant de trouver place dans le jeu. Les cavalcades faisaient trembler les maisons et, des escaliers en bois, tombaient des cascades de sciure. Sur les terrasses le linge claquait au vent. À la hauteur du premier étage, il séchait en travers de la rue, sur des fils tendus d'une façade à l'autre, comme les oriflammes d'une noblesse déchue.

Gaston était seul chez lui. Sam lui donna l'accolade. Ils commencèrent par boire une bière à la santé de « Mendès, la putain de lui ». Sam but son verre en retenant une grimace : il n'aimait pas la bière. Gaston avait un masque romain, une large figure à bajoues, un nez à tubercules, d'énormes sourcils, une loupe en haut d'un front largement dégarni et d'impressionnantes oreilles dont il pointait vers vous de la main le pavillon, comme une conque, en lançant un bref et brutal : « Comment ? » lorsqu'il feignait de ne pas avoir entendu ce qu'il appelait une « couillonnade ». Rares étaient ceux qui osaient alors la répéter. Il se sentait l'âme et le courage d'un chef. Il était d'une laideur grandiloquente et se vantait d'avoir, avec sa gueule, autant de succès qu'un acteur de cinéma, un Henri Vidal ou un Jean-Pierre Aumont. Sa chemise toujours blanche était mal boutonnée, comme si elle devait laisser de l'aisance à un ventre indiscipliné. Au demeurant, malgré sa corpulence, il avait le geste prompt et la démarche alerte. C'était aussi, à sa manière, un philosophe. Le monde, selon lui, se divisait en deux groupes : les loups et les moutons. Si l'un des membres de sa cour faisait observer que parfois les chiens déchiquetaient le loup, ou si, plus rarement, un lettré avançait que le tyran, César, Napoléon ou Hitler, finissait toujours par trouver son maître, Gaston Rico balayait l'objection d'un moulinet du bras : « En attendant, ils ont changé le monde. Le mouton va de toute façon à l'abattoir et il a bêlé toute sa vie. » Il se trouvait toujours un flatteur pour demander : « Et toi, Gaston, tu es un loup ou un mouton ? » Il baissait les yeux : « Moi, je suis quincaillier rue Bab-Azoun. » Il ne prenait plus la peine d'ajouter : « Pour l'instant. » Un autre flagorneur le devançait dans cette conclusion. Sam touchait sa jambe boiteuse et admirait Gaston.

Ils burent plusieurs canettes. L'heure tourna. Les amis attendus ne se présentèrent pas.

« Ils ont dû oublier, dit Gaston, avec un soupir de commisération. Tu parles d'une bande de comiques. »

L'ordre du jour qu'il avait rédigé de sa grosse écriture d'autodidacte prévoyait l'examen de la situation politique après la chute du ministère Mendès. L'association portait le nom de « Résistance pour l'Algérie française » : R.A.F., le sigle prestigieux de la Royal Air Force. Jusqu'alors, elle s'était contentée de diffuser des tracts appelant les Algérois à la vigilance. Les enfants les glissaient dans les boîtes aux lettres. Mendès France y était traité d'agent du communisme international et le F.L.N. de mouvement terroriste à la solde de Moscou. « La France ouvre la porte aux soviets. Algérois, soyez vigilants ! »

Une fois, ils avaient incendié le magasin de chaussures d'un Arabe qu'ils soupçonnaient de financer le F.L.N. (à juste titre d'ailleurs, mais ils n'en avaient pas la preuve). Une autre fois, quatre jeunes gens de l'organisation avaient tabassé un marchand de fruits et légumes du marché Randon qui s'était montré insolent, disaient-ils, avec la mère de l'un des justiciers. Gaston était entré dans une fureur noire : « Bande d'abrutis ! Les Arabes, les Arabes du peuple sont avec nous ! Vous croyez qu'ils aiment le communisme, les Arabes ? Et maintenant, celui-là, vous le jetez dans les bras des terroristes ! »

« Je retourne à la bijouterie, dit Sam.

– Allez, je t'accompagne », répliqua Gaston.

Arrivé au rez-de-chaussée, Gaston, au lieu de sortir de l'immeuble, prit un petit couloir sombre, ouvrit le cadenas d'une porte en planches grossières ; Sam le suivit à la cave. Gaston ouvrit une nouvelle porte. La pièce était envahie de vieilleries, cartons, malles, roues de bicyclette, glacière hors d'usage, matelas éventré... C'est à peine si l'on pouvait se frayer un passage. Gaston pointa le doigt vers un tas de caisses amoncelées jusqu'au plafond dans un équilibre précaire.

« Ah ! c'est là..., dit Sam.

– Oui, pour que tu sois au courant, en cas... »

Sam contourna les caisses. Il ne vit que des chiffons qui emballaient des formes allongées. Il savait que c'étaient de vieux fusils cachés depuis la fin de la guerre, des mousquetons, des pistolets, des grenades, des cartouches et même des carcasses d'obus sans poudre ni détonateur.

« Pas de quoi faire sauter la Casbah, mais c'est un début. »

Sam sentit la sueur lui mouiller le dos.

« C'est bien, c'est bien », dit-il en se raclant la gorge.

Gaston ajusta la pile de caisses ou plutôt la dérangea pour accroître l'impression de fouillis.

Depuis une dizaine de jours, Jacques Soustelle était le nouveau gouverneur général de l'Algérie. La population d'Alger l'avait accueilli avec une vive hostilité. Il annonçait un plan d'intégration et de collège unique.

On disait à Alger qu'avec son visage rond et patelin, ses fines lunettes, son gros nez, Soustelle ressemblait au président du consistoire de Tlemcen. Les journaux avaient pris soin de le photographier de profil « pour qu'on voie bien qu'il était juif malgré son nom d'emprunt ». On l'appelait ce *coulo* de Bensoussan. Sam ne relevait pas ces propos malveillants. Décidé à défendre sa terre natale, il avait choisi une fois pour toutes d'ignorer l'antisémitisme de ses camarades. D'ailleurs, c'était habituel, à Alger, de se lancer les pires injures et de se donner l'accolade une minute plus tard. Ça ne tirait pas à conséquence. A Bab-el-Oued, les juifs, les Espagnols vivaient, travaillaient, célébraient toutes les fêtes ensemble. On disait néanmoins « ce con d'Espagnol » ou « ce putain de juif », mais machinalement, sans penser à mal. Sam en était persuadé. Son meilleur ami, Gaston Rico, disait :

« Alors, Sami, nous voilà, nous les pas Français, plus français que nature !

– Que veux-tu ? répliquait Sam. Il faut bien, si on veut rester chez nous ! »

Le plan Soustelle les terrifiait. Pour eux l'intégration signifiait que cent vingt députés à peu près tous musulmans seraient les arbitres de la politique française.

Gaston, qui avait des lectures, lançait à ses amis émerveillés : « L'intégration, c'est le cheval de Troie qui entre dans la cité pour s'en emparer. Moi, ajoutait-il, si j'étais communiste ou fellagha, je serais pour l'intégration ! » La cour frémissait : « Gaston, arrête, tu nous tues ! » La voix du tribun enflait : « Je serais pour l'intégration, grondait-il, pour mieux la saborder et amener l'indépendance totale de la nation algérienne. »

L'auditoire reconnaissait les slogans des terroristes et se tenait les côtes : ce Gaston, quel comique !

C'était maintenant la sortie des bureaux. La rue était saturée d'une foule indisciplinée, de grands coups de klaxon retentissaient, on échappait de peu à la mort, et les murs des maisons semblaient se distendre pour accueillir encore plus de monde, mais d'où sortaient-ils, par ce froid?

« J'aurais dû mettre le manteau », dit Gaston. Habitué à hâter le pas pour masquer son infirmité, Sam le raccourcissait dans le sillage nonchalant du gros homme.

Un vent froid s'engouffrait dans les rues étroites, faisant voler des papiers que les passants jetaient négligemment par terre, cornets de frites ou de cacahuètes, paquets de cigarettes, prospectus. Les gens serraient le col de leur vêtement, mais ne se résignaient pas à rentrer chez eux. La maison, c'était fait pour dormir. Des vieux emmitouflés dans des châles devisaient assis sur des chaises cannées ou sur des pliants, à l'entrée de leur immeuble; d'autres, les yeux mi-clos, se contentaient de regarder le mouvement anarchique de la foule. Pour remonter ou pour descendre le courant, il fallait jouer des coudes. Une femme aux bras poudrés de farine se pencha à l'oreille d'une grand-mère immobile dans son fauteuil de paille et cria très fort : « Mémé, tu rentres maintenant ! Que tu vas me faire une bronchite ! » La vieille hocha vigoureusement la tête – elle ne parlait plus. C'étaient les plus mal en point qui exigeaient de rester dehors jusqu'à la nuit. Le spectacle de la rue les maintenait en vie ; le lit et la chambre les auraient tués. La femme haussa les épaules : « Cinq minutes, mémé ! » Et Sam vit un sourire enfantin amollir les traits de cire de la grand-mère, l'un de ces sourires clandestins des enfants qui ont fait plier la volonté des adultes. Les bistrots se remplissaient. Une ou deux terrasses demeuraient ouvertes et, pour une fois, on y trouvait autant de place qu'on voulait. À l'intérieur, ce n'était pas encore l'heure de l'anisette ; on buvait du café ou de la bière, en commençant à grignoter les petites babioles dont le patron couvrait son comptoir, pas grand-chose, juste des sardines à l'escabèche, des escargots sauce piquante, des légumes au vinaigre en palette multicolore, rouges carottes et verts poivrons, ajoutez-y, puisque c'est gratuit avec la consommation, des bliblis, des fèves à la vapeur, des anchois, des olives vertes, noires, cassées, grasses, au thym, des tramousses, et gardez une petite place, parce que vous allez dîner tout à l'heure, décidément ça descend mal avec la bière, allez, Charly, sers-nous une petite anisette, va.

« Ces armes, ce n'est pas dangereux ? dit timidement Sam.

– Évidemment, une dénonciation... » répondit Gaston.

Le quincaillier donna une grande claque dans le dos d'un passant et s'arrêta cinq minutes sur le trottoir pour bavarder avec lui, en le tenant par un bouton de sa veste. L'ami agrippé tentait en vain de se dégager, et s'il faisait un pas en arrière, Gaston en faisait un en avant et l'accrochait cette fois par le revers du veston. Il semblait très animé, prêt à mordre son interlocuteur. Sam s'était éloigné par discrétion. Dans un patio, des garçons jouaient de la guitare. Un air américain les retint un instant, mais ce n'était pas leur fort, ils se replièrent sur une chanson espagnole qui disait la beauté et, hélas, la chasteté des brunes filles d'Alger. Au refrain, ils échangeaient le prénom de la chanson contre celui de leur belle. « Aïe, Jocelyne, tu m'as donné le spleen ! Aïe, Éliane, tu as ravi mon âme ! » Et défilaient encore des Aline, des Sylvette, des Nicole inaccessibles, là-haut, à leur fenêtre, qui jetaient par moquerie une pièce aux troubadours.

Gaston rejoignit Sam.

« Qu'est-ce qu'il te voulait, celui-là ? demanda Sam, feignant d'oublier que c'était Gaston qui avait apostrophé le passant.

– Oh, rien ! Sa mère, elle est malade, je prenais des nouvelles.

– Ah ! je croyais... »

Mais un tramway bombé dont la perche venait de se décrocher dans une gerbe d'étincelles emporta la surprise de Sam. La foule cessa de déambuler pour observer avec gourmandise les déboires du conducteur, qui jurait comme un barbare.

« Il faut se préparer, dit Gaston sans transition. S'ils continuent les attentats, on ira mettre des bombes à la Casbah. »

Il shootait dans une boîte de conserve, pas trop fort, pour pouvoir en garder le contrôle tout en marchant.

« Tu es d'accord, Sami?

– Et comment! On n'est pas des moutons! »

Me voilà embarqué, pensa Sam.

Un tir mal ajusté précipita la boîte de conserve dans le caniveau. « Con de moi! » dit Gaston.

Ils approchaient de la mosquée de la Pêcherie. Gaston montra le blanc édifice au minaret quadrangulaire. De l'autre côté du boulevard, l'ancienne chaussée romaine descendait à l'Amirauté. C'était le rendez-vous nocturne des amoureux.

« C'est vieux, Alger, soupira Gaston. Les Romains, les Arabes, les Français. Tiens, la mosquée de la Pêcherie, construite en 1660, tu comprends! »

Sam n'en était pas sûr.

« D'où tu sais tout ça, toi? demanda-t-il.

– Je lis », répondit noblement le quincaillier.

Ils s'arrêtèrent au carrefour. Un agent impuissant agitait son bâton blanc. Il sifflait à s'en époumoner.

« Regarde, lança-t-il avec désespoir à un automobiliste, tu es au milieu, tu bouges plus, allez dégage, dégage! »

À Oran, Sam n'avait jamais entendu un agent de police tutoyer un automobiliste. Quelle ville de fous, cette Alger!

« Ils sont là depuis longtemps, les Arabes, dit Gaston.

– Et alors?

– Alors, rien, je t'explique. Ce ne sera pas facile. »

Qu'est-ce qu'il me chante? pensa Sam. Il ne reconnaissait pas le tribun sûr de lui, qui retournait une assemblée comme une crêpe. Sam se souvenait de la dernière réunion de la R.A.F. Un instituteur de Belcourt s'était timidement levé pour avancer qu'après tout c'était la misère qui poussait les Arabes à la révolte. Quelques hochements de tête approbateurs l'avaient encouragé à poursuivre. Il s'éclaircissait la voix, lorsque Gaston avait lancé un bras menaçant en direction du « libéral ».

« Il se prend pour Camus, celui-là, ou quoi? »

« Hou, hou, Camus! » avait crié la salle, soumise.

L'instituteur n'avait pas remis les pieds à l'association. Gaston, à la réunion suivante, avait prononcé son requiem : « Des couilles molles, on n'en veut pas! »

L'autre visage du quincaillier, dont Sam venait d'apercevoir un fugitif échantillon, ne s'était jamais risqué en public. Non, ce ne sera pas facile, pensa Sam, enfin clairvoyant.

Il se trouvait devant son magasin.

« A demain », dit Gaston.

C'était un magasin superbe. L'enseigne au néon brillait dans la nuit qui tombait et enveloppait Alger la blanche d'un voile bleuté. Sam avait longtemps hésité entre « Le Chic parisien » et « Paris bijoux ». L'enseigne, en fin de compte, annonçait simplement : « Samuel Stora, bijouterie-joaillerie ».

Le nom s'étalait sur toute la largeur de la façade. Au-dessous, en lettres moins larges et moins hautes, les mots « bijouterie-joaillerie » s'étiraient modestement. Un jour, pensait Sam, mon nom seul suffira, comme ceux de Cartier ou de Van Cleef et Arpels. Pour l'instant, il travaillait sur commande ou présentait des bijoux de fabricants. Mais déjà un jeune créateur algérois dessinait pour lui des modèles exclusifs qui avaient un grand succès, notamment des boucles d'oreilles d'inspiration égyptienne.

De la vitrine aussi Sam était très fier; il prenait un vif plaisir à la réaménager chaque semaine. Les bijoux scintillaient sur un simple velours noir qui cascadait sur trois étages : en haut, les ornements de tête et de visage, boucles d'oreilles, bandeaux, peignes, colliers, pendentifs; au milieu, les ornements des bras, des poignets et des doigts, bracelets, bagues, montres; en bas, les ornements du vêtement, broches, boutons de manchettes, épingles de cravate.

Il entra dans son magasin en se frottant les mains. Tout le monde était affairé. William, le premier vendeur, le salua discrètement de la tête, en continuant à s'occuper de sa cliente. Sidney, le jeune commis, disposait des colliers dans leurs écrins mauves. La dame tendait ses mains chargées de bagues; elle en avait passé une à chaque doigt.

« Qu'en pensez-vous, monsieur? demanda-t-elle à Sam, qu'elle ne connaissait pas.

– Cette émeraude est une merveille, dit Sam sans hésiter. Elle a exactement la couleur de vos yeux.

– Ah, vous voyez, dit la cliente à William, monsieur est de mon avis. »

Sam grimpa à l'atelier. À mi-hauteur de l'escalier, il se

retourna pour embrasser d'un coup d'œil satisfait son domaine. Le magasin était orné sur tout le périmètre de vitrines éclairées de l'intérieur. Au centre, un faux pilier carré présentait les pièces les plus précieuses. Les comptoirs en palissandre jetaient des reflets violacés. Quel chemin j'ai parcouru! pensa Sam. Il se remémora néanmoins avec attendrissement le magasin d'Abraham, où il avait débuté, avec ses modestes étagères et l'ampoule au plafond, qu'il fallait laisser allumée presque toute la journée, car la rue étroite, dans le vieux quartier juif d'Oran, n'accueillait guère le soleil. Un jour, reçu chez Thomas, le frère de Luc, à l'occasion du mariage de Nina, il avait envié le luxe élégant de l'appartement du chirurgien et s'était juré d'égaler cette aisance. Eh bien, c'était accompli. Et maintenant? se demandait Sam. Maintenant, il voulait du pouvoir. Abraham lui avait enseigné ce qu'il savait, puis lui avait laissé les mains libres. Mais cela, il ne l'aurait pas compris. M'aurait-il critiqué? pensa Sam avec irritation. Il faillit s'asseoir dans l'escalier : sa jambe infirme lui pesait. Il s'appuya à la rampe. Abraham, c'était la vieille école. Pour lui, un homme n'avait qu'un destin : artisan il demeurait, s'il était artisan, honnête de préférence. Le pouvoir, Abraham n'imaginait même pas ce que ça pouvait être. Pourquoi me soucier de son opinion? se demanda Sam. C'était agaçant, ce scrupule, comme une mouche qui vibrionne autour de soi et qu'on ne parvient pas à chasser. Sam croyait entendre le vieux bijoutier : « Fais attention à la *poulitique*, Sami, mon fils! » S'il avait vu les armes dans la cave de Gaston, il aurait traité son gendre de fou, mais à sa façon, c'est-à-dire en hochant la tête et en gonflant les joues.

Dans l'atelier, les deux ouvriers étaient assis à l'établi en hêtre qui s'allongeait perpendiculairement à la fenêtre. La vaste pièce était maintenant éclairée par deux rampes de lumière, mais, dans la journée, le soleil pénétrait librement par les larges baies qui perçaient le mur, du plafond jusqu'au sol.

« Ça va, les jeunes? dit gaiement Sam.

– Ça va, monsieur Sami », répondirent en chœur les deux ouvriers.

C'étaient des garçons vifs et appliqués, comme Sam lui-même autrefois. Chacun était assis devant l'échancrure en demi-cercle qui marquait sa place à l'établi. Au centre de l'échancrure, une cheville amovible leur servait d'appui. Ils y travaillaient les pièces très fines, chaînons ou bagues. Sur leurs genoux, s'étalait une pièce de cuir attachée sous l'établi par une cordelette où ils recueillaient les limailles. Les bijoutiers ne gaspillent pas; le parquet de l'atelier est recouvert de claies en bois pour éviter qu'ils ne ramassent, à la semelle de leurs chaussures, les poussières des métaux précieux. Sous les claies, le parquet est uni et protégé par une feuille de zinc qui remonte sur cinq centimètres le long des murs afin qu'il soit possible de retrouver facilement ce qui tombe par terre. De même, dans un lavabo placé près des découpoirs, ils rincent les pièces qui viennent d'être travaillées, et un filtre adapté à l'évacuation des eaux permet de traiter les résidus pour en dissocier le métal précieux. Les bijoutiers sont des conservateurs qui tiennent à l'ordre des choses et du monde. Ainsi était Samuel Stora.

Il s'assit à sa propre place, en face de ses deux ouvriers, prit dans le tiroir la chaîne palmier dont il avait commencé l'enroulement. C'était un modèle sobre et élégant dont les anneaux s'entrecroisaient obliquement comme les feuilles d'un palmier. La lumière électrique était filtrée et adoucie par un gros bocal transparent empli d'un liquide bleu; elle distribuait sur chaque cheville un rai outremer où scintillaient les parcelles d'or arrachées par la lime. Un rectangle de papier fort refendu formait abat-jour et portait, en lettres rondes à l'ancienne, le nom de Sam. Bien qu'ils ne fussent plus guère en usage, il avait conservé, par nostalgie de sa jeunesse, ces bocaux ventrus au pied tourné. Il se souvenait qu'à la tombée de la nuit Abraham ordonnait: « Petit, les bocaux! » et Sam, avec mille précautions, les prenait sur l'étagère et les disposait au centre de l'établi, tandis que Louisette, qui n'était pas encore sa femme, leur servait un verre de coco. À cette époque, Abraham se serait-il imaginé que les Arabes se révolteraient? Grâce à Dieu, pensa Sam, il était mort sans voir cette folie.

Sam travaillait depuis plusieurs jours sur cette chaîne palmier. Il avait d'abord dégrossi au débitant un petit lingot d'or. Puis, pour amorcer la forme du tube, il avait martelé, dans les rainures du cambroir, une bande de métal laminée de très fine épaisseur. Taillant en sifflet une extrémité du tube, il l'avait introduite dans la filière pour l'étirer. Ayant obtenu un fil ovale, il l'avait enroulé sur le mandrin serré dans un étau, avant de scier la cannetille sur la longueur pour ouvrir les anneaux. Il les avait ensuite emmaillés, refermés à la pince et soudés. C'était une délicate opération. L'anneau à souder était placé au bout d'une moustache, ses deux extrémités enduites de borax et de paillons de soudure. Si le paillon était trop gros ou mal coulé, la soudure se voyait. On disait qu'elle faisait un « marron », déshonneur du chaîniste! À sa première tentative, il y avait bien longtemps, Sam n'avait pas échappé à cette faute. Abraham, comme d'habitude, s'était montré indulgent, mais Sam en rougissait encore.

Cet homme-là ne pouvait accepter le « travail mal fait », et il assimilait le terrorisme arabe à un effroyable gâchis. Aujourd'hui encore, Sébastien se souvient de l'avoir entendu répéter et répéter : « Ce qu'ils veulent, c'est tout bousiller. » À vrai dire, Sébastien n'a pas très bien connu son oncle le bijoutier : il avait quinze ans quand Sam mourut. Il garde le souvenir d'un homme vif et nerveux, aimable, fort préoccupé de l'impression qu'il pouvait faire sur chacun, même sur les jeunes gens. Que cet homme ait fini par approuver, sinon par accomplir lui-même, des actions violentes demeure un mystère pour Sébastien.

À l'heure où il se lança dans la politique, Sam avait, semble-t-il, réussi sa vie. Dans son milieu social – comme dans la plupart des milieux d'ailleurs –, un foyer uni et des affaires florissantes suffisaient au bonheur d'un homme. Que manquait-il à Sam pour qu'il ait, en fin de compte, tout risqué, comme un joueur de roulette, jusqu'à basculer dans la clandestinité, plutôt que de renoncer à son rêve? Rien n'annonçait chez Sam ce bouillonnement de passion. Luc, qui ne s'enflamma jamais, sinon pour Nina, en parle encore comme d'une aberration.

Mais l'Algérie a brûlé bien des cœurs avant de calciner des âmes. Oui, que manquait-il à Sam? La famille raconte qu'il avait eu une passion brutale pour une femme, la Bônoise, qu'il méprisait, et qu'il y avait mis un terme de son plein gré, « comme on s'arrache un bras ». Ne supporta-t-il pas l'idée d'un nouvel arrachement, qui cette fois lui était imposé?

Vers la fin de la guerre, Sam, qui se cachait, rencontra un quart d'heure, à Oran, Luc et Nina. Les accords d'Évian étaient signés, et Sam martelait : « Je ne partirai pas, un point, c'est tout. » Qu'espérait-il encore? Sébastien se souvient d'un homme pour une seule fois négligé – il portait une gabardine tachée et un pantalon sans plis, c'était impensable! Et, effectivement, Sam ne quitta jamais son pays; il y mourut, à Alger, trois jours plus tard.

En ce 6 février 1955, Sam, ciselant une chaîne palmier à son établi, levant la tête pour admirer son atelier, que, pour égaler Thomas le chirurgien, il comparait à une salle d'opération, était à cent lieues d'imaginer le gouffre où il se précipiterait six ans plus tard. Il approuvait les représailles envisagées par la R.A.F. en espérant qu'elle n'aurait jamais à les mettre à exécution.

Le plus jeune des deux ouvriers se lavait soigneusement les mains et se curait les ongles dans le lavabo. Il se lissa les cheveux avec de la gomina et ne put s'empêcher de se contempler dans le miroir. Quand il vit le regard de Sam posé sur lui, il se troubla.

« Alors, monsieur Sami, à demain. J'ai presque fini la gourmette de Mme Tapia.

– A demain, fils! »

C'était un beau garçon un peu vaniteux. Sam se demanda s'il resterait assez longtemps chez lui pour songer à épouser la petite Marie, de même que lui, Sam, avait épousé Louisette, la fille de son patron. Il se rendit compte, non sans confusion, qu'il rêvait d'un meilleur parti pour sa fille, un médecin par exemple.

« On a le temps, soupira-t-il tout haut.

– Pas tellement, dit le garçon, elle est pressée, Mme Tapia. La communion, c'est samedi prochain. »

Sam resta seul dans l'atelier, étudia le carnet de commandes, établit les tâches pour le lendemain. Il s'attardait, comme chaque soir. C'était à ce moment, dans la pénombre bleutée des bocaux, qu'il se sentait le plus heureux. Il rangea les outils qui ne se trouvaient pas à leur place, ici un avivoir, là un onglet, un taraud ou une perruque en fil de fer. Il descendit les stores. Il se frottait machinalement les mains.

Il éteignit toutes les lumières et ferma la porte. Le magasin était éclairé.

« Tu es encore là, William?

– Qu'est-ce que vous en pensez, monsieur Sami? »

Le vendeur présenta à son patron une boîte à paysage japonais 1930, l'ouvrit et la referma.

« Le poussoir latéral était cassé.

– C'est très bien, William. »

Le vendeur avait un grand front et des lunettes d'écaille qui lui donnaient l'air d'un bon élève. Il se tenait souplement accoudé au comptoir, contemplant sa boîte, mais le regard perdu.

« Allez, vas-y, dis-moi, William. »

Sam avait beaucoup d'affection pour lui. Il aimait les élans d'enthousiasme qui laissaient William embarrassé, comme s'il avait commis une incongruité.

« Monsieur Sami, le F.L.N. m'a contacté.

– Le F.L.N.!

– Un type au téléphone. Il parlait très bien français.

– Et qu'est-ce qu'il te voulait?

– Il dit que nous, les juifs, nous sommes des Algériens, comme les Arabes.

– Et alors, qu'est-ce que tu lui as répondu, à ce cinglé? répliqua Sam en se tapant le front avec l'index.

– Je ne sais pas, monsieur Sami, il n'était pas cinglé. Il parlait très calmement. Soi-disant que les Français sont antisémites et que les juifs doivent s'unir aux Arabes pour former la nation algérienne. Je répète, monsieur Sami... », dit William, comme pour s'excuser d'une si longue tirade.

Sam rassembla ses esprits. Avec un garçon si scrupuleux, il ne pouvait se contenter d'un haussement d'épaules. Il chercha les arguments de Gaston.

« Écoute, mon fils, dit-il posément, les Arabes aussi sont antisémites, bien plus que les Français. »

Ça commençait mal : William souriait.

« C'est un piège, reprit Sam. S'ils gagnaient, les Arabes, qu'est-ce qu'ils feraient tout seuls après le départ des Français? La faillite! Il faut bien qu'ils nous gardent, nous, les juifs. Mais après? Tu nous vois dans une Algérie algérienne? Au premier conflit entre Israël et les pays arabes, on sera leurs otages.

– Moi, si j'étais arabe, je serais F.L.N. »

Et William rougit comme une fille.

« Tu ne devrais pas dire ça, répliqua Sam, en refusant de s'impatienter. La France nous a émancipés. On ne va pas être ingrats, non? Moi, je suis français, pas toi?

– Monsieur Sami, je suis de...

– Dis-le, mon fils, tu es de gauche, il n'y a pas de mal à ça. Il y a de la misère et de l'injustice partout. Mais la gauche, c'est bien pour la France, pas pour l'Algérie. Mon beau-frère Lucien aussi, il est de gauche. Et alors, il en est où maintenant ? Tu le verrais, on dirait une âme en peine. Il n'a plus qu'une idée : foutre le camp d'ici ! Excuse-moi..., ajouta Sam, qui prononçait rarement une parole malsonnante.

– Sous Pétain, j'ai été chassé de l'école, monsieur Sami.

– Je sais, mon fils, et moi je ne trouvais pas de travail.

– Maintenant, ce sont les Arabes qu'ils jettent en prison, même ceux qui n'ont rien fait. J'ai des copains, leur père est aux P.T.T. Depuis deux mois, il est en taule. Pas de procès, rien, il n'a jamais vu un juge.

– Il faut arranger ça, d'accord. Si ça existe, les Arabes modérés, on peut discuter. Mais pas avec les terroristes ! Ils posent des bombes, et nous, on resterait là sans rien faire !

– C'est facile, monsieur Sami, vous dites : " On va arranger ça. " Mais plus on attend, plus ça s'aggrave. Remarquez, je comprends, vous avez des enfants... »

Oui, mes enfants, pensa Sam, en revoyant les armes cachées dans la cave de Gaston. Il éteignit les lumières du magasin.

« Il doit te rappeler, l'Arabe ?

– Non, c'est moi.

– Tu vas le faire ?

– Je ne crois pas. Je voulais juste vous en parler. »

William baissa le rideau de fer. Il serra la main de son patron. « Il me semble, ajouta-t-il, que les juifs ne peuvent pas être du côté de l'injustice.

– Le terrorisme aussi, c'est l'injustice. »

Sur sa voiture, Sam trouva un papillon. Il le déchira et rentra chez lui.

6

LA BARBARIE

Il fait toujours très chaud, l'été, sur les hauts plateaux du Nord-Constantinois. Mais, en cette année 1955, il y régna une chaleur infernale. Les villageois du hameau de Halim cuisaient dans un chaudron jusque tard dans la nuit. Ce n'est que vers deux heures du matin qu'une brise imperceptible apaisait les fièvres pendant trois courtes heures et, dès que le soleil se levait, la fournaise grondait en crescendo; on pouvait entendre l'air brûlant vibrer sourdement comme les cordes d'une contrebasse. Vers midi, la chaleur semblait stagner, on aurait pu la saisir à pleines mains, comme une pâte épaisse. Le ciel se voilait et devenait ocre. Les feuilles des arbres paraissaient se faner à vue d'œil, comme si le temps s'accélérait, tandis que l'espace se figeait et se solidifiait dans une immensité minérale. La terre prenait la couleur et l'aspect d'une croûte archicuite, boursouflée, craquelante, en apparence friable comme une enveloppe desséchée, en réalité dure et compacte comme la pierre. Même les oiseaux, cherchant en vain leur souffle dans le brasier, tournoyaient comme des drogués gavés de kif, puis tombaient assommés. Les enfants, postés près des dernières flaques d'eau, qui s'asséchaient dans la géante aspiration du ciel en feu, les attrapaient à la main.

Yacef était revenu. En son absence, Halim avait ajouté une pièce à sa maison, un cube blanchi à la chaux et percé seulement d'une porte basse. Yacef disposait maintenant d'un refuge personnel. Vêtu d'un short et d'une chemisette kaki à épaulettes, sur lesquelles il avait fait coudre quatre galons, il écrivait et réfléchissait toute la journée. Le temps était venu de relancer la révolution. Yacef avait convoqué l'état-major de la wilaya 2 ; il les attendait d'un jour à l'autre. Les précautions à prendre pour déjouer la surveillance de l'ennemi empêchaient de fixer des rendez-vous précis. Pourtant, les dirigeants avaient déterminé le jour et l'heure : ce serait le 20 août, à midi. Un nouveau 1er novembre se préparait, mais cette fois avec des armes, des hommes et des relais dans la population. Yacef, qui avait lui-même connu un échec humiliant en Oranie, le jour de l'insurrection, rêvait ardemment de revanche. Il se persuadait que l'action, cette fois déclenchée en plein jour, frapperait les esprits, non seulement des Algériens, mais du monde, avec la violence d'une crue impossible à endiguer. Le barrage se romprait, et les eaux déferleraient, gonflant sans cesse, jusqu'au rivage de l'indépendance. Voilà ce qu'il dirait aux chefs de la wilaya 2, ceux qui détenaient le sort de la révolution, ou plutôt de son tournant irréversible, entre leurs mains. Il avait pleine confiance. Il avait participé, à la fin de l'hiver et au printemps, aux durs combats de l'Aurès contre les parachutistes. Malgré les pertes infligées aux combattants de la libération, il avait compris que jamais la France ne vaincrait, et l'espoir, depuis, ne le quittait plus. Que pouvaient les chars, l'infanterie classique, l'artillerie dans un massif où les Chaouias, renseignés par les guetteurs des crêtes, paisibles bergers en apparence, se mouvaient comme d'insaisissables poissons dans un cours d'eau tortueux ? Aussi les blindés ennemis frappaient-ils en aveugles, comme des massues sur des mouches, et même la destruction des mechtas n'avait pour effet que d'encourager les jeunes gens à monter au maquis. Contre les soixante mille soldats français épuisés de froid, humiliés de poursuivre des fantômes, empêtrés dans les pesanteurs de la guerre classique, la révolution comptait maintenant des milliers de combattants, dont l'inefficace acharnement de l'ennemi grossissait constamment les rangs.

Ce matin-là, tout le village préparait l'aire de battage. Yacef, sirotant son café, adossé au mur déjà brûlant de son gourbi, regardait la marmaille rieuse rapporter l'eau de la source dans des jarres, des bidons, des gargoulettes. Les enfants aux yeux bruns, à la peau couleur de caramel, presque nus comme des innocents de paradis, s'aspergeaient en courant, sourds aux invectives des adultes.

Rien, pensa Yacef, aucune révolution, ne les rendra plus heureux qu'aujourd'hui. Mais ils étaient illettrés, la moindre infection les emportait et nul autre avenir ne les attendait que de trimer comme des bêtes sur une terre avare. La roue de la révolution était lancée, et c'était largement l'ambition de quelques-uns qui la faisait tourner. Cependant Yacef ne voulait pas oublier que c'était surtout pour ces enfants-là qu'elle devait, dans sa rotation toujours plus rapide, balayer le vieux monde. Ces petits n'auraient plus jamais faim ni froid, leurs mères ne pleureraient plus en posant une main crevassée sur leurs fronts brûlants.

Comme ils ressemblaient à ses élèves d'autrefois ! Depuis le temps où il était instituteur, Yacef n'avait lutté que pour le bonheur des enfants. Il tenta de mettre un nom sur ces bruns visages anonymes. Le petit rondouillard à la traîne, qui tirait une jarre aussi haute que lui, aurait pu s'appeler Saad, comme le premier de sa classe, qui était si fort en orthographe, en orthographe française bien sûr – Yacef se passa la main sur les yeux : quel gâchis ! pensa-t-il. Et le gamin aux airs de petit coq qui distribuait ses ordres à une troupe soumise, n'était-ce pas tout le portrait de Rachid le cancre, « le roi du football », sur qui les punitions pleuvaient en vain ? Quand Yacef rencontrait le père de Rachid, un marchand de fruits et légumes de la rue de la Bastille, et lui demandait de sermonner le cancre, le brave homme interrompait cérémonieusement l'instituteur : « Je coupe ta parole par le miel, sidi, mon fils, il me rend chèvre. Dis-moi comment faire et je le ferai. Tu veux que je lui casse la tête ? Mais il a la tête dure comme le fer. » Et il s'éloignait en levant les bras au ciel.

Oui, c'étaient les mêmes enfants, ceux d'hier qui courbaient leurs têtes frisées sur le cahier d'orthographe et ceux d'aujourd'hui qui versaient l'eau sur l'aire de battage. Les femmes avaient déjà tassé le sol avec un maillet en bois cylindrique et maintenant elles écrasaient la bouse à pieds nus pour la délayer.

Le soleil faisait ruisseler le corps de Yacef et lui attendrissait inutilement le cœur. L'été, pensa-t-il, est une saison émolliente, on ne devrait guerroyer qu'en hiver. Mais la date avait été choisie ; Yacef était chargé de préparer un massacre. Les enfants bruns l'incitaient au pardon, donc à la faiblesse, car d'autres enfants, aux cheveux lisses, seraient crucifiés, il le savait. Il rentra dans le gourbi, s'accroupit en tailleur, les mains sur les genoux, ferma les yeux et respira profondément en comptant jusqu'à cent. La guerre l'appela de nouveau.

Labed, le fils aîné de Halim, à qui Yacef avait confié l'organisation militaire du hameau, travaillait aux champs lui aussi, ce jour-là. Il calait le piquet central avec des pierres et l'enfonçait dans le sol durci à grands coups de masse. Rongé par les guêpes, l'ancien piquet était tombé en poussière.

Les tas de blé et d'orge cernaient comme de hautes sentinelles l'aire de battage. La récolte avait été bonne. Les femmes étalaient la bouse avec des balais de branches de myrte fraîche et fleurie. Les cigales rythmaient leurs efforts lents. En séchant, la bouse allait durcir et même le sabot des mulets aurait du mal à l'entamer. Un nuage compact d'étourneaux traversa le ciel fauve; ils semblèrent s'immobiliser telle une énorme boule en suspension. Ils avaient aperçu l'épervier qui montait, comme une fusée, loin au-dessus d'eux, et soudain se laissait tomber en piqué, toutes serres dehors. La boule d'étourneaux se tassa pour se protéger, comme si elle gardait l'espoir de briser le rapace contre ce mur de plumes. Peine perdue, l'épervier s'empara d'un oiseau, lui ouvrit le crâne, dégusta la cervelle et le lâcha, petite houppe tournoyante, sur les enfants, qu'une terreur admirative rendait muets. Le nuage d'étourneaux resserra les rangs; l'épervier se glissa entre eux par en dessous, fusa de nouveau vers le soleil, plongea encore, fendit un crâne, puis un autre et encore un autre. Il se forma sur l'aire de battage un tapis d'étourneaux sans cervelle; les mères interdirent aux enfants d'y toucher. L'audace et l'adresse vous laissent d'abord interdits, puis elles vous enthousiasment. Les enfants battaient des mains. Attiré par le bruit, Yacef observa le combat dans l'embrasure de la porte. L'épervier était seul; les étourneaux, par centaines, ne lui avaient opposé aucune résistance; le rapace avait un projet; les oiseaux, agrégés dans un stérile instinct conservateur, ne pouvaient qu'être vaincus. Yacef, lui aussi, avait un projet. Le sang, qui fascine, devait couler.

Tirant les mulets, tous les hommes, le lendemain, se regroupèrent sur l'aire de battage. Les bêtes se précipitèrent sur les épis. Le vieux Halim alla frapper discrètement à la porte de Yacef.

« Sid Raïs, c'est l'heure, tu nous ferais honneur.

– L'honneur sera pour moi, ô oncle », répondit Yacef.

Le métayer poussait un bouc aux cornes énormes. Il le força à se coucher au centre de l'aire. Labed l'aida à lui lier les pattes. Halim avait revêtu sa plus belle gandoura, immaculée. Il récita les versets appropriés du Coran, remercia Dieu de ses bienfaits, puis, d'un seul coup de coutelas, trancha la gorge du bouc. Sa femme, plus hautaine que jamais, s'avança, tenant dans chaque main un pot en terre cuite. Elle posa le premier, contenant des braises fumantes et fortes en odeur, au pied du piquet central. Dans l'autre elle recueillit le sang bouillonnant du bouc, qui tressautait encore. Elle s'éloigna sans se retourner. Des jeunes gens traînèrent l'animal immolé sous un mûrier pour le dépecer.

Les paysans se mirent au travail. Les meules d'orge rapetissaient au fur et à mesure qu'ils y plongeaient leurs fourches, du sommet vers la base. Ils lançaient avec force les brassées dans l'air chaud, et l'aire se couvrait d'un tapis doré. Les hommes se défiaient en plaisantant.

« Hâtez-vous, dit Halim, sinon le soleil vous devancera. »

Ils avaient les pieds si durs, si crevassés qu'ils marchaient sur les gerbes et sur les épineux presque sans s'en rendre compte. Ruisselant de sueur, ils s'arrêtèrent un instant pour avaler du petit-lait, avec de la galette. Le vieux Halim rejoignit Yacef en égrenant son chapelet.

« Seul notre clan immole encore un bouc le jour du battage. Les autres se contentent de brûler des encens. Dis-moi, Sid Raïs, ajouta-t-il avec un rien de défi dans le regard, aurons-nous le droit de poursuivre nos traditions lorsque nous serons libérés?

– Et pourquoi pas? » répliqua Yacef, qui pensait que toute tradition s'épuise dans le tourbillon de la connaissance, de même que les meules fondaient sous l'assaut des fourches, de même que les hommes, qui ne sont esclaves que par soumission, voient un jour, à travers les riches vêtements, le corps nu de leurs maîtres et refusent de courber l'échine.

« Bien sûr », dit-il plus fermement, tout en pensant que rien ne dure, même pas l'éternité.

Les mulets broyaient toujours les épis, assaillis par les mouches au point qu'on ne voyait plus leurs yeux. Accrochée au piquet, il y avait une courroie en peau de bœuf.

Le métayer y noua une longue corde, avec laquelle il entrava le cou des six mulets. Le plus vieux fut placé près du piquet pour qu'il ait moins d'efforts à fournir, en tournant au pas, tandis que les autres, stimulés par les coups de cravache, piétinaient le sol à vive allure, guidés par un paysan, qui agrippait la queue du dernier. Ainsi va la noria de la vie, pensa Yacef. Les vieux sont presque libres, mais n'ont plus de forces; les jeunes sont pleins de fougue, mais portent des œillères.

Le paysan courait dans le sillage des mulets :

« Va, toi, fils de chienne, va, le bleu, ah, misère ! »

En trottant, les mulets essayaient de se mordre. Leurs sabots projetaient les tiges qui n'étaient pas encore tassées, pareilles à des giclées d'or. L'homme, vêtu d'une cachabia en lambeaux, haletait, en nage; la paille blonde qui lui collait à la peau le transformait en épouvantail. On ne voyait plus ni ses cheveux ni ses sourcils noirs. Quand la paille fut tassée, le métayer fit retourner le tas, et les mulets repartirent dans l'autre sens. C'est à peine si les tiges du dessous étaient entamées, elles gardaient leurs épis. Après plusieurs tours, elles se réduisirent en une paille poussiéreuse. L'homme courait toujours, les pieds noirs et le corps blond, répétant son cri jusqu'à se briser la voix.

« *Aya*, vite, plus vite, fils de chienne ! »

Les paysans remuaient la paille. Ils retiraient leurs fourches juste à temps pour ne pas blesser les mulets.

« C'est ça l'enfer, dit l'un.

– L'enfer est plus humain, dit l'autre.

– Chassez le diable de votre cœur, lança le vieux Halim. L'enfer est pour les mécréants.

– L'enfer n'est pas éternel, murmura Yacef.

– De ta bouche à Dieu », ajouta le patriarche, pour hâter la prédiction du raïs.

Il faisait maintenant si chaud que les paysans buvaient et se versaient sur le corps l'eau des gargoulettes sans parvenir à calmer la brûlure qui les consumait. Les enfants galopaient de la source à l'aire de battage, toujours rieurs et infatigables. La paille et le grain furent rassemblés en un tas hors du cercle. Les hommes grimpèrent sur une autre meule d'orge et commencèrent à lancer les gerbes.

Le battage se poursuivit les jours suivants. Les chefs de la wilaya 2 n'arrivaient toujours pas. Yacef envoya le jeune Amar à la ville pour tenter de glaner des nouvelles.

Il revint, le soir, bredouille. Les soldats français patrouillaient, et les bouches se fermaient.

Maintenant, les tiges d'orge étaient si entassées que les mulets s'y enfonçaient jusqu'aux genoux. Beaucoup de paysans étaient tombés malades : l'orge, de toutes les céréales, est la plus pénible à battre. Sa paille est acérée et collante. Les femmes se lamentaient : « Pourquoi notre vie est-elle si dure ? Pourquoi faut-il trimer comme des damnés de l'enfer pour un morceau de galette ? Nos champs sont suspendus entre ciel et terre. Le colon, lui, a la plaine, les vignes, les vaches et les machines.

– Dieu nous délivrera de ces mécréants, dit Halim.

– Laissez la *boulitique*, dit le métayer. Faites tourner les mulets ! »

Il regardait les villageois d'un œil noir, brandissant sa fourche comme une arme.

« Personne ne quittera l'aire avant d'avoir vanné et séparé le grain de la paille. »

Il cracha par terre pour les défier.

Un vent brûlant de sirocco s'était mis à souffler. Il séchait la sueur et même la salive dans les gorges. Il risquait de durer des jours. Il n'y avait pas de temps à perdre. Les vanneurs se déployèrent en croissant du côté nord. Leurs fourches projetèrent la paille et le grain mêlés. Le vent étira la paille comme un voile fragile ; le grain retomba.

Yacef fit un court voyage à Alger. Il apprit que les parachutistes harcelaient les combattants. Il ne circulait que des rumeurs : ceux de la wilaya 2 étaient encerclés sur un piton et ne pouvaient décrocher. Combien resteraient en vie pour déclencher la grande offensive ? On était le 15 août. Yacef proposa de différer l'opération. Les dirigeants haussèrent les épaules.

« C'est notre dernier espoir. Le Front est asphyxié. La population est découragée, les indicateurs pullulent. »

Ils étaient attablés devant un copieux couscous dans une villa fleurie sur les hauteurs de la ville.

Yacef n'insista pas ; il craignait de passer pour un défaitiste. De toute façon, pensa-t-il, je jugerai sur place.

Les dirigeants semblaient pressés de se débarrasser de lui, comme s'ils voulaient lui faire porter seul la responsabilité d'un échec éventuel. Ils le confirmèrent dans son rôle de chef de l'opération du 20 août. C'est à peine s'ils jetèrent un coup d'œil sur le plan qu'il avait élaboré.

Toujours déguisé en paysan naïf, Yacef reprit le car. Au hameau il faisait maintenant presque partie du clan. Pour remplir ses journées inactives, il avait institué une école en plein air, dans le verger de Halim. Il enseignait – en français – des rudiments d'écriture et de calcul. Les enfants prenaient place en cercle autour de lui, assis en tailleur sur le frais gazon sauvage mêlé de trèfles. Un orme géant autour duquel s'enroulait une vigne tentaculaire les maintenait à l'ombre. Les lourdes grappes de raisin blond pendaient aux sarments aériens. De gros fruits tombaient d'un prunier avec un bruit flasque et maculaient le sol de leur jus. Des figuiers chargés de fruits noirs et blancs, à la queue miellée, étaient assaillis par les oiseaux. Les chardonnerets menaient grand tapage. Les pies en smoking agitaient leurs longues queues et jacassaient comme des avocats. Les jujubiers frétillaient dans le concert de soie de leurs feuilles vert tendre. Entre les arbres, s'alignaient des rangées de tomates, de poivrons et quelques plants de courges.

Seul le métayer faisait grise mine à Yacef. Mais, après l'exécution du traître, il avait peur ; Yacef pensait qu'il ne le dénoncerait pas. Prudent néanmoins, il avait ordonné au jeune Amar de suivre le métayer dans chacun de ses déplacements.

Un jour, après le travail aux champs, quand les enfants se réunirent au pied de l'orme, Yacef vit que plusieurs d'entre eux avaient des plaies purulentes sur les mains et les bras.

« Ce sont les câpriers », expliquèrent-ils.

À la sortie du hameau, si l'on suivait le cours d'eau qui s'enfonçait dans un ravin, on arrivait à des falaises schisteuses où s'accrochaient d'énormes massifs de câpriers. Plus il fait chaud, plus l'arbuste développe de volumineux buissons aux piquants aiguisés et crochus. Sur toutes les pentes grises en lame de couteau les enfants allaient cueillir les câpres, qu'ils vendaient ensuite pour une misère au ramasseur. Une journée entière de travail leur rapportait à peine deux francs. C'était néanmoins le seul argent sur lequel ils pouvaient compter. Avec cet argent ils achetaient au souk les hardes dont ils étaient vêtus, usées et disparates, que les mères avaient grand-peine à remettre en état.

Mais, dès le premier jour de la cueillette, ces haillons se retrouvaient en lambeaux. Les enfants plongeaient les mains dans le buisson d'épineux, en suivant les rameaux, leur peau se lacérait, et la chaleur de four avivait les plaies qui se mettaient à suinter ; des cloques s'écoulait un liquide jaunâtre et malodorant ; les petits étaient vite terrassés par la fièvre.

Les filles aussi se rendaient à la cueillette. Dénudées par les piquants qui déchiquetaient leurs fines robes de coton, elles marchaient en biais pour protéger leur pudeur.

Ce que Yacef apprit par la suite de la bouche de Halim, c'étaient les conséquences imprévisibles du calvaire enduré par les enfants. Échauffés par le soleil, troublés par leur quasi-nudité, les adolescents se frôlaient et finissaient par s'étreindre. Une fille se retrouvait enceinte, dénonçait son séducteur ; le drame éclatait. Le clan de la fille exigeait réparation, souvent les armes à la main, ou bien livrait le garçon aux gendarmes, qui l'emmenaient au bourg. La honte et la haine déchiraient le hameau. Au procès, il était fréquent que les chefs des deux clans soient envoyés en prison. Devant la porte qui se refermait les hommes attendaient, en soupirant, le regard farouche, leurs mains rugueuses enfoncées dans les poches de la cachabia, la moustache frémissante, le cœur vide d'espoir, mais rongé par le désir de vengeance.

Deux hommes arrivèrent de bon matin, poussant une carriole chargée de vêtements, d'ustensiles de cuisine et de tissus. Ils s'installèrent devant la maison de Halim, qui était la plus grande du hameau. Les femmes s'attroupèrent et commencèrent à regarder la marchandise sans oser y toucher : elles n'avaient pas d'argent pour s'offrir ce superflu. À un signe des marchands, elles comprirent qu'elles pouvaient l'emporter sans payer. Elles restèrent interloquées, puis une vieille, timidement, s'empara d'une casserole, qu'elle glissa sous sa robe. Le marchand ne broncha pas. En un instant, la carriole se vida.

Halim ouvrit sa porte. Les deux hommes entrèrent dans la maison. « Ce sont des amis », lança Yacef, de la soupente. Halim précéda les marchands dans l'escalier. Quand ils eurent donné l'accolade à Yacef, ils s'assirent sur le tapis de laine rase et acceptèrent le repas que les femmes préparaient en hâte. Tous les quatre mangèrent sans rien dire. Le plus âgé des marchands, qui n'avait guère plus de trente-cinq ans, un petit homme sec et bourru, aux yeux verts (et ainsi le surnommait-on, « Yeux verts »), la tête coiffée d'un bonnet de police, dévora le couscous comme un homme qui n'a pas mangé depuis deux jours, et c'était bien le cas. En dégustant un piment, il porta les mains à ses oreilles. Ses trois convives lui sourirent complaisamment. Le piment était si fort qu'il lui faisait siffler les oreilles !

« Que Dieu augmente ton bien ! » dit-il à Halim.

Yacef connaissait son nom, mais le présenta à Halim sous le pseudonyme de Si Moktar. Ils mangèrent encore des cœurs et des foies rissolés, puis des gâteaux aux amandes et au miel arrosés de thé, et le vieil homme se retira.

Alors seulement Si Moktar déroula son turban et son visage prit une teinte grise. « *Y a Rabi* », murmura-t-il, « mon Dieu ! »

Le second marchand décortiquait une grenade grain par grain, retirant les peaux jaunes qui séparaient les quartiers, sembables à des crêtes de coq.

Il avait tout au plus trente ans, un visage allongé et creusé, des yeux bridés qui lui avaient valu le surnom de « Chinois ». Il couvait son aîné du regard. Il parlait d'une impressionnante voix pâle, monocorde. Yacef comprit que ce petit homme-là pesait chacune de ses paroles, calculait le moindre de ses actes. Pourtant, le « Chinois », qu'on appelait aussi Si Chérif, dit avec un très mince sourire : « Quand on était petits, on faisait couler dans nos yeux le lait des grosses figues noires pour ne pas aller à l'école. Nos yeux s'irritaient, on n'y voyait presque plus. » Yacef hocha la tête. Citadin, il ignorait les mœurs de ceux de la campagne.

« Quatre jours qu'on est en marche, dit enfin Si Moktar. Les paras sont partout. Ils ont un nouveau colonel, très fort. Les léopards vivent comme nous maintenant, dans les mechtas, à la dure. Ils ont des guides chaouias. (Si Moktar cracha par terre.) Ils nous traquent dans les collines. Le peuple est versatile, et nous ne trouvons plus de refuge. Ça va mal, Sid Raïs, très mal », conclut-il, en cherchant son cadet du regard, pour se réconforter. Le « Chinois » gardait les yeux baissés.

Les deux marchands étaient les chefs de la wilaya 2. Ils disposaient en tout et pour tout de cinq cents hommes armés.

« Et pourtant, reprit Si Moktar, c'est une question de vie ou de mort. Le 1er novembre, nous avions la responsabilité de libérer le pays, nous étions des exécutants. Aujourd'hui, nous sommes coupés de tout. Ni Alger, ni l'Oranie, ni la Kabylie, ni même l'Aurès ne donnent de leurs nouvelles. L'ennemi nous poursuit nuit et jour. Avant, à la tombée du jour, nous étions en sécurité. À présent, il y a des embuscades de nuit. Nous sommes incapables de monter des opérations, mais, si rien ne change, bientôt nous ne pourrons plus survivre. Des combattants désertent, le peuple est démoralisé, il fourmille d'indicateurs. Chaque mechta où nous passons est signalée et la répression s'abat sur elle. »

Si Moktar s'épongea le front avec un grand mouchoir à carreaux bleus et blancs. Si Chérif croisait les doigts sur ses genoux rassemblés.

« Nous n'avons pas le choix, dit-il, il faut déclencher quelque chose. Ou bien l'offensive réveille toutes les régions, ou bien nous combattrons une dernière fois pour l'honneur. »

Yacef hocha la tête. Il n'aimait pas trop ce langage mystique. Mais il devait en convenir : le temps pressait.

« À mon avis, dit-il, il faut diriger notre action contre les villes.

– Parfaitement d'accord, dit Si Chérif. Et faire participer tout le peuple, avec ou sans armes.

– Des pelles, des pioches, des couteaux, renchérit Si Moktar, et nous avons quelques bombes.

– Les pertes seront énormes, dit Yacef.

– Bien sûr, répliqua froidement Si Chérif. Mais, même si la moitié de la population est tuée, la révolution gagnera. Si on ne bouge pas, on est perdus. »

Tous les trois fixèrent les objectifs : Philippeville, El-Arrouch, Oued-Zenati, Collo, El-Milia, Guelma, Bône, Jemmapes. Les routes et les ponts seraient sabotés, les mines, les usines attaquées. Tout Européen, civil ou militaire, serait considéré comme un ennemi.

Yacef entrouvrit la bouche. C'était la première fois qu'une telle décision était prise. Jusque-là, les quelques victimes civiles européennes avaient été abattues par des éléments isolés. Yacef simula un bâillement et dit d'une voix qui ne tremblait pas : « Il faut faire peur ou mourir. »

Puis la douleur le reprit, si fulgurante qu'il ne put s'empêcher de se courber en deux, la tête touchant le sol. La nausée fit monter un flot à ses lèvres.

« Tu es malade ?

– Rien, un peu de dysenterie.
– Tu as bu de l'eau souillée? »

Quelques jours auparavant, tandis qu'il prenait part au vannage, Halim lui avait apporté une outre en peau de bouc. L'eau puait atrocement, mais Yacef l'avait avalée. Depuis, d'horribles douleurs lui tenaillaient le ventre sans discontinuer, parfois aiguës comme des coups de poignard, parfois sourdes et lancinantes. Les sachets de bismuth ne les apaisaient pas. Il se demandait s'il avait un ulcère. Son père était mort d'un ulcère à l'estomac.

Si Moktar et Si Chérif repartirent, poussant leur carriole vide. Le métayer les suivit en se cachant, lui-même suivi par Amar, qu'il ne voyait pas. À l'entrée du bourg, le métayer prit le chemin de la gendarmerie. Amar le rejoignit d'une course et l'assomma à coups de gourdin. Il le dissimula dans un touffu buisson de mûriers. Comme c'était encore un jeune homme, Amar cueillit quelques fruits avant d'aller chercher un âne au hameau. Il fourra le métayer évanoui dans un sac, qu'il jucha sur l'âne. On séquestra le collaborateur dans une soupente.

Yacef gisait sur le dos, inondé de sueur; la douleur se retirait lentement, lançant encore quelques pointes, comme les assauts d'arrière-garde d'une armée en déroute. Mauvais présage, pensa-t-il. Il en avait vu d'autres. Un jour, malgré l'alerte donnée par les guetteurs et par les grands chiens jaunes et noirs de l'Aurès, Yacef et ses hommes s'étaient retrouvés encerclés au sommet d'un piton, dans une grotte tapissée de serpents. La pluie glaciale transformait le sol maigre en un marécage jaunâtre et gluant. Les rares armes des combattants étaient trempées. Le froid les saisissait jusqu'au cœur. Ils n'échangeaient pas un mot, mais leurs pensées communes montaient dans le ciel opaque et fuligineux de la caverne. C'étaient des pensées de peur, de nostalgie et d'irrésolution. Ils auraient aisément sacrifié leur croisade pour se retrouver l'un dans son champ, l'autre dans son atelier, chacun auprès de sa femme. Même Yacef ne parvenait pas à se reprendre. Il voulait les réconforter, les encourager, mais ni une parole ni un geste ne sortaient de lui, une impuissance désabusée le paralysait.

Les paras n'attaquaient pas. Dès cinq heures, la nuit tomba. Dans la grotte, où ils n'osaient allumer ni lampe à pétrole ni bougie, les combattants s'étaient serrés les uns contre les autres, mais le rempart qu'ils dressaient devant le froid et la crainte était fissuré de toutes parts. Ils tremblaient.

Ils redoutaient aussi de donner le moindre signe de lassitude. Le Front était impitoyable ; la faiblesse, assimilable à la trahison, se payait de la vie. Et les combattants, dans un réflexe, leurs mains en coquille, se protégeaient le ventre, comme s'ils risquaient de subir les mutilations qu'ils infligeaient eux-mêmes aux traîtres. Il ne leur restait plus rien à manger. Quelques galettes d'orge passaient de main en main, chacun y mordait une bouchée et la tendait à son voisin. Un bidon de petit-lait était posé au milieu du cercle ; on y plongeait à tour de rôle la louche. Les provisions s'épuisèrent ; la faim leur donnait des crampes atroces. Un vieux – peut-être avait-il quarante ans – vacilla, et les autres le redressèrent, épaule contre épaule, pour que Yacef, leur chef, ne s'aperçoive pas de la défaillance. Une sorte d'abattement s'empara du groupe, quelques plaintes sourdes s'élevèrent anonymement. Yacef, à qui rien n'échappait, lança à la cantonnade : « Si ce ne sont pas des hommes, qu'ils se rasent la moustache ! » Tous se levèrent silencieusement, même le malade, rajustèrent leur tenue et se mouillèrent le visage en recueillant l'eau qui s'infiltrait sans discontinuer par le plafond de la grotte.

Ils avaient surnommé le colonel qui commandait les paras « la Foudre ». C'était le premier officier français qui conduisait sa guerre sur le terrain ; il vivait dans le bled au milieu de la population. La foudre éclata vers neuf heures du soir. Du haut du piton, les combattants ripostaient à l'aveuglette ; ils ne voyaient pas l'ennemi, dont l'uniforme se fondait dans le paysage sans lune. Les grenades fusaient, accompagnant le feu lourd des mitrailleuses qui tendaient un écran infranchissable devant les *djounoud*, vite privés de munitions. Dans cette nuit déchirée de flammes, Yacef comprit vite qu'il ne s'en sortirait pas victorieux ; au mieux pouvait-il sauver sa vie. Lorsqu'il vit ses hommes fuir la grotte, les bras levés, il grimpa le long de la paroi et se recroquevilla dans une anfractuosité qu'il avait repérée dès le premier instant.

Il y demeura toute la nuit et encore toute la journée du lendemain. Les voitures blindées s'éloignèrent en faisant trembler le sol, comme si la terre elle-même partageait l'humiliation et la crainte des maquisards vaincus. Yacef attendit une heure de plus et descendit le piton par l'autre versant. Il se lava dans une source, nettoyant de son mieux les traces de sang et de brûlures qui zébraient son battle-dress. Il avait une longue déchirure du sommet de l'épaule au coude, qu'il banda avec son turban, le turban qu'il portait ordinairement pour apparaître comme un paysan simplet.

Au village le plus proche, tout dormait, sauf un café au rideau de fer baissé qui laissait filtrer une faible lumière. Mourant de faim et de soif, il se risqua à cogner. Tant pis, pensa-t-il, si les paras tendaient une souricière. On lui ouvrit aussitôt. Le cafetier, habillé à l'européenne, lui remplit un grand bol de café. Yacef, revenant à la vie, crut qu'il allait mourir; son cœur palpita, puis se mit à bondir à grands soubresauts; ses mains étaient prises d'un incoercible tremblement; tout son corps, jusque-là crispé dans l'instinct de conservation, s'abandonnait; il avait une terrible envie d'uriner, mais un homme n'urine pas chez des gens qu'il ne connaît pas. Le bol brûlant lui réchauffa les doigts. Précautionneusement, il porta à sa bouche un morceau de galette qu'il mastiqua lentement; lui, le combattant aguerri, savait les risques de la goinfrerie après un long jeûne. Le cafetier ne le regardait pas; il continuait de jouer aux dominos, sans parler, avec ses deux clients, un couple étrange, l'un très gros, l'autre fort maigre. Le cafetier semblait offrir à contrecœur cette hospitalité qui ressuscitait Yacef. Soudain, alors que nul n'ouvrait la bouche, il dit clairement : « C'est le chef chrétien qui est le plus fort. » Yacef sortit une pièce de sa poche, mais le cafetier la refusa d'un geste à la fois dégoûté et indulgent. Yacef s'enfonça dans la nuit, ne sachant où diriger ses pas. Le surlendemain, il regagnait le hameau de Halim.

Le jour décisif approchait. Était-ce la dysenterie ou bien l'incertitude qui donnait à Yacef ce front fiévreux, ces mains moites? Il se retrouvait aussi impatient et exaspéré qu'à la veille du 1er novembre. Il avait moins d'espoir. Depuis, il avait pris la mesure des choses. Persuadé qu'il ne verrait pas l'Algérie libérée, il se demanda une nouvelle fois si ce combat serait pour lui le dernier.

Il se leva d'un bond du sol où il gisait, faisant un immense effort sur lui-même. Halim et ses fils entrèrent dans la maison, accrochèrent au pilier central un mouton qu'ils venaient de vider.

« Labed, dit Yacef au fils aîné, je pars. Je ne reviendrai sans doute plus. Tu sais ce que tu dois faire, n'est-ce pas ? »

Labed se mit au garde-à-vous.

« Oui, Sid Raïs, pars sans crainte.

– Tu pars ! s'exclama le patriarche. Mais tu tiens à peine debout ! Repose-toi encore, je t'en supplie, mon ami. Ma femme te prépare des tisanes. Dans deux jours, tu seras sur pied.

– Je pars », répéta Yacef, avec un sourire de tout le visage. Son grand nez se recourbait comme s'il voulait chatouiller la moustache, où quelques poils gris s'étaient insinués depuis quelques jours.

« Ce n'est pas seulement un homme, dit Halim à mi-voix, c'est un homme et demi. Tu lui feras honneur, si Dieu le veut », ajouta-t-il en donnant l'accolade au jeune Amar, qui accompagnait le raïs.

Les femmes remplirent de nourriture leurs baluchons, et ils s'éloignèrent à pied au milieu d'une haie de villageois qui claquaient de grandes tapes dans le dos du jeune homme et baisaient l'épaule de Yacef.

L'un des groupes de la wilaya était composé d'ouvriers agricoles travaillant sur la ferme d'un colon, à environ dix kilomètres. Ils avaient pour mission d'incendier la propriété. C'est là que Yacef et Amar se dirigeaient. Le jeune homme s'émerveilla de voir Yacef changer de visage dès qu'ils eurent dépassé la dernière maison du hameau. En un instant, l'étincelle quitta son regard, son menton s'affaissa ; entrouverte, la bouche laissait apparaître une grosse langue.

« Mais comment tu fais pour gonfler la langue ? » dit Amar en essayant vainement d'imiter son aîné. Il tirait une langue rose qui demeurait désespérément longue et effilée. Les deux amis éclatèrent de rire, et Yacef ébouriffa les cheveux noirs et frisés du jeune homme.

Yacef ploya les épaules et adopta une démarche élastique qui projetait ses jambes loin en avant, tandis que ses bras ballottaient à contretemps et que ses mains, largement ouvertes, touchaient presque les genoux. Il s'enfonça jusqu'aux yeux une chéchia sale.

Pour éviter les chemins, Amar entraîna son chef sur un passage frayé par les troupeaux. Les épines étaient si sèches qu'elles se brisaient comme du verre sous leurs pas. Les pins odorants, qui se dressaient comme les colonnes d'une nef, bientôt s'espacèrent pour céder la place à une terre piétinée par les sangliers à la recherche de bulbes. Les fougères y atteignaient la taille d'un homme ; desséchées par le soleil, elles avaient pris la teinte jaune orangé du pain d'épice.

Ils parvinrent à la route nationale, et un paysage nouveau, assagi, maîtrisé, se déploya sous leurs yeux. De brunes terres labourées alternaient avec les blés coupés ras qui filaient en lignes géométriques jusqu'à l'horizon. En face d'eux, d'immenses eucalyptus délimitaient une allée au bout de laquelle des toits roses émergeaient d'un foisonnement de palmiers. C'était la propriété du colon Dubus. Ils suivirent l'allée jusqu'aux bâtisses blanches et trapues. En lisière des champs, des vergers d'orangers, de citronniers, de pêchers, d'abricotiers, merveilleusement entretenus, étaient sillonnés par des canaux d'irrigation. En contrebas, dans un bassin aménagé, des enfants barbotaient, et leurs rires faisaient écho au pépiement des mésanges noires qui picoraient, tête en bas, dans les oliviers.

Yacef ressentait la nostalgie d'une paix qu'il ne connaîtrait peut-être jamais plus. Il s'était baigné jadis dans le port d'Oran avec des camarades européens. Me sentais-je différent d'eux ? pensa-t-il. Nous avions le même corps dur et maigre que le plongeon dans l'eau d'abord froide électrisait ; les premières brasses nous délivraient, nous lavaient de la moiteur de la ville. Et c'étaient les mouettes acariâtres et loufoques qui répondaient à nos rires. Je grimpais sur les épaules de Juju, je plongeais « de tête », comme ils disaient tous et comme je le disais avec eux ; au dernier moment, il m'entravait la cheville et mon magnifique envol se changeait en un ridicule aplatissement sur le ventre, la « *pancha* », disaient-ils. Qu'est-il devenu, Juju le balèze aux épaules droites comme s'il avait « gardé le cintre dans la chemise » ? Oh, je me souviens de toutes leurs expressions ! C'étaient mes copains ; parmi eux, nous n'étions que deux Arabes ; jamais nous n'avons supposé que ce rapport n'était pas juste ; nous n'y pensions simplement pas. Nous nous enfoncions dans l'eau sombre du port, les épaves de barques abritaient des poissons à la tête aussi plate que celle du marchand de figues de Barbarie qui nous faisait crédit sans grand espoir de jamais récupérer son argent. Nous remontions sur le ponton, nous nous laissions sécher par le soleil, qui, sous nos paupières closes, dessinait des arabesques irisées. Bras et jambes écartés, nous reprenions lentement notre souffle jusqu'à ce qu'un seau d'eau, qui semblait glacée, nous inonde. Nous nous pourchassions sur le ponton et la bagarre nous jetait tous à l'eau, corps égaux emmêlés.

Yacef et Amar se firent embaucher pour la journée. Ils montèrent dans un camion flambant neuf qui conduisit les ouvriers au champ de pastèques. Le contremaître était armé, fusil en bandoulière, comme tous les Européens qu'ils aperçurent; certains avaient un revolver à la ceinture.

Les ouvriers étaient plutôt bien vêtus; ici, c'était de la bonne terre rouge qui ne déchirait pas les pieds; le travail était moins dur, mais on ne parlait guère. Le soir venu, ils se mirent en rang, parallèlement à une longue table où le contremaître distribuait la paye. Un homme au teint jaune, aux yeux cernés de noir, au front couvert d'une pellicule de sueur s'était glissé dans la file.

« Kadour, lui lança le contremaître, tu perds ton temps. »

Un murmure parcourut la queue. Le contremaître tapa d'un grand coup de poing sur la table :

« Il n'a pas travaillé. Il est resté toute la journée dans la grange. Je ne l'ai pas vu, peut-être?

– J'ai la fièvre, monsieur Maurice, dit Kadour en s'avançant jusqu'à la table du jugement. Donne-moi un pain au moins.

– Tu travailles pas, tu touches pas. »

Yacef chercha les regards des ouvriers et ne les trouva pas. Ils n'avaient pas exprimé d'autre colère que ce murmure maintenant éteint. Le contremaître, pourtant, ne payait pas de mine, avec sa petite taille et ses cheveux plats; la table à laquelle il était assis lui arrivait au milieu du buste. Le secret de son autorité était dans la voix, sèche et flegmatique, dans les yeux gris, qui ne cillaient pas. Dubus, le propriétaire, sortit dans la cour, tenant son plus jeune fils par la main.

« Ahmed, dit-il, selle-moi le poney. »

Kadour se précipita vers le patron, lui saisit la main, la porta à ses lèvres et lui raconta toute l'affaire. Il semble confiant, pensa Yacef.

« Paie-le, va », dit Dubus, en hissant son fils sur le petit cheval bai. Le contremaître remit les pièces à Kadour sans dire un mot.

Après la soupe, les hommes allumèrent un feu, à bonne distance duquel ils s'accroupirent, car il faisait encore très chaud. L'un d'eux chanta une mélopée qui disait l'attente d'une mère dont le fils n'était pas rentré. Les autres la rendaient encore plus lugubre en tapant dans leurs mains ou sur des troncs creux à intervalles irréguliers, comme si chacun, à tour de rôle, retrouvait un souvenir, une émotion, et la ponctuait brièvement, sans emphase. Eux, qu'attendent-ils ? se demanda Yacef. Il était très surpris de noter le peu de chaleur qui traversait le groupe. La chanson, pourtant connue, n'était pas reprise en chœur, les anecdotes ne circulaient pas, ni les plaisanteries. Ici et là, des hommes bavardaient à deux ou trois ; la plupart restaient muets. En les observant plus attentivement, Yacef se rendit compte qu'ils étaient plus tendus qu'absents.

Des voitures arrivèrent par l'allée centrale ; des bandes bruyantes en descendirent ; chaque fenêtre de la maison s'éclaira, et, bientôt, le pick-up déversa des flots de rumba, qui faisaient voler la jupe légère des femmes. C'était l'anniversaire du colon. Autour du feu, les ouvriers demeuraient amorphes ; pas un ne se leva pour risquer un coup d'œil aux fenêtres grandes ouvertes. Ils laissèrent s'éteindre le foyer et se couchèrent à la place même où ils étaient assis. Enfin, un peu d'air rafraîchissait la fournaise ; les étoiles étaient si proches qu'on aurait pu les saisir en tendant le bras.

Yacef avait le signalement des deux chefs du groupe ; il les avait repérés dès le matin. Quand tout sembla endormi – alors que la fête battait son plein chez le propriétaire et que la farandole serpentait maintenant dans le verger illuminé –, il se glissa auprès des deux hommes, qui dormaient l'un à côté de l'autre, et se dressèrent immédiatement sur un coude.

« Vous attendez votre oncle, je crois ? dit-il.

– Nous n'attendons personne. Couche-toi, frère.

– Un oncle qui vous apporte de bonnes nouvelles de votre cousine Gamra.

– Qui c'est, cette Gamra ?

– La fille de Zouina.

– Alors, c'est toi le raïs ? Vous n'êtes pas pressés, vous autres ! Ça fait un siècle qu'on n'a vu personne.

– L'organisation n'a pas de comptes à te rendre, dit Yacef. Écoutez-moi bien : après-demain, à midi. Vous savez ce que vous avez à faire ?

– Incendier la ferme, maison et verger, un beau verger d'ailleurs, enfin c'est la guerre !

– Des armes ?

– Un fusil tout pourri, des couteaux. Mais on ne s'en servira pas. Juste l'incendie. »

Yacef haussa les épaules : « Comme vous voulez. Vous êtes combien dans l'affaire ?

– Lui, moi et trois autres. Cinq en tout. Après, on doit rejoindre Si Moktar. Si on le trouve...

– On sera morts avant, dit le second combattant. À midi, tu parles !

– Toute la zone attaquera à midi, répliqua Yacef. C'est essentiel.

– Essentiel ! Tu connais « essentiel », toi ? dit l'homme à son compagnon.

– Essentiel, ça veut dire « marche ou crève ». Allez, va, Sid Raïs, ne t'inquiète pas, on est énervés, ça fait des semaines qu'on attend.

– Après-demain, dit Yacef, la révolution commence pour de bon. Bientôt, nous serons libres dans un pays libre. »

Les deux combattants s'étaient déjà recouchés.

Le lendemain, alors que l'aube pointait à peine, trois half-tracks chargés de parachutistes firent irruption dans la propriété, que les soldats encerclèrent, la mitraillette au poing, pendant que leur capitaine frappait discrètement à la porte de Dubus. Le colon l'accueillit en robe de chambre. C'était un homme solidement bâti, au visage tanné, à la carrure de poids moyen, avec de larges mains habituées à manier la pioche.

« Monsieur, dit le capitaine, qui avait de fins cheveux blonds impeccablement coiffés et un uniforme tout aussi impeccable, monsieur, des fellaghas se cachent dans votre ferme. »

Les ouvriers s'étaient approchés et faisaient face aux jeunes paras, qui regardaient droit devant eux, sans rien fixer, comme s'ils avaient le pouvoir de transpercer les êtres et les choses.

Ils sont aussi jeunes que nos combattants, se dit Yacef, c'est une guerre d'enfants. Il chercha les deux camarades ; ils se tenaient au premier rang, impassibles, nullement affectés en apparence par ce qui était bien une nouvelle trahison. S'étaient-ils montrés imprudents ? Yacef les avait trouvés bavards et insolents. Ou bien l'un de leurs trois compagnons les avait-il mouchardés?

« Des fellaghas chez moi? disait Dubus. Écoute ça, Irène! ajouta-t-il en se tournant vers l'intérieur de la maison.

– Monsieur, dit le capitaine, nous devons procéder à des interrogatoires.

– Procédez, procédez, capitaine. Mais vous allez interroger qui? J'ai cent deux journaliers sur mes terres en ce moment.

– Nous avons des signalements.

– Vous permettez? dit Dubus en tendant la main vers la feuille que tenait le capitaine. " Cheveux crépus, moustache, menton en galoche ", bonne description, capitaine. Ils ont tous une moustache, à peu près soixante-quinze doivent avoir les cheveux crépus et quarante-trois le menton en galoche. »

Les ouvriers éclatèrent de rire. Ma parole, pensa Yacef, ils sont fiers de lui. Ils répétaient avec un fort accent arabe en se montrant du doigt les uns les autres : « Menton en galoche! »

« Où pouvons-nous nous installer? » répliqua le capitaine sans s'émouvoir. Il ressemblait à un ingénieur se préparant à examiner les plans d'un ouvrage d'art.

« Mais où vous voulez, dit Dubus. Là, dans la remise. Je vous fais dresser une table et des sièges.

– Merci, monsieur, nous avons notre matériel. »

Le capitaine donna ses ordres. Une moitié des paras resta en faction autour de la ferme. L'autre déchargea des tables et des chaises pliantes. Une dizaine de paras demeurèrent dans la remise, où cinq ouvriers furent introduits, pendant que les autres attendaient dehors, les bras ballants. Yacef et Amar se trouvaient parmi eux. Les deux combattants avaient disparu. Ils sont plus forts que je ne le pensais, se dit Yacef.

Jusque vers dix heures, aucun bruit ne filtra de la remise. Les ouvriers en sortaient en ouvrant les mains, avec l'air de dire qu'ils ne comprenaient rien aux questions qu'on leur avait posées. Cinq autres prenaient leur place. Vers onze heures et demie, un long cri s'éleva, qui laissa tout le monde interloqué. Un silence s'ensuivit; on crut avoir rêvé. Puis les plaintes reprirent de plus belle, accompagnées de bruits sourds. On n'entendait pas la voix des parachutistes, mais seulement un murmure grondeur, comme s'ils parlaient entre leurs dents. La porte s'entrebâilla, ne permettant à personne de regarder à l'intérieur; un ouvrier se retrouva en plein soleil; il portait les mains à ses yeux comme s'il était aveuglé par la lumière. Ce n'est que lorsqu'il les baissa qu'on s'aperçut qu'il avait le visage en sang. Les ouvriers l'entourèrent, rebelles aux ordres des paras qui pointaient leurs armes en direction du groupe d'abord muet de stupeur, puis qui éclata en injures et en malédictions. Un large hématome au sommet du front bosselait le visage de l'Arabe, blême sous le flot de sang, qui coulait sur sa chemise sans col. Il avait la poitrine tuméfiée de meurtrissures qui viraient au noir. « Aïe, aïe, aïe », gémissait-il. On le fit asseoir au pied d'un abricotier où hier les enfants grimpaient pour cueillir des fruits dorés et gorgés de miel. On lui versa un seau d'eau sur la tête et on commença à lui nettoyer ses blessures. Alors, seulement, Yacef reconnut Kadour, le malade de la veille.

Kadour vomit sans prévenir, éclaboussant les hommes qui se penchaient sur lui. Dubus arrivait à cheval. En un instant, il mit pied à terre, écarta le groupe, examina Kadour et fonça vers la remise. Les deux paras en faction l'agrippèrent, mais Dubus était déchaîné – Yacef l'observait, non sans admiration. D'une poussée d'épaule, le colon enfonça la porte de la remise. Ce qu'il vit le stupéfia. Un soldat armé d'un bas de femme vraisemblablement rempli de sable cognait méthodiquement sur le crâne d'un ouvrier assis sur une chaise, les bras attachés derrière le dossier. Le capitaine semblait s'ennuyer et regardait vaguement par la fenêtre le champ couvert de meules.

« Monsieur, dit-il sans tourner la tête, veuillez sortir, je vous prie. »

Toute la cour entendit la réplique de Dubus. Il gueulait de toutes ses forces :

« Comment vous permettez-vous de torturer mes ouvriers? Je vous ferai casser! Vous croyez qu'un petit Français ignorant va venir faire la loi chez moi.

– Monsieur, dit le capitaine, d'une voix moins assurée, mais toujours égale, ce sont des suspects. J'ai des ordres, je les exécute.

– Des suspects! rugit Dubus. Je les connais depuis toujours. Ce sont mes ouvriers, vous entendez, mes ouvriers! Foutez-moi le camp sur-le-champ, avec vos sbires. C'est comme ça que vous pacifiez ! Même les fellaghas respectent les récoltes. Vous êtes sur mes terres ! »

Dubus s'était approché de l'officier, qu'il dominait de toute sa taille. Le capitaine recula d'un pas et réfléchit rapidement. Le colon devait avoir des appuis politiques pour le braver avec tant de violence. Il donna l'ordre de repli. Dix minutes après, les paras avaient quitté la ferme, sans embarquer personne. Le capitaine se consola en pensant que les interrogatoires n'avaient rien donné. Déjà, il détestait cette guerre, ce pays et ces gens.

Dubus repoussa les ouvriers, qui voulaient lui baiser la main. Il intercepta le regard de Yacef, qui baissa les yeux une seconde trop tard. Qui est-ce, celui-là ? pensa-t-il. Et si les paras avaient raison ? Il faillit adresser la parole à Yacef, mais, voyant Kadour allongé au pied de l'abricotier, il remit la chose à plus tard.

« Qu'on l'emmène à la maison, les femmes le soigneront. »

Le travail reprit. Cette fois, les ouvriers parlaient sans trêve et le contremaître jugea plus prudent de ne pas s'en mêler. Les anciens brossaient aux plus jeunes le portrait du patron : comment il avait mis en valeur la terre après son père et même son grand-père, comment il était allé chercher une femme en France, comment on avait célébré son mariage, trois jours de fête, frère, rends-toi compte, comment il avait fait construire des logements pour les familles – ils n'en finissaient plus, et Yacef ne fut pas surpris de voir s'approcher les deux combattants.

« Où étiez-vous passés ? Félicitations, je ne vous ai pas vus vous esquiver.

– Sid Raïs, dit fermement le plus âgé des deux combattants, un roux au visage long et maigre, avec une tache de vin sur la joue gauche, on ne fera rien. Les hommes nous retrouveraient et nous tueraient.

– L'organisation n'aime pas les collaborateurs ni les défaitistes, elle aussi vous retrouvera.

– Mais tu as vu, Sid Raïs, il n'est pas comme les autres.

– C'est un paternaliste, frère. Il ne tolère pas que des étrangers viennent faire la loi chez lui, c'est tout. Vous leur appartenez, comme la terre, comme les bêtes, tu n'as pas compris ça, imbécile !

– Sid Raïs, je te le demande, annule l'ordre.

– Impossible ! »

Yacef avait déjà saisi le parti qu'il pouvait tirer de l'indignation du colon. Tous les Européens seraient vite mis au courant. Leur colère et leur peur seraient décuplées quand ils apprendraient que, malgré sa générosité, les Arabes avaient incendié sa propriété. Yacef savait qu'il fallait durcir la haine, empêcher tout revirement, toute faiblesse, créer l'irréversible. Il demeura inflexible.

Le 20 août 1955, à midi exactement, la ferme du colon Dubus commença de brûler.

La répression était l'arme suprême des révolutionnaires. Depuis six ans qu'il errait clandestinement de ville en hameau, Yacef avait beaucoup lu; un peu Marx, beaucoup Lénine et même *Mein Kampf*. De ses confrontations avec les autres chefs de l'organisation, il avait tiré la certitude que c'était lui le meilleur connaisseur des aspects politiques de la révolution. Il admirait Tito. S'il avait survécu, peut-être Yacef serait-il devenu un leader de cette envergure.

Ce qui lui importait d'abord, c'était l'unité nationale. Il était décidé à la mettre en œuvre par tous les moyens, terreur incluse, car la terreur déclenche la répression, qui à son tour engendre la haine. Il disait : « Un cadavre en veston vaut plus que vingt cadavres en uniforme. » Il se sentait dépourvu de cruauté ou de perversité; ces mots n'avaient aucun sens pour lui. Il était un stratège, peut-être le seul stratège de la révolution.

Samuel Stora découvrait Constantine. Il y était venu négocier une importante commande avec un grossiste en bijouterie. Sur la place de la gare, il fut accueilli par le geste altier de l'empereur Constantin, dont la ville portait le nom. L'élégante courbe du pont Sidi-Rached, qui semblait soutenir les cubes bleus de la vieille ville arabe, le conduisit place Lamoricière. Le site originel de Constantine était celui d'un oppidum, une place forte qui, des Puniques aux Romains et aux Arabes, défendait le passage entre les deux barrières de calcaire et de grès qui l'encadraient. Un « rocher » scié en deux par le profond canyon où coulait le Rummel la portait tout entière. C'était un puzzle de quartiers entrecoupés par les failles du fleuve que seuls quatre ponts franchissaient. Les beaux immeubles côtoyaient les masures, les arches s'envolaient gracieusement au-dessus des âpres gorges.

Dans le quartier juif, des femmes en pantalon blanc à

gros plis, les cheveux cachés par un châle à franges garni de sequins et d'un petit hennin doré penché sur l'oreille, prenaient le frais sur le pas de leur porte. D'étroites rues en pente bordées d'échoppes s'entrecroisaient dans un dédale plein d'odeurs d'épices, de cuir et de friture. Pour se rendre chez le grossiste, Sam traversa le quartier réservé, où des femmes violemment fardées, dans des costumes pailletés rouge carmin ou bleu canard, se tenaient dans une pièce qui ouvrait directement sur la rue ou souriaient derrière les barreaux de leur porte fermée. Il leur jeta des regards en dessous, mais passa sans faiblir.

Ses affaires réglées, il flâna dans le centre. Des patrouilles et des véhicules militaires sillonnaient les artères ; des grillages antigrenades protégeaient les vitrines de nombreux magasins. Pour la première fois, Sam comprit pourquoi son ami Gaston Rico parlait de guerre, alors que le terme en vigueur était « événements ».

Il prit le car pour El-Halia, où il arriva le 19 août vers six heures du soir. C'était une petite ville, non loin de Philippeville, presque entièrement vouée à l'exploitation d'une mine de pyrite. L'oncle paternel de Sam y était l'unique tailleur. Ils ne s'étaient pas vus depuis au moins dix ans. Les cousines, hier petites filles maigrichonnes et pâles, à longue natte, étaient aujourd'hui des femmes mariées. Il y eut un moment de gêne comme il arrive après une longue absence. La chronique familiale rapprocha les parents éloignés ; les « tu te souviens » furent le sésame d'une complicité retrouvée, car le présent, dans sa fugacité, est indescriptible, tandis que le passé s'est figé dans des contours vrais ou faux, mais identifiables. L'oncle Roger était un homme taciturne, l'un de ces Européens d'Algérie acharnés au travail qui, contrairement à la légende, avaient le verbe bref, le geste mesuré et la mine tourmentée par le poids des responsabilités familiales dont ils se chargeaient. Maintenant que ses trois filles étaient casées, l'oncle Roger se rongeait les sangs – disait tata Germaine – pour le jeune Georgeot, qui travaillait mal au lycée, qui proclamait que pour rien au monde il ne serait tailleur et que, surtout, on ne pouvait pas « surveiller » puisqu'il était pensionnaire à Philippeville. « Alors, voilà, dit Roger, d'une voix lugubre, je vais vendre le magasin. » On aurait cru que ce dépouillement, qui lui crevait le cœur, était imminent.

« Dans dix ans, dans quinze ans, tu es jeune, tonton », répliqua Sam.

La tante Germaine soupira.

« Elle ne me trouve pas jeune, elle », dit Roger en lançant un regard noir, mais soumis, à sa femme. Sam sentit qu'il souhaitait qu'elle le démente et lui interdisait de le contredire. C'était l'un de ces couples que le temps a fixés dans des rites, comme s'il reflétait sa propre photographie prise une fois pour toutes. Sur la photo, chacun est immobilisé dans une mimique, dans une posture que rien ne viendra corriger. Ainsi, pour toujours, Roger grognait-il, et Germaine haletait, son éventail à la main, les yeux résignés et la bouche autoritaire. Malgré les apparences, elle décidait de tout. Mis devant le fait accompli, Roger se renfrognait davantage, mais, soulagé de n'avoir pas eu à trancher, ne changeait rien à l'ordre établi.

La cousine Roxane eut un petit mouvement d'épaules pour dire à Sam : « Ne fais pas attention. » Elle avait un gros ventre qui adoucissait sa silhouette rugueuse, ses épaules droites et son visage rectangulaire. Avec son air grave et absent, comme si elle était à l'écoute d'elle-même, le regard tourné vers l'intérieur, elle paraissait presque belle. Elle attendait la naissance – d'un fils, bien sûr – dans les deux semaines.

C'étaient ses deux sœurs – des jumelles – qui parlaient, moitié à haute voix, moitié chuchotant entre elles, échangeant ces secrets qui rendent les sœurs intarissables. Sam écoutait d'une oreille, bercé par le ronronnement des voix. Il avait longtemps négligé sa famille ; maintenant, à trente-huit ans, il sentait la nécessité de reprendre place dans le cercle, d'être de nouveau le petit Sami que la tante Germaine – elle avait été si belle ! – apaisait d'une chanson quand il s'était fait gronder par sa mère. La mère de Sam n'exprimait pas sa tendresse ; aujourd'hui encore, il se demandait si elle l'aimait. Au contraire, la tante Germaine, qui semblait si énergique, était une vraie mère poule, caressante, pleine de baisers et de consolations. Ainsi Sam, le bijoutier florissant, le mari insatisfait, se laissait-il, dans la salle à manger de l'oncle Roger, envahir par une torpeur hypnotique suscitée par le bourdonnement de la conversation, l'odeur du café, les rires feutrés des cousines, les soupirs de la tante, sur les genoux de laquelle il aurait volontiers posé la joue, comme autrefois.

Roger le tira de sa langueur en l'interrogeant. Sam

compris à retardement qu'on parlait de l'instituteur d'El-Halia, qui venait d'être arrêté par les gendarmes.

« Je ne comprends pas, dit Germaine, comment un homme si bon pour les pauvres pouvait ravitailler les fellaghas !

– Et un Français, en plus, dit Roger. Enfin, un Espagnol...

– Peut-être parce que les Arabes sont pauvres eux aussi », lâcha Roxane, mais si bas que seul Sam l'entendit. D'ailleurs, elle n'insista pas. Elle pensait à son bébé, qui allait naître au cœur d'une guerre qui ne disait pas son nom. Elle priait pour lui en silence.

« À propos, reprit Roger, on est invités à la noce. Tu nous accompagnes, Sami.

– Des amis à vous ?

– Non, les Arabes d'à côté.

– Pourquoi non ? lança Germaine. Des amis, tu peux le dire, papa. Des gens très bien. C'est Bouali, le cordonnier, tu sais bien, Sami. Il t'avait fait des sandalettes.

– Oh, oui, je me rappelle. Des sandalettes rouges, même que l'attache me blessait.

– Et moi, j'ai assoupli le cuir », dit Roger.

Ils se sourirent ; ils étaient heureux d'avoir des souvenirs paisibles et familiers, de pouvoir les évoquer librement sans qu'ils blessent personne. Ces souvenirs-là donnent aux hommes un bref sentiment de pureté, comme si rien ne les avait jamais salis.

Ils arrivèrent au milieu de la noce. Bouali habitait le sous-sol de la maison voisine. C'était une vaste pièce que des tentures séparaient en chambres. Elles avaient été décrochées, les meubles repoussés contre les murs. La foule des invités grimpaient et descendaient l'escalier, les bras chargés de paquets. Un moustachu grattait sa mandoline, l'air avantageux, en lorgnant les femmes. Elles étouffaient leurs rires en se cachant le visage des deux mains. D'autres musiciens jouèrent tout en se contorsionnant comme des acrobates. Les flûtes acides se faufilaient dans le piétinement des lancinantes darboukas. Puis toutes les filles en âge de danser envahirent le cercle. Les longues robes cousues d'or ou d'argent ne laissaient voir que leurs talons rougis de henné. Elles baissaient la tête, fuyant les regards des hommes. La plus hardie, grisée par la chaleur et par la syncope des tambourins, les yeux clos, plaquait les mains sur ses hanches. Son père dansa avec elle, sa canne tendue à bout de bras, au-dessus de la tête. Il mimait la fierté, la virilité, la bravoure dans un tonnerre d'applaudissements qui simulaient les coups de feu des fêtes d'antan. Elle roulait des seins et des hanches, enflammant tous les regards. Sam entendit des femmes marmonner : « Quelle dévergondée ! » Tout en médisant, elles tapaient dans leur mains et poussaient des youyous.

Une seule tenture n'avait pas été décrochée ; elle formait une chambre minuscule, où se tenait la mariée. Dévorées de curiosité, les femmes s'agglutinaient devant l'ouverture, gardée par deux tantes.

« Venez voir la mariée », dirent-elles à Germaine et à ses trois filles, qui feignirent de décliner un pareil honneur.

C'était presque une enfant, à la peau blanche et rosée, où affleuraient des veinules bleues. On aurait craint de la tacher simplement en la touchant du doigt. Une unique ampoule pendait du plafond. Dans cette pénombre, la mariée était assise, immobile, les yeux baissés, sur un matelas recouvert d'un tapis rouge sur lequel le dessin de la Kaaba s'imprimait en noir. Sous son voile, la transpiration ruisselait. Au front, ses tatouages lui faisaient une couronne de fleurs bleues ; sur les paupières et sous les yeux, des cernes de khôl enfonçaient son regard au point qu'elle paraissait être une statue aveugle. Des anneaux d'argent enfilés de perles multicolores et de ces cailloux de Jérusalem qui ressemblaient à de petites dents ornaient ses oreilles. Aux poignets et aux chevilles, des bracelets d'argent pesaient si lourd qu'à eux seuls ils auraient expliqué l'immobilité de la mariée.

On l'aida à se changer pour la troisième fois de la journée. Son corps était menu, blanc, lisse ; il exhalait un parfum de jasmin. Les femmes lui passèrent une robe de velours rouge brodée de fils d'or, enveloppèrent sa chevelure noire et brillante d'huile dans un foulard de soie de Chine aux teintes pastel. Elle se rassit ; elle n'avait pas levé les yeux une seule fois.

« Je me demande, chuchota une vieille, si elle est timide ou si elle cache son jeu. C'est peut-être une vipère. »

Les amies déjà mariées de la jeune fille se changèrent elles aussi, enfilèrent d'amples robes à fleurs jaunes ou vertes. Elles devaient toutes exhiber leurs trousseaux. Celui de la fiancée était éparpillé à travers la chambrette, les savonnettes mêlées aux chaussures, les robes aux flacons de parfum.

Dans la pièce principale, les danses continuaient; des serveurs passaient et repassaient avec de larges plateaux de cuivre où se pressaient de minuscules verres de thé à la menthe; le festin commença par des brochettes de mouton grillé gardées dans un voile léger à l'abri des mouches.

Sam s'étonnait de se sentir si parfaitement à son aise; des filles, riant de leur audace, et guettant le regard désapprobateur de leurs mères, le poussèrent dans le cercle. Il dansa, oublieux de sa jambe infirme, comme il l'avait fait à son propre mariage. Et c'étaient les mêmes cris, les mêmes youyous, la même musique, les mêmes parures, les mêmes trousseaux exhibés. Les mères arabes et les mères juives étaient semblables aussi. Les unes et les autres applaudissaient, se réjouissaient, redoutaient le mauvais œil, médisaient à voix basse, couvaient leurs filles comme des trésors, cherchaient fébrilement pour elles un bon parti, invoquaient le Seigneur en touchant la main ouverte qui pendait à leur cou pour éloigner le démon. Sam se demanda si Gaston Rico ne se fourvoyait pas. Lui ne savait rien de cette similitude des mœurs et des pensées.

Une femme maintenant occupait seule le centre du cercle. À demi vêtue de mousseline, les cheveux plaqués en larges bandeaux couverts d'une résille vert et jaune qui soutenait des voiles brodés, les pieds nus, elle ondulait dans le courant de musique obsédant. Elle jouait d'une écharpe multicolore qui s'enroulait autour de son buste flexible, à peine caché d'un court boléro serti de paillettes; son pantalon transparent dénudait le nombril enchâssé d'une émeraude. Elle passa l'écharpe derrière ses hanches, et la danse du ventre l'enflamma tout entière. Elle ne voyait plus rien, abandonnée aux tremblements qui la secouaient comme l'aurait fait le plaisir. Les hommes lui jetaient des billets et des pièces. La bouche entrouverte, les joues enflammées, elle tourna longtemps; son ventre gras était un coussin où tous auraient enfoui la tête; tous ces hommes, prudes au fond, voyaient la danseuse comme une putain et comme une mère. Et c'est pourquoi, tout en la désirant sous les yeux de leurs femmes, ils avaient un sourire crispé; ils auraient voulu que le spectacle se prolonge et ils avaient hâte qu'il finisse. La danseuse dérangeait l'ordre établi, allumait des désirs interdits. Elle le savait bien, qu'elle était une perturbatrice. Elle ramassa l'argent et s'enfuit.

Dans un angle du sous-sol, sur un grand tapis, on disposa le festin, un mouton rôti, un énorme dôme de couscous aux légumes et aux pois chiches. Roger, Sam et tous les hommes s'assirent en tailleur autour des plats, tandis que les femmes, à l'écart, dépliaient leurs chaises basses. Bouali, le cordonnier, était un homme calme et minutieux ; il prenait les morceaux de viande entre le pouce et l'index et s'essuyait les lèvres entre chaque bouchée. Il était chauve et se passait souvent la paume à plat sur le crâne comme s'il se massait. L'oncle Roger mangeait avidement, des grains de couscous tombaient sur sa cravate, il parlait moitié en arabe moitié en français avec ses voisins, ses amis de toujours ; ils étaient tous nés à El-Halia, ils avaient grandi ensemble, joué ensemble, ils célébraient ensemble les fêtes arabes et les fêtes juives. Dans les villes, il en allait autrement ; Sam en prit conscience quand il s'aperçut que Roger savait tout de la famille et des affaires de Bouali et que Bouali n'ignorait rien de celles de Roger.

Un homme à barbe blanche se leva en agitant un billet de cinq cents francs :

« Sidi Hadj Abdallah Toufik, cinq cents *douros* ! » cria-t-il d'une voix profonde, immédiatement relayée par le martèlement à deux temps du joueur de tambour et par les youyous des femmes, dont les notes vibraient longtemps avant de retomber, comme des oiseaux qui planent et se posent. Le vieillard scandait les noms des donateurs, qu'il accompagnait d'une flatterie, et souvent le bienfaiteur remettait la main à la poche. Le vieil homme était connu pour son habileté ; on l'embauchait pour presque toutes les cérémonies. Roger posa un billet dans le grand plat en cuivre.

« Monsieur Roger, mille francs ! »

Bouali se tourna vers Sam.

« Vous arrivez d'Alger ? » dit-il.

Sam hocha la tête.

« Et alors ? ajouta le cordonnier, avec un geste prudent, comme s'il tâtait une bosse au sommet de son crâne.

– Ça va, tout est calme », répliqua Sam, confus. Il faillit rougir ; il avait l'impression que Bouali perçait son secret, qu'il le voyait dans la cave de Gaston, devant la cache d'armes. Il reprit : « Grâce à Dieu, tout est calme. » C'était comme s'il blasphémait.

« Grâce à Dieu ! » dit le cordonnier, et il tendit lui-même un morceau de mouton à la peau craquante à son invité.

Tout le jour, tandis que la mariée se trouvait au hammam, lavée, brossée, ointe, parfumée par sa mère et ses tantes, le marié, entouré de ses amis, qui l'étreignaient à chaque pas, avait traversé la ville de part en part, précédé et suivi par un cortège de youyous, de félicitations et de souhaits. « Que toute ta vie soit blanche et prospère ! »

Enfin il arriva. Il apparut en haut de l'escalier, beau, grand dans son burnous immaculé ; plus d'une mère ressentit un pincement de jalousie. Pourquoi était-ce la fille de Bouali qui avait tiré le gros lot ? pensaient-elles.

Les traits du marié étaient parcourus par une gamme de sentiments, la fierté, l'impatience, la convoitise, qui, tour à tour, lui retroussaient la lèvre, lui fronçaient les sourcils ou lui agrandissaient les yeux. Il cherchait du regard le rideau derrière lequel sa femme se préparait au grand événement. Il le vit ; un soupir souleva sa poitrine. Son frère cadet lui posa une main apaisante sur l'épaule. Depuis des heures, ses amis tentaient de le rassurer : « Surtout, n'aie pas peur, lève-lui les jambes et vas-y. Si elle ne coopère pas, tant pis pour elle ! »

« Il est beau, n'est-ce pas ? dit Bouali à Sam. Tu sais (il le tutoyait soudain), ils sont promis l'un à l'autre depuis leur naissance. Ils sont nés le même jour. Je fêtais la naissance de ma fille au café maure et le père de Slimane pareil. C'était un signe, non ? J'ai dit : “ Ils seront mari et femme. ” On s'est touché la main. Et il a répondu : “ Que celui qui renie sa parole soit maudit. ” »

Ce que Bouali passa sous silence, c'est que, malgré cette promesse de dix-huit ans, les tractations avaient été rudes au moment de préparer le contrat. Finalement, le cordonnier avait obtenu les trois quarts du prix qu'il réclamait pour sa fille, et signé.

Le marié partagea le repas du bout des dents, une boule dans sa gorge l'empêchait d'avaler. Le sous-sol manquait d'intimité. La mariée sortit par la fenêtre de derrière et se rendit dans une maison voisine, suivie de toutes les femmes. Là, elles préparèrent le lit et l'habillèrent une nouvelle fois. Sa mère chuchota longuement à son oreille, lui donnant ses ultimes conseils ; elle était trop émue elle-même pour rassurer la jeune fille. Enfin, toutes les femmes quittèrent la pièce, dont l'une des tantes ferma la porte à clef. Pour la première fois depuis des jours, la mariée se retrouvait seule, le cœur étreint d'anxiété.

La tante remit la clef au plus jeune frère du marié.

Celui-ci marcha, le dos un peu voûté, vers sa femme, qui était née le même jour que lui et dont il ignorait tout. Ses camarades ne le laissèrent qu'au seuil de la chambre. « Sois un homme, lui répétèrent-ils, et ne nous laisse pas attendre toute la nuit devant la porte. »

Des bougies multicolores jetaient une lumière changeante dans la chambre nuptiale, où les parfums se mêlaient à l'encens. La jeune fille était assise sur le lit, entièrement couverte d'un voile blanc transparent. Il l'admira, muet, puis les cris venant de l'extérieur lui donnèrent le courage de s'approcher du lit.

Plus tard, alors qu'il voulait rester auprès de sa femme, qui semblait bouleversée et brisée, les hurlements de ses amis massés derrière la porte le rappelèrent aux usages. Il s'y plia à contrecœur. Mais lorsqu'il leur tendit la chemise et qu'ils se la passèrent de main en main en déclarant gravement : « C'est bien du sang ! » une immense fierté l'envahit. Tous regagnèrent le sous-sol, où, à leur tour, les femmes s'emparèrent de la chemise, qu'elles tendaient haut au-dessus de leur tête, comme un trophée, afin que tout le monde sache et témoigne. Les youyous éclatèrent, la fête se poursuivit jusqu'au matin. Bouali, sur le tapis, finit par s'endormir, le cœur serein : tout s'était passé dans les règles.

Il n'y avait pas un souffle d'air. À huit heures du matin, les pierres du ravin étaient déjà chaudes ; la sarriette desséchée exhalait une odeur âcre qui le faisait presque suffoquer. Yacef avait le front brûlant et moite ; il souffrait terriblement du ventre et avait épuisé sa provision de bismuth. Assis à l'ombre maigre d'un chêne vert rabougri, il regardait impatiemment la route déserte au-dessus de lui. Des guêpiers traversèrent le ciel sans nuages ; par là était le village ; les oiseaux se dirigeaient vers les ruches, le bec déjà ouvert. Les hommes de Si Moktar attendaient aussi ; ils portaient des uniformes kaki et un ruban jaune à leur béret. Ils ressemblent à de vrais soldats, se dit Yacef. C'était le 20 août 1955, un grand jour pour la révolution, celui qui déciderait du renouveau ou de la fin.

Yacef avait l'impression que des scorpions lui déchiraient le ventre ; sa bouche était pleine d'une salive épaisse et amère qu'il crachait constamment et qui se reformait aussitôt. Bien qu'il n'eût rien avalé depuis vingt-quatre heures, la nausée lui étreignait la gorge ; il se tenait immobile, la tête renversée, de peur que le moindre mouvement ne libère une crue qu'il sentait près de se déverser. Il avait peur aussi de la décision qu'il avait prise, des actes qu'il avait organisés. Une fois les démons lâchés, il serait impossible de les tenir en laisse.

Les hommes parlaient à voix basse. Ils disaient que les avions égyptiens allaient les appuyer, ils disaient que les Américains étaient sur le point d'intervenir en faveur du F.L.N., ils disaient que toute l'Algérie se soulèverait d'un seul élan et chasserait l'ennemi.

« Est-ce vrai, Sid Raïs ? » demanda un jeune militant qui flottait dans un uniforme trop grand pour lui ; il était imberbe, avec un long nez aristocratique et une pomme d'Adam proéminente qu'on voyait monter et descendre sous la peau blanche de son cou.

« Qui vivra verra », répondit Yacef. Il serra de nouveau les dents pour endiguer sa nausée.

Un homme apparut sur la crête. Les militants se dissimulèrent derrière les buissons de myrte qui tapissaient le fond du ravin. L'homme semblait hésiter, jetait des coups d'œil derrière lui, esquissa un geste comme pour arrêter des compagnons. Enfin, il siffla, une brève et deux longues ; un militant lui répondit par deux brèves et une longue. L'homme dégringola la pente, se prit les pieds dans une racine, boula, se redressa un peu confus en époussetant son pantalon et salua militairement. C'était un mineur d'El-Halia. Yacef s'était levé ; il ferma les yeux pour empêcher la terre de tourner ; le ciel venait dangereusement de basculer dans le ravin.

« Vous êtes combien ?

– Une cinquantaine, répondit le mineur.

– On vous a vus ?

– Ils dorment, c'est dimanche. »

Le mineur avait les yeux fiévreux, cernés, le visage verdâtre. Il parlait d'un ton bref et méprisant. Il a dû fumer toute la nuit, pensa Yacef. Les mineurs descendirent l'un après l'autre au fond du ravin et se rangèrent à l'écart, muets, comme s'ils craignaient, par une parole ou un geste, de sortir de leur hypnose. C'étaient des hommes de tous âges, vêtus à l'européenne ; ils semblaient isolés du monde par une sphère opaque. On pouvait les voir, et ils ne voyaient rien. Yacef expliqua à celui qui paraissait être leur chef qu'ils devaient attendre midi, l'heure où les familles passeraient à table. Au même moment, dans les environs de Constantine, de Philippeville, de Collo, d'Aïn-Abid, d'El-Arrouch, d'autres Yacef donnaient les mêmes directives.

Plus tard, Yacef ne garda aucun souvenir des quatre heures passées sous le soleil de plomb. Peut-être dormit-il entre ses accès de souffrance; sûrement pensa-t-il à la mort qui le guettait, là-haut, sur la crête et qu'il refusait d'accueillir parce qu'il n'avait encore rien fait, sinon fomenter la destruction, alors qu'il ambitionnait de construire. Il se souvint seulement qu'à un moment un noir essaim de moustiques s'attaqua aux mineurs et que c'est à peine s'ils se défendirent, laissant les insectes pénétrer dans leurs oreilles et leurs narines. Puis des voitures passèrent sur la route, emmenant des bandes de jeunes gens vers les plages. Puis le silence retomba, ce silence bruissant d'une torride journée d'été, plein de vibrations et de craquements sourds, comme exténués.

Vers onze heures et demie, les cinquante mineurs gravirent la pente du ravin. Ils portaient des fusils de chasse, des faux, des serpes, des haches, des pelles aux bords affûtés, des couteaux, des rasoirs, des massues qu'on appelait *debouz*. Quelques-uns dissimulaient leurs armes dans leurs chemises. La plupart les tenaient à la main. Ils s'éloignèrent comme des somnambules, raides, le pas heurté et nettement décomposé, levant haut le pied avant de le reposer sur la route. Ils se divisèrent en quatre groupes et assaillirent le village d'El-Halia par les quatre points cardinaux. Yacef et les hommes de Si Moktar étaient restés dans le ravin. Ils entendirent les premiers coups de feu et se mirent à ricaner pour masquer leur appréhension. Les fauves étaient lâchés; ils leur avaient ouvert la porte de la cage. Pour la première fois, ce peuple misérable et ignoré agissait. Puis, plus forts que les coups de fusil, retentirent les youyous des femmes, les youyous stridents qui vrillaient le cerveau, le déchiraient, s'insinuaient dans la moelle épinière, électrisaient le corps entier. Les youyous faisaient perdre la notion du temps et de l'espace; incendiés par ces trilles monocordes, suraiguës, les corps se mouvaient mécaniquement à l'intérieur d'un brouillard, comme si les pieds n'étaient plus accrochés au sol, comme si les oreilles ne percevaient aucun autre bruit qu'un sifflement continu au centre du cerveau, comme si les yeux n'avaient plus d'autre champ de vision qu'un étroit sillon droit devant eux. Le temps aussi était aboli : il n'y avait plus de passé ni de futur; seul un présent saccadé s'étirait interminablement, non pas fait de durée, mais d'une suite de parcelles de secondes dissociées, chacune séparée de la suivante par une plage d'éternité, de sorte que les gestes, les pas, les courses même paraissaient tracés au ralenti quelle que fût leur vitesse d'exécution. C'était un cortège d'automates; chacun de leurs mouvements naissait d'une génération spontanée et non du précédent. On aurait pu croire qu'à chaque seconde la jambe ou le bras ignorait l'infinitésimal parcours qu'il venait d'effectuer, dans son ascension ou dans sa projection en avant, et qu'il ignorait l'infiniment bref trajet qu'il suivrait dans l'instant suivant.

Les femmes donc, aux fenêtres ou dans la rue, modulaient leur envoûtement. Qui donna l'ordre de couper les lignes téléphoniques? Elles furent coupées. Qui imagina de briser l'émetteur radio d'urgence? Il fut débranché. Les hommes, les paisibles mineurs d'El-Halia marchèrent, telle une horde de statues aux visages pétrifiés. Entendaient-ils le muezzin qui, du haut du minaret, les appelait à égorger les femmes au nom du *djihad*? Mais cette injonction n'aurait sans doute rien ajouté à leur fureur de détruire, de réduire en cendres les choses et les vivants, de se tremper dans le sang comme dans une source de soufre. De quelles profondeurs infernales remontait, comme une bile noire, le goût d'ôter la vie? Pour la plupart, ces hommes n'avaient jamais étranglé que des oiseaux pris au collet, n'avaient jamais égorgé que des moutons. On leur avait dit : « Voici l'ennemi », et ils l'exterminaient. Ils ne considéraient plus que leur ennemi était hier un voisin, un ami, un client, un patron, qu'hier ils avaient travaillé à son côté, ri, dansé, fêté, plaisanté. Cet Européen devenait l'ennemi absolu, anonyme, collectif; il était massacrable parce qu'il représentait un principe qui le transcendait et peu importait qu'il fût un bébé dans ses langes ou une vieille femme dans sa cuisine. Ce n'était plus Mme Ruiz à qui on réparait la veille son fourneau, ce n'était plus M. Sanchez avec qui avant-hier on jouait à la pétanque, ce n'était plus le bébé Jeannine à qui on avait offert un collier de pierres multicolores pour quand elle serait grande. C'était l'ennemi tel qu'il avait été désigné par l'organisation; l'ennemi n'a pas d'âge, pas de sexe, pas d'histoire, pas de cœur, pas de cerveau. Il n'est qu'un corps rempli de sang, qu'il faut verser, prolongé de membres, qu'il faut arracher, arrondi d'un ventre, qu'il faut ouvrir. L'ennemi est une herbe mauvaise qu'il faut extirper du sol des vivants. Le sang de l'ennemi dont on s'inonde est une eau lustrale qui ouvre les portes du paradis des justes. C'est un sang impur qui purifie.

Mme Ruiz crie : « Toi, Kader ? » plus surprise qu'épouvantée, toi Kader, mon voisin, qui jouait avec mes fils, qui m'accompagnait au marché, qui a couché sous mon toit le jour où ton père t'avait promis la cravache ; Mme Ruiz s'écrie, comme César : « Toi, Brutus ? », trop tard, le bras est armé, il se lève et s'abat ; l'oppresseur doit périr pour que survive la cité ou l'organisation. Et c'est Mme Ruiz l'oppresseur, Mme Ruiz avec sa robe noire, son chignon blanc, ses yeux bleus, ses fines rides qui plissent à peine son visage stupéfié ; elle meurt sans comprendre ; même, dans son dernier souffle, elle a pensé que le pauvre Kader était devenu fou et elle a prié pour lui.

Les mineurs connaissaient chaque maison et chaque habitant, cela n'exigeait pas un effort de mémoire gigantesque, ils étaient deux cents Européens, peut-être une quarantaine de familles, qu'ils côtoyaient tous les jours depuis toujours. C'était dimanche, ces familles se mettaient à table, la mère avait préparé le gigot de mouton et une tarte, les enfants tardaient à se laver les mains, le père s'emportait parce qu'il était le père, la grand-mère s'était endormie dans son fauteuil à bascule et sa fille, qui n'avait pas encore ôté son tablier, hésitait à la réveiller, le grand-père prenait le frais sur sa chaise installée sous l'abricotier, souriant et fumant sans impatience parce qu'il était vieux.

Quand leurs portes et leurs fenêtres se fracassèrent sous la poussée des somnambules, les Européens s'exclamèrent : « Les Arabes ! » comme s'ils retrouvaient une menace enfouie dans leur mémoire, de même qu'ils se seraient écrié : « Le cancer ! » en apprenant qu'un de leurs proches en était frappé, le cancer qui est là à planer comme un épervier – mais qui imagine qu'il fondra jamais sur sa proie ? Eurent-ils le temps de réaliser qu'à El-Halia vivaient deux mille Arabes et qu'ils n'étaient, eux, que deux cents ? Avant de mourir, les moins lucides ou les plus obstinés à vivre s'étonnèrent, parce qu'ils espéraient un sursis, un basculement du destin, un retour à l'ordre normal des choses enfin ; ils s'étonnèrent, comme on peut s'étonner devant l'injustice du cancer, qui frappe en aveugle; ils s'indignèrent naïvement : mais quoi, ces Arabes, ne vivions-nous pas en bonne intelligence avec eux, El-Halia, notre village, n'était-il pas donné en exemple parce que, à la mine, on appliquait les tarifs légaux et on versait des salaires identiques aux Français et aux Arabes? Voilà ce qu'ils pensèrent, ces esprits rationnels et ignorants, certes ignorants, avant que la hache ne leur fende le crâne.

Ignorants de quoi? Des rancœurs stratifiées au fond des volcans en apparence endormis, du sourd travail des idéologues, des colossaux intérêts qu'ils servaient à leur insu et dont ils payaient la dette, ignorant aussi qu'une plaie sans cesse grattée ne cicatrise pas, qu'elle s'infecte si on ne la soigne pas. L'heure n'était plus de dire : « Encore un instant, s'il vous plaît, nous allons changer tout ça! » C'était l'heure de mourir.

Et ils moururent tous ensemble, familles indissociées, il n'y eut ni veuves ni orphelins.

Les mineurs, les villageois, les voisins égorgèrent leurs voisins, les maisons ruisselèrent de sang, les ventres des femmes furent ouverts à coups de serpe, les bras et les jambes des hommes furent tranchés à coups de pelle affûtée, à coups de hache, les crânes des vieillards furent défoncés à coups de massue. Les hypnotisés ne sortaient pas de leur cauchemar même quand ils projetaient les bébés contre les murs et que leur sang éclaboussait en larges taches striées de débris de cervelle les parois fraîchement repeintes – qu'ils avaient souvent repeintes, eux, les somnambules, en chantant leurs lancinantes et nostalgiques complaintes qui berçaient la grand-mère – combien de grands-mères parlaient mieux arabe que français! Maintenant, les grands-mères mouraient, les jupes relevées, et des bouteilles s'enfonçaient sous ces jupons de percale ou de coton. Des rasoirs tailladèrent des sexes d'hommes et des mains d'hommes les placèrent dégoulinant de sang dans des bouches d'hommes.

Ils déferlèrent comme un orage de sauterelles, comme une pluie d'ulcères, comme une volée de grêle, comme un nuage de ténèbres à travers les maisons et les rues, à la terrasse des cafés, dans les jardins et à l'église. Ils tuèrent tout, les êtres humains et les animaux, les petites filles aux cheveux nattés et les petits garçons aux jambes nues, les vieux chiens asthéniques qui attendaient la mort dans une flaque de soleil et les jeunes bergers grondants dont les lèvres retroussées découvraient des crocs terrifiants. Mais rien ne terrifiait les somnambules; certains Européens, alertés par les cris de terreur et d'agonie qui se propageaient le long des rues telle l'onde de mort envoyée par l'Éternel à travers la cité de Pharaon, se barricadèrent et sortirent leurs fusils. De leurs fenêtres, ils tirèrent sur la horde qui montait à l'assaut, vague après vague. Touchés, les assaillants vacillaient, s'écroulaient, puis, comme si la terre gorgée de sang les ranimait, se relevaient et se relançaient au combat. On leur avait dit : « Mieux vaut vivre une heure libre qu'une vie entière enchaîné. » Leur propre mort leur était indifférente.

Au milieu de la rue principale coulait une rivière de sang dont les affluents prenaient leur source dans les maisons hurlantes. Des enfants bruns et frisés criaient de joie et achevaient les mourants. Plus tard, leurs mères les regarderaient en frémissant.

Au creux du ravin, Yacef, dévoré par la fièvre, grelottait sous une couverture. Le massacre durait depuis une heure. Il entendait les coups de fusil et les hurlements. Un homme de Si Moktar veillait auprès de lui; il le faisait boire en lui soulevant doucement la tête. Les autres militants paraissaient sourds, certains jouaient aux dominos, leurs mains tremblaient un peu. Les yeux clos, Yacef voyait le carnage, il en devinait chaque abomination : c'était son œuvre. Il faillit envoyer des militants arrêter la tuerie, mais comment faire rentrer dans sa bouteille le génie malfaisant qui s'en est échappé ? Ses émissaires se feraient massacrer à leur tour. Recroquevillé sur sa douleur, il pensait que la mort, qui lui semblait promise depuis le début de la révolution, allait maintenant se présenter sous la forme ridicule d'un ulcère. Son esprit lutta encore à discerner sa responsabilité et son devoir, puis lâcha prise. Yacef aurait pu – qui le saura jamais ? – sauver la famille de Samuel Stora, mais il ne leva pas la main.

L'oncle Roger était parti pêcher de bon matin. La famille dormait. Il aimait prendre seul son café dans le silence à peine troublé par les ronflements modestes de la tante Germaine. Dans l'univers de femmes qui était le sien, Roger n'avait pas souvent droit à la parole; aussi profitait-il de la solitude et du silence pour s'exprimer à mi-voix. Alors Germaine ne répliquait pas, alors son fils Georgeot devenait miraculeusement bon élève, sans qu'il soit nécessaire de le menacer de représailles qui ne s'exerceraient jamais. Roger relevait la tête. L'oued n'était pas très poissonneux, cependant l'oncle Roger y passa une agréable matinée à l'ombre d'un saule. Il aurait bien aimé bavarder entre hommes avec son neveu, mais Sam dormait à poings fermés. Drôle de type, ce Sam ! Qui aurait pensé que le gamin infirme deviendrait un riche commerçant ? Depuis quarante ans, l'oncle Roger se demandait comment les autres se débrouillaient pour s'enrichir. Quels talents cachés pouvait-il bien avoir, ce Sami ? Vers onze heures et demie, Roger n'avait pas déchiffré l'énigme. Bredouille comme d'habitude, il s'en retourna chez lui en sifflant *Le Plus Beau Tango du monde*. Une bande d'Arabes habillés à l'européenne surgit sur la route. Un par un, ils escaladaient la pente du ravin des Myrtes. Combien étaient-ils ? Roger les voyait apparaître, à la file, comme des fourmis en procession. Il les compta : ils étaient quarante-sept. Intrigué, Roger s'apprêtait à les interpeller, quand il s'aperçut que la plupart portaient une pelle, une faux, un fusil sur l'épaule. Il reconnut un mineur, puis un deuxième, puis presque tous. Roger n'était pas un homme particulièrement perspicace ; son expérience du mal se réduisait à quelques mensonges débités en rougissant à la tante Germaine et à une gifle distribuée un jour d'exaspération à son fils Georgeot, gifle qu'il déplorait encore après dix ans. Pourtant, la lumière se faufila instantanément dans son esprit lent et assoupi par une matinée oisive. Ces Arabes cherchaient à faire un mauvais coup. Une peur ancienne se ranima dans la mémoire de Roger. En 1934, le jour du pogrom de Constantine, il avait échappé de peu à la mort ; il était sorti de la synagogue en plein cœur de l'émeute arabe et n'avait dû son salut qu'à une fuite éperdue à travers les ruelles obscures et enchevêtrées du quartier juif. Il courait vite, Roger, en 1934.

Ce 20 août 1955, il courut à peine moins vite, en contournant El-Halia – il habitait à l'autre entrée du village –, et s'effondra derrière la porte de sa maison, le cœur sur le point d'éclater. « Roger ! » cria la tante Germaine, et, en un éclair, il sut qu'elle l'aimait quand même.

« Les Arabes, haleta Roger, ils viennent nous tuer ! »

Les trois filles, le jeune Georgeot et Germaine se regardèrent avec désolation : Roger avait perdu la raison. Sam ne posa aucune question. Il était en train de dresser le bilan financier de son voyage. Il se leva d'un bond, l'encrier se renversa sur son registre.

« Vite, dit-il, chez Bouali !

– Quel Bouali ? demanda plaintivement la tante Germaine, terrifiée à l'idée de demeurer seule saine d'esprit.

– Votre voisin, le cordonnier. »

Tout en aidant Roger à se redresser, il expliqua que, la veille, au mariage, Bouali lui avait proposé son aide « en cas de malheur ». Sam parlait à toute allure, mais avec des mots précis et compréhensibles. Déjà, il entraînait le troupeau familial hésitant dans l'étroit terrain vague qui jouxtait la maison du cordonnier. Je comprends maintenant pourquoi il est riche, se dit Roger, qui se sentait au bord de l'évanouissement.

Bouali leur ouvrit la porte de son sous-sol.

Lui non plus ne réclama aucune explication. Il tendit le bras vers le rideau derrière lequel la mariée avait attendu le moment suprême. Sam allongea Roger sur le lit ; Germaine prit la main de son mari. Roxane avait plaqué les siennes sur son ventre. « Alors, on ne mange pas, aujourd'hui ? » dit Georgeot. Ses deux sœurs jumelles se tenaient enlacées et tremblantes.

Sam tira Bouali par la manche.

« Tu savais ?

– J'avais des soupçons. Au café, les gens bavardent.

– Et ta famille ? demanda Sam.

– Je les ai envoyés à la plage. »

Tous les deux poussèrent les meubles contre la porte ; c'était un fragile échafaudage. Ils se regardèrent et Sam fit signe à Bouali de se taire. Ils savaient que la barricade ne résisterait pas à un assaut. Il était midi cinq, et c'est alors que retentirent les premiers hurlements.

Pendant une demi-heure, les cris des suppliciés et les youyous des femmes enflèrent à mesure qu'ils se rapprochaient du refuge. Les coups de fusil éclataient sans interruption. La tante Germaine priait, l'Éternel restait sourd. Sam examinait anxieusement le sous-sol. En dehors de la porte, il n'avait qu'une seule issue : un soupirail qui donnait sur la ruelle. Un coffre était posé dessous. Jamais l'oncle Roger, ni la grosse tante Germaine, ni encore moins Roxane, qui sentait les douleurs de l'accouchement, tandis que ses sœurs terrifiées ne lui apportaient aucune aide, jamais personne ne se hisserait sur le coffre pour fuir au moment de l'assaut. Personne, sauf Georgeot et moi, pensa Sam, qui se rapprocha du soupirail et attira contre lui son jeune cousin, hébété; le garçon se bouchait les oreilles pour ne pas entendre les hurlements d'agonie; les yeux écarquillés, il voyait son père inondé de sueur, pâle comme le drap qui l'enveloppait, il voyait sa mère ensevelie dans sa prière et les jumelles la tête enfouie sur ses vastes cuisses. Seule Roxane, assise par terre, le dos raidi contre le mur, gardait un sang-froid que Sam contemplait avec admiration. Il ne faut pas qu'elle meure, pensa-t-il, pourtant déjà certain qu'elle était condamnée. Roxane dit d'une voix faible mais nette : « Maman, je vais accoucher. »

Au moment où la porte barricadée subit son premier assaut, Roger se mit à réciter la prière des morts : « Écoute, Israël... » Sam monta sur le coffre et tendit la main à Georgeot pour le hisser à son côté. Il croisa avec désespoir le regard calme de Roxane. Il s'apprêtait à sauter sur le sol pour aller la rejoindre et mourir avec elle; elle l'arrêta d'un geste impérieux : « Reste, Sami, reste avec Georgeot. »

Un bras passa à travers la porte, où les haches avaient percé une large ouverture. Sam fit la courte échelle à Georgeot et l'aida à se glisser par le soupirail. La ruelle était déserte.

« Fonce, mon fils, ne te retourne pas ! »

Le garçon ne bougeait pas. Il entendit la voix de sa mère; c'était comme un murmure désespéré, un chant d'adieu et aussi la promesse d'une bénédiction : « Sauve-toi, Georgeot ! »

Il prit ses jambes à son cou, courut droit devant lui, ne sachant où il allait, ne reconnaissant aucun des paysages qu'il arpentait depuis sa petite enfance. Il courut comme un champion, son cœur bondissait dans sa poitrine, il se jeta dans la pente d'un ravin et tomba aux pieds de Yacef.

Il se vit entouré par des hommes en uniforme kaki et se crut sauvé. Les soldats français ! Il ouvrit la bouche pour les implorer de sauver sa famille, mais s'aperçut que c'étaient tous des Arabes. Acceptant sa mort, il fut soulagé : il ne serait pas orphelin, il allait rejoindre ses parents et ses sœurs.

« Qu'est-ce qu'on fait, Sid Raïs? demandèrent les militants.

– Nous partons, répondit Yacef, que la douleur avait

quitté et que le bien-être envahissait. Il mourait de faim cependant.

– Et lui ?

– Lui, il est vivant. Il faut aussi des vivants.

– C'est dangereux, Sid Raïs ! Il parlera.

– Les morts parleront plus que lui. »

Yacef posa la main sur la tête de Georgeot, lui accordant sa protection. Les hommes de Si Moktar reculèrent et commencèrent, suivant les ordres de leur chef, à quitter le ravin, un par un.

Ce n'est qu'à la nuit que les parachutistes recueillirent le garçon. Il répétait inlassablement : « Papa, je travaillerai bien maintenant. »

Sam était resté près du soupirail. Cinq ou six mineurs pénétrèrent dans le sous-sol. Leurs chemises blanches étaient maculées de sang. Ils semblaient y avoir plongé les bras jusqu'au coude. Un mineur s'était porté en avant, les autres gardaient la porte. Le silence était tombé, comme si la mort, exténuée, s'accordait quelques instants de repos. On n'entendait plus que la respiration haletante et sifflante de l'oncle Roger. Le mineur avait les yeux si rétrécis, la bouche si étirée, les mâchoires si serrées que Bouali hésita à le reconnaître.

« Mahfoud, mon frère, dit-il enfin, laisse-les, ce sont des amis. Ils étaient au mariage de ma fille. »

Une seconde, le mineur ne bougea pas. Puis les yeux de Bouali virent le mouvement du bras de l'assassin, mais ce fut un geste si vif et si précis que son cerveau n'eut pas le temps de l'enregistrer. Le cordonnier ignora qu'il mourait. Un coup de hache le décapita ; sa tête vola jusqu'au lit où Germaine, allongée sur son mari, lui faisait un rempart de son corps. Elle s'évanouit. Aussi ne vit-elle pas les assassins égorger son mari d'un coup de rasoir qui lui trancha le cou d'une oreille à l'autre. Les hurlements des jumelles la ranimèrent. Mais elle avait sans doute déjà perdu la raison quand la serpe ouvrit le gros ventre de Roxane. Le bébé fut arraché de son nid et projeté contre le mur. Cria-t-il ? Vécut-il la seconde suffisante pour pouvoir crier ? Sam, qui voyait tout par le soupirail, n'a jamais pu le dire. Il avait le cerveau broyé ; il n'entendait plus, ne sentait plus. Il ne lui restait que ses yeux pour voir, et les images s'imprimèrent à jamais dans son esprit. Une massue défonça le crâne de l'oncle Roger, et Sam demeura à sa place, les jambes paralysées. Un couteau découpa les seins de la tante Germaine, et Sam ne bougea pas. C'est seulement quand ils commencèrent à dénuder les jumelles qu'il poussa un hurlement et prit la fuite. Il devait dire plus tard : « Ça, je ne sais pas pourquoi, je n'ai pas pu le supporter. »

Il était quatre heures de l'après-midi, le massacre durait depuis quatre heures, depuis deux cent quarante minutes pendant chacune desquelles la mort avait frappé. C'est à cette heure seulement que le 18e régiment de chasseurs entra dans El-Halia. Ces jeunes gens pourtant endurcis furent pétrifiés d'horreur. Le village était une fontaine de sang, les cadavres amoncelés dans les rues et les maisons ressemblaient à des carcasses d'animaux dépecés. Dans une ruelle, des enfants défonçaient à coups de pied la tête d'une vieille femme.

« Arrêtez, s'écrièrent les soldats, arrêtez pour l'amour du ciel ! »

Les enfants continuèrent de frapper, indifférents à la menace qui pesait sur eux. Ils riaient comme des déments. Un soldat, au comble du désespoir, lâcha une rafale sur eux, en fauchant trois; les autres se laissèrent appréhender. Le soldat tremblait de tous ses membres. Ses camarades durent lui ôter son fusil des mains pour l'empêcher de tirer sur le premier Arabe venu.

D'autres soldats n'eurent pas ce scrupule. Ils reçurent l'ordre de leurs officiers ou prirent eux-mêmes l'initiative de tirer dans le tas. Le carnage ne céda en rien à la sauvagerie qui l'avait suscité. Le lendemain, un nouvel ordre fut délivré : il fallait faire des prisonniers. On en réunit un grand nombre sur la place du village, sans se soucier de savoir s'ils étaient coupables ou innocents. Ils se mirent à hurler : mitraillettes et mitrailleuses étaient braquées sur eux. Combien de soldats à ce moment se révoltèrent-ils contre cette justice expéditive ? Pas un. Ils avaient tous gravé dans la chair le spectacle des bébés suppliciés, des femmes éventrées. Ils ouvrirent le feu.

La même sauvagerie avait ensanglanté Philippeville et bien d'autres villes. Là aussi, des hommes manipulés par les militants du F.L.N. avaient égorgé, décapité, éventré. À Philippeville, des dizaines d'Arabes furent rassemblés dans le stade, fauchés à la mitraillette et enterrés au bulldozer.

Lorsque Sam, accompagné des soldats, retourna à la maison de Bouali, il s'étonna de ce que l'esprit et le cœur pouvaient endurer. Les jumelles étaient nues, les jambes ensanglantées. Les seins de la tante Germaine avaient été posés dans les mains ouvertes de l'oncle Roger. Le bébé de Roxane avait été replacé dans le ventre béant de sa mère. Sam se sentit soudain envahi d'une haine qu'il n'avait jamais éprouvée, une haine palpable qui lui coupait le souffle. Jusqu'alors, il avait suivi dans leurs raisonnements des hommes comme Gaston Rico au nom d'un principe : l'Algérie devait rester française; l'ennemi était une entité, un sigle, trois lettres : F.L.N. Maintenant, cet ennemi possédait un visage, celui des hommes qu'il avait vus, de ses propres yeux, ouvrir le ventre de Roxane. Et ces visages multiples, par un processus de cristallisation symétrique, se fondaient en une unique figure, la figure de l'Arabe. Il repensa à tous les Arabes qu'il avait côtoyés dans sa vie, ses camarades de l'école primaire, les petits apprentis qui, comme lui, trimaient du matin au soir, les commerçants et les artisans, tous ces braves gens incapables de faire du mal à une mouche; il les haïssait tous avec la même force, et la haine s'imposait avec tant de spontanéité qu'il se demanda, étonné, si, au fond, il ne les avait pas toujours haïs, comme s'il savait qu'un jour, tous ensemble, ils éventreraient sa cousine Roxane.

Près du cimetière, il vit les corps des suppliciés, allongés parallèlement sur le sol, dans des draps blancs. Sur chaque visage se lisait, figée pour l'éternité, une peur atroce. Celui de Roxane, la sereine et douce Roxane, était méconnaissable; sa bouche, démesurément ouverte, était privée de langue; sa mâchoire inférieure, disloquée, pendait de travers dans le rictus qu'on prête aux démons. Secoué de sanglots, Sam s'enfuit, en serrant contre sa poitrine la tête de Georgeot.

Lorsqu'on les mit en terre, Roger, Germaine, Roxane, son bébé et les jumelles n'étaient accompagnés d'aucun parent.

Sam regagna Alger, accueillit Georgeot comme son fils, et de ce jour le garçon devint un excellent élève.

Tel un volcan assagi ou une pyramide tronquée, le djebel Khaar s'élevait à l'est d'Oran, au-dessus de la côte. Autrefois, disait-on, repaire de fauves, on l'appelait la montagne des Lions.

Yacef et Lucien marchaient côte à côte. Il n'était pas plus de neuf heures, le soleil ne brûlait pas encore. Pourquoi ai-je tenu à le revoir? se demandait Yacef, en observant à la dérobée la silhouette tassée de Lucien, sa démarche hésitante. Ils grimpaient entre deux files d'amandiers.

« Nous étions purs autrefois, dit Yacef.

– Purs? Quel drôle de mot! répondit Lucien, la tête baissée, comme s'il regardait où il posait le pied sur le chemin bosselé et rocailleux.

– Nous étions des militants communistes, nous avions une foi, une espérance, un combat lumineux et juste, mais je vois que tu ne t'en souviens plus.

– Oh! si, je m'en souviens! C'était quand, Yacef, dis-moi? Il y a un siècle?

– Douze ans à peine. »

Au milieu des pins, ils dépassèrent un camp d'instruction militaire, des sentinelles, de petits canons pointés vers le ciel. Un soldat leur adressa un bref salut de la tête. Ils sont dans un autre monde, en Oranie, pensa Yacef. Pour eux, la guerre n'existe pas. S'ils savaient qui je suis! Il ne portait ni son battle-dress ni sa gandoura de paysan demeuré, mais un léger costume de bourgeois et de fausses lunettes à fine monture.

« Tu es un grand chef maintenant, dit Lucien, devinant la pensée de son ami. Et tu parles de pureté! Laisse-la à tes militants, je t'en prie!

– Un chef, moi? Je ne suis qu'un pauvre Arabe sans travail.

– Je te plains! » répliqua ironiquement Lucien.

Il avait accepté sans hésiter de revoir Yacef. Un coup de fil anonyme – une voix d'enfant – lui avait fixé rendez-vous au pied de la montagne des Lions. Pas une seconde il n'avait douté qu'il s'agissait de Yacef. J'attendais cet appel depuis cinq ans, avait pensé Lucien sans en faire part à personne.

Ils n'étaient pas tombés dans les bras l'un de l'autre. Ils s'étaient longuement serré la main, et celle de Yacef était inhabituellement moite. Lucien s'était persuadé qu'il ne ressentirait aucune émotion, et pourtant son cœur battait. Tout son passé lui revenait en une seule bouffée chaude et amère. Il avait partagé le combat de cet homme, avec lui il avait cru au triomphe de la justice et du progrès. Qu'en était-il advenu? Lucien avait abandonné la lutte politique, les massacres attisaient la haine, la paix semblait plus lointaine que jamais. Quant à Yacef, il s'était éloigné des préoccupations du peuple pour rechercher le pouvoir. Lucien avait été éduqué à servir comme un militant ordinaire ; l'ambition lui faisait horreur.

Ils continuèrent leur ascension par une trouée qui coupait à travers un enchevêtrement d'oliviers sauvages, de lentisques aux troncs incisés, d'arbousiers dont les fruits commençaient à rougir.

Pourquoi ai-je tenu à le revoir ? se répétait Yacef. Il déplorait la sauvagerie des massacres de Philippeville. Il s'en était plaint devant les dirigeants de l'organisation, qui lui avaient rétorqué : « Tu les as toi-même organisés ! » Jamais cependant il n'avait exigé l'éventration des femmes et l'immolation des bébés. Les avait-il interdits ? Non, il ne l'avait pas fait. L'unique excuse qu'il pouvait présenter, sa souffrance physique, ne le justifiait pas : il n'avait pas d'ulcère – un médecin ami venait de le lui apprendre.

Seule la terrible répression qui s'abattait sur le peuple comblait le stratège : les jeunes gens montaient en foule au maquis, soit pour échapper aux représailles, soit pour venger leurs familles.

Lucien se doutait-il des risques que Yacef avait pris pour le retrouver ? Il avait changé de costume et de car dix fois, n'effectuant pas plus de quelques kilomètres dans le même véhicule, pour traverser presque toute l'Algérie d'est en ouest.

« Dis quelque chose », supplia-t-il muettement.

Lucien respirait fort en accélérant le pas dans le sillage de son ami. Il avait le teint jaune et la taille épaisse d'un homme affaibli par l'inaction et rongé par l'amertume.

Ils aperçurent dans le lointain le village de Fleurus, et le paysage changea : c'étaient maintenant des étendues de cistes roussis, de romarins encore fleuris de mauves, de myrtes au feuillage ciselé, d'ajoncs griffus. Sur la gauche se découpait la cime tronquée de la montagne ; sur la droite, une plaine fertile portait les blanches maisons de Saint-Cloud, les salines irisées d'Arzew ; à l'horizon, les monts des Cheurfas et du Tessala se noyaient dans la brume d'orage.

« C'est beau », dit Lucien, avec un accent de tristesse si profond que Yacef le dévisagea. Lucien avait-il jamais pleuré ? Pourtant, Yacef voyait ses traits se convulser. Sa bouche n'était plus qu'un trait qui avait avalé les lèvres ; ses paupières battaient comme les ailes d'un papillon.

« Dis-moi, mon frère.

– Je quitte l'Algérie », annonça Lucien, et il ne put s'empêcher de serrer le bras de son ami. Je serre le bras de cet assassin, pensa-t-il, oui, je lui serre le bras parce qu'il est mon ami, parce que le passé est plus fort que le présent et que l'avenir n'est pas écrit. Il pensa encore : lui et moi sommes des idéalistes, ses idées triomphent, les miennes sont vaincues, mais nous nous comprenons, je le comprends, je comprends ses crimes. C'était une idée insupportable; il se rebella.

« Je quitte l'Algérie parce que vous êtes en train de la saccager, dit-il violemment. Ce n'est plus la justice que vous réclamez, c'est la vengeance!

– Lucien, le colonisateur ne nous laisse pas d'autres moyens, et tu le sais, répliqua Yacef, en essayant de poser la main sur l'épaule de Lucien, qui recula d'un pas. Regarde, reprit-il avec un faible sourire, je suis venu vers toi.

– Pourquoi l'as-tu fait? Pour recevoir mon absolution?

– Ah! tu me devines toujours!

– Yacef, une seule question : es-tu impliqué dans les massacres de Philippeville?

– Non, Lucien, en rien! Je les ai désavoués ouvertement!

– Vraiment... »

Lucien reprit sa marche sans rien ajouter.

Ils passèrent sur le versant est, aperçurent les falaises, comme des bêtes rouges accroupies dans la mer.

« Ce pays est en train de me tuer, Yacef! Je ne dors plus.

– Et tu fuis!

– Quel camp voudrais-tu que je choisisse? Des deux côtés, c'est la même haine. Je suis un naïf, moi, Yacef! J'ai cru au socialisme, j'ai cru à une Algérie fraternelle, j'ai cru à tous les rêves. Vous avez brisé mes rêves.

– Qui, vous?

– Vous, les Arabes et les Français, vous les gens d'Algérie, vous les amateurs de palabres et de sang.

– Tu ne crois plus à la lutte?

– À cette lutte-là, non! Dans votre lutte, il n'y a aucune place pour la réconciliation à l'issue du combat. Tu connais mon beau-frère Sam, comment le connaîtrais-tu d'ailleurs? Il veut exterminer les Arabes jusqu'au dernier. Autrefois, j'aurais dit, très bien, c'est un fasciste, c'était clair autrefois. Mais mon beau-frère le bijoutier a vu sa famille massacrée à El-Halia, l'oncle, la tante, les cousines et une sur le point d'accoucher, le ventre ouvert. Tu me vois en train de lui expliquer que les Arabes doivent avoir leur juste place dans la gestion de ce pays ? J'ai lancé de tels slogans. Je ne les lance plus, je m'en vais. J'ai trouvé une place de caissier dans une banque à Nice. Je ne lirai plus les journaux. Qui me regrettera? Ma mère. Elle pleure déjà, en cachette bien sûr. Et c'est la seule qui me comprenne. Elle me dit : " Va en France, mon fils, oublie. "

– En France, tu n'oublieras rien. Si les gens comme toi quittent l'Algérie, il n'y a plus de dialogue possible.

– Pourquoi me joues-tu cette comédie? Tu te moques bien du dialogue. Est-ce que les massacres de Philippeville sont un appel au dialogue ? Veux-tu que je te dise, Yacef, je ne crois pas du tout que tu sois étranger à cette tuerie.

– Pourquoi?

– Parce que tu baisses les yeux, parce que tu as les mains moites. J'imagine que c'est lourd à porter. Je t'admire pourtant. Je te respectais, je t'aimais, maintenant je t'admire, tu sens la différence? On admire ce qui est loin de nous. Tu es très loin de moi, Yacef! »

Un chemin forestier contournait la montagne et rejoignait le camp militaire.

« Bonne promenade? » demanda la sentinelle.

Yacef avait hâte de quitter Lucien. Je suis seul maintenant, pensait-il. Il se rendit compte qu'il avait espéré que Lucien l'aiderait à porter son fardeau et poussa un grognement sarcastique.

« Nous ne nous reverrons plus, dit-il brutalement.

– J'entendrai parler de toi, répliqua Lucien. Un jour, on t'arrêtera ou bien tu deviendras le président de ce pays.

– Nous n'avons pas gagné.

– Vous gagnerez. La France est sans volonté. Elle en aura vite assez d'envoyer ses enfants se faire tuer pour nous. »

Ils ne s'embrassèrent pas. Une heure plus tard, Yacef prenait le car pour Orléansville, furieux d'avoir perdu son temps. La semaine suivante, la direction du mouvement le chargea de réorganiser le F.L.N. à Alger. Il pensait qu'il était plus utile de tuer un seul ennemi dans la capitale que d'en tuer dix dans le djebel, loin des photographes et des journalistes.

7

LES TROIS LIONS

On disait que Nina Régnier était l'une des plus belles femmes d'Oran. On l'enviait.

Elle regarda, étalé sur le lit, le tailleur qu'elle venait d'acheter. Il ne lui plaisait déjà plus. Elle le trouvait trop classique, avec son boutonnage central et son petit col rond. Elle le jeta au fond de l'armoire, chercha en vain dans sa garde-robe une tenue pour la soirée. Une montagne de vêtements s'empila sur le lit. Incapable de choisir, elle sentait un vertige la gagner, qui annonçait, comme d'habitude, une terrible migraine. Elle s'allongea, une serviette chaude posée sur le front. Elle gémit.

« Tu es malade, Ninette ? demanda sa mère, qui rangeait de la vaisselle dans le placard du couloir.

– J'ai mal à la tête.

– Tu as pris de l'aspirine ?

– Ça ne me fait rien, l'aspirine, tu sais bien !

– Tu veux une verveine ? » demanda Miriam en soupirant, certaine qu'aucun des remèdes qu'elle proposait ne conviendrait à sa fille.

« Agnès est rentrée ? demanda plaintivement Nina.

– Aïcha est allée la chercher. Pourquoi tu ne t'habilles pas ?

– Je n'ai rien à me mettre. »

Miriam jeta un regard sur les vêtements amassés et quitta la chambre sans répliquer.

La migraine déchirait maintenant le crâne de Nina. C'était un cerceau si serré qu'elle portait les mains à son front, comme si la couronne de torture était tangible, comme s'il était possible de la distendre et de l'ôter. Mais il n'y avait rien, son front n'était même pas brûlant. Elle se massa les tempes avec désespoir, et la douleur, au lieu de refluer, se propagea jusque dans la nuque. Elle aurait voulu crier, lança des « ah ! » brefs et haletants qui la soulageaient. Elle se leva, une onde brutale parcourut son corps et cogna violemment au sommet de son crâne, comme si elle venait de sauter à pieds joints du haut d'une montagne. Elle avala deux aspirines, ferma la porte pour gémir plus à son aise, se recoucha.

Je suis si seule, pensa-t-elle, et cet apitoiement lui martelait le cerveau au rythme de ses plaintes. « Ah ! Seule ! Ah ! Seule ! » Il lui semblait que le monde entier la fuyait et que c'était sa faute. Que leur ai-je fait ? se demandait-elle. Elle avait toujours été bonne pour eux, pour sa famille, elle leur avait donné de l'argent à tous, dès qu'elle en avait eu, c'est-à-dire dès qu'elle avait épousé Luc. Et ils s'éloignaient d'elle. Lucien s'était installé à Nice et ne donnait plus de nouvelles ; Richard pourrissait au pénitencier ; Louisette vivait à Alger depuis un an et demi. Et maintenant Isabelle, Isabelle qu'elle chérissait le plus au monde après ses enfants, la quittait à son tour. Comment elle lui avait annoncé la nouvelle ! Un jour, elle était arrivée, souriante, splendide, ses yeux bleus brillants, pour lancer : « Sam a trouvé une gérance de café à Étienne. » Le cœur de Nina s'était mis à battre.

« Où ?

– À Alger, en plein centre, tu t'imagines !

– Ton mari a accepté ?

– Bien sûr ! »

Voyant le désespoir de Nina, Isabelle s'était empressée de changer de visage. En une seconde, elle simula le plus profond chagrin ; ses yeux se ternirent, sa bouche s'affaissa, ses lèvres tremblèrent.

« Tu sais comment il est, Étienne, c'est lui qui commande. Il ne me demande pas mon avis.

– Alors, tu vas partir, toi aussi ! » dit Nina d'une voix étranglée.

Elle devina que sa sœur rêvait de connaître Alger, qu'elle s'y trouvait déjà en pensée. Pour contrarier son plaisir, elle ne put s'empêcher de dire : « Tu m'abandonnes ! » Lorsque Isabelle finit par verser de vraies larmes, elle ressentit une amère satisfaction.

Aujourd'hui, elle était seule avec sa migraine. Une lettre d'Isabelle traînait sur la table de nuit. Elle essaya de la relire ; la migraine lui brouillait la vue. Elle connaissait la lettre presque par cœur. « Ma chérie ; Alger est une merveille. Nous avons un petit appartement avec un grand balcon tout autour. Je suis heureuse, rassure-toi. Seulement, il y a des attentats presque toutes les nuits. C'est terrible d'entendre exploser les bombes et de penser que des gens sont blessés ou tués. Étienne a un beau café, avec beaucoup de clients. Sam y est toujours fourré. Louisette va bien, elle a peur de quelque chose, sans me dire quoi. Je commence à avoir peur, moi aussi. Étienne rentre parfois à une heure du matin, tout excité. Crois-tu qu'il a une maîtresse ? »

Elle est jalouse, elle aime son mari, pensa Nina. Elle n'est ni riche ni instruite, elle n'a que sa beauté pour elle, mais elle aime son mari, elle aime faire l'amour avec lui, se disait Nina ; il lui sembla que son crâne allait se fendre en deux. Elle eut une vision d'Isabelle à table : elle mangeait avidement, elle riait fort, dès qu'elle lâchait la fourchette c'était pour saisir la main d'Étienne, et lui la repoussait sans ménagement. Elle ne pouvait lui prendre la main que s'il le désirait, lui.

Quelle idiote ! pensa Nina. Elle est comme une esclave à ses pieds. Quand Isabelle avouait, les yeux étincelants : « Tu ne sais pas ce que je ressens quand je fais l'amour avec lui », Nina répondait sèchement : « En effet, je ne sais pas ! » Une fois, une seule, Isabelle avait osé rétorquer : « Je te plains ! » Nina avait pincé les lèvres d'un air si hautain qu'Isabelle s'était mise à trembler.

Mais de quoi parlait-elle à la fin ! Oui, elle avait eu du plaisir avec Luc, elle en avait encore parfois, mais pas de quoi exhiber une figure d'extase, pas de quoi en faire tout un plat ! Le cerceau de fer se rétrécit, elle crut mourir.

On frappa à la porte. Aïcha entra.

« Madame, dit la bonne, Agnès, elle était pas là. »

En une seconde, la migraine s'envola. Nina écouta les explications tout en s'habillant. Aïcha avait attendu la fillette à la sortie de l'école, interrogé les institutrices. Elles ne savaient pas, il y avait tant d'enfants. Une inquiétude mortelle glaçait Nina mais ne la paralysait pas. Elle téléphona à l'institution Sainte-Jeanne-d'Arc. On lui répondit qu'Agnès avait suivi normalement les cours, mais qu'effectivement elle semblait avoir disparu au moment de la sortie.

« Disparu ! s'écria Nina. Elle a six ans, madame ! »

Elle raccrocha violemment, alerta la police, houspilla la bonne, alla prier avec sa mère, téléphona à Luc. « J'y vais », dit-il, quittant pour une fois sa nonchalance. Il rentra bredouille, ayant exploré sans succès les alentours de l'école. Je vais devenir folle, pensa Nina. Elle vit le corps martyrisé de sa fille, elle vit des hommes s'acharner sur l'enfant qui hurlait. Rentrant à son tour de l'école, Sébastien trouva sa grand-mère la tête dans ses mains, qui bredouillait des paroles incompréhensibles en arabe, son père qui marchait à grandes enjambées dans le couloir et sa mère, sa mère si belle, qui ressemblait à une vieille femme. Elle était blafarde, sa mâchoire tremblait, ses yeux avaient fondu, comme deux flaques d'eau aveugles; elle avait la tête rentrée dans les épaules, le dos courbé, elle paraissait minuscule. Elle prit Sébastien dans ses bras; elle tremblait si fort qu'il eut l'impression qu'elle le secouait pour lui faire mal. Il se précipita aux cabinets et vomit avec désespoir. Une terrible culpabilité l'envahissait : il désapprouvait sa mère! Non, elle n'avait pas le droit de lui montrer tant de douleur parce que Agnès était en retard. Il cria, entre deux hoquets, avec rage : « Je suis là, moi! » Et elle, qui lui tenait le front, accroupie près de lui au-dessus de la cuvette, répliqua en pleurant : « Oui, mon chéri », mais il devina qu'elle était absente, que, pour la première fois de sa vie de petit garçon, il ne comptait plus pour elle, qu'elle était presque indifférente à ses vomissements, enfin qu'un autre amour occupait son esprit et son cœur. Il détesta Agnès et pensa avec plaisir qu'elle était morte. Si Agnès mourait, maman mourrait aussi, pensa-t-il, et il fondit en larmes.

Agnès n'était pas morte. Elle sonna à la porte à peine dix minutes plus tard, une sucette glacée à la main.

« Regarde ce qu'il m'a donné, le monsieur! » dit-elle en se jetant, comme chaque jour, dans les bras de son père.

Nina se précipita sur elle, lui arracha la sucette de la bouche et la jeta à travers le salon.

« Quel monsieur? » hurla-t-elle.

Elle voyait cet inconscient de Luc sourire aux anges, comme si de rien n'était. Il écoutait complaisamment le récit de la fillette. Agnès avait bien vu Aïcha l'attendre à la porte de l'école. Mais, dit-elle, « je suis fâchée avec Aïcha, parce que cet après-midi, en m'accompagnant, elle m'a grondée ».

« Et tu n'as rien dit, toi! s'écria Nina.

– J'ai oublié, madame. »

Agnès s'était cachée dans une classe vide et avait attendu le départ d'Aïcha pour quitter l'école à son tour. « C'était bien, je n'avais pas peur, toute seule, j'ai joué à la marelle avec des enfants. » Sébastien voyait le cercle familial se resserrer autour de sa sœur et l'écouter avidement. Il alla se réfugier dans sa chambre et se mit à lire à haute voix sa leçon d'histoire : « Charlemagne, fils de Pépin le Bref! » Il faisait tant de bruit que Luc vint lui ordonner de baisser le ton.

« Mais c'est toi qui m'as appris à réciter comme ça.

– Oui, eh bien, pas aujourd'hui! »

Luc referma la porte, et Sébastien eut le sentiment qu'on l'excluait de la famille. Mais il ne voulait pas céder et reprit sa lecture encore plus fort. Il sortit bientôt de sa chambre. « Maman, je la sais! » s'écria-t-il. Nina tenait Agnès sur ses genoux et la couvrait de baisers. « Tu me la réciteras tout à l'heure », répondit-elle. Je ne pleurerai pas, pensa Sébastien.

En passant devant le kiosque, Agnès avait eu envie d'une sucette glacée, un *pirouli* comme disaient les enfants; elle n'avait pas d'argent, le marchand la lui avait offerte.

Personne ne gronda Agnès. « Elle n'a que six ans », répétait Nina, tout en pensant que sa fille était aussi désinvolte – elle ne trouvait pas d'autre mot – que Luc.

Ce qui étonna le plus Sébastien, c'est que, deux heures après ce tumulte, tout était rentré dans l'ordre. Des amis arrivèrent pour le dîner. Sa mère, dans une simple robe de velours noir, avait retrouvé sa beauté et souriait à profusion. Sébastien l'entendit raconter la fugue d'Agnès comme s'il s'agissait d'une espièglerie charmante. Il en fut scandalisé et, à vrai dire, offensé. Jamais Nina, et encore moins Luc, ne se douta de ce qu'il souffrait. Il pensa qu'il n'aimait pas sa mère et qu'il méritait le pire des châtiments. Mais quel serait le plus cruel des châtiments pour un garçon de neuf ans, sinon celui de perdre sa mère? Il se recroquevilla dans son lit, le drap tiré audessus de la tête, essaya de se rappeler la leçon d'histoire; rien ne lui revenait à l'esprit. Il entrevit un autre châtiment : je vais devenir mauvais élève, pensa-t-il. Ce châtiment-là avait un double avantage, celui de se punir soimême et celui d'humilier ses parents.

Le dîner devait être fini; bien que les portes du salon,

du couloir et de sa chambre fussent closes, Sébastien entendait sa mère déclamer. C'était une voix haut perchée, avec des pleins et des déliés, la voix qu'il détestait, la voix qu'elle avait avec les autres, avec ceux qui la lui prenaient. Elle disait – et il connaissait le poème par cœur, à force de l'avoir entendu, les soirs de réception :
« *Robes et Manteaux*, de Miguel Zamacoïs.
« Émergeant du bel escalier
« Dans les salons du couturier,
« De son volume inconsciente
« Paraît une énorme cliente. »

Une fois, une seule fois, Sébastien avait vu Nina déclamer; elle se tenait debout, un bras incurvé sur le dossier d'une chaise, l'autre sagement immobile le long du corps. Elle marquait une pause après certains mots, laissait le poème en suspens, « de son volume... », puis redescendait la gamme, « ... inconsciente », qu'elle disait avec une mimique qui lui plissait les yeux et en tendant une main ouverte vers les invités, comme si elle leur faisait un cadeau. Sébastien regardait les amis; un sourire béat s'étalait en travers de leur figure; ils avaient l'air bête, ou plutôt non, ils avaient l'air de gens qui se forcent, comme lui, Sébastien, à l'école, quand il faisait semblant d'approuver la préparation d'une bagarre, alors qu'il détestait se battre. Sébastien se demandait pourquoi sa mère déployait tant de charme pour les séduire. Lui ne faisait jamais d'efforts. Quand une grande personne lui plaisait, il lui répondait aimablement; sinon, il restait muet, en fixant ses grands yeux sur son interlocuteur jusqu'à ce qu'il détourne son regard. Il savait qu'il avait de grands yeux et que c'était un atout – sa grand-mère le lui répétait assez.

Il avait froid, il redoutait de s'endormir et de faire pipi au lit. Quand il ouvrit la porte de sa chambre, les rires du salon se ruèrent sur lui; il se boucha les oreilles. « Agnès, tu dors ? » chuchota-t-il au pied du lit de sa sœur. Il se pencha pour respirer le souffle de l'enfant, écarta ses cheveux et posa un baiser sur son front humide. Non, pensa-t-il, je ne veux pas que tu meures. Les portes du salon étaient vitrées à mi-hauteur. Il se mit à quatre pattes pour traverser le couloir sans être vu. Malgré son appréhension d'être découvert, il ne put s'empêcher de prêter l'oreille. Il entendit sa mère, qui riait haut, et le bourdonnement sourd de la voix de son père, comme deux instruments d'orchestre désaccordés. Il hâta son trottinement et ne se releva qu'à l'entrée du long couloir qui menait à la chambre de sa mamie.

Elle lisait *Les Trois Mousquetaires*, le dos appuyé sur ses oreillers. Comme elle était jolie, sa petite grand-mère, avec ses cheveux ondulés d'un gris bleuté, sa chemise de nuit de coton blanc et ses lunettes qui lui glissaient sur le nez; elle remuait un peu les lèvres en lisant. Oui, il la trouvait jolie, sa grand-mère, alors que sa maman était belle, trop belle même, parce que la beauté de sa maman appartenait à tout le monde, alors que lui seul – et Agnès bien sûr – pouvait trouver jolie sa mamie.

« Qu'est-ce qu'il fait là, mon trésor? » dit Miriam.

Il courut vers elle et se glissa dans les draps, prit la main de sa grand-mère, se la posa sur la tête, ferma les yeux. Elle sentait bon, mais pas comme sa maman; le parfum de mamie était doux et innocent. Il ne dit rien – c'était inutile –, elle comprenait très bien. Bien qu'elle ne le lui eût jamais avoué, il pensait qu'elle non plus n'aimait pas les réceptions. Miriam dînait avec les invités, puis se retirait tôt. Sébastien se blottit contre elle.

« Mamie, mamie, dit-il en lui serrant la taille.

– Mon chéri, ma vie », répondit-elle.

Elle corna la page de son livre et le posa sur la table de nuit. Elle lui avait offert *Les Trois Mousquetaires*, et maintenant c'est elle qui le lisait. « Vous avez des lectures de jeune fille, mamie », avait dit Luc gentiment, mais ça n'avait pas plu à Sébastien. Il achetait des livres avec sa grand-mère, ils allaient au cinéma ensemble; quand des grandes personnes s'embrassaient sur l'écran, elle grognait ou elle lançait des « Tsss », et Sébastien savait qu'il ne devait pas regarder. Il regardait quand même, et mamie ne l'en empêchait pas. En sortant du cinéma, ils allaient manger une glace ou bien elle l'emmenait au Petit-Vichy, et il essayait de faire monter sa balançoire le plus haut possible.

« Tu vas haut, chéri », disait mamie; il sentait son cœur se gonfler.

« Plus haut que les autres? demandait-il.

– Beaucoup plus haut! »

Ce n'était pas vrai; il y avait des garçons bien plus audacieux que lui; mais, sur le moment, il la croyait. Comme il aurait aimé que son père le complimente avec autant de simplicité. Au lieu de quoi, quand Luc prenait connaissance du carnet scolaire, il trouvait toujours quelque chose à redire :

« Tiens, tu n'as que 15 en orthographe, tu baisses!

– Il est premier partout! protestait Nina.

– Au royaume des aveugles les borgnes sont rois », concluait Luc.

De temps en temps, Luc montrait à son fils ses propres bulletins scolaires, qu'il conservait dans un tiroir de son bureau.

« Regarde, en histoire-géo, je n'avais jamais moins de 18.

– Et 5 en maths, lançait Nina. Lui, il est bon dans toutes les matières. »

« Il faut aller te coucher, dit Miriam.

– J'ai peur, mamie.

– De quoi? mais non, ça n'arrivera pas, il ne faut pas y penser. Et, si ça arrive, tu n'as qu'à m'appeler, moi. »

Jamais il n'aurait osé déranger sa grand-mère en pleine nuit. Sa maman, elle, avait l'habitude de se lever pour changer les draps. Sébastien ressentait une grande honte et, en même temps, un grand plaisir, parce que sa maman restait auprès de lui et chantait une chanson pour l'aider à se rendormir.

Miriam accompagna le garçon jusqu'à sa chambre. Nina déclamait encore, d'une voix lente et haletante, comme si elle avait la migraine; ce doit être un poème d'amour, pensa Sébastien.

Elle vit passer son fils et s'interrompit au milieu d'un vers.

« Excusez-moi », dit-elle.

En quittant le salon, elle avait le visage déjà changé, les yeux agrandis, la bouche entrouverte.

« Qu'est-ce qu'il a, maman? » demanda-t-elle d'un ton pressant.

Sébastien se sentit très malade et très coupable.

« Rien, répondit Miriam. Retourne avec tes invités, ma fille, je m'en occupe.

– Je viendrai t'embrasser si tu ne dors pas », dit Nina en serrant son fils dans ses bras.

Attendant la réalisation de cette promesse, Sébastien ne pouvait s'endormir. « Viens, maman », disait-il à mi-voix, de plus en plus inquiet : les tirades et les rires de Nina, dont il percevait l'écho assourdi, n'en finissaient pas. Les applaudissements éclatèrent, et ce fut pour lui comme la marque de sa solitude; les autres emportaient sa mère dans une auto décapotable – maintenant il rêvait, le sommeil l'avait gagné d'un coup, à son insu.

Sa mère était seule derrière, dans la voiture, ses cheveux volaient au vent, elle riait, elle riait haut et fort, et ce rire, pour une fois, ne paraissait pas forcé. Sur le siège avant, ils se tenaient serrés, tous les amis, vingt amis, il ne pouvait les compter; même papa était là, mais lui à l'extérieur de la voiture, accroché à la portière. L'auto décapotable fonçait à toute allure, et maman, qui avait si peur de la vitesse, riait de plaisir: « Plus vite, plus vite! » disait-elle, tandis que papa boudait. « Ça va être une catastrophe », grommelait-il, en lançant un regard furieux au conducteur, que Sébastien ne connaissait pas, mais qui ressemblait à tonton Thomas. Personne ne lui parlait; maman seule avait l'air de le connaître. Soudain, papa lâcha la portière et disparut dans un tournant, comme emporté par un tourbillon. Maman rit encore plus fort. « Je reviens! » cria-t-elle, la tête tournée en arrière; ses cheveux flottaient à l'horizontale, comme une écharpe de soie blonde. Sébastien n'était pas dans la voiture, ni dans le paysage – une route droite qui s'étirait à l'infini dans un désert de sable. Il n'était nulle part, il voyait, simplement.

Puis il se retrouva dans sa chambre, lumière éteinte. Il savait que des scorpions, des serpents, des araignées grimpaient aux montants du lit. Il se redressait, s'adossait contre les oreillers, le ventre inondé de sueur. Un rai de lumière tomba du plafond, un étroit rayon qui éclairait une grosse boule visqueuse et poilue sans pattes qui roulait sur elle-même pour progresser le long du barreau. Sébastien enfouit ses mains sous le drap, mais la boule traversa le tissu et le marqua d'une plaie rouge au poignet droit. Les autres rampants éclatent d'un rire haut et perché, la tête rejetée en arrière. Sébastien est vaincu. Ils vont l'emporter dans le vaisseau, il ne reverra plus sa mère.

C'était le dimanche précédent. Son père l'emmenait au cinéma; ils étaient tous les deux, « sans les femmes », avait dit papa; Sébastien lui tenait fièrement la main pendant qu'ils faisaient la queue, au Rialto. « Tu es sûr que tu veux voir ça? » demanda une nouvelle fois papa. Oui, il était sûr, tous ses copains l'avaient vu. Maintenant, dans le noir, tenant toujours la main chaude et rassurante de son père, il ne pouvait détourner son regard de l'écran. Des boules géantes, gluantes et poilues débarquaient d'une soucoupe volante et se lançaient à la conquête de la Terre. Les hommes ne parvenaient pas à les détruire, même en les découpant à la hache; les morceaux se reformaient en boules aussitôt et se multipliaient à l'infini. Lorsqu'un monstre s'emparait d'un être humain, il le marquait au poignet d'une plaie rouge, et le Terrien devenait l'allié des envahisseurs. La planète presque conquise, une seule famille, dans une ferme isolée d'Angleterre, restait libre.

Sentant la main de Sébastien se crisper dans la sienne, Luc s'était penché à l'oreille de son fils : « Ne sois pas si froussard, c'est du cinéma, ils vont bien finir par vaincre les envahisseurs. » Sébastien n'en était pas sûr du tout. Il aurait voulu quitter le cinéma sur-le-champ. Mais ses copains se moqueraient de lui s'il disait qu'il n'avait pas vu la fin du film.

« C'était idiot, hein? » dit Luc quand ils se retrouvèrent dans la rue. Il y avait beaucoup de gens qui se bousculaient en parlant très fort. Il faisait chaud; presque tous les hommes enlevèrent leur veste et la jetèrent sur leur épaule en la tenant d'un doigt. Les familles s'installèrent aux terrasses de café et commencèrent à manger de vrais repas d'olives, d'escargots et de légumes au vinaigre.

Finalement, les envahisseurs avaient été vaincus par d'autres extraterrestres venus au secours de la Terre. Et leur sang noir avait dégouliné sur l'écran. Des enfants avaient crié; Sébastien avait fermé les yeux, en espérant que son père ne le regardait pas.

Mais, si c'était idiot, pourquoi l'avait-il obligé à rester jusqu'au bout? « Pour me punir, pensa-t-il. Pour me punir d'avoir insisté. »

« Tu viens, Sébastien, on va aller se faire cirer les souliers. »

Sur la place de la Bastille, devant l'église du Saint-Esprit, deux fauteuils trônaient sur un piédestal protégé du soleil par un auvent de toile; en face des sièges, les cireurs prenaient place sur de bas tabourets creux où ils rangeaient leur nécessaire, brosses de plusieurs tailles, aux poils souples ou durs, chiffons pour enduire la chaussure, la frotter, la faire briller, pots de différentes teintes, noir, beige, marron, blanc, rouge. Les cireurs, des garçons d'une douzaine d'années, avaient l'œil vif du commerçant et le rire espiègle de l'enfant. Ils montraient une grande fierté de leur art et se seraient déshonorés à bâcler leur travail ; ils ciraient « à la glace de Paris ». Luc et Sébastien s'assirent dans les fauteuils en similicuir aux larges accoudoirs, Sébastien tout au bord pour atteindre les repose-pieds. Luc déplia son journal ; son fils aurait voulu lui dire qu'il avait eu 19 en rédaction ; il se tut. Les cireurs introduisirent une feuille de carton de chaque côté des souliers pour éviter de salir les chaussettes. Tout en poursuivant entre eux un bavardage ininterrompu, ils enchaînaient des gestes rapides et précis, comme des pianistes virevoltant avec emphase au-dessus du clavier. Les chaussures étincelaient ; les palmiers de la place s'y reflétaient comme dans un clair étang. Mais ce n'était pas fini. De nouveau, les cireurs passèrent du cirage, frottèrent encore jusqu'à ternir la surface, jusqu'à ce que la crème ait pénétré au cœur de la peau ; alors seulement jaillissait, sous la même brosse, le double éclat, la « glace de Paris » !

Sur le chemin du retour, Luc s'arrêta au « kiosque » du boulevard Gallieni et commanda une douzaine d'huîtres. Il hissa son fils sur une chaise haute. Sébastien regardait l'écailler ouvrir les coquillages à toute vitesse sans se couper, se demandant si son père saurait en faire autant.

« Tu en veux ? dit Luc.

– Non merci, je n'aime pas ça.

– Tu ne sais pas ce qui est bon », dit le père en avalant bruyamment une huître, son attention toujours retenue par le journal, qu'il avait posé contre le carafon de vin blanc.

Les monstres visqueux avaient envahi la chambre ; ils pendaient au plafond en se balançant, prêts à se jeter sur leur proie. Dans son sommeil, Sébastien se recroquevilla, se crut invisible. Au moment où la plus volumineuse des boules velues se décrocha et tomba comme une pierre, la nuit se déchira. Nina se trouvait en chemise de nuit au chevet de l'enfant ; il avait hurlé et son cri vibrait encore à ses tympans. Elle s'assit sur le lit, posa la main, les doigts écartés, sur la tête de son fils. Une onde le pénétra, qui apaisa le tumulte de son cerveau, comme si c'était elle qui l'absorbait ; en effet, un frisson la parcourut et, dans la lumière oblique du lustre du couloir, Sébastien vit les seins de Nina se soulever vivement. Il était trempé, et sa mère était si belle, dans la pénombre, qu'il eut honte de sa propre saleté, de son odeur et de sa faiblesse. Elle voulut se lever pour changer les draps; Sébastien retint la main qui le purifiait et cacha son visage dans le ventre de Nina. Il se sentait à la fois au paradis et en enfer; si elle gardait éternellement la main sur sa tête, les cauchemars ne le visiteraient plus jamais; mais, bien qu'il fût si petit, il devina qu'il risquait, dans ce bain de douceur chaude, de perdre la force dont il avait besoin pour aller à l'école, pour étudier, enfin pour devenir une grande personne. C'est lui qui se leva le premier; il marcha sur la pointe des pieds jusqu'à la salle de bains, ôta son pyjama, mouilla l'éponge et se nettoya.

La voix de son père le fit sursauter; plus que tout, il la redoutait, et la voilà qui grondait, assoupie, machinale et indifférente, entrecoupée d'une quinte de toux de fumeur.

« Qu'est-ce que tu fais, Nina? Viens te coucher. »

Sébastien crut entendre son père grommeler : « Encore! » mais peut-être Luc ne le dit-il pas. Peut-être Sébastien n'entendit-il que ce que la honte lui suggérait d'entendre.

« Tais-toi, dors, dit fermement Nina.

– Alors, viens », répéta Luc.

Sébastien regagna sa chambre; les draps sortis de l'armoire sentaient la lavande; il eut envie de se réfugier dans les bras de sa mamie et garda le silence pendant que Nina refaisait le lit. Il se recoucha, la tête tournée vers le mur. Va-t'en, maman, pensa-t-il. Elle chantonnait : « Une chanson douce que me chantait ma maman, en suçant mon pouce j'écoutais en m'endormant. » Il la supplia muettement de se taire. La voix grogna encore, dans un raclement de gorge suivi d'une toux bruyante qui semblait s'étrangler dans un rire dédaigneux.

« Ce n'est plus de son âge, ces chansons!

– Tu vas réveiller Agnès! » dit Nina. Elle ajouta à mi-voix : « Oh! quel homme! » C'est mon père, pensa Sébastien.

Il ne parvint pas à se rendormir. L'oreille collée au mur, il entendait la voix agacée de sa mère et les répliques de nouveau nonchalantes de son père.

« Tu fumes à deux heures du matin!

– On me réveille, je fume. Ah, non, n'ouvre pas la fenêtre!

– Pourquoi prends-tu plaisir à l'humilier?

– Humilier qui?

– Oh, je t'en prie! C'est un enfant très sensible. »

Je suis très sensible, pensa Sébastien.

« Tu le couves comme un bébé. Le résultat, c'est qu'il pisse au lit.

– Que tu es méchant! »

Réponds, papa, explique-lui, explique-moi.

« Et les huîtres, l'autre jour, reprit Nina.

– Quelles huîtres?

– Il m'a raconté. Tu l'humilies sans cesse.

– Je l'ai humilié avec des huîtres, moi? Tu perds la tête, ma pauvre fille! Tiens, il vaut mieux entendre ça que d'être sourd!

– Ta mère était comme toi; elle n'aimait que Thomas. Remarque, toi, qui tu aimes, je me le demande!

– Mais toi, ma chérie, répliqua Luc. Quant à ma mère, dit-il d'une voix plus terne, paix à son âme. »

Agathe était morte deux mois auparavant, d'une occlusion intestinale, ou plutôt du choc opératoire. Les chirurgiens avaient découvert un cancer du rectum stabilisé dirent-ils, depuis peut-être vingt ans.

« Oui, paix à son âme! N'empêche qu'elle était dure et sans cœur; même le cancer n'a pas pu la tuer!

– Comme tu es spirituelle!

– Elle ne t'aimait pas, allons! Et toi, tu te venges sur ton fils. Et sur moi!

– Mais Sébastien m'adore! protesta Luc.

– Il a peur de toi! »

Est-ce que j'ai peur de papa? se demanda Sébastien. Il se boucha les oreilles. Taisez-vous, je vous en supplie.

« Ah, ne me touche pas! » disait Nina.

Le lendemain, Sébastien avait les jambes molles; une boule nichée dans sa poitrine l'empêchait de respirer. Lui, qui ne rougissait jamais, avait l'habitude de sentir la pâleur envahir son visage comme d'autres devinent que leurs joues s'empourprent avant même que le feu ne les gagne.

« Que tu es pâle! confirma Nina. Mon Dieu, qu'est-ce que tu as? »

Sébastien se sentit aussitôt affreusement malade. Il avala son chocolat en se forçant et le vomit sur le seuil, au moment où il empoignait son cartable. Il resta interdit, terrifié à l'idée de manquer la composition de calcul. Il était déjà en retard.

« Quelle heure il est? demanda-t-il au bord des larmes.

– Remets-toi au lit, dit Nina.

– Mais, maman, j'ai compo.
– J'appelle le docteur.
– Je vais bien, maman. Laisse-moi m'en aller. »

Déjà, elle le déshabillait. Il se sentit soudain sans forces. J'irai cet après-midi, pensa-t-il, mais il vit le visage chaviré de sa mère, et une peur incompréhensible l'envahit. Ce n'était plus la crainte de manquer l'école ; c'était la certitude qu'il ne serait plus jamais capable d'y retourner, qu'il n'en aurait plus jamais envie. Les bras de Nina se refermèrent sur lui. Elle avait tiré les rideaux. Ils étaient seuls tous les deux dans le noir.

« Il est malade, Sébastien ? dit Miriam, de sa petite voix à l'accent traînant.
– Empêche-la d'entrer, dit l'enfant.
– Mamie ? Que je l'empêche d'entrer ! Mais qu'est-ce que tu as, mon fils ? Dieu tout-puissant, protégez-le ! »

Mamie me guérirait, pensait Sébastien. Il ne voulait pas guérir. Il voulait rester seul dans l'obscurité avec sa mère, pour toujours.

« J'ai froid », dit-il.

Elle plaça une bouillotte sous ses pieds glacés.

Il s'endormit bientôt, se réveilla à midi, n'appela pas sa mère. Il était bien, la couverture remontée jusqu'au nez, à l'abri du monde, qui exigeait tant d'efforts. Il lui semblait tout comprendre ; il comprenait combien tous ses actes quotidiens lui coûtaient d'acharnement, alors que jusqu'à présent il les accomplissait sans y songer. Il comprenait combien il lui fallait de courage pour ne pas fondre en larmes chaque fois que son père le traitait dédaigneusement ; il mesurait la somme de travail qu'il fournissait pour rester le premier de sa classe – jamais il n'aurait supporté de régresser à la deuxième place.

Maintenant, il était sans forces, sans volonté ; il baignait délicieusement dans sa faiblesse. Mais sa grand-mère mettait cette quiétude en péril ; elle lui porterait un livre, ouvrirait la fenêtre, le lendemain il serait rétabli.

Miriam se contenta de lui servir un bouillon et des pêches, qu'il mangea au lit. Elle me croit malade, pensa-t-il.

Miriam venait de recevoir la lettre mensuelle de Richard ; comme chaque fois, elle en était bouleversée, au point que pendant vingt-neuf jours elle attendait ces nouvelles que les autorités pénitentiaires autorisaient avec tant de parcimonie et que, le trentième, elle tremblait au moment d'ouvrir la lettre. Pourtant, il n'y avait aucune surprise envisageable; la censure interdisait toute doléance; mais, derrière les mots anodins de son fils, Miriam pouvait lire son désespoir.

Sébastien somnola, puis, au milieu de l'après-midi, prit un volume des *Pardaillan*. Dès qu'il entendait des pas s'approcher de sa porte, il cachait le livre sous son drap. Vers sept heures, il reçut la visite de son père.

« Tu te sens comment, fils?

– Bien, papa.

– Alors, lève-toi, nigaud! Ta mère se fait un mauvais sang du diable. Je lui ai dit que tu n'avais rien du tout.

– J'ai vomi, protesta faiblement Sébastien.

– Quand? Ce matin? Eh bien, c'est passé maintenant.

– Tu sais, papa... », commença Sébastien. Mais comment demander à son père : « Dis, c'est vrai que tu ne m'aimes pas? »

Agnès entra en courant et bondit sur les genoux de Luc.

« Ah! ma fille! » dit-il avec un sourire qui lui plissait la figure et le faisait ressembler, justement, à l'un des petits singes en peluche que possédait Agnès et qu'elle appelait « Tout-fou ». Sébastien observa que son père ne lui souriait jamais avec la même jubilation. Luc parlait gravement à son fils, qui avait pensé jusqu'alors qu'il devait ce privilège à son âge et à son application. À présent, il n'en était plus sûr. Elle est si bête, Agnès, pensa-t-il rageusement, et c'est elle qu'il préfère!

« Viens, papa, je vais te montrer un dessin que j'ai fait pour toi », dit la fillette en zozotant.

Luc jucha Agnès sur ses épaules; elle riait de feinte frayeur. « Lève-toi, va, dit le père sans tourner la tête, tu n'as rien du tout. » Il s'éloigna en imitant le trot du cheval, tandis qu'Agnès criait : « Hue, papa, hue! »

Le lendemain, Sébastien prit son chocolat sans appréhension. C'est seulement dans l'escalier qu'il vomit. Lorsqu'il se retrouva au lit, le drap entièrement tiré sur sa tête, et que la cloche du lycée sonna huit heures, chacun des huit coups résonna dans son cœur comme une voix qui disait : « Peureux, peureux, peureux. » Il n'irait jamais au grand lycée, qui faisait face à la maison et que son père et son oncle, qui y avaient fait leurs études, lui montraient de la terrasse. Quand on entrait au lycée, on devenait un grand garçon, presque une grande personne, disaient-ils. Eh bien, lui, Sébastien, resterait toujours petit. À chaque coup de la cloche, il s'enfonça plus profondément dans le lit et c'est là, tapi comme un petit animal tremblant au fond de sa niche, que le médecin, rappelé par Nina, le découvrit. Après l'avoir ausculté, le docteur se retira avec Nina. Elle revint avec un sourire maladroit qui révéla immédiatement à Sébastien qu'elle était très en colère.

« Qu'est-ce que j'ai ? demanda l'enfant.

– Je ne sais pas, il est fou, ce docteur.

– Pourquoi fou ?

– Parle à maman, chéri. Tu as mal au ventre ? »

Non, il n'avait même pas mal au ventre. Il avait du brouillard devant les yeux.

« Des vertiges ! s'écria Nina. Oh, mon Dieu ! »

Tout vacilla autour de Sébastien ; sa mère s'éloigna et devint minuscule. Il lui prit la main et s'effraya davantage de la sentir glacée. Il pensa qu'il allait mourir, comme papi Abraham et comme mémé Agathe. Sa mère tanguait comme une barque, tantôt très loin, tantôt toute proche. Elle finit par s'immobiliser, et il se retrouva dans ses bras ; ils pleuraient tous les deux.

« Allons, dit Miriam, qui portait un verre d'eau sucrée. Bois, ma fille, et laisse-moi le petit. »

Nina quitta la chambre, le visage dans ses mains.

Mamie ouvrit la fenêtre. Le soleil bondit sur Sébastien, qui eut le même geste que sa mère. Miriam lui écarta les mains.

« Regarde comme il fait beau. Je t'emmène au jardin, mon trésor.

– Mamie, je ne vais pas à l'école.

– Tant pis ! Ce n'est pas si grave de manquer un jour. »

Aux yeux de Sébastien, rien n'était plus grave. Il ne serait pas premier ce mois-ci, et ça ne valait plus la peine. Il se sentait paralysé, comme si on l'avait ligoté au creux du lit. Il y resta toute la semaine. Chaque soir, Luc venait prendre de ses nouvelles.

« Toujours malade ? »

Il n'avait pas l'air de prendre la chose au sérieux, et Sébastien se demandait pourquoi il ne l'obligeait pas à retourner à l'école. Le dimanche soir, Nina déclara soudain son fils guéri. Le lundi, tout rentra dans l'ordre.

Le sénateur Borchette était un homme dans la cinquantaine, grand, fort, avec une couronne de cheveux noirs, un nez énorme. Il avait la stature de Raimu et aussi son verbe. Il s'habillait sans recherche; son pantalon pochait aux genoux. On l'aurait pris pour un paysan enrichi; on l'imaginait trempant son pain dans sa soupe; sa puissance était sans égale en Algérie.

Propriétaire d'un millier d'hectares de vigne, il produisait quatre millions de litres de vin par an. Il possédait aussi une banque, des cargos et des hommes, beaucoup d'hommes. Ce roi du vin s'était taillé quelques principautés dans les lièges, l'alfa, les engrais, les textiles, le tabac. Toute l'Algérie buvait Borchette, fumait Borchette, déposait son argent chez Borchette. Il avait le geste large. Sur son domaine, il dispensait de confortables gages à ses ouvriers, il leur construisait des logements décents et même des écoles. Ses ennemis – et Dieu sait qu'il en avait – discernaient de l'élégance dans son paternalisme. « Borchette a le geste », disaient-ils, compliment suprême dans ce pays où l'on préférait un dribble inutile à un but chanceux, une romance ostensible à une liaison secrète, la dilapidation à l'épargne et la boulimie à l'abstinence. Bref, on le disait aussi, Borchette était un « monsieur ». Il tirait les ficelles de la politique algérienne et se flattait (avec beaucoup d'exagération) de faire et défaire les gouvernements de la France. En revanche, il est indéniable que, par l'entremise de ses journaux, il fabriquait l'opinion locale.

Ce dimanche d'été, de l'esplanade en demi-cercle qui dessinait une avant-scène devant la demeure néoclassique du sénateur, Thomas Régnier admirait l'immensité du vignoble, qui courait géométriquement jusqu'aux collines bleutées et dont des bouquets d'orangers et de citronniers brisaient la monotonie. Il n'avait pas été invité chez Borchette depuis des années et se demandait pourquoi il était rentré en grâce. Il ne remarqua pas tout de suite que, à l'exception de la femme du sénateur, qui fit une brève apparition, c'était une réunion d'hommes exclusivement. Il reconnut des industriels, des armateurs, des maires, des conseillers généraux; tous les vassaux de Borchette, eux-mêmes seigneurs et maîtres sur leurs domaines, s'ébattaient pour l'instant, les uns ventripotents et le souffle court, les autres – la plupart à vrai dire – bruns et solides, sur les courts de tennis et dans la piscine. Veut-il m'enrôler? pensa Thomas. Lui-même, propriétaire d'une clinique à Oran, était riche, mais, comparée à celles des potentats présents, sa fortune pouvait faire figure d'indigence. Thomas battit au tennis un député et rivalisa dans la piscine avec un minotier qui nageait comme un poisson. Il en sortit tout ragaillardi. Depuis quelque temps il n'était pas content de lui; ses aventures sentimentales ne le satisfaisaient plus. On le prenait pour un bourreau des cœurs; il recherchait le grand amour. Mais l'amour est pareil à Dieu : on ne le rencontre que si on ne le cherche pas. La seule femme que Thomas eût aimée était morte à vingt ans. Depuis lors, il avait vogué à la surface des corps, n'atteignant jamais le cœur. Il s'émerveillait et s'irritait de voir son frère Luc fidèle et amoureux d'une seule femme; pourtant, Nina lui menait la vie dure. Elle s'emportait ou se renfrognait, exigeait toujours, ne cédait jamais. Mère dévorante, épouse dominatrice, Nina pouvait aussi bien se changer en épouse soumise et en mère poule, selon que ces rôles servaient mieux son unique ambition : être appréciée à la valeur qu'elle s'attribuait. Elle désirait être aimée – qui ne le désire pas? –, mais, plus encore, considérée. C'était son mot. De tel homme que tout le monde jugeait odieux elle disait gravement : « Oui, mais il est considéré. » Ainsi Thomas voyait-il sa belle-sœur, dont la naissance dans un milieu pauvre lui paraissait la clef de son humeur inconstante.

Il ne la jugeait pas si belle que toute la ville le proclamait. Elle avait le nez trop long, l'œil un peu globuleux. Il lui accordait une souple et soyeuse chevelure, et, lorsqu'elle ne se surveillait pas, des élans de naïveté qui la rendaient tendre et prévenante.

De toutes ces variations Luc pouvait souffrir; mais, l'instant d'irritation passé, il ne s'en souciait plus. Nina lui appartenait : c'était l'essentiel. Thomas enviait l'égocentrisme de son frère. Moi, pensait-il, j'ai passé ma vie à vouloir séduire et convaincre, à me battre pour une cause ou pour l'autre, à subir les désillusions de plein fouet, à me laisser griser par les succès. Forcément je suis insatisfait, puisque si haut qu'on monte on tombe de plus haut. Et si ce n'était qu'une question de chance? Il pensait que toute vie est un échec; ceux qu'il appelait les « chanceux », c'était simplement ceux qui n'en prenaient jamais conscience. Les malchanceux se débrouillaient à traîner leur croix, une croix à laquelle ils donnaient nécessairement un noble nom pour en alléger le poids. La croix s'appelait, selon les cas, quête de l'amour ou de l'argent, du pouvoir ou de la gloire. Seulement il y avait les autres, ceux pour qui la malchance, c'était d'être né faible, démuni, sans défense. Pour ceux-là il fallait bien s'acharner à réduire l'injustice. L'ennui, c'est qu'en Algérie le combat s'obscurcissait; les passions s'étaient exacerbées à un point tel que la justice ne paraissait plus pouvoir être équitablement distribuée.

Des années auparavant, il avait payé cher cet élan qui le poussait toujours à soulager la misère. Une jeune femme de vingt-cinq ans, déjà mère de quatre enfants, sans ressources, l'avait supplié de la faire avorter. C'était une pratique illégale et sévèrement condamnée. Il avait néanmoins accepté; la jeune femme était morte sur la table d'opération. Il avait tenté de cacher la vérité; elle avait vite éclaté. Il fut inculpé, et son parti, la S.F.I.O., effrayé par le scandale, l'avait contraint de démissionner de son siège de délégué à l'Assemblée algérienne.

Il était resté socialiste et observait sans illusions l'expérience de Guy Mollet. Le nouveau président du Conseil menait une politique timorée, sans imagination, qui ne réglerait rien. Qui, à sa place, ferait mieux? On commençait à prononcer le nom d'un homme retiré à Colombey, que Thomas admirait.

Cependant, si les socialistes révélaient leur impuissance, n'était-ce pas surtout parce qu'ils n'avaient ni les moyens ni la volonté de résister aux appétits de Borchette et de ses pairs? Que pensait aujourd'hui Borchette? Voilà ce que Thomas était impatient d'apprendre.

Il avait faim et se servit copieusement au buffet dressé sur l'esplanade, qu'un vélum ombrageait. Il s'assit à l'une des tables où les convives déjeunaient par petits groupes. Borchette passait de l'un à l'autre, donnait ici une poignée de main, là une claque dans le dos, partout une plaisanterie. Ces hommes dirigeaient l'Algérie; on eût dit une bande de vacanciers en maillot et en peignoir de bain que rien ne pressait ni n'alarmait. Ils ont l'éternité devant eux, pensa Thomas. Il observa que presque aucun ne portait de montre au poignet. Borchette vint s'asseoir auprès de lui et vingt regards, inquiets soudain, se tournèrent vers ce coin de la terrasse gardé par l'un des trois lions de pierre qui apparaissaient sur tout ce que produisait Borchette, sur les étiquettes des bouteilles de vin, sur le pavillon des navires, sur le papier à cigarettes, au fronton des banques. Il expliquait: « Mon grand-père a trouvé des étendues de caillasse, il les a transformées en vignobles, c'est le premier lion. Mon père a créé la banque et la flotte de cargos, c'est le deuxième lion. Quant au troisième... » Les Algérois malintentionnés répliquaient : « Quant au troisième lion, c'est un tigre. » Borchette le savait; il était le premier à en rire.

Cette faveur accordée à un homme qui ne possédait ni mandat électif, ni terres, ni réelle fortune, Thomas comprit immédiatement à quoi il la devait. Le sénateur avait beaucoup d'obligés parmi les socialistes, mais peu d'amis. Au cas où Guy Mollet réussirait il avait besoin d'un cheval de Troie dans la place. Dès lors, Thomas fut sur ses gardes.

Une brise légère soufflait sur la terrasse; elle apportait le parfum des orangers comme une offrande à ces hommes qui les avaient fait pousser sur un sol autrefois marécageux et infesté de moustiques. Sous le soleil de midi, la blanche demeure à colonnade étincelait d'un éclat dur qui obligeait à plisser les paupières. À peine leur repas terminé, les convives plongèrent dans la piscine. Ils s'éclaboussèrent, se lancèrent des ballons, chantèrent en chœur des chansons de corps de garde, tandis que des domestiques arabes posaient le long du bassin des verres de jus d'orange glacé. Thomas se sentait merveilleusement bien. Le sénateur, affalé dans un fauteuil de toile, semblait dormir, la bouche entrouverte; de temps en temps, il chassait, dans un réflexe, une mouche, et même ce geste machinal était plein d'autorité et de certitude; il devait écarter aussi sèchement, pensa Thomas, les importuns et les obstacles.

La puissance qu'étalait Borchette était celle d'un adversaire : Thomas pouvait espérer le combattre, sinon le vaincre. Mais l'habileté du sénateur, sa pénétration des cœurs et des esprits, l'espèce de respect affectueux que lui témoignaient ses ouvriers, avec qui il s'exprimait couramment en arabe – alors que Thomas n'en connaissait que quelques mots –, étaient des armes autrement redoutables que rien ne viendrait enrayer. Thomas n'avait que des idées, Borchette mettait les siennes en œuvre.

Cependant, il acceptait cette jouissance du soleil, de l'eau, des parfums, comme un guerrier qui se repose entre ses combats, comme aussi en jouissaient, sur les plages bondées, ses compatriotes européens, qui savaient, peut-être inconsciemment, ce bonheur précaire et qui le dévoraient sans en perdre une miette. Thomas avait un peu bu; le grésillement régulier des cigales berçait sa somnolence. Il lui fallut recueillir son attention pour répondre au sénateur.

« Eh bien, docteur, que devenez-vous?

– Je travaille. Vous n'imaginez pas le nombre d'Oranais qui font des crises d'appendicite. »

Borchette rit complaisamment.

« Oh, docteur, reprit-il, pour un homme comme vous, l'appendicite... Rien d'autre à vous mettre sous la dent?

– Mon Dieu, des ulcères, des amygdales. Vous savez, on se rêve avocat d'assises et on fait du divorce les trois quarts du temps. Le chirurgien n'est pas mieux loti.

– Allez, tout le monde sait que vous êtes le meilleur praticien d'Oran, rétorqua Borchette, qui posa la main sur le poignet de Thomas et avança les lèvres pour chuchoter sur un ton de confidence : Mais, dites-moi, plus de politique? »

Thomas joua le même jeu. Il feignit de regarder autour de lui et murmura : « Plus du tout. Ne le répétez pas, monsieur le sénateur, je suis dégoûté de la politique. »

Borchette gronda soudain, comme s'il apprenait une nouvelle ahurissante, et de nouveau tous les yeux se tournèrent vers lui.

« Dégoûté! dit-il avec emphase. Messieurs, le docteur Régnier se retire sous sa tente; les socialistes sont perdus! »

Les amis du sénateur s'approchèrent et se mirent à se désoler bruyamment; les uns présentaient leurs condoléances à Thomas, les autres lui tapaient dans le dos d'un air apitoyé, lançaient des jurons, se prenaient la tête dans leurs mains ou se la couvraient avec leur serviette de bain.

Autour de la piscine, les serviteurs arabes échangèrent des sourires, puis, encouragés par la bonne humeur de leur patron, éclatèrent franchement de rire.

« Tu entends ça, Hocine, dit Borchette à son maître d'hôtel, en singeant l'accent arabe : le docteur, il renonce à la boulitique! »

Thomas tournait un visage faussement naïf envers chacun des comédiens, comme un spectateur qui, au théâtre, ne comprend pas toutes les finesses de la pièce, mais se laisse emporter avec confiance dans le flot des tirades. Il devina qu'on attendait mieux de lui, et lança, lorsque le premier acte parut terminé : « Messieurs, en effet, je vous prive de copie! Vos journaux vont perdre des lecteurs. »

À la suite de son inculpation, naguère, la presse d'Algérie avait déclenché une campagne contre Thomas, le « docteur rouge », ami des Arabes et avorteur. Obligé de vendre sa clinique, évincé des grands hôpitaux, il n'avait pu trouver un poste que dans la petite ville de Batna. Il écrivait à sa mère des lettres désolées qu'il ne postait pas; Agathe avait tant d'ambition pour lui. Comme il sentait peser, à l'en écraser, l'amour exclusif qu'elle lui portait!

C'est à Batna que l'insurrection du 1er novembre 1954 le surprit, comme elle surprit les pouvoirs publics, que de nombreux indices pourtant auraient dû alerter. Le sous-préfet, qui était son ami, tomba, l'un des premiers, sous les balles des rebelles. C'était soudain la guerre, et personne n'y était préparé. Thomas, installé à la sous-préfecture, organisa la défense de la ville. Plus tard, il opéra avec succès une institutrice de vingt ans laissée pour morte, sur la route, auprès du cadavre de son mari. Comme si cette vie sauvée rachetait la vie brisée de sa patiente, il reprit confiance en son étoile. Il regagna Oran, rentra en grâce auprès des notables. « Voyez, Régnier, dirent-ils, il a compris! Les Arabes ne respectent que la force! »

Chez Borchette, à présent, il riait avec ses ennemis d'hier, ennemis de demain à coup sûr s'il leur en fournissait l'occasion. Depuis la mort de sa mère, Thomas était moins impatient, moins intransigeant, moins exigeant avec lui-même, ou plutôt il accordait à cette exigence du temps pour s'assouvir.

Borchette leva la main et le silence se fit instantanément. On allait enfin savoir pourquoi on avait été réunis. Le sénateur ne somnolait plus. Il se redressa, et sa stature, tout à l'heure lourde, parut puissante, son visage, affiné, son regard, aiguisé. L'hôte redevint le patron; les serviteurs avaient disparu.

« Messieurs, dit-il, je rentre de Paris. On n'y prend pas du tout la mesure des événements. La France veut à la fois gagner la guerre et favoriser l'intégration. Or que signifierait à terme l'intégration? »

Thomas bâilla ostensiblement : il connaissait la chanson par cœur. L'intégration, c'était inéluctablement le collège unique, c'est-à-dire la désignation des représentants de l'Algérie par tous les électeurs réunis, Arabes et

Européens, en vertu de la règle « un homme égale une voix ». Et, dans ce collège unique, il y aurait dix Arabes pour un Français.

Borchette, en effet, reprit l'argumentation et conclut : « Messieurs, cela signifie que la France deviendra la colonie de sa colonie. » Il ne laissa pas à ses amis le temps de s'exclamer. Il gronda : « Je ne le permettrai pas », avant d'ajouter avec un sourire : « Vous savez que je n'abandonne pas mes chats, je n'abandonnerai pas l'Algérie. »

Les notables hésitèrent entre le respect et l'ironie. Pour la plupart, ils choisirent de prendre au sérieux l'allusion de Borchette, dont ils faisaient ordinairement des gorges chaudes. Le sénateur vivait entouré d'une centaine de chats. Lorsqu'il quittait son domaine pour un voyage, il confiait ses deux félins favoris au meilleur hôtel de la ville, où ils étaient nourris et soignés comme des princes. Borchette redoutait la négligence de son propre personnel. Un jour ou l'autre, ses amis et obligés avaient eu à souffrir de cette défiance.

« Monsieur le sénateur, dit Thomas, l'ennui, avec cette affaire d'intégration, c'est qu'elle vient de toute façon trop tard. Avant l'insurrection, les Arabes la réclamaient; aujourd'hui, c'est l'indépendance qu'ils exigent.

– Et vous êtes contre, j'espère ? » susurra Borchette.

Les amis du sénateur se préparèrent à savourer l'affrontement. Thomas feignit de rassembler ses forces; il resta muet quelques instants avant de lâcher :

« Je suis résolument contre l'indépendance, et surtout contre les hommes qui prétendent l'arracher par la violence. Les méthodes du F.L.N. nous obligent à gagner d'abord la guerre par tous les moyens. »

Borchette se leva pour donner l'accolade à Thomas. Je suis puni de ma grandiloquence, pensa celui-ci. Il craignit d'entendre annoncer partout qu'il avait retourné sa veste. Un tel aveu devant de tels hommes, c'était quasiment leur donner carte blanche. Il tenta de se reprendre.

« N'oubliez pas, monsieur le sénateur, que le F.L.N. n'est pas le peuple arabe. Aucun peuple ne souhaite se sacrifier pour ses maîtres ; il ne le fait que sous la contrainte. Il faut donner la chance aux Arabes de choisir la France.

– Demandez à mes Arabes, coupa le sénateur, s'ils ne choisissent pas Borchette !

– Combien y a-t-il de colons en Algérie ? demanda Thomas.

– Où voulez-vous en venir, docteur ?

– Il y en a à peine vingt mille, n'est-ce pas ? »

Thomas se tourna vers les notables, qui approuvèrent de la tête.

« Et, parmi ces vingt mille, très peu ont le privilège d'être riches ; la plupart ne sont que de modestes agriculteurs. Or que pense l'opinion française et même internationale ? Que les Européens d'Algérie sont tous des millionnaires et des oppresseurs.

– C'est juste, lancèrent plusieurs millionnaires.

– Eh bien, messieurs, ajouta Thomas en masquant sa jubilation, dites-vous que vous ne représentez pas plus les Français d'Algérie que le F.L.N. ne représente les Arabes.

– Au fait, monsieur, au fait ! dit Borchette.

– Nous ne gagnerons pas cette guerre si nous sommes désavoués par les nations. Déjà l'O.N.U. s'est emparée de la question algérienne, dit Thomas, sans se laisser ébranler par les ricanements des notables. Sacrifiez quelques privilèges pour éviter de les perdre tous. »

Il faillit se lever. Il l'aurait fait autrefois, quand il ne cherchait dans la discussion que la satisfaction d'avoir le dernier mot. Il resta assis cependant, étonné lui-même d'avoir tant changé. L'hostilité qui l'entourait à présent lui donna l'audace de rendre hommage à ses détracteurs.

« Vous êtes légitimement fiers de ce que vous accomplissez ici.

– Merci, monsieur, dit ironiquement Borchette.

– Justement, n'est-il pas temps de transformer l'Algérie, je vous le demande sincèrement, sénateur.

– Nous la transformons et l'enrichissons tous les jours depuis des générations. La Mitidja était un nid de moustiques et de serpents. Les Arabes mouraient comme des mouches. La malaria, le trachome, les fièvres condamnaient les enfants. Aujourd'hui, ils vont à l'hôpital français. Et ils veulent nous chasser de nos terres ! La terre appartient à celui qui la met en valeur.

– Vous savez bien qu'ils veulent la justice, murmura Thomas.

– La justice du F.L.N. ! Le F.L.N., qui les exploite et les assassine !

– C'est bien pourquoi il faut gagner la guerre contre le F.L.N., mais pas contre les Arabes. »

Thomas se sentit soudain envahi par le découragement. Il avait retrouvé les accents des meetings socialistes, quand il s'agissait pour lui de convaincre des militants hostiles à toute idée d'indépendance, mais ouverts aux principes de justice et d'égalité; ici, au bord de cette piscine, devant ces hommes puissants, rompus aux intrigues de palais, qui, leur première irritation retombée, le regardaient avec commisération, il se vit comme il était: un idéaliste déchiré et verbeux, une dupe désignée. Il prétexta un rendez-vous et s'en alla. Dans la voiture qui le ramenait en ville, il écumait de rage. Il avait eu la faiblesse d'accepter qu'un chauffeur du sénateur vienne le chercher ce matin-là et le même chauffeur le raccompagnait.

« Dites, je vous ai soigné, non?

– Oui, docteur, répondit le chauffeur, au dispensaire. Tous les jours, je dis à ma femme de prier pour vous, mon œil il est guéri maintenant. »

Thomas se souvenait du trachome, qui avait envahi la partie supérieure de la cornée; l'œil semblait perdu.

« Tu t'appelles Kader, n'est-ce pas?

– Oui, docteur, Benaoula Kader, à votre service!

– Laisse-moi à la clinique, je te donnerai des médicaments, au cas où ça reviendrait.

– Merci, docteur, pas besoin. Monsieur Borchette, il paie tous les médicaments. »

Après le départ de Thomas, le sénateur prit à part ses hommes de confiance, le directeur du journal, celui de la compagnie maritime et le président du conseil général.

« Ce Régnier, j'avais entendu dire qu'il vacillait depuis les massacres de Philippeville. J'espérais pouvoir le récupérer, tant pis! Passons aux choses sérieuses. L'armée française peut lutter contre le F.L.N. sur le terrain militaire, mais, face au terrorisme, elle est impuissante. Nos compatriotes ont peur, le découragement les gagne. Ne nous faisons pas d'illusions: la France ne se battra pas longtemps pour une population désabusée. Nous devons contre-attaquer. Des hommes courageux essaient de monter des groupes antiterroristes. Ils n'ont pas beaucoup d'argent. Vous m'avez compris. Messieurs, la piscine est à vous. »

Luc loua une villa pour l'été. Pendant deux semaines, en août, toute la famille s'y retrouva, Nina, Louisette, Isabelle, leurs maris et leurs enfants. La maison était construite sur une hauteur, et sa terrasse, abritée par un store bleu et blanc, dominait la plage. Du côté de la route, on y accédait par un patio andalou aux murs ocrés. Un jet d'eau retombait en sifflotant dans un petit bassin octogonal tapissé de mosaïque verte. Une bougainvillée aux fleurs de papier rose vif étreignait les volets bleus d'une fenêtre condamnée. Des buissons d'anthémis jaunes et blancs s'arrondissaient plantureusement. Un gracile jasmin dont le parfum, à la nuit tombée, rendait les garçons amoureux enlaçait une Vénus de Milo en plâtre.

Du côté de la mer, un jardin en pente conduisait directement à l'immense plage de sable fin. La voûte bleutée d'un grand figuier ombrageait une table où la famille se réunissait pour dîner. Nina s'était prise de passion pour ce jardin ; tous les soirs, elle composait des bouquets de roses voluptueuses, de chèvrefeuilles ébouriffés, de glaïeuls hautains. Elle aimait s'attarder devant les hibiscus androgynes à la bouche écarlate.

Les cousins dormaient à quatre dans la chambre de Sébastien, tous sur des matelas, et le lit restait vide. Dans la journée, Sébastien dirigeait les jeux ; c'est lui qui avait les meilleures idées. Mais, pour construire et aménager une cabane dans le jardin, ses cousins étaient plus adroits ; il les laissait faire. L'oncle Étienne disait : « Il a la bonne place, Sébastien, il reste assis et il donne les ordres ! » Ça paraissait drôle comme réflexion, tout le monde riait d'ailleurs, et la maman de Sébastien le regardait les yeux brillants, comme quand elle annonçait qu'il était toujours premier à l'école, mais Sébastien n'aimait pas les plaisanteries de l'oncle Étienne.

Un jour, ils montèrent tous ensemble dans un grand bateau gonflable et partirent loin, très loin sur la mer, si loin que les tentes de la plage apparaissaient minuscules comme des châteaux de cartes multicolores, et la maman de Sébastien au bord de l'eau, en train de les surveiller, aussi petite qu'une poupée d'Agnès. Sébastien et ses cousins plongèrent et nagèrent autour du bateau. Sous l'eau ils s'attrapaient les jambes et tentaient de rester le plus longtemps possible sans remonter. Sébastien imaginait l'émotion de sa maman. L'oncle Étienne se mit à ramer à grands coups ; les garçons firent la course jusqu'au bateau, qui s'éloignait. Enfin, l'oncle ralentit et aida les enfants à se hisser à bord. Du rivage, les tantes criaient : « Revenez, bourricots ! » La maman de Sébastien ne criait pas avec ses sœurs ; il la devinait immobile, les yeux agrandis, le poitrine haletante.

« Allez, dit l'oncle, on fait semblant de se noyer. »

En un éclair, les garçons firent chavirer l'embarcation. Ils se laissèrent couler, agitant seulement les mains à la surface ; d'une poussée, ils remontaient, lançaient des cris de détresse et plongeaient de nouveau. Le bateau, sur le ventre, dérivait.

Enfin, très fiers, ils regagnèrent le rivage. L'oncle Étienne était « mort de rire », comme il disait, et les tantes, furieuses, rirent quand même à sa suite. La maman de Sébastien, muette, esquissait un sourire pincé ; elle serra son petit contre elle ; il la sentit frémir de tout son corps ; il aimait tellement rouler la tête contre la poitrine de sa mère quand elle frémissait.

« C'était une idée de Sébastien, dit l'oncle, il a tellement d'idées, ce gosse ! »

Mais, d'une pression de la main, la maman de Sébastien lui fit comprendre qu'elle ne croyait pas Étienne.

À l'heure du déjeuner, celui-ci prépara le *kanoun*, tous les enfants admirativement regroupés autour de lui. Il disposa dans le fourneau en terre les morceaux de charbon, les enflamma avec un peu d'essence, puis les éventa soigneusement avec un journal jusqu'au moment où les braises, d'un beau rouge uniforme, dégagèrent assez de chaleur sans flamber pour qu'il puisse y poser la grille et les sardines en rang, tête-bêche, sagement couchées, comme les cousins sur les matelas rapprochés. L'oncle Étienne avait noué un tablier par-dessus son maillot. D'énormes gouttes de sueur lui coulaient sur la poitrine et dans le dos.

« Tu vas fondre, malheureux ! » dit tata Isabelle.

Il servit lui-même tout le monde, les enfants faisaient la queue devant le fourneau ; l'oncle regarda alentour, personne n'avait été oublié – sauf le papa de Sébastien, qui n'aimait pas les sardines –, alors seulement il emplit son assiette.

Les tantes avaient préparé des salades cuites de tomates et de poivrons, des omelettes aux légumes et à la cervelle.

« Non, merci », dit le papa de Sébastien, en choisissant une cuisse de poulet et une tranche de rosbif.

« Cette viande crue, dit Nina, avec tout ce sang, comment peux-tu avaler ça ? »

Ils terminèrent le repas par une montagne de fruits, de grosses pêches rouges et de petites pêches blanches à la peau acide, à la pulpe sucrée, des abricots mielleux et fondants, d'ovales melons jaunes au goût un peu aqueux.

Ce fut l'heure de la sieste. Étienne et Sam restèrent à la plage, la tête abritée sous la tente, les jambes au soleil. Les tantes remontèrent à la villa; mamie commença à préparer le dîner, puis se reposa dans une chaise longue, sur la terrasse, un verre de coco à la main, et bientôt s'endormit.

Pendant ce temps, les enfants se jetaient, infatigables, dans les rouleaux de la mer, qu'ils appelaient « taxis », parce que, s'ils les prenaient au sommet de leur mouvement, les vagues les entraînaient presque jusqu'au rivage. Les cousins se faisaient happer, ballotter, jambes pardessus tête; le rouleau passait, creusait une dépression dans laquelle ils étaient aspirés, et, quand ils sortaient la tête de l'eau, le reflux les balayait, ils se débattaient à en perdre haleine.

Ils s'accordaient un moment de répit, sur le sable brûlant, mais la mer les appelait, comme un désir qui leur mettait les tempes en feu, et ce feu s'apaisait dans la vague qui glissait sur leurs corps consumés. Ils s'en arrachaient pour se calciner de nouveau, supplice qu'ils s'infligeaient pour ensuite mieux l'apaiser dans la froidure qui roulait sans fin. C'était plus fort qu'eux, il restait toujours un plongeon en souffrance, comme s'ils avaient peur de « manquer ». Et, alors qu'ils se croyaient épuisés, harassés, gavés, saturés de cette eau stupide, les cousins s'y jetaient encore pour ne pas laisser perdre une goutte de plaisir.

Après le dîner, la fraîcheur venue, les oncles jouaient aux cartes espagnoles à la lueur du lampadaire un peu trop faible qui les obligeait à tendre leur « main » vers la lumière, et ils se donnaient de grandes tapes sur les cuisses pour pulvériser un moustique, en le maudissant de tous les blasphèmes.

Les enfants demandaient l'autorisation de se baigner une dernière fois, « pour passer une bonne nuit », mais, la plupart du temps, ils avaient dîné si copieusement qu'ils n'avaient plus la force de nager et revenaient se blottir contre leur mère, enveloppés dans de grandes serviettes. Sous la lune, la mer était lisse, en vacances pour quelques heures nocturnes. Les tantes papotaient à voix basse, pour respecter le recueillement de leurs petits, qui contemplaient le ciel immense, rempli d'étoiles. Ils ne mettaient pas en doute l'éternité de leur enfance, ni celle de leur bonheur.

Ce temps n'est plus.

8

RUE DE THÈBES, À MINUIT

Il était onze heures du soir et la chaleur faiblissait à peine. Les Algérois ne se souvenaient pas d'un mois d'août aussi chaud, mais chaque été caniculaire prenait leur mémoire de court.

Sam, en maillot de corps et en short, veillait sur son balcon. Louisette et les enfants dormaient, fatigués par une journée de plage. Dès qu'il vit les deux hommes s'avancer au coin du boulevard du Télemly, Sam siffla doucement. Les deux hommes s'arrêtèrent dans le renfoncement de la boulangerie, et Sam vint leur ouvrir la porte de l'immeuble.

« Pas de bruit, dit-il, la famille dort.

– Monsieur Sami, on est des gens discrets », répondit un jeune gros moustachu. Il portait une blouse de la compagnie d'électricité. « Service à toute heure », ajouta-t-il d'un air satisfait.

« C'est bien, dit Sam. Je t'écoute, Juju.

– Rue de Thèbes, minuit.

– Et toi? demanda Sam à un jeune type calme aux cheveux plaqués, vêtu de la même blouse.

– Je le laisse rue de la Gazelle, je file et il se débrouille.

– Pas d'imprudences! C'est bourré de F.L.N. par là-bas. »

Sam suivit leur départ de son balcon. Le vent de la mer s'était levé; Sam aspira une large bouffée d'air parfumé pour dénouer sa poitrine, s'essuya les paumes sur son short et resta à attendre, presque hébété; depuis des jours, il avait l'impression qu'un autre agissait à sa place et que lui, Samuel Stora, le bijoutier sans histoires, ne faisait que l'observer. Chaque fois qu'il hésitait, l'autre lui mettait sous les yeux le ventre ouvert de la cousine Roxane.

La camionnette volée de la compagnie d'électricité s'engagea lentement dans le boulevard de la Victoire, désert. Le couvre-feu avait sonné. Une patrouille militaire arrêta le véhicule.

Les documents étaient en règle, le faussaire travaillait avec beaucoup de soin.

« Un dépannage à cette heure?

– Tout un immeuble sans courant, répondit Juju. Faut ce qu'il faut, sergent. Je serais mieux au lit! »

Le Fort-Turc écrasait de son ombre le large boulevard, au bout duquel la prison de Barberousse élevait sa masse blanche et trapue. Sur la droite commençait la Casbah, un dédale de ruelles sombres. Juju soupira.

« Tu la reverras, ta mère », lança son compagnon, ce qui était la manière habituelle à Alger pour dire : « Ne t'en fais pas. »

« Si Dieu veut, répondit Juju. Tu te rends compte, ce coupe-gorge! »

Il prit sous le siège un paquet enveloppé dans du papier journal. Il était minuit moins le quart. On n'entendait que le vent. Les deux jeunes gens se donnèrent rendez-vous au lendemain, à leur bistrot de la rue Berthezène.

« Si je suis vivant, dit Juju.

– Bien sûr que tu seras vivant! Et des filles, comme ça tu vas en avoir!

– Tu rigoles, j'espère. Pas un mot à personne, hein?

– Allez, va, va, il te reste douze minutes. »

Juju descendit l'escalier de la rue de la Gazelle. La rue de Thèbes prenait juste sur la gauche. C'était la première fois que Juju pénétrait dans le quartier arabe en pleine nuit; il le trouva sale, fort en odeur et noir comme un cimetière. Il tenait fermement le paquet sous son veston et, pourtant, il se sentait près de le lâcher et de fuir à toutes jambes.

Les rideaux de fer des échoppes étaient tous baissés; la Casbah, d'habitude si animée, dormait. Juju fut soulagé d'entendre pleurer un enfant; une lumière s'alluma au premier étage d'une maison sur pilotis. Il porta vivement la main à sa poche, toucha son 7,65 dans le canon duquel était engagée une balle. Mais personne ne survint à sa rencontre; la lumière s'éteignit, en même temps que les pleurs du bébé. Il essaya de se repérer; certains numéros de maisons manquaient ou étaient effacés. D'après les renseignements fournis par l'« association », le bain maure, au n° 20, abritait un chef terroriste important. Il ne restait que huit minutes, et Juju ne se sentit pas le courage de descendre la ruelle. Il plaça le paquet dans le renfoncement d'une porte à décor d'arabesques en relief qu'une main de fatma peinte en son centre protégeait du démon. C'était le n° 9. Puis Juju remonta à grandes enjambées les marches luisantes. La camionnette l'attendait.

« Tu es fou ! dit Juju. Et les ordres ?

– Laisse les ordres ! Je n'allais pas t'abandonner. »

Les deux jeunes gens se serrèrent la main ; celle de Juju était glacée.

De si loin qu'il se trouvait de la Casbah, Sam, sur son balcon, entendit l'explosion. C'est pour toi que je l'ai fait, Roxane », murmura-t-il en tirant les rideaux. Il se coucha sur le dos, les yeux grands ouverts. Louisette, qu'il croyait profondément endormie, lui toucha l'épaule.

« Sami, dis-moi. »

Il l'embrassa tendrement.

« Rien, Louisette. C'est la bijouterie ; au mois d'août, les affaires ne vont pas fort. »

Mon Dieu, protégez-le, pensa Louisette.

Si Sam n'avait entendu que l'écho assourdi de la déflagration, elle jeta Yacef Radaoui, qui dormait dans son refuge de la rue des Abencérages, à bas de son lit de camp. Il s'empara, dans un réflexe, du pistolet posé sur une chaise à son chevet. Amar, le fils benjamin de Halim, qui était devenu son lieutenant, apparut aussitôt, la mitraillette au poing.

« Oncle, dit le jeune homme, descendons. »

La rue des Abencérages, distante d'une vingtaine de mètres de la rue de Thèbes, était noyée dans un brouillard blanchâtre, une bouillie de fumée, de poussière et de gravats pulvérisés. Avant d'apercevoir quoi que ce soit, Yacef entendit les cris et les gémissements des blessés ; il avançait à tâtons, butant sur un corps ou sur un amas de décombres ; il ne ressentait rien, rien encore, même pas de la colère. Un mouton qui poussait des bêlements affolés manqua de le renverser. Qu'est-ce qu'il fait là, ce mouton ? se demanda machinalement Yacef. La fumée se dissipa lentement, et il vit. La voûte soutenant deux pâtés de maisons s'était écroulée ; un mur seul restait debout, contre lequel se tenait en équilibre, au bord du vide, un lit à moitié calciné, comme un nid au sommet d'un arbre ou comme un tapis volant dans le ciel noir.

La Casbah réveillée se précipitait aux nouvelles. Des hommes et des femmes en vêtements de nuit se pressaient autour du trou où avaient dégringolé les maisons, rendant les secours malaisés. « Dégagez, dégagez ! » ordonna Yacef, qui reprenait ses esprits. Mais, dans le tumulte, on n'entendit pas ses directives ou on les négligea. Maintenant, Yacef mesurait le désastre et le temps qu'il faudrait pour le réparer : là, au nº 10, dont les trois étages ne formaient plus qu'une pile basse de parpaings enchevêtrés, se trouvait une cache d'armes ; ici, au nº 8, c'était le refuge de l'un de ses adjoints, mort certainement. Yacef le chercha néanmoins, un jeune homme gouailleur dont la peau claire le faisait aisément passer pour un Français ; il aperçut d'abord sa mère, agenouillée auprès d'une forme sanglante. La forme n'avait plus de visage ; un éclat de bombe lui avait arraché le nez et les yeux ; mais c'était bien Rabah, son adjoint, le jeune intrépide qui, lorsqu'il n'assassinait pas les Français, plaisantait avec leurs filles à la terrasse des cafés, du côté des facultés. Oui, Rabah avait beaucoup tué ou fait tuer : une cinquantaine d'Européens avaient trouvé la mort au mois de juin dans des attentats F.L.N. Et maintenant Rabah était mort à son tour. Et sa mère ne gémissait pas ; depuis longtemps, elle savait son garçon voué au martyre. Les yeux secs, elle lança un regard de haine à Yacef, qui n'osa pas se pencher sur le corps de son ami. La mère serrait les mains de son fils en se balançant d'avant en arrière. Sourde aux plaintes des blessés et aux lamentations de leurs familles, elle était seule avec le garçon qu'elle chérissait, « la prunelle de ses yeux », son aîné. Que lui disait-elle à mi-voix ? Yacef voyait les lèvres de la femme encore jeune et belle remuer. Elle leva la tête, et, devant tant de haine et de mépris, Yacef recula d'un pas.

« Tu me l'as pris, raïs ! » dit-elle en chargeant le mot « raïs », « chef », de tout le dédain dont était capable une femme soumise depuis des siècles à la volonté des hommes.

« Le F.L.N. le vengera », répondit Yacef ; elle cracha par terre. Il aurait voulu lui parler avec son cœur, comme un fils parle à sa mère dans le chagrin ; son rôle le contraignait à lancer des slogans. La foule l'avait reconnu et attendait de lui qu'il organise les secours.

Les femmes hurlaient leur désespoir; les hommes demeuraient debout, les bras ballants, pétrifiés. Chacun murmurait, comme pour lui, « les roumis, les Européens, le contre-terrorisme », et la rumeur enflait, parcourait les ruelles, gagnait toute la Casbah, traînant comme une charogne la peur, qui ronge dans les cerveaux les cellules du jugement libre. Voilà quelle était la conséquence des attentats : dans les deux camps, les cerveaux durcissaient, devenaient rigides et opaques; aucune lumière n'y pénétrait plus; les cerveaux se soumettaient mécaniquement aux voix et aux ordres brutaux des hommes d'autorité. Au nom de l'indépendance, l'indépendance d'esprit désertait ce pays. Au nom de la justice, la haine envahissait les pacifiques. De même que les cerveaux se caparaçonnaient, les peuples se soudaient et marchaient derrière des bannières sanglantes. C'est d'abord la pensée que le terrorisme tue.

L'armée et la police allaient arriver. Il restait peu de minutes à Yacef et à Amar pour aider les familles avant de s'enfuir vers un nouveau refuge – lequel, cette fois?

Une chaîne d'hommes enfin sortis de leur torpeur commença à dégager les décombres, à extraire les corps et les objets qui pouvaient encore servir de l'amoncellement des pierres et des poutres. Un homme, la jambe brisée, tenta de porter dans ses bras sa fillette morte. Il tombait à chaque pas, des voisins le relevèrent et lui arrachèrent le petit cadavre qu'il ne se résignait pas à lâcher.

À tous Yacef répétait : « Le F.L.N. vous vengera. C'est sa mission, il n'y faillira pas. Gardez espoir. »

Quand enfin les pompiers se frayèrent un passage dans la ruelle dévastée, Yacef avait disparu. Ils comptèrent soixante-dix morts. Samuel Stora pria soixante-dix fois.

Depuis quelques semaines, Yacef Radaoui était maître de la Casbah; à chaque naissance, à chaque mariage, un « fonctionnaire » du F.L.N. délivrait les papiers officiels et assistait à la cérémonie. Dès le lendemain de l'attentat de la rue de Thèbes, Yacef organisa la protection du quartier; chaque maison était surveillée vingt-quatre heures sur vingt-quatre; le couvre-feu, fixé à minuit par les autorités françaises, fut avancé à huit heures du soir; à cet instant précis, les commerçants baissaient leur rideau de fer, les cafés se vidaient, les habitants s'enfermaient chez eux et les militants prenaient leur tour de garde sur la terrasse des maisons. Yacef donna l'ordre d'abattre tout civil, européen ou musulman, qui circulerait la nuit dans la Casbah sans autorisation.

Le quartier arabe, dont les maisons s'empilaient et se juxtaposaient comme un gigantesque jeu de construction, constituait un labyrinthe aux mille détours. Les souterrains, les puits désaffectés, les épaisses murailles des vieilles demeures turques offraient aux hommes et aux armes des caches pratiquement indécelables. Une équipe de maçons aménagea des passages secrets qui permettaient de circuler à travers toute la forteresse sans franchir les ruelles.

En moins d'un an, depuis son retour de Philippeville, Yacef avait levé une armée de mille quatre cents soldats, parmi lesquels des spécialistes en explosifs et en faux papiers et un escadron de jolies filles de la bourgeoisie musulmane.

Les cinq membres du Comité de coordination et d'exécution – les chefs suprêmes de l'« intérieur » – se réunissaient quotidiennement en ville européenne. Seul des cinq, Yacef vivait à la Casbah, au milieu de ses hommes. Les quatre autres habitaient chez des Européens qui avaient pris parti pour le F.L.N., et qui se chargeaient, sans éveiller les soupçons, de la recherche des refuges, de la location des appartements, des achats de matériel d'imprimerie ou de ronéo.

Un mois et demi après l'attentat de la rue de Thèbes les cinq se retrouvèrent dans une grande villa du boulevard du Télemly, à deux pas de chez Samuel Stora.

« J'ai promis la vengeance à la Casbah, expliqua Yacef, il est temps d'agir. Le terrorisme isolé ne suffit plus. Bombes pour bombes ! » Ses quatre collègues le regardèrent avec perplexité : Yacef passait à juste titre pour le dirigeant le plus cultivé, le plus réfléchi. Comment pouvait-il ignorer que le terrorisme aveugle dirigé contre la population civile était une arme à double tranchant ? Ne mesurait-il pas le danger de représailles qui désorganiseraient le mouvement et saperaient le patient travail de plusieurs mois ? Yacef répliqua que, s'il ne donnait pas satisfaction à la Casbah, le découragement s'emparerait des esprits et qu'il valait mieux risquer l'affrontement avec l'armée que la colère impuissante des militants.

Cet argument l'emporta, et le Comité donna le feu vert à Yacef.

Le 3, rue des Abdérames, en basse Casbah, était la maison d'un boulanger. Yacef y trouvait refuge dans une chambre à l'écart; chaque nuit, le jeune Amar dormait en travers de la porte.

L'été finissait. La nuit tombait plus vite, et, devant la maison, un marchand des quatre saisons nettoyait sa lampe à carbure. À son étal, les grenades mûrissaient tranquillement. Dans les cafés, où flottait l'odeur fade du thé trop sucré et trop bouilli, les vieux jouaient aux dames ou aux dominos; des jeunes gens désœuvrés devisaient bruyamment, échangeant des rêves inassouvis. Le poste de radio, aussi vieux que les joueurs, serinait, à bout de souffle, les mélopées de la chanteuse égyptienne Ismahène, morte dans un accident d'auto, dont la voix semblait venir d'outre-tombe.

Et la guerre, y avait-il une guerre en Algérie? Rien n'aurait permis de l'imaginer; un voyageur tombé de la Lune, fût-il demeuré des jours dans le café maure, n'en aurait pas surpris un traître écho. Les mouchards pullulaient; il faut croire pourtant que le téléphone arabe fonctionnait d'une manière ou d'une autre puisqu'on savait tout sans en parler jamais. On savait que la riposte du F.L.N. ne tarderait plus.

Le voyageur de la Lune, en revanche, s'il était sorti du café aurait aussitôt supputé l'existence d'un conflit: l'armée française avait entièrement bouclé la Casbah par des chevaux de frise; des kilomètres de barbelés rendaient infranchissables les accès au quartier européen; une dizaine de passages seulement, sévèrement gardés, ouvraient d'étroites passerelles entre les deux cités ennemies. Derrière les barbelés s'entassaient des sacs de sable qui protégeaient la baraque en bois du poste de garde et la jeep du chef de patrouille.

C'était un de ces jours du début de l'automne où le ciel gris et bas se confondait avec la mer, semblable à un mouvant couvercle en zinc; il rendait plus lugubres et plus visqueuses les ruelles qui refoulaient des odeurs d'urine, d'égout, de cave et d'ordures abandonnées dans les moindres recoins; les caravanes des mulets chargés de les emporter dans leurs couffins ne passaient plus. Les vieilles maisons turques rongées par le salpêtre, aux façades crevassées que soutenaient des troncs de thuya, ne révélaient plus, dans leurs bleus ou leurs roses délavés, que le souvenir de leur splendeur perdue. Pourtant, si l'on s'aventurait au-delà des murs lépreux, on découvrait des patios impeccables avec un figuier au milieu et des pots de citronnelle aux fenêtres ; mille fontaines murmuraient et offraient aux palabres aiguës des marchands un accompagnement monocorde. Sous le crachin, les couleurs mouillées se fondaient en un chatoiement noirci, couvert de limon. Dans la lenteur de leurs mouvements, l'économie de leurs gestes, l'intensité ou l'indifférence de leurs regards, on devinait, chez les habitants de la Casbah, une attente anxieuse mais retenue, semblable au frémissement de la forêt à l'approche de l'orage.

Au marché maintenant éclairé par une guirlande de lampes à carbure, les ombres blanches des femmes voilées piétinaient une boue de fruits et de légumes écrasés que striaient les rigoles de sang dégoulinant de l'étal des bouchers. Dans une toile à sac posée sur le sol gluant, des marchands vendaient le poivre concassé, les piments rouges, l'encens en morceaux et le khôl qui noircit les paupières et éclaire le regard.

Dans la chambre de la maison du boulanger qui lui servait de refuge et de poste de commandement, Yacef percevait la rumeur de ce peuple ballotté, qu'il s'apprêtait sciemment à mettre en péril.

Il se trouvait seul avec trois jeunes filles, tandis qu'Amar montait la garde devant la porte. Le garçon se serait fait tuer pour son chef ; il s'était laissé pousser une épaisse moustache qui le vieillissait ; toujours vif, mais avare de ses gestes comme de ses paroles, il avait une conscience aiguë de ses responsabilités ; il pensait que sa fonction de lieutenant du patron de la Casbah remettait entre ses mains le sort de la révolution et il ne s'autorisait aucun écart de conduite ; il était sobre et chaste. Aussi, quand il introduisit les jeunes filles auprès du raïs, baissa-t-il les yeux. Elles étaient trop jolies, trop élégantes à son goût, surtout la blonde Salima, dont le teint clair et le visage fin ne la distinguaient en rien des étudiantes européennes avec qui elle suivait les cours de la faculté de droit. Les deux autres étaient brunes et coquettes comme ces filles d'Alger d'ascendance italienne ou espagnole dont leurs amoureux disaient qu'elles allumaient des incendies qu'elles n'éteignaient jamais. C'est sur cette apparence que misait Yacef.

Sur la terrasse de la maison du boulanger, les femmes

avaient, à cause de la pluie, rentré en hâte le couscous qui séchait en prévision de l'hiver et couvert les baquets en bois remplis de jus de tomate. Elles s'affairaient autour des fourneaux à charbon, chassaient les chats, apaisaient les enfants querelleurs, disposaient les mets dans la salle fraîche au plafond voûté : le maître allait rentrer. Le boulanger, ayant terminé ses ablutions, apparut, et toute la maisonnée se figea dans une immobilité attentive; la grand-mère roulait les yeux en tous sens pour vérifier que rien ne manquait au confort de son fils. Il portait une djellaba et un chèche stricts. Lui aussi jeta un regard circulaire dans la pièce, et apparemment tout était en ordre, car il s'assit et tira de ses poches plusieurs journaux en arabe et en français. Il en offrit un à ses deux fils aînés et commença à feuilleter *l'Écho d'Alger*, soulignant au crayon rouge les informations qui lui paraissaient dignes de l'intérêt de Yacef. Sans ignorer qui était l'homme qu'il hébergeait, le boulanger ne savait rien de ses projets. Vieux militant du parti de Ferhat Abbas, il gardait l'espoir d'une négociation avec le pouvoir colonial : le sang lui faisait horreur; pour rien au monde il ne serait entré dans une boucherie et il n'assistait aux circoncisions que s'il ne pouvait s'y soustraire. Pourtant il sentait que son espoir était vain; il n'avait qu'à écouter ses fils pour s'en persuader. Les garçons étudiaient la révolution française au lycée et chaque parole du professeur d'histoire retentissait comme un appel à l'action violente. Le boulanger les laissa s'enflammer, non sans irritation, car il craignait pour leur vie, puis, d'un geste, ramena le silence. Le grand-père, à moitié aveugle, rentra du patio, où il avait dit sa prière, avança en titubant jusqu'à la table ronde et basse, trouva sa place, s'assit et leva la main. Alors seulement le boulanger et ses fils le rejoignirent. La mère apporta le plat commun, où chacun trempa son pain dans la sauce épicée, et resta debout derrière le boulanger. Il dit que tout allait bien et elle se retira, pour présider dans une autre pièce au repas des femmes. Elle avait peur, peur des attentats et de la répression, peur que ses fils trop idéalistes ne gagnent le maquis. Elle rêvait pour eux de belles situations, docteur ou avocat, et voilà qu'ils s'étaient mis en tête de chasser les Français. En secouant silencieusement la tête, elle découpa en dix tranches une énorme pastèque, réservant, au centre du plateau en cuivre, le cœur du fruit pour le grand-père. Elle tourna un regard perplexe en direction de la pièce du fond, où l'homme que son mari lui avait présenté comme un cousin sans travail s'était enfermé avec trois jeunes filles. Elle brûlait d'interroger le boulanger, mais connaissait d'avance sa réponse : « Femme, vois sans regarder et entends sans écouter. »

La fenêtre de la chambre de Yacef était obturée par des planches clouées sur la façade ; la faible ampoule au plafond ne permettait pas à Yacef de distinguer les visages des jeunes filles, mais leurs voix exprimaient suffisamment leur émotion.

« Nous ne pourrons pas, raïs, dit la blonde Salima. Je t'en supplie !

– Il le faut pourtant. Sans quoi notre révolution est perdue.

– Il doit bien y avoir d'autres moyens ! Ce sont des innocents.

– Aucun moyen. Ce sera un choc pour la France et pour le monde entier. Ils comprendront que nous sommes décidés à combattre jusqu'à l'indépendance. »

Elles avaient une vingtaine d'années. Yacef se souvint de l'instituteur communiste qu'il avait été, de sa haine du mensonge et des ordres aveugles qu'il fallait exécuter sans comprendre, au nom d'une cause sacrée mais fluctuante – les intérêts de l'Union soviétique, qui changeaient avec les circonstances ; les chefs savaient, eux, ou feignaient de savoir, et les militants devaient s'incliner sans rechigner.

« Écoutez, dit-il aux trois jeunes filles, j'étais rue de Thèbes quand la bombe a éclaté. J'ai vu les maisons effondrées, j'ai vu les femmes prisonnières des décombres, j'ai vu les cadavres mutilés des petits enfants. Voilà ce qu'ils font, eux. Mais, je vous le jure, s'il y avait un autre moyen, je l'emploierais. »

Elles baissèrent les yeux, et cela signifiait qu'elles acceptaient. Yacef se leva pour les examiner. Elles ôtèrent leur voile. Salima portait une jupe et un cardigan beiges, Mahjouba une robe de coton bleu ciel, Gamra un pantalon et un pull à côtes. Chacune avait un sac de plage. Elles y rangèrent les trois boîtes en bois verni que leur remit Yacef, et les recouvrirent d'un maillot de bain, d'une serviette et d'un flacon d'huile solaire. On les aurait vraiment prises pour des Européennes.

Il leur désigna les objectifs : la Cafétéria, le Milk Bar et le hall d'Air France.

« Allez, maintenant, mes sœurs. »

Lorsque le soldat du poste de contrôle vérifia la carte d'identité de Salima, il plaisanta sur le fait qu'il l'aurait volontiers fouillée. Elle avait répété son rôle et répliqua, avec un sourire qui la fit rougir intérieurement : « Ça se fera peut-être si vous venez vous baigner à la plage de Saint-Eugène. »

Elle avait parlé assez haut pour que les musulmans qui se pressaient au contrôle lui jettent des regards méprisants. Elle vit un vieux cracher par terre et faillit renoncer. Elle s'éloigna en essayant de garder la tête haute, avec l'impression que mille poignards lui transperçaient le dos.

Ce dimanche de septembre, Samuel Stora l'avait passé à la bijouterie pour dresser son inventaire. Louisette avait emmené les trois enfants au Jardin d'Essai. Ils avaient couru à travers la jungle de palmiers à la peau de pachyderme, de ficus au tronc lisse et gris, de magnolias aux larges fleurs de chair laiteuse, de cactus dressés comme des totems, de gardénias à la blancheur timide mais au parfum provocant.

Les oiseaux exotiques, les singes dans leurs cages leur lançaient des cris farouches qui les faisaient rire ou trembler. Ils rentrèrent en autobus ; la petite Marie s'endormit sur les genoux de Louisette, tandis que les deux garçons se chuchotaient des plaisanteries sur le derrière rose des singes. Ils réclamèrent des glaces.

« On va dîner.

– Oh, maman ! » dirent-ils en nouant leurs bras autour du cou de Louisette.

Aurait-elle demandé une glace à sa mère quand elle était petite ? Jamais une idée si saugrenue ne lui serait venue. Comme c'était agréable d'avoir de l'argent et de dépenser sans compter pour faire plaisir à ceux qu'on aimait ! En passant place Bugeaud, elle vit le Milk Bar, où elle n'était jamais allée parce qu'elle avait peur de s'y sentir mal à l'aise. C'était un café fréquenté par la jeunesse fortunée d'Alger où, avait-elle entendu dire, on dégustait les meilleures glaces du monde, avec des fruits confits et de la crème Chantilly. Ça doit coûter cher, pensa-t-elle dans un réflexe ancien, mais elle descendit à l'arrêt suivant et se dirigea timidement vers la terrasse vivement éclairée. Il n'y avait pas une table de libre. Louisette poussa les enfants devant elle, en se demandant – mais trop tard pour y remédier – s'ils étaient propres et bien habillés, et franchit la porte tournante. Elle chercha la table la plus éloignée, presque dissimulée derrière un pilier, s'y installa et attendit. Les serveurs circulaient, tenant à bout de bras des plateaux chargés de cascades multicolores.

Elle n'osait pas les interpeller et lançait des « chut » vigoureux à ses enfants, qui trépignaient d'impatience en lisant une carte mystérieuse où les « Stromboli », les « Mer de glace » et les « Iles sous le vent » s'acharnaient à lui ôter son courage.

« Des glaces vanille-chocolat, dit-elle, ça vous plairait?

– Non, on veut ça », répondirent les garçons en montrant sur un plateau qui glissait au-dessus de leurs têtes des coupes énormes où s'empilait un échafaudage de délices. Mon Dieu, se dit Louisette, c'est quoi, « ça »?

Le juke-box diffusait à tue-tête un mambo qu'elle connaissait, *La Fille du fleuve*; elle se rassura un peu, leva le doigt; le serveur passa au large. Elle s'éclaircit la gorge, dit « Garçon », comme elle avait vu Nina le faire au restaurant – oh, cette Nina! –, eut l'impression de hurler, mais ce n'était qu'un murmure au milieu des accents du mambo, des rires et des battements de mains des jeunes gens; une fille se déhanchait en essayant d'imiter Sophia Loren dans le film, et ses camarades l'encourageaient. Des couples dansaient, audacieusement enlacés. Comme tout était différent aujourd'hui! pensa Louisette. Sam ne l'avait embrassée pour la première fois qu'après avoir fait sa demande officielle. Aujourd'hui, les filles se jetaient au cou des garçons, comme s'il leur fallait saisir les plaisirs à temps, avant l'heure du couvre-feu.

Les clients se connaissaient tous par leurs prénoms, on criait d'un bout à l'autre du café, on se chamaillait parce qu'on s'aimait ou parce qu'on ne s'aimait plus, on se querellait à propos du prochain disque du juke-box. Louisette se tenait raide au bord de la banquette, mais, maintenant qu'elle était assise, avec ses sacs de pique-nique éparpillés à ses pieds, elle n'osait pas non plus se lever et partir. Soudain, le serveur fut devant elle et prit fort aimablement la commande. Il expliqua aux enfants ce qu'était un « Stromboli », de la glace au chocolat, avec du coulis de fraise, des amandes et de la chantilly. Louisette lui sourit abondamment, sourit à tous les clients alentour; elle avait envie de sourire au monde entier, serra Marie contre sa poitrine et se laissa aller contre la banquette; la douleur qui lui raidissait la nuque et les épaules s'atténua. Elle sourit aussi à une jolie jeune fille blonde qui buvait seule un jus d'orange au comptoir. Comme elle paraissait triste! Sans doute avait-elle un chagrin d'amour. Louisette aurait voulu l'inviter, la consoler; elle s'y connaissait en chagrin d'amour; quand Sam l'avait trompée, elle avait pleuré en silence de peur qu'on ne se moque d'elle. Me résignerais-je encore aujourd'hui? Dieu préserve! murmura-t-elle pour chasser le mauvais œil que sa simple pensée risquait d'attirer. Comme elle était mignonne et sage, la jeune blonde, dans sa jupe et son cardigan beiges.

Salima croisa le regard de Louisette. Elle vit cette femme encore jeune, mais forte, lasse sans doute, son visage aux traits un peu épais, ses lunettes, tout un air de bonté et d'indulgence; elle répondit à son sourire, et, si Louisette avait connu Salima, elle aurait compris combien, dans ce sourire à peine esquissé par des lèvres tremblantes, il y avait de confusion et de remords. Salima vit les trois enfants auprès de leur mère, qui se barbouillaient de chantilly, la petite fille aux cheveux frisés qui mangeait lentement, à moitié endormie, le bras passé autour de la taille de sa maman, ses deux frères qui lui volaient des morceaux de glace en détournant son attention.

Pas eux! pensa Salima. Elle se dirigea vers l'autre extrémité du comptoir, le plus loin possible de cette famille si différente des autres clients, posa sur le sol son sac de plage. Elle se regarda dans l'un des miroirs rosés qui couvraient les murs du Milk Bar. C'est moi, Salima, fille de bonne famille, étudiante en droit, rien ne me trahit, je suis un bébé comme dit mon père, et tout à l'heure, quand je rentrerai à la maison, je serai toujours son bébé et il m'offrira des friandises. Pourquoi fallait-il user de moyens injustes pour faire triompher une cause juste? Elle poussa du pied le sac de plage sous la barre en cuivre qui longeait le comptoir.

« Mademoiselle, vous oubliez votre sac! » faillit s'écrier Louisette. Déjà, un client s'en était aperçu; il courut derrière la jolie blonde, suivi des quolibets de ses camarades, revint dépité, remit le sac au barman, qui l'ouvrit, vit les affaires de plage, le referma et le rangea en attendant que la fille revienne le chercher.

Il était temps de rentrer, six heures et demie. Louisette n'avait pas préparé le dîner.

« Maman, j'ai envie de faire pipi », dit Marie.

Louisette se penchait pour ramasser ses paquets.

« Accompagnez-la, dit-elle aux garçons, et sans la taquiner, hein ? »

Dans un espace clos, le choc et le bruit sont décuplés. Ce fut si assourdissant que Louisette crut que la Terre éclatait ; en un éclair, elle se demanda comment une personne aussi massive qu'elle, qui grimpait péniblement un escalier, pouvait être projetée dans les airs. Mais la Terre entière n'explosait pas ; ce n'était qu'un petit coin du monde, un café d'Alger, peuplé d'un infime fragment d'humanité, quelques dizaines d'êtres humains, et plus tard on dirait : une bombe a explosé au Milk Bar, et l'on inscrirait cette péripétie au tableau abstrait d'une guerre sans nom. Pour Louisette et pour tous les clients, ce dimanche d'automne serait à jamais indélébile. La nuit même, Louisette inaugura un cauchemar qui la hanta pendant quinze ans : elle se trouvait dans une cage en glace sans tain posée au milieu d'une passerelle qui enjambait une chute d'eau ; elle voyait ses trois enfants accrochés aux cordages qui soutenaient le pont, ses enfants oscillant dans le vide sous la bourrasque ; elle les voyait, mais eux ne pouvaient la voir ; ils appelaient au secours ; elle se cognait aux parois de la cage, comme un oiseau prisonnier ; elle tapait de toutes ses forces, à s'en briser les poignets. Soudain, la cage explosait, non pas vers l'extérieur, mais vers l'intérieur, comme si elle se condensait ; Louisette se retrouvait dans un cube minuscule, elle-même réduite à des proportions microscopiques. Je suis petite et menue, pensait-elle, je dois être jolie. « Très jolie », confirmait son père, Abraham, dont elle n'entendait que la voix, loin et haut dans le ciel, sa voix plus forte que le mugissement de la tempête. Les enfants avaient disparu ; elle savait que son père les avait emportés d'une main à l'instant où ils lâchaient les cordages. Le vent faisait tournoyer la passerelle comme une corde à sauter, et elle se réveillait. Pendant des nuits et des nuits, des années durant, Sam se réveilla en même temps qu'elle et la prit dans ses bras.

Les miroirs rosés qui paraient d'une élégance un peu tape-à-l'œil le Milk Bar volèrent en éclats qui hachèrent les jeunes Algérois amateurs de mambo. La fille qui se déhanchait eut la jambe gauche amputée, les garçons qui battaient des mains pour rythmer sa danse perdirent un œil ou un pied ou un bras. Les jolis danseurs, les coquets et les timides, les fanfarons et les taciturnes, les innocents, partirent en morceaux.

Abritée par le pilier qui faisait de cette table à l'écart la plus mauvaise place du Milk Bar, celle où l'on ne pouvait ni voir ni être vu, et qui par conséquent restait le plus souvent libre, Louisette était indemne. Ainsi dit-on après coup : « Elle s'en est tirée indemne », on veut dire bien sûr : « Sa chair est indemne. »

Les enfants, enfermés dans les toilettes, où, malgré leurs promesses, les deux garçons tourmentaient la petite Marie, furent délivrés par les pompiers : la porte était obstruée par un amas de décombres. Ils apparurent couverts de poussière, tremblants mais sans larmes ; ils pleurèrent plus tard, le lendemain et les jours suivants, dans les bras de Sam, qui se heurtait, telle Louisette dans son cauchemar, aux parois du piège qu'il avait lui-même tendu. Il se débattait entre haine et remords ; sa jambe infirme lui faisait si mal qu'il avait peine à marcher, mais, en réalité, il ne savait plus où diriger ses pas ; sa bombe à lui, celle de la Casbah, avait-elle servi à mettre en place la bombe qui avait failli emporter sa famille ? Oui, lui répondit clairement Gaston Rico, mais la bombe de la Casbah, c'est l'éventration de ta cousine à El-Halia qui l'a allumée. Dans l'engrenage, dit Sam, nous serons tous broyés. Tu penses trop, répliqua Gaston, ta famille est saine et sauve, c'est le principal.

« Papa, demanda la petite Marie, avec ce regard terrible des enfants qui savent d'avance qu'ils n'obtiendront pas de réponse, pourquoi ils veulent nous tuer ? »

Ses deux frères, eux, ne demandaient rien ; ils avaient leur propre solution. « Quand on sera grands, se chuchotaient-ils, on tuera tous les Arabes. »

Dans le tumulte des ambulances et des voitures de pompiers, nul ne prêta attention à une Mauresque de grande taille dont un seul œil apparaissait dans la trouée du voile. Elle s'approcha du cordon de police au point de tout voir : les miroirs pulvérisés, le sang répandu jusque sur le trottoir, les corps hachés, le pied d'un enfant de dix ans séparé de sa jambe posé là, sur un guéridon, comme une chaussure dans la vitrine d'un bottier. Cette Mauresque, c'était Yacef Radaoui, recouvert d'un haïk, descendu de la

Casbah pour apprécier les conséquences de ses ordres. La Mauresque porta les mains à son visage voilé, et ceux qui surprirent ce geste ne s'en étonnèrent pas. Pour l'instant chacun ressentait de la compassion. La peur et la haine ne viendraient qu'au réveil. Yacef ne pouvait s'arracher au spectacle de désolation qu'il avait mis en scène. Il se jura de ne plus jamais y assister. Il y aurait d'autres bombes ; elles devaient demeurer, dans son esprit, des armes stratégiques, tout autant qu'une proclamation à l'O.N.U., et non pas des morceaux de fonte brûlants qui entaillaient les chairs. L'apitoiement est le prétexte que se donne l'homme sans convictions pour ne pas agir, pensa-t-il.

Pendant ce temps, ses lieutenants parcouraient les ruelles de la Casbah : « Vous êtes vengés, disaient-ils. Restez vigilants, la bataille commence à peine. »

Les fils du boulanger déliraient de joie ; le boulanger, lui, alla prier avec son vieux père.

On lava le sang à la terrasse des cafés et d'autres consommateurs s'y installèrent. Simplement les Algérois cessèrent-ils de sortir la nuit, et, pour eux, une vie où l'on ne pouvait pas aller « faire le boulevard » après dîner, où l'on ne pouvait pas deviser entre amis, à la fraîche, devant un verre de citronnade glacée, n'était pas une vie. Ils apprirent, dans les magasins, à ouvrir sacs et manteaux. Les fouilleurs leur passaient les mains le long du corps ; cela ne servait à rien, ils ne trouvaient jamais de bombes. Quand les Algérois montaient dans les trolleys, ils cherchaient instinctivement du regard si tous les paquets étaient tenus à la main. Au moindre bruit, ils sursautaient ; ils voyaient des suspects partout : l'homme qui se penchait, celui qui s'appuyait contre le mur, celui qui hésitait à un carrefour au volant de sa voiture, celui qui descendait précipitamment à l'arrêt du tram. Dans la rue, chacun se contraignait à ne pas courir, à ne pas crier ; ce ralenti imposé à des méridionaux vifs, emportés et sarcastiques leur donnait l'impression d'être amputés. S'il fallait contrôler ses paroles et ses gestes, on n'était plus que des zombies, des morts-vivants. A la longue, ils ne prêtèrent plus attention aux patrouilles, aux soldats terrés derrière les sacs de sable, aux armes braquées. Mais ils les toléraient comme ils se seraient résignés à une épidémie contre laquelle il n'existerait pas de prophylaxie. Ils s'adaptaient à la nécessité, menaient leurs affaires dans la journée et, le soir, rentraient chez eux. Les cinémas risquaient la faillite, le nombre des adultères baissa.

9

L'ARRESTATION

« Mais pourquoi j'ai eu cette idée d'aller au Milk Bar? se lamentait Louisette.

– C'est le destin », répondit Isabelle.

Les deux sœurs prenaient le café boulevard du Télemly. Isabelle s'extasiait devant le grand appartement clair; le balcon surtout, que Louisette avait entièrement fleuri d'œillets d'Inde, d'arums et d'azalées, faisait son admiration. Elle s'était annexé un coin dans la maison de Louisette, une chambre où elle venait dormir quand Étienne, son mari, passait la nuit, en compagnie de Sam, dans des réunions dont ni l'un ni l'autre ne soufflaient mot. Les deux sœurs se retrouvaient comme autrefois, avant leur mariage, et, dès que les enfants étaient couchés, elles s'entretenaient interminablement du passé. La mort de leur père leur arrachait inévitablement des larmes, mais contre la mort on ne peut rien. Tandis que le malheur de leur frère Richard, dans son pénitencier, elles pouvaient le peser dans le présent, jour après jour; Richard, leur Richard, si beau, si prévenant, avait mal tourné, et elles se sentaient coupables.

C'est toujours Isabelle qui changeait de conversation la première; elle secouait sa chevelure, comme si elle chassait ce malheur qui s'accrochait comme le lierre, et se mettait à raconter une anecdote. On la courtisait beaucoup, elle aimait ça, mais Étienne était jaloux comme un tigre. « Je suis fidèle, tu sais », disait Isabelle d'un air boudeur, comme s'il s'agissait d'un exploit; Louisette éclatait de rire. Elle répliquait : « Je voudrais bien pouvoir dire : je suis fidèle » et regardait sa sœur avec attendrissement.

Isabelle était de ces femmes dont la beauté suscite un plaisir gourmand. Comme tout le monde, et comme cela se produisait depuis toujours, Louisette avait envie de la cajoler, de toucher ses lourds cheveux cendrés; elle aimait sa façon de manger, sans précautions, presque avidement, avec toute la bouche, et non du bout des lèvres, comme le faisait Nina. Louisette lui apporta des gâteaux. « Ils sont délicieux! » dit Isabelle. C'était un plaisir de lui faire plaisir. Isabelle, partout où elle se trouvait, se construisait un refuge à l'écart de sa propre maison, où elle ne recevait jamais. À Oran, c'est auprès de Nina qu'elle passait le plus clair de ses journées. « Elle s'incruste », disait Luc, au risque de provoquer une scène avec sa femme. Sam n'en était pas encore là; plongé dans ses complots, il s'apercevait à peine de la présence d'Isabelle.

« Que c'est beau chez toi! Presque aussi beau que chez Nina! » dit celle-ci. Louisette accueillit le compliment avec une satisfaction mitigée. Même lointaine, Nina pesait encore sur les jugements de sa cadette.

Mes sœurs sont riches, pensait Isabelle. Oui, mais moi, ajoutait-elle, j'aime mon mari. Elle se grisait de mots que Louisette ne pouvait entendre. « J'aime son corps, j'aime le caresser, j'aime danser nue devant lui. » Elle essaya d'imaginer la grosse Louisette dansant nue devant Sam et manqua de s'étrangler avec son éclair.

Elle plaisait aussi beaucoup aux enfants de Louisette; José, l'aîné des garçons, rêvait en secret de se marier avec tata Isabelle quand il serait grand; son frère seul était dans la confidence, condamné au silence par les menaces de l'amoureux. C'était surtout à Georgeot, leur cousin, dont la famille avait été massacrée à El-Halia, qu'il fallait cacher le secret. Il se serait moqué de José; lui était amoureux de filles de son âge. Mais José ne pensait qu'à sa tante Isabelle. Lorsqu'il avait été malade, elle l'avait servi au lit, lui avait passé de la pommade contre la toux sur la poitrine, et, depuis, il ne rêvait que d'une chose : tomber malade de nouveau. Il la trouvait merveilleusement belle, avec ses yeux bleus qui retenaient la lumière et brillaient même dans la pénombre, comme ceux des chats. Isabelle était la seule, de toute la famille, à avoir les yeux bleus; mémé Miriam disait toujours : « D'où elle a ces yeux, celle-là? » Tata Nina était belle aussi, mais elle impressionnait José; sauf pour son fils Sébastien, elle n'avait pas d'élans de tendresse; ce n'est pas elle qui, comme Isabelle l'avait fait, lui aurait pris les pieds dans ses mains pour les réchauffer, le jour où il grelottait avec 40 de fièvre. Isabelle avait toujours le temps, Nina était toujours pressée. Quant à Sébastien, leur cousin, les fils de Louisette ne regrettaient pas d'en être séparés depuis qu'ils avaient quitté Oran : Sébastien était toujours plongé dans un livre, il ne faisait jamais de bêtises. Quand ils jouaient ensemble, c'était forcément Sébastien le chef, et, si José voulait lui résister, Sébastien abandonnait le jeu, mais pas en colère – c'était ça, le plus énervant –, il s'éloignait avec indifférence.

« Quelle idée j'ai eue d'aller au Milk Bar! » répéta Louisette. Depuis qu'elle avait échappé à la mort, Sam était plus mystérieux que jamais; quand il lâchait quelques mots, c'était avec une prétention – ainsi en jugeait Louisette – qui ne lui était absolument pas familière. Étienne était pareil. « Je ne sais pas ce qu'ils ont, disait Isabelle. Ils me font peur. »

L'association que présidait Gaston Rico ne se réunissait plus chez Riri, mais au café d'Étienne. La plupart des membres étaient d'origine espagnole, et Étienne Pujalte y avait été chaleureusement accueilli; on appréciait sa franchise, sa gueule de beau gosse et sa stature de boxeur poids moyen. Sam aussi se félicitait d'avoir appelé Étienne auprès de lui. Comme Étienne le suivait fidèlement dans chacune de ses paroles et de ses opinions, le prestige de Sam avait considérablement augmenté. On disait « Stora et Pujalte » comme on aurait dit « Castor et Pollux »; avec un pareil lieutenant, Sam pouvait maintenant tenir tête à Gaston Rico. Rarement, les deux hommes laissaient échapper devant leurs femmes une exclamation révélatrice des propos qui devaient s'échanger des soirées entières au café. « Il faut les tuer par milliers, disaient-ils, et tout sera comme avant! » Plaisantaient-ils? Louisette et Isabelle tremblaient. Les voisines semblaient prendre ces fanfaronnades au sérieux. « On ne se laissera pas faire, chuchotaient-elles. Si les Arabes mettent des bombes, on en mettra aussi. » Louisette n'osait pas les désapprouver. Elle priait l'Éternel de rendre à chacun la raison. Elle avait déjà un frère au bagne, et c'était une idée terrible d'imaginer Sam jeté en prison lui aussi. Pourtant, on ne pouvait laisser les Arabes massacrer indéfiniment des innocents. Heureusement, pensait Louisette, l'armée venait de prendre les choses en main.

Yacef Radaoui avait quitté la rue des Abdérames pour gagner sa cache de la rue Caton, puis abandonné celle-ci précipitamment pour se précipiter dans son refuge de la rue de la Grenade.

Des dizaines de parachutistes en tenue camouflée et casquette de toile à longue visière se déployaient ruelle par ruelle. De leurs camions, arrêtés à l'entrée des goulets infranchissables, ils extrayaient des rouleaux de fil électrique et téléphonique, des postes de radio de campagne, des cantines lourdement chargées. La population de la Casbah en restait bouche bée : les paras ne lui rappelaient en rien les zouaves auxquels elle était habituée. Avec leurs vestes largement ouvertes sur la poitrine, leurs manches retroussées au-dessus du coude, leurs rangers montantes, les paras semblaient sûrs de leurs mouvements, imperméables à la peur; ils ne gueulaient pas, exécutaient les ordres avec la précision d'une troupe de danseurs ou la maîtrise d'une équipe de football bien entraînée. En une journée, des deux palais de la basse Casbah à l'école du boulevard Gambetta, en haute Casbah, ils investirent le bastion hier encore abandonné aux mains du F.L.N.

Ils le ratissèrent maison par maison, enfonçant les portes à coups de pieds et de crosses, grimpant sur les terrasses qui s'étageaient comme des radeaux descendant vers la mer. Sans mandats d'arrêt ils appréhendèrent quinze cents personnes : il leur fallait frapper vite et fort; à tout moment des bombes pouvaient exploser à Alger. La recherche du renseignement devenait la priorité absolue.

Lorsque les paras pénétrèrent au 7 rue de la Grenade, Yacef et Amar se précipitèrent dans la cache aménagée au deuxième étage de la maison. Depuis longtemps Yacef avait envisagé cette irruption : les paras trouvèrent deux femmes couchées dans le lit qu'il occupait un instant auparavant. Elles se mirent à crier, en tirant sur elles les couvertures. Par un interstice de la fausse paroi, Yacef vit les paras fouiller la pièce, jeter par terre le contenu d'une armoire, balayer un rayonnage, puis disparaître; ils n'avaient pas prononcé un mot. C'étaient des soldats redoutables, et Yacef fut immédiatement convaincu de la nécessité d'organiser la riposte. Il fit entériner par les quatre autres chefs suprêmes le principe d'une grève générale.

Dans les jours qui suivirent, de nouvelles bombes explosèrent dans les cafés de la ville européenne, tuant et mutilant encore. À la villa Sésini et en d'autres lieux, les soldats arrachaient par la force des aveux aux suspects. La nuit, une nuit de violence et d'iniquité, une nuit de loups, était tombée sur Alger; il était difficile d'imaginer quand le jour se lèverait.

Le 28 janvier, la Casbah et les quartiers populaires restèrent déserts; aucun habitant ne descendit dans la rue, aucune boutique n'ouvrit. L'armée riposta aussitôt. Les paras, mitraillette au côté, tirèrent de chez eux les hommes valides, saccagèrent les maisons de ceux qui leur résistaient, obligèrent les directeurs d'école et les instituteurs à ramasser les ordures ménagères à mains nues; des half-tracks munis de câbles accrochés aux rideaux de fer des boutiques se mirent en marche dans un grand bruit de ferraille. Les rideaux remontaient, se déchiraient, les vitrines éclataient. Dans cette journée qui voyait l'échec de sa stratégie, Yacef, déguisé en femme, changea dix fois de refuge. Il entendait, diffusés par des dizaines de haut-parleurs, la musique andalouse et les slogans scandés par un soldat à la voix ferme : « Le F.L.N. communiste veut vous empêcher de travailler, mais les forces de l'ordre vous protègent. » La mort dans l'âme, il vit les commerçants ouvrir leurs magasins, il vit les zouaves, fanfare en tête, les zouaves en grande tenue, parcourir les ruelles, il vit les femmes se pencher aux fenêtres, il vit les enfants suivre en riant le cortège magnifique, il vit les soldats leur distribuer des bonbons, il vit qu'il avait perdu.

Il apprit rapidement les tortures infligées aux militants, et dès lors ses nuits ne furent qu'un long cauchemar. Dans la journée, occupé de sa propre survie et acharné à sauver ce qui pouvait l'être encore, Yacef agissait dans une sorte de brouillard qui l'empêchait de penser, comme si le remords et le doute s'arrêtaient, tels des voyageurs sans visa, au seuil de cette barrière nuageuse. Mais, la nuit, l'écran se fissurait, et les visiteurs s'infiltraient, d'abord peu nombreux et murmurant, puis, au fur et à mesure que la brèche s'élargissait, en foule et grondant. « Tu as déclenché ce cataclysme, disaient-ils à Yacef. Comment vas-tu l'endiguer? »

De terribles rumeurs s'échappaient des centres dits d'hébergement : on disait que les paras arrachaient les ongles des prisonniers, qu'ils leur taillaidaient la poitrine à coups de rasoir, qu'ils les empalaient avec des bouteilles.

Toujours est-il que les hommes se mirent à parler. Les caches d'armes furent découvertes l'une après l'autre. Les habitants de la Casbah virent les hélicoptères se poser, tels les anges noirs du châtiment, sur les terrasses. Ils priaient dans les rues les mains ouvertes, mais que pouvaient des mains ouvertes contre les forces du destin ? Ils pensèrent que Dieu les abandonnait. Chaque famille pleurait un enfant, un père, un mari. Le moment approcha où la Casbah n'abriterait plus que des femmes et des vieillards. Les hommes encore en liberté gagnèrent le maquis. L'organisation que Yacef avait mis dix-huit mois à construire s'effondra ; l'armée en reconstitua l'organigramme.

Dans la villa du Télemly, les cinq dirigeants du F.L.N. étaient une nouvelle fois réunis. Ici, sur les hauteurs de la ville, l'air était plus pur ; une brise légère gonflait les rideaux de la porte-fenêtre. Yacef, assis par terre, essaya d'aspirer une bouffée de ce vent qui courait sans obstacle au-dessus de la ville enfiévrée et la traversait avec indifférence, semblable à cette femme belle qui, la tête haute et le regard lointain, parcourt la rue peuplée d'hommes en méprisant la convoitise attachée à ses pas. Oui, le vent insaisissable soufflait où il voulait, caressant avec le même dédain les bourreaux et leurs victimes, les hommes de haine et les femmes d'amour, les vieillards fatalistes et les enfants aux yeux tristes. Le vent disait à tous : « Je suis libre pour l'éternité ; vous vous enchaînez alors que votre vie est si courte. » Et le vent rugissait d'un rire hautain qui, loin de ramener à la raison les folles fourmis humaines, leur brûlait davantage le cerveau, de même qu'il ranimait les braises des foyers inextinguibles ; plus le vent soufflait, plus les hommes l'enfourchaient pour gagner les confins de leur folie.

Le vent refusa d'entrer dans la poitrine oppressée de Yacef, qui restait dans son coin, les mains posées sur ses genoux, accusé et déjà coupable. Les quatre dirigeants s'étaient installés sur des sièges et, Yacef, il ne savait pourquoi, s'était retrouvé par terre, exposé à leurs regards plongeants. Il les écouta cependant, alors qu'il n'avait rien à apprendre d'eux. Ils dirent qu'après les interrogatoires poussés trop loin les paras chargeaient, sur des camions bâchés, ceux dont le cœur avait flanché, ceux qui étaient à demi morts, et qu'ils les transportaient jusqu'à un charnier entre Zéralda et Koléa. Là, ils achevaient les mourants et les jetaient, avec les cadavres, dans une fosse de chaux vive. Ou bien ils les embarquaient à bord d'un hélicoptère et les jetaient à la mer, un parpaing attaché aux pieds. Ou bien encore ils truffaient de cadavres les fondations de baraquements construits à la hâte.

« Voilà le résultat de la grève », dit le porte-parole des accusateurs de Yacef, un homme au visage large et plat flanqué de bajoues incongrues, comme un crapaud, dont il avait aussi la voix rauque.

« Vous étiez d'accord, dit Yacef pour lui-même.

– Un mythe est brisé. Nos frères ne croient plus à l'invincibilité de la Casbah. La peur a changé de camp.

– Je voudrais subir les tortures pour savoir si je tiendrais », reprit Yacef, et ses derniers mots furent inaudibles. L'accusateur se servit un verre d'orangeade ; dans le lourd silence, on l'entendit déglutir bruyamment, comme s'il se rinçait la bouche, comme si sa bouche était salie par l'aveu d'impuissance qu'il venait de faire. Il dit encore que le Comité devait quitter Alger et rallier Tunis au plus tôt. Yacef n'hésita qu'une seconde ; il avait perdu la bataille et donna son accord, bien qu'il fût au désespoir d'abandonner son poste au moment le plus périlleux. Ainsi, ses hommes affrontaient le martyre et la mort, tandis que lui se mettait à l'abri. La révolution a-t-elle à ce point besoin de moi que je refuse de partager leur destin ?

Plus tard, après que les quatre dirigeants eurent quitté l'un après l'autre, et à un quart d'heure d'intervalle, la villa du Télemly, il se retrouva seul avec le jeune Amar.

« Je pars, dit-il, mais toi, tu dois rester. Par toi, je saurai ce qui se passe à Alger. »

Amar sentit les larmes lui monter aux yeux ; il serra les dents ; Yacef lui posa les mains sur les épaules.

« Écoute bien ce que je vais te dire, Amar. Tu en témoigneras peut-être un jour. J'ai peur de l'avenir. Quand nous aurons chassé l'occupant, les chefs oublieront la souffrance de notre peuple pour se disputer les places. Déjà, des clans se forment. Je vais plonger à Tunis dans ce bourbier qui me dégoûte.

– Alors, reste, raïs, tu es en sécurité ici », répliqua Amar avec tant de fougue que le regard de Yacef vacilla et que le jeune homme put croire un instant que son vœu le plus ardent allait être exaucé.

« Reste, raïs, supplia-t-il encore.

– Impossible, mon fils, les décisions doivent être prises à cinq. Écoute-moi encore : j'aimerais mourir au combat, avant la fin, mourir sans tache.

– Non, raïs ! » s'écria Amar, comme s'il voyait à l'instant le corps criblé de balles de son chef.

Puis il ajouta, dans la terreur d'une autre vision soudaine : « Ils vont t'assassiner. » Il rougit, effrayé à l'idée d'avoir laissé entrevoir son terrible soupçon : ce n'étaient pas les soldats français qu'il accusait du crime qu'il pressentait; c'étaient les dirigeants du F.L.N.

« Ne crains rien, je me défendrai », répliqua Yacef avec un sourire infiniment triste. Il embrassa Amar et quitta la villa.

Il portait des lunettes et une serviette bourrée de documents attestant sa qualité d'avocat. Comme prévu, la petite fille l'attendait devant la boulangerie. Il lui prit la main et marcha d'un pas nonchalant, s'arrêtant avec l'enfant devant la vitrine d'un magasin de jouets, puis devant le landau chargé de fruits d'un marchand de figues de Barbarie. Ainsi que sa mère le lui avait ordonné, la fillette tenait fermement la main de Yacef, qu'elle n'avait jamais vu auparavant.

L'homme et l'enfant descendirent la rue Burdeau, passèrent sous le boulevard Saint-Saëns; au-dessus d'eux, sur le pont, une trentaine de parachutistes avaient dressé un barrage. La fillette se demanda pourquoi la main du monsieur se mettait soudain à couler comme une fontaine. Au coin du passage Burdeau, Yacef se retrouva nez à nez avec un molosse tenu en laisse par un soldat qui le regarda passer avec indifférence.

À l'entrée de la Casbah, il franchit sans encombre le poste de contrôle. « Je vais voir un client », expliqua-t-il aux paras.

Il était sauvé, du moins pour aujourd'hui. Il aurait le temps de mettre ses affaires en ordre avant de fuir Alger. Il arriva rue de la Grenade. Tout était calme et silencieux. Le marchand de quatre saisons avait fermé son étal plus tôt que d'habitude. C'est en franchissant le seuil de son refuge qu'il comprit. La grand-mère, qui restait tout le jour dans son fauteuil sous le figuier, au centre du patio, à repriser ou à éplucher des légumes, et qui ne quittait sa place que pour aller dormir, n'était pas là non plus. Yacef tourna les talons aussitôt; sous le porche, deux soldats le ceinturèrent et lui passèrent les menottes aux poignets, derrière le dos.

La maison s'emplit soudain d'un vacarme d'ordres, de cavalcades, de cris de triomphe; des dizaines de paras dévalaient les escaliers, surgissaient de tous les coins, défilaient sous les yeux de Yacef pour admirer leur prise. Il resta imperturbable, hanté cependant par cette interrogation : « Aurais-je parlé, moi, sous la torture ? » Un homme l'avait trahi, peu importait lequel. À ce Dieu auquel il ne croyait pas il ne demanda qu'une chose : « Pourvu que ce ne soit pas Amar ! »

On le conduisit en camion dans une villa d'Hydra, l'un des quartiers résidentiels d'Alger. Deux officiers de parachutistes, un colonel et un capitaine, l'attendaient dans un salon magnifique, aux plafonds moulurés, mais dont tous les meubles avaient été retirés, pour laisser la place à une vaste table en formica et à trois chaises droites en bois blanc. « Des spartiates », pensa Yacef. Il resta seul avec les deux officiers, qui se ressemblaient étrangement, avec leurs longs nez aquilins, leurs cheveux ras, leurs torses athlétiques. Simplement le colonel paraissait-il plus rugueux, plus fruste, alors que le capitaine avait plus de manières, une certaine élégance universitaire; c'est lui qui parla.

« Vous êtes Yacef Radaoui, l'un des chefs suprêmes du F.L.N. de l'intérieur. Vous êtes entré en rébellion contre le gouvernement légal de ce pays. Vous serez jugé aux termes de la loi. »

Le capitaine s'arrêta, visiblement satisfait de son juridisme. Par la baie vitrée, Yacef apercevait des lauriers roses et blancs, des géraniums arborescents, un parterre de soucis orange vif. Au-delà du mur du jardin, d'autres villas, paisibles et secrètes, cachant leur opulence derrière les pins parasols, les chênes verts et les agaves, s'étageaient jusqu'à la mer, qui se devinait à leurs pieds.

Yacef garda le silence. À quoi bon nier ? Il conservait peu de documents compromettants, dans une valise à double fond, mais la fouille de l'abri de la rue de la Grenade en avait sûrement révélé assez aux parachutistes.

« Nous souhaiterions connaître les noms et les adresses des membres de votre réseau, reprit le capitaine, avec une courtoisie appliquée. Je vous le demande pour la forme, monsieur Radaoui, vous le comprenez bien. »

Lui ne se salira pas les mains, pensa Yacef, qui continua de se taire. Les officiers le firent descendre dans le hall du rez-de-chaussée, après lui avoir menotté les poignets, cette fois par-devant. Une dizaine de flashes aveugla Yacef; il leva les mains devant ses yeux, puis les baissa lentement, pour permettre aux photographes de capturer son image. Il pensa avec jubilation que le monde entier s'apprêtait à le découvrir, lui, l'ancien instituteur devant qui la France tremblait. Il sourit largement et, le lendemain, les journaux diffusèrent le portrait d'un homme grand et mince aux dents très blanches, au regard pétillant, en complet veston, sans cravate, qui, si ce n'était les poignets entravés, avait l'air d'un marié le jour de ses noces ou du vainqueur d'une épreuve sportive.

À peine les journalistes eurent-ils été mis dehors que trois paras entraînèrent Yacef dans la cave de la villa. Il vit d'abord une pièce mal éclairée par une ampoule qui pendait au plafond. Il y avait sur le sol en ciment des taches brunes délavées visiblement frottées à l'eau de javel. Au centre de la cave, un gros appareil était posé sur une table et, près de la table, une chaise en bois tachée de brun était munie de lanières en cuir attachées aux montants. Les trois paras firent asseoir Yacef sur la chaise et s'écartèrent; le capitaine entra.

« Monsieur Radaoui, voulez-vous nous communiquer les renseignements que nous vous avons demandés? »

Il n'attendit pratiquement pas la réponse de Yacef et sortit en haussant les épaules. L'un des paras tourna la clef dans la serrure; le deuxième entrava les poignets de Yacef avec les lanières de la chaise; le troisième régla la magnéto. Yacef savait qu'on appelait cette magnéto « gégène ». Enfin, pensa-t-il amèrement, je vais savoir ce que je vaux. Il s'apprêtait à subir la torture avec une terreur qui déjà inondait son dos et, en même temps, avec la curiosité d'un étudiant qui a soigneusement bûché son examen et qui, tout en l'appréhendant, se demande s'il va être reçu. Suis-je digne d'être leur chef? s'interrogea Yacef. Ai-je le droit de les envoyer au supplice? Ou plutôt non (il s'obstinait à raisonner pour ne pas suivre les manipulations de l'électricien), ce droit, je l'ai, pensa-t-il, car la révolution est plus grande que nous, mais aurai-je encore la détermination, après avoir subi moi-même la torture, d'y exposer mes hommes? Autrement dit, de sa réaction, imprévisible, dépendait la suite de sa mission : s'il ne tra-

versait pas le cercle de feu, il ne pourrait plus y précipiter des hommes, ses semblables, il redeviendrait un militant ordinaire, exécutant les ordres mais ne les donnant plus. En somme, toute sa vie n'avait tendu que vers cet instant où il allait peser la légitimité de ses ambitions. Quand le para lui plaça la première électrode sur le lobe de l'oreille, Yacef se répéta avec force : « Un chef ne flanche pas. » Mais, lorsqu'un autre para lui baissa son pantalon pour fixer la deuxième électrode à ses testicules, c'est l'homme en Yacef, et seulement l'homme, qui se sentit misérable et écrasé de honte. Une immense surprise l'envahit : il n'avait pas prévu cette humiliation. Il crut – espoir inconsidéré auquel il renonça aussitôt – pouvoir faire appel à l'honneur de ses bourreaux ; il crut, il voulut croire ardemment que leur honte était infiniment plus grande que la sienne ; il ne parvint pas à croiser leurs regards.

Il chercha dans son esprit une souffrance comparable à celle qui allait lui être infligée ; il pensa à la roulette du dentiste, aux morsures de la dysenterie, mais c'étaient des comparaisons vaines, presque indécentes, car il n'imaginait même pas ce qui l'attendait. Il comprit que ce qui effraie le plus l'homme, c'est l'inconnu. Il s'accrocha à une nouvelle espérance : dès qu'ils mettront en marche la magnéto, se dit-il, je saurai et je n'aurai plus peur ; le reste ne sera qu'une question de volonté. Maintenant, il avait hâte que ça commence. À aucun moment il n'envisagea d'y laisser la vie ; il avait d'autres prémonitions sur sa fin ; le moment n'était pas venu, les bourreaux n'étaient pas les bons.

Ainsi l'un des paras gardait-il la porte, le deuxième se tenait dans son dos, près de la gégène, l'œil fixé sur le cadran, et le troisième lui immobilisait les chevilles. Yacef se demanda pourquoi la chaise n'était pas munie de lanières à la hauteur des jambes.

La première décharge balaya tous ses raisonnements. Près de son oreille, il vit, entendit, sentit jaillir une longue étincelle, et une morsure atroce lui déchira le cœur. Il eut l'impression que son cœur se détachait, s'isolait à l'intérieur de sa poitrine ; il découvrit qu'il avait un cœur, et que c'était un organe distinct, autonome, où la douleur se concentrait avec une violence inouïe, comme si toutes les autres parties de son corps, tels des appendices inutiles, des morceaux de viande inanimée, avaient disparu. Il n'était plus que ce cœur broyé. La douleur aux testicules, il ne la sentait pas. Cela dura une seconde à peine ; le para releva la manette ; Yacef se mit à uriner ; le soldat qui lui entravait les chevilles se redressa d'un bond en jurant. Puis la douleur aux testicules s'éveilla et Yacef poussa un hurlement qui lui sembla venir de très loin, d'une autre cave, d'une autre tombe.

« Alors ? » dit une voix dans son dos.

Il rassembla dans sa bouche asséchée un peu de salive pour cracher par terre en signe de dédain. Mais cette réaction lui sembla puérile. Il renversa la tête en arrière et laissa les larmes couler sur son visage de vieillard.

Cet « alors ? » était le premier mot que l'un des paras prononçait. Ils étaient impassibles, indifférents – mais était-ce vraisemblable ? se demanda Yacef, dont l'esprit se remettait à fonctionner avec d'autant plus de vivacité qu'il lui fallait à tout prix maîtriser son angoisse.

Il ne croyait pas une seule seconde que les paras se contentaient d'exécuter les ordres au nom de la discipline des armées. Non, quelque chose de trouble et d'inconnu opérait en eux, un désir de châtiment, comme si, en accomplissant mécaniquement et scrupuleusement le rituel du mal, ils se punissaient eux-mêmes de toutes leurs fautes passées et à venir.

Ils lui retirèrent les électrodes du lobe de l'oreille et des testicules et les lui placèrent dans la bouche.

En un éclair, Yacef entrevit que, si le torturé finissait par parler, c'était non seulement pour échapper à la souffrance, mais aussi pour épargner à son bourreau l'avilissement de le torturer.

Le para abaissa la manette, et les mâchoires de Yacef se soudèrent sur les électrodes ; malgré ses efforts désespérés il ne pouvait desserrer les dents. Sous ses paupières closes, des images de feu, des dessins géométriques fulgurants lui traversaient le cerveau. Au lieu de la morsure brutale et localisée qui lui avait précédemment brûlé le cœur, il ressentait maintenant une douleur plus large qui s'enfonçait profondément dans tous ses muscles et les tordait plus longuement. Le courant, en quittant son corps, le laissa parcouru de spasmes. C'était comme si le plus infime de ses muscles, la plus microscopique de ses cellules nerveuses avait acquis son indépendance et tressautait librement sans que Yacef pût en contrôler un seul. Ses mâchoires mirent longtemps à s'écarter ; une soif atroce le consumait.

« À boire! » murmura-t-il, mais les paras dénouaient les lanières, recouvraient la magnéto d'un capuchon en cuir; l'un d'eux prit une serpillière et essuya les traces d'urine sur le sol en ciment. Le capitaine entra dans la cave et dit, d'une voix agacée : « Vous ne parlerez pas, je pense, monsieur Radaoui? » Ils n'ont pas beaucoup insisté, pensa Yacef.

Dans le camion qui le conduisait à la prison de Barberousse, tandis qu'une bienfaisante lassitude s'emparait à présent de lui et qu'il s'émerveillait de la faculté du corps à oublier les injures (alors que le cerveau rumine indéfiniment les humiliations), il chercha des explications à cette relative mansuétude. Il s'imagina qu'il était difficile à l'armée française de pousser jusqu'à la mort les tortures sur un homme dont la photo allait paraître dans les journaux du monde entier.

Ce n'est que lorsqu'il fut jeté dans une cellule collective à la prison de Barberousse qu'il comprit la stratégie des paras. Une vingtaine de détenus s'étaient groupés derrière la porte. Dès que celle-ci se referma, ils s'écartèrent de Yacef comme d'un pestiféré, chacun gagnant une place contre le mur et y demeurant debout, en tournant le dos au nouveau venu. Bien sûr, ils savaient tout : l'identité de Yacef, son rôle éminent dans l'organisation, l'heure précise de son arrestation et l'heure à laquelle il avait été délivré de la gégène. La soustraction de ces deux horaires donnait une durée ridiculement courte, infiniment plus courte que celle que chacun des prisonniers avait passée dans les caves. Les paras avaient réussi à faire croire que Yacef avait parlé.

Il se tint d'abord dans un coin, affalé sur une paillasse à moitié pourrie. Il y avait sept ou huit paillasses pour les vingt détenus, qui pourtant en laissèrent une à Yacef. Il enregistra cette marque de respect, se promettant d'en user plus tard. Il s'endormit. Les prisonniers se regardèrent, surpris par la sérénité de la respiration du raïs; un conciliabule se tint dans un angle de la cellule.

Lorsqu'il se réveilla, un jour brumeux perçait faiblement à travers les hautes fenêtres à barreaux. En ce matin de février 1957, il faisait grand froid; les détenus s'étaient serrés les uns contre les autres, ne formant qu'un tas de vêtements malodorants d'où montaient des plaintes et des grincements de dents. Yacef examina la cellule : c'était immonde. Des détritus jonchaient le sol, les murs, rongés de salpêtre s'écaillaient, malgré le froid, la puanteur coupait le souffle. Un homme fut tiré du sommeil, et toute la chaîne des corps soudés s'ébroua. Pour se croire encore des hommes, et non des esclaves au dos courbé, les détenus blasphémèrent, jurèrent, maudirent le ciel et l'enfer, les Français – et leurs propres chefs, qui se prélassaient à Tunis et à New York. Ils pissèrent dans un baquet qui débordait. Yacef s'était adossé au mur lépreux et les regardait avec des yeux où ils lurent un mélange de compassion et de considération. Ils pensèrent que lui au moins ne s'était pas dérobé au combat. Ils savaient qu'il n'avait jamais quitté la Casbah pour vivre dans le quartier européen et encore moins à l'étranger. L'un d'eux, leur porte-parole désigné la veille, s'accroupit auprès de Yacef et lui posa, dans un murmure, une question simple : « As-tu parlé, raïs ? »

Il donna sa parole d'homme, le prisonnier lui tendit la main, et, à ce signal, tous les autres se rangèrent en file devant Yacef pour le saluer ; ils ressentaient un immense soulagement, comme si, dans leur détresse, il ne leur restait qu'une certitude, la légitimité d'un combat plus grand qu'eux, qui exigeait des chefs un courage sans faille. Beaucoup de simples militants avaient trahi sous la torture, les uns au bout de la souffrance, d'autres à la première seconde, contre la promesse d'un meilleur traitement ou d'une libération. Dans la cellule étaient rassemblés les irréductibles ; ceux-là étaient prêts à mourir, à condition que leur martyre serve la révolution. Le silence de Yacef justifiait leur ténacité.

Ils se pressèrent autour de lui, réclamèrent des nouvelles de la guerre à Alger et dans le reste du pays, du combat diplomatique mené aux Nations unies. Il leur dit tout ce qu'il savait, passant néanmoins sous silence les luttes farouches qui déchiraient les dirigeants. Puis il leur ordonna de nettoyer la cellule, de garder en toute circonstance la dignité qu'ils montraient sous la violence. Ils rajustèrent leurs vêtements, ramassèrent avec les mains les immondices, qu'ils jetèrent dans le baquet. À leur tour, ils racontèrent comment les paras leur déversaient dans la gorge de l'eau sous pression jusqu'à ce qu'elle ressorte par tous les orifices du corps ; comment ils les suspendaient nus, les mains attachées dans le dos, la tête en bas, qu'ils leur plongeaient dans un seau d'eau salée, à la limite de l'étouffement. Ou bien encore les paras les suspendaient, pieds et poignets entravés, cette fois la tête en haut, puis les balançaient à coups de poings au-dessus d'un trépied dont la barre très pointue déchirait leurs organes sexuels. Mais le pire peut-être, c'était quand les soldats les mettaient en présence d'un militant à la tête recouverte d'un sac, avec des trous pour les yeux, qui avouait en pleurant sa trahison. Les détenus, expliquèrent-ils, se sentaient alors aussi misérables que des femmes, car ce traître, il aurait fallu lui arracher la langue et les yeux au lieu de l'écouter larmoyer.

Lorsque la photo de Yacef parut en première page des journaux, Thomas Régnier, à Oran, fut frappé par la ressemblance de cet homme, présenté comme l'un des chefs du F.L.N., avec son agresseur d'autrefois. Il avait parfaitement en mémoire chaque détail du subterfuge.

Un Arabe bien habillé, portant des lunettes, s'était présenté chez lui en pleine nuit, huit ans auparavant. L'Arabe cherchait en vain un médecin pour se rendre au chevet d'un enfant malade. Thomas avait accepté de se déplacer. Il prit l'Arabe à bord de sa voiture et quitta la ville en direction de la corniche. Sous prétexte de transporter un parent de l'enfant, l'Arabe fit arrêter la voiture; un complice y monta, menaça Thomas d'un revolver et l'obligea à rouler jusqu'à une falaise déserte. Là, l'Arabe lui annonça froidement qu'il allait le ligoter car il avait besoin du véhicule. Furieux de s'être laissé berner, Thomas s'était débattu jusqu'à ce que l'Arabe l'assomme d'un coup de crosse. Il sut par la suite que sa voiture avait servi à un commando qui avait dévalisé la poste d'Oran. À aucun moment, Thomas ne pensa qu'il s'agissait de simples malfaiteurs. L'Arabe l'avait vivement impressionné par son intelligence; ses yeux surtout exprimaient une détermination sans forfanterie qui convainquit Thomas d'avoir affaire à un dirigeant politique plutôt qu'à un voleur. Dès lors il fut persuadé que quelque chose se tramait en Algérie. Cinq ans plus tard, l'insurrection du 1er novembre lui donnait raison.

Et voilà que l'Arabe, ce Yacef Radaoui dont il lisait le nom pour la première fois, se révélait être l'un des chefs du F.L.N.! Thomas s'était juré de retrouver un jour son agresseur. Depuis des mois, à Oran, il avait le sentiment de s'assoupir dans un train-train à peine perturbé, à l'occasion, par une opération délicate. Mais, la plupart du temps, les ablations de kystes et d'appendices ne lui rapportaient que la fade satisfaction de s'enrichir à bon compte. Les chamailleries de Luc et de Nina, où il offrait généralement ses bons offices, ne le distrayaient plus.

Il avait un ami au cabinet du gouverneur général. Il lui téléphona.

« Rencontrer Radaoui ? Tu n'y penses pas ! »

Thomas insista.

« Après tout, dit le fonctionnaire, il y aurait un moyen. Cette histoire de torture fait beaucoup de bruit en France. Le gouverneur nomme une commission d'enquête. Je peux m'arranger pour glisser ton nom. »

Thomas confia la clinique à son associé et prit l'avion pour Alger avec l'ivresse craintive d'un drogué dont le sevrage s'achève; sa drogue à lui, c'était la politique.

Les médecins de la commission d'enquête rencontrèrent des officiers et des détenus dans les centres d'hébergement, prirent scrupuleusement des notes. Thomas jugea rapidement qu'ils n'aboutiraient à rien : les récits des prisonniers n'apportaient aucune preuve; si torture il y avait, elle ne laissait pas de traces.

Il fit jouer ses amitiés politiques et, le surlendemain, reçut l'autorisation de rencontrer Yacef en tête à tête.

Transféré dans une cellule individuelle, Yacef n'avait plus subi de séance de torture. Grâce à la complicité d'un gardien communiste, il pouvait communiquer avec Amar, qui lui fit savoir qu'il préparait son évasion.

La cellule, munie d'un bat-flanc et de cabinets à la turque, était l'une des moins inconfortables de la prison de Barberousse. Thomas reconnut immédiatement le regard, cerné de noir mais brûlant et vif, de son agresseur. L'homme était fort maigre et cependant robuste. Thomas sentit néanmoins qu'il était à bout de nerfs, que seule sa détermination de ne pas flancher le maintenait aux aguets, tel un sanglier pressé par la meute, cherchant la moindre rupture dans la ligne des fauves qui l'assiègent, pour s'y précipiter. Ainsi Yacef était-il à l'affût des bruits et des mouvements de la prison, la tête inclinée au bout de son long cou, au point qu'on aurait pu le croire atteint d'une paralysie. Thomas vit aussi les mains qui tremblaient faiblement, les épaules qui parfois tressautaient, les jambes qui s'agitaient sans fin. La cellule était contiguë à une salle d'interrogatoire, et Yacef avait compris qu'on lui infligeait la plus raffinée des tortures, celle d'entendre les hurlement des victimes. Malgré l'emprise qu'il avait sur lui-même, il arrivait à Yacef de crier de haine et d'humiliation. Alors surgissait un gardien souriant : « Tu m'appelles, Radaoui ? »

Le capitaine expert en psychologie avait décrété que Yacef endurerait sa propre souffrance non seulement avec courage, mais même comme une sorte d'apothéose de sa destinée. « Cet homme-là a l'étoffe d'un martyr », avait-il déclaré au colonel sceptique. En revanche, le capitaine estimait que Yacef ne supporterait pas plus de quelques jours l'écho des sévices infligés à des hommes qu'il avait lancés dans la bataille.

« Il ne s'agit pas d'une expérience scientifique, capitaine ! avait lancé le colonel, avec un regard méprisant. Je vous accorde trois jours, pas un de plus ! »

Pour le colonel, la torture était l'un des moyens de gagner la guerre, mais un moyen répugnant. Si la torture pouvait arracher des aveux aux terroristes, il n'hésitait pas à l'employer : des vies humaines étaient en jeu, des vies de civils, que sa mission lui ordonnait de défendre. À temps, une bombe serait découverte dans un café ou un cinéma où se pressaient des dizaines d'innocents. Mais le colonel pensait également que l'usage de la torture déchaînait chez les jeunes soldats les intincts les plus archaïques, les plus barbares, qu'elle était une école de corruption où se perdaient les valeurs d'une civilisation. La torture, pensait-il, plongeait le bourreau dans un abîme sans fond où, à chaque degré de cette chute infernale, il trouvait une justification à son propre avilissement.

« Vous me reconnaissez ? demanda Thomas.

– Vous êtes un médecin de la commission d'enquête, répliqua Yacef.

– Vous ne m'aviez jamais vu auparavant ?

– Jamais. Écoutez, docteur, faites votre travail et laissez-moi en paix. L'armée française, douze ans après la fin du nazisme, pratique la torture. Il me semble que tout est dit.

– L'avez-vous subie vous-même ? »

Yacef exposa, sans omettre un détail, mais d'un ton glacé qui s'efforçait à l'indifférence, le fonctionnement de la gégène.

Si la presse locale gardait le silence sur la torture, les journaux métropolitains, que Thomas lisait, en parlaient abondamment. À présent, il voyait, de ses yeux, un homme qui en avait subi la souffrance et l'humiliation. Il en fut profondément blessé, comme si la cause qu'il défendait, celle d'une Algérie où Français et Arabes auraient les mêmes droits et les mêmes devoirs, était bafouée par ceux-là mêmes qui étaient censés se battre pour la faire triompher. Il lui parut qu'en torturant les soldats français se rabaissaient au niveau des rebelles qui mutilaient et assassinaient.

« Ça ne vous répugne pas de mettre des bombes dans des couffins ? demanda Thomas.

– Que la France me donne ses bombardiers, je lui donnerai mes couffins ! »

Yacef poussa un long soupir, où il y avait à la fois de l'épuisement et ce sentiment qu'on peut avoir quand nos actes sont irrémédiablement marqués par la fatalité : c'est un sentiment d'impuissance et d'absurdité. Il s'assit sur le bat-flanc, serra ses genoux pour les empêcher de trembler.

« Je suis fatigué, docteur », dit-il avec un sourire qui se moquait de lui-même.

Thomas lui prit la tension et l'ausculta.

« Vous êtes à bout de forces, c'est certain, mais le cœur est bon. »

Yacef se laissa aller de tout son long, raide et immobile comme un gisant.

« Vous vous sentez mal ? dit Thomas, inquiet.

– Mal ! Si l'on veut. Docteur, je vous reconnais parfaitement. On n'oublie pas les gens qu'on a assommés, n'est-ce pas ? Vous me pardonnez, j'espère !

– Ce sont vos bombes que je ne vous pardonne pas.

– Je suis allé au Milk Bar après l'attentat. Oui, j'avais l'habitude de me déguiser en femme. Croyez-moi si vous voulez, j'étais dégoûté, accablé par ce carnage. Vous me croyez, docteur ?

– Oui.

– Malheureusement, une bombe vaut mieux qu'un discours. Les Arabes n'ont jamais rien obtenu par les discours. La France n'a jamais rien compris. Nous voulions l'assimilation totale, nous voulions la citoyenneté française, moi en tout cas. Je suis instituteur, vous comprenez. »

Yacef vit les petites têtes brunes qui peuplaient sa classe, comme une forêt d'arbustes qu'il fallait faire pousser, tailler, soigner pour qu'ils deviennent de grands arbres à la tête droite, des arbres qui ne ploient pas sous la bourrasque ou sous l'injure.

« Il est trop tard, reprit-il. Le F.L.N. se battra jusqu'à l'indépendance, et les Arabes sont tous derrière lui.

– Par peur, dit Thomas agressivement.

– Pas seulement par peur, monsieur Régnier, pas seulement ! C'est plus complexe, vous le savez très bien.

– Il faut négocier. Je vous en prie, monsieur Radaoui, mettez tout en œuvre pour faire ouvrir les négociations. Vous le pouvez, je pense.

– Je suis prisonnier.

– Ils vont vous transférer en France. Et puis vous gardez votre influence. Il n'y a pas que des têtes brûlées ou des irresponsables en Algérie, dans un camp comme dans l'autre.

– Vous perdrez la guerre, dit Yacef d'un ton froid, comme s'il énonçait un théorème. Savez-vous pourquoi ? Parce que, à force d'interner et de torturer, la France a supprimé tous les intermédiaires, ceux qui étaient prêts à négocier avec elle. C'est la France qui forge tous les jours l'unité du peuple algérien. »

Yacef eut un sursaut de méfiance.

« Mon parcours est fini, dit-il, alors qu'il n'en pensait pas un mot. Ils me tueront ou me laisseront pourrir en prison. Mais vous, qui sait ? Ne renoncez pas. Vous êtes un type bien. »

Il hésita à lui tendre la main ; c'est Thomas qui avança la sienne le premier.

« Vous savez, je regrette de vous avoir assommé », dit encore Yacef. C'était une manière d'admettre que leurs sorts étaient liés depuis longtemps ; malgré les bombes et la torture, ils pouvaient bien se serrer la main.

Durant les quelques jours qu'il passa à Alger, Thomas renoua avec ses amis socialistes, qui détenaient encore l'apparence du pouvoir, mais en avaient abandonné la réalité à l'armée. Ils lui parurent non seulement impuissants à maîtriser la situation, mais même incapables d'imaginer qu'ils pourraient la maîtriser. À la Casbah, comme dans les salons d'Alger, les militaires paradaient et parlaient haut. Thomas fut invité à une soirée chez le banquier Pourque.

La villa, sur un coteau d'El-Biar, était éclairée *a giorno*, y compris la piscine, dont les projecteurs placés au fond rendaient l'eau transparente. Dans le parc immense, toutes les essences et toutes les fleurs de la Méditerranée, dans un désordre savamment disposé, déployaient le luxe sensuel d'un paradis d'éternité qui aurait ignoré le péché originel.

La décoration de la maison semblait procéder du hasard. Certains salons, en enfilade, étaient ornés de peintures de l'école de Paris et de ravissantes korês de marbre; d'autres, luxueux mais lourdement chargés, étaient encombrés de trônes sculptés, de sofas recouverts de chintz, d'hévéas tentaculaires dans des jarres d'Ali Baba.

Il s'y bousculait la foule la plus extravagante qu'on pût côtoyer à Alger en ces jours extravagants. Les dames à six rangs de perle papotaient avec les spartiates parachutistes à la chemise bariolée ouverte et à la nuque rasée; les socialistes et les gaullistes se cherchaient querelle; les ultras complotaient dans chaque embrasure de fenêtre sous l'œil narquois des hauts fonctionnaires du gouvernement général; les vieux pétainistes se consolaient en croquant des sandwiches que leur disputaient les anciens combattants; on trouvait aussi des universitaires à petit nœud papillon qui proposaient à qui voulait les entendre leurs plans infaillibles pour mettre fin aux combats sans perdre la face. Pourque et ses amis banquiers, armateurs, propriétaires terriens, à l'époque encore certains de tirer les ficelles de ce théâtre, se tenaient dans les coulisses et parlaient d'argent. De temps en temps, l'un d'eux se laissait distraire pour suivre du regard l'une des superbes filles brunes qui glissaient sur les mosaïques des salons comme des vaisseaux inaccessibles.

« Docteur, docteur! »

Thomas se retourna et vit foncer sur lui un petit homme boitillant, vêtu avec recherche, la figure fendue par un large sourire.

« Ah! docteur, cher Thomas, quel bon vent vous amène à Alger? dit Samuel Stora.

– Le vent de la torture! répliqua sèchement Thomas.

– Oh! la torture, c'est un bien grand mot. Franchement, là, entre nous, docteur, vous en avez vu des gens torturés? Franchement! Je suis prêt à vous croire. »

Thomas renonça à répondre. Il eut honte de sa lâcheté.

« Propagande, mon cher docteur! »

Sam demanda des nouvelles de Luc et de Nina. Que

fiche-t-il ici ? s'interrogeait Thomas. Il savait que le bijoutier s'était enrichi, qu'il trempait un peu dans le bocal des agités ultras. Mais de là à le voir invité chez le banquier Pourque ! Décidément, Alger, la puritaine et rigoriste Alger de la haute bourgeoisie, s'encanaillait.

Sam escorta Thomas, prenant soin de lui montrer qu'il était à tu et à toi avec quelques-uns des puissants éparpillés dans la villa. Mais il sembla à Thomas que, tout en tapant de grandes claques dans le dos de Sam, ils le regardaient avec une certaine appréhension. Oui, ces hommes de pouvoir et d'argent craignaient le petit bijoutier. Pourquoi ?

Les deux ou trois fois où Thomas avait rencontré Sam, à Oran, il l'avait trouvé habile et courtois. Mais que cet homme-là et d'autres, plus volubiles encore, puissent représenter durablement les Français d'Algérie, Thomas ne le tolérait pas. Qu'un Sam parle au nom de l'Algérie, c'était plus qu'une bouffonnerie, c'était une faute. Sam et ses semblables savaient-ils seulement s'ils se battaient pour garder l'Algérie française ou pour amener au pouvoir un régime indéfini et des gens inconnus d'eux ? De l'autre côté, il y avait le gouvernement, dont il était à peu près impossible de savoir s'il voulait faire la guerre ou faire la paix. Dans cette double ambiguïté, les passions s'avivaient.

La femme du banquier Pourque était une gaulliste de raison, comme elle disait, non pas l'un de ces gaullistes échevelés qui écrivaient *le Courrier de la colère*. Elle pria Thomas à un déjeuner de cinq ou six convives. La salle à manger, tapissée de damas bleu nuit, incitait aux confidences. Mme Pourque proposa clairement à Thomas de rallier son camp. De Gaulle seul pouvait trouver une solution honorable. Comme toujours, chez Thomas, la personnalité de son interlocuteur comptait autant que ses arguments. Mme Pourque, une dame d'une cinquantaine d'années, portant chignon et tailleur Chanel, avait le plus beau sourire du monde ; elle regardait Thomas, la tête penchée, avec un sourire plein de grâce juvénile qui lui plissait les yeux, et soudain son chignon apparaissait comme la sage coiffure d'une jeune fille aux élans maîtrisés. Il revit souvent la femme du banquier, et constata alors, avec un peu de dépit, que le merveilleux sourire ne lui était pas réservé. Mme Pourque souriait systématiquement, à toute personne et à toute chose. Sans doute le premier vêtement qu'elle passait, le matin, était-il son sourire.

Thomas pourtant hésitait. Dans sa jeunesse, il avait été passionnément gaulliste. Puis les fidèles du général avaient abandonné leur volonté de réformes, pourtant clamée bien haut en 1943. Thomas s'était tourné vers les socialistes. À présent, il était sceptique. Le combat avait perdu de sa clarté : bombes contre torture, c'était une sombre mêlée qui n'offrait guère de place aux gens raisonnables. Voilà où le bât blesse, se dit Thomas, je suis devenu raisonnable. Aujourd'hui, il fallait traverser la mer Rouge, et il n'était pas Moïse. Mais qui conduirait le peuple hors d'Égypte ? Si un Samuel Stora pouvait y prétendre, pourquoi pas moi ? se disait Thomas, sous le regard bleu ciel de Mme Pourque.

Depuis des jours, Yacef attendait un nouvel interrogatoire ; d'une certaine manière, ces parachutistes invisibles méritaient son admiration ; de même, un joueur d'échecs, tout en maudissant le coup qui le condamne, ne peut s'empêcher d'en apprécier la subtilité. Il n'avait jamais revu le capitaine ni le colonel. Il n'avait affaire qu'à des gardiens de prison, visiblement choisis parmi les plus grossiers. Avec le temps, Yacef sentait la peur grandir en lui, comme un noyé que ses forces abandonnent à mesure qu'il se débat. Il n'était plus aussi certain de résister à la torture et avait préparé des aveux calculés, une liste de noms de militants déjà arrêtés ou depuis longtemps au maquis, une liste de caches désaffectées.

Les nuits surtout étaient interminables ; entrecoupées de cauchemars où il revoyait toute sa vie, elles le laissaient haletant, le cœur battant et la bouche sèche. Si je mourais demain, pensait-il, qu'aurais-je fait de ma vie ? Il avait pris part au lancement d'une révolution dont l'issue était certes inéluctable, mais les lendemains incertains. Il avait négligé les appétits des hommes, dont la générosité décroît à mesure que le pouvoir se rapproche. Lui, l'instituteur laïque, savait trop bien que quatre années à peine séparent l'abolition des privilèges de la dictature de Robespierre.

Il ne perdait pas espoir : il avait un allié dans la place, le gardien de prison communiste, en contact avec Amar, à l'extérieur. Les dirigeants du F.L.N. avaient oublié Yacef, trop contents peut-être d'en être débarrassés ; Amar, lui, n'oubliait pas son raïs. Dès l'arrestation de Yacef, il avait posté des militants sur le parcours qui reliait la prison de Barberousse à une villa du quartier résidentiel d'Hydra où se menaient les interrogatoires des rebelles de haut rang.

Dans une microsociété close comme la prison, il n'y a pas de secret durable; dans les filtres et les barrages censés le protéger, les nouvelles trouvent toujours une fissure par où s'insinuer. Le gardien apprit que Yacef serait conduit le lendemain à la villa d'Hydra. Immédiatement, il avisa Amar, qui, en retour, prévint son chef de se tenir prêt. Yacef ne ferma pas l'œil de la nuit. Sur une feuille de papier qui lui restait et qu'il cachait dans la doublure de son veston, il écrivit un dernier message – demain, il serait libre ou mort. Il suppliait les dirigeants de ne pas se déchirer et de n'avoir en vue que les intérêts du peuple. Il savait à quoi s'en tenir et n'écrivait que pour l'histoire. Il se jugeait le seul « pur » de cette révolution. Il désirait que les générations s'en souviennent.

Pour ne pas attirer l'attention, les transferts avaient lieu à l'aube dans des voitures ordinaires. Yacef monta dans la vieille traction avant; deux sergents l'encadrèrent; un lieutenant prit place à côté du chauffeur, qui était d'ailleurs un Arabe. La voiture suivit d'abord de larges avenues, puis s'engagea, à flanc de colline, sur une étroite route en lacet.

Un âne attelé à une lourde carriole obstruait le passage. La carriole, chargée de melons dont la moitié avaient roulé dans le fossé, était couchée sur le flanc, et l'animal, une patte prise dans la roue, poussait des braiments épouvantables. Un jeune Arabe tentait de soulever la carriole et répondait à son âne par des injures non moins épouvantables. Certes l'âne est accoutumé au dédain, mais les sarcasmes de son ânier ne l'incitaient pas à faire du zèle. Le jeune Arabe portait un large chapeau de paille qui lui dissimulait le visage. Yacef redoubla de vigilance. Il avait les poignets entravés sur le ventre. Il vit l'impatience des soldats et aussi leur amusement. Comme s'il n'y avait pas assez de tumulte, le chauffeur klaxonnait furieusement et en pure perte; la tête penchée à la fenêtre, il encouragea en arabe le jeune ânier, qui lui répondit vertement. Le chauffeur coupa enfin le moteur et ouvrit la portière.

« Qu'est-ce que tu fais? demanda l'officier.

– Il m'a dit des gros mots, mon lieutenant!

– Ah, oui? Tu ferais mieux d'aller l'aider. »

Mais, même à deux, ils furent incapables de remuer la carriole. Ce que les soldats ignoraient, c'est que, sous un faux plancher, elle était alourdie par des bûches.

« Sergent, dit l'officier, on ne va pas y passer la journée. Allez-y, vous aussi. »

Ainsi, dans la voiture, ne restaient que Yacef, aux aguets, le lieutenant, qui sifflotait flegmatiquement – il détestait ces missions de police et, le lendemain, il partait en opération dans l'Aurès; enfin il allait se battre d'homme à homme –, et le second sergent, qui riait de bon cœur; réputé pour ses talents de conteur, il forgeait déjà son récit.

L'union faisant la force, la carriole fut enfin redressée et l'âne délivré. Il se mit à ruer comme un damné que lèchent les flammes de l'enfer.

« Détache-le », dit le chauffeur, qui avait le cœur tendre.

Le jeune Arabe ôta le harnais, et l'âne, au lieu de courir vers le sommet de la colline, se précipita dans la pente, au risque de se fracasser contre le capot de la voiture. Le lieutenant ouvrit la portière, exécuta un superbe roulé-boulé qui le mit à l'abri du péril, mais le laissa couché sur le dos au bord du fossé. À ce moment, cinq Arabes, mitraillette au poing, surgirent des haies de figuiers de Barbarie. Le lieutenant fut abattu le premier; il mourut en pensant que, dans cette guerre répugnante, il ne se serait jamais battu à armes égales, d'homme à homme. Plus tard, dans son village de Bourgogne, un général déclara sur sa tombe qu'il avait sacrifié sa vie pour défendre les valeurs de notre civilisation.

Amar prit son chapeau de paille à deux mains et l'enfonça sur la tête du sergent, puis il lui planta son couteau dans le cœur.

L'autre sergent ne raconta jamais l'histoire de l'âne qui avait permis au lieutenant de donner une démonstration de sa technique – « comme à l'entraînement, les gars », s'apprêtait-il à dire. Yacef, gavé de tueries, laissa la vie sauve au chauffeur, mais Amar, tout en baisant la main de son chef, se promit d'exécuter ce traître dès qu'il en aurait la possibilité.

« Tu es vivant, raïs!

– Grâce à toi, mon fils!

– Allah est grand! »

Yacef ne resta qu'une heure, le temps de se laver et de passer son déguisement de paysan simple, dans le refuge préparé par Amar. Revigoré par la fidélité et l'audace de son adjoint, il vit clairement ce que jusqu'à présent, dans sa cellule, il n'avait fait qu'entrevoir; jamais les Français, en métropole, ne soutiendraient une guerre qui tuait leurs enfants et les obligeait à torturer.

10

LE CASINO DE LA CORNICHE

Luc vendit son garage. Toujours avec le même associé, son cousin Valigan, il créa un cabinet de conseil juridique et fiscal. Valigan faisait des bons mots, Luc abattait la besogne, cette répartition des tâches les satisfaisait tous les deux.

Luc se mit à travailler avec entrain, c'était la première fois de sa vie qu'il s'y employait : le barreau ne l'avait pas retenu longtemps; quant à son garage, sur la fin, il se contentait d'en empocher les bénéfices. Son nouveau métier lui plut immédiatement, il connaissait tout le monde à Oran, et les clients ne manquaient pas; il se montrait avenant et volubile, on lui faisait volontiers ses confidences.

L'hiver, il arborait sempiternellement chemise blanche et nœud papillon grenat. L'été, il adoptait la chemise à col ouvert et la veste de toile. C'était un homme heureux. C'était, plus exactement, un homme sur qui ni les déconvenues ni même le chagrin n'avaient de prise. Depuis longtemps le malheur, qui préfère les proies soumises, avait renoncé à s'introduire, même par effraction, chez un homme qui mangeait de si bon appétit, dormait si profondément, ignorait la mélancolie.

Lorsqu'il reprit un métier « convenable », comme disait Nina, elle en éprouva un soulagement à la mesure de la contrariété où l'avait plongée sans repos la précédente profession de son mari. Pour elle, « garage » évoquait mains noires, ongles crasseux, ouvriers, huile de vidange, cambouis, de quoi frémir! Lorsqu'un convive demandait à Luc : « Alors, ce garage? » et que lui répondait naïvement (ou effrontément? elle ne savait jamais) : « Mais tout va très bien », elle voyait la cohorte des mots malsonnants et des choses répugnantes s'introduire dans son salon, comme la cour des Miracles envahissant le Louvre. Elle blêmissait et s'empressait de changer la conversation.

Ça lui paraissait tellement injuste! Luc, avec toute son *instruction*, pouvait sans en éprouver la moindre gêne – et, mieux encore! sans que personne semble s'en soucier – devenir garagiste après avoir été avocat, il n'était *diminué* en rien, il restait Luc Régnier, un fils de famille établi une fois pour toutes dans ses prérogatives; au pis pouvait-on le traiter d'excentrique. Tandis qu'elle, Nina, devait sans cesse lutter pour justifier son rang, pour prouver qu'elle ne l'usurpait pas, c'est du moins ce qu'elle croyait. Tout en se tenant le dos bien droit, les jambes élégamment croisées, en apparence maîtresse d'elle-même, tout en lançant des regards impérieux autour d'elle, elle surveillait son langage, cherchait le mot intelligent à placer dans la conversation, faisait des efforts soutenus pour sourire au bon moment, lancer à temps une plaisanterie. Souvent, les invités partis, la migraine la terrassait; toujours, l'épuisement nerveux lui laissait au bord des lèvres une nausée qui l'obligeait à se coucher sur le dos, le buste redressé par trois oreillers, tandis que Luc ronflait paisiblement. Elle appréhendait ces soirées et ne les aurait annulées pour rien au monde; sans les dîners elle redeviendrait la fille du bijoutier et la sœur du bagnard proxénète.

Pour l'heure, elle était la femme de Luc Régnier, propriétaire, conseiller juridique et fiscal, métier sans prestige mais honorable; elle pouvait de nouveau recevoir leurs amis. Les amis en question n'avaient d'ailleurs jamais fui Luc, mais une invitation refusée à la dernière minute, l'éloignement fortuit de tel avocat avaient persuadé Nina qu'on les tenait à l'écart. Elle restait cependant sur ses gardes. Dieu sait quelle lubie traverserait demain l'esprit de Luc, et s'il ne s'instituerait pas antiquaire – passe encore – ou libraire. Il disait parfois, avec ce sérieux qu'elle ne savait jamais attribuer à la bizarrerie ou à l'humour de sang-froid, que s'il achetait un commerce et le mettait en gérance il aurait tout le temps de voyager. Un commerce! Elle frémissait, et souriait prudemment, car elle pensait que ce genre de folie se nourrit de l'entêtement qu'on lui oppose.

En attendant, Oran ignorait la guerre et le couvre-feu. À neuf heures et demie du soir, après le dîner, les rues s'emplissaient de flâneurs de tous âges, en famille; dans les cafés et les brasseries, la musique tonitruante ne couvrait cependant pas les voix de ces Méditerranéens pour qui mesure, réflexion, hésitation étaient des mots du Nord, tous synonymes d'hypocrisie, pour qui, si l'on ne s'embrassait pas en se donnant de grandes claques dans le dos, c'est qu'on était fâché à mort. Ils s'installaient aux terrasses, rapprochaient les tables, déplaçaient les sièges, commandaient du café, de la bière, des sorbets au sirop d'orgeat, des citronnades gorgées de glace pilée qui embuait les verres et qu'ils sirotaient avec une paille – quand tout le liquide avait été bu, on aspirait dans un bruit de tétée la glace en paillettes qui fondait lentement. « Guerre » était un autre mot tabou; il n'y avait que les « événements », et, comme il est normal pour un événement, s'il avait eu un début, il aurait une fin. Quelle serait cette issue, personne n'en savait rien. « Qui le sait? disaient les Oranais, en français ou en espagnol. Le bon Dieu, il sait! » Oui, peut-être fallait-il que ça change, mais quoi, qu'est-ce qui devait changer? Le soleil serait toujours à la même place, et la mer, la mer qu'ils aimaient par-dessus tout, ne s'évaporerait pas. « Faites-moi confiance, disaient les hommes, comme s'ils étaient maîtres des événements, ça va changer! » Puis ils ajoutaient, dans une logique qui n'appartenait qu'à eux : « Et tout redeviendra comme avant! » Les femmes regardaient à la dérobée ces hommes, leurs hommes, en retenant au plus profond d'elles-mêmes un soupir de doute et d'anxiété. Comme elles auraient voulu que les hommes aient raison! Toutes, quelle que fût leur religion, murmuraient la bouche close : « Si Dieu veut! » Alors, elles secouaient la tête, comme le fait le dormeur après un rêve à l'interprétation incertaine, et admiraient leurs enfants, beaux, vifs, rieurs, leurs garçons conquérants, leurs filles choyées et coquettes, tous promis au plus heureux avenir. Les unes esquissaient un signe de croix, les autres touchaient la main d'or accrochée à leur cou, dans un geste de soumission au Seigneur, qui n'aimait pas qu'on lui dicte ses volontés et qui pouvait, pour montrer que lui seul tenait le fil des destinées, punir l'orgueil des mères et châtier les enfants d'un péché qu'ils n'avaient pas commis. Les femmes laissaient s'attarder leur adoration sur les visages frais de leurs fils, comme si elles se baignaient dans une source de purification, mais bientôt prenant conscience de leur vanité, elles baissaient les yeux, comme aveuglées par la lumière de leur espérance, et marmottaient : « Que Dieu le protège ! »

Oran embellissait; de nouveaux immeubles de dix, de vingt étages s'élevaient pour l'éternité – et le fait est qu'on peut toujours les voir, dressés au-dessus de la baie comme les emblèmes d'un monde qui n'est plus; d'autres hommes, d'autres femmes y vivent, dans la même espérance, toujours renouvelée, car jamais assouvie.

À cette époque si proche et si lointaine, on achevait sur le front de mer un boulevard supporté par un énorme viaduc, orné de balustrades en fonte, de bancs, de candélabres modern style, de palmiers, entrecoupé de squares. À ses pieds, en contrebas, le port bouillonnait du mouvement des navires, des cris des dockers, du grincement des wagons de marchandises. Les cargos dégorgeaient leurs richesses, les paquebots leurs passagers, qui, s'ils arrivaient d'Alger et plus encore de France, étaient saisis d'étonnement par l'atmosphère de perpétuelle kermesse qui, au crépuscule, lorsque les maisons diffusaient doucement la chaleur emmagasinée pendant la journée et que le vent charriait depuis la campagne le parfum des orangers en fleur, s'emparait de la ville. Les Oranais travaillaient aussi dur que les autres habitants de l'Algérie, peut-être plus dur, parce qu'ils avaient de l'ambition pour leur cité et pour eux-mêmes, parce qu'ils se refusaient à abandonner la suprématie à Alger, mais tous leurs efforts semblaient converger vers cette halte semi-nocturne qui leur offrait une jouissance immédiate de leur labeur; les Oranais n'étaient pas économes; ils ne remettaient pas leur plaisir au lendemain. Et, si par conformisme à leurs origines espagnoles, ils disaient souvent « *mañana* », « demain », cela signifiait que les ennuis, ils s'en occuperaient demain, seulement les ennuis. Les Oranais payaient leurs dettes le plus tard possible; ils touchaient leurs créances sur-le-champ. Personne n'aurait eu l'idée de différer un plaisir, ce qui l'aurait affadi comme une volaille réchauffée. Aussi, chaque jour, dans des dizaines de maisons, se tenait-il des fêtes, naissances, anniversaires ou fêtes pour rien, sans autre prétexte que la fête elle-même, qui rameutaient tout le voisinage. Les Oranais aimaient vivre en vastes groupes où chacun savait tout de l'autre, du moins tout ce qui transparaissait, tandis que demeurait caché l'essentiel, c'est-à-dire l'argent et l'entente des couples. Mais le reste, le travail, les amours des jeunes gens, la santé et la maladie, la mort même, se partageaient, comme se partageaient la nourriture et le vin, car les Oranais, s'ils avaient fermé portes et fenêtres sur leur intimité, auraient eu l'impression non pas de se retirer du monde, mais d'en être exclus. Il fallait avoir un bien grand crime à dissimuler pour tirer les rideaux sur sa vie, et quel crime était plus blâmable que de manquer aux « manières » ? Celui qui n'avait pas « les manières », c'était l'hypocrite, le renfermé, le calculateur, l'avare. En revanche, la vantardise, l'exagération, l'emphase, le mensonge (mais dans des limites codifiées) n'étaient pas condamnables, puisque c'étaient les travers de tous.

De même qu'ils étalaient leurs joies et leurs peines pour mieux en jouir – car même une peine, si elle reste secrète, perd de sa saveur –, ils répandaient à profusion les talents dont le ciel les avait dotés. Comment les Oranais auraient-ils imaginé qu'on puisse faire de la musique tout seul dans sa chambre ? Il leur fallait une guitare pour répondre au banjo, un violon pour chanter avec le piano ; il leur fallait un orchestre ! Et celui ou celle qui ne jouait pas d'un instrument, chantait, et chantait à pleine voix ; les plus infortunés, ceux qui ne savaient ni jouer ni chanter – ils se comptaient sur les doigts de la main –, eh bien ceux-là dansaient ! Ils étaient les moins nombreux ; dans chaque fête, il y avait plus de musiciens que de spectateurs. La générosité se répandait aussi sur la table des repas : autour des bouteilles d'anisette, de vin, de vermouth, d'orangeade se pressaient une multitude de petites assiettes garnies de légumes au vinaigre, de pois chiches torréfiés, de sardines frites, d'escargots en sauce piquante, de saucisson, de fromage, de beignets aux crevettes, de pâtés à la viande, d'omelette froide ; chaque femme apportait sa recette et, si on lui avait dit qu'en d'autres lieux et en d'autres temps elle verrait des amis se réunir sans musique pour grignoter des cacahuètes – même pas salées ! – elle aurait ri, incrédule, avant de s'apitoyer sur des gens malheureux au point de partager la pénurie et la tristesse. « Les pauvres », aurait dit cette femme qui, à l'époque, ne surveillait pas sa ligne, parce que la maigreur était un signe de mauvaise santé ou de tourment, en imaginant des villes sombres et pluvieuses, des maisons bardées de portes blindées, des habitants au front soucieux. À Oran, les portes ne se fermaient que si le vent les faisait claquer. Chaque mère avait vingt enfants, les siens propres et ceux des voisines; chaque enfant avait dix mères; chez n'importe laquelle il pouvait aller réclamer du pain et du chocolat, un verre de coco, une caresse, une consolation.

Mais les règles ont leurs exceptions, et les enfants de Nina n'avaient qu'une mère. Ils habitaient au cinquième étage d'un immeuble qui appartenait à leur père et ne jouaient pas dans la rue ni chez les autres. Ce sont leurs amis qui montaient chez eux. Et Nina n'avait que deux enfants, Sébastien et Agnès. Aux copains elle offrait des goûters de brioches et de chocolat; elle ne les prenait pas sur ses genoux.

Ce jour-là, ils étaient cinq ou six qui jouaient à *Vingt Mille Lieues sous les mers*, dans le grand couloir qui menait du salon à la chambre de mamie.

Ils étaient tous juchés sur une longue et étroite commode où l'on rangeait de la literie usagée, des livres abîmés, des outils. Comme disait Luc, c'était la commode à capharnaüm; mamie ne jetait rien et aurait été incapable de dire ce que contenaient les tiroirs. Parfois, à la recherche d'un indispensable moulin à café ou d'une pièce de tissu qu'elle était certaine d'avoir achetée dix ans auparavant et qui, bien sûr, ne s'y trouvait pas, elle vidait entièrement l'armoire, dont le bric-à-brac envahissait le couloir, puis réentassait les objets après les avoir examinés un par un, sans pouvoir se résoudre à s'en défaire; de chacun elle pensait : « Ça servira un jour. » En réalité, ils lui rappelaient tous une circonstance, un lieu, un marchand, la personne qui le lui avait offert. La commode était la mémoire en sommeil de mamie, son journal intime, le temple de ses morts. Elle servait de coffre au diplôme de bijoutier de son mari, à la robe de mariée de sa mère, au tablier de cuir de son frère, qui était forgeron. Elle renfermait aussi, à l'insu de la famille, les lettres d'un fiancé mort pendant la Première Guerre et le costume taché de sang que portait Richard le jour où il avait abattu le boxeur. Les lettres qu'envoyait Richard du pénitencier, Miriam les rangeait dans sa table de nuit; elles ne parlaient jamais du crime, c'était comme s'il n'avait jamais existé; seul le costume en portait témoignage; Miriam avait conservé un temps, toujours dans la commode, les journaux qui relataient le meurtre, puis le procès, mais ces coupures, un jour qu'elle avait pleuré plus longtemps que d'habitude à les lire pour la millième fois, elle en avait fait une boule et les avait brûlées sur la terrasse ; le vent emporta les cendres.

Dans son rôle de capitaine Nemo, Sébastien dirigeait le jeu. Un garçon manœuvrait le *Nautilus*, un autre avait l'œil vissé au périscope de carton, Agnès, assise sur le rebord de la commode, contemplait les fantastiques animaux marins qui dansaient derrière le grand hublot.

« On remonte en surface », ordonna Sébastien, qui venait de voir à sa montre que la récréation était terminée, puisqu'il avait décidé de consacrer une heure, avant le dîner, à l'étude de son livre de géographie.

« Oh, non, pas déjà ! s'écrièrent les camarades.

– C'est un ordre ! » répliqua Sébastien, et, sans plus s'occuper d'eux, sauta de la commode. Il trébucha en touchant le sol, tendit le bras pour se rattraper à une colonne de marbre qui portait un vase XIXe à décor chinois, plutôt laid, et qui, pour cette raison, n'avait pas sa place au salon. Dix fois, Luc l'avait mis en garde : « Sébastien, tu finiras par casser ce vase, c'est un cadeau, j'y tiens ! » Maintenant, le vase était par terre, brisé. Sébastien, qui sentait son cœur bondir, examina les débris. Il serait impossible de les recoller.

« Maman, j'ai cassé le vase de papa », cria-t-il en entrant sans frapper dans le petit salon, où Nina, un livre ouvert devant elle, écrivait sur un carnet. Sébastien avait dix ans ; il se précipita, la poitrine haletante, dans les bras de sa mère.

« On va cacher les morceaux », dit aussitôt Nina, et elle s'empressa d'aller faire disparaître les traces de l'accident.

« Tu crois que c'est bien ? demandait Sébastien.

– Il ne s'en rendra pas compte, il est si distrait. »

Un peu rassuré, Sébastien s'enferma dans sa chambre et se plongea dans sa révision de géographie. Il lui fallut un effort de volonté pour se concentrer, effort couronné de succès : cinq minutes avant le dîner, il savait les deux pages par cœur.

Nina regagna le petit salon et replongea elle aussi dans ses études. Elle s'était abonnée à *l'École universelle*, dont elle recevait chaque mois les fascicules, ornés sur la page de garde d'une effigie de Minerve. C'étaient des albums souples, au papier d'un jaune crémeux, qui traitaient de tous les domaines de la connaissance, dans un ordre dépourvu de logique. Un mois, ils étaient consacrés à l'histoire des rois capétiens, un autre aux origines de l'homme, le mois suivant au système solaire et le mois d'après aux chemins de fer ou à l'automobile. Nina les étudiait tous avec le même sérieux, engrangeant des connaissances plus anecdotiques que scientifiques qui finissaient par se mélanger, dans un grand bousculement de noms et de dates. Le fascicule n° 119 traitait de la mythologie grecque : première partie, les dieux préolympiens, deuxième partie, l'Olympe, troisième partie, les demi-dieux, quatrième partie, les héros. Nina nota scrupuleusement dans son gros cahier de deux cent cinquante pages, lui-même divisé en chapitres, les noms des douze dieux majeurs, avec leur filiation et leurs fonctions. Puis elle les lut trois fois, referma le cahier, se récita la leçon, elle n'en savait que la moitié, rouvrit le cahier, trouva un moyen mnémotechnique (fruit d'un fascicule consacré à la mémoire), enfin put décliner : Zeus, Poséidon, Hadès, Héra, Aphrodite, Arès, Artémis, Athéna, etc.

Elle feuilleta son cahier. Il contenait des morales de La Fontaine, des aphorismes de Vauvenargues et de Chamfort, des poèmes de Musset – dont pourtant la bibliothèque de Luc abritait les œuvres complètes –, des proverbes tirés de la Bible et des auteurs latins. Ces morceaux festonnaient la plupart des pages comme des enjolivements à des matières moins futiles, qui se présentaient sous forme de fiches : la Révolution française, une colonne pour les dates et les événements, une colonne pour les personnages – Robespierre était avocat, Marat avait une maladie de peau –, l'Empire romain, la Première Guerre mondiale, la Seconde, les peintres de la Renaissance, les impressionnistes, l'art gothique, les musiciens romantiques.

« Tiens, tu sais ça, toi ! » disait parfois Luc.

Elle aurait pu se sentir humiliée; c'était tout le contraire : elle était fière de l'étonnement de son mari, qui la regardait alors fixement comme s'il contemplait une énigme. Elle cachait les fascicules dans un tiroir fermé à clef et les révisait juste avant de recevoir ou de sortir. La seule fois où elle avait manqué à cette règle, elle n'avait pratiquement pas ouvert la bouche de la soirée.

Elle prit son papier à lettres, gravé à ses initiales, pour

répondre à Isabelle. Elle donna des nouvelles de Miriam et des enfants et s'arrêta court. Comme c'était difficile de dialoguer à distance ! Il lui manquait la voix de sa sœur, ses mimiques, sa façon d'éclater de rire – oh ! le rire d'Isabelle, comme il lui manquait, un rire haut perché, soudain et interminable ; Isa roulait la tête en tous sens, s'attrapait les genoux entre ses mains, se couchait sur le côté, quel plaisir de la voir rire ! Nina se sentait spirituelle, aimante, aimée, vivante. Avec Isabelle elle ne se surveillait pas, elle déroulait sans précaution le fil de leurs souvenirs, même ceux qui au fond la mettaient mal à l'aise, l'appartement un peu sombre de la rue Lamoricière où ils vivaient à sept, ses débuts de secrétaire au palais de justice, les économies rigoureuses qu'elle faisait pour se vêtir avec élégance, les amoureux qu'elle éconduisait, beaux garçons compris, parce qu'elle ne les jugeait pas assez « bien » pour elle. Elle voulut écrire à Isabelle : « Tu te souviens quand Richard s'était enfermé dans les toilettes et n'arrivait plus à ouvrir la porte, et papa qui tambourinait : “ Vite, mon fils, c'est pressé ! ” »

Isabelle aurait ri aux larmes, la tête renversée ; le passé aurait resurgi devant les deux sœurs ; elles auraient vu Abraham le chapeau sur la tête et la main sur la ceinture de son pantalon ; elles auraient entendu Miriam crier de la cuisine : « Richard, ne fais pas enrager ton père, le pauvre ! » Elles auraient entendu Richard protester faiblement : « Mais, maman, c'est la serrure », et Lucien lancer, de derrière son journal : « Alors, on ne peut pas avoir la paix dans cette maison ! »

Isabelle aurait fini par verser de vraies larmes sur Abraham : « Tu te souviens quand il nous a tous appelés, toi tu lui serrais les chevilles, et Lucien lui tenait la main, et une minute après il était mort ! » Nina aurait pris Isabelle dans ses bras, elle aurait respiré l'odeur de ses cheveux, elle aurait senti ses petits tremblements, pareils à ceux d'un animal craintif : « Tu te rappelles quand on a eu le caniche Pouki, il pleurait toute la nuit comme un bébé, et Lucien ne le supportait pas, il l'a donné à Mme Ramirez. » Puis toutes les deux ensemble, elles auraient pleuré sur Richard – mais pourquoi s'était-il laissé entraîner par ces maquereaux ? Tiens, l'autre jour, j'ai rencontré boulevard Gallieni le patron de la boîte de nuit, lui il est libre, il roule en voiture américaine. Voilà ce qu'elle aurait voulu écrire ; était-ce si difficile ? Elle n'y parvenait pas.

Nina se remaquilla devant sa coiffeuse. J'ai des rides au coin des lèvres, pensa-t-elle, j'ai la bouche étroite et sèche, j'ai les yeux cernés. Elle se sourit, redessina en l'étirant avec les doigts le pli de sa bouche. Il me dit que je suis belle. Isabelle aurait dit : « Tu es merveilleuse ! » Qu'est-ce que j'ai de merveilleux ? Je suis toujours sur le qui-vive.

Comme Isabelle lui manquait ! « Tu te souviens du jour où Richard a accompagné au piano Mme Ramirez ; il jouait tellement bien, elle n'avait pas l'habitude ; elle est restée la bouche ouverte au milieu de sa chanson ; et lui, quel âge pouvait-il avoir ? quinze ans ? il lui a lancé : " Allez, Estelle, suivez-moi ! " » Nina aurait enchaîné : « Mme Ramirez a lancé : " Au bout du monde, mon chéri ! " et elle lui a ébouriffé les cheveux, il lui plaisait bien, Richard, mignon comme il était ! Tout le monde a éclaté de rire. Et M. Ramirez, les gros yeux qu'il lui a fait, à sa femme : " Estelle ! – Eh bien, quoi, Roger, quel mal il y a ? " Quelle garce quand même, cette Mme Ramirez ! »

À présent, Nina était riche ; elle avait deux salons et une bibliothèque ; elle était seule.

Elle ne voyait plus Mme Ramirez, qui demeurait toujours rue Lamoricière, dans l'appartement qu'elle occupait depuis trente-cinq ans, juste en face de chez les Partouche, de l'autre côté de la rue. Chaque matin, la première chose que faisaient Miriam et Estelle, c'était d'ouvrir leurs fenêtres pour se dire bonjour.

À qui raconter tout ça, se demandait Nina, nos joies et nos peines, l'argent rare et les soirées de musique, Richard au piano, Lucien au banjo, Isabelle qui chantait, à qui raconter les mois où, à partir du 15, il n'y avait plus d'argent et où l'on ne mangeait que des nouilles et des saucisses ? À Luc ? Il n'en a aucune idée ; tout ce qui lui est étranger n'existe pas. À nos amis ? Jamais, pensait Nina, je ne pourrais me diminuer ainsi. Depuis qu'elle était riche, elle n'avait plus de passé.

Elle entendit Luc rentrer, rangea sous clef les fascicules de *l'École universelle*. Elle se regarda dans la glace, essuya une trace de rouge au-dessus de sa lèvre, fit bouffer ses cheveux et apparut toute souriante. Il lui baisa les mains, la serra contre lui. Il m'aime, pensa-t-elle, je suis heureuse, je suis heureuse – un fascicule lui avait enseigné la méthode Coué.

Contre toute attente, Luc découvrit aussitôt que le vase chinois avait été brisé. Il sermonna Sébastien à table, devant tout le monde : « Je ne comprends pas, Sébastien. Un garçon aussi sérieux que toi ! Je t'avais mis en garde. Et tu joues avec ces gosses, perché sur une commode ! Ça devait arriver. Franchement, je te croyais plus intelligent ! »

Sébastien devint aussi blanc que la nappe. Déjà, Luc parlait d'autre chose. Mais est-ce qu'il le regrette ou non, ce vase ? se demandait Sébastien. Sous la table, il chercha la main de sa mamie.

Après le dîner, Luc, comme il le faisait chaque soir, alla dans la bibliothèque lire *le Figaro*. Il avait passé sa robe de chambre marron à grosse cordelière – ma « robe de bure », disait-il, « cette horreur », disait Nina. La petite Agnès se glissa entre le fauteuil de Luc, la table basse et les autres fauteuils, dans un espace où elle se plaisait à croire que nul ne la voyait ; elle y tenait des conciliabules avec ses poupées, tout en les habillant et en les coiffant. Nina entra dans la bibliothèque, où un nuage bleuté montait jusqu'au plafond.

« Quelle tabagie ! s'écria-t-elle en ouvrant la fenêtre. Agnès, va au lit. Ton père va t'empoisonner !

– Encore, maman ! Je joue.

– Cinq minutes, pas plus !

– Il fait froid », dit plaintivement Luc, sans se distraire de sa lecture.

Sébastien avait suivi sa mère dans la pièce. Il y resta, prit successivement un Jules Verne, un Dumas, puis *Robinson Crusoe*, puis *Moby Dick*. Il les avait tous lus, les reposa à leur place ; les livres étaient rangés par ordre alphabétique. Luc attira sa fille contre lui.

« Tu as été vilaine hier », dit-il en lui caressant les cheveux. Il l'embrassait aussi dans le cou et sur les joues. Agnès roucoulait : « Tu piques, mon papounet ! » et elle blottissait sa tête contre la poitrine de son père.

« Pourquoi as-tu aspergé Aïcha ? reprit Luc.

– Je ne sais pas, comme ça ! »

Il ne la gronde jamais, pensa Sébastien, même quand elle jette son assiette ou qu'elle déchire ses peluches. Il était assis par terre, dans un coin, et regardait d'en bas son père et sa sœur enlacés. Dès qu'il pensait que le regard de Luc pouvait croiser le sien, il baissait les yeux.

« Agnès ! » cria Nina de l'autre bout de la maison.

« Va, va, mon bébé », dit Luc en soupirant.

La fillette partie, Sébastien se planta devant son père.

« Papa, j'ai cassé le vase exprès.

– Qu'est-ce que tu racontes?

– J'ai fait exprès. J'ai donné un coup de pied dans la colonne.

– Impossible, Sébastien. Quelle idée d'inventer une ânerie pareille?

– Agnès, elle en fait bien, des âneries.

– Elle est petite, voyons.

– Moi aussi, je suis petit.

– Tu as presque dix ans, tu vas entrer en sixième. »

Soudain, Sébastien se jeta contre la poitrine de son père, le bourra de coups de poings en criant : « J'ai fait exprès, j'ai fait exprès! » Luc saisit les poignets de son fils.

« Tu deviens fou! »

Sébastien lui lançait des coups de pieds dans les chevilles.

« Ah, mais ça suffit maintenant! »

Luc repoussa l'enfant, qui tomba sur le derrière, au moment où Nina se précipitait dans la pièce.

« Qu'est-ce que tu lui fais? » s'écria-t-elle en s'emparant de Sébastien, mais, à sa grande surprise, le garçon se débattit et s'enfuit vers sa chambre, dont on entendit la porte claquer.

« Qu'est-ce que tu lui as fait? » répéta Nina.

Oh, non! pensa Luc.

« C'est lui qui m'a fait quelque chose », dit-il patiemment, et il raconta la scène.

« Mon Dieu, tu es sûr? mon Dieu », s'exclamait Nina. Elle était stupéfaite.

Plus tard, toujours interloquée, elle laissa son mari lui faire l'amour. Comme toujours, il délirait de désir et de passion. Elle demeurait impassible, osant à peine se poser la question qui la tourmentait : serait-ce pareil avec un autre homme? Est-ce que je ressentirai jamais ce qu'Isabelle ressent? Est-ce aussi important qu'elle le prétend? Nina se rebella contre elle-même. Pourquoi s'accusait-elle de froideur, car c'est bien de cela qu'il s'agissait, de froideur, Luc le lui reprochait assez dans leurs disputes? Cette froideur, qui en était responsable? Suis-je coupable d'être née ainsi, ou bien est-ce lui qui ne sait pas m'éveiller? Elle avait lu un fascicule sur la sexualité. Et puis, au diable les livres! Isabelle lui avait raconté les caresses d'Étienne et pas seulement les caresses, le cérémonial qui précédait leurs étreintes, les mots, les regards qu'ils échangeaient. Tandis que Luc, pensa Nina, me désire, me fait l'amour et ouvre son journal. A-t-il pour moi une pensée autre que cette obsession de mon corps ? Suis-je pour lui autre chose qu'un corps ?

Elle pensa encore, si timidement que sa pensée s'effeuilla comme les aigrettes de pissenlit sur lesquelles on souffle et qui s'éparpillent en pluie diaphane ; de cette pensée vacillante et interdite il ne resta qu'un nom : Thomas. Si j'avais épousé Thomas, pensa Nina en un éclair, Thomas si prévenant, si généreux, si attentif, serais-je une femme froide ? Elle saisit les hanches de son mari et ferma les yeux.

Lucky Starway avait un visage poupin très bronzé dont la rondeur était corrigée par un rouleau de cheveux noirs sur le devant de la tête, une nuque rasée et des favoris qui descendaient jusqu'au milieu des joues. Il portait un pantalon de cuir si serré qu'il ne cachait rien de son bassin et un blouson de cuir clouté ; il empoignait le micro et sa hampe et les promenait à travers la scène comme il aurait fait d'une danseuse. Dans la salle bondée du casino de la Corniche, les jeunes filles poussaient des cris stridents quand Lucky, roulant des yeux fiévreux leur lançait « I love you » et qu'il reprenait en français : « Je vous aime *à* toutes. »

« Lucky Starway, l'idole de Bab-el-Oued, et son orchestre », proclamait l'affiche en lettres rouges et vertes. Lorsque Lucky attaqua *Only You* d'une voix rauque qui, complétant le fard dont il se noircissait légèrement les yeux, lui donnait l'air d'un homme qui vient de passer une nuit blanche, Nina crut que plusieurs jeunes filles trépignant sur place allaient s'évanouir.

Au premier rang, la famille occupait une grande table. Étienne Pujalte, l'ami de Lucky, avait lui-même choisi l'emplacement. « Lucky, expliqua-t-il, il s'appelle Séror, sa mère a une mercerie à Bab-el-Oued. C'est moi qui l'ai découvert, ajouta-t-il avec un mouvement de tête, le menton relevé. Hein, Sami, où il a commencé à chanter, Lucky ? Dans mon café ! » Samuel Stora confirma en donnant une série de tapes sur l'épaule d'Étienne. Il jeta un bref regard vers Nina et Isabelle ; elles étaient superbes, ses deux belles-sœurs, Nina en jupe longue et blouse de soie grège sur laquelle tombait sa lourde chevelure auburn, Isabelle en robe de mousseline vert pâle au profond décolleté. Nina se tenait droite, la tête légèrement en arrière; occupant le centre de la table, elle laissait les regards converger vers elle, semblable à un souverain dans la loge d'honneur au théâtre, vers qui le public se tourne avant d'applaudir. Isabelle, les coudes posés sur la table, examinait la salle avec curiosité, cherchant les femmes qui pourraient rivaliser de beauté avec elle; excepté Nina, elle n'en trouvait pas. Elle finissait une énorme coupe de glace au chocolat, se léchait les doigts, prenait une cuillerée de glace et la tendait à Étienne, qui l'avalait avec gourmandise; les yeux du mari et de la femme brillaient et s'aimantaient.

En se posant sur Louisette, le regard de Sam changea; il se voila puis se remplit d'affection. Dans son tailleur un peu étriqué, Louisette, avec ses cheveux frisés et indisciplinés, ressemblait à la Cendrillon de ses deux sœurs. Elle gardait la bouche entrouverte, les yeux fixés sur le chanteur, dont elle trouvait les roulements de hanches indécents et la voix éraillée, mais elle taisait ses réflexions afin de ne pas gâter le plaisir de ceux qui pouvaient apprécier le spectacle.

Luc faisait la figure qu'il arborait dans les églises où, en amateur d'art, il entraînait sa famille pendant les vacances en France, quand il voyait Nina, pour qui toutes les maisons de Dieu se valaient, se recueillir et prier. C'était une figure empreinte de componction, les lèvres à moitié avalées dans un sourire narquois, le regard levé vers la voûte, les mains croisées sur le ventre. Ainsi contemplait-il Lucky Starway, qui s'était reculé au fond de la scène et, presque renversé sur le dos, étreignait la hampe de son micro, ce qui électrisa davantage les regards pourtant stupéfaits d'Isabelle et d'Étienne.

Isabelle lâcha la main de son mari; tirant la chaise sous elle sans se lever, elle se rapprocha de Nina, posa la tête sur son épaule, comme une enfant fatiguée dont les yeux se ferment mais qui refuse d'aller se coucher afin de jouir encore des caresses de sa mère. Nina, dans un réflexe, quitta son maintien hiératique, son corps s'affaissa, se détendit; elle posa une main largement ouverte sur la tête d'Isabelle et l'embrassa au front. Luc, aussitôt agacé, se moucha bruyamment. « Chut! » fit Étienne, avec comme un petit geste d'excuse en direction de Lucky, son protégé.

Rendue à son amour pour Isabelle, Nina lui caressait le bras ; elle avait une peau tiède et pulpeuse. Enfin, Nina retrouvait sa sœur. « Si on allait fêter ton anniversaire à Alger? avait dit Luc. Tu reverras ta famille. »

Ils avaient pris le train. La gare de l'Agha était surveillée en permanence par des soldats, dont les patrouilles se répandaient partout dans la ville. Nina, dans le sillage du porteur qui empoignait ses trois valises, vit de loin Isabelle, qui l'attendait derrière le portillon, et se retint à grand-peine de courir ; elle hâta le pas, tomba dans les bras de la petite, la pressa contre elle, la repoussa pour mieux la contempler, la serra de nouveau et finit par pleurer en voyant les yeux d'Isabelle embués de larmes. Enlacées, elles montèrent dans la voiture d'Étienne, tandis que Luc suivait avec les bagages dans un taxi. Nina lui avait demandé de réserver une chambre à l'hôtel. Comme elle l'avait prévu, l'appartement d'Isabelle était trop petit.

« Ma chérie, dit-elle sans rougir, j'aimerais bien rester auprès de toi, mais Luc a réservé, tu le connais, sans m'en parler.

– J'avais tout préparé, répliqua tristement Isabelle. Regarde. » Elle montra une chambre minuscule égayée de deux gros bouquets.

« Oh, les belles fleurs ! dit Nina. Ah, ce Luc ! »

Les deux sœurs se promenèrent dans Alger. À la vitrine d'un magasin de la rue Michelet, Isabelle admira une robe.

« Je te l'offre », dit Nina.

Un homme corpulent à l'air fatigué se tenait à l'entrée.

« Madame, je vous prie, dit-il en tendant la main vers le sac de Nina.

– Que voulez-vous ? répliqua-t-elle en jetant à l'homme un regard dédaigneux.

– Ouvrez votre sac, madame.

– Vous plaisantez !

– Madame, vous venez de France, hein ? » fit l'homme avec un geste compréhensif. Il avait honte d'infliger à cette Parisienne les désagréments de la vie algéroise. « Ah ! c'était pas comme ça avant, reprit-il. Même à minuit personne ne vous aurait importunée.

– Personne n'a jamais osé m'importuner, monsieur !

– C'est à cause des Arabes, chuchota Isabelle, en ouvrant la première son sac. Ils nous fouillent, c'est normal.

– Tu trouves ça normal, toi? »

Dans le magasin, les vendeuses et les clientes regardaient Nina avec un mélange d'irritation et d'apitoiement. Elle céda.

Lucky Starway annonça à ses admirateurs qu'il leur accordait un quart d'heure d'entracte et vint s'asseoir auprès d'Étienne.

« Ça allait? » demanda-t-il.

Étienne leva le pouce : « Comme ça! »

Avec son blouson clouté et son rouleau de cheveux sur le front, qu'il tapotait sans cesse, Lucky ressemblait à un acteur malhabile dans un film à costumes dont on apercevrait la cravate sous l'armure. Isabelle lui dit : « Vous êtes formidable », et il s'empourpra.

« Ma parole, tu as été sensas, renchérit Étienne.

– Vous chantez depuis longtemps? demanda aimablement Nina.

– Trois, quatre ans, madame, répondit Lucky en rougissant davantage et en lançant à Étienne un regard anxieux qui pouvait signifier : " Qui est cette femme si belle? "

– Mme Régnier, ma belle-sœur, claironna Étienne. Mon beau-frère, M. Régnier, d'Oran, avocat. »

Lucky haussa les sourcils et lissa sa mèche.

« Nous, tu nous oublies, alors? dit Sam, qui se présenta lui-même.

– Bonjour, monsieur », dit Louisette.

Étienne éclata de rire.

« C'est Lucky, Louisette, un copain! »

Des disques avaient remplacé l'orchestre. Isabelle dansa un paso-doble avec son mari, puis se planta devant Luc en tapant dans ses mains.

« Viens danser, Luc!

– Mais je ne sais pas, je vais te marcher sur les pieds. »

Luc se tortilla sur sa chaise; Isabelle dansait sur place en roulant les hanches.

« Viens, je t'apprendrai!

– Isa! dit Nina, avec un demi-sourire à la fois agacé et indulgent.

– Je te préviens, dit Étienne à sa femme, si tu danses avec Luc, je danse avec Nina et après je ne la lâche plus, parce que personne ne danse mieux qu'elle. »

Il se reprit à temps : « Si tu veux bien, Nina! »

Ils se retrouvèrent tous sur la piste, et la bombe éclata.

Dans la seconde qui suivit, Nina crut qu'elle était sourde ; elle voyait autour d'elle un champ de corps fauchés qui grimaçaient comme dans un film muet. Elle vit Luc couché ; un flot de sang s'échappait de sa cuisse. Elle s'agenouilla près de lui en hurlant, mais elle n'entendait pas ses hurlements. Elle posa les mains sur son visage pour lui rendre la vie ; il rouvrit les yeux et lui sourit, oui, il souriait, alors que se répandait le sang de sa jambe.

Pendant des années après la mort de Nina, il raconta à ses enfants : « J'ai repris connaissance et la première chose que j'ai vue, c'était le visage de maman penché sur moi. » Pendant des années, à l'évocation de ce souvenir, il pleura.

Pour l'instant, c'était Nina qui versait des larmes en soulevant le buste de Luc et en le pressant contre sa poitrine.

Elle voyait les pompiers, les policiers, les soldats se ruer dans la salle, trébucher sur les décombres, emporter les corps sur des civières. Elle voyait leurs bouches s'ouvrir pour crier des ordres muets et les bouches des victimes figées dans des hurlements. Elle vit Étienne et Isabelle, seuls debout, enlacés dans un tango immobile, elle vit les mains d'Étienne se crisper sur les épaules nues d'Isabelle, ses mains puissantes pourtant incapables d'arrêter les tremblements de la petite ; il l'assit par terre, sur le plateau arraché d'une table qui avait gardé sa nappe tachée de sang et de vin. Nina ne pouvait abandonner son mari ; elle devina, sentit au fond d'elle-même qu'elle criait : « Isabelle ! », puis, tout près de son oreille, elle vit le visage de vieillard de Sam qui ouvrait une bouche démesurée et qui semblait toujours répéter la même chose. Un faible murmure lui parvint enfin : « Tu m'entends, Nina, tu m'entends ? » Elle hocha la tête. Puis il y eut une nouvelle déflagration, et tous les bruits se ruèrent dans son cerveau, les ordres, les plaintes, les lamentations, les sirènes. Un pompier déchira avec un couteau la jambe du pantalon de Luc et lui noua un garrot.

Toutes les voix se mêlèrent, comme dans l'opéra d'un dément, et retentirent aux tympans de Nina. Elle ressentait une douleur atroce, comme si on lui perçait les oreilles avec des pointes de feu. « Louisette n'a rien », disait Sam. « Alors, tu m'aimes ? » disait Luc. « Ne restez pas là », disait un soldat. « Mon Dieu, protégez-nous, notre Père, protégez-le », gémissait une femme qui ne pouvait détacher son regard du ventre ouvert de son fils. « Lucky, le petit Lucky, il est mort, la putain de leur race », disait Étienne en donnant de grands coups de poing dans le mur contre lequel il avait adossé Isabelle, et Nina vit ses doigts rougir de sang. Les pompiers allongèrent Luc sur une civière; Nina les escorta jusqu'à la porte fracassée en tenant la main de son mari, qui pensait, le cœur bondissant de bonheur : « C'est avec moi qu'elle reste, pas avec Isabelle. »

Quelques jours plus tard, à Oran, il apprit qu'il y avait eu huit morts et quatre-vingt-un blessés, dont dix avaient dû être amputés, mais sa femme l'aimait. Elle le supplia de quitter l'Algérie.

« J'ai peur, j'ai rêvé de cercueils.

– Tout songe mensonge.

– Non, tu sais bien, mes rêves sont vrais. J'ai vu un cercueil et Isabelle qui pleurait. Nous n'étions pas là.

– Qui, nous?

– Toi et moi.

– Eh bien, si nous mourons ensemble, je n'en demande pas plus. Un seul cercueil pour l'éternité, mon rêve!

– Il faut partir, Luc, pense aux enfants.

– Partir où, avec quel argent? Les immeubles appartiennent autant à Thomas qu'à moi.

– Tu pourrais vendre tes parts, non?

– Tu n'y connais rien. Tu nous vois en France, sans amis, sans relations, anonymes?

– Je te dis que j'ai peur, Luc.

– Ah! laisse-moi tranquille! Je ne quitterai jamais l'Algérie. »

Ils prirent leurs vacances en juillet, comme chaque année. À Vichy, Nina suivit la cure, pour se prémunir contre une maladie de foie dont elle ne souffrait pas. Luc jouait au bridge. Agnès avait été adoptée par une bande d'enfants qui, un jour, apprenant qu'elle était née en Afrique, s'étonnèrent de l'entendre parler français. Sébastien se mesurait à la course avec des garçons de son âge sur les pelouses du parc de l'hôtel. Souvent il l'emportait, et s'imaginait sur le podium des jeux Olympiques. Mais, quand les jeux devenaient brutaux, quand les garçons s'empoignaient pour lutter, il s'éloignait, un livre à la main, le plus discrètement possible. Vers le 15, Thomas les rejoignit. Il ne jouait pas au bridge, ni à aucun jeu. Il passait de longs moments à marcher dans le parc avec Nina, le visage animé, en faisant de grands gestes. De temps en temps, Sébastien le voyait poser la main sur le bras de sa mère et la retirer aussitôt. Parfois, comme s'il voulait mieux la regarder, Thomas escortait Nina à reculons, et Sébastien guettait l'instant où il trébucherait. Mais non, il ne trébuchait pas plus que les instituteurs de l'école de Sébastien, qui, pendant la récréation, bavardaient en se faisant face, une rangée marchant droit et l'autre à l'envers, jusqu'à l'extrémité de la cour, où le sens s'inversait, au grand amusement, muet, des nouveaux du cours préparatoire.

Un après-midi, Sébastien se balançait à côté d'une petite fille qui le défiait sans lui jeter un regard et il s'acharnait à monter plus haut qu'elle, le corps renversé, pliant les genoux au moment où la balançoire parvenait au point le plus bas de sa courbe, puis détendant les jambes, jusqu'à se retrouver presque à l'horizontale, lorsque la pointe de l'embarcation atteignait la branche d'un peuplier qu'il s'était donnée pour repère. Allongée dans un transat près de la buvette, un verre d'eau de source posé près d'elle sur un guéridon, Nina lui adressait de distraits signes de la main, tout en écoutant, la tête légèrement penchée, le discours de Thomas. « Il l'empêche de me regarder », pensa Sébastien, et il redoubla d'efforts.

Le tonnerre éclata, le ciel devint noir, en un éclair l'orage submergea le parc de l'établissement thermal. La pluie, fouettée par le vent qui tourbillonnait en rafales, détrempa les chemisiers de soie et les pantalons d'alpaga, claqua sur les ombrelles. Courant vers l'abri le plus proche, des pères oubliaient leurs enfants, des mères criaient pour rassembler les leurs. Le restaurant, les salons de thé, le kiosque à musique furent envahis par une foule déjà grelottante au souffle court. Sébastien s'élança sur la pelouse et, curieux de savoir si la petite fille le suivait, se retourna. Elle continuait à se balancer, comme poussée par une main invisible. Elle ne sait pas s'arrêter, pensa Sébastien. Personne ne venait à son secours. Alors, imaginant les félicitations qu'il recevrait, il bondit en s'écriant : « N'aie pas peur, petite, j'arrive ! » Il sentit les yeux de tous les adultes effarouchés se fixer sur lui ; son héroïsme lui donnait des ailes ; il entendait déjà les compliments de son oncle Thomas, qui avait affronté tant de dangers pendant la guerre. « N'aie pas peur », répéta-t-il, tout en veillant à ne pas glisser sur l'herbe détrempée. Soudain, la fillette, d'un mouvement de jambes, arrêta la balançoire, sauta prestement de l'esquif vert et jaune et se mit à courir vers l'autre bout du parc.

Sébastien rejoignit sa mère à pas lents, laissant la pluie lui transpercer les épaules.

« Qu'est-ce que tu fabriques, Sébastien, tu es fou! dit Nina. Oh! ajouta-t-elle en se tournant vers Thomas, il y a des moments où je voudrais en finir avec tout ça! »

L'orage ne cessa qu'à l'heure du dîner.

La mine réjouie, Luc passa à table en se frottant les mains : « J'ai gagné dix mille francs au bridge. Qu'est-ce qu'on mange? »

11

LES MUSELIÈRES

C'était maintenant son plus précieux trésor : un bout de lame Gillette qu'il avait obtenue en échange de trois paquets de cigarettes Bastos. La lame ne pouvait plus servir à se raser, mais il la gardait, dissimulée dans une déchirure de son matelas de crin.

Richard Partouche sentait son cœur mort; il ne ressentait plus ni amour ni compassion; pas davantage il ne se révoltait. La souffrance des détenus le laissait indifférent et la sienne s'anesthésiait sous l'effet de cette drogue qui s'appelle monotonie. Par moments, il se serait voulu plus téméraire, plus endurant; il aurait voulu mener une action d'éclat, prendre la tête d'une rébellion. Il se disait que les sévices, le séjour au cachot qui sanctionneraient son indiscipline jetteraient une fausse note dans l'inépuisable litanie des jours. Il rêvait d'un tremblement de terre, d'une épidémie, d'un incendie, de quelque chose enfin qui viendrait briser le cercle du pénitencier, le cercle morne de l'enfer. Faute de courage, il respectait le règlement à la lettre, se soumettait aux caprices des gardiens. Il ne refusait qu'une chose : la délation. Et les gardiens le laissaient relativement en paix, parce que Richard était un ancien, et qu'ils avaient assez de nouveaux sous la main pour satisfaire leur sadisme.

Toute sa vie, Richard avait truqué : à son père et à sa sœur Nina il avait soutiré de l'argent; Angèle l'aimait, il s'était fait maquereau. Il aimait sa mère, il avait tué un homme au risque de la tuer, elle. Il aimait la musique, il avait joué dans des bars et des boîtes de nuit. Il avait caressé l'ambition d'être riche, puissant et célèbre, il croupissait au bagne, oublié de tous.

Cette nuit-là, il approcha la lame de rasoir de son poignet; les dents mordirent sa peau, il frissonna, comme si c'étaient les dents d'Angèle qui aiguillonnaient son désir; pour la première fois depuis des siècles, il se sentait un homme. Il lui suffisait d'un geste pour devenir un héros. Un bracelet de minuscules gouttes de sang perla à son poignet; l'une d'elles tomba sur sa poitrine, il eut l'impression qu'elle le brûlait. Il imagina son sang coulant à flots, le bain gluant qui allait l'inonder, son odeur. Il vit sa mère penchée sur la mare rouge et il vit sur son visage couler des larmes de sang. Elle n'arrêtait pas son geste; les larmes de sang de Miriam rejoignaient le torrent qui bouillonnait aux poignets de Richard, et c'était comme si elle acceptait de mourir avec son fils. Mais est-ce qu'on tue sa mère deux fois? Déjà, en abattant le boxeur, il lui avait brisé le cœur. Il jeta la lame de rasoir, cette lame qu'il conservait depuis deux mois, au pied du châlit, se leva d'un bond pour se purifier les poignets sous le filet d'eau du robinet qui surmontait le cabinet à la turque. Il les frotta vigoureusement, cogna sa main droite contre le robinet comme s'il voulait la punir; le bruit résonna comme un gong à travers la salle nº 13.

« Partouche, tu deviens fou? » grogna le prévôt dans un demi-sommeil.

Je suis vivant, pensa Richard, en se recouchant sous la couverture qui avait failli être son linceul. Je n'ai pas eu peur; au contraire, pour la première fois de ma vie j'ai eu du courage. Il s'endormit presque serein. Dans son rêve, sa mère le prit sur ses genoux et lui baisa les poignets.

« Tu t'es fait mal, mon fils? demanda-t-elle.

– Oui, maman, très mal. Je suis tombé.

– Mais ça va passer. Regarde, je souffle sur la blessure, c'est fini, Richard, mon chéri.

– Je n'aurai plus jamais mal?

– Plus jamais!

– Je ne tomberai plus?

– Tu ne tomberas plus, je te tiendrai toujours la main à présent. »

Le lendemain commençaient les vendanges. Il y avait aux alentours du pénitencier un vignoble qui produisait, disait-on, un vin rouge piquant auquel les détenus n'avaient jamais goûté. Richard se mit en rang dans la file des travailleurs; les gardiens leur tendirent les hottes et les paniers; aux Arabes et à quelques Français ils appliquèrent sur la bouche une sorte de muselière aux lanières nouées sur la nuque. La plupart des Arabes acceptèrent cette brimade avec soumission; quelques-uns se redressèrent, sans pour autant se révolter, mais Richard vit passer dans leurs yeux une lueur de haine. Pourquoi, pensa-t-il, pourquoi eux et pas moi? Simplement parce que je suis français? C'était pire : s'ils ne lui mettaient pas de muselière, se dit Richard, c'est parce qu'ils le croyaient définitivement vaincu, esclave parmi les esclaves.

Les prisonniers prirent le chemin du vignoble par une chaleur accablante. Sur le coteau aucun souffle d'air ne venait apaiser la brûlure du soleil. Vite, tout en cueillant les grappes plutôt chétives, ils sentirent leurs bouches se dessécher, leurs membres s'amollir. Ils se traînèrent entre les alignements de petits ceps tordus, telles des fourmis clouées au sol par une nécessité qu'elles ignorent, et pourtant industrieuses. Au bout des chemins de ce labyrinthe ouvert, il y avait la liberté; à l'entrée du dédale, il y avait les gardiens tenant les détenus en joue dans la ligne de mire de leurs fusils, comme des poissons accrochés à l'hameçon.

Richard respirait, pourtant, dans une sorte de gymnastique hygiénique, pour se nettoyer de la puanteur du bagne, des humiliations qu'il subissait, et plus encore des humiliations qu'il laissait sans broncher infliger aux autres. « Respire, Richard », se disait-il. Chaque goulée d'air lui embrasait la poitrine. La soif le consumait et faisait passer devant ses yeux à moitié fermés des visions de cascades et de vagues. Depuis cinq ans il ne s'était pas jeté dans la mer, la mer qui lui rendrait son innocence, la mer dont il sortirait neuf, prêt à recommencer, cette fois sans lâcheté, sans compromissions, cette vie qui l'avait floué. De la mer surgissait autrefois un Richard conquérant qui roulait les épaules et que les filles lorgnaient : il se savait beau; elles le croyaient heureux.

Dans quelle direction est la mer? se demanda-t-il. Par là, se répondit-il vaguement. Les prisonniers n'ont plus de mer.

Les gardiens avaient raison : Richard ne mangea pas un seul grain de raisin; il redoutait les coups; il ne voulait pas non plus leur montrer sa faiblesse, et si la soif était leur complice il la méprisait. En refusant de croquer dans les grappes de tentation, c'était comme s'il prenait une revanche sur son passé, comme s'il avait gardé le revolver dans sa poche, comme s'il n'avait jamais tiré sur le boxeur.

Le jeune Saïd, ce fou de Saïd, ce voleur de génie qui n'avait été arrêté qu'à son seizième cambriolage, dénoua sa muselière, s'accroupit et se mit à engloutir des grappes entières, sans même détacher les grains.

« Saïd, mon frère, dit Richard en arabe, il te voit!

– Qu'il crève! » répondit le jeune Kabyle, la bouche pleine.

Le gardien-chef Antona n'avait qu'un œil; il avait perdu l'autre dans un accident de chasse qui l'avait miraculeusement laissé en vie. L'œil qui lui restait avait acquis, par fonction et par nécessité, une acuité qui lui permettait de distinguer, à cent cinquante mètres de distance, la tignasse rousse de Saïd, comme une torche au soleil, s'abaissant et presque disparaissant entre les rangées de ceps. Quand ils virent le chef bondir de son fauteuil pliant, tous les prisonniers s'immobilisèrent. Eux n'avaient pas vu Saïd engloutir le raisin; chacun crut que la chicote qu'Antona tenait à bout de bras comme un drapeau ou comme un flambeau allait s'abattre sur ses épaules.

Mais c'est bien sur Saïd que le chef fonça. Déjà le jeune Kabyle s'était recroquevillé, les bras au-dessus de la tête, les jambes repliées, ne présentant que son dos, comme une tortue. Et tous les prisonniers, dans un réflexe mimétique, se protégeaient aussi de leurs bras, comme si les coups portés à Saïd devaient les atteindre eux aussi.

Alors qu'il était lancé à pleine vitesse, Antona s'arrêta net devant le Kabyle.

« C'est bon, le raisin? »

Saïd en resta bouche bée et Richard vit la bouillie noirâtre des grains qu'il n'avait pas eu le temps de cracher.

« Tu me frappes pas, chef?

– Te frapper! Non, mais vous l'entendez, vous autres? Les coups sont interdits par le règlement, tu ne le sais pas?

– Depuis quand, chef? » répliqua Saïd, sans que Richard pût savoir s'il était ironique ou décontenancé.

« Partouche, apporte ton panier, reprit Antona. Tu ne donnerais pas à manger à ton ami? Regarde, le pauvre, il a faim. Non, je vois que tu ne lui donnerais pas. Tahar, viens par ici », ajouta le chef en interpellant un grand Arabe à l'air gauche, avec sa pomme d'Adam proéminente, ses longs bras ballants, et dont le regard, dissimulé par de lourdes paupières, aurait seul pu donner à penser qu'il était en réalité l'un des plus habiles poseurs de bombes d'Alger, récemment transféré à Berrouaghia, bien qu'il n'eût pas été jugé.

« Tahar, donne-lui du raisin, à ton frère ! dit Antona. Toi, Saïd, ouvre la bouche, comme ça, plus grand ! »

Tahar s'avança lentement, jetant des coups d'œil autour de lui pour estimer la situation. Les autres détenus gardaient les yeux baissés. Il détacha un grain et le tendit à Saïd, qui attendait, à genoux, la bouche grande ouverte.

« Un seul grain ! Tu es avare, mon ami. Mais je te dis qu'il est mort de faim ! »

Antona prit une grappe entière et la fourra dans la bouche de Saïd, qui s'étrangla et, comprenant ce qui allait se passer, chercha Richard du regard.

Le gardien-chef mit le panier entre les mains de Tahar.

« Vas-y, à toi ! »

Tahar ne bougea pas ; il ne défiait pas Antona, mais Richard était frappé par son attitude où il ne retrouvait pas l'habituelle résignation des détenus arabes. Tahar se tenait immobile, la tête légèrement penchée ; son œil droit clignait à intervalles irréguliers, mais, hormis ce tic, rien ne trahissait son anxiété. Il semblait se concentrer sur le problème qui lui était posé, et, Dieu sait pourquoi, Richard se persuada qu'il allait le résoudre.

Mais il n'y avait pas de solution. Antona annonça, toujours froidement, que, si Tahar ne s'exécutait pas, les dix prisonniers nouvellement arrivés au pénitencier seraient condamnés à deux semaines de cachot. Il n'osera pas, pensa Richard. Tahar fut sans doute d'un avis différent, car, sans protester, sans marquer d'émotion ou d'embarras, il se mit à gaver Saïd. Il lui enfournait les grappes dans la bouche l'une après l'autre, attendant à peine que Saïd ait fini d'avaler, et il poussait avec la main, comme s'il voulait renchérir sur le sadisme du gardien ; Richard n'y comprenait rien. Le jus coulait sur le menton de Saïd, les larmes jaillissaient de ses yeux, il s'étouffait, toussait, crachait ; Tahar s'obstinait sans un mot. Richard vit les poings de plusieurs prisonniers se fermer, leurs corps se tendre, prêts à bondir non sur Antona, mais sur Tahar, que leurs regards transperçaient.

Le gardien-chef céda le premier. Il arrêta le bras de Tahar.

« C'est bien, dit-il, on ne mange pas le raisin pendant les vendanges, voilà, c'est tout », lança-t-il à la cantonade avant de s'éloigner vivement.

Richard se précipita vers Saïd pour l'aider à vomir en lui donnant maladroitement de grandes tapes dans le dos.

« Laisse-le », dit Tahar.

Richard s'écarta aussitôt. Il mit une minute à réaliser qu'il avait obtempéré à l'ordre d'un Arabe.

« Tu as compris pourquoi, mon frère ? demanda Tahar, penché sur Saïd.

– Je crois », répondit le jeune voleur, qui essuyait avec les doigts les souillures qui lui couvraient la poitrine et les mains.

« Tiens, dit Tahar en lui tendant un chiffon, sois un homme. »

La journée s'acheva. Ils mangèrent leur soupe, et pour une fois aucune menace ne vint troubler le repas, qui se prenait dans le bloc cellulaire, chaque détenu se tenant assis au pied de son lit. La cloche sonna l'extinction des feux. Richard se coucha, incapable de s'endormir. Il pensait sans cesse à Tahar, qui lui avait dit : « Laisse-le ! » Même son frère Lucien ne lui avait jamais donné un ordre sur ce ton, calme, certain d'être obéi. Le prévôt, au bout de la salle, commença à ronfler, d'abord par petits grognements, puis régulièrement.

Richard vit alors des ombres se faufiler entre les lits, s'accroupir et rester immobiles. C'étaient les militants du F.L.N. incarcérés en même temps que Tahar qui venaient s'entretenir avec les prisonniers arabes.

Tahar lui-même chuchota à l'oreille de Richard :

« C'est ton ami, Saïd ?

– De quoi tu te mêles ?

– Écoute, j'ai été torturé par les paras.

– Les paras, pourquoi les paras ? » demanda Richard malgré lui.

Tahar lui raconta la bataille d'Alger.

« Vous mettez des bombes dans les cafés et tu crois qu'on va vous laisser faire ?

– Toi, pourquoi tu es ici ?

– J'ai tué un homme, dit Richard en se redressant sur son lit.

– Pourquoi tu l'as tué ?

– Parce qu'il manquait de respect à ma femme.

– Moi, c'est à mon peuple qu'on manque de respect, à mon peuple entier, alors je mets des bombes.

– Tu es dingue, à quoi ça sert?

– À faire comprendre aux Français qu'on luttera jusqu'à l'indépendance. Si tu avais permis à l'homme que tu as tué de manquer de respect à ta femme, qu'est-ce que tu aurais pensé de toi?

– J'aurais eu honte.

– Et moi, c'est pareil. Écoute, tout à l'heure, j'aurais étouffé Saïd avec le raisin, mais j'étais sûr que le chef se dégonflerait avant moi.

– Comment tu pouvais être sûr?

– Parce que la mort d'un détenu, c'est trop d'ennuis pour un gardien. Il n'était pas prêt à aller jusqu'au bout, moi, oui. Tu comprends, j'ai abrégé le supplice de Saïd.

– Tu es un malin, toi! »

Richard se tourna sur le côté et ferma les yeux. Il pensait à sa sœur Louisette; s'était-elle trouvée dans un café ou dans un cinéma où une bombe éclatait? Il recevait du courrier, mais censuré. Il y avait eu une lettre de Louisette barrée sur presque un feuillet de gros traits noirs et Richard s'était demandé ce que la pauvre Louisette avait bien pu écrire d'interdit, elle qui n'avait jamais prononcé un mot trivial ou dit une médisance de sa vie. Richard pensa à Isabelle, qui vivait aussi à Alger à présent. Mais, il ne savait pourquoi, il supposait qu'Isabelle ne risquait rien; elle s'arrangeait toujours pour éviter les ennuis. Comme il aurait aimé les serrer dans ses bras, avec Nina, la plus belle des trois. Il fallait rester en vie pour avoir de nouveau ce bonheur, dans cinq ans. J'ai déjà passé cinq ans ici, pensa-t-il, et il me semble que c'était hier que le type du jury s'est levé pour me déclarer coupable. Il avait une petite figure pointue, une figure de rat, ça se voyait qu'il n'avait jamais tué personne, lui.

Le lendemain, à l'heure de partir pour le vignoble, Tahar refusa de porter la muselière; il était le dernier de la file. Tous les Arabes, ceux du F.L.N. et les autres, même les plus vieux, ceux qui moisissaient à Berrouaghia depuis une éternité et qui semblaient définitivement domptés, dénouèrent la lanière qu'ils s'étaient laissé attacher sur la nuque et jetèrent le masque sur le sol. Les gardiens allèrent chercher Antona.

Le chef arriva sans se presser, d'autant plus furieux qu'il

n'avait pas fini sa toilette, à laquelle il apportait un soin extrême. Sur son gros ventre, la chemise débordait du ceinturon.

« Je ne suis pas un voleur, expliqua Tahar. Et encore moins un chien.

– Non, dit Antona, pas un voleur, un tueur! »

Il fit conduire Tahar chez le directeur, mais, à la grande surprise de Richard, ne punit personne d'autre et supprima pour la journée le port de la muselière.

Comme n'importe quel prisonnier au monde, Richard s'était habitué à un ordre des choses, dont faisaient partie l'injustice, l'arbitraire, la révolte parfois, mais pas le renversement des rôles. Il y avait d'un côté l'administration et de l'autre les détenus; d'un côté la force, de l'autre la ruse. Chaque instrument jouait sa partition et il naissait une sorte de symphonie absurde mais identifiable. Voilà que le piano se mettait à jouer la partie des cordes et les cordes celle du piano. Voilà que les Arabes semblaient détenir la force et l'administration la ruse, et Richard ne savait plus quel instrument suivre.

Tahar ne réintégra pas la salle n° 13. Le directeur l'avait condamné à deux semaines de cachot. Au bout de dix jours, on apprit qu'il s'était pendu. Il avait accroché sa ceinture aux barreaux de la fenêtre haute, puis se l'était attachée autour du cou.

« Quelle ceinture? demanda Richard au prévôt. Ils ne nous laissent pas notre ceinture au cachot. »

Tous les prisonniers approuvèrent. Ceux du F.L.N. s'étaient regroupés dans un coin de la salle.

Mais un gardien en qui ils avaient confiance vint leur dire que c'était vrai : Tahar s'était bel et bien pendu, non pas avec sa ceinture, comme le bruit en avait d'abord couru, mais avec sa chemise déchirée en lambeaux et tressée comme une corde.

Fallait-il le croire? Richard passa une nuit d'insomnie à retourner la question. Si je ne me suis pas suicidé, moi, pensait-il, c'est parce qu'il me reste de l'espoir, celui de revoir ma mère et mes sœurs, l'espoir de faire l'amour, de me baigner, de manger des pêches, l'espoir d'être libre un jour. Mais Tahar, que lui avaient-ils fait subir pour qu'il perde tout espoir? Qu'avaient-ils exigé de lui? Richard pensait à Tahar non plus comme à un Arabe, mais comme à un homme semblable à lui et, en même temps, il éprouvait du dégoût pour cet assassin, comme il en éprouvait parfois pour lui-même.

Dans un moment de somnolence, il rêva de sa mère, comme cela lui arrivait chaque nuit. Elle les tenait, Lucien et lui, sur ses genoux; les deux frères étaient enfants et venaient de se disputer. Miriam leur expliquait que, parfois, le bon Dieu leur envoyait de mauvaises pensées pour savoir s'ils étaient capables d'y résister.

« Il ne le sait pas d'avance, le bon Dieu? demanda Lucien.

– Il le sait, mais il veut que chacun ait une chance de se racheter.

– C'est Richard qui a commencé! dit Lucien.

– Pour moi, vous êtes mes deux garçons. Je vous aime pareil. Et je ne veux pas savoir qui est coupable. Embrassez-vous maintenant. »

Dans le lit voisin de celui de Richard, Saïd grinçait des dents. Il portait les mains à son cou comme s'il cherchait à s'étrangler. La pleine lune éclairait la salle n° 13 d'une lumière cendrée qui la faisait ressembler à une crypte où l'on aurait étendu une trentaine de cadavres à moitié nus en attendant de les ensevelir. C'étaient des hommes de races différentes, tous épuisés et privés d'amour, des assassins, des voleurs, des rebelles, et Richard se vit nettement comme l'un d'entre eux, ni meilleur ni pire. « On n'a pas eu de chance », se dit-il. Tahar avait cru que la violence pouvait faire reculer l'injustice. Richard avait cru que l'humiliation se lavait dans le sang. Et Saïd, se demanda-t-il, qu'avait-il cru? Il se pencha sur le jeune Kabyle, qui s'agitait dans son cauchemar, revivant son étouffement, et bavait, grognait, grinçait des dents, remâchait les grappes de raisin, tout comme Richard remâchait sa haine du boxeur, des juges, du jury, des gardiens, de tous ceux qui le condamnaient parce qu'il avait refusé de porter sa muselière, d'être un brave employé comme Lucien. Saïd, lui, n'avait pas de haine. Il avait d'abord volé parce qu'il avait faim, puis c'était devenu une sorte d'art où il était passé maître. Au pénitencier, il volait encore, à la cantine, à l'atelier, de la nourriture et des outils, et il partageait son butin avec tous. Le reste du temps, quand il n'était pas puni, il riait tout seul; on disait « ce fou de Saïd ».

Richard lui posa une main sur le front et desserra doucement les doigts qui étreignaient le cou. Le souffle de Saïd s'apaisa. La lune éclaira un étrange sourire sur son visage de gamin des rues, un sourire tendre et ironique, le sourire des enfants qui ignorent le péché et ne sont jamais vaincus.

Richard savait exactement le nombre de jours qu'il lui restait à endurer dans cet enfer où l'avaient précipité l'égoïsme et l'orgueil. Il se sentait considérablement changé, solidaire des hommes. Pourtant, lorsqu'il recouvrerait la liberté, quelques années plus tard, le monde qui l'accueillerait serait un monde agonisant, tétanisé par ses dernières convulsions. Et, dans ce monde-là, à lui qui brûlait de se racheter, ne serait ouverte que la porte de la violence. Il s'engagerait dans un combat perdu pour y rencontrer l'aveuglement et la mort. Sébastien sait qu'au moment de mourir Richard lâcha quatre mots : « On m'a trompé », résumant ainsi sa vie.

12

LES HOMMES AUX YEUX BLANCS

C'est le 28 novembre que Yacef Radaoui arriva à Tunis, dans ce « bourbier qui le dégoûtait », comme il l'avait dit à son jeune lieutenant Amar.

Après son évasion, entouré d'une maigre escorte, il était parti à pied en direction de la frontière. Noyé de brouillard, le djebel se découpait en silhouettes grisâtres de rochers aux arêtes vives, d'oliviers tordus, de ravines boueuses. Un homme qui guidait la caravane chantait; on le surnommait Mouahnachid, « la chanson ». Il chantait du soir au matin, confiant dans sa mémoire et dans son instinct : le djebel était sa terre, sa patrie, il y aurait retrouvé son chemin les yeux fermés.

Yacef souffrait de nouveau de l'estomac; des brûlures atroces le déchiraient et lui laissaient dans la bouche un goût de fiel. Après tant de dangers, comme il serait ridicule de mourir d'un ulcère! Des chefs historiques du F.L.N., il était le dernier en liberté; les autres étaient morts ou en prison. Il sentait la malédiction peser sur ceux qui s'étaient lancés pleins de fougue dans la révolution, comme si l'heure était venue de laisser la place aux sournois, aux prudents, aux corrompus, qu'il s'apprêtait pourtant à rejoindre. Il pensait : « Je dois rester en vie, je suis le seul pur », et il marchait, le ventre entouré de plusieurs épaisseurs de laine, à moitié cassé par la douleur. Les routes et les pistes étaient coupées par les barrages de l'ennemi. Le jour, la caravane dormait dans les villages; la nuit, elle reprenait sa marche à travers les lits d'oued et les pentes abruptes. Elle mit trois mois à gagner Tunis.

Yacef se présenta immédiatement aux bureaux du

F.L.N., dans un bel immeuble de la rue Es-Sadikia, mis à la disposition du Front par le président de la Tunisie indépendante.

Les dirigeants lui ouvrirent les bras.

« Tu es sain et sauf, frère! Dieu est grand! »

Ils le firent conduire chez un professeur de médecine, qui confirma à Yacef qu'il avait un ulcère.

« Pourtant, le médecin à Alger prétendait...

– Eh bien, il s'est trompé. Il faut vous opérer d'urgence.

– Impossible! »

Yacef comprenait maintenant la hâte des dirigeants : l'opération l'aurait tenu à l'écart pour longtemps.

« À vos risques et périls! » dit le professeur.

Il passa une semaine à reprendre des forces dans une villa blanc et bleu de Sidi-Bou-Saïd, entouré de serviteurs, nourri de mets exquis, sollicité par des jeunes femmes qu'il refusa de recevoir. « Les délices de Capoue », pensa-t-il. À travers le rideau d'oliviers et d'eucalyptus, il apercevait le golfe de Tunis, qui lui ouvrait ses bras moelleux et semblait lui chuchoter : « Reste, la terre est douce ici, et l'eau si pure. Les hommes sont souriants et affables; ils n'ont pas la fierté farouche de tes Algériens. Reste », murmuraient les sirènes du golfe.

Yacef secoua sa torpeur et se rendit au siège du F.L.N. Un bureau lui était théoriquement réservé, mais il était vide. À peine Yacef vit-il les visages fermés des dirigeants qu'il sentit de nouveau les morsures de l'ulcère, qui s'était assoupi à Sidi-Bou-Saïd. Ils étaient quatre dans une salle spacieuse, assis autour d'une table ovale en acajou; chacun avait devant lui un sous-main vert, une carafe et un verre, un cahier. Trois d'entre eux se levèrent pour embrasser Yacef; le quatrième, son adversaire de toujours, l'homme au visage large et plat, aux bajoues de crapaud et à la voix rauque, ne bougea pas. On le connaissait sous le nom de Si Hassan.

« Assieds-toi », dit-il en montrant un siège au bout de la table.

Les autres reprirent leur place auprès de Si Hassan et leurs regards se fixèrent sur Yacef, qui hésitait entre l'insolence, l'hypocrisie et la nonchalance. Il attaqua le premier.

« Eh, vous êtes bien installés! »

Il ajouta en français, en singeant l'accent arabe :

« Voiture, téléphone, secrétaires et tout! »

Si Hassan ne broncha pas; les autres se tournaient vers lui pour modeler leur attitude sur la sienne.

« Nous ne reviendrons pas, dit Si Hassan, sur la tragique erreur que tu as commise en déclenchant la bataille d'Alger.

– Que j'ai commise? le coupa Yacef.

– Sur la tragique erreur de la bataille d'Alger, que tu nous as imposée et que tu as menée seul.

– C'est un bouc émissaire que vous cherchez! » hurla Yacef brusquement; son estomac était en feu. Il se leva pour se servir un verre d'eau (il n'y en avait pas à sa place); sa main tremblait et il renversa la carafe. Immédiatement, l'un des adjoints de Si Hassan prit un chiffon et essuya la tache, en claquant la langue.

« Donc, nous n'y reviendrons pas.

– Pourtant, dit un petit homme à la fine moustache et aux lunettes cerclées, nous avons risqué le démantèlement de l'organisation pour faire du tapage à l'O.N.U.

– Exactement! » dit Si Hassan en allumant une cigarette au mégot de la précédente. La fumée lui faisait plisser les yeux et tendait devant lui un écran d'où ne surgissaient que ses mains blanches, grasses et virevoltantes, tandis que son corps semblait alourdi de plomb. Devant les portes-fenêtres, les rideaux étaient tirés.

« La question, reprit Si Hassan, est maintenant de savoir ce que tu comptes faire à Tunis.

– Vous allez me proposer le ministère des P.T.T.! répliqua Yacef.

– Pourquoi pas? Il faut déjà songer à l'après-indépendance! dit Si Hassan sur le même ton.

– Justement, il faut y songer, et non pas se contenter de gérer la révolution. Est-ce que vous réfléchissez aux structures à mettre en place pour demain? Rien! Ça, c'est de la politique et la politique ne se fait pas avec des analphabètes et des ignares! »

Si Hassan posa les mains à plat sur le tapis de cuir, comme si de toucher le symbole de sa puissance pouvait le rassurer.

« Alors, Yacef, il n'y a que toi d'intelligent ici! Il n'y a que toi de pur! Malheureusement, tu ne l'ignores pas, la direction du mouvement est collégiale.

– Mais je suis pour la collégialité!

– Oui, à condition de diriger seul. Le grand patron,

c'est toi! ajouta Si Hassan, lui aussi en français en parodiant l'accent arabe.

– Mais regardez-vous! hurla Yacef en brisant son verre par terre. Regardez-vous, dans votre palais, dans vos villas, avec vos serviteurs. C'est au pouvoir que vous pensez, pas au combat. »

Son estomac se tordait dans une crampe brûlante. Il lui aurait fallu manger tout de suite. Il faillit battre en retraite; mais la nausée qui lui emplissait la gorge d'amertume exigeait de jaillir.

« Vous êtes devenus des révolutionnaires de palace, ceux que nous critiquions quand nous étions à l'intérieur, vous vous souvenez, auprès du peuple. Mais qu'est-ce que je raconte, vous vous abritiez chez les Français, en plein quartier européen! Si Hassan, dis-moi, il y a combien de temps que tu as vu un paysan?

– Yacef, nous devons réunir le comité exécutif.

– Voilà, ouvre le parapluie! Votre collégialité, je la connais! Des embrassades par-devant et des couteaux par-derrière! Chasser l'occupant, vous n'avez que ce slogan à la bouche! Mais, quand il sera chassé, l'occupant, le pays se retrouvera aussi démuni qu'avant, sans stratégie politique. Vous vous battrez comme des chiens pour les places, et la dictature s'offrira au dernier vivant!

– Tu nous insultes! » dit d'une voix lente l'homme aux lunettes, comme s'il commençait à comprendre qu'autour de la table du tribunal l'accusé se changeait en procureur. Le président tunisien lui avait accordé une audience à onze heures et il ne cessait de regarder sa montre.

« Si vous n'êtes pas des hommes, lança Yacef, anxieux à l'idée de vomir sous leurs yeux, rasez-vous la moustache! Moi, je retourne au maquis. Au moins j'aurai une chance de mourir proprement.

– Retourne au maquis, mon frère! dit Si Hassan, avec un geste de modération vers les trois autres, qu'il voyait près de bondir sur Yacef. Tu te feras arrêter au bout d'une semaine, puis libérer au bout d'une autre semaine, comme la dernière fois! »

Il y eut une détente au bout de la table, du côté des juges, comme si le coup que venait de porter Si Hassan était le coup fatal.

Abasourdi, Yacef chercha machinalement un appui autour de lui, espérant peut-être que ses militants allaient enfoncer la porte, conduits par le jeune Amar, pour défendre l'honneur de leur chef. Dans la pièce noyée de fumée, où les bruits de la rue ne pénétraient pas, ni la vie du peuple, ni le fracas des combats, il était seul, comme il avait toujours à la fois rêvé et redouté de l'être, seul pour décider et seul pour subir les tortures des paras et de ses propres frères. Il se précipita dans l'escalier, respira l'odeur de la mer que le vent poussait dans la large avenue. Au café il dévora une brik à l'œuf pour apaiser ses crampes. Il passa la nuit à Sidi-Bou-Saïd sur un lit de camp qu'il avait fait installer sur la véranda. Mais même cette couche lui parut trop douce, et il s'allongea par terre, son revolver caché sous le veston qui lui servait de coussin.

Plusieurs jours s'écoulèrent, pendant lesquels il rédigea un nouveau testament politique, plus long que celui qu'il avait remis à Amar. Il était hanté par la crainte de laisser dans l'histoire une image erronée. Un matin, Si Hassan se présenta seul à la villa de Sidi-Bou-Saïd. Il portait un costume bleu pétrole et des chaussures rouges; il s'était coupé en se rasant, et un sparadrap barrait son menton; il avait l'air d'un commerçant enrichi mais modeste, tels ceux qu'on voyait, à la limite des quartiers arabe et européen, debout sur le seuil de leur boutique, les mains derrière le dos, capables de plaisanter avec les gens du peuple et d'accueillir avec des ronds de jambe les belles bourgeoises.

« Ne t'inquiète pas, je pars demain », dit tout de suite Yacef.

Si Hassan ouvrit les bras en signe de paix.

« Mon frère, dit-il, d'une voix non plus rauque mais chaude et vibrante, les mots ont dépassé ma pensée. Pardonne-moi, je t'en supplie.

– Les mots peut-être, mais ta pensée demeure? Tu crois que je suis un traître?

– Non, non! Ah, mon frère, je m'exprime si mal! Je ne suis pas allé longtemps à l'école », répliqua Si Hassan, en touchant le sparadrap comme pour indiquer qu'il était faillible.

« Je sais, reprit-il, nous savons tous que tu as voué ta vie à la révolution. Aucun de nous ne t'arrive à la cheville. »

Yacef le pensait lui-même; la flatterie lui parut être un juste hommage à sa pureté. Il imagina le gros Si Hassan dans les bras d'une hétaïre et songea que lui n'avait pas approché une femme depuis des années. Il gardait dans son portefeuille un portrait de Robespierre.

Il respira largement.

« Je vous ai provoqués, dit-il. Pardonne-moi à ton tour. Mon ulcère me faisait terriblement souffrir.

– Tu n'y es pas allé de main morte ! dit familièrement Si Hassan. J'ai cru que le pharmacien (c'était l'homme aux lunettes) allait avaler sa moustache. Remarque, ajouta-t-il en français, il ne l'a pas volé ! C'est lui qui aime tout ce décorum. Je lui ai dit que ça ferait mauvais effet. Tu le verrais chez Bourguiba, " Monsieur le Président " par-ci, " Excellence " par-là !

– Ah ! » fit Yacef, légèrement troublé par la bonhomie de Si Hassan.

Ils burent ensemble un café sur la véranda, face à la mer d'automne dont le gris était plus profond que celui du ciel, qui la prolongeait. Si Hassan soupira en dénouant les lacets de ses chaussures rouges.

« Si nous ne nous étions pas lancés dans cette aventure, dit-il, je serais coiffeur à Mostaganem, comme mon père. Tu sais que j'ai mon C.A.P. de coiffeur ? Le dimanche, on allait à la plage, toute une bande de vauriens, on ne pensait qu'aux filles. Et puis je t'ai entendu, toi, chez Médiène, le contrôleur des contributions, tu te souviens ? Non, tu ne peux pas te souvenir. Moi, je n'oublierai jamais. Tu étais si éloquent, et pas avec des phrases creuses comme on avait l'habitude d'en entendre. Je me souviens de tes yeux, qui nous scrutaient et qui éveillaient une flamme en nous. Je subissais mon sort sans réfléchir, je ne le trouvais ni bon ni mauvais. Et tu as dit, mot à mot : " La mort n'est rien, ce qui importe, c'est l'injustice. " J'ai eu tout de suite envie d'être digne de toi, et je t'ai suivi. »

Yacef posa la main sur le bras de Si Hassan.

« Depuis, dit-il, nous n'avons pas toujours été d'accord.

– Sur la stratégie peut-être, mais notre objectif reste le même. Je ne me trompe pas ?

– Non, bien entendu. »

Si Hassan s'était accoudé à la balustrade. Il dit sans se retourner : « Il faut qu'on aille au Maroc.

– Qui, on ?

– Le pharmacien, toi et moi. Je t'en prie, accepte ; toi seul sauras plaider notre cause. »

Il expliqua qu'une katiba de la région d'Oran interceptée à la frontière avait été désarmée par les troupes marocaines, et que le roi Mohammed V était furieux. Or la révolution algérienne avait impérativement besoin du support logistique du Maroc, comme de la Tunisie, au moins de leur bienveillance.

« Je vous accompagnerai », dit Yacef, en donnant l'accolade à Si Hassan. Il pensait qu'il s'était montré trop brutal, trop arrogant. Si Hassan l'aimait, et il l'avait inutilement humilié.

Ils prirent l'avion le 24 décembre; aucun vol ne reliait directement la Tunisie au Maroc; ils passèrent la nuit de Noël à Rome, dont Yacef, en proie à des douleurs insupportables, ne vit rien, sinon l'aéroport et la petite place aux façades ocre avec sa fontaine de tritons barbus sur laquelle donnait la fenêtre de sa chambre d'hôtel. Le lendemain, ils firent encore une brève escale à Madrid et se posèrent, en fin d'après-midi, à Tétouan. À la descente de l'avion se tenait Si Chérif, que Yacef n'avait pas revu depuis Philippeville.

« Tu es au Maroc?

– J'ai préparé l'entretien avec le roi. Il nous reçoit vendredi », répondit de sa voix pâle celui qu'on appelait « le Chinois ». Il dévisageait Yacef de ses yeux bridés et son long visage jaunâtre semblait plus triste que jamais.

« Ta santé? dit-il encore, comme s'il s'attendait à apprendre que Yacef n'avait plus que quelques semaines à vivre.

– Mieux, je te remercie.

– Grâce à Dieu! » dit Si Chérif, et sa louange retentit aux oreilles de Yacef comme une oraison funèbre.

Il chercha du regard Si Hassan et le pharmacien, mais ceux-ci s'affairaient avec les bagages.

Si Chérif les conduisit, sur le parking, jusqu'à une Versailles bleue dans laquelle ils s'entassèrent, en compagnie de deux gardes du corps. La voiture prit la direction de Tanger, puis, au bout de quelques kilomètres, quitta la route pour s'engager sur un chemin de terre.

« Où va-t-on? demanda Yacef, qui s'apercevait seulement que pas une parole n'avait été prononcée depuis l'aéroport.

– J'ai des dossiers à prendre dans une ferme qui est à nous », répondit Si Chérif.

La voiture s'arrêta devant une longue et étroite bâtisse dont la façade crépie au mortier n'était percée que de trois fenêtres.

« Descends, dit l'un des gardes du corps à Yacef, tandis que le Chinois était déjà dans la ferme, où s'allumait à présent une lampe à pétrole dont la flamme vacillait derrière le rideau en toile de jute.

– Pourquoi moi ? » répliqua Yacef.

L'autre garde du corps lui braqua sur le ventre le canon de sa mitraillette.

« Descends, on te dit ! »

Yacef s'exécuta. Si Hassan et le pharmacien n'avaient pas bougé. Ils tournaient leurs regards vers le sentier, où la lune éclairait une haie de cyprès poussiéreux, raides comme des gibets.

Les hommes de Si Chérif poussèrent Yacef dans une chambre sans fenêtre. Une bougie éclairait un coffre en chêne, une chaise en bois blanc qui tenait sur trois pieds et un matelas percé dont le crin s'échappait par touffes. Les deux hommes aux yeux étrangement blancs s'assirent sur le coffre, leur arme toujours braquée, et Yacef se laissa tomber sur le matelas. Des tenailles brûlantes lui tordaient l'estomac.

Il rassembla toute son énergie pour se redresser.

« Allez chercher votre chef ! »

Les gardes du corps échangèrent un regard surpris.

« Il n'a rien à te dire, répliqua l'un.

– Tu n'as pas compris ? » ajouta l'autre.

Un voile rouge tomba sur les yeux de Yacef ; il ne savait plus quel sentiment l'emportait en lui, si c'était la peur, la colère, la rage ou l'humiliation. Non, c'était la surprise, la surprise naïve et stupide d'un nageur qui s'est aventuré trop loin dans la mer houleuse. L'heure de sa mort était arrivée et le prenait cruellement au dépourvu, alors qu'il ne s'était pas passé un jour depuis le début de la révolution sans qu'il l'envisage sous toutes ses formes, au combat, sous la torture et même frappé par les siens ; il avait tout imaginé, sauf d'être berné plus par son propre orgueil que par la ruse de ses assassins. Ainsi, comme il le savait depuis le début, il ne verrait jamais la victoire. Cette pensée, avec laquelle jusqu'alors il avait joué non sans vanité parce qu'elle le mettait au rang des martyrs, des prophètes bafoués, lui devint soudain insupportable.

« Vous savez qui je suis ? demanda-t-il aux hommes aux yeux blancs. Je suis Yacef Radaoui, l'un des cinq fondateurs du F.L.N.

– Tu es un traître à éliminer.

– Tu connais Radaoui, frère, tu le connais ? » demanda Yacef en essayant de retrouver ses accents d'autrefois, quand le combat s'annonçait pur, quand quelques phrases lui suffisaient pour enflammer l'enthousiasme des jeunes militants.

« Je le connais, tu n'es pas Radaoui. »

Tu as raison, pensa Yacef, Radaoui n'aurait pas laissé les flatteries de Si Hassan se déverser dans son oreille comme du miel. Radaoui était un militant de la liberté, pas un ambitieux persuadé de sa supériorité. Il prit dans son portefeuille le portrait de Robespierre. Il lui sembla que le dictateur le regardait ironiquement, comme peut-être il avait regardé la foule au pied de la guillotine, avec cependant quelque dépit mêlé à sa raillerie, dont, en vérité, il était l'unique cible. Il faillit froisser le portrait, mais le rangea soigneusement. Vite maintenant, pensa-t-il. Il chercha des yeux le couteau qui allait lui trancher la gorge, de même que Robespierre sur l'échafaud contempla longuement la machine que tant de fois il avait fait mettre en branle. Yacef crut sentir le fer s'enfoncer dans sa chair, près de l'oreille, et déchirer lentement son cou jusqu'à l'autre oreille ; il sentit l'odeur de son sang, âpre et chaude ; il entendit le gargouillement du sang dans sa bouche noyée.

Il vomit brusquement et, dans ce flot, c'était son amour de ce pays, de ses hommes, de la justice, de la liberté qu'il extirpait de lui, comme il aurait arraché le cancer qui lui dévorait le ventre. Il vomissait son idéalisme ; sa nuque ployée s'offrait à la hache des bourreaux parce que c'est le destin des purs d'être immolés. Le Prophète s'était enfui de La Mecque, dont les habitants voulaient l'assassiner, et Isa – Jésus – avait été crucifié.

Cependant, le flot de bile écoulé, il recouvra son calme ; il avait rêvé d'un destin, et le plus noble lui était offert, celui de sacrifier sa vie pour une cause sacrée. Il avait fait transmettre son nouveau testament à Amar ; ainsi la vérité éclaterait-elle un jour. Il n'avait aucun remords ; les hommes, les femmes, les enfants dont il avait ordonné le massacre avaient été emportés par le vent de l'histoire ; nul ne commande au vent. Lui, Yacef, n'avait été que l'instrument de cette force gigantesque, de même que la foudre n'est qu'une décharge électrique entre deux nuages. Maintenant c'était lui que la foudre frappait, mais les hommes, les médiocres hommes, n'en étaient pas responsables : c'est la révolution qui le dévorait, comme elle avait dévoré d'autres de ses enfants avant lui. Sur le livre du destin, le rôle de Yacef était inscrit jusqu'à ce 25 décembre 1957, où il prononçait sa dernière réplique ; la révolution ne pouvait se tromper : si elle le rejetait dans les ténèbres, c'est qu'elle n'avait plus besoin de lui. Il avait incarné la nécessaire pureté, qui préside à la révolte ; le temps était venu des arrangements, qui décident de la victoire. La peur et la haine le quittèrent et le laissèrent plus pur et plus innocent que jamais, enfin délivré des désirs humains.

Il n'esquissa pas un mouvement pour tenter de s'enfuir ; on ne fuit pas son destin. Envoyé pour le commencement, il était rappelé avant la fin. Moïse n'avait pas vu la Terre promise.

Il s'essuya les lèvres, ajusta son costume et fit face à la mort, qui avait les yeux blancs de ses deux exécuteurs. Il leur tendit sa gorge. Mais c'est une corde qui se posa sur son cou, et non un couteau. Si Hassan avait dit : « On ne verse pas le sang d'un héros. » Le chanvre s'enfonça dans la chair de Yacef ; un arc-en-ciel passa devant ses yeux exorbités, d'abord rouge, puis bleu, noir enfin ; un miséricordieux bourreau l'assomma d'un coup de crosse avant que son cerveau éclate ; l'autre continua de serrer.

Dans la salle, à la lueur orangée de la lampe à pétrole, les ombres prostrées de Si Hassan, du Chinois et du pharmacien se dessinaient sur le mur. Depuis une heure, ils étaient muets ; Si Chérif égrenait un chapelet dans sa poche.

« C'est fait », dirent les bourreaux.

Les juges se précipitèrent dans la chambre, mais ils eurent beau voir de leurs yeux le cadavre de Yacef, le visage bleu, la corde encore passée autour du cou, ils durent le toucher pour exorciser leur terreur.

Si Chérif lui ferma les yeux en murmurant : « Dieu nous punira. »

Si Hassan fouilla les poches de Yacef, n'y trouva qu'un portefeuille contenant de l'argent, de faux papiers marocains et le portrait de Robespierre.

« C'était une décision collective, dit-il. Et puis il faut dire qu'il était devenu fou, ajouta-t-il en montrant le portrait.

– On lui fera un bel article », dit le pharmacien.

Quelques mois plus tard parut, dans le journal du Front,

la photo de Yacef. Le texte disait : « Notre frère Yacef Radaoui est mort au champ d'honneur, au cours d'un combat de cinq heures contre les forces de l'occupant. Nous pleurons un frère d'armes dont le souvenir saura nous guider. »

13

UNE FEMME À LA FENÊTRE

Thomas Régnier s'était réinstallé à Alger; c'est là que tout allait se jouer, et il voulait en être, comme il avait été de tous les événements cruciaux qui agitaient le pays depuis quinze ans. Les parachutistes avaient gagné la bataille d'Alger, les bombes n'explosaient plus, le couvre-feu était levé, Alger retrouvait, en ce printemps, son bonheur de vivre, qu'un trop long hiver de sang avait emprisonné au fond des cœurs, comme un trésor dans un reliquaire. Et, maintenant, on le sortait pour la procession, ce bonheur; il s'exhibait aux yeux des filles en robe légère, aux lèvres gouailleuses des garçons, dans le jeu subtil de la séduction, d'autant plus grisant qu'il aboutissait rarement. Sur la chaussée romaine qui descendait à l'Amirauté, les amoureux, à la tombée du soir, reprirent leur ballet chuchotant. Dans le parfum inchangé des orangers en fleur, les Algérois pouvaient croire que tout recommençait comme avant. Ce peuple, comme tous les peuples sans doute, avait une remarquable faculté d'oubli, car le sentiment de l'innocence s'ajoutait à l'opacité du lendemain pour donner toute sa saveur à la brièveté de l'instant. Au bout d'un mois à peine, les attentats furent logés dans un passé improbable, comme ces cauchemars dont on ne garde au réveil qu'un souvenir confus. Le noir et le gris s'étaient enfuis. Avec le printemps revenaient les couleurs éclatantes des robes et des chemisiers, des fruits et des fleurs.

Thomas avait aménagé son ancien appartement du boulevard de la République à la spartiate; débarrassé des meubles, des tableaux, des livres qui, au fil des années, s'étaient accumulés dans sa villa d'Oran, il se sentait neuf, vierge, l'esprit ouvert à toutes les aventures, le corps délivré de ce poids d'habitudes et de confort qui avait fini par l'alourdir, tout autant que les repas fins et l'alcool. Se nourrissant de tomates et de poisson grillé, il retrouva sa silhouette de jeune homme ; il cessa de fumer.

Il humait l'air vibrant d'Alger, envahi par les journalistes et les agents secrets, l'effervescence des complots, et il ne se passait pas de jour sans qu'il fût sollicité par l'une ou l'autre des conspirations.

Le matin, il ouvrait ses fenêtres, laissant entrer le soleil à flots, l'accueillant comme un dieu généreux et fantasque ; il lui adressait la prière des joueurs : « Dieu de la fortune, laisse-moi une heure de chance aujourd'hui et la face du monde en sera changée ! » Quelle chance attendait Thomas ? S'il avait avoué : « Celle de sauver l'Algérie », on l'aurait pris pour un fou ; pourtant, il y croyait ardemment, comme un homme peut croire, par un nouvel amour, un artiste, par une œuvre nouvelle, reconquérir sa jeunesse et la rendre éternelle. En 1942, à la tête d'un mouvement de résistance, Thomas avait neutralisé les troupes de Vichy et favorisé le débarquement allié à Alger. Maintenant, toutes proportions gardées, il s'agissait de chasser le régime de faillite de la France et de donner naissance à une Algérie fraternelle.

Tel était le rêve de Thomas Régnier en ce printemps 1958.

Torse nu, il prenait son café sur le balcon, respirant largement les effluves de la mer et de la pêcherie, qui lui fouettaient le sang et irriguaient son cerveau.

Il voyait la sombre jetée que le vent du large balayait parfois de vagues énormes et dont les blocs cyclopéens fermaient les nouvelles installations portuaires. Le vieux port naturel, minuscule, celui qui avait abrité si longtemps les vaisseaux barbaresques, avançait, sur la gauche, son éperon rocheux ; une guirlande de petits bateaux de plaisance y dansaient comme des fêtards éméchés. Sur la droite, la gare maritime tendait aux cargos ses quais larges, gras et odorants. Plus bas, les grilles de *Pépé le Moko* marquaient la frontière, autrefois nettement dessinée, entre le monde de la passion et celui de la raison. Mais, aujourd'hui, à Alger, tout n'était qu'incertitude, et c'est dans la ville que se rencontrait l'aventure qu'on allait jadis chercher au bout des mers.

Des paquebots, Thomas voyait descendre la file indisciplinée des jeunes soldats, qui levaient le nez, éblouis, vers la longue enfilade des arcades supportant les magnifiques immeubles et, plus haut, vers les cubes blancs de la Casbah. Pauvres petits soldats, pensait-il, tout en ajoutant : « Ah ! si j'avais leur âge ! »

Puis il allait se baigner dans l'eau encore froide, nageait vigoureusement, se séchait avec une serviette plutôt que de se laisser amollir par le soleil et rentrait chez lui au pas de gymnastique. Il pouvait se replonger dans sa passion de toujours, la politique.

Le complot gaulliste se mettait en place. La mission de Thomas était de rallier au gaullisme actif la haute société algéroise, qui tenait les leviers de commande du pays. Il avait trouvé pour alliée la femme du banquier Pourque, qui se proclamait « gaulliste de raison », ce qui suffisait à en faire une originale, voire une rebelle, dans cette Alger aristocratique restée pétainiste pour qui le général était alors la bête noire.

Dans leur propriété de Ben-Koucha, où les colonnes romaines, les statues grecques, les mastabas égyptiens, les pyramides à degrés mexicaines poussaient au milieu des eucalyptus, les Pourque donnaient l'une de ces soirées auxquelles il était impératif d'assister, faute de quoi il ne restait aux exclus qu'à se couvrir la tête de cendre et à se cloîtrer au tréfonds de leur déshonneur. La liste des invitations se forgeait dans la douleur au prix d'interminables tractations téléphoniques entre Mme Pourque et ses amies.

« Balayer le régime est une chose, expliquait Thomas à une assemblée de gros colons qui, sous une apparente jovialité, gardaient une prudence paysanne ; trouver l'homme de rechange en est une autre. Je vous dirais bien : Pétain, mais il est mort. Si vous voyez quelqu'un d'autre que de Gaulle pour faire l'unanimité, non seulement en Algérie, mais surtout en métropole, désignez-le-moi, je m'y rallierai. »

Thomas laissait les puissants perplexes, mais déjà résignés à accepter le général comme l'homme providentiel, pour se tourner vers un autre groupe, où il continuait inlassablement de prêcher, grisé par son habileté, sincère dans sa conviction ; s'entendant exposer ses arguments modestes et pragmatiques, il frémissait intérieurement d'orgueil, couvé par le regard bleu ciel de Mme Pourque ;

elle l'appelait parfois, mi-affectueusement, mi-ironiquement, « notre jeune docteur »; il pensait avoir vingt ans.

Dès que Thomas avait tourné les talons, les notables se concertaient. Pouvaient-ils « y aller »? Ils le pouvaient. De Gaulle avait donné des engagements. Des engagements! De Gaulle! Qui avait pu le leur faire croire, peut-être en le croyant lui-même? Toujours est-il qu'ils étaient nombreux à s'imaginer que de Gaulle serait leur créature, qu'il ferait leur politique!

Thomas les entendait, riant sous cape, inquiet aussi de tant de crédulité, de tant de prétention, qui ouvrait la porte à tous les malentendus.

Dans les salons des Pourque, les officiers au ventre plat et aux cheveux ras faisaient bande à part; ils ne buvaient ostensiblement que de l'orangeade et prenaient soin de dîner avant la soirée pour ne pas se laisser tenter par les somptueux buffets. La plupart vitupéraient le pouvoir politique, corrompu, friable, gangrené par les intérêts partisans, aboulique et aveugle. Ces militaires semblaient à Thomas ou trop subtils ou trop simplistes; ils voulaient à la fois préserver l'honneur de l'armée et réformer de fond en comble l'Algérie. C'est Sparte dépendant de Byzance, pensait-il. Abandonnés par les politiciens au moment où ils estimaient légitimement avoir gagné la guerre, les soldats étaient prêts à tout pour que leur victoire, la première depuis si longtemps, ne fût pas ternie par des négociations mercantiles.

Ainsi entendait-on, chez les Pourque, des colons à la recherche de la moins mauvaise des solutions pour préserver leurs privilèges et des soldats qui ne songeaient qu'à les en priver appeler d'une même voix un gouvernement de salut public. Les premiers se méfiaient des seconds; les seconds au fond méprisaient les premiers. Quant au peuple des Européens d'Algérie, les uns et les autres le tenaient pour quantité négligeable. « Ils ont toujours voté pour nous », pensaient les notables. « Nous en ferons ce que nous voudrons, nous sommes leurs idoles depuis la bataille d'Alger », disaient les officiers.

Samuel Stora côtoyait lui aussi les militaires. Comme eux, il pensait que les hommes politiques les trahissaient. Toute cette propagande contre la torture, le gouvernement pouvait y mettre un terme, et il laissait bafouer l'armée. Sam ne se sentait pas réellement à l'aise avec ces soldats à l'accent parisien; il connaissait le poids d'un regard, Sam, quand il est trop fixe ou, au contraire, fuyant, quand il s'accompagne d'une lueur narquoise et que la lèvre s'incurve. Avec Sam, les soldats avaient souvent ce regard-là.

Ils disaient : « Monsieur Stora, combien avez-vous d'hommes? Ils ne prendront pas la tangente à la première escarmouche? Vous êtes sûr, monsieur Stora, parce que des civils, hein? »

Et Sam répondait : « On est avec vous, quoi qu'il arrive ! »

Il n'y avait que l'armée pour les défendre contre les Arabes. Lorsque les jeunes lieutenants et capitaines voués à la pacification qui, dans les mechtas, étaient à la fois médecins et instituteurs, rentraient en permission à Alger et disaient : « Puisque nous faisons tout dans ce pays, guerre, maintien de l'ordre, justice, éducation, pourquoi n'assumerions-nous pas la totalité du pouvoir? », Sam les approuvait sans réserve. Mais, quand ils prétendaient réformer l'Algérie et dicter leur loi aux Européens, Sam pensait : « De quoi se mêlent-ils, que savent-ils de notre réalité, ces officiers de gauche intoxiqués par la propagande communiste? » Pour Sam, comme pour Gaston Rico et leurs amis, les Arabes étaient neuf millions et les Français, un million; si les premiers accédaient à des responsabilités proportionnelles à leur nombre, il ne resterait plus aux seconds qu'à faire leurs valises. Sam avait un slogan : « Intégration = dehors ».

Dans les premiers jours d'avril, à sa grande surprise, il reçut un coup de téléphone de Thomas.

« Mon cher ami, dit celui-ci, il faut qu'on se rencontre.

– Mais avec plaisir, répondit Sam, à la fois flatté et perplexe. Je réunis quelques amis demain, joignez-vous à nous ! »

Louisette, comme elle disait, mit les petits plats dans les grands. Avec l'aide d'Isabelle, elle prépara un buffet pantagruélique. Thomas arriva avant l'heure prévue, ce qui éclaira Sam sur l'impatience du chirurgien. Il lui présenta une dizaine d'hommes, qui engagèrent rapidement la conversation, pendant que Louisette faisait la navette entre la cuisine et la salle à manger. Il y avait parmi eux un avocat barbu au teint pâle et aux yeux fiévreux, un restaurateur qui racontait des anecdotes avec un fort accent algérois et répétait trois ou quatre fois la chute de ses blagues en se tapant sur les cuisses. Il y avait encore un médecin homéopathe assez cultivé, admirateur de Salazar, un viticulteur de la Mitidja qui s'enflammait pour la défense de l'Occident chrétien et arborait au revers de son veston une croix celtique ; il se vantait de pouvoir compter sur mille colons armés.

Tous ces hommes avaient une obsession : le gouvernement s'apprêtait à négocier avec les rebelles et ils devaient l'en empêcher par tous les moyens. Thomas se rendit vite compte que tous détestaient de Gaulle ; il avait pourtant la mission de les rallier au complot gaulliste. S'adaptant à son nouvel auditoire, il rappela avec emphase la part qu'il avait prise à la défense de Batna au premier jour de l'insurrection. Dans ces moments, Thomas savait se montrer truculent ; il faisait de grands gestes des bras, mimant la fuite des Arabes : « Ils se sont carapatés comme des lapins. » En réalité, et les autres le savaient fort bien, le combat avait duré plus de vingt-quatre heures, mais ils regardaient avec un large sourire Thomas, dont la silhouette massive et même le crâne chauve leur inspiraient confiance. Celui-là, pensaient-ils, il en a !

« C'est mon beau-frère ! » chuchota Sam à l'oreille de l'homéopathe. Soudain, coupant la parole à Thomas, il lança à haute voix : « Tous ces pourris, il faut les balayer ! » Il expliqua longuement, en relevant sans cesse la mèche qui lui tombait sur le front, que c'était pour les Européens une question de vie ou de mort, la valise ou le cercueil. Les Arabes, ajouta-t-il, ne comprenaient que la force, et la force, c'était l'armée. Thomas observa que Sam jetait fréquemment des regards à Louisette, comme s'il voulait à la fois lui montrer son importance et la prier de s'éloigner d'un terrain dangereux. L'activiste et le père de famille, pensa Thomas, ne font pas bon ménage. Sam continuait, le visage extraordinairement mobile, ses yeux ronds et vifs balayant la salle à manger, de la fenêtre où le viticulteur ponctuait le discours de Sam de grands hochements de tête, tout en engloutissant les pâtés à la viande de Louisette, à l'autre extrémité de la pièce, où Isabelle, l'air boudeur et endormi, jouait avec un éventail. Elle avait les bras nus, des bras ronds et laiteux que Thomas, qui pourtant concentrait son attention sur la physionomie de chacun des dix hommes, eut soudain envie de caresser et de mordre.

« Parfaitement l'armée, dit-il, et qui, messieurs, dans

l'armée? Qui, sinon le plus prestigieux de ses chefs? Oh, je sais les préventions que vous avez contre de Gaulle. Mais il a beaucoup changé depuis 43. Croyez-moi, il n'est ni dans le caractère ni dans la doctrine du Général d'abandonner une partie de l'empire. Avec lui, soyez tranquilles, l'Algérie restera française. »

Comme l'avaient fait les notables chez le banquier Pourque, les amis de Sam soupirèrent avec résignation. Sam lui-même s'était renfrogné, rencogné sur une chaise derrière un philodendron envahissant qui le cachait presque entièrement. Il s'essuyait le front avec un mouchoir marqué à ses initiales. Thomas remarqua aussi le beau complet en lin à larges revers, les mocassins italiens en cuir tressé, la chemise anglaise en voile de coton, toute l'élégance un peu exubérante de Sam. Il le jugea, en médecin, comme une sorte d'hypomaniaque, passant de l'euphorie à la mélancolie, de la hâblerie au sentiment d'impuissance. Il suffisait à Thomas de regarder Louisette, qui paraissait d'autant plus terne qu'elle venait de s'asseoir auprès d'Isabelle, pour comprendre que Sam l'aimait plus par devoir et par affection qu'il ne la désirait. Il supposa que, pour Sam, l'agitation politique était un jeu grisant qui pimentait une vie trop paisible, sans risque ni éclat, une trouée de soleil dans une sombre forêt.

En sortant de chez Sam, Thomas rayonnait; il n'avait rien perdu de son charme ni de sa persuasion; il arpenta seul les rues d'Alger, où le soleil couchant jetait des lueurs fauves sur la pierre blanche des immeubles et sur les bougainvillées qui moussaient à la grille des villas. Comme il aimait cette ville ! À chaque terrasse de café, une connaissance l'interpellait, l'invitait à s'asseoir : « Alors, docteur, c'est pour bientôt? » Qu'est-ce qui était pour bientôt? On l'ignorait, mais on sentait que quelque chose allait se passer. Au bar de l'Aletti, où les journalistes menaient grand tapage, sous la conduite d'un correspondant américain ivre mort, un commandant saisit Thomas par le revers de son veston : « Docteur, dit-il d'une voix pâteuse, ce pays est un foutoir ! Ce qu'il faut, c'est l'ordre dans la justice, ou la justice dans l'ordre, comme vous préférez. Souvenez-vous de Pascal ! »

Thomas avait complètement oublié Pascal. Il approuva néanmoins de la tête.

« Moi, reprit le commandant, un ton plus bas, je suis national-communiste ! Parfaitement ! La patrie et l'égalité ! Plus de privilèges ! L'intégration totale ! Voilà mon programme. Vous allez me dire : les Arabes ? Mais quoi, les Arabes ? Ils en ont assez de cette guerre. Et vous, les Français, c'est votre pays, non ? Mais vous avez besoin de nous, nous l'armée, pour garantir l'intégration. »

Thomas en connaissait beaucoup, de ces officiers prêts à s'emparer du pouvoir pour établir un ordre idéal dans la nation. Il se demandait si la frontière n'est pas aisément franchissable entre l'ordre et le fascisme. Mais il avait confiance : de Gaulle saurait les tenir en main, ces officiers utopistes ; encore fallait-il qu'il revienne aux affaires.

« L'intégration, bien sûr, répondit-il prudemment. Le problème, c'est que les Européens n'en veulent pas.

– Oh, ceux-là ! dit l'officier avec un geste de la main, ils braillent, excusez-moi, docteur, mais on les manipule comme on veut. Vous savez, la psychologie des foules, ça s'apprend dans les livres et sur le terrain. Vous croyez que c'est facile de combattre l'influence du F.L.N. dans une mechta? Je l'ai fait, moi, avec mes gars. Au bout d'un mois, tous les petits Arabes prenaient le chemin de notre école, et même les femmes venaient se faire soigner au dispensaire. Le F.L.N., pfuit, envolé ! Alors, les Français embourgeoisés, vous pensez si ça se retourne comme des crêpes ! Ils nous mangeront dans la main, comme vous dites ici ! »

Le commandant, bien des années auparavant, alors qu'il était aide de camp du général en chef en Indochine, écœuré des manœuvres de l'état-major, s'était fait parachuter sur le camp encerclé de Diên Biên Phû. Capturé et « rééduqué » dans le camp n° 1, il en était sorti maigre, malade, le cheveu prématurément gris, mais le cerveau bourdonnant de théories sur la guerre révolutionnaire. Il s'était juré que cette expérience humiliante, mais si enrichissante, ne se reproduirait plus.

Thomas le quitta en douce, le laissant pérorer, le regard éteint traversé parfois d'éclairs farouches, comme on quitterait une maison bourrée de dynamite. Il lui fallut encore quelques jours pour mettre sur pied un « comité de vigilance » où s'amalgamaient miraculeusement – mais combien de temps durent les miracles ? – les amis de Sam, qui ne juraient que par Pétain et Salazar, les gaullistes de raison comme Mme Pourque, les anciens combattants à l'honneur écorché vif et les étudiants en grève. Tous se surveillaient étroitement ; ils n'avaient qu'un but en commun : chasser les guignols – c'était leur mot – du gouvernement et de l'état-major. Après, on verrait bien ! Les complots proliféraient, et Thomas, qui se démultipliait d'un groupe à l'autre, jubilait, avec le sentiment de manipuler les fils d'un immense théâtre de marionnettes. Mais, bientôt, l'écheveau s'embrouilla de manière inextricable, et il se laissa aller au simple bonheur de parcourir la ville enfiévrée ; à Paris le gouvernement tomba ; ce fut un délire de joie et de peur, qui traversait les cœurs à la vitesse de l'éclair, portant les Algérois aux cimes de l'espérance, puis les plongeant, la minute d'après, dans un abîme de découragement. Il fallait à tout prix empêcher le futur gouvernement de négocier avec les rebelles. Thomas dormait quatre heures par nuit. Il était partout, au café d'Étienne, où se réunissaient les ultras de Gaston Rico, dans le salon de Mme Pourque, dont les portes se refermaient sur de mystérieux émissaires parisiens, dans une villa d'Hydra où les officiers de parachutistes se penchaient sur un plan géant de la ville. Au milieu de l'après-midi, Thomas s'esquivait et réapparaissait, à l'heure de l'apéritif, qui marquait une trêve obligée, l'œil brillant et se frottant les mains.

Dans les rues brûlantes passaient les arroseuses municipales, mais seuls les enfants, qui s'offraient en riant une douche gratuite, pouvaient croire qu'un jet d'eau suffit à éteindre un chaudron bouillonnant. Alger était en vacances ; jamais les terrasses des cafés n'avaient été si bondées, mais les plages étaient vides ; Alger attendait sur place, l'œil aux aguets, bien décidée à ne pas se laisser dicter son destin. C'est à peine si les Algérois osaient aller se coucher, de peur d'apprendre au matin qu'ils avaient été floués. Ils luttaient contre le sommeil en chantant et en dansant sur les places au son des guitares ; à l'école, les petits enfants dormaient sur leurs bras croisés, et les maîtres, qui avaient eux-mêmes passé une nuit blanche, se gardaient de les réveiller. Sam n'avait plus de clients. Il apposa sur la porte de la bijouterie une pancarte qui disait : « Fermé jusqu'à la victoire. »

C'est vers le 15 avril qu'Isabelle tomba malade.

Son visage rond et plein qu'on avait envie de croquer comme un fruit devint bouffi, grisâtre ; ses lèvres rouges et charnues se fissurèrent ; ses yeux se ternirent et la lueur pétillante et humide qui rendait son regard si provocant se changea en une flaque atone ; mais elle ne pleurait pas.

Elle restait toute la journée au lit, allongée sur le ventre, entortillant autour de ses doigts des mèches de cheveux qu'elle finissait par arracher machinalement, agitant la jambe de bas en haut pour marteler le matelas, comme si elle scandait indéfiniment une pensée obsessionnelle.

Étienne, son mari, se dépensait sans compter pour l'association. C'est dans son café que se tenaient les réunions animées par Sam et par Gaston Rico. Ils se méfiaient toujours de De Gaulle, mais il n'était pas question de laisser le train partir sans eux ; il fallait monter à bord et s'arranger pour prendre les commandes en cours de route. C'est Étienne qui préparait les casse-croûte, qui imprimait les tracts sur la ronéo, qui les chargeait dans la camionnette.

Ce jour-là, pour la première fois depuis des semaines, il rentra plus tôt chez lui. Il trouva la maison dans le plus grand désordre, la vaisselle empilée dans l'évier, les vêtements éparpillés à travers les pièces ; dans la salle de bains le robinet du lavabo coulait, les tubes et les flacons ouverts s'étaient renversés dans la baignoire, qu'une couche de crasse recouvrait. Un tel cataclysme n'avait pu se produire en un jour. Je ne me suis rendu compte de rien, pensa Étienne. Il rentrait dormir quelques heures et rouvrait le café à l'aube pour servir le petit déjeuner aux militants.

La maison était silencieuse. Il se précipita d'abord dans la chambre de Daniel, son fils : les jouets traînaient par terre, les draps étaient tachés de confiture et de chocolat, des pantalons et des chemisettes sales s'écroulaient sur une chaise, comme un ballot chez un fripier, un flacon d'encre noire avait coulé sur la table. Étienne recula d'un bond et referma la porte.

Il vit Isabelle, ou plutôt une forme enveloppée des pieds à la tête dans une couverture, en travers du lit, les cheveux blonds pendant sur le tapis. La fenêtre était fermée, il régnait une chaleur étouffante. Un murmure lancinant s'élevait dans la chambre ; Isabelle chantonnait la bouche fermée.

« Où est Daniel ?

– J'ai froid, dit Isabelle.

– Où est Daniel ? » répéta violemment Étienne, et il se mit à injurier sa femme avec des mots orduriers.

On sonna à la porte ; il bondit, le cœur battant, certain qu'on allait lui apprendre que son fils avait été enlevé, qu'il était mort. En un éclair, il se vit étranglant Isabelle, puis se tirant dans la tête une balle de ce revolver que Gaston Rico lui avait remis en disant : « On ne sait jamais. »

C'était la voisine. Elle tenait le petit garçon par la main.

« J'ai donné à manger à Daniel, monsieur Pujalte. Excusez-moi », lança-t-elle d'un trait, et déjà elle s'esquivait, effrayée par la figure ravagée d'Étienne, dont elle connaissait la violence.

Il la tira par le bras.

« Il fallait me téléphoner au café, madame Sanchez.

– Je n'ai pas osé.

– Nom de Dieu, hurla-t-il, qu'est-ce qui se passe chez moi ?

– Isa est malade, je crois.

– Malade ? s'écria-t-il. Et malade de quoi ? C'est une fainéante, voilà sa maladie.

– Monsieur Pujalte, dit timidement la voisine.

– Ah ! ne la défendez pas, vous ! »

Mme Sanchez replia les bras sur sa poitrine, comme si elle se retranchait derrière une barricade. Elle était toute ronde, avec des jambes courtes et arquées, une robe noire de veuve éternelle ; sa figure lisse et carrée était prolongée d'un haut front qui donnait une dignité ombrageuse à cette silhouette plutôt comique, comme chez certains nains de Mantegna ou de Velázquez.

« Isa ne mange plus, elle ne parle pas, elle chante, dit gravement Mme Sanchez, bien décidée à ne pas reculer d'un pouce devant la fureur d'Étienne. Et vous avez vu comment elle chante. On dirait qu'elle veille un mort.

– Merci, merci bien, madame Sanchez », répliqua Étienne, profondément humilié, en repoussant la voisine sur le palier.

Il rangea de son mieux la chambre de Daniel, le mit au lit.

« Qu'est-ce qu'elle a, maman ? » demanda-t-il malgré lui.

L'enfant le regarda avec des yeux apeurés.

Bien qu'il fût lui-même à bout de nerfs, Étienne resta éveillé presque toute la nuit, penché sur le visage crispé de sa femme. Elle n'avait pas dit un mot ; il lui avait porté un morceau de fromage et du pain, et elle avait repoussé l'assiette d'un geste infiniment las. Il avait tempêté, menacé en vain ; Isabelle demeurait inaccessible. À certains moments, elle le regardait fixement, sa bouche s'entrouvrait. Étienne la serrait dans ses bras.

« Vas-y, chérie, dis-moi ce qui se passe », implorait-il d'une voix brisée. Il croyait deviner.

« C'est ta mère, elle est morte ? » murmurait-il, soulagé déjà à l'idée de partager le chagrin d'Isabelle.

« Alors, c'est Richard ? »

Il crut voir de la déception dans les yeux fixes de sa femme. Il explosa de fureur.

« Mais parle, nom de Dieu ! Comment veux-tu que je comprenne ? »

Elle eut une espèce de sourire, mais si lointain, si désabusé qu'il prit peur ; il la secoua par les épaules, comme s'il voulait l'arracher à un ensorcellement.

« Reste avec moi, chérie, ne t'en va pas. »

Le corps d'Isabelle était flasque, sa tête ballottait, elle avait les yeux grands ouverts. Elle était morte ! Elle était comme morte pour lui, et il éclata en sanglots. Elle sortit quelque peu de sa torpeur, posa la main sur celle de son mari, mais, dès qu'il fut calmé, elle recommença à chantonner.

Elle finit par s'endormir. Maintenant, il la veillait à la lueur de la lampe de chevet tamisée par une serviette. Isabelle grinçait des dents, grognait une suite de mots incompréhensibles, son front était couvert de sueur, son corps se tordait, à d'autres moments elle lançait une ruade, puis retombait vaincue, cherchait la poitrine d'Étienne, s'y recroquevillait, pareille à un bateau qui rentre au port après la tempête. Mais l'accalmie ne durait guère ; Isabelle appareillait vers le large, vers son mystérieux désespoir peuplé de monstres qui devaient l'écraser de tout leur poids, puisqu'elle tendait les bras pour les repousser ou bien les serrer contre elle et les bercer. Étienne, spectateur sidéré de ce combat, se faisait le plus petit possible, au bord du lit.

Il n'eut pas l'impression de dormir un seul instant ; pourtant, le jour se levait lorsqu'il se réveilla. Isabelle, appuyée sur un coude, le regardait ; mais son regard le traversait sans le toucher. Il posa la main sur son front, elle ne bougea pas ; elle n'avait pas de fièvre ; elle ne bougea pas davantage quand son fils l'appela de sa chambre. « Maman ! » C'était un cri sourd et angoissé, le cri d'un enfant qui sait qu'on ne lui répondra pas. Peut-être Daniel appelait-il depuis longtemps. C'est Étienne qui se leva, prépara son fils pour l'école. « Au revoir, mon chéri », dit Isabelle quand Daniel vint l'embrasser; elle lui sourit en ajoutant : « J'ai mal à la tête, Daniel, tu voudras bien déjeuner chez Mme Sanchez?

– Oui, maman, je veux bien », répondit le garçon, qui regardait attentivement sa mère de ses grands yeux bleus, comme si lui aussi cherchait à déchiffrer l'énigme.

Étienne se jeta au cou de sa femme.

« Ma parole, tu m'as fait une peur! »

Il accompagna son fils, passa rapidement au café pour ordonner à son barman de s'occuper de tout et retourna chez lui. Il trouva Isabelle de nouveau appuyée sur le coude, regardant la place vide dans le lit.

« Isa, chérie, je te croyais levée », dit-il du ton désolé d'un homme à qui on a fait une promesse non tenue. Il s'assit sur une chaise et resta prostré. « Tu n'as pas faim? » murmura-t-il sans attendre de réponse. Il voyait le dos d'Isabelle qu'un soubresaut agitait spasmodiquement; elle caressa le drap à la place d'Étienne; il crut qu'elle le réclamait et se glissa au côté de sa femme; il lui toucha les seins à travers la chemise de nuit; elle était glacée. Autrefois, cette caresse la faisait frissonner et gémir; il eut encore envie de pleurer. Elle ne m'aime plus, pensa-t-il enfin, alors qu'il luttait depuis des heures contre cette idée, qu'il parvint de nouveau à chasser. Elle n'avait aucune raison de ne plus l'aimer.

Dans la rue, une manifestation s'était rassemblée; le cri « Algérie française » montait jusqu'à la fenêtre.

Étienne y courut pour voir sur chaque visage une détermination farouche qui annonçait la victoire. Il regarda Isabelle aux yeux éteints, puis de nouveau la foule, comme s'il voulait lui emprunter une parcelle de courage pour l'insuffler à sa femme. Il n'était plus seul; tout le peuple lui enseignait de ne pas se résigner.

Il téléphona à Nina et lui dit d'une voix ferme et abrupte où se mêlaient la timidité et l'orgueil blessé :

« Isabelle est malade!

– Ah! » cria Nina.

Un long silence suivit. Il devina qu'à Oran le cœur de sa belle-sœur avait cessé de battre; l'angoisse muette de Nina ramena son désespoir. Il reprit faiblement :

« Je ne sais plus quoi faire. »

Il s'expliqua maladroitement, tout en lançant à Isabelle : « Viens, c'est Nina, elle veut te parler », mais Isabelle ne bougea pas.

« Je prends le premier train, dit enfin Nina. En attendant, appelle Thomas. »

Nina recouvra son sang-froid, fit sa valise en tentant de calmer Miriam, qui se tordait les mains : « Je vais m'en occuper, maman, tout ira très bien. » Elle s'arracha plus difficilement aux bras de Sébastien.

« Tata Isabelle a besoin de moi, tu dois comprendre, chéri.

– Moi aussi, j'ai besoin de toi », répliqua Sébastien. Il s'enfuit sur la grande terrasse, monta sur son vélo et pédala comme un fou, jusqu'au moment où il ne sut plus s'il pleurait de chagrin ou de fatigue.

Quant à Luc, il dit en levant les yeux au ciel : « Encore ta sœur ! » mais laissa partir Nina.

Le téléphone sonna chez Thomas au moment où il quittait son appartement pour son bain matinal. Il pensa que c'était Mme Pourque et décrocha avec un large sourire.

« Excusez-moi, docteur, ici Étienne Pujalte, vous savez, le beau-frère de Nina. »

Nom de Dieu ! pensa Thomas. « Oui, monsieur Pujalte, bien sûr », répondit-il en s'efforçant de ne rien trahir de son irritation.

Il passa en début d'après-midi et pria Étienne de se retirer pendant qu'il examinait Isabelle. Lorsque Thomas revint dans la salle à manger, Étienne fut frappé par la préoccupation qui se lisait sur son visage. Voilà un docteur qui prend les choses à cœur, pensa-t-il.

« Monsieur Pujalte, je suis désolé, votre femme fait une dépression nerveuse.

– Qu'est-ce que c'est ça, une dépression nerveuse ?

– Eh bien, elle n'a plus de goût à rien, elle refuse d'affronter la réalité.

– La réalité ! Et c'est quoi, la réalité, docteur ? C'est une femme qui n'a aucun souci ; moi, je travaille toute la journée à mon café. Elle, elle s'occupe du gosse et de la maison, c'est tout !

– Ah, les femmes ! dit Thomas, avec un petit rire embarrassé.

– Mais c'est une maladie, la dépression nerveuse ?

– Je lui ai prescrit des sédatifs ; il faut qu'elle dorme le plus possible. Je repasserai demain. »

Étienne se composa un sourire pour entrer dans la chambre, s'assit au bord du lit et prit la main d'Isabelle.

Elle avait le dos appuyé contre les oreillers; les draps étaient tirés; sa chemise de nuit ajustée ne laissait plus voir ses seins.

« Tu vas mieux, chérie? Il est gentil, Thomas, n'est-ce pas? Il m'a dit que tu allais guérir très vite. »

Isabelle regarda son mari fixement; il la sentait près de se confier et l'encouragea d'une pression de main. Des larmes se mirent à couler sur les joues pâles de la jeune femme, juste des larmes, sans un sanglot. Jusque-là elle n'avait pas pleuré.

Dans la soirée, Étienne alla chercher Nina à la gare. Quelle chance il a, ce Régnier! pensa-t-il en voyant sa belle-sœur, aussi fraîche que si elle sortait de son bain; Nina était dans la plénitude de sa beauté; son corps admirablement dessiné avait gagné en souplesse sans rien perdre de sa fermeté; sa lourde chevelure auburn auréolait un visage frémissant au teint mat, hautain et mélancolique, toujours changeant, jamais immobile. Son regard se portait sur les êtres et les choses avec un orgueil adouci de timidité. Quand elle l'embrassa, Étienne eut à la fois envie de la consoler et de s'en remettre aveuglément à elle.

À son tour, Nina s'enferma dans la chambre; Étienne tourna en rond dans la salle à manger, décrivant des cercles qui le rapprochaient de plus en plus de la porte, où il finit par coller l'oreille. Il entendit des sanglots mêlés, la voix de Nina, qui gémissait : « Ma chérie, ma pauvre chérie », et c'était non pas une plainte de simple compassion, mais un cri de compréhension douloureuse, comme si Nina, elle, savait de quoi Isabelle souffrait. Étienne imagina les deux sœurs enlacées, si belles, l'une comme l'autre inaccessibles; il étouffait de rage et de dépit. Quand Nina annonça qu'elle passerait la nuit auprès d'Isabelle, il n'osa protester et se retrouva allongé sur le canapé; ses pieds passaient par-dessus l'accoudoir. Très tard, il fut réveillé par un coup de téléphone de Luc, frappa discrètement à la porte de sa propre chambre, d'où il était chassé.

« Ne t'en fais pas, elle dort », dit Nina.

Elle prit l'appareil.

« Tu te rends compte de l'heure qu'il est?

– Quoi? répondit Luc. Je lisais. Tu rentres quand?

– Elle va mieux, je te remercie », dit Nina.

Elle baissa le ton, cachant l'écouteur avec sa main.

« J'arrive à peine.

– Tu as vu Thomas?

– Pas encore.

– Elle a quoi, ta sœur, au juste?

– Écoute, je t'appellerai demain.

– Tu me manques. Et moi, je te manque? C'est vrai que tu ne dis pas ces choses-là, toi. »

« Luc vous embrasse tous les deux », dit Nina en raccrochant.

Le lendemain, Étienne fut pris toute la journée. Gaston Rico et Sam préparaient pour la semaine suivante une grande manifestation, et la question était de savoir si on la coordonnerait avec celle des gaullistes, sous l'égide du comité de vigilance. Sam fut chargé de sonder Thomas sur ses intentions.

« Tous unis, croyez-moi, Sam, dit le chirurgien, tous unis pour l'Algérie française. »

Il montra le tract qu'il avait rédigé, appelant la population algéroise à se rassembler au monument aux morts pour exiger un gouvernement de salut public. Le tract évoquait la grandeur de la France, la nécessité de réformer le système.

« Ah, oui, c'est bien, c'est très bien », dit Sam, subjugué par la confiance que lui manifestait Thomas.

« Vous êtes sûr? Rien à changer? On peut trouver autre chose tous les deux...

– Non, non, docteur, c'est parfait, vraiment. »

Sam, regagnant le café d'Étienne, assura ses amis de la parfaite bonne foi des gaullistes. Gaston Rico le regarda avec un large sourire; c'était un gros homme débraillé et d'apparence bonasse, mais il avait un regard aigu, sous de lourdes paupières.

« Oh! Sami! dit-il avec son fort accent algérois, n'en fais pas trop quand même. »

Puis il se mit à singer les intonations « parisiennes » de Thomas :

« Monsieur Stora, cher ami, je compte sur vous! »

Sam rougit comme si Rico le démasquait en pleine trahison. Celui-ci éclata d'un rire qui venait du ventre.

« Moi aussi, j'aime bien ton beau-frère, Sami. Mais méfie-toi de tes amis même quand ils te font des cadeaux! »

Thomas, après sa baignade, se rendit au quartier général des gaullistes, une discrète villa d'El-Biar. Elle ne se distinguait pas des villas voisines, avec son petit jardin embaumé par les galants de nuit et les jasmins. Elle portait une plaque : *Les Flots bleus, M. Decourbis,* du nom de son propriétaire. Une ligne de cyprès, telles des lances végétales ruisselant de lumière, la cachait aux regards.

Autant l'extérieur était calme, autant l'intérieur, derrière les volets clos, bourdonnait. Les pièces du bas avaient été transformées en bureaux, où s'affairaient des secrétaires devant les machines à écrire et les ronéos, des officiers dont l'impatience se manifestait par la brusquerie du geste et les plaisanteries tendues qu'ils lançaient à tout propos, et des civils pour la plupart venus de Paris qui portaient encore le complet veston. Le gouvernement était tombé plus tôt que prévu ; il fallait en profiter sans délai.

« Les ultras marchent avec nous ! annonça Thomas.

– C'est pour quand ? demanda un capitaine au torse d'haltérophile.

– Samedi prochain.

– Vous êtes fous ! dit un civil grassouillet, à la fine moustache. On n'est pas prêts.

– On le sera ! » répliqua Thomas.

Le soir même, il faisait hospitaliser Isabelle, dont l'état ne s'améliorait pas.

« Elle a besoin d'une surveillance constante, expliqua-t-il à Étienne.

– Mais Nina ne peut pas s'occuper d'elle ?

– Trop risqué ! Votre femme peut avoir une crise de nerfs, des accès de violence...

– La malheureuse ! dit Étienne. Quelle violence ? On dirait une morte vivante.

– ... Ou même une défaillance cardiaque, je ne vous le cache pas. »

Étienne se prit la tête dans ses mains. Le chirurgien semblait trouver du plaisir à le torturer, et il ne céda que devant l'insistance de Nina ; ils veulent se débarrasser d'elle, pensa-t-il. Désespéré, il confia son fils à Sam et à Louisette. Plus tard, lorsqu'il vit que Thomas se rendait chaque jour auprès d'Isabelle, à l'hôpital Mustapha, et que Nina demeurait au chevet de sa sœur pendant toute la durée des visites, il fut saisi de remords qui s'ajoutèrent à son chagrin. C'était un homme rude, peu habitué à attendre un secours de quiconque. Il restait sur une chaise, en face du lit d'Isabelle, les mains entre ses genoux serrés, incapable de regarder longtemps les yeux morts de sa femme, mais n'osant pas davantage lire le journal. Il sortait dans le parc pour fumer une cigarette, revenait, se rasseyait, tournait en rond dans la salle, à la fois honteux et furieux, jetait des coups d'œil à sa montre et ne se résignait pas à partir, espérant toujours qu'Isabelle lui ouvrirait les bras et se confierait à lui. C'est moi son mari, non! pensait-il en lançant des regards changeants à Nina, haine et gratitude mêlées dans la plus grande confusion des sentiments. Tandis qu'il s'agitait stérilement, Nina nourrissait Isabelle à la cuillère, lui posait des linges humides sur le front, lui tenait la main, l'aidait à se rendre aux toilettes. Appuyée contre sa sœur, Isabelle marchait comme une petite vieille rabougrie, indifférente aux cris des autres malades, à leurs plaintes ou à leurs rires qui éclataient à brûle-pourpoint. « Je veux sortir, je suis grande », répétait sans répit une femme d'une cinquantaine d'années au visage gris et décomposé, aux jambes squelettiques, couchée dans un lit à barreaux, qui s'agrippait aux hauts montants de sa prison sans avoir la force de hisser son corps assommé par les drogues. « Je veux sortir, je suis grande »; le gémissement ininterrompu martelait le cerveau d'Étienne comme le glas de sa propre impuissance.

« On ne peut pas la faire taire? dit-il à l'infirmière.

– Monsieur, elle est un peu... »

L'infirmière agita les doigts à la hauteur de sa tempe et continua à distribuer les médicaments aux malades en plaisantant gaiement. C'était une jolie fille pleine de vivacité qui ressemblait beaucoup à l'Isabelle d'autrefois.

« Mais expliquez-moi, lui disait Étienne. Vous imaginez qu'une chose pareille vous arrive à vous?

– Ah, monsieur, si j'avais un chagrin!

– Mais ma femme, elle n'a pas de chagrin! »

L'infirmière plissait la bouche de l'air de dire : « Il faut croire que si, pourtant. »

Avec Thomas, Étienne ne se montrait pas si pressant. Quand le chirurgien arrivait, presque toujours ponctuellement, à six heures et demie, il se retirait au fond de la salle, en face du lit d'une petite vieille qui tricotait en marmonnant; de temps en temps, la vieille haussait le ton et Étienne entendait clairement: « Le bon Dieu te punira! » Ou bien elle se mettait à chanter d'une voix étranglée : « Plaisir d'amour ne dure qu'un moment », en mettant les mains devant ses yeux, comme si elle voulait se masquer une vision inconvenante.

Étienne lui souriait; la vieille lui renvoyait un regard sévère. Il était frappé par la gravité de Thomas et gêné par tant de sollicitude, alors que le chirurgien – Étienne le savait mieux que personne – ne disposait que de peu de temps. « Il le fait pour Nina », pensait-il. D'ailleurs, Thomas ne s'éternisait pas auprès d'Isabelle, se contentant de lui prendre le pouls et d'interroger l'infirmière.

« Alors, Étienne? » disait-il enfin; il avait l'air égaré d'un homme qui agit contre sa volonté.

Nina le raccompagnait et ne revenait qu'un long moment plus tard, les traits crispés, le menton tremblant.

« Qu'est-ce qu'il t'a dit? demandait Étienne.

– Mais rien.

– Comment rien? Elle est devenue folle, hein, c'est ça?

– Qu'est-ce que tu vas chercher!

– Regarde ces bonnes femmes (il tendait le bras); elles sont toutes zinzin. Est-ce qu'on les guérit? »

Ils quittaient l'hôpital ensemble. Nina préparait le repas; ils dînaient silencieusement. Ils n'avaient jamais eu l'occasion de se trouver en tête à tête et ne trouvaient pas d'autre sujet de conversation qu'Isabelle. Parfois, aux sempiternelles questions d'Étienne, Nina répondait par le regard apitoyé qu'on jette aux esprits bornés ou crédules. Il baissait la tête. Au fond, il avait hâte que Nina rentre à Oran. Et, quand, vers neuf heures, Luc téléphonait, il prenait un ton enjoué pour dire : « Elle va beaucoup mieux, je te remercie. Nina se tourmente trop. »

Luc parlait ensuite à sa femme et la pressait de rentrer. Au bout d'une dizaine de jours, il était au comble de l'exaspération.

« Les enfants te réclament.

– Ah! ne me le dis pas!

– Ta sœur passe avant les enfants, sans parler de moi!

– Elle est gravement malade, Étienne ne s'en rend pas compte.

– Eh bien, justement, elle a son mari. Et toi, tu as le tien. Je t'ordonne de rentrer, tu m'entends! »

Elle lui raccrocha au nez.

« Je vais au cinéma, dit-elle à Étienne. Ça me changera les idées. »

Luc rappela deux minutes après.

« Passe-moi Nina!

– Elle est sortie.

– Sortie, où? Au cinéma? Je te préviens, mets-la dans le train demain!

– Mais je ne la retiens pas », répliqua Étienne, que le ton de Luc blessait, mais qui se sentait coupable.

Le lendemain, Luc changea de manière. D'abord menaçant, il s'adoucit jusqu'à la supplication.

« Rentre, je t'en prie, je suis la risée de l'immeuble... »

Il croyait entendre du sarcasme dans la voix des locataires qui lui demandaient des nouvelles de Nina.

« Les deux sœurs s'aiment beaucoup, je crois », avait dit M. Serfati, et Luc n'avait osé répliquer : « De quoi vous mêlez-vous? »

« Tu es allée au cinéma hier? reprit-il. Qu'est-ce que tu as vu?

– Oh, un film.

– Quel film?

– Avec Jean Gabin. Je ne me rappelle plus. Tu m'ennuies à la fin!

– Je ne te crois pas. Je sais bien ce qui te retient à Alger. Tu as un amant. »

Elle éclata de rire. Il cria, larmoya, supplia en vain.

« Je vais faire un malheur! lâcha-t-il, à bout d'arguments.

– Le malheur est déjà bien assez grand. »

Il eut l'impression qu'elle aussi ricanait.

Il passa une nuit blanche à s'imaginer Nina dans les bras d'un autre; il tenta de se raisonner en reconnaissant qu'il avait toujours été horriblement jaloux, mais c'était la première fois en onze ans de mariage que sa jalousie trouvait de quoi s'alimenter. Jamais il n'avait été séparé de sa femme plus d'un jour ou deux. Elle était si belle que, malgré sa fortune et son rang social, il lui arrivait de se demander s'il méritait vraiment sa chance. Elle pouvait séduire des hommes infiniment plus beaux que lui. Il s'examina longuement dans la glace, et trouva, dans sa petite taille, ses épaules basses, son crâne allongé, toutes les raisons d'être trompé. Il se reprocha aussi – mais trop tard, pensa-t-il – son arrogance, son indifférence, son égocentrisme et mille autres travers qui le condamnaient. Elle avait un amant! Et pourtant, songea-t-il pour se rassurer, elle n'aimait guère faire l'amour; devant son miroir, à cette heure de vérité, il se l'avouait avec tant de confusion qu'il se précipita vers la chambre d'Agnès pour contempler sa fille endormie. J'aime ma fille, j'aime ma femme, se répéta-t-il, en proie à une sorte de délire qui le faisait vaciller et l'obligeait à se raccrocher au montant du lit de l'enfant. Mais il se revit, égoïstement allongé sur sa femme, avide de son seul plaisir, puis fumant et lisant, tandis qu'elle se lavait à grande eau dans la salle de bains. Ce bruit de l'eau qu'elle faisait couler, il l'entendait maintenant comme un cri de protestation de Nina; puis il l'entendit comme un cri de haine. Elle le détestait, elle détestait faire l'amour avec lui, elle avait un amant!

Il regarda Agnès, qui suçait son pouce et se retournait en soupirant; ses yeux s'emplirent de larmes. Il avait tout gâché, il allait tout perdre. Nina partirait avec les enfants, il se retrouverait seul. Il se rebella. Non, il garderait au moins Agnès, le tribunal condamnerait cette femme adultère que jadis on aurait lapidée. Si je la tuais, pensa-t-il, je serais acquitté. Je ne la reprendrai pas, je la chasserai, sans moi elle ne sera plus rien, elle n'a pas d'argent, je la désire, je la supplierai de me pardonner, elle me reviendra, je changerai, nous serons heureux, comme avant, comme avant la naissance des enfants, ce sont les enfants qui l'ont éloignée de moi, sa sœur aussi, cette vipère d'Isabelle, qui lui monte la tête, qu'elle crève cette Isabelle de malheur!

Il se laissa tomber à genoux et saisit la main de la petite Agnès en murmurant :

« Ma fille, ma fille.

– Papa! » souffla l'enfant dans son sommeil, en serrant la main qui s'offrait à elle.

Elle m'aime, elle, pensa-t-il, elle me restera.

Il vit encore Nina, blottie contre son amant, pleine de son amour, elle ne courait pas à la salle de bains; il crut devenir fou.

À six heures, il téléphona à Thomas.

« Tu vois Nina, toi?

– Il est six heures du matin.

– Réponds-moi. Tu la vois?

– Évidemment que je la vois. Tu as perdu la raison, toi aussi?

– Elle est comment? Normale, agitée?

– Elle est inquiète pour sa sœur.

– Mais je me fous d'Isabelle, nom de Dieu! Et toi aussi, tu t'en fous, d'ailleurs! Qu'est-ce que c'est que cette comédie?

– Je ne m'en fous pas du tout. C'est ma malade.

– Oh, cesse de jouer les médecins nobles ! Enfin, quoi, tu la connais à peine ; c'est une épouvantable chipie, une garce !

– Luc ! Reprends tes esprits, j'attends ! »

L'autorité de Thomas, Luc s'y était toujours soumis de bonne grâce. Cette fois encore, elle agit sur lui comme un coup de fouet, et, après cette interminable insomnie, il lui sembla sortir d'un cauchemar. Il était hirsute, couvert de sueur sous son peignoir de bain dénoué, lamentable.

« Écoute, reprit-il plus calmement, je suis désespéré. Nina a un amant.

– Comment ? Qui t'a dit ça ?

– Alors, tu le sais, toi aussi !

– Moi ? Mais je ne sais rien du tout ! Quand aurait-elle un amant ? Elle passe ses journées à l'hôpital.

– La nuit.

– Ah, la nuit ! Pourquoi la nuit ? »

Luc sentit une hésitation dans la voix lointaine de son frère.

« Elle va au cinéma, soi-disant !

– C'est possible, non ?

– Thomas, tu la protèges !

– Je n'ai pas que ça à faire, figure-toi ! Il se passe pas mal de choses à Alger en ce moment.

– Quelles choses ?

– Oh, tu es extraordinaire ! Tu ne lis pas le journal ?

– Je te dis que je crève de jalousie.

– Écoute, Luc, tu as confiance en moi ? »

Est-ce que j'ai confiance en lui ? se demanda Luc. Ai-je confiance en quelqu'un ? Non, je n'ai confiance en personne. Je suis trahi, trompé, abandonné.

« Oui, répondit-il faiblement.

– Nina n'a pas d'amant, j'y mettrais la main au feu.

– Surveille-la.

– Je vais plutôt te la renvoyer. Elle ne peut pas grand-chose pour Isabelle.

– Thomas, si c'est grâce à toi qu'elle rentre, je...

– ... Mais oui, mon petit. »

Luc fit sa toilette, alla prendre son petit déjeuner avec les enfants, que Miriam avait déjà servis. Il se sentait épuisé mais lucide, comme un boxeur à l'issue d'un combat victorieux.

« Elle revient quand, maman ? » demanda Sébastien.

Il posait la question chaque jour. Luc n'était pas habitué à rester seul avec ses enfants. Une fois qu'il les avait interrogés sur leur travail à l'école, il ne savait plus quoi leur dire. À quoi s'intéressaient les enfants, il n'en avait aucune idée. C'était l'affaire de Nina et de Miriam.

« Bientôt, bientôt.

– Tu réponds toujours " bientôt ", dit Sébastien. Tu ne dois pas le savoir en fait », ajouta-t-il en regardant son père dans les yeux.

Après son fils, c'est son associé qui se chargea de rallumer la folie dans l'esprit de Luc. À peine arrivé à son bureau, il fut accueilli par un tonitruant : « Tiens, voilà le ténébreux, le veuf, l'inconsolé ! » lâché par son cousin et associé, avec son habituel humour indélicat. Pour la millième fois en dix jours, comme si c'était l'unique préoccupation de chaque Oranais, il s'entendit demander :

« Alors, toujours pas rentrée, Nina ? Ma foi, elle se paie des vacances bien méritées. Oh, pardon, j'oubliais sa sœur !

– Tu sais ce que tu es, Valigan ? dit Luc. Un con !

– Je sais », répliqua sobrement son cousin.

La matinée se déroula interminablement. N'ayant aucun rendez-vous, Luc replongea dans le tourbillon du doute et de l'humiliation. Plus il y repensait, moins l'attitude de Thomas lui semblait franche. Pourquoi avait-il dit : « Nina n'a pas d'amant, j'y mettrais la main au feu » ? Pourquoi pariait-il sur cette éventualité ? Pourquoi, sinon parce qu'il avait lui-même des soupçons ?

Luc eut la certitude de ne pas dormir la nuit suivante, ni aucune nuit jusqu'au retour de sa femme, pas une seule seconde. Isabelle avait toujours eu une influence néfaste sur Nina. À présent encore, de son hôpital, c'est elle qui gardait sa sœur prisonnière. Même si Nina n'avait pas d'amant, Luc devait la récupérer, ne serait-ce que pour échapper aux sarcasmes de Valigan et aux réflexions trop perspicaces de Sébastien. Comme cet enfant peut être insupportable ! pensa-t-il.

Luc passa la tête dans le bureau de son associé, qui lisait un roman, les pieds sur la table.

« Au fait, dit-il, je pars en vacances, moi aussi, deux ou trois jours.

– Va, cours, vole et nous venge ! » eut le temps de déclamer Valigan avant que Luc ne claque la porte.

Il rentra chez lui, mit quelques affaires dans un sac.

« Je vais chercher Nina.

– Vous faites bien, mon fils, dit Miriam.

– Merci, mamie. Je vous confie les enfants. »

Il l'embrassa.

« Vous le savez, vous, ce qu'elle a, Isabelle? reprit-il.

– Sur la vie de Sébastien, je n'en sais rien. »

Il monta dans sa voiture, une Aronde, une trop modeste Aronde aux yeux de Nina et plus encore à ceux de cette vipère d'Isabelle, et prit la route d'Alger.

En rentrant de l'école, Sébastien dit à sa grand-mère :

« Ah, il est parti, lui aussi?

– Je suis là, mon chéri.

– Oui, mamie, toi, tu es toujours là, heureusement. »

Luc roula pendant une centaine de kilomètres comme un somnambule, obsédé par le « Vous faites bien » de Miriam, plus encore que par le « J'y mettrais la main au feu » de Thomas. Même sa mère doutait de la fidélité de Nina.

Juste avant d'arriver à Orléansville, dans une ligne droite, la voiture se mit à tanguer; un camion survenait en face dans un hurlement de klaxon; Luc eut le temps de voir la bouche démesurément ouverte du chauffeur, puis il eut une autre vision instantanée : il avait cinq ans et traversait la rue au moment où débouchait à vive allure une voiture à cheval, il se jetait à terre, roulait jusqu'au trottoir contre lequel il se cognait la tête, le sang coulait sur son costume marin; sa mère le relevait en disant : « Tu feras attention la prochaine fois. »

Le camion fonçait sur lui et, dans cette seconde où il se crut mort, il pensa que personne ne l'avait jamais aimé.

Il se retrouva dans le fossé; le camion ne s'était pas arrêté. Il posa la tête sur le volant, laissa son cœur ralentir. Il regarda ses mains qui tremblaient, chercha dans sa mémoire une seule circonstance où le destin s'était acharné contre lui avec tant de rigueur et n'en trouva pas. Même la guerre, en Italie, en Alsace, en Allemagne, l'avait épargné. Ses mains tremblaient et il ne se souvenait pas que cela lui fût jamais arrivé. « J'ai eu de la chance jusqu'ici », pensa-t-il. Est-ce que chaque homme devait un jour ou l'autre payer ses privilèges?

Il sortit difficilement de la voiture, qui se balançait en équilibre instable, l'avant dans le fossé, l'arrière sur la chaussée; le pneu arrière gauche était crevé. Il marcha le long de la route déserte. Il faisait une chaleur accablante; le blé en herbe, déjà haut, annonçait une belle moisson. Il était en nage lorsqu'il parvint à un garage, à l'entrée de la ville.

« Il y a quelqu'un? » cria-t-il.

Un ouvrier arabe surgit, qui se frottait les mains avec une sorte de savon noir pulvérulent pour dissoudre la graisse. Il écouta Luc et répliqua :

« C'est fermé.

– Mais je suis pressé.

– Pressé ou pas, c'est pareil. A six heures, on ferme. »

Luc regarda l'Arabe avec stupéfaction. Il n'était même pas arrogant; il annonçait une évidence d'un ton catégorique.

Luc alla frapper à la porte vitrée d'un cagibi, où un homme faisait des écritures.

« C'est vous le patron? Je suis en panne à cinq kilomètres. »

L'homme soupira.

« On va y aller.

– Vous savez comment m'a parlé votre ouvrier?

– C'est comme ça maintenant, répliqua le garagiste en soupirant encore. Où elle est exactement, votre voiture? Bon, allez boire quelque chose. J'en ai au moins pour deux heures. »

Il monta dans la dépanneuse.

« Vous ne voulez pas que je vienne vous aider? demanda Luc.

– Non, pas la peine. Vous allez vous énerver. Ça ira, va, ne vous inquiétez pas », dit le patron avec sollicitude.

Il a pitié de moi, pensa Luc.

« C'est comme ça, mon pauvre monsieur, répéta le garagiste. Elle est foutue, l'Algérie! »

Luc entra dans le bistrot; presque tous les clients étaient des Arabes. Aucun ne s'écarta du comptoir pour lui faire une place et il but son café dehors, posant sa tasse sur le rebord de la fenêtre, où se fanaient des œillets. Ensuite, il tourna en rond, eut l'idée de se faire couper les cheveux, comme cela lui était arrivé à Athènes, dans l'attente d'un bateau pour la Crète qui n'arrivait pas. Mais c'était une idée d'autrefois, du temps où il était heureux, du temps où rien ne l'ébranlait, où rien n'avait de raison de l'ébranler. À peine arrivé devant le salon de coiffure, il rebroussa chemin.

Tout avait donc tellement changé à son insu? Qui aurait imaginé qu'un jour, à Orléansville, les Arabes traiteraient un Européen avec cette désinvolture? Il n'en était ni offusqué ni indigné, mais il n'y comprenait plus rien. J'ai toujours été un homme simple, pensa-t-il avec une sorte d'orgueil du paradoxe. Il s'imagina comme un homme du XIXe siècle, sautant le temps jusqu'à notre époque; il ne retrouvait plus les codes sociaux, les usages qui avaient imprégné sa jeunesse et qu'il croyait immuables. Il avait toujours trouvé les idées de Thomas utopiques et charmantes, oui charmantes, comme des objets luxueux et inutiles. Leur mère aimait Thomas beaucoup plus qu'elle ne l'aimait lui-même. Pourtant, c'est à lui qu'elle avait légué son caractère et ses préceptes, non à Thomas. Après la mort de son mari, elle avait considérablement réduit le train de vie de la maison. Elle s'était débarrassée du chauffeur, puis du majordome, ne gardant à son service qu'une cuisinière, dont elle avait fini par se séparer plutôt que de lui accorder une augmentation au bout de vingt ans. Elle comptait les gâteaux de ses thés : deux par invité. Elle n'avait qu'un manteau noir pour l'hiver, qu'elle changeait tous les cinq ans.

Luc et Thomas avaient grandi dans cet univers, réglé pour l'éternité, où tout ce qui s'écartait de la norme devait être regardé comme inconvenant et ridicule. Dans cet univers, les hommes étaient bons ou mauvais, riches ou pauvres, selon ce qu'ils avaient été créés, et ne devaient montrer ni ostentation ni envie. Dans cet univers, on se lavait les mains avant de passer à table, on attendait la fin de la digestion avant de se baigner, on ne parlait jamais d'argent ni de politique, on ne divorçait pas, on allait à la messe le dimanche, même si l'on ne croyait pas, et on achetait un pithiviers à la sortie de l'église. Ces règles-là, Luc les avait appliquées le plus longtemps possible, non pour les valeurs qu'elles proclamaient, mais pour l'ordre qu'elles établissaient. Il aimait la tradition comme il aimait les musées, c'est-à-dire comme des conservatoires où chaque homme avait sa place assignée, de même que les tableaux sont accrochés aux murs dans l'ordre chronologique. Il répétait, se faisant l'écho de sa mère : « Chaque chose à sa place et une place pour chaque chose. » S'il avait été capable de détestation, il aurait détesté le désordre de Nina et il appréciait beaucoup l'obstination de Miriam à ranger imperturbablement le capharnaüm, comme il disait, de sa fille.

Au contraire, Thomas s'était tout de suite rebellé contre ce protocole, pourtant si commode, puisqu'il suffisait de le respecter en apparence et d'agir à sa guise. Avec ses idées de justice, se dit Luc, Thomas a beaucoup plus restreint sa liberté que moi ; il s'est battu, il se bat encore contre des moulins à vent, et se battra toujours jusqu'à obtenir satisfaction, c'est-à-dire jamais, prisonnier de son entêtement et de son orgueil. Moi, je n'ai jamais rien voulu que Nina.

Ses pensées s'étaient égarées, tandis que, machinalement, il avait repris la route nationale en direction de sa voiture. Le soleil déclinant jetait une lumière oblique qui en faussait la perspective sur de grands champs de blé, de pommes de terre et de tabac merveilleusement entretenus. Était-il possible que l'Algérie soit foutue ? Aujourd'hui, les Arabes refusaient de travailler après six heures, les enfants comme Sébastien portaient des jugements sur leurs parents et les femmes trompaient ouvertement leur mari. La nuit allait tomber et Nina retrouver son amant.

Il croisa sur son chemin la dépanneuse, qui tirait l'Aronde, et monta au côté du garagiste.

« Le châssis n'a rien. Je vais quand même la mettre sur le pont. »

Il bouillait d'impatience en observant le garagiste, qui procédait sans se presser à toutes les vérifications. C'était un homme couperosé, avec des yeux juvéniles qui n'avaient pas encore l'âge de son visage déjà bouffi et fatigué ; il avait les jambes raides mais arquées, et semblait camoufler des douleurs dans une démarche chaloupée.

« Ah, mon pauvre monsieur, dit-il, la France ne veut plus de nous. On lui coûte trop cher à ce qu'il paraît. Remarquez, ça se comprend, quand on peut plus on peut plus. Moi, j'ai bien été obligé de renvoyer deux mécanos. »

Cessez de m'appeler « mon pauvre », faillit crier Luc, sans prêter attention aux élucubrations du garagiste.

Il arriva à Alger un peu avant minuit, grimpa quatre à quatre l'escalier d'Étienne, tambourina à la porte, fou de rage parce que tout était en panne dans la maison, l'ascenseur comme la sonnette, et parce qu'un sombre pressentiment le gagnait. Il ne sentait pas le parfum de Nina, il ne sentait pas sa présence.

« Oh, oh, holà, doucement ! gronda la voix d'Étienne. C'est toi ? dit-il en ouvrant la porte. D'où tu viens ? »

Luc ne prit pas la peine de lui répondre. Il l'écarta et parcourut rapidement les pièces de l'appartement.

« Où est Nina?

– J'en sais rien, répondit brutalement Étienne. Je suis pas son chaperon. »

L'animosité qu'il avait toujours dissimulée éclatait ouvertement. Quand il parlait de Luc, il disait « le fils de famille ». Luc, qui d'habitude n'observait rien, cette fois voyait tout, comme si sa peur décuplait ses sensations. Il vit dans les yeux d'Étienne un mélange de pitié, de jalousie et de jubilation. Il vit aussi la veste écossaise de Nina sur un fauteuil. Il vit sur la table deux assiettes et deux verres.

« Tu as dîné avec elle?

– Oui. Allez, calme-toi », dit Étienne, qui se souvenait à temps que Nina veillait sur Isabelle depuis deux semaines.

Il servit à Luc un verre d'orangeade.

« Tu n'as pas l'air bien », dit-il.

Jamais Luc n'aurait avoué ses soupçons à ce colosse aux mains carrées, aux cheveux épais, au front bas. Comme il aurait aimé avoir la stature de Thomas pour lui casser la figure!

« J'ai eu un accident sur la route », répondit-il.

Il s'enfonçait les ongles dans les paumes en écoutant les explications d'Étienne : Nina était allée au cinéma.

« Encore! s'exclama Luc, avant de se reprendre : elle adore le cinéma. »

Il entendit sa propre voix, avec son accent de fausse désinvolture, une voix lamentable qui ne pouvait tromper Étienne. D'ailleurs, il savait, Étienne, comme Thomas savait, comme tout le monde savait. Luc bredouilla des remerciements, tout en se disant : « Je le remercie de quoi, au fait? » Il n'avait qu'une idée : aller se réfugier chez son frère et réclamer son appui, comme il le faisait jadis au lycée pendant les bagarres auxquelles il se trouvait mêlé malgré lui. Il pensa encore, s'étonnant du vagabondage de l'esprit aux moments les plus inattendus, que Sébastien non plus ne se bagarrait jamais.

« Tu ne me demandes pas des nouvelles d'Isa? lança Étienne sur le pas de la porte.

– Oui, oui », répliqua Luc, qui se rua dans l'escalier.

Les rues étaient encore pleines de monde. À la terrasse des cafés, beaucoup d'Algérois écoutaient sur leurs transistors les stations métropolitaines. À minuit, lorsque retentit la petite musique des informations, un grand silence se fit, vite rompu par le brouhaha : le gouvernement n'avait toujours pas été formé.

Thomas n'était pas chez lui, et Luc retraversa le centre d'Alger, du port au boulevard du Télemly, pour aller réveiller Sam. Celui-ci rentrait à peine d'une réunion où l'on avait réglé les derniers détails de la manifestation de samedi.

« Luc ! dit-il chaleureusement. Quel plaisir de te voir ! »

Désarmé par l'accueil du bijoutier, Luc, qui croyait le monde entier ligué contre lui, sentit soudain une terrible fatigue lui couper les jambes.

« Je n'ai rien mangé de la journée.

– Louisette ! »

Mais Sam n'avait pas besoin d'appeler sa femme ; elle était déjà là, dans une robe de chambre molletonnée malgré la chaleur. Elle embrassa Luc et, sans poser de questions, se rendit à la cuisine.

En mangeant son omelette, Luc pensa qu'il était fou. Soudain, dans cette maison spacieuse, étincelante de propreté, auprès de ce couple uni et amical, il ne douta plus de l'innocence de Nina. Mais Louisette ne le regardait pas en face ; elle faisait la navette entre la cuisine et la salle à manger, rapportant du fromage, du melon ; Luc se rendit compte qu'elle ne s'était pas étonnée de son irruption en pleine nuit. Quand il demanda enfin si elle savait où était Nina, il lui sembla que Louisette se troublait.

« Pourquoi, dit-elle, elle n'est pas chez Étienne ? »

Elle mentait ! C'était un complot des trois sœurs ! Il se sentit affreusement ridicule, se leva brusquement en faisant basculer sa chaise. Il vit la stupéfaction de Sam.

« Louisette ! » dit le bijoutier, comme s'il accusait sa femme d'avoir failli à l'hospitalité. Elle était au bord des larmes.

« Louisette, dit Luc à son tour, surmontant la gêne qui l'envahissait – en un éclair, il apercevait toute sa grossièreté –, Louisette, tu sais que j'ai de l'estime pour toi. Je te supplie de me dire où est Nina.

– Mais je ne sais pas, Luc, sur ma vie ! » répondit Louisette, terrorisée. Elle n'avait jamais vu son beau-frère dans cet état, et il était bien le dernier des hommes qu'elle aurait imaginé perdant son sang-froid.

« Enfin, Sam, comprends-moi, reprit Luc, j'arrive chez vous, vous m'accueillez comme si vous m'attendiez.

Regarde-moi, je tremble, vous ne faites aucun commentaire.

– C'est par discrétion, murmura Louisette.

– Et puis c'est vrai qu'on s'attendait à te voir, dit Sam. Thomas m'a dit que tu passerais peut-être à Alger pour tes affaires. »

Il me connaît bien ! pensa Luc, avant de sursauter : « Tu vois Thomas, toi ?

– Forcément, répliqua Sam en se rengorgeant, avec tous ces événements. »

Qu'est-ce que Sam pouvait avoir à faire avec les événements ? Tous ces mystères plongeaient Luc dans une profonde solitude. Il tendit la main pour toucher le poignet de Sam, comme, la nuit précédente, il était allé s'agenouiller au chevet d'Agnès.

« Thomas non plus n'est pas chez lui, dit-il.

– Oh, il doit être à l'antenne. »

Luc eut l'impression de se trouver dans l'un de ces rêves où l'on entend des bribes de phrases sans savoir qui les prononce ni ce qu'elles signifient, mais dont on est sûr pourtant qu'elles décident de notre vie.

« C'est quoi l'antenne ?

– Je ne suis peut-être pas autorisé à te le dire, répondit Sam en mettant un doigt sur sa bouche. Après tout, c'est un secret de polichinelle. L'antenne gaulliste, une villa à El-Biar.

– Tu es gaulliste maintenant ?

– Pas moi ! Thomas ! répliqua Sam, de plus en plus stupéfait.

– Tu dors chez Étienne ? demanda Louisette.

– Évidemment, la coupa vivement Sam, où veux-tu qu'il dorme ?

– Mais c'est parce qu'il est fatigué, dit plaintivement Louisette, il pourrait dormir ici.

– Je vais rejoindre ma femme, dit Luc, n'est-ce pas, Louisette ? Elle a dû rentrer maintenant.

– Bien sûr. »

Ils s'embrassèrent.

Étienne lui avait remis une clef. Il ouvrit sans faire de bruit. Des ronflements sortaient de la chambre du cafetier. Celle de Nina était vide.

Comme d'habitude, elle avait emporté trois valises. Il les retourna toutes, vida les poches, les sacs, les tiroirs, examina les cahiers, les carnets, arracha les draps, souleva le matelas et le tapis, décrocha les deux tableaux, sonda le placard, tout en insultant sa femme, et plus il crachait les mots orduriers, plus il voyait son malheur, avec le masochisme des jaloux. Il s'arrêtait un instant, à bout de souffle, un sac à la main, pour mieux se repaître de sa vision : sa femme, la mère de ses enfants, chevauchée par son amant.

Étienne, en pyjama, dans l'ouverture de la porte, contemplait le séisme, les yeux écarquillés.

« Salaud, salaud, salaud ! » hurla Luc d'une voix cassée par les sanglots.

Étienne avança d'un seul pas et leva la main, non pour assommer Luc, mais pour le ramener à la raison. Néanmoins, il accumulait depuis trop longtemps trop de rancœur pour pouvoir mesurer sa force. Luc reçut la gifle de plein fouet; le sang coula dans sa bouche.

Il s'enfuit en titubant, rata des marches dans l'escalier, roula, se releva. Une femme poussa un cri en le voyant sortir de l'immeuble. Il se mit à courir.

Les coups de klaxon le tirèrent de son délire. Il roulait au milieu de la route, en direction d'El-Biar; les voitures, pleins phares allumés, le croisaient en hurlant. Il fit une embardée, monta sur le trottoir; une famille, assise sur des chaises de paille, prenait le frais devant sa maison; il l'évita par miracle et poursuivit sa course folle sans entendre les imprécations des rescapés. Il connaissait bien El-Biar et trouva rapidement la villa *Les Flots bleus*. La grille était fermée. Il contourna la propriété et escalada la porte de derrière. Il posa le pied dans un jardin où dominait un parfum de thym. Une pièce au rez-de-chaussée était éclairée. Thomas, accoudé à la fenêtre, parlait par-dessus son épaule.

Luc ouvrait la bouche pour appeler son frère lorsqu'il vit, au fond de la chambre, l'image du dos d'une femme reflétée par une glace.

Dans le rayon de la demi-lune, il vit aussi sa propre chemise tachée de sang. La silhouette massive de Thomas se découpait dans le carré de lumière de la fenêtre. Il pensa qu'il était sauvé; déjà, son cœur se calmait; il cracha du sang et se rendit compte alors qu'il s'était mordu la langue. Thomas avait les jambes écartées dans une posture qui lui était familière, les mains derrière le dos, le menton dressé. Il réfléchit, pensa affectueusement Luc. Une image d'autrefois s'imposa à sa mémoire : lorsqu'il entrait dans la chambre de Thomas, il le trouvait ainsi planté devant la fenêtre; c'était sa façon à lui de réviser mentalement ses leçons.

Thomas paraissait inébranlable.

Il y avait au centre du jardin un petit bassin de nénuphars. Luc ouvrit le robinet et se nettoya; il se lissa les cheveux en souriant. Thomas ne changeait pas : la politique ne le faisait pas renoncer au plaisir. Comme nous sommes différents ! pensa Luc en souriant toujours. Moi, je n'aime qu'une femme; lui les aime toutes, il les a toutes. Luc ressentait une admiration méditerranéenne pour son frère, un orgueil familial. Est-ce qu'on trompe des hommes comme nous? pensa-t-il.

Il entendait la voix de Thomas. Le vent avalait la moitié de ses phrases, mais en laissait filtrer la tonalité anxieuse.

« Faut-il lui dire, tu crois vraiment? »

Au-dessus de Luc, un galant-de-nuit répandait son parfum entêtant. Il retraça les événements de ces deux derniers jours. Il avait connu plus d'émotions que pendant le reste de sa vie. Le parfum l'enivrait. Il s'accroupit, puis s'assit sur la terre sèche, bâilla. Il aurait bien pu s'endormir là, bercé par le murmure du bassin, veillé par son frère.

La femme s'approcha de la fenêtre.

« Je ne sais pas », répondit-elle en posant la main sur l'épaule de Thomas.

La lune, qu'un nuage avait cachée, blanchit dans le ciel et éclaira le visage allongé de la femme, ses cheveux auburn, ses grands yeux marron, son nez droit, son cou ployé. C'était Nina.

Il reçut un coup de poignard dans le cœur; la bouche grande ouverte, il étouffait; il se tordait de douleur, les bras noués sur sa poitrine, comme s'il voulait comprimer et broyer ce cœur qui était sur le point d'éclater. Il tenta de se lever pour s'enfuir, mais retomba, le visage sur la terre froide, qui s'écartait, se creusait, l'ensevelissait. Son cœur s'arrêtait, et c'était un soulagement de mourir à l'instant, innocent et naïf, car, déjà, ce qu'il entrevoyait de plus terrible, c'était de survivre, rongé d'amertume et de défiance. Déjà, le jardin répandait une puanteur infecte, déjà sur son corps suintait une acide sueur, déjà le corps de Nina, qu'il apercevait à des années-lumière, se marbrait de moisissure, déjà la terre, les arbres, la mer et les champs se couvraient de poussière grise; seul et nu, il marchait sans but dans ce désert et des abîmes grondants s'ouvraient sous ses pas. Il n'aurait plus personne à aimer, plus rien à désirer.

Il plongea la tête dans le bassin des nénuphars et attendit. Mais, vite, suffoquant et toussant, il s'arracha à sa tombe liquide. Comment? Il voulait vivre encore? Son corps et son esprit misérables réclamaient un supplément de torture? Oui, ils le réclamaient. Il n'était même pas maître de choisir l'instant de sa mort; alors, renversé sur le dos, il pleura de rage, non pas sur son malheur, mais sur son impuissance à l'abolir.

La honte le paralysait. Il avait honte pour eux deux, qu'il voyait accoudés à la même balustrade, leurs hanches rapprochées.

Thomas mettait le bras autour des épaules de Nina, comme Luc l'avait vu si souvent le faire, et ce geste, hier fraternel, devenait criminel.

« Est-ce que tu penses à lui parfois? demanda Nina.

– Oui, oui », répondit Thomas sans conviction.

Et cela ne t'a pas arrêté? se dit Luc. Tu voulais ma femme et tu l'as prise, comme tu as toujours pris ce qui te faisait envie, à commencer par l'affection de maman. Comme j'ai été aveugle ! Je me souviens maintenant de tes gestes avec Nina, de vos conciliabules, de vos sourires. Je m'en réjouissais ! Depuis quand es-tu son amant? C'est pour te retrouver qu'elle est accourue à Alger et c'est pour la voir davantage que tu soignes Isabelle, dont tu te fiches absolument.

Sous les yeux de Luc, le visage de Thomas se décomposait, comme ces fresques enfouies soudain exposées à l'air après avoir préservé leur secret pendant des siècles. Dans la mâchoire forte et carrée de son frère, Luc voyait non plus de la fermeté, mais de la duplicité; dans son regard vif et mobile, non plus de la générosité, mais de la ruse. L'image de Thomas, le protecteur, le substitut d'un père trop tôt disparu, se brisait dans le fracas d'une statue jetée à bas de son piédestal. Parmi les hommes, Luc n'avait aimé que cet homme.

Vivre sans jamais plus éprouver pour quiconque ni respect ni admiration, voilà ce qu'il ne pouvait concevoir, voilà ce qui le tuait. Et c'était une révélation, car Luc s'était toujours cru intouchable, avec ses plumes de canard sur lesquelles l'eau glissait.

Les deux murmuraient; mais, parfois, dans un de ces

silences de la nuit, quand tout s'arrête de vibrer, de craquer ou de geindre pour préfigurer la mort du monde, le vent, pareil au tortueux Iago, apportait à Luc leurs paroles.

« Le pauvre, il ne se doute de rien ! dit Nina.

– Oh, je t'en prie, ça suffit ! répliqua Thomas.

– Mais ça ne peut pas continuer, admets-le ! Il faut bien lui fournir une explication.

– Jamais !

– Tu es lâche, Thomas, je ne l'aurais jamais cru ! »

Un rossignol chanta, le jardin haleta, comme un être vivant, du souffle des petits animaux tapis dans ses recoins, un moteur au loin pétarada.

Machinalement, Luc tourna la tête. Puis il entendit encore Nina :

« Alors, tu vas l'abandonner?

– C'est déjà fait.

– Oh, Thomas, tu es ignoble ! »

Elle lui saisit les poignets et les secoua, mais il y avait de la tendresse dans sa violence. Elle fondit en larmes et s'élança vers le fond de la pièce ; il la retint par la taille, l'attira contre lui. Elle pleurait sur son épaule.

Il avait les yeux grands ouverts ; au plafond, la lézarde dessinait un fleuve avec lequel d'autres lézardes, plus petites, confluaient. Il avait dormi, car, tôt ou tard, le corps impose ses exigences à l'esprit. Le jour perçait à travers les volets clos. C'était une chambre d'hôtel banale, avec son armoire à glace et son lavabo dans un coin, caché par un paravent. Il avait oublié son rasoir à Oran, et vit le visage mangé de barbe d'un vieillard aux paupières rougies, à la bouche entrouverte qui laissait passer un souffle haletant. Il descendit dans le hall encombré de bagages.

« Vous gardez la chambre? demanda l'hôtelier en le regardant fixement.

– Je peux payer, balbutia Luc en prenant son portefeuille.

– Oui, c'est que j'ai du monde. Alors, vous restez?

– Deux, trois jours.

– Vous me remplirez la fiche. »

Luc inscrivit un faux nom, sans trop savoir pourquoi. Il sortit dans la rue et se rendit compte qu'il était à deux pas du boulevard Laferrière. Il entendit un sourd piétinement au loin, puis des clameurs qui se rapprochaient, dominées par une voix amplifiée donnant des ordres d'un ton ardent :

« Mes amis, tous au monument aux morts ! »

Quand il déboucha sur le boulevard, la foule le cerna, la foule immense des Algérois en colère, sous un dais de banderoles déployées. Il recula, mais c'était trop tard, la foule l'englua, le digéra, l'entraîna. Et des visages inconnus lui souriaient ; une femme qui ressemblait à Louisette lui prit la main ; sur chaque rangée, la chaîne se forma, une chaîne humaine où les jeunes ne se distinguaient plus des vieux, ni les riches des pauvres, ni les Français des Arabes, un seul peuple auquel Luc appartenait encore.

14

LE 13 MAI

Thomas avait passé la nuit à l'antenne. Il se leva à la première sonnerie du réveil, prit une douche froide. Il se sentait impatient, fébrile, mais parfaitement lucide. C'était aujourd'hui que tout se jouait. Il reconnaissait tous les symptômes de son excitation, cette manie de regarder sa montre à chaque instant, cette obsession de n'avoir négligé aucun détail, qui le portait à examiner sans cesse le carnet où, de sa vaste écriture de médecin, il avait consigné les détails de la manifestation, jusqu'aux déplacements des cortèges, figurés par des flèches sur un plan du centre-ville.

Il avait convoqué à huit heures Sam et Gaston Rico; ils se présentèrent ponctuellement à la grille de l'antenne, que gardait, contre toutes les règles, une section de parachutistes. Thomas avait été rejoint par des officiers, qui lui laissèrent la parole. Il avait traversé ces dernières années amer et assoupi, dans l'attente de ce moment qui lui rendrait sa jeunesse. De nouveau, il agissait; de nouveau, il donnait sa pleine mesure, et sa poitrine se gonflait.

« J'ai entendu dire, lança-t-il brutalement à Sam et à Gaston, que des gens à vous se sont mis en tête d'aller ratonner au Clos-Salembier. Alors, je vous préviens, tenez votre meute en laisse, sinon on vous mitraille!

– Des ratonnades un jour comme aujourd'hui! répliqua Gaston d'un ton à la fois ému et gouailleur. Monsieur Régnier, vous rigolez! Aujourd'hui, on sauve l'Algérie française! »

Ils coordonnèrent les mouvements de leurs troupes,

mirent au point les slogans et se séparèrent satisfaits les uns des autres.

Sam prit Thomas à part.

« Tu as vu ton frère ? »

Maintenant, ils se tutoyaient.

« Luc ? Comment l'aurais-je vu ? répliqua Thomas sans rougir.

– Il est à Alger. Il est passé chez moi hier soir. »

Thomas était parfaitement au courant. À peine rentrée chez Étienne, la veille dans la nuit, Nina, apprenant elle-même la nouvelle, avait prévenu son beau-frère par téléphone.

« Ces ultras, dit dédaigneusement un capitaine après le départ de Sam et de Gaston, on en fait ce qu'on veut !

– Détrompez-vous, rétorqua Thomas. Vous ne connaissez rien aux Français d'Algérie ! Ce sont des gens de parole.

– La parole d'honneur, comme ils disent, le coupa le capitaine.

– Exactement. Si vous manquez à la vôtre, si vous les dupez, ils prendront les armes.

– Oui, contre les Arabes !

– Même contre la France, monsieur.

– De toute façon, personne n'a l'intention de les duper.

– Je l'espère. »

Avant de quitter l'antenne, Thomas téléphona à Nina.

« Luc est près de toi ?

– Non. Thomas, je suis inquiète. J'ai appelé ma mère. Il a quitté Oran hier. Où peut-il bien être ?

– Tu le connais : il doit suivre les manifestations en curieux.

– Mais la nuit dernière ? Il a fouillé ma chambre. Il était comme fou, Étienne me l'a dit.

– Toi aussi, tu me l'as déjà dit.

– Que s'imagine-t-il, Thomas ?

– Écoute, il y a vingt personnes autour de moi. Ça a déjà commencé.

– Oui, tu n'as pas le temps. Amusez-vous entre hommes, faites la guerre.

– Nina ! »

Elle avait déjà raccroché.

Au sommet d'un grand escalier aux marches raides et dures, le monument aux morts d'Alger se dressait comme un hideux autel aztèque précédé de sa table de sacrifice. Par cet escalier, on descendait, à travers le jardin, vers le plateau des Glières, qui coupait en deux le centre d'Alger, et, en poursuivant son chemin, on arrivait à la mer. Le bâtiment du gouvernement général, pareil à un sépulcre blanchi entouré de fortes grilles, dominait le monument aux morts. De là, l'œil embrassait un grand espace découvert, habituellement réservé au stationnement des voitures ou aux arabesques des enfants sur leurs patins à roulettes. Cet espace s'appelait officiellement la place Georges-Clemenceau ; les Algérois l'avaient baptisé ironiquement le Forum.

Luc suivait toujours la foule, tel un rabat-joie entraîné malgré lui par une bande de fêtards. Le vent brûlant qui soufflait du désert anesthésiait sa douleur. La plupart des magasins n'avaient leur rideau qu'à moitié levé. À une heure de l'après-midi, la grève générale commença ; alors, la foule, déjà considérable, se grossit des flots de Bab-el-Oued, de Belcourt, de Saint-Eugène, peuples méditerranéens, français, italien, espagnol, maltais, qui n'avaient rien ou pas grand-chose à perdre, si ce n'était leur pays. Ils arrivaient par la rue de Lyon et le boulevard Baudin, par la rue d'Isly et le Front-de-Mer. Ils descendaient d'El-Biar par le gouvernement général, des beaux quartiers par la rue Michelet. Il y avait des femmes et des enfants, des drapeaux, des médailles, de la colère, de l'espérance. Tous se retrouvèrent sur le boulevard Laferrière. Ils portaient des chemisettes claires, des robes éclatantes, des fanions bleu, blanc, rouge. De cette marée de couleurs fondues en une tache lumineuse émergeaient à peine les palmiers, les ficus taillés et la masse emblématique du monument aux morts. Alger était en marche, et Luc l'accompagnait, éberlué, hagard, suffocant, assourdi par les cris et les klaxons, qui vrillaient dans tous les cœurs leurs trois brèves et deux longues, comme une prière lancinante et impérieuse : « Al-gé-rie fran-çaise ». Les haut-parleurs hurlaient des messages effrayants, ceux-là mêmes que Thomas avait rédigés : « L'Algérie peut être vendue d'un moment à l'autre. »

La foule piétina et s'arrêta, bloquée par son propre trop-plein, qui ne parvenait pas à s'écouler, tel un fleuve qu'un barrage trop fragile endigue, mais bientôt il va déborder et tout emporter dans sa fureur. Un homme long et maigre, à la silhouette curieusement déformée par un estomac volumineux, expliqua à Luc en le tenant par un bouton de sa chemise que là-bas, à Paris, le Parlement se réunissait et s'apprêtait à investir un gouvernement d'abandon.

« Abandonner quoi? » balbutia Luc, mais l'homme s'était déjà tourné vers un autre interlocuteur.

Abandonné, se répéta Luc, abandonné. Si la foule s'était écartée d'un pouce, il serait tombé sur la chaussée poussiéreuse pour ne plus se relever. Mais elle se remit en marche, corps à corps, cœur à cœur, se découvrant si nombreuse qu'elle ne pouvait douter de sa victoire.

Comme dans un rêve absurde, Luc aperçut, cent mètres en avant, Sam, juché sur le toit d'une voiture, qui haranguait ses troupes : « En avant, tous au G.G. ! » Luc, solitaire au milieu de cette marée, pressa le pas avec elle, poussa, joua des coudes, courut vers le gouvernement général ; il fuyait l'ombre de son malheur et ne la distançait jamais.

Lui aussi, précédé et suivi de vingt autres, s'agrippa aux poilus sculptés sur le socle du monument aux morts pour se hisser sur la première plate-forme. Sur trois chevaux, les bras dressés, un Français, un Arabe et la Victoire, cheveux au vent, soutenaient le pavois où reposait le symbole : l'Inconnu gisant. Sam, les yeux fous, le visage de pierre, se fraya un passage derrière ses gardes du corps, et Luc vit la foule s'ouvrir devant lui, comme la mer Rouge devant le peuple élu.

Debout sur la plate-forme, il cria :

« Êtes-vous prêts à lutter pour l'Algérie française ? »

Une immense clameur lui répondit. « Oui », hurla Luc avec la foule. Oui, prêt à mourir.

« En avant, contre ce système pourri, suivez-moi ! » reprit Sam.

Et Luc s'élança, le visage noyé de larmes, monta à l'assaut de la pourriture, mais, à l'heure où Alger triomphait, lui se savait vaincu. Il gravit sans s'en rendre compte, poussé, soutenu par deux colosses – et il croyait que c'étaient Thomas et Étienne –, les rudes marches du gouvernement général. Les gendarmes mobiles lancèrent des grenades lacrymogènes, puis se retranchèrent à l'intérieur du bâtiment. Six camions de paras débouchèrent sur le Forum, immédiatement englués par la marée ; des filles se pendirent au cou des jeunes soldats : « Sauvez-nous ! » Un manifestant s'installa au volant d'un camion militaire déserté qu'il précipita contre les grilles. La foule s'engouffra dans le passage ; elle fit gravir à une voiture les quinze marches du perron et, cette fois, c'est la porte centrale en fer forgé qui vola en éclats.

Luc était resté au pied du bâtiment ; il vit les flammes jaillir des fenêtres de la bibliothèque incendiée, puis, de toutes les fenêtres, tomber une pluie de papiers, de livres, de cartes, de dossiers. La IVe République s'effondrait, c'était une république de papier.

Autour de Luc, les paras se laissaient aduler par les Algérois, l'anisette et la bière coulaient à flots. Il but lui aussi une rasade presque pure et s'éloigna aussitôt pour vomir. Des étudiants avaient descellé le buste de Marianne au centre de la cour. « Putain, quelle poitrine elle a, la France ! » s'écria un gamin d'une douzaine d'années, salué par les hourras. « Algérie française, l'armée au pouvoir ! » scandait la foule, qui parcourait les couloirs du bâtiment, dévastés comme les coursives d'un navire sur le point de couler après la mutinerie de l'équipage.

Un Européen, campé sur le perron, posa pour les photographes ; il portait sur les épaules un jeune garçon musulman qui déployait au bout de son bras tendu un immense drapeau tricolore. « Nos frères musulmans avec nous ! » cria le peuple.

Une vieille femme qui, elle, avait épinglé à son corsage un petit fanion s'approcha de Luc et lui dit très doucement :

« C'est pas un jour à être triste, monsieur, l'Algérie est sauvée. »

Elle l'embrassa sur les deux joues ; il mit la tête sur son épaule et pleura. Elle lui donnait de petites tapes dans le dos en disant : « Le pauvre, le pauvre. » Tel un voyageur rentrant au pays après des années d'absence qui retrouve mariés les enfants de deux familles irréductiblement ennemies, il voyait sans rien y comprendre des Arabes et des Français la main dans la main. À l'heure de la réconciliation, lui n'avait plus ni femme ni frère, et il restait sur le Forum pour sentir cette chaleur, pour partager le destin de ces gens avec qui, jusqu'alors, il n'avait rien eu de commun. Cette vie qui battait encore à la surface de son corps glacé, c'était eux qui la lui insufflaient.

Il restait aussi dans l'attente d'un miracle, comme s'il était possible que le voile se déchire et que, derrière l'écran sur lequel se jouait une scène d'illusion, se révèle le monde réel, celui où chaque chose avait sa place, où Nina était innocente.

Au premier étage du gouvernement général, une porte-fenêtre ouvrait sur un balcon, en fait une petite terrasse, qui dominait le Forum. Sur ce balcon, au fur et à mesure que la soirée avançait, apparurent les généraux. Le premier ressemblait à un proconsul romain, avec sa large poitrine couverte de décorations, ses yeux bleus, ses cheveux d'argent bleuté, son masque impassible. Il se présenta aux Algérois, qui le connaissaient bien et le huèrent. Il blêmit et battit en retraite. Une demi-heure s'écoula, le balcon demeurait vide, tandis que la foule s'impatientait et réclamait son héros, un autre général, qui s'avança enfin, la gueule de travers, les cheveux poivre et sel taillés en brosse, la mâchoire proéminente, le nez péninsulaire; on aurait dit une figure totémique sculptée dans le bois. « Je vous annonce qu'un comité de salut public vient d'être formé », hurla-t-il, car il ne disposait pas d'un micro.

La foule, qui n'avait rien entendu, hurla sa joie, de confiance.

« Et ce comité, ajouta le général, c'est moi qui le préside! »

Puis il rentra dans le bureau, sans un geste, comme s'il était agacé par les acclamations.

La manifestation n'avait épargné aucune ampoule d'aucun réverbère, et le Forum était maintenant plongé dans la pénombre. Des familles rentrèrent dîner chez elles, puis revinrent, portant des lampions accrochés à des manches à balai. La brise s'était levée et soufflait de la mer un parfum qui se mêlait à celui des brochettes, que des marchands diligents faisaient griller sur place pour les affamés qui ne voulaient rien manquer de la kermesse. Un cordon de parachutistes protégeait le gouvernement général et filtrait les entrées; les autres soldats bavardaient avec le peuple, qui les adulait, partageaient avec lui le vin rosé et les sandwiches.

Vers dix heures, le général à la gueule tordue se montra au balcon et lut une proclamation du général en chef, que tout à l'heure la foule conspuait : « Algérois, ayant mission de vous protéger, je prends provisoirement en main les destinées de l'Algérie française. Je vous demande de faire confiance à l'armée et à ses chefs. »

Le peuple avait gagné. Peu soucieux de se contredire, il

ovationnait maintenant le nom de celui qu'il vomissait auparavant, parce que les peuples sont comme les petits enfants, sans rancune ni mémoire.

Le peuple triomphait avec une joie pure et sincère. Il était vertueux comme David défiant Goliath, habile comme Robin des bois se jouant du prince noir. Il criait : « Vive de Gaulle ! », certain qu'en plébiscitant l'homme providentiel il lui arracherait des gages. Le peuple oubliait que le roi n'a aucune reconnaissance, et qu'il a même du ressentiment, envers ceux qui l'ont fait roi.

On apporta un lampadaire sur le balcon, et c'est alors que Luc vit, dans un angle, à l'arrière-plan des officiers et des civils qui se laissaient caresser par l'encens qui montait du peuple assemblé à leurs pieds, la silhouette massive et le visage rayonnant de Thomas.

D'aussi loin qu'il se trouvait, Luc vit dans le regard trop fureteur de son frère, dans la rigidité de ses épaules, dans le mouvement de sa tête, qu'il rejetait en arrière comme pour se dénouer la nuque, la tension d'un homme de l'ombre, d'un Machiavel, d'un séducteur prêt à user de tous les moyens pour satisfaire son ambition. Il vit Thomas effleurer de la main le bras d'un général, et le général se pencher avec empressement pour coller l'oreille à la bouche mensongère de Thomas. Il vit Nina se serrer contre Thomas avec autant d'abandon, sur un autre balcon.

Hier, Thomas se serait projeté sur le devant de la scène ; aujourd'hui, il préférait les encoignures, les angles morts, les souterrains, les tanières, et d'ailleurs il disparut bientôt derrière une tenture.

Dans l'ombre, elles aussi, les compagnies parachutistes se regroupaient. Autour du gouvernement général, les bazookas et les canons de 106 furent mis en batterie pour protéger la révolution en marche. Peu à peu, le silence recouvrit le Forum, jonché de papiers, de canettes de bière, de carcasses de voitures éventrées. Seules les fenêtres du premier étage étaient encore éclairées, comme, la veille, la fenêtre de la villa *Les Flots bleus*. Des chefs y tramaient des complots, tandis que le peuple, ivre de joie et d'illusions, abandonnait aux prêtres en armes le parvis du temple.

Des pères portaient sur leurs épaules des enfants endormis ; des femmes, les jambes flageolantes, s'accrochaient à la taille de leurs maris. « Cette fois, on a gagné », dit un homme. On a gagné, se répéta Luc, qui regagnait seul son hôtel. Dans les bosquets de palmiers nains et de bananiers aux larges feuilles, il entendit des gémissements amoureux, puis des cris qui sortaient d'une voiture aux vitres brisées, puis, sur toute la place, un immense chant de plaisir; les bruits de l'amour enflaient, résonnaient dans son cerveau malade, qu'ils meurtrissaient davantage; il avait l'impression qu'Alger tout entière était une immense conque et qu'elle grondait, ronflait, rugissait de plaisir charnel, au cœur d'une nuit douce et étoilée où toutes les femmes et tous les hommes s'étreignaient pour célébrer des noces panthéistes.

Il emprunta un rasoir au portier de nuit et monta dans sa chambre.

Maintenant, il avait besoin de la voir. Il prit dans son portefeuille la photo de Nina qu'il préférait; c'était en Italie, sur les bords du lac Majeur; elle portait un large chapeau de paille qui ombrait son visage parfait; elle souriait à peine et son regard se perdait au loin, vers une forêt de sapins qu'on distinguait sur sa gauche. Toujours il avait aimé le mystère de ce regard, son inaccessibilité, et il l'aimait d'autant plus qu'il croyait, sinon l'avoir percé, du moins l'avoir apprivoisé – lui le seul homme sur qui elle eût jamais posé les yeux.

Un cortège de voitures passa sous la fenêtre, répercutant à l'infini les cinq notes de l'espoir retrouvé : « Algérie française ». Il se boucha les oreilles; il ne voulait plus les entendre, ces débordements de joie qui le laissaient plus vide et plus démuni. Revêtu de l'amour de sa femme comme d'une armure, il s'était cru invulnérable; privé de cet amour, il s'exposait nu à des coups qu'il n'avait jamais appris à parer.

Dans ces voitures qui défilaient se trouvaient peut-être Thomas et Nina, Sam et Louisette, Étienne et – qui sait? – Isabelle, sortie de l'hôpital, tous complotant contre lui, dans cette nuit où les complots contre la République se multipliaient. C'est de lui que la ville entière riait, et bientôt les coups de klaxon transporteraient la rumeur jusqu'à Oran.

Il remplit la baignoire.

La marée d'angoisse qui le submergeait depuis deux jours s'était retirée, laissant à nu une lucidité âpre, la certitude d'être trompé et l'impossibilité d'y remédier. Ses mains ne tremblaient plus tandis qu'il ouvrait le robinet.

Une seconde, le visage enjôleur et les grands yeux noirs de sa fille Agnès apparurent dans la vapeur qui montait de la baignoire, mais se dissipèrent aussitôt. Quand une passion exclusive et monomaniaque est détruite, quand elle est simplement altérée, l'être entier se brise. Il avait envisagé un moment de reconquérir Nina, mais c'était inconcevable ; il ne voulait pas d'un amour au rabais, d'un amour de compromissions. Même si elle quittait Thomas, il resterait toujours entre eux, comme une haie d'épines, le souvenir de leurs étreintes. Et comment imaginer de pouvoir les regarder en face, elle et lui, de voir leurs figures d'abord grimées d'innocence, puis piteusement chiffonnées par l'aveu ? Comment envisager de ne plus respecter Thomas, de ne plus admirer Nina, ou, pire encore, de ne plus admirer l'amour qu'il lui portait ? Sa passion pour sa femme devait être une œuvre parfaite, aussi parfaite qu'un tableau de Vermeer ou qu'une statue de Praxitèle. Pourtant, des œuvres de Praxitèle on ne conserve que des répliques romaines ; il ne voulait pas de la réplique de son amour pour Nina ; il avait perdu l'original et il en mourait. Lorsque la bibliothèque d'Alexandrie brûla, les sept conservateurs se réunirent pour un ultime banquet et communièrent à la même coupe de poison, qui les délivra d'une vie désormais sans objet.

Il s'enfonça dans l'eau tiède et, de deux coups de rasoir nets, s'ouvrit les veines des poignets. Il ferma les yeux pour ne pas voir son sang rougir le bain. Une douce chaleur l'envahit tandis que ses forces s'écoulaient lentement. Une brume cotonneuse enveloppa son esprit ; il se laissa glisser dans la sérénité.

Il avait laissé ce mot sur la table : « Je me suicide parce que ma femme ne m'aime plus. »

Une vapeur légère montait de la mer et faisait trembloter les collines, à l'est et au sud, où s'étageaient les belles villas, comme si on les regardait au-dessus d'un puits de chaleur. Alger émergea sans hâte de la nuit, puis le ciel se refléta sur ses murs, d'abord bleu nacré, rose, or, enfin d'un blanc pur et éblouissant. La ville était couverte de milliers d'affiches où le général aux cheveux d'argent bleuté confirmait qu'il assumait provisoirement tous les pouvoirs civils et militaires.

Thomas avait dormi deux heures dans l'un des bureaux empestés de tabac froid du gouvernement général. Il sentit tout de suite que le vent avait tourné. Maintenant que le général en chef détenait au moins l'apparence du pouvoir – car sa réalité était aux mains des colonels parachutistes – pourquoi s'embarrasserait-il des gaullistes ? Thomas apprit que le nouveau maître de l'Algérie tentait de pactiser, par téléphone et par télégramme, avec le président du Conseil que le Parlement, à Paris, avait enfin investi. Quand Thomas vit que les soldats commençaient à chasser sans ménagement des bureaux et des couloirs les civils qui se croyaient en terrain conquis, il craignit d'être arrêté et s'esquiva. Sur le Forum, la foule infatigable, rameutée par les gaullistes, les ultras, les corporatistes, tous convaincus qu'elle seule pouvait empêcher l'échec de la révolution, la foule grondait pour faire entendre aux militaires que leur pouvoir ne procédait que d'elle. « La grève reprend ! hurlaient les haut-parleurs. Algérois, tous unis contre les pourris qui s'apprêtent à brader l'Algérie ! »

Lorsque Thomas arriva chez lui, la concierge nettoyait à grande eau le palier.

« Vous n'êtes pas au Forum ? lui demanda-t-il.

– Et mon immeuble, alors, répondit la concierge, il va se briquer tout seul peut-être ? Monsieur Régnier, le téléphone n'arrête pas de sonner chez vous. »

Il décrocha.

« Enfin, je te trouve, dit Nina, mais elle sanglotait trop pour pouvoir continuer.

– J'arrive. Où es-tu ?

– À l'hôpital.

– Isabelle ! » s'écria Thomas, soudain terrassé par la culpabilité qu'il refoulait depuis un mois.

« Oh ! Thomas ! C'est Luc. Il s'est suicidé ! »

Dans un réflexe, au moment de perdre connaissance, Luc avait passé le bras par-dessus le rebord de la baignoire, ce qui l'empêcha de glisser et de se noyer. Du robinet, qu'il n'avait pas fermé, l'eau coulait toujours ; elle déborda, inonda la salle de bains, s'infiltra dans le carrelage. Dans la chambre au deuxième étage dormait un représentant de commerce de fort mauvaise humeur, parce que les événements qui paralysaient Alger l'avaient obligé à cavaler pour rien à travers la ville : quatre magasins sur cinq étaient fermés. D'abord, le goutte à goutte qui s'écrasait avec un bruit mat dans sa propre baignoire ne le réveilla pas. Mais, quand le plafond se fissura et que la cascade jaillit, il bondit hors de son lit et dévala, furieux, l'escalier.

Il cogna violemment sur le comptoir du hall.

« Qu'est-ce que c'est que cet hôtel ! hurla-t-il avec un fort accent bônois. Plus jamais je remets les pieds à Alger ! »

Il grimpa les marches quatre à quatre, suivi du veilleur de nuit terrifié, qui se voyait déjà au chômage.

Après avoir vainement tambouriné à la porte de Luc, il se décida à l'ouvrir avec son passe et resta les yeux écarquillés au seuil de la salle de bains. Une mare d'eau rougie baignait le sol. Un homme sans vie gisait dans la baignoire, la tête penchée sur son épaule.

« Nom de Dieu ! » s'écria le client, qui écarta d'une bourrade le veilleur de nuit, arrêta le robinet, déchira à une serviette des bandes de tissu, les noua fortement au-dessus des poignets de Luc.

« Il est mort, il est mort », gémissait le gardien, maintenant certain de perdre son emploi.

Sans réclamer l'aide du pauvre homme pantelant, le représentant de commerce hissa le corps hors de la baignoire et l'allongea sur le lit. Les pompiers arrivèrent cinq minutes plus tard.

« Félicitations, monsieur, vous avez fait ce qu'il fallait. Il y a des chances qu'il s'en tire.

– Alors, je ne suis pas venu à Alger pour rien », s'exclama joyeusement le voyageur, qui invita le gardien à boire une coupe de champagne avec lui.

« Les gens, ils sont mabouls en ce moment ! » dit celui-ci.

Comme Luc avait signé le registre d'un faux nom et caché sa carte d'identité sous le matelas, comme les téléphonistes étaient en grève, ce n'est que vers sept heures que la sonnerie retentit dans la maison d'Oran. Miriam était déjà levée pour préparer le petit déjeuner des enfants. Elle ressentit un immense chagrin – elle aimait bien son gendre, qui lui offrait l'hospitalité depuis la mort d'Abraham – mais trouva la force d'appeler Nina à Alger. Celle-ci poussa un cri et Miriam entendit un bruit sourd.

« Mémé, c'est Étienne ! Je crois qu'elle s'est évanouie. »

Miriam alla réveiller Sébastien et Agnès, leur servit leur chocolat, plaisanta avec eux comme chaque matin.

« Mamie, j'ai rêvé que papa et maman revenaient, dit Sébastien.

– Ils vont revenir, mon fils. »

Elle les accompagna à l'école et ce n'est que sur le chemin du retour qu'elle pleura. Elle pleura comme on pleure quand on est vieux, sans larmes. « Les pauvres enfants, que Dieu les protège ! » pensa-t-elle, et dans sa prière elle appela aussi sur son fils Richard la bénédiction divine.

De l'hôpital, Nina parvint enfin à joindre Thomas.

À présent, elle attendait dans l'antichambre du médecin. Rongée par le remords, elle ne respirait plus, gardait entre ses mains ouvertes le mot de Luc : « Je me suicide parce que ma femme ne m'aime plus. » Elle aurait dû rentrer à son premier appel, rien ne serait arrivé. Elle savait qu'il l'aimait passionnément, elle avait usé, parfois abusé, de cette emprise qu'elle exerçait sur lui, mais jamais, jamais elle n'aurait imaginé qu'il l'aimait au point de se suicider. Elle pria ardemment : « Mon Dieu, sauvez-le ! Regardez-moi, mon Dieu, je suis seule coupable, c'est moi qu'il faut punir. » Elle eut peur d'être exaucée : « Mon Dieu, épargnez-moi, gardez-moi pour mes enfants. »

Elle leva la tête et vit une femme âgée aux cheveux blancs et bouclés qui l'observait avec compassion. Il lui sembla que la femme lui tendait les mains et elle les saisit impulsivement.

« Madame, je suis si malheureuse », dit-elle tout en pensant : « Je n'ai plus d'orgueil. »

Le médecin entra dans l'antichambre de son cabinet.

« Ah ! madame Régnier », dit-il.

À lui aussi elle saisit les mains, s'agenouilla presque à ses pieds.

« Docteur, sauvez-le !

– Allons, madame, ne craignez rien. Nous l'avons transfusé, il est tiré d'affaire. Vous pouvez aller le voir. »

Elle courut dans le couloir, mais, à mesure qu'elle approchait de la chambre de Luc, elle ralentissait le pas. Elle s'arrêta à la porte, les jambes coupées. Il fallut que l'infirmière la pousse, d'une légère pression sur le bras.

« Il vous pardonnera, madame. Vous êtes si belle. »

C'était une très jeune fille.

Il était fort pâle, comme si le sang injecté dans ses veines n'était pas monté jusqu'au visage. Il avait les poignets bandés. Elle s'assit sur une chaise et demeura immobile, tandis qu'il fixait sur elle ses yeux bleus démesurément agrandis.

C'était ce même regard dont il l'avait enveloppée, lors de leur première nuit, à Fort-de-l'Eau, et sous ce regard elle avait vacillé, elle s'était abandonnée dans ses bras. Il l'aimait encore et peut-être davantage parce qu'il croyait l'avoir perdue.

« Oh, Luc, dit-elle, je t'aime, moi aussi. »

Il hocha la tête.

« Non, souffla-t-il.

– Mais je suis là, Luc, près de toi. Je t'aime.

– Je vous ai vus, Thomas et toi.

– Tu nous as vus ? Mais quoi, comment ? Luc, pourquoi as-tu fait ça ? Thomas va venir, tu veux le voir, n'est-ce pas ?

– Je vous ai vus à la villa d'Hydra. Laisse-moi maintenant, Nina, je t'aimerai toujours. Mais lui, non, lui plus jamais.

– Alors, tu as cru ? »

Elle éclata en sanglots, posa la tête sur le drap, et il lui caressa les cheveux, parce qu'il savait maintenant qu'il lui pardonnerait, qu'il ne pourrait jamais vivre sans elle. Elle pleurait et un immense soulagement la traversait tout entière ; ce nœud de dissimulation allait être tranché. Encore éloignés l'un de l'autre par une trahison à laquelle ils prêtaient des significations contradictoires, ils se retrouvaient pourtant, dans cette caresse et dans ces larmes.

« Alors, tu as cru ? » Elle souriait de son merveilleux sourire esquissé, et lui sentait venir une explication qui lui rendrait la vie. Il sourit aussi, avant même de l'avoir entendue. Elle dit : « Ce n'est pas moi, Luc, ce n'est pas moi. Comme tu as souffert ! C'est Isabelle, la maîtresse de Thomas. »

Lorsqu'il s'était rendu chez Sam pour rallier les chefs des ultras à la solution gaulliste, Thomas avait été frappé par la beauté d'Isabelle. Elle jouait de son regard bleu et brillant, éclairé d'une lumière liquide ; elle avait le teint si clair que sa blondeur paraissait naturelle ; sa bouche s'entrouvrait sur des dents petites et pointues prêtes à déchirer, puis Isabelle avançait les lèvres comme une enfant indécise ; elle avait une poitrine glorieuse et des hanches étroites, ce qui lui donnait une curieuse démarche, emportée vers l'avant. Ses mains et ses pieds étaient également petits, ses chevilles et ses poignets très fins. Elle se parfumait légèrement d'une essence de gardénia qui semblait ne s'évaporer jamais, comme si elle émanait naturellement de son corps tiède. Elle avait des gestes indolents que démentait l'éclat des yeux, mais un éclat de surface, comme s'il n'y avait pas de réelle volonté derrière ce chatoiement. Elle riait souvent, d'un rire clair et spontané, avec des mouvements de tout le corps, en renversant la tête et en portant les mains à son cou.

Elle était extraordinairement désirable.

D'après ce que Thomas en savait, elle aimait son mari, qui était ce qu'on appelle un bel homme, aux traits réguliers, au torse large, mais d'une beauté commune, sans aspérités. On pouvait dire d'Étienne : « C'est un bel homme », sans retenir un seul trait frappant d'un visage harmonieux et plat.

À cette époque, Thomas n'avait aucune liaison et, sans avoir l'air d'y prêter attention, surprit avec orgueil les nombreux regards qu'Isabelle lui lança. Ce pouvaient être des regards de curiosité, mais la fidélité supposée d'Isabelle lui proposait un défi que ce don Juan inquiet s'empressa de relever. Il l'invita à déjeuner.

Il déploya tout son charme, fait d'une écoute attentive, d'une courtoisie surannée; il posait sur elle un regard profond, destiné à la fois à la désarçonner et à la griser; de temps en temps, il lançait une remarque sibylline et enchaînait aussitôt sur un compliment imperceptiblement ironique qui plongeait Isabelle dans une perplexité avide de déchiffrer l'énigme. Il savait qu'elle pensait : « Mais que me veut-il au juste ? » et que, bien sûr, elle ne l'ignorait pas; son incertitude portait sur la forme que prendrait leur aventure. Il voyait, sur le visage mobile et transparent de la jeune femme, défiler des sentiments contradictoires, acceptation et refus, soumission et rébellion. Elle se disait tour à tour qu'il était bien arrogant, bien sûr de lui, ou au contraire qu'il était parfaitement innocent et que c'était elle qui se faisait des idées.

Elle dit à haute voix : « Tu sais, je m'entends très bien avec Étienne ». Et il pensa : « C'est gagné. » Sincèrement – du moins dans la mesure où il est possible d'être sincère avec soi-même –, la promptitude de son succès l'étonnait. Il avait séduit d'autres femmes qui, toutes, avaient semblé le repousser tout en lui ouvrant les bras, non pas seulement à cause de leur fidélité à tel ou tel autre amour, mais plutôt parce qu'elles se sentaient plongées dans un jeu dont elles ne connaissaient pas les règles. D'ailleurs, celles qui l'avaient éconduit avaient fini par dire : « Je regrette, ce n'est pas un jeu. »

Le repas terminé, il se leva précipitamment.

« J'ai mille rendez-vous, dit-il. Je te raccompagne ?

– Non, merci, répondit-elle, après une hésitation, je vais faire des courses. »

Ils n'avaient pas parlé des événements politiques, mais elle savait, par Sam et Louisette, le rôle qu'il y jouait. Elle pensait : « Mais pourquoi perd-il son temps avec moi ? » Elle aurait aimé y réfléchir avec Louisette et, en s'apercevant qu'elle ne pourrait s'y résoudre, comprit qu'elle avait déjà décidé de faire l'amour avec Thomas. Bien qu'elle ne l'eût avoué à personne, elle n'aimait plus Étienne, même si elle le désirait encore. Depuis qu'ils s'étaient installés à Alger, Étienne avait profondément changé ; pris dans un tourbillon qu'il ne maîtrisait pas, il se montrait irritable, anxieux, brutal. Sam lui avait confié des responsabilités qu'il assumait tant bien que mal, en se traitant d'imposteur. Au fond, il se serait contenté, comme par le passé, d'accueillir les clients, de jouer aux cartes ou aux dés et de laisser le monde tourner à sa guise. À présent, il rentrait chez lui épuisé, tourmenté par les erreurs qu'il avait commises dans la journée et préoccupé par les tâches du lendemain. Il passait sa mauvaise humeur sur Isabelle et sur leurs fils, Daniel. Cent fois, il avait failli dire à Sam qu'il renonçait ; mais, outre l'humiliation qu'il s'infligerait, il redoutait de perdre toute sa clientèle. Il était trop orgueilleux pour confier son impuissance à Isabelle, et il ne lui parlait pratiquement plus, sinon pour l'accabler de reproches.

Un dimanche, elle s'éveilla la première et le vit, replié en chien de fusil, terrassé par un sommeil pesant, la bouche amère. Elle regarda cet homme qui, même endormi, semblait enchaîné, essaya de retrouver le frémissement qui la parcourait tout entière, autrefois, simplement quand elle pensait à lui : il n'en restait rien. Elle se dit : « Je ne l'aime plus », et en fut si effrayée qu'elle se précipita sous la douche, mais elle eut beau se frotter, laisser l'eau ruisseler longuement, la coupable pensée ne s'effaçait pas. Elle l'entendit se lever et s'enferma dans les toilettes. Plus tard, elle s'étonna d'éprouver du plaisir dans ses bras, mais c'était un plaisir du corps seul, qui avait mis longtemps à venir, comme si son esprit rebelle avait fini par se lasser d'y opposer une résistance.

Après le déjeuner avec Thomas, elle se mit à rêver ; Thomas était si désinvolte, si intelligent qu'il la rendait légère et vive, alors qu'auprès d'Étienne elle se sentait écrasée par la peur qu'il lui communiquait à son insu. Avec Thomas, ses yeux étincelaient de nouveau, son cœur s'accélérait, ses mains s'impatientaient. Elle s'était crue condamnée à la solitude, elle était sauvée. Elle le retrouvait au Jardin d'Essai ou au bar de l'hôtel Aletti ; il regardait sa montre, elle comptait les secondes qu'il leur restait à partager. Elle avait de nouveau une raison de s'acheter une robe, d'aller chez le coiffeur ; elle avait de nouveau vingt ans.

Un après-midi, l'orage les surprit alors qu'ils marchaient en silence, la main dans la main, sur une plage de la pointe Pescade. Ils se réfugièrent dans la voiture, comme sur une île déserte noyée de mer et de pluie, seuls derrière le rideau liquide, tremblants de désir. Elle dit : « Je n'en peux plus. » Il mit le moteur en marche. Elle ne lui posa pas de questions. Il s'arrêta devant chez lui. Elle vit bien qu'il jetait un coup d'œil alentour, mais cela n'avait plus d'importance. Dans l'ascenseur, elle posa la tête sur son épaule et ferma les yeux. Quand elle les rouvrit, elle était dans une chambre claire et presque nue, à peine meublée d'un lit en cuivre et d'un tapis turc. Elle n'eut pas le temps de s'en étonner ; il avait posé les mains sur elle et commençait à la déshabiller. Avec un reste d'appréhension, elle dit : « Tu ne seras pas méchant ? », puis se laissa submerger par la vague tiède.

Il n'avait jamais entendu une femme crier avec tant d'abandon, tant de confiance ; dans ce cri de plaisir, elle lui livrait son cœur désarmé, et il sentit d'emblée qu'il pourrait, d'un mot, le broyer. Il en fut bouleversé. Ils refirent l'amour et, pour ajouter à son plaisir, elle se caressa, comme une enfant à qui l'on n'a pas encore inculqué la notion de péché ou de faute. Il regardait la main d'Isabelle sauter, bondir, s'attarder, plonger, comme un oiseau qui joue au bord d'une flaque d'eau et dont le jeu paraît si sérieux, puis qui s'envole en s'ébrouant vivement ; Isabelle fut secouée par un long frisson, et sa main se posa sur la hanche de Thomas, paume ouverte, paume offerte qu'il porta à ses lèvres. Et il la contempla comme si c'était le premier corps de femme qu'il voyait, et assurément c'était le premier, le plus beau, un corps différent de tous les autres corps, parce qu'il était innocent, parce qu'il semblait se donner pour la première fois.

Il vécut deux semaines extraordinaires où, habité à la fois par sa passion pour Isabelle et par son combat politique, pas un instant ni ses sens ni son cerveau ne se détendirent. Mais, si la mise au point du complot avait un but, ramener de Gaulle au pouvoir, la « folie Isabelle », comme il l'appelait, restait ancrée dans l'instant et ne concevait pas de futur; il ignorait où elle le conduirait. Il retrouvait la jeune femme chaque après-midi et chaque fois il la désirait davantage parce qu'il redoutait déjà de la perdre. Pourquoi la perdrais-je? se demandait-il. Il y avait beaucoup de raisons : Isabelle était mariée, elle était la sœur de Nina, enfin elle était ignorante. Il était comme tous les amoureux que tourmente une contradiction : à certains moments il feignait de la négliger, à d'autres elle envahissait son esprit et transparaissait dans ses gestes et dans sa voix. Il se disait alors : « Ce n'est pas une femme pour moi. Jamais je ne pourrai la présenter à Mme Pourque. » Quand il s'arrachait au conformisme, il se disait en revanche : « Elle les amusera, et puis je lui enseignerai les usages », sans se rendre compte qu'en voulant soumettre Isabelle à ses propres codes il se pliait lui-même à des codes tout aussi contraignants.

Ils étaient obligés de se cacher, et Thomas au début s'en accommoda fort bien. Elle arrivait chez lui vers trois heures, et il avait toujours un parfum, un foulard, un roman, une babiole à lui offrir, qu'elle laissait là de peur qu'Étienne ne les découvre. Il adorait la façon dont elle se jetait dans ses bras, ses soupirs et ses frémissements, son regard chaviré; il lui touchait les cheveux, les joues, le cou – il posait les mains sur elle et c'était le moment qu'il préférait, avant celui des caresses; elle plaquait la main de son amant sur son cœur pour qu'il le sente battre; elle disait : « Tu sens comme il bat! » Alors seulement, après ce rituel, ils s'étreignaient et s'aimaient. Il goûtait chaque partie de son corps avec délice, sa poitrine et son ventre, ses aisselles et ses pieds; il s'enivrait de ses parfums, qui se répandaient dans la chambre comme ceux des roses rouges et charnues en juillet. Il fermait les yeux et voyait des soleils se lever au-dessus de plages immenses et blondes, décrire des arcs de feu, puis embraser les eaux dans lesquelles ils plongeaient. « Je t'aime », disait-il inconsidérément. Car, en réalité, chaque instant de bonheur absolu volé à un mari, dérobé aux idées reçues, les rapprochait, à leur insu, de la fin. Le bonheur absolu est précaire ; il ne se satisfait ni des compromissions ni des arrangements. Plus ils s'aimaient, plus ils se désiraient, moins ils supportaient la clandestinité. Autant Thomas trouvait légitime, de bonne guerre, de mener dans l'ombre ses combinaisons politiques, autant il jugeait humiliant d'avoir une maîtresse en secret, comme s'il était coupable ou comme s'il avait honte d'elle. À d'autres moments il s'avouait brutalement : « Oui, je suis coupable ; oui, j'ai honte d'elle ; elle ne sait ni parler ni se tenir. » Alors, il avivait la plaie, maudissait sa propre arrogance, tout autant que la faiblesse qui l'empêchait de s'arracher à cette passion exclusivement sensuelle. Comme tous les ambitieux insatisfaits il passait en un éclair d'une suffisance exaltée à un abattement ricaneur ; il tombait alors dans le larmoiement et s'estimait indigne de l'amour sans arrière-pensées que lui portait Isabelle.

Pour retrouver sa confiance en soi il cessa de la voir pendant une semaine et se replongea dans la griserie politicienne. Les émissaires gaullistes, arrivés incognito à Alger, étaient en train d'installer l'antenne d'Hydra. Thomas reprit son bâton de pèlerin pour porter la bonne parole dans les salons bourgeois.

« Cher docteur, dit Mme Pourque, on ne vous voyait plus. »

Elle était si élégante, si fine, si conforme à l'image qu'il se faisait de la femme capable de soutenir et de favoriser ses ambitions qu'il répondit tout de suite :

« Oh, j'ai une liaison.

– Et qui ne vous satisfait pas ?

– Eh bien...

– Les concessions qu'on se fait à soi-même, dit Mme Pourque, nous amoindrissent, même si l'on ne s'en rend pas compte tout de suite. »

Thomas hocha la tête, décidé à rompre avec Isabelle. Mais quand, le lendemain, il prit la jeune femme dans ses bras, son anxiété s'envola comme de funestes corbeaux chassés par la bourrasque ; loin au-dessus des miasmes des salons il respira un air pur, un air de liberté. Ils firent l'amour avec une passion rafraîchie, claire et cascadante. Le plaisir d'Isabelle s'annonçait par la tension de son visage, la crispation de ses paupières closes ; Thomas avait l'impression qu'aucun séisme ne pourrait alors la distraire de sa recherche ; à l'approche de la découverte, elle commençait à sourire imperceptiblement, puis de plus en plus largement ; sa bouche s'ouvrait, elle criait, riait, des sanglots se mêlaient à sa joie, dans une plainte douce et incrédule, elle riait encore, et c'était comme si elle saisissait du bout des doigts un bonheur volatil qu'elle encageait en refermant les bras autour de Thomas.

C'est simple pourtant, je l'aime, se dit-il.

Il l'attira contre sa poitrine et posa la main sur sa tête ; elle comprit qu'il voulait la garder.

« Thomas, dit-elle, je vais parler à Étienne.

– Parler à Étienne ! »

Elle prit peur.

« Oui, est-ce qu'il ne faudrait pas lui dire ?

– Lui dire quoi ?

– Qu'on s'aime, répondit-elle d'une toute petite voix. Je suis sûre qu'il comprendrait, qu'il me laisserait partir.

– Lui, il comprendrait ? Il voudra me faire la peau, oui, et la tienne avec !

– Oh, Thomas ! Je ne t'ai jamais entendu parler comme ça. Souris-moi, je t'en supplie. Je ne te reconnais plus. »

Il donna un coup de pied dans le drap et se leva d'un bond.

« Mais tu m'as dit toi-même que c'est une brute, un sans-cœur !

– Non, non, tu interprètes. C'est un très brave homme ; il est timide et il s'emporte, c'est tout. »

Thomas ricana ; il se rhabillait en tournant le dos à Isabelle. Dans le miroir elle vit le visage métamorphosé de son amant, non pas cynique, comme le ricanement forcé aurait pu le faire croire, mais indécis et apeuré. Elle savait qu'il était préférable de se taire, de laisser sa question en suspens et de rendre l'initiative à Thomas. Oui, tout cela, elle le savait, elle savait aussi le danger qu'elle courait ; pourtant elle s'y précipita, car l'incertitude est le plus cruel des tourments et parce que l'esprit a toujours préféré le coup de poignard qui le blesse une bonne fois au poison qui le ronge insidieusement.

« Thomas, dit-elle, on ne peut pas continuer comme ça.

– Pourquoi pas ? »

Rhabillé, il se sentait moins vulnérable et, sous son regard de nouveau caressant, c'est elle qui se sentit fléchir ; elle tira le drap sur elle.

« Mais parce que je t'aime. Je veux être près de toi en permanence. Est-ce que tu imagines ce que je ressens quand il veut faire l'amour?

– Alors, refuse! »

Elle le regarda, interloquée : « C'est encore mon mari! »

Il eut envie de l'embrasser, de l'apaiser, mais ce serait de faux serments. Il resta debout, les mains posées sur le montant du lit, la dominant de toute sa taille, tandis qu'inconsciemment elle se recroquevillait sous le drap. Elle trouva néanmoins le courage de dire qu'Étienne accepterait de divorcer et même qu'il exigerait le divorce quand il apprendrait la vérité.

« Tu ne me réponds pas?

– Il faut que je réfléchisse. Isa, maintenant j'ai une réunion, excuse-moi. »

À son tour, elle se rhabilla. Il se refusa à la contempler, il craignait trop de faiblir; il se mit à balayer le balcon; c'était parfaitement incongru, il en rougit trop tard. Elle devina qu'elle était perdue, mais comment renoncer, comment accepter l'idée de renoncer? Elle alla se coller contre lui, l'emprisonna dans ses bras et frotta son ventre contre le ventre de son amant.

Il la repoussa doucement.

« J'ai une réunion. »

Dans l'ascenseur, ils se tinrent éloignés l'un de l'autre, elle parce qu'elle espérait encore, lui parce qu'il n'espérait plus. « C'est maintenant ou jamais », pensait-il, alors qu'il savait pertinemment qu'il n'y a ni jamais ni toujours, qu'il n'y a que l'instant et que parfois l'instant tue. Il voulait tuer, il voulait en finir. Il savait que demain il souffrirait de son absence, qu'il la rappellerait peut-être, mais, à ce moment précis, il n'avait qu'une idée en tête : détruire, saccager cet amour qui, malgré ses délices, l'avait toujours mis mal à l'aise. Au moment où elle montait dans le taxi, il la retint par le bras.

« Écoute-moi, Isa, dit-il en la regardant droit dans les yeux, je ne t'épouserai pas.

– Je sais », murmura-t-elle en lui caressant la joue.

Pendant une semaine elle ne sortit pas de chez elle; quand elle préparait le repas ou qu'elle faisait sa toilette, elle transportait le téléphone à proximité de la cuisine ou de la salle de bains. Au bout du troisième jour, elle fit le numéro de Thomas, qui ne répondit pas; puis elle l'appela dix fois, vingt fois par jour sans jamais parvenir à le joindre. Il dormait à l'antenne, ce qu'elle ignorait.

Louisette lui rendit visite, comme d'habitude, à l'heure du café. « Ouille, ce désordre! » s'exclama-t-elle, et elle commença à ranger la maison en chantonnant. Elle, elle chante, pensa amèrement Isabelle.

« Mais Étienne, il ne dit rien? demanda Louisette.

– Oh, Étienne, il s'en fiche. Il rentre, il se couche.

– Et Sam, c'est pareil. Ils sont fous, avec cette politique. Que Dieu les protège!

– Et nous alors? répliqua vivement Isabelle. Et nous, il ne nous protège pas?

– Pourquoi nous? dit Louisette, qui regarda plus attentivement sa sœur. Mais qu'est-ce que tu as, chérie? »

Isabelle fondit en larmes.

« Je suis malheureuse, Louisette, je suis malheureuse à mourir.

– Toi? Mais pourquoi, mon Dieu? »

Louisette attira sa sœur contre elle et la cajola, comme elle l'avait toujours fait, avec beaucoup de tendresse et beaucoup de plaisir. Elle contempla son visage noyé, sa bouche frémissante, son petit nez qui palpitait comme celui d'un chat et dit : « Comme tu es jolie! Pleure, pleure, ma fille, ça va te passer. »

Isabelle s'écarta brusquement.

« Quoi, jolie? À quoi ça me sert d'être jolie? Ça va me passer, hein, c'est ce que tu penses? C'est ce que vous pensez tous! La petite Isabelle, le beau bébé, elle a un mari et un fils, de quoi elle se plaindrait, la petite Isabelle? Et toi, tu es là, à me faire des mamours, tu ne devines rien. Et l'autre, Étienne, il ne se rend compte de rien. Tu entends ce mot, Louisette, rien, rien, personne ne se doute de rien, parce que je ne suis rien, juste une petite poupée qu'on prend dans ses bras, qu'on met dans son lit.

– Mais il t'aime, Étienne, ce n'est pas bien de dire ça! l'interrompit Louisette.

– Ah, tais-toi, retourne à tes enfants, va faire le couscous!

– Pourquoi tu me parles comme ça? Ça me fait de la peine.

– Mais tu ne vois pas que c'est moi qui ai de la peine, pas toi! »

Et dire que j'ai failli tout lui raconter, pensa Isabelle. La pauvre Louisette, à quoi ça servirait de la scandaliser?

Ce soir-là, Étienne trouva sa femme prostrée en travers du lit, muette et sans larmes. C'est la voisine qui lui révéla ce qui se passait sous ses yeux depuis des jours sans qu'il le voie.

« Isabelle est malade, je crois, monsieur Pujalte. »

Il appela Nina à son secours.

Enfin, auprès de sa sœur, qu'elle admirait et chérissait par-dessus tout, Isabelle se libéra de son secret. Nina resta silencieuse. Maintenant, Isabelle, certaine que sa sœur allait trouver la solution, reprenait espoir et s'expliquait intarissablement, mais en chuchotant, de sorte qu'Étienne, l'oreille collée à la porte, n'entendait qu'un bruissement entrecoupé de soupirs et d'exclamations.

« Il m'aime, j'en suis sûre, disait Isabelle. Quand on fait l'amour, tu comprends, je sais qu'il m'aime. Il est si intelligent, il sait combien je souffre, il ne m'abandonnera pas.

– Intelligent, c'est ça le problème, justement.

– Mais pourquoi? Dis-le, Nina, dis-le! Parce que je ne suis pas à sa hauteur! »

Nina ouvrit les mains et les referma. Isabelle eut l'impression que c'est son cœur qu'elle entrouvrait, puis cadenassait.

« Il m'a dit qu'il m'aimait. Il me l'a dit, je l'entends encore, je n'entends rien d'autre depuis qu'il m'a quittée.

– Oh, les promesses!

– Non, Nina, ne le juge pas comme les autres hommes. Il est merveilleux, il est plein d'attentions, il est généreux. Seulement, avec tous ces événements, il n'a pas beaucoup de temps, je ne me trompe pas, n'est-ce pas, chérie?

– Mais enfin, Isabelle, c'est Thomas, est-ce que tu te rends compte, Thomas, le frère de Luc, un chirurgien, un homme politique. Et...

– Et toi, tu n'es qu'Isabelle, n'est-ce pas, c'est ce que tu allais dire? Oh, tu es dure, Nina, tu as toujours été dure, dure avec toi-même, avec Luc, avec tout le monde.

– J'ai pris le train, je suis là.

– Merci, il faut te dire merci, il faut toujours te dire merci. C'est le frère de Luc! Comme tu me méprises! Mais moi, je suis ta sœur, rappelle-toi, on est les filles Partouche. Toi, tu pouvais épouser un avocat, et moi, tout juste un cafetier.

– Assez, Isabelle, je t'en prie! Tu es ridicule. Je vais te dire une bonne fois ce que je pense. C'était de la folie de croire qu'il t'épouserait. Maintenant, je vais lui parler, et je verrai ce que je peux faire. »

Comme d'habitude, le ton impérieux de Nina, d'autant

plus pressant qu'elle murmurait, imposa le silence à Isabelle. Elle tendit les mains à sa sœur; elle s'en remettait à elle aveuglément. Nina lui serra les poignets.

« Je ne devrais pas te laisser d'espoir, dit-elle. Pourtant, je suis sûre qu'il t'aime, mais pas comme tu crois. Il n'a pas réfléchi, tu ne le connais pas. »

Isabelle se redressa, les yeux pleins de larmes et de rage.

« J'ai couché avec lui, tu m'entends! Et toi, tu le connaîtrais mieux que moi! Mais pourquoi? Parce que vous êtes du même monde? Mais qui tu es, toi, Nina, de qui tu sors? Tu étais dactylo quand tu as mis le grappin sur Luc!

– Pendant que tu dormais, je travaillais, j'apprenais, je lisais des livres sous les draps avec une lampe de poche pour ne pas vous déranger, Louisette et toi! Tu as déjà parlé avec Thomas? En dehors des mots d'amour, tu sais quoi lui dire?

– Tu es jalouse! Oh, maintenant je m'en rends compte. Tu es jalouse, peut-être que tu l'aimes, toi aussi! »

Isabelle sentit les mains de sa sœur se crisper sur ses poignets.

« Tu me fais mal! »

Nina relâcha son étreinte et se laissa aller contre le dos du fauteuil; elle était très pâle.

« Non, je m'excuse, dit Isabelle.

– C'est toi que j'aime, tu devrais le savoir, dit Nina d'une voix sans timbre. J'ai quitté mes enfants pour toi. Il faut que tu manges, que tu reprennes des forces, si tu veux lutter. C'est pour ça que je suis là.

– Nina, je n'ai que toi, chérie.

– Je t'ai parlé durement pour te secouer. Tu sais, je suis triste de te le dire, mais Thomas s'est conduit avec toi comme tant d'hommes sans scrupules; il a profité de toi et maintenant il te laisse avec tes illusions. Je ne l'aurais jamais cru capable d'une telle lâcheté.

– Alors, c'est un salaud? dit naïvement Isabelle.

– Non, un égocentrique, comme son frère. C'est drôle, la vie, Isabelle! On va dormir, tu veux bien, je suis fatiguée. »

Et les deux sœurs se blottirent l'une contre l'autre, comme dans leur enfance, loin de leurs maris, ces étrangers, qui, l'un à Alger s'étendait perplexe sur le canapé du salon, et l'autre à Oran, que la jalousie n'avait pas encore rendu fou, dépliait *le Figaro* en s'installant confortablement dans une chaise longue, sur sa terrasse.

Isabelle dormit une heure dans les bras de Nina. Elle se réveilla en sursaut ; une terrible nausée lui tordait le ventre ; elle essaya de vomir en vain, elle n'avait rien mangé depuis vingt-quatre heures. Elle passa le reste de la nuit, assise par terre contre le mur pour ne pas déranger Nina. Elle s'enroula dans des couvertures, mais c'était un froid intérieur qui l'habitait, un vide absolu que rien ne saurait plus remplir. Elle s'efforça de penser à Daniel, son fils, au pauvre Richard, enfermé dans son pénitencier, elle essaya de voir leurs visages, mais ils disparaissaient en une seconde, comme des mirages dans le désert de son cœur. Le pire, c'est qu'elle n'en éprouvait aucune culpabilité. Elle le croyait à peine : Daniel et Richard lui étaient devenus indifférents. Elle ne ressassait qu'une pensée, non même pas une pensée, juste un mot, qui martelait son cerveau : « Perdue ! je suis perdue ! » Elle souhaita la mort de Thomas, qui la délivrerait de son obsession. Elle dit : « Mon Dieu, faites qu'il meure » et puis elle dit : « Mon Dieu, ne m'exaucez pas, gardez-le-moi, rendez-le-moi. » Sa prière l'apaisa un peu. Couchée maintenant sur le carrelage, les genoux remontés sous le menton, elle vit Thomas entrer dans la chambre et la prendre dans ses bras. « Je suis revenu, dit-il, je t'aime. » Elle rouvrit les yeux ; c'était l'ombre du rideau qui dansait sous la lumière de la lune ; elle tendit les bras et ne saisit que le vide. Elle vomit enfin, douloureusement, un flot de bile âpre, et resta la tête appuyée sur l'abattant des toilettes. C'est là qu'au petit matin Étienne la trouva. Il l'aida à regagner le lit et partit, désemparé, pour son café.

« Je vais mourir, dit Isabelle.

– On ne meurt pas pour si peu, répliqua Nina.

– Bien sûr qu'on meurt, dit lentement Isabelle, rappelle-toi Solange. Bien sûr qu'on meurt. »

Sa voix était à peine audible.

Solange, l'une de leurs amies de jeunesse, s'était jetée par la fenêtre.

« Mais, dit Nina, ce n'est pas pareil. Le fiancé de Solange a rompu les fiançailles au dernier moment, alors que la date du mariage était déjà fixée. Quelle humiliation !

– Nina, tout le monde n'est pas comme toi. Je ne suis pas humiliée, moi ! Je suis perdue, je ne crois plus à rien. Tu sais, je comprends des choses maintenant. »

Elle parlait faiblement, mais avec une espèce d'exaltation, comme chez ces mourants à qui la maladie accorde une brève rémission. Nina la regardait attentivement, et Isabelle sentait que, pour la première fois, quelqu'un la prenait au sérieux.

« J'aguichais les hommes, c'était un jeu, je les faisais marcher, ils sont si naïfs et si vaniteux. Mais, avec Thomas, c'était moi la naïve. »

Son regard devint fixe, et brusquement elle se rebella.

« Le salaud! cria-t-elle d'une voix stridente. Oh, le salaud! Il n'a pas le droit! Je ne le laisserai pas tranquille, je le poursuivrai, je raconterai partout ce qu'il m'a fait. »

Elle se cognait les tempes avec ses poings fermés.

« Pense à Étienne, murmura Nina.

– Je m'en fous, d'Étienne! C'est un salaud lui aussi! »

Elle eut une nouvelle crise de larmes, de plus en plus spasmodique; ses mains se retournaient vers les poignets; des fourmillements la parcouraient des pieds à la tête; ses yeux se révulsaient; elle se mordait la langue; une goutte de sang apparut entre ses dents. Nina essaya de lui faire ouvrir la bouche, mais n'y parvint pas : les mâchoires d'Isabelle étaient bloquées par une force irrésistible. Tout son corps se mit à trembler violemment, tandis que ses ongles s'enfonçaient dans ses paumes.

« Isabelle, chérie, qu'est-ce que tu as? »

Nina enlaça sa sœur, mais, bien qu'elle ne se débattît pas, Isabelle empêchait toute étreinte; son corps, soulevé, ne reposait que sur les épaules et sur les talons, comme celui d'un fakir. Elle était blanche comme le drap sur lequel sa sueur ruisselait.

Nina ne connaissait pas de médecin à Alger; elle appela Thomas. Celui-ci fit une piqûre à Isabelle, dont le corps, en trois minutes, se détendit. Elle sourit de façon si enfantine, si vulnérable, avec une telle confiance en cet homme et cette femme qu'elle aimait qu'ils en furent bouleversés.

« Oh, Nina, je suis si bien. J'ai eu peur. J'ai cru que je mourais.

– Elle a eu une crise de tétanie », dit Thomas.

Il appela une ambulance et, à l'hôpital Mustapha, la remit entre les mains de l'un de ses confrères.

« Pas de visites avant deux jours », dit le médecin.

« C'est bizarre, dit Thomas dans le taxi. Elle a déjà eu des crises de ce genre? »

Nina en resta bouche bée.

« Mon Dieu, Thomas, est-ce possible que tu sois si lâche? Isa m'a tout raconté.

– Tout! Tout quoi? Tout mon crime? Oh, Nina, c'est une grande personne, ta sœur, pas un bébé.

– Et toi, tu as agi en grande personne? Tu manques de femmes peut-être? Ah, ne m'interromps pas! Quel besoin avais-tu d'aller séduire cette petite... (Elle ne trouvait pas le mot qui pouvait remplacer sa pensee : " cette petite gourde ".)

– Mais, dit Thomas en bégayant, elle me plaît.

– Mon Dieu, elle lui plaît! »

Nina tapa dans ses mains.

« Elle te plaît! Mais elle a cru que tu l'aimais, imbécile! Elle a cru que tu l'épouserais et elle le croit encore.

– Enfin, Nina, franchement, elle est complètement idiote! s'écria Thomas si vivement que le chauffeur de taxi tourna la tête.

– Si elle t'entendait, ça la tuerait. »

Ils passèrent des soirées à chercher une solution. Un jour qu'il n'avait pas quitté l'antenne gaulliste, elle vint l'y rejoindre après dîner.

« Et Étienne, dit Nina, que peut-on faire pour lui? Il va perdre la tête, ce malheureux!

– Il n'avait qu'à surveiller sa femme! » dit Thomas, mais son cynisme sonnait faux.

Luc, caché dans le jardin, entendit Nina, qui disait :

« Le pauvre, il ne se doute de rien.

– Oh, je t'en prie, ça suffit! » répliqua Thomas.

Un rossignol chanta; Luc n'entendait plus rien.

« Je comprends bien que tu ne puisses pas l'épouser, reprit Nina. Mais laisse-lui au moins un espoir. Reprenez votre liaison pour un temps, elle s'en contentera.

– Non, non, je ne veux pas recommencer, c'est trop dangereux.

– Pour ta carrière?

– Oui, pour ma carrière! explosa Thomas. Et puis non, je ne sais plus ce que je dis, tu me harcèles! Pas pour ma carrière, pour elle, pour moi, je suis fou d'elle, tu entends, fou d'elle physiquement. J'opère à chaud, j'extirpe la tumeur d'un coup. Je guéris ou je tue. »

Lorsque le bourdonnement qui sifflait aux oreilles de Luc se dissipa, d'autres mots terribles lui parvinrent.

« Alors, tu vas l'abandonner?

– C'est déjà fait, répliqua Thomas.

– Oh, tu es ignoble! »

Nina se jeta contre son beau-frère pour lui saisir les poignets et les secouer, comme si elle voulait briser son inflexibilité. Mais elle fondit en larmes et il la saisit par la taille.

« Ne pleure pas, murmura-t-il. Tout va s'arranger.

– C'est pour les hommes que les choses s'arrangent, dit Nina. Jamais pour les femmes. »

Luc s'était déjà enfui en titubant.

Nina avait terminé son récit. Luc la regardait, partagé entre l'adoration et la crainte. Il y avait tant de choses qu'il ignorait d'elle. Il se souvenait de la fille en apparence timide et modeste qu'il avait épousée; déjà, elle avait une grande détermination, elle savait parfaitement ce qu'elle voulait. « C'est moi qu'elle voulait! » se dit-il. Il était sur son lit d'hôpital, faible, les poignets bandés, mais il avait repris confiance en lui.

Nina avait les joues enflammées; jamais il n'avait été si amoureux d'elle, jamais il ne l'avait tant désirée. Elle leva ses bras nus pour arranger ses cheveux.

« Oh, Nina! » soupira-t-il.

Pourtant, une gêne demeurait, qui l'empêchait de lui pardonner tout à fait. Elle ne l'avait pas trompé, mais elle ne s'était pas confiée à lui. Elle avait montré une volonté de fer, mais en le tenant à l'écart. Elle savait qu'il souffrait de son absence, et elle avait négligé cette souffrance simplement pour protéger le secret d'Isabelle. Il ne lui fit aucun reproche; ce n'était pas l'heure de raviver les plaies. Et cette heure ne viendrait jamais. Luc avait ce don d'oublier qui est le seul secret du bonheur au jour le jour.

« Je ne comprends pas Isabelle, reprit Nina. Est-ce qu'on peut perdre la tête pour un chagrin d'amour?

– Il paraît qu'on peut », dit Luc en dévisageant sa femme.

Nina rougit à retardement.

Comme je suis différent de Thomas! pensa Luc. Est-ce que j'aurais sacrifié, moi, mon plaisir par peur du scandale? Mais moi, je n'ai pas d'ambition. Lui, il est capable d'écarter ce qui le gêne, d'un revers de main, et Isabelle aurait entravé son ascension. Les femmes veulent mourir pour lui, et moi, j'ai failli mourir pour une femme.

Thomas entra en coup de vent, posa la main sur l'épaule de son frère.

« De Gaulle a parlé, dit-il. Il se déclare prêt. Quelle journée! Je ne me suis pas donné tout ce mal pour rien », ajouta-t-il avec un rire satisfait qui contredisait le ton de plaisanterie affecté.

« Tu te sens comment? Bien, n'est-ce pas? Ton médecin m'a complètement rassuré. Non, mais quelle journée! Je me sauve, on m'attend à l'antenne. »

Il s'éloigna à grands pas, et Luc vit que l'infirmière le suivait du regard.

« Eh bien, c'est Thomas, dit-il.

– Oui, c'est Thomas », répéta Nina.

Elle ne peut lui en vouloir, pensa Luc, elle l'admire trop.

Lorsque ses parents regagnèrent Oran, le petit Sébastien ne se jeta pas dans les bras de sa mère, comme il le faisait d'ordinaire. Il se laissa embrasser et demeura silencieux.

« Tu as bien travaillé, Sébastien? demanda Luc.

– J'ai été premier.

– Ça n'a pas l'air de te faire plaisir.

– Mais il est toujours premier, dit Nina, en serrant la tête de Sébastien contre sa poitrine. Il a l'habitude.

– Ne le flatte pas trop, va! rétorqua Luc.

– C'est parce que je me suis fâché avec mon meilleur copain », dit Sébastien.

Il se lança dans un récit interminable, en haletant, et chaque phrase qui sortait impatiemment de sa bouche ne servait qu'à masquer la question qui envahissait son esprit : « Qu'est-ce que vous avez fait à Alger? »

Il ne la posa pas. Il voyait des marques sur les poignets de son père quand celui-ci levait les bras et que les manches de sa chemise remontaient. Le téléphone sonna; c'était tonton Thomas, et maman répondit en chuchotant.

« Isabelle est sortie, dit-elle ensuite à papa.

– Ah, tant mieux!

– Tata Isabelle n'a plus besoin de toi? » demanda néanmoins Sébastien, en reprenant exactement l'argument que lui avait fourni sa mère. Il ne comprenait pas comment une grande personne pouvait avoir besoin d'une autre grande personne, ni, en tout cas, pourquoi c'était plus important pour sa maman de s'occuper d'Isabelle que de rester auprès de ses enfants.

« Elle est guérie, répondit Nina.

– Elle était malade? » demanda encore Sébastien, en sentant que sa mère allait lui mentir, comme tout le monde lui mentait depuis un mois. Il faillit s'enfuir sans attendre la réponse.

« Enfin, elle n'allait pas très bien. Mais c'est fini, mon chéri, ne t'inquiète pas. »

C'est fini, voilà tout ce qu'elle trouvait à dire, comme si les enfants ne méritaient pas d'explications. Les grandes personnes faisaient entre elles des choses honteuses qu'elles n'osaient pas avouer aux enfants. Sébastien ne voulait pas être une grande personne, jamais. La nuit même et les autres nuits, il recommença à faire pipi au lit. Il appelait sa mère à voix basse, elle se levait aussitôt, et, pendant qu'elle changeait les draps, Sébastien entendait la grosse voix ensommeillée de son père :

« Si ce n'est malheureux, à son âge ! Viens, Nina ! »

Luc reprit ses activités. L'écho de sa tentative de suicide n'était pas parvenu à Oran, ou, du moins, ni son associé, ni ses clients, ni ses amis ne le répercutaient. Luc montrait son habituelle bonhomie, qui donnait même à ses sarcasmes un air inoffensif ; on riait parfois jaune en sa compagnie, mais on riait. « Ce Régnier, quel type bizarre ! » disaient les Oranais.

Le voilà rassuré, pensait Nina, et il a tout oublié. Il ne prendra donc jamais rien au sérieux ? Mais qu'est-ce qui pourrait durablement le toucher ? se demandait-elle. Pas une seconde, avant de s'ouvrir les veines, il n'avait pensé à ses enfants ; le soir, quand il l'enlaçait, elle pensait qu'il l'avait suspectée, elle, qui était innocente, et qu'en se suicidant c'est elle-même qu'il aurait condamnée aux yeux de tous. Pourtant, le désir de Luc n'avait faibli en rien ; au contraire, il semblait plus vif, comme la passion renouvelée d'un enfant pour un jouet qu'il croyait perdu.

Pendant qu'Alger attendait de Gaulle dans la fièvre, l'été approchait. Luc étala sur son bureau des cartes et des guides : il préparait les vacances en Italie.

15

IL ARRIVE!

Si Luc avait raison sur un point, c'était sur celui de penser que les trois sœurs s'étaient mises d'accord pour tenir leurs maris à l'écart du secret. Nina ne l'avait révélé à Luc que sous l'empire des événements; Louisette avait souffert de manquer de franchise avec Sam, mais celui-ci était trop proche d'Étienne et, de toute façon, comme elle le disait elle-même, un mari n'est qu'une pièce rapportée dans une famille. Quant à Étienne, bien entendu, il ignorait tout.

Isabelle sortit de l'hôpital, et Louisette lui rendit visite. Elle trouva sa sœur occupée à nettoyer et à ranger la maison, qui était en grand désordre. Elle marqua sa satisfaction en lui prêtant main-forte et en l'embrassant à plusieurs reprises.

« Tu as pitié de moi, n'est-ce pas? dit Isabelle.

– Mais non, je suis heureuse de te voir en bonne santé.

– Je suis résignée.

– Tu fais bien, ma fille. »

Soudain le regard d'Isabelle étincela comme autrefois et son éclat fit reculer Louisette. Isabelle dévisageait méchamment sa sœur, cette femme forte et dépourvue de charme, vieillie avant l'âge, alourdie par les grossesses et surtout écrasée par sa soumission à l'ordre établi des choses. Mais regarde-toi! faillit-elle crier.

« Résignée, hein? s'exclama-t-elle. Comme toi, tu t'es résignée quand Sami te trompait!

– Isa, dit plaintivement Louisette, en touchant l'amulette qu'elle portait au cou, pour se prémunir contre la répétition, toujours possible, de ce malheur.

– Mais moi, j'aimais Étienne comme une folle, continua Isabelle, en lançant le bras vers sa sœur, comme si, par ce geste, elle voulait la clouer sur place. J'ai fait l'amour avec lui avant d'être mariée. Alors, tu ne peux pas comprendre et tu ne peux pas juger. Il y a des femmes, ça, tu ne le sais pas, Louisette, il y a des femmes qui ont des désirs dans leur corps. Et cet homme, ce salaud – je ne veux même pas prononcer son nom –, il me suffit de penser à lui pour trembler. Tiens, maintenant, je pourrais me rouler par terre tellement je souffre, tellement je brûle. Laisse-moi, Louisette, laissez-moi, tu es comme Nina, un glaçon, et ce n'est pas ta faute, en plus!

– Tu me fais peur, dit Louisette. Que Dieu te protège!

– Dieu! Il va le punir, lui, dis-moi, Louisette, il va le punir?

– Je ne sais pas, ma fille. »

Isabelle éclata de rire, et son rire s'étranglait de sanglots, puis une quinte de toux la déchira, elle se laissa tomber par terre, recommença à rire, cette fois en sourdine; sa nuque ballottait, comme si elle n'avait plus la force nécessaire pour soutenir sa tête, près d'éclater. C'était, pour Louisette, un rire affreux à entendre, un halètement désespéré semblable à la plainte d'un animal pris au piège. Elle s'agenouilla auprès de sa sœur et lui saisit les mains, en plaignant cette malheureuse et toutes les malheureuses femmes à qui l'amour faisait perdre la raison.

« Qu'est-ce que tu vas faire maintenant? » demanda-t-elle.

Isabelle se redressa vivement. De nouveau il y avait cette lueur fixe dans ses yeux.

« Moi? répondit-elle. Tu verras! »

Puis elle dissimula son regard dans ses mains et reprit :

« Je ne vais rien faire. Que veux-tu que je fasse? »

Louisette rentra chez elle. Elle se souvenait de la petite Isabelle, si jolie et si coquette, avec déjà ses yeux bleus étincelants, qui, parfois, inquiétaient Miriam, car, disait leur mère, « avec des yeux pareils on peut pleurer autant qu'on fait pleurer ». Isabelle voulait imiter Nina en tout point; elle se plantait devant la glace et reproduisait les gestes, les mimiques de Nina, elle arrangeait sa coiffure de la même façon, elle essayait d'avoir les mêmes intonations. Maintenant, c'était le frère du mari de Nina qu'elle voulait, et Louisette se demandait si elle y renoncerait jamais.

Zohra attendait son retour; elle avait donné à goûter aux enfants et s'apprêtait à aller étendre le linge sur la terrasse de l'immeuble. Zohra avait été pendant trente ans la bonne de Miriam, à vrai dire son amie. Quand Sam et Louisette s'étaient installés à Alger, elle les y avait suivis, pour demeurer dans la famille, à présent que Miriam n'avait plus besoin d'elle. Zohra avait trouvé à louer une chambre dans une maison de la Casbah. Ses enfants étaient mariés, son mari était mort à la guerre, en Italie – elle conservait précieusement sa médaille militaire, gagnée à la terrible bataille de Monte-Cassino –, une chambre lui suffisait largement, mais c'était sa chambre, jamais elle n'avait voulu loger chez les autres, même pas chez Miriam. Elle était maintenant au service de Louisette, mais veillait toujours sur elle comme sur l'adolescente totalement dépourvue de confiance en soi qu'elle avait élevée. Quand Louisette sortait, Zohra, aujourd'hui comme autrefois, jetait un coup d'œil à sa toilette et lui faisait changer de chaussures si elles n'étaient pas assorties à la robe ou bien, d'un coup de brosse, essayait de discipliner une chevelure frisée et indomptable, en soupirant : « Va chez le coiffeur, Louisette, on dirait un balai ! » Mais Louisette n'aimait pas aller chez le coiffeur ni davantage s'examiner dans le miroir. Quand elle était jeune, elle disait à Zohra : « A quoi ça sert que je l'use, moi, le miroir? Je préfère le laisser à Nina et à Isabelle.

– Mais, répliquait Zohra, elles, à force de se regarder dedans, c'est pas le miroir qu'elles vont user, c'est leur figure ! »

Zohra redescendit de la terrasse, sa corbeille vide à la main. « Il fait un vent là-haut », dit-elle. Elle se drapa dans son voile blanc et ouvrit la porte.

« Bon, alors, je m'en vais, Louisette. Ne laisse pas brûler la viande. »

Elle hésitait à partir.

« Tu vas à la manifestation demain?

– Oui, monsieur Sam m'a dit d'y aller, répondit Louisette. Et moi, je voudrais voir ça, déjà que j'ai raté l'autre...

– Je peux t'accompagner?

– Où? À la manifestation? »

Louisette n'en revenait pas.

« Oui, dit Zohra. Ce matin, il y a des hommes qui sont passés dans la Casbah, et ils ont dit qu'il fallait aller manifester avec les Français.

– Quels hommes?

– Je ne sais pas, c'est mes voisins qui m'ont répété.

– Et tu crois qu'une..., dit Louisette, très embarrassée. C'est dangereux peut-être. Comment ils vont réagir, les gens?

– Alors, tu ne veux pas?

– Je vais demander à monsieur Sam. »

Sam trouva que c'était une excellente idée.

« Elle ne sera pas la seule, va », dit-il en prenant un air mystérieux, mais il se refusa à toute explication.

Le lendemain, Louisette et Zohra partirent ensemble vers cinq heures. Les rares autobus qui circulaient étaient pris d'assaut. Elles descendirent à pied le boulevard du Télemly. Lorsqu'elles arrivèrent sur le Forum, il était déjà envahi par une foule immense qui, à vrai dire, n'avait pas quitté l'esplanade depuis trois jours. Tandis que Louisette et Zorah se frayaient un passage au milieu des manifestants, qui se croisaient en tous sens, semblables à des épis de blé ondulant sous un vent versatile, plusieurs regards se portèrent sur la femme voilée, des regards plus étonnés qu'hostiles. Louisette prit délibérément la main de Zohra, qui se tenait à deux pas derrière elle. Puis tous les visages se tournèrent d'un même élan en direction du boulevard Laferrière, et Louisette vit un énorme cortège arabe s'avancer vers le Forum. Il y avait des centaines, des milliers d'Arabes portant des banderoles; un frisson parcourut la foule européenne. Que voulaient-ils? Pourquoi étaient-ils si nombreux? Louisette sentit l'appréhension collective la gagner. Était-ce le F.L.N. qui les envoyait tuer et se faire tuer? Louisette revécut en un éclair l'attentat du Milk Bar, l'explosion de la bombe, le crépitement des miroirs rosés qui volaient en éclats et hachaient les jeunes danseurs, les cris de ceux qui avaient la jambe arrachée ou l'œil crevé; elle revécut sa propre terreur et celle de ses trois enfants quand les pompiers les délivrèrent des toilettes et qu'ils virent les corps étendus dans des flots de sang. Elle revécut le cauchemar qui la hantait encore chaque nuit et qui chaque nuit l'emprisonnait dans une cage de verre, sur une passerelle enjambant une chute d'eau.

Est-ce que tout allait recommencer? Est-ce que ces deux foules énormes qui se faisaient face allaient, dans une explosion de haine, dévaster toute espérance et se détruire elles-mêmes? Mais Louisette, à mesure que le cortège arabe s'approchait, déchiffrait les inscriptions sur les pancartes et sur les banderoles. Elle lut – et c'était incroyable : « Vive la France, de Gaulle au pouvoir, la Casbah répond présent ! » Et les Arabes – ce peuple si proche du sien dont, toute sa vie, on lui avait appris à avoir peur, ce peuple innombrable qui, pensait Louisette, marchait d'un même pas derrière la bannière sanglante des terroristes –, voilà qu'ils tendaient à bout de bras des drapeaux tricolores et des croix de Lorraine, voilà que des filles dévoilées se montraient, vêtues de jupes bleues, de blouses blanches et de cravates rouges, voilà que des hommes mûrs arboraient les décorations gagnées sur les champs de bataille européens.

Sur le balcon du gouvernement général, une voix s'écria, répercutée par les haut-parleurs : « Voici nos frères musulmans. Faites-leur place ! » Oui, elle avait bien dit, cette voix sans visage, « nos frères musulmans ». Et du cortège arabe, à présent confondu avec la foule française, comme une rivière rejoignant une autre rivière, et toutes deux coulent en un large fleuve dont les eaux ne peuvent plus être séparées ni même distinguées, monta *la Marseillaise*, bientôt reprise en chœur par une multitude humaine chavirée d'émotion. Louisette et Zohra s'embrassèrent et dans cette étreinte il y avait bien plus qu'une tendresse de trente années, il y avait l'espoir, il y avait la certitude qu'elles étaient pour toujours délivrées de la peur.

Des femmes arabes enlevaient leurs voiles et des femmes européennes les serraient sur leur cœur. Les mains se tendaient, les mains brunes et les mains claires, et d'une main à l'autre, d'un corps à l'autre, circulait un courant de fraternité qui noyait à jamais la haine. Tous se sentaient purifiés, comme si venait enfin de se dissoudre un poison qui leur rongeait le sang. On n'en finissait plus de s'embrasser, de se toucher, de se redécouvrir, comme les membres d'une famille trop longtemps séparés par une vendetta absurde dont ils avaient oublié l'origine. Ils n'avaient plus peur les uns des autres. Ils pensaient que les barrières allaient tomber, les barbelés s'ouvrir, les fossés se remplir, et que de nouveau ils pourraient se côtoyer librement, se parler, se tolérer, s'aimer peut-être, dans la commune adoration de leur pays commun. Ils pensèrent, en cette soirée de mai rafraîchie par la brise soufflant de leur mer, qu'ils resteraient ensemble sur cette terre assez vaste et assez généreuse pour les abriter tous. Ils pleurèrent. Ils rirent. Ils chantèrent. Ils avaient vaincu le maléfice, détruit la guerre. Ils ouvraient les bras à la paix.

La table n'était pas assez grande pour permettre aux soixante-quatorze membres du comité de salut public de s'y asseoir tous. Samuel Stora se tenait debout, tout au fond de la salle enfumée, modeste en apparence, et le cœur rayonnant d'orgueil. Il pensait à Abraham Partouche, son patron et beau-père, qui lui avait appris son métier et donné sa fille. « Si M. Abraham me voyait! » À chaque événement majeur de sa vie, Sam évoquait la mémoire de cet homme simple et honnête; s'il se trouvait aujourd'hui au milieu des puissants, c'était pour défendre les intérêts d'hommes semblables à Abraham, le petit peuple des Européens d'Algérie. Pourtant Sam laisserait la parole à Gaston Rico; il savait qu'il n'aurait jamais l'audace d'interpeller les généraux, les colonels, les propriétaires, les armateurs, les directeurs de journaux qui, eux, étaient assis aux meilleures places. Quant à Gaston, il s'était choisi un siège au milieu de la table et parlait aussi haut que les autres. Il avait repoussé sa chaise pour pouvoir loger son ventre. C'était la veille seulement que les deux hommes avaient été admis au comité.

« Mais que représentez-vous enfin? s'était écrié un général, excédé par l'insistance de Gaston.

– Nous représentons le peuple! »

D'autres que Sam et Gaston avaient eu autant de mal à entrer au comité. Le directeur du grand journal conservateur d'Alger s'en était vu refuser l'accès parce que, disaient les officiers, les Arabes ne l'aimaient pas et qu'il s'était toujours opposé aux réformes. Le directeur avait larmoyé sur l'épaule de Thomas : « Ah! mon cher Régnier, j'ai bien changé! » Et Thomas, qui ne négligeait pas l'influence de la presse, avait imposé le directeur.

Quant aux musulmans, aux Français de souche nord-africaine, pour employer le langage de l'administration, ils étaient également représentés au comité; ils étaient quatre en tout et pour tout, un sous-officier en retraite, un contremaître, un agriculteur et un fonctionnaire des postes. Quatre sur soixante-quatorze.

Le colonel George ouvrit les débats. C'était un homme au teint mat, aux cheveux noirs, au visage lisse et juvénile bien qu'il eût quarante-sept ans. Trois mois prisonnier du

Viêt-minh, pendant la guerre d'Indochine, dans une cage en osier, il en était sorti sec et amaigri, mais moralement intact. Ses hommes racontaient qu'il avait refusé l'aide des bras qui se tendaient vers lui et qu'il s'était mis à siffler *la Madelon*. Le colonel George était devenu une légende dans l'armée, d'autant plus que, rentré en France, il avait disparu pendant trois ans, pour ne réapparaître, inchangé, qu'à l'heure de la bataille d'Alger. On disait qu'il avait élevé des moutons en Australie, ou bien qu'il avait dirigé un réseau d'espionnage en Tchécoslovaquie, ou encore servi dans l'armée israélienne comme pilote de chasse. Il exerçait un puissant ascendant sur les officiers supérieurs et de nombreux observateurs voyaient en lui la tête pensante du 13 mai.

Il annonça au comité sa décision de faire passer les salaires des ouvriers de la Mitidja de trois cents à six cents francs par jour.

« Vous nous étranglez! » s'écrièrent en chœur les propriétaires terriens, en ajoutant que l'économie de l'Algérie ne supporterait pas une telle charge et que cette augmentation entraînerait l'ensemble des salaires dans une spirale inflationniste.

« Alors, dit sèchement le colonel George, pour vous, l'intégration n'est qu'une comédie? Vous acceptez de la jouer à condition que surtout rien ne change!

– Mon colonel, je ne vous permets pas », dit sans conviction le président des colons.

L'homme qui avait tenu tête aux Vietnamiens balaya d'un revers de la main la pâle protestation.

« Tant que je serai là, dit-il en portant son regard sur chacun des notables, ce sera six cents francs. Et je vous préviens, ceux qui n'appliqueront pas ces salaires, je les fous en taule! »

Thomas avait assisté muet à l'altercation. Tout en approuvant le colonel George, il n'aimait pas trop ces officiers donneurs de leçons. Il pensa avec amertume qu'il s'était senti plus enclin à comprendre la révolte d'un Yacef Radaoui, qui, lui, au moins, se battait pour son propre peuple. Thomas aurait voulu trouver chez ses compatriotes la générosité – et, à vrai dire, le simple bon sens, car il y allait de la paix ou de la guerre – qui animait des officiers étrangers à l'Algérie. Fallait-il accueillir les Arabes à bras ouverts sur le Forum si c'était pour, aussitôt après, leur refuser la justice la plus élémentaire? Cela ne servirait qu'à braquer le monde entier contre les Européens d'Algérie, suspectés de paternalisme et d'hypocrisie. Pourtant, Thomas gardait l'espoir que de Gaulle imposerait à tous les indispensables réformes.

Quant à Sam, il était désolé de s'être laissé embarquer sur cette galère. Il voyait bien qu'ici le destin des humbles comptait pour rien; ici, il n'était question que de politique et d'argent. Il voyait des soldats qui brûlaient de remporter enfin une victoire et qui, pour y parvenir, manipulaient les foules avec jubilation. Et il voyait des nantis enragés à conserver leurs privilèges. Mais le peuple, le petit peuple de Bab-el-Oued et des autres villes et villages d'Algérie, qui s'en souciait? On feignait de parler en son nom pour mieux le berner. Pourtant, c'est lui, ce peuple naïf et spontané, qui donnait la gloire aux uns, par ses acclamations et sa confiance, et la fortune aux autres, par son travail.

Sam croisa le regard de Thomas; il fut surpris d'y lire du dégoût et de l'inquiétude. Il pensait que, si les Français d'Algérie ne se décidaient pas à agir pour eux-mêmes et par eux-mêmes, ils seraient emportés par un ouragan si assourdissant que personne ne les entendrait crier à l'aide.

Oran, ville tolérante et modérée, avait suivi avec circonspection les événements d'Alger et n'avait emboîté le pas qu'une fois assurée de leur irréversibilité. Les Oranais étaient descendus dans la rue avec plusieurs heures de retard sur la capitale. Luc s'était mêlé aux manifestants par curiosité mais était rentré chez lui assez vite, avec ce bref commentaire : « Des braillards! »

Le 3 juin, il annonça à Nina qu'il partait pour Alger.

« De Gaulle arrive demain, je ne veux pas rater ça.

– Et moi? dit Nina.

– Je ne pense pas que ça t'intéresse vraiment, n'est-ce pas? » répondit-il avec sa désinvolture habituelle.

Et il rangea quelques affaires dans un sac de voyage. Elle le regardait sans rien dire, comme elle aurait regardé un phénomène de cirque, à la fois fascinée et épouvantée. Elle aurait imaginé qu'Alger lui ferait à jamais horreur et qu'il vouerait à l'interdit cette ville où il avait souffert et croisé la mort. Elle le connaissait depuis seize ans et restait incapable de prévoir ses réactions. Il faisait son bagage en lui tournant le dos. Elle posa la main sur son épaule. Surpris par ce geste de tendresse auquel elle ne l'avait pas habitué, il la serra dans ses bras.

« Puisque je sais que tu m'aimes... », murmura-t-il.

« Papa s'en va encore ? » demanda Sébastien.

L'enfant s'était abstenu de coller l'oreille à la porte de la chambre de ses parents ; cette fois, il redoutait trop d'entendre des choses effrayantes. Surtout, ce qu'il craignait, c'était de s'apercevoir que, dans le drame mystérieux qui avait déchiré la famille – même mamie n'y faisait pas allusion –, lui, Sébastien, comptait pour du beurre.

C'est ainsi que naît la méfiance dans le cœur des enfants trop choyés : ils se sentent trahis dès qu'on les néglige.

Luc arriva à Alger en fin d'après-midi. Thomas, qui devait l'héberger, lui dit tout de suite : « Tu ne pourras pas appeler Nina, j'ai fait couper mon téléphone.

– Pourquoi ?

– Isabelle ! Ça sonne vingt fois par jour.

– Tu n'as pas fini d'en voir avec elle ! Il fallait y réfléchir avant, mon vieux !

– Merci de ta sollicitude.

– Tu voudrais que je pleure sur ton sort, don Juan ? »

Le lendemain, Luc fut réveillé par un déferlement de musique militaire, de *Marseillaise* et de *Chant du départ* que diffusaient les haut-parleurs disséminés à travers la ville. Thomas avait laissé un mot : « Je file à l'aéroport, à ce soir peut-être. » Heureux homme ! pensa Luc. Son jour de gloire est arrivé.

Il sortit sans se presser, le nez en l'air, comme un touriste. Chaque balcon, chaque vitrine, chaque réverbère était orné de drapeaux tricolores. Les petits Arabes ne ciraient plus les chaussures ; ils vendaient des cocardes. Au port, toutes les grues servaient de hampes à des drapeaux qui claquaient au vent. Les rues, les terrasses des maisons et celles des cafés contenaient à grand-peine une foule au corps à corps vêtue de couleurs claires. Les arbres ployaient sous le poids des jeunes gens qui les avaient pris d'assaut. Alger venait d'être envahie par les sauterelles. Sur un balcon, une femme ramassait les insectes, leur attachait aux pattes de petits drapeaux bleu, blanc, rouge et les lâchait au-dessus de la foule, qui acclamait l'escadrille patriote.

Soudain, le tumulte, qui était déjà à son comble, s'amplifia, pareil à un ouragan qui rugit dans sa tonalité la plus basse, puis siffle sa note la plus aiguë. Les vivats éclatèrent. C'était lui, il arrivait, il était là, on le voyait. Précédée de douze motards, une Hotchkiss blanche décapotable déboucha sur le boulevard, sous une pluie de pages d'annuaire déchirées en confettis. Impavide dans ce triomphe romain, ou plutôt américain, le général de Gaulle, en uniforme kaki sans décorations, debout dans son char immaculé, saluait le peuple de petits gestes de sa main royale ou papale, car on n'aurait su dire s'il donnait sa protection ou sa bénédiction. Le peuple se mit à crier son espérance : « Vive de Gaulle ! Vive l'Algérie française ! » et ce n'était pas seulement ses poumons que le peuple libérait dans cette ovation, c'était son cœur, oppressé par tant de larmes versées aux enterrements, c'était son ventre, noué par tant d'angoisses. Pour la première fois depuis des années, le peuple levait les yeux vers le ciel pur et n'y voyait pas de constellations maléfiques. Le peuple voyait l'immensité d'azur comme le miroir de son âme apaisée. L'ovation fut si profonde, si sincère, si innocente, si confiante que Luc, malgré son scepticisme, en frémit. Voilà qu'ils aiment de Gaulle, pensa-t-il ; hier, ils le haïssaient. Mais il ne parvenait pas à ironiser ; il savait l'histoire friande de ces retournements : César avait été adulé puis assassiné, Louis XV, le bien-aimé, avait fini ses jours exécré, dans la puanteur de la vérole, qui obligeait les courtisans à se boucher le nez autour du lit royal. Plus près dans le temps, Pétain avait été idolâtré puis bafoué. Cette fois, le sentiment populaire parcourait la gamme dans l'autre sens, et de Gaulle, après avoir suscité la méfiance réservée aux étrangers qui mettent le nez dans les affaires de la famille, était accueilli comme un père, comme un Salomon, qui va trancher les querelles.

Luc ne pouvait s'empêcher d'admirer ce peuple, qui tendait ses mains ouvertes vers le monarque pour réclamer sa justice, car la versatilité du peuple lui paraissait bouffonne quand il brûlait ce qu'il avait adoré, mais pathétique quand il s'en remettait aveuglément à la puissance qui naguère le faisait trembler. Il y avait dans cette ovation algéroise la ferveur mystique des peuples du Moyen Âge, qui n'avaient que Dieu pour les préserver des malheurs qui les frappaient. Les peintres ont rendu cette foi translucide des suppliants agenouillés devant l'apparition auréolée de la Vierge à l'Enfant.

De Gaulle lui-même s'étonnait-il de ce revirement du

sentiment populaire ? Après la minute de silence et *la Marseillaise*, tournant le dos aux chevaux de pierre du monument aux morts, écartant d'un geste brusque les uniformes étoilés et les vestons sombres des courtisans, il s'avança seul vers le peuple, leva les bras vers le ciel, les poings fermés, et le salua. Une nouvelle ovation, comme un cri d'amour et d'abandon, monta vers le sauveur. Ce n'était plus l'officier sec et filiforme de 1943 que contemplaient les Algérois. C'était un homme de soixante-huit ans, gris, avec peu de cheveux, les tempes blanchies, le nez énorme et creusé de sillons, le menton affaissé ; il ne portait pas de ceinturon pour éviter de souligner sa taille épaisse et basse. Il avait l'air rechigné et hautain, avec l'œil rond d'un éléphant, cerné de bistre, sous de pesantes paupières.

Pourtant, des voix, inconscientes du sacrilège, mêlaient dans leurs vivats le nom de l'ancien gouverneur général à celui du monarque. Thomas, qu'un mouvement de la suite courtisane avait rapproché de De Gaulle, l'entendit qui disait à l'un de ses ministres : « Ils commencent à me faire chier ! » Plus tard, Thomas l'entendit déclarer à un comité de salut public médusé : « L'Algérie, c'est moi », puis se reprendre pour ajouter : « Le ministre de l'Algérie, c'est moi ! » Il ne fournit aucune explication sur sa politique et conclut d'un ton désinvolte et courtois : « Eh bien, messieurs, je vous salue ! »

Sam, abasourdi d'avoir vu de Gaulle en chair et en os, de si près qu'il aurait pu le toucher, secoua la tête pour se déprendre de l'hypnose où il était plongé. Il saisit Thomas par le bras et lui glissa : « Crois-moi, on est cocus !

– Pas encore. Attendons », répliqua Thomas sans conviction.

Il était sept heures du soir. Luc avait suivi la foule jusqu'au Forum. Pour ne pas perdre leurs places, les Algérois étaient restés sur l'esplanade depuis le matin et ils avaient pique-niqué en plein soleil, débouchant bouteilles de rosé et canettes de bière ; les secouristes de la Croix-Rouge avaient fort à faire.

De Gaulle apparut sur le balcon qui, pendant trois semaines, avait servi d'avant-scène à un coup d'État camouflé, à une révolution de l'ombre. Une nouvelle fois, il lança les bras vers le ciel – sans doute ne se connaissait-il pas d'autre juge – et dit : « Je vous ai compris. » Le grand malentendu, la grande tromperie commençait.

Entendirent-ils son discours, les Algérois, qui l'interrompaient à chaque phrase pour l'acclamer? Comme Sam, ils étaient plongés dans une hypnose collective, mais, tandis que Sam en était déjà sorti, ils s'y baignaient avec délice, comme dans une mer chaude et rassurante, une mer qu'on ne quitte, à regret, que parce que la nuit tombe. La nuit tomberait bientôt, ils l'ignoraient encore.

De Gaulle dit : « Il n'y a ici que des Français à part entière, avec les mêmes droits et les mêmes devoirs, dans un seul et même collège. »

Les Algérois applaudirent à cette égalité des communautés, à ce collège unique qui les effrayait tant et qu'ils avaient toujours refusé. Comprennent-ils ce qu'il annonce? se demanda Luc, dont l'esprit était resté froid et qui maintenant gardait l'oreille aux aguets dans le tumulte.

De Gaulle dit : « À ceux qui, par désespoir, ont cru devoir mener un combat dont je reconnais, moi, qu'il est courageux, à ceux-là, moi, de Gaulle, j'ouvre les portes de la réconciliation. »

Perdu dans la foule, Gaston Rico entoura de son bras les épaules de Sam et murmura : « C'est fichu ! »

Luc aperçut son frère dans un coin du balcon. Eh bien, il est là, pensa-t-il, il est là, le don Juan, le comploteur, car il n'avait cessé de comploter, Thomas, avec les militaires, avec les gaullistes et même, et surtout, avec Nina, pour se tirer du mauvais pas où il s'était empêtré. Eh bien, il se trouvait sur le balcon, comme un serviteur récompensé. Mais Luc vit aussi la froideur de De Gaulle et des hommes qui l'entouraient et comprit, avec un plaisir pervers, que Thomas n'était que l'un de ces figurants à qui la vedette concède une parcelle des applaudissements à la fin de la représentation, puis les faire-valoir se retirent et le héros reste seul sur la scène, devant le rideau tiré. Les autres, dans la coulisse, se démaquillent déjà. Ils entendent les rappels, qui ne sont pas pour eux.

Luc devina que son frère allait être floué. Au travers de sa joie mauvaise, la compassion s'insinua et finit par l'envahir. Il apercevait la forte stature de Thomas comme écrasée par la morgue gaullienne; Thomas semblait s'esquiver à reculons vers le bureau du balcon. C'est mal le récompenser, pensa Luc. Pour la première fois peut-être, il éprouvait aussi un sentiment de fraternité envers ce peuple assemblé qui pour l'heure dansait sur le bûcher qu'il avait lui-même allumé. Moi aussi, se disait Luc, je me suis suicidé sur un malentendu.

Il dîna seul au restaurant et retrouva Thomas tard dans la soirée.

« C'était comment ?

– Superbe ! » dit Thomas sans rougir.

Il n'avait pas été convié au dîner que de Gaulle donnait à un petit cénacle mais ne s'en lança pas moins dans un exposé détaillé et plein d'optimisme des projets de rénovation de De Gaulle.

« Tu ne me mens pas ? dit Luc. Tu m'as menti ces temps-ci.

– Oh, par omission.

– A-t-il dit : " Algérie française " ?

– Non. Mais est-ce que tu vois de Gaulle abandonner un morceau de la France ? »

Luc ne demandait qu'à être rassuré et accepta de bonne grâce les conclusions de son frère. Oubliant son ressentiment, il dit avec sincérité : « J'étais sacrément fier de te voir sur le balcon. J'ai pensé à maman. »

Ils rentrèrent ensemble à Oran.

Thomas reprit son métier de chirurgien. Luc emmena sa femme, ses enfants et sa belle-mère en vacances en Italie.

C'était l'été. Ils avaient vécu un printemps exaltant et terrible où l'amour et la mort, la trahison et le pardon les avaient ballottés et renversés et redressés comme s'ils étaient les jouets d'un géant aveugle.

De même, ce printemps de l'Algérie avait chassé les lugubres corbeaux. Mais, dans son ciel éclatant et rasséréné, s'amassaient des nuages encore invisibles. Les arbres perdraient leurs feuilles, les hommes perdraient leurs illusions ; le gel saisirait la terre, la haine glacerait le cœur des hommes. L'hiver approchait. Ce serait un très long hiver.

REMERCIEMENTS

L'auteur reconnaît sa dette envers Azzédine Bounemeur, auteur de Les Lions de la nuit *et de* L'Atlas en feu *(Gallimard). Toutes les références dans ce roman à la vie quotidienne et à la révolution algériennes proviennent des sources ci-dessus. Pour ces mêmes sujets l'auteur a lu également avec profit plusieurs ouvrages algériens, dont* Regard blessé, *de Rabah Belamri (Gallimard). Ainsi que l'article d'Omar Chaïr, « Des musulmans si tranquilles »,* paru dans Historia *n° 195.*

Pour les événements politiques et historiques, l'auteur retiendra de la nombreuse bibliographie consultée les quatre volumes de La Guerre d'Algérie, *d'Yves Courrière (Fayard), et* Histoire de la guerre d'Algérie, *d'Alistair Horne (Albin Michel).*

Enfin, pour la vie quotidienne des Européens d'Algérie, l'auteur rend hommage à Geneviève Baïlac, auteur de Les Absinthes sauvages *(Fayard), à Marie Cardinal (pour* Autrement dit, *Grasset), à Francine Dessaigne (pour* Journal d'une mère de famille pied-noir, *France-Empire), à Marie Elbe (pour son article « Alger, tu te souviens »,* dans Historia *n° 198), à José Lenzini (pour* L'Algérie de Camus, *Édisud).*

CHAPITRES

1. Le jeu de la famille........................ 11
2. Séparation 47
3. Le pianiste aux mains crevassées........... 62
4. Le clan des Béni-Tazirt 80
5. Un loup ou un mouton?..................... 124
6. La barbarie 153
7. Les trois lions 200
8. Rue de Thèbes, à minuit.................... 228
9. L'arrestation 244
10. Le casino de la corniche.................... 269
11. Les muselières 289
12. Les hommes aux yeux blancs 299
13. Une femme à la fenêtre..................... 310
14. Le 13 mai 345
15. Il arrive! 374

Cet ouvrage a été réalisé par la
SOCIÉTÉ NOUVELLE FIRMIN-DIDOT
Mesnil-sur-l'Estrée
pour le compte des Éditions Flammarion
en février 1991

Imprimé en France
Dépôt légal : février 1991
N° d'édition : 13018 – N° d'impression : 16767